U0146997

愛拉傳奇 4

橫越冰原（上）

The Plains of Passage

珍奧爾◎著

林欣頤◎譯

貓頭鷹

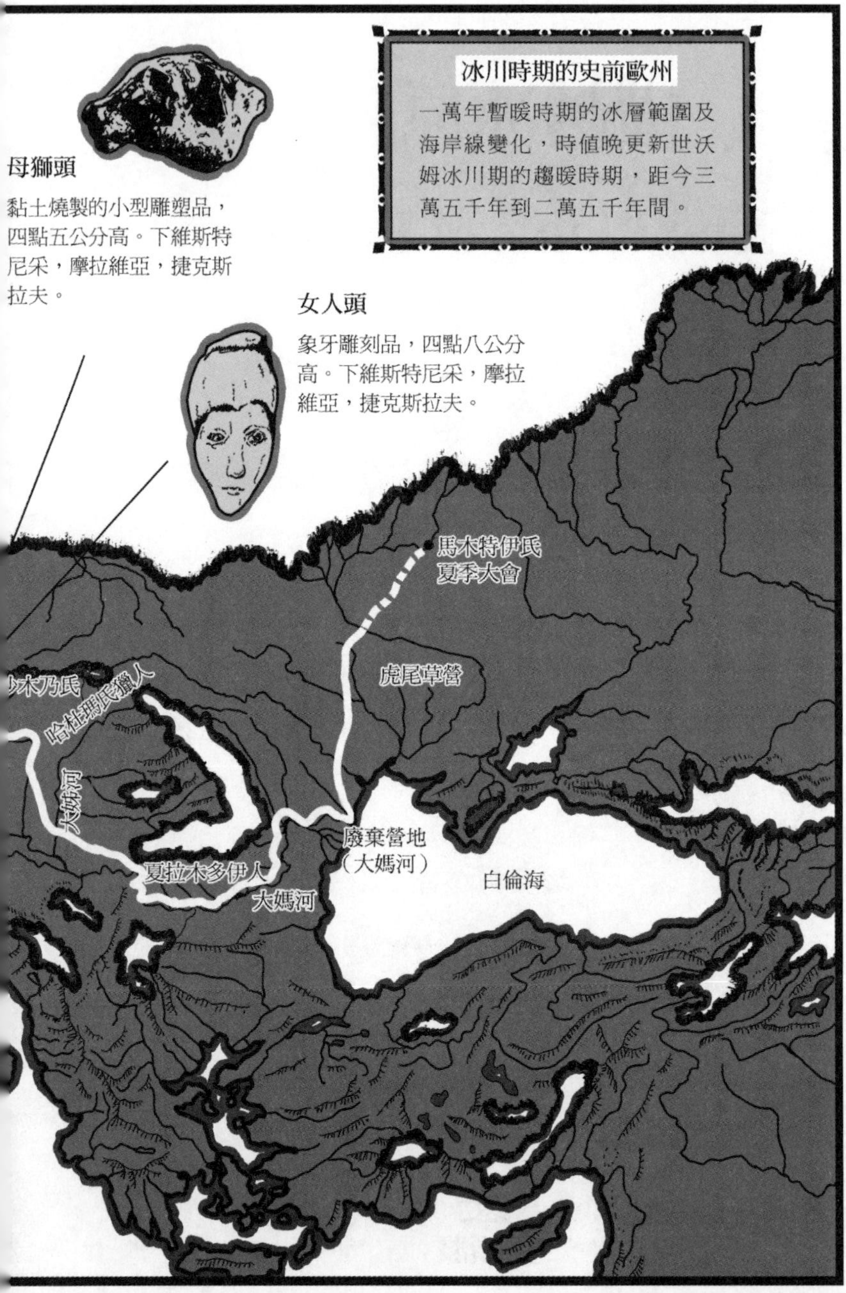

冰川時期的史前歐州

一萬年暫暖時期的冰層範圍及海岸線變化，時值晚更新世沃姆冰川期的趨暖時期，距今三萬五千年到二萬五千年間。

母獅頭

黏土燒製的小型雕塑品，四點五公分高。下維斯特尼采，摩拉維亞，捷克斯拉夫。

女人頭

象牙雕刻品，四點八公分高。下維斯特尼采，摩拉維亞，捷克斯拉夫。

典型女性外貌

刻於猛獁象牙上，十五點五公分高。普雷德莫斯特，摩拉維亞，捷克斯拉夫。

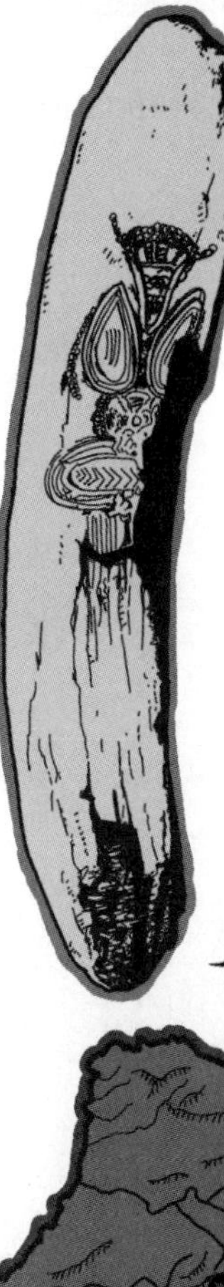

穿刺棒

有抽象裝飾，發現於洛熱列歐特。埃齊耶史前博物館，多爾多涅，法國。

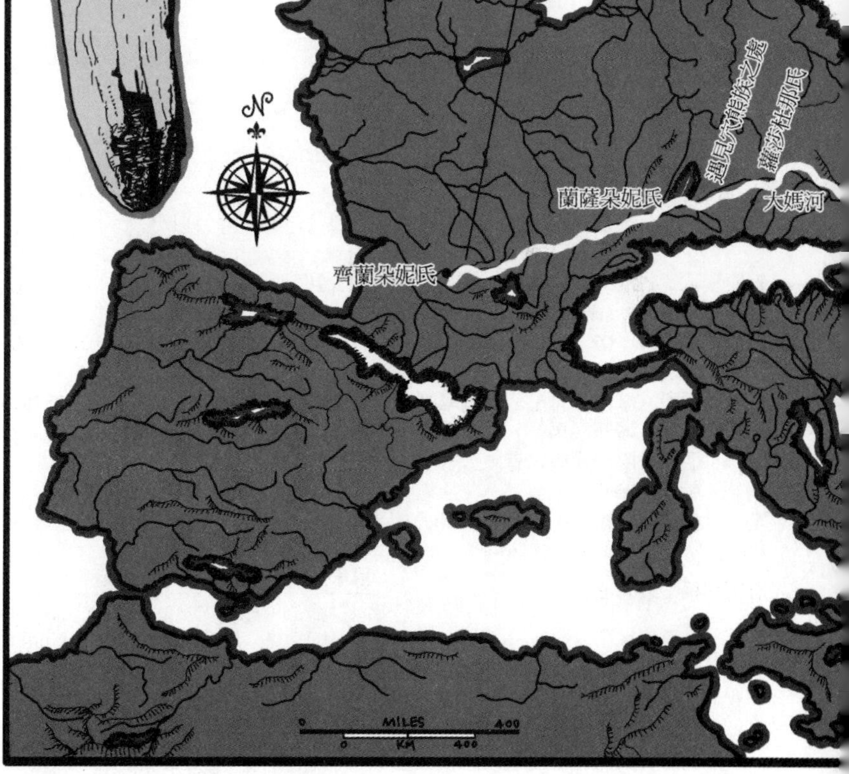

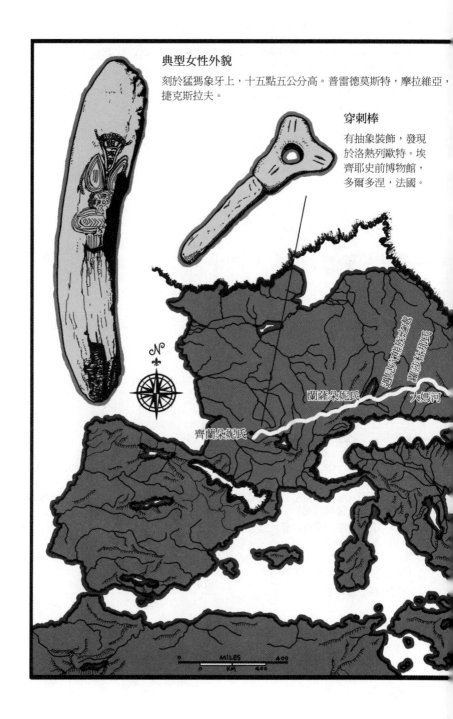

THE PLAINS OF PASSAGE by JEAN M. AUEL
Copyright © 1990 BY JEAN M. AUEL
This edition arranged with JEAN V. NAGGAR LITERARY AGENCY, INC
through Big Apple Tuttle-Mori Agency, Inc.
Complex Chinese edition copyright:
2009 OWL PUBLISHING HOUSE, A DIVISION OF CITE PUBLISHING LTD.
All rights reserved.

愛拉傳奇4
橫越冰原（上）
作　　者　珍奧爾（Jean M. Auel）
譯　　者　林欣頤
企畫選書　陳穎青
責任編輯　陳怡琳
特約編輯　許雅芬　陳季蘭
校　　對　魏秋綢
美術編輯　謝宜欣
封面繪圖　崔永嬿
地圖繪製　張靖梅
封面設計　林敏煌
系列主編　陳穎青
行銷業務　楊芷芸　陳雅菁　陳綺瑩
總 編 輯　謝宜英
社　　長　陳穎青
出 版 者　貓頭鷹出版
發 行 人　凃玉雲
發　　行　英屬蓋曼群島商家庭傳媒股份有限公司城邦分公司
　　　　　104台北市民生東路二段141號2樓
劃撥帳號：19863813；戶名：書虫股份有限公司
購書服務信箱：service@readingclub.com.tw
購書服務專線：02-25007718~9（周一至周五上午09:30-12:00；下午13:30-17:00）
24小時傳眞專線：02-25001990~1
香港發行所　城邦（香港）出版集團　電話：852-25086231／傳眞：852-25789337
馬新發行所　城邦（馬新）出版集團　電話：603-90563833／傳眞：603-90562833
印　　刷　成陽印刷股份有限公司
初　　版　2009年7月
定　　價　新台幣330元／港幣110元
ISBN　978-986-6651-76-2

有著作權・侵害必究

讀者意見信箱　owl@cph.com.tw
貓頭鷹知識網　http://www.owls.tw
歡迎上網訂購；大量團購請洽專線
（02）2356-0933轉264

城邦讀書花園
www.cite.com.tw

國家圖書館出版品預行編目資料

橫越冰原（上）／珍奧爾（Jean M. Auel）著；
林欣頤譯. -- 初版.-- 臺北市：貓頭鷹出版：
家庭傳媒城邦分公司發行, 2009.07
面；　公分 .-- (愛拉傳奇；4)
譯自：The plains of passage
ISBN 978-986-6651-76-2（上冊：平裝）
ISBN 978-986-6651-77-9（下冊：平裝）
874.57　　98010914

轉彎的人生

很高興「愛拉傳奇」系列的繁體中文版要面世了。關於我創作的靈感、當初的心情，我有一些話想對台灣讀者說。

打從一開始，整個系列便是故事情節帶領著我往前走。當初我只有一個故事的靈感，是靠研究資料讓它豐富起來的。以前的我必須兼顧學業、家庭，同時還有一份全職工作，後來在取得MBA學位後，我辭掉了工作，但卻不是爲了寫作，而是覺得自己應該能在商業找到一份很棒的工作。孩子們都上了大學和高中，我一直想找出自己究竟想做什麼。然後有一天，我腦海裡浮現了這樣一個靈感，是關於一個年輕女孩和與自己不同的人類生活在一起的故事，她就像我們一樣，是現代的人類，而其他人呢，理所當然的，會將她視爲異類。我在想，是不是可以寫一篇這樣的短篇故事，這是我最原始的意圖。我第一次嘗試寫出的作品，變得很可笑又有趣。但我很快就發現，我根本不知道自己在寫的是誰和什麼東西，於是決定要做一些研究工作。

我開始著手查閱百科全書，發現在史前時代曾有一段時期有兩種不同的人類存在於同一個地區，光是這個發現就足以讓我到圖書館一趟了。我抱回了好幾疊的書回家開始讀，而我的想像力就此被點燃了起來。有太多東西是我不知道的，是我們大部分人都不知道的。第一批現代人（modern human）首度踏上歐洲土地，是在歐洲的最後一次冰川期，而且當他們到達這裡時，早已經有另一種不同的人類居住在此，也就是所謂的尼安德塔人。這成了我最初的故事靈感。

根據科學家最新的資料看來，現代人類似乎是源自非洲，並且首先是往東向亞洲遷移。他們可能是到亞洲時才發展出了比較先進的技術和現代語言能力，這是他們在非洲的時期顯然還沒有具備的能力。之後，他們其中的一些人又往西移居，經歷數千年的時間後，終於到達了歐洲，他們並非好萊塢電影中所描繪的愚蠢野蠻的克羅馬儂「穴居人」，而是完全的現代人類，他們是活在另一個不同時代的現代人，以與我們不同的方式維生，也擁有不同的文化價值觀。

對於尼安德塔人，我們仍然所知甚少，但他們也比大多數人想像的要先進許多。舉例來說，如果我們發現了一具尼安德塔老人的骨骸，顯示他是從年輕時便瞎了一隻眼，手臂自手肘處被切除，而且還跛了一隻腳，那我們可以很合理地猜測，他這個樣子一定沒辦法獵捕猛獁象。從這裡我們就能發現許多有趣的問題了，是誰替他切除手臂？是誰止的血？是誰治療他的休克？他又是怎麼活到這麼大歲數的呢？很顯然是有人在照顧他，而問題在於爲什麼？有可能是因爲照顧他的這些人愛他嗎？或者在他們的文化中，衰弱和受傷的人就是應該得到照顧？或許，用「殘暴血腥」來形容我們神祕的人類親戚並不恰當。

我們的祖先在冰川時期來到歐洲後，在至少上萬年的時間裡，都是與尼安德塔人共享這片冰冷的古老土地，也有人說時間甚至長達兩萬年之久。這樣的概念讓我深深著迷，而這時我才發現這可不是一篇短篇故事能解決的。我得寫一本書才行了。當時，我將這本書稱爲「愛拉傳奇」（Earth's Children），而它似乎逐漸變成了一部不斷延伸的大型傳奇故事，必須分成好幾個部分才行。我寫了一份大約四十五萬字的草稿，以爲自己可以在重寫時再分段，但等我回頭讀時，我發現自己根本不知道如何寫小說，於是我又回到了圖書館，去找教人寫小說的書來看。

到了此時，研究資料仍然不斷爲我的靈感提供燃料。常常在我讀到關於某些特別的化石和工藝品時，就忍不住懷疑它們是怎麼來的，最終自己想像出一個解答來。譬如說，當我讀到有一批除了地緣接近、特徵都很不尋常之外，其他都明顯不相干的物件時，我就會想，會不會是有人把它們蒐集起來的，又是爲了什麼目的呢？它們會不會是被放在某種容器中，而那個容器早已經碎裂分解了？也許是一個皮袋？這便成了愛拉的護身符袋的由來，也就是在《愛拉與穴熊族》中她戴在頸邊的小袋子，她用它來裝那些她認爲是她的圖騰所賜予，或對她有特殊意義的東西。

這些資料點燃了我的想像力，我決心不只要寫出這個故事，而且要好好的寫。我開始重寫，不只是分段和編輯，而是加入了對話和各種場景，讓它眞正成爲一個故事，小說也就逐漸成形了。當我發現分段的每個部分都是一個完整的故事時，自己都感到驚喜和不安，我竟然寫出了一部系列小說。所以，在我完成《愛拉與穴熊族》時，就已經很清楚整個故事的走向了。

我現在仍然以原有的草稿作爲整個系列的大綱，持續創作第六本作品。身爲母親的愛拉，一面撫育在回到喬達拉的家鄉後所生的小女孩，一面學習各種成爲齊蘭朵妮（某種巫師）所需的技能。由於她當初從部族母親伊札那裡學來的醫術，以及她馴服馬和狼的技巧，有些人認爲她實際上已經是個齊蘭朵妮了。她從小在養育她的部落裡、在河谷獨自求生的經歷中、也從她所遇見過的各族人身上，學習到了很多東西。大部分喬達拉的族人都已經接受了她，但仍然還有一些人對她始終懷有恐懼和恨意。

希望這封信對讀者有所幫助，也希望你們喜歡這部書。

珍奥爾

前情提要

冰川時期，五歲的小女孩愛拉因一場地震與家人分散，被自稱「穴熊族」的人救起，享有「莫格烏爾」稱號的巫醫克雷伯收養了愛拉，女巫醫伊札也將她視如己出，傾囊相授珍貴的醫療知識。

然而屬於克羅馬儂人種的愛拉，和屬於尼安德塔人種的穴熊族人，外表、心智能力與社會風俗都有極大差異，部分穴熊族人對愛拉這個「異族」非常反感，矛盾衝突一次次爆發，最後，當她的保護人莫格烏爾失去力量時，仇視愛拉的頭目布勞德拆散愛拉與她的孩子，將愛拉永遠放逐。

無處可去的愛拉在荒野中流浪，最後落腳於一個水草豐美的山谷。她十分想念她的孩子，也暗地希望能夠重會眞正的族人，卻因害怕而不敢嘗試。在這段寂寞的日子中，愛拉意外馴服了一匹野馬，甚至將一隻無母的小穴獅撫養長大，與動物建立了信賴關係。

一天，愛拉從穴獅爪下救出一名男子喬達拉，他竟是與愛拉同種的人類！喬達拉在她的調養下一天天康復。愛拉從喬達拉身上學習到許多關於自己族人的事物，而她的美麗與能力也使喬達拉十分仰慕，兩人於是相戀。

在喬達拉的影響之下，愛拉逐漸對自己產生信心，決定踏上尋找親群的旅程。他們在一條河邊，遇見了猛獁象獵人，愛拉初次步入屬於自己人種的社會。他們接納愛拉成爲猛獁象火堆地盤的女兒，她終於有了自己的族人。她在這裡遇到一個混種的孩子，一再勾起她被留在穴熊族的兒子的回憶；一個黑皮膚的英俊燧石匠，讓愛拉與喬達拉陷入了情感的糾葛，幸而後來誤會冰釋。

雖然很想與友善的猛獁象獵人一起生活，但她決心與喬達拉回到遙遠的故鄉，於是他們再度啓程，踏上危險未知的旅程……

第一章

女人瞥見前方的煙塵中有點動靜，懷疑這是不是剛剛在他們前方奔馳的那隻狼。

她擔憂地皺著眉看了同行者一眼，然後又試著望穿眼前飛揚的煙塵，繼續尋找狼蹤。

「喬達拉！你看！」她指著前方說。

在她的左前方，乾燥風沙中隱約浮現幾個圓錐形帳篷的輪廓。

沃夫追蹤的那些兩足生物正逐漸從煙塵中現身，舉起標槍瞄準著他們。

「我想我們已經來到河邊了，愛拉。不過我覺得不是只有我們想在那裡紮營。」男人說著，勒住引導韁繩停下了馬。

愛拉也夾緊一側的大腿肌肉，以幾近反射的微妙力道操控著她的馬，讓這動物停下來。

接著她聽到沃夫從喉嚨深處發出的威脅低吼，看見牠的姿勢從防衛站立轉爲蓄勢待發。牠已經準備好要攻擊了！她吹起尖銳哨音——那是種彷彿鳥鳴的獨特聲響，雖然沒人聽過什麼鳥是這樣叫的。沃夫放棄牠的潛行任務，輕快地跑向騎馬的女人。

「沃夫，跟緊點！」她比畫著手勢說道。這對騎馬的男女緩緩朝著帳篷前的人群前進，沃夫也小跑步緊跟在黃褐色母馬身邊。

陣陣帶著黃土微粒的風朝他們席捲而來，遮擋了那些手持標槍者的身影。愛拉抬腿從馬背滑下，跪到沃夫旁邊，伸臂環抱著這隻狼，藉此安撫並在必要時拉住牠。她可以感覺到牠喉嚨低沉咆哮的震動，以及隨時準備躍起的肌肉緊張狀態。她抬頭望向喬達拉，一層薄薄的粉塵覆上了這高大男人的肩膀和金色長髮，也把他那深棕色坐騎的皮毛染成較淡的黃褐色，看起來就跟嘶嘶差不多。雖然夏天才剛來臨，從巨大冰川往北吹送的強風，卻已使得冰層南方的寬闊帶狀草原開始變得乾燥。

她感覺沃夫渾身緊繃地貼著自己的手臂，隨即看見有個人從手持標槍的人群後方走出來。那人的穿著打扮就像**馬木特**在重要儀式中所穿戴的：頭上戴著原牛角面具，衣服上有神祕符號的彩繪和裝飾。

那**馬木特**朝他們用力揮舞一根短棒並大聲喊道：「走開，惡靈！離開這裡！」

她覺得面具後面傳出的是女人的聲音，但不很確定；至少那些話是用馬木特伊氏語說的。**馬木特**再次揮舞短棒衝向他們，愛拉連忙拉住沃夫。只見那穿著特殊服裝的人開始吟唱、跳舞、揮動短棒，邁開大步疾速走向他們，又瞬間退回去，彷彿試圖嚇走或趕跑他們；至少她／他成功地驚嚇了馬兒。

愛拉很驚訝地發現沃夫竟然已經準備好要展開攻擊了，因為狼群很少威脅人類。不過其實這不難理解，她想起當年獨自練習狩獵時，經常觀察狼群，發現牠們對自家群體友善、忠心，卻會毫不留情地把陌生狼隻趕出自己的地盤，也會殺死其他的狼以保護屬於自己的東西。

沃夫從小就被愛拉帶回馬木特伊氏土屋養大，認為自己屬於獅營，對牠而言，獅營以外的人都像陌生狼隻。牠小時候就會對來訪的陌生人類狂吠，而今置身可能屬於其他群體的地域，看到生人當然更會有所提防，更何況這些人還手持標槍、露出敵意。但是為什麼這營地的人要拿出標槍呢？

愛拉覺得那些吟唱內容有幾分熟悉，隨即明白那是只有**馬木特**才聽得懂的古老神聖語言。離開獅營之前，老馬木特才剛開始教她這種語言，因此她沒能完全聽懂，不過卻可以推斷那些高聲吟唱的含意基本上跟先前叫喊的話差不多，只是用語比較委婉、略帶哄騙，用意其實還是在勸告陌生的狼和人馬幽靈離開，回到所屬的靈界去。

為了不讓營地的人聽懂，愛拉以齊蘭朵妮氏語向喬達拉解釋那位**馬木特**說的話。

「他們以為我們是幽靈？當然啦！」他說，「我早該料到他們是因為害怕，所以才拿標槍來嚇阻我們。愛拉，接下來這一路上遇到人都可能會發生這種狀況。我們已經習慣了這些動物，但大多數人只把馬或狼想成食物或毛皮。」

「夏季大會的馬木特伊氏人一開始也很不安，花了一段時間適應馬兒和沃夫，可是他們辦到了。」愛拉說。

「在妳的山谷洞穴中，我頭一次睜開眼睛的時候，看見妳正協助嘶嘶生下快快，我還以為自己已經被獅子殺死，在靈界中醒來了呢。」喬達拉說，「或許我也應該下馬，讓他們看出我是人，而不是和快快相連的人馬幽靈。」

喬達拉下了馬，手中仍握著與籠頭相繫的韁繩。快快揚起頭，試圖閃躲揮舞著短棒、大聲吟唱、持續逼近的**馬木特**；嘶嘶則是在愛拉身後低著頭碰觸她。愛拉從不用韁繩或籠頭來控制她的馬，只靠腿部施力和身體的移動來指揮就夠了。

那巫師聽見幽靈們使用陌生語言交談，又看到喬達拉下馬，更加大聲吟唱起來。她懇求幽靈離開，並答應舉行儀式，試圖以酬庸來安撫他們。

「我認為你應該告訴他們我們是誰。」愛拉說：「那個**馬木特**變得非常不安。」

喬達拉把韁繩握短些，因為受驚的快快已經準備揚腳人立起來了。**馬木特**的短棒和叫喊對於改善情況一點幫助也沒有，就連嘶嘶也似乎準備逃竄。牠向來比牠那容易激動的兒子冷靜許多。

「我們不是幽靈，」趁著**馬木特**停下來喘口氣的空檔，喬達拉喊道：「我是訪客，一個正在旅行的人，而她——」他指著愛拉繼續說：「來自馬木特伊氏的猛獁象火堆地盤。」

那群人疑惑地面面相覷，**馬木特**則停止了叫喊跳舞，打量著他們，但還是不時揮舞著短棒。他們有可能是要詭計的幽靈，不過至少改用所有人都聽得懂的語言說話。最後，這**馬木特**開口了。

「我們為何要相信你？我們怎麼知道你不是在騙我們？你說她來自猛獁象火堆地盤，但是她的記號在哪裡？她臉上沒有刺青。」

愛拉開口答道：「他沒有說我是**馬木特**，他說我來自猛獁象火堆地盤。在我離開之前，獅營的老馬木特正在教導我，但我沒有接受完整的訓練。」

馬木特與一對男女討論後轉過身，「這個人，」她對著喬達拉點頭說：「就像他自己說的是個訪客，雖然他的馬木特伊氏語很流利，卻帶有異族腔調。而妳說自己是馬木特伊氏人，可是妳說話的方式卻有點不像。」

喬達拉屏息以待。愛拉說話確實有種不尋常的特質，她無法明確發出某些音，而且發音方式很奇特。她的表達十分清楚直接，也不會令人感到不快——至少他自己就很喜歡——卻會引人注意。因爲她說話時的腔調不但不像另一種語言，還有更多的不同。而其實那只是一種大多數人都沒聽過，甚至不認爲那是在說話的語言的發音方式罷了。這種腔調源自當年收容、養育她的人，他們使用的是一種粗啞、發聲受限的困難語言。

「我不是生下來就是馬木特伊氏人，」愛拉說話時仍拉著沃夫，雖然牠已經停止低吼。「是猛獁象火堆地盤的馬木特親自收養了我。」

人群一陣議論紛紛，馬木特和那一男一女再度私下討論。

「如果妳不屬於靈界，怎麼有辦法控制那隻狼？馬又怎麼願意讓妳騎在牠背上？」**馬木特**決定直接挑明了問。

「只要你在牠們還小的時候找到牠們，就不難辦到。」愛拉說。

「妳說得太簡單了，實際上一定不只如此。」面對這位同樣來自猛獁象火堆地盤的**馬木特**，真是一點也馬虎不得。

「她帶回這幼狼時我也在場，」喬達拉試著解釋：「當時牠還沒斷奶呢。我相信牠必死無疑，但是她拿碎肉和肉湯餵牠，半夜還起來照料牠，就像照顧嬰兒那樣。結果牠活下來了，而且日漸長大，所有人都很訝異，但這還只是個開頭。後來，她訓練牠照著她的期望去做，像是不要在屋裡小便或弄髒屋子，或是即使孩子們傷害了牠，也不能反咬他們之類的。如果我不在那裡，我絕不相信可以把狼訓練成這樣。妳說得沒錯，不只是在牠們小時候找到牠們這麼簡單。她像對待孩子那樣照顧牠；對那隻動物而言，她就是母親，所以牠會照她的意思去做。」

「那麼馬呢？」站在巫師身旁的男人問，他一直盯著那匹活潑的種馬和控制牠的高大男人。

「馬的情況也是一樣。如果你找到年幼的馬，帶回來照料，就可以教導牠們。那需要時間和耐心，但牠們學得會。」

人群放下了標槍興致勃勃地聆聽。雖然的確有幽靈會收養動物的奇聞怪譚，卻不曾聽說過幽靈會說普通的語言。

營地的女人接著說：「我不知道如何收養動物，但我知道猛獁象火堆地盤不會收養陌生人，並讓他們成爲馬木特伊氏人。那不是普通的火堆地盤，而是大媽侍者專屬的。人們會選擇或被選擇獻身於猛獁象火堆地盤。我有親戚是獅營的人，馬木特非常老了，很可能是世界上最老的人，他怎麼會想收養人？而且我不認爲露蒂會答應。妳所說的讓人很難相信，我不知道我們幹麼要相信妳。」

愛拉感覺到這女人的表達有些曖昧，或者該說是因爲她說話時的細微肢體變化：背部僵直、雙肩緊繃、焦慮地皺眉，彷彿預期會有某些不愉快出現。愛拉因而明白那不是口誤，這女人故意在話裡放進了謊言，在問題裡略施詭計。但是成長背景特殊的她，很輕易就識破了這詭計。

養育愛拉的，是一般人所知的扁頭——他們自稱穴熊族，雖然主要不是透過口語來表情達意，思想交流卻相當深刻精確。幾乎沒有人知道他們其實有語言，只是口語表達能力有限，因而經常被鄙視爲比人類還要低等，是不能說話的動物。他們使用的語言是動作和手勢，複雜程度卻不輸口語。

正如愛拉不太發得出齊蘭朵妮氏語或馬木特伊氏語的某些音，喬達拉也很難模仿出穴熊族寥寥可數的口語——那些詞語的發音獨特，經常被用來加強語氣或作爲人、事、物的名稱。舉止、姿態、面部表情則顯示了語意的細微差異，增添了語言的深度和變化，就像口語中的語氣和聲調一樣。使用這種一目了然的方法溝通時，幾乎不可能說假話而不露餡；他們沒辦法說謊。

在學習用手勢說話的過程中，愛拉也學會了觀察辨識肢體動作與面部表情的細微暗號，唯有這樣她才能完全理解對方的意思。重新跟喬達拉學說話、馬木特伊氏語也愈說愈流利之後，她發現就算人們是以口語表達，也可以從表情與姿勢的細微變化，察覺對方不經意透露的訊息，儘管他們並未刻意讓這些表情動作成爲語言的一部分。

愛拉發現自己理解到的意思比字面上還多，這在一開始曾令她有些困擾，因爲對方說出來的話不一定會跟肢體表情傳達的信號吻合；而且她過去從來不曉得什麼是說謊，遇到不能說眞話的時候頂多是避免提及罷了。

後來，她終於明白有時撒點小謊是爲了表達客氣謙讓。然而直到她搞清楚幽默——通常是意在言外——是怎麼回事後，才霎時領略了口語的本質。而這種解讀潛在訊息的能力，則意外拓展了她在語言技巧上的範疇，她可以幾近神準地察覺說話者眞正的意圖。儘管她自己只要一開口就無法說謊，但她也通常會知道別人何時沒有說眞話。

「當我還在獅營的時候，那裡沒有人叫做露蒂，」愛拉決定直截了當地說，「圖麗是女頭目，她的哥哥塔魯特是男頭目。」

這女人在愛拉說話時輕輕地點頭。

「我知道一般人通常是獻身於猛獁象火堆地盤，而不是被收養。一開始是塔魯特和妮姬想收養我，塔魯特甚至還擴建土屋，好讓馬兒在冬天時能有專屬的地方住。但老馬木特讓所有人都大吃一驚，他在儀式中收養了我，說我屬於猛獁象火堆地盤，說那是我的天命。」

「如果妳帶著那兩匹馬去獅營，我可以理解老馬木特爲何那樣說。」男人說。

女人不高興地瞪著男人，然後三人再次交談。男人認爲這兩個陌生人可能是人類，不是耍詭計的幽靈；就算他們是幽靈，也不會造成傷害，可是他不相信兩人所宣稱的身分。那個高個子男人對動物的古怪行爲所作的解釋太過簡單，卻令他感興趣；那兩匹馬和那隻狼也令他感到好奇。女人覺得兩人說得太過簡單而且太過友善，認爲他們還有所保留，因此不信任他們，也不想和他們有瓜葛。

馬木特想到另一個更能解釋那些奇特動物行爲的理由，因而相信他們是人類。她理解這種事情，確信那個金髮女人是強大的召喚者，獅營老馬木特必定知道她天生具有控制動物的奇特力量，那個男人可能也是一樣。等他們營地的人去了夏季大會，與獅營談論起這事時，應該會很有趣。馬木特伊氏人一定會對那兩個人有自己的看法，相信巫術比相信「動物可以被馴養」的荒謬想法更容易。

三人的討論沒有共識。女人很不安，這兩個陌生人讓她心煩意亂。如果她仔細檢視心煩的原因，可能會坦承自己很害怕。她不喜歡待在這種神祕力量附近，但還是強做鎮定。這時男人開口了。

「這裡有兩條河流交會，適合紮營。我們狩獵的成果豐富，而且有一群巨鹿正朝這邊來，應該這幾天就會到達，我們不會介意你們在附近紮營並與我們一起打獵。」

「謝謝你的提議，」喬達拉說，「我們可能會在附近過夜，可是早上我們就得上路了。」

對方的提議很小心，不太像當初喬達拉與弟弟一起徒步旅行時經常遇到的那種熱切歡迎。通常合宜的歡迎方式是以大地母親爲名，不只提供款待，甚至聽來會像是邀請旅人加入他們，留下來一起生活一段時間。這個男人的邀請方式比較拘謹，顯示了他的疑慮，不過至少他們不再受到標槍威脅。

「那麼，奉馬特之名，請與我們共享晚餐，明天早上也請和我們一起吃。」男頭目表達出的歡迎就只有這樣，喬達拉察覺他似乎原本想要表達得更多。

「奉大地母親之名，我們很高興紮完營後能和你們共進晚餐，」喬達拉表示同意，「但我們得很早離開。」

「你們這麼急是要去哪裡？」

即使曾和馬木特伊氏共同生活過一段時間，這種典型的直率還是令喬達拉吃驚，尤其這是出自陌生人口中。喬達拉的族人可能會認爲這個男頭目問得有點不禮貌；那不是太嚴重的粗魯無禮，只是顯示出提問者的不成熟，或者是沒有使用更細緻委婉的成人語彙來表達尊重。

不過喬達拉現在已經了解，直接坦白對馬木特伊氏人來說是合宜的，不坦率反而可疑，儘管他們的行事並不像表面上看來那麼毫無保留。這其中有許多微妙之處，包括：說話的人如何表達他的直率，聽話者怎麼聽，以及沒有說出口的是什麼。不過就馬木特伊氏而言，營地男頭目表現出率直的好奇心完全恰當。

「我要回家鄉，」喬達拉說，「帶這個女人跟我一起回家。」

「晚個一兩天有差別嗎？」

「我的家鄉在遙遠的西方，而我已經離開……」喬達拉停下來想了想，「四年了，如果夠幸運的話，回到那裡也還需要一年的時間。我們一路上還得冒險橫渡河流與冰層，我不想在不適合的季節到達那些地方。」

「西方？但你看起來正往南走。」

「對，我們要前往白倫海和大媽河，沿著河流往上游走。」

「我表弟幾年前曾經跟著商隊去了西方，回來後告訴我，那裡有人住在一條河附近，那些人也稱之爲大媽河，」男人說：「他認爲就是同一條河。他們是從這裡往西走，差別只在於你想往上游走多遠。不過在山區北方與大冰層之間，有條通往西方的通道，如果走那條路，或許可以縮短路程。」

「塔魯特跟我說過那條北方的通道，但似乎沒有人能肯定那是不是同一條大媽河。如果不是的話，我們可能得因此浪費更多時間去找那條對的河。我打算走南方的路。我知道這條路線，而且我有親戚是河上人。我弟弟和夏拉木多伊氏女人配對，我也和他們一起生活過，想再見見他們，因爲以後恐怕不會再見到他們了。」

「我們和河上人有交易……我似乎聽過一兩年前有幾個陌生人和他們一起住，其中有個馬木特伊氏女人。我想起來了，是一對兄弟。夏拉木多伊氏的配對習俗跟我們不太一樣，但印象中應該是夏拉木多伊氏女人和她的配偶會加入另一對夫妻的家庭，我猜那就是某種收養形式。當時他們曾捎口信邀請馬木特伊氏的親人前往，有幾個人去了，一兩個人去了之後又回來。」

「那是我弟弟索諾倫，」喬達拉說，他很高興這段陳述有助於證實他的故事，雖然提起弟弟的名字還是使他心痛。「那是他的配對禮，他與潔塔蜜歐結合，因此和馬肯諾、索莉成了姻親。索莉是第一個教我說馬木特伊氏語的人。」

「索莉是我的遠房親戚，你是她其中一個姻親的哥哥？」男人轉向他的妹妹，「瑟莉，這個男人是親戚，我想我們必須歡迎他們。」他沒有等她回應就接著說：「我是魯坦，獵鷹營的男頭目，奉大地母親馬特之名，歡迎你。」

女人別無選擇，她不願意因爲拒絕跟哥哥一起表達歡迎而使他尷尬，不過她想到有幾件事得私下告訴他。「我是瑟莉，獵鷹營的女頭目。奉大地母親之名，歡迎你來到這裡。夏天時，我們是虎尾草營。」

這不是喬達拉所受過最溫暖的歡迎，他察覺到其中有明顯的保留與設限。她歡迎他來到「這裡」，特別點出是這個地方，但「這裡」只是暫時的住所。他知道虎尾草營可能是指任何夏季狩獵營地。馬木特伊氏冬季時不會遷徙，就像其他部族一樣，他們會住在永久營地，由一兩個大型或幾個小型半地下土屋構成的區域，他們稱之爲獵鷹營。她沒有歡迎他到那裡。

「我是齊蘭朵妮氏的喬達拉，奉我們稱之爲朵妮的大地母親之名，妳好。」

「馬木特的帳篷裡有多餘的就寢處，」瑟莉繼續說，「可是我不知道這些……動物要睡哪裡。」

「如果不介意的話，」喬達拉基於禮貌說，「與其住到你們的營地，我們在附近紮營會比較簡單。謝謝你們的款待，但馬兒需要吃草，牠們認得我們的帳篷，會找路回來，牠們去你們的營地可能會不自在。」

「當然，」瑟莉說，鬆了一口氣，「牠們也會令她不自在。」

愛拉明白自己也需要表示歡迎之意。沃夫似乎卸除了些許防衛，她試探性地放鬆拉住牠的力道。我不能一直坐在這裡拉住沃夫，她心想。當她站起來時，沃夫準備撲到她身上，但她示意牠下去。魯坦歡迎愛拉來到他的營，卻沒有伸出手或走近示意，她友善地回應他的致意。「我是馬木特伊氏的愛拉，」她補充：「來自猛獁象火堆地盤，奉馬特之名，你好。」

瑟莉跟著表達歡迎，但就像之前對喬達拉所表達的一樣，將歡迎設限在這個地方。愛拉也鄭重回應。她希望感受到更多善意，卻無法怪他們。動物自願和人類一起旅行的確可能令人害怕；愛拉明白不是所有人都像塔魯特一樣能接受新奇事物——她感覺到自己已經遠離了所愛的獅營，心裡一陣痛。

愛拉轉向喬達拉。「沃夫現在還不夠有安全感，我想牠會聽我的話，但當牠在這個營地附近活動時，我應該找個東西限制住牠，以後我們遇到其他人時也可以用來拉住牠。」她用齊蘭朵妮氏語說了這些話，因爲覺得無法在這個馬木特伊氏營地暢所欲言，雖然她希望自己可以。「可能有點像是你做給快快的引導韁繩那樣，喬達拉。我的某個籮筐底層有很多備用的繩子和細皮帶，我得教牠不能那樣追逐陌生人。牠必須學會待在我指定的地方。」

沃夫一定已經知道舉起標槍是威脅的姿勢，她不忍責怪牠急於護衛牠的人類與馬兒同伴。從牠的角度來看，這種行爲完全合理，卻不代表可以被人接受。牠不能這樣對待接下來這一路上遇到的所有人，把他們當成陌生的狼隻。她需要教導牠修正行爲，遇到不認識的人時更有節制。雖然她自己這樣想，卻還是懷疑其他人有沒有辦法明白，狼會回應一個女人的期盼，或者馬會讓人類騎在背上。

「妳跟牠待在那裡，我去拿繩子，」喬達拉說。儘管快快已經平靜下來了，他還是一邊握著年輕種馬的引導韁繩，一邊在嘶嘶背上的籮筐裡翻找著繩子。營地的人已經減輕了敵意，只是像對待其他陌生人那樣維持著警覺。從他們的眼神看來，好奇取代了恐懼。

嘶嘶也已經平靜下來，喬達拉摸摸牠又拍拍牠，在翻找籮筐時充滿感情地對牠說話。他對這匹堅毅的母馬很有好感。雖然他喜歡快快的精力旺盛，卻也欣賞嘶嘶的沉著與耐性，因爲這有助於安撫年輕公馬。他把快快的引導韁繩繫在母馬背上固定籮筐用的皮帶上。喬達拉常希望自己可以不用籠頭或韁繩來控制快快，而能像愛拉控制嘶嘶那樣。騎上這匹馬時，他發覺牠的皮膚出奇敏感，便開始調整適當的坐姿，藉由施加肌肉壓力和變換姿勢來引導快快。

愛拉和沃夫來到母馬的另一側。喬達拉把繩子遞給她，低聲說：「我們不一定要待在這兒，愛拉。現在還早，我們可以沿著這條河或到其他河流另外找地方。」

「我想這是讓沃夫習慣人類的好方法，尤其是陌生人。而且即使他們不是很友善，我也不介意在這裡作客，這可能是我最後一次見到馬木特伊氏人了。不知道他們會不會去夏季大會？也許我們可以透過他們捎信息給獅營。」

愛拉和喬達拉往大支流的上游紮營，距離虎尾草營不遠。兩人卸下馬兒背上的行李，讓牠們自由地吃草。馬兒遠離營地漫遊時，愛拉不時抬頭，擔心地望著牠們消失在莽莽煙塵中。

剛剛他們是沿著大河左岸一路走來，但與河水保持著一段距離。這條河流大致往南流，在平坦平原刻畫出一道蜿蜒曲折的深溝。如果他們一直沿著河谷上方的大草原走，路程可以縮短，但是那也會讓他們暴露在開闊地帶颳個不停的強風之中，還得承受更多日曬雨淋的嚴酷考驗。

「這是塔魯特說的那條河嗎？」愛拉邊問邊攤開她的獸皮被。

喬達拉伸手到籮筐中取出刻有記號的巨大猛獁象牙片。他抬頭望向那片炫目光亮正漸漸淡去的昏暗天空，又看了看四周模糊不清的地景，頂多只能分辨出現在是黃昏罷了。

「我不知道，愛拉，」他放回地圖說，「我看不到任何地標。我習慣用自己的雙腳衡量行進的距離，快快移動的速度和我不一樣。」

「眞的要花一整年的時間才能到達你的家鄉嗎？」她問。

「很難說，要看我們沿途發生了什麼事、遇到多少問題，以及停下來的次數而定。如果明年的這個時候能回到齊蘭朵妮就算走運了，我們甚至都還沒到大媽河盡頭處的白倫海呢。我們得一直沿著大媽河往上游走，來到她源頭的冰川，然後橫越冰川。」喬達拉答道。他那少見的湛藍眼眸透著憂慮，額頭浮現擔憂時慣有的皺紋。

「我們要跨越幾條大河，但我最擔心那道冰川，愛拉。我們必須在冰層結凍時橫越它，也就是說我們得在春天之前趕到那裡。而且冰川的情況總是難以預料。那一帶經常吹著強勁的溫暖南風，足以在一天之內化解酷寒，使得上頭的雪和冰層開始融化，就像朽木那樣出現裂紋。一旦冰上的裂縫擴大，橫跨其上的雪橋也會開始崩塌，溪流，或者說融冰形成的河流在冰上四處竄流，有時又隱沒入深深的冰洞之中。到時候狀況會非常危險，而且可能發生得讓妳措手不及。雖然現在是夏天，距離冬天好像還很久，但我們要走的路程比妳想像還要遠得多。」

她點點頭。去想這段長途旅程會耗時多久，或者抵達後會發生什麼事，都是沒有意義的。最好是想當下的每一天，而不是去想喬達拉的族人，以及他們會不會像馬木特伊氏人一樣接納她。

「但願風別再吹了。」她說。

「我也厭倦了吃沙子。」喬達拉說，「何不去拜訪我們的鄰居，也許能弄到比較好吃的東西？」

兩人帶著沃夫回到虎尾草營，但愛拉讓牠緊跟在自己身邊。他們加入了聚在火堆旁的人群，火上烤著一大塊牛臀肉。對話過了一陣子才展開，但是好奇心不久就轉為溫暖關切，熱切討論取代了沉默不安。這些住在冰川邊大草原的少數部族，平常沒什麼機會遇到陌生人，這次偶遇的興奮會在獵鷹營激起長久的討論，為故事加添題材。愛拉和其中幾個人熟絡了些，特別是一個帶著女嬰兒的年輕女人。她的女兒才剛學會自己坐著並大笑，這讓大家深深著迷，但最著迷的卻是沃夫。

一開始，這位年輕母親對於這隻狼格外關注自己的孩子感到非常緊張。但是看見牠竟然熱情舔著小女嬰，逗得她開心地咯咯笑，甚至還溫馴地忍受她拉扯自己的毛皮，這讓所有人都大吃一驚。其他孩子都很想摸摸沃夫，牠也很快就和他們玩在一起。愛拉解釋了沃夫和獅營的孩子一塊兒長大，可能很想念孩子。牠和非常年幼或脆弱的人類互動時特別溫馴，似乎能分辨出幼兒無意間過度熱情地擰壓，跟大一點的孩童故意拉扯牠的尾巴或耳朵有所不同。牠會耐心地忍受前者，卻會對後者發出警告性的低吼，或是不會畫破皮膚但足以表示威嚇的輕咬。

喬達拉提到不久前才離開夏季大會，魯坦說明因為必須整修土屋延誤了行程，否則他們也會出現在那裡。他詢問喬達拉有關旅程的事情，許多人也在旁聆聽。這些人似乎比較想問愛拉，但她不太主動，儘管馬木特想拉她到一旁私下討論更隱密的話題，她卻更想和營地的其他人在一起。到了兩人要回紮營處時，連女頭目也比較放鬆友善了，愛拉請她在抵達夏季大會時，代為轉達自己對獅營的愛與懷念。

那晚愛拉躺著，清醒地思索著。她很高興沒有讓心中那種因為感覺不受歡迎而衍生的猶豫，阻止自己去接觸這個營地。只要有機會克服對奇特或未知事物的恐懼，他們也有興趣且樂意去了解。她也因而領悟到，帶著這些不尋常的旅伴，很容易引發沿途偶遇的人激烈反應。她不知道接下來還會發生什麼事，但幾乎可以確定，這趟長途旅行會比她原先想像的更富挑戰性。

第二章

第二天早晨，喬達拉急著早早啓程，愛拉則想趁離開前回去看看她在虎尾草營認識的朋友。喬達拉漸漸不耐煩起來，愛拉卻還花了一些時間道別。兩人直到接近中午才終於上路。

自從離開夏季大會以來，他們穿越了一望無際的遼闊草原，行經平緩起伏的丘陵地帶，地勢日漸陡峭。自高處奔騰而下的湍急支流比在草原上蜿蜒流過的主要河道更氣勢磅礡，在風成黃土上切割出堤岸陡峭的深邃河道。喬達拉想往南走，但爲了尋找便於渡河的地點，他們不得不先往西走，然後再轉往西北方。

愈偏離路徑，喬達拉也愈來愈煩躁，在心裡質疑自己捨棄別人三番兩次建議的西北方路線，而改走較遠的南邊路線，這決定是否正確。他的確不熟悉那條路，但是如果眞能節省很多路程，也許他們應該走那條路。他告訴自己，只要確定到得了大媽河源頭的高原冰川，他就會那樣做。

那意味著要放棄見到夏拉木多伊氏的最後機會，但那眞的有這麼重要嗎？他得承認自己確實想見他們，一直這樣期盼著。喬達拉不確定自己往南走的決定是因爲想走熟悉也較爲安全的路線回家，抑或是因爲想要見到那些曾經是家人的人們。他擔心因此做出了錯誤的選擇。

愛拉打斷他的思考。「我想我們可以從這兒渡河，」她說：「對面河岸看起來很容易上去。」

兩人在一處河灣停下來研判狀況。洶湧湍急的溪流席捲而來，嚴重侵蝕他們所站的河灣外側，切割出高聳陡峭的堤岸；但位於對岸的河灣內側，地勢平緩上升，硬實的灰棕壤形成了狹長河坡，再往內陸則是灌木叢。

「妳覺得馬兒可以從這裡下水嗎？」

「我認爲可以。河水侵蝕了這一側的河床，所以這裡的河水必定最深。很難判斷水有多深，或者馬兒需不需要游泳，我們可能最好也下馬游泳。」愛拉說，隨即注意到喬達拉似乎不太高興，「但如果水不會太深，我們可以騎馬渡河。我討厭弄濕衣服，也不想撇下牠們游過去。」

於是他們驅策馬兒越過陡峭岸邊，馬蹄打滑著溜下滿是細泥的河岸，水花四濺地踏進湍急的水中，然後被水流帶往下游。河水比愛拉想像得還深。一陣驚慌後，馬兒適應了新環境，開始逆流游向對岸。他們抵達河灣內側緩升的斜坡時，愛拉轉頭尋找沃夫，卻發現牠還在高聳河岸上來回奔跑、哀鳴嗥叫。

「牠不敢跳進水裡。」喬達拉說。

「來，沃夫！過來，」愛拉叫喚，「你會游泳。」但年輕的狼夾著尾巴悲鳴。

「牠怎麼了？牠以前渡過河的。」喬達拉對於行程再度延遲感到心煩。他希望那天可以走遠一點，但所有事情似乎都串通好了要耽擱他們。

他們啓程得晚，然後被迫兩度轉向他不想去的北方和西方，現在沃夫又不肯過河。此外他也意識到在泡過水後應該停下來檢查籮筐裡的東西，儘管籮筐都縫得很緊，而且基本上都能防水。更令他煩躁的是自己一身濕，天色也漸漸晚了。他感覺到風愈來愈涼，知道他們應該把濕衣服換下來弄乾。夏季的白天非常溫暖，但陣陣晚風依然帶來冰層的寒氣。廣大冰川的冰層堆積得像山那麼高，覆蓋著北方陸地；它的威力可以達到地球各處，但其中以冰川邊緣的寒冷大草原所受的影響最大。

如果時間還早，他們可以穿著濕衣服趕路，一路上風和太陽會讓衣服自然風乾。總之他想開始往南走，追趕落後的行程……只要他們能夠繼續前進。

「這河流的速度太快，牠沒辦法用走的下水，只能跳進去，而牠以前從沒這樣做過。」愛拉說。

「那妳要怎麼做？」

「假如我無法鼓勵牠跳進去，就必須去把牠帶過來。」她回答。

「愛拉，我確定如果我們走遠了，牠就會跳進水裡想要追上妳。要是今天想有任何進展，我們就得趕快走。」

愛拉露出又驚又怒的表情，讓喬達拉希望能收回剛剛自己說的話。「你希望自己因爲害怕而被遺棄嗎？牠不敢跳進河裡，是因爲牠從沒做過這種事，你期望牠會怎麼做？」

「我的意思只是……牠不過是一隻狼，愛拉。狼都會渡河，牠只是需要理由跳進去。如果牠沒有追上來，我們就會回頭找牠；我的意思不是要把牠留在這裡。」

「你不必擔心要回頭找牠，我現在就去帶牠。」愛拉說，轉身驅策嘶嘶入河。

年輕的狼仍在哀鳴。牠嗅著馬蹄在地面上踩踏過的足跡，又抬頭看著對岸的人和馬匹走下泥濘河灘朝牠而來。當馬兒進入河中時，愛拉再次叫喚沃夫。嘶嘶在渡河的過程中感覺到腳下土壤鬆動，嘶鳴警告，設法尋找更穩固的立足處。

「沃夫，來這兒，沃夫，那只是水而已。過來，沃夫！跳進來！」愛拉叫喊，試圖勸誘這害怕的年輕動物跳進河流漩渦中。她滑下馬背，決定游泳到陡峭的對岸。沃夫終於鼓起勇氣，撲通跳進河裡，開始游向她。「就是這樣！很好，沃夫！」

嘶嘶掉頭奮力站穩腳步，愛拉一手摟著沃夫，試圖靠近牠。喬達拉已經在水深及胸的地方穩住母馬，朝愛拉前進，最後他們全都抵達河的另一岸。

「要是今天想有任何進展，我們最好快一點。」愛拉說，準備再次騎上母馬，眼中仍冒著怒火。

「不，」喬達拉拉住她，「等妳換下濕衣服，我們才離開。而且我認爲我們應該擦乾馬兒，可能連那隻狼也得弄乾。今天走得夠遠了，我們今晚可以在這裡紮營。我花了四年來到這裡，就算要再花四年才回得去，我也不在乎，只要能帶妳平安抵達，愛拉。」

她抬起頭看見他湛藍雙眼裡的關心與愛意，憤怒一掃而空。他低下頭靠近她，她則迎上去吻了他。就像他的唇第一次貼上她的唇，讓她知道什麼是接吻的那時一樣，她感受到難以置信的驚奇。意識到自己眞的正和他一同返回他的家鄉，她有股無法言喻的喜悅。她對他的愛多過她所能表達的。經過那個以爲他不愛她、會撇下她離去的漫長冬季之後，她的愛更勝以往。

當她回到河裡時，他爲她感到害怕，此刻他擁她入懷，緊緊抱著她。他從不認爲自己有可能如此愛一個人，直到遇見愛拉，他才知道自己可以愛得這麼深。他曾經差點失去她，確信她會和眼中藏著笑意的深膚色男人在一起；他無法承受那個可能會再度失去她的想法。

帶著兩匹馬、一隻狼，置身在這個從未有人知道可以馴服牠們的世界裡，一個男人和他摯愛的女人站在動物繁多卻罕見人類的寒冷廣闊大草原中央。這男人計畫橫越一片大陸，但只要偶有片刻想到她可能會受到傷害，這種恐懼就足以令他崩潰，幾乎無法呼吸。在那樣的時刻裡，他希望自己可以永遠抱著她。

喬達拉感覺她身體發熱、雙唇飢渴地吻著他，想要她的念頭也被挑弄起來，但這可以再等等。她又濕又冷，需要乾衣服和柴火。這條河的岸邊適合紮營，就算現在停下來有點太早，正好讓他們有時間弄乾衣服，明天也能早早啓程。

「沃夫！放下！」愛拉大喊著追過去搶那隻年輕動物嘴裡的皮包袱。「我以爲你已經學會離皮革遠一點。」她試圖拿走包袱，牠淘氣地緊咬不放，來回甩著頭低吼。她放手停止這場遊戲。「放下！」她嚴厲地說，手往下揮，彷彿要打牠的鼻子，但很快停住。她的手勢與指令使沃夫夾起尾巴，可憐兮兮地跑向她，然後把包袱放到她腳邊，哀鳴著討饒。

「這是牠第二次去叼這些東西了。」愛拉說著，拿起包袱及其他被牠咬過的東西。「牠比較懂事了，但好像就是沒辦法不去碰皮革。」

喬達拉過來幫她。「我不知道該說什麼。當妳跟牠說時，牠會放下；但妳不在場就無法告訴牠，而且妳沒辦法隨時看著牠……這是什麼？我不記得我看過這個東西，」他說，困惑地看著一個用柔軟皮毛仔細包得緊實的包裹。

愛拉微微臉紅，迅速拿走包裹「那……只是我帶的某樣東西……從獅營帶來的……東西。」她邊說邊把它放到她其中一個籮筐的最底層。

她的舉動令喬達拉覺得疑惑。他們都盡可能精簡個人物品和旅行配備，幾乎不帶沒必要的東西。那包袱說大不大，說小也不小，占去的空間有可能放得下另一件配備。她帶的會是什麼？

「沃夫！別鬧囉！」

喬達拉看著愛拉又去追沃夫，忍不住微笑。他不是很確定，但沃夫似乎是故意不守規矩，引得愛拉去追牠，跟她鬧著玩。牠找到一隻她的營地鞋，紮營後她偶爾會穿那雙柔軟的無跟鹿皮腳套好讓自己舒適些，尤其地面冰凍或濕冷，她想風乾平常那雙更耐用的腳套時。

「我不知道該拿牠怎麼辦！」愛拉走向他時惱火地說。她嚴厲地看著那隻無賴，手上拿著牠最新的惡作劇目標。沃夫懺悔似地偷偷摸摸爬近她，對於她的責備發出悽慘的哀鳴，悲苦中卻透著一絲淘氣。牠知道她愛牠，等她心軟後，牠就會開心地又跑又叫，準備再次胡鬧。

儘管牠已經有了成年狼的身量，但除了體型稍微壯一些之外，沃夫其實跟小狼沒什麼太大差別。牠媽媽是一隻伴侶已死的離群母狼，時機不對地在冬天生下牠。牠身上的毛皮呈現常見的暗黃灰色，摻雜著紅、白、棕、黑的條紋。這種混雜的毛色有利於隱身在自然荒野的灌木叢、草地、土地、岩石和雪地中，不過牠媽媽的皮毛卻是黑色的。

不尋常的毛色招來了狼群首領及其他同群母狼的無情欺凌，讓沃夫母親居於狼群社會中最卑微的底層，最後甚至遭到放逐。牠獨自流浪，學會隨著季節在狼群的地盤間求生存，直到遇見另一隻孤狼，那隻老公狼因為再也跟不上所屬狼群而落單。兩隻狼融洽地結伴同行了一段時間，因為母狼是比較強健的獵捕者，而公狼經驗豐富，因此牠們甚至開始界定並防衛牠們自己的小地盤。可能是因為通力合作確保了彼此吃得比較好，或是由於友善公狼的親暱陪伴，又或者是母狼本身的遺傳體質，促使母狼在不適當的時節發情，但牠的老伴並沒有不開心，在沒有競爭的情況下，樂意並有能力回應牠。

不幸的是，公狼那一身老骨頭熬不過冰川邊緣大草原的嚴酷冬季摧殘。天氣開始寒冷後不久牠就死了，這對黑色母狼造成了毀滅性的影響——牠得獨自在冬天生下沃夫。自然環境不太允許動物過度背離常軌，季節循環更是如此。在黃褐色的草地、暗褐色的土地或颳風飄雪的景觀中，黑色的獵捕者太容易被謹慎而鮮少於冬季現身的獵物發現。缺乏配偶或友善的親戚長輩或年長手足幫忙餵養照料，哺乳的黑色母狼愈來愈虛弱，新生的幼狼也相繼死去，最後只剩一隻存活下來。

愛拉了解狼。她打從剛開始打獵就會觀察與研究狼群，然而她不可能會知道那隻企圖偷走她的獵物的黑狼，是正在哺乳的飢餓母狼，因為當時並不是幼狼誕生的季節。她試著搶回獵物，卻遭到母狼不尋常的攻擊，她出於自衛只好殺了牠。之後才看出那隻動物的處境，明白牠必定是落單的狼。愛拉覺得這隻被同伴放逐的母狼和自己有某種奇特的相似之處，決定去找失去母親卻也沒有其他親族會收養的幼狼。她追蹤母狼足跡找到了巢穴，爬進去後發現裡頭只剩下一隻還沒斷奶的幼狼，眼睛幾乎還沒睜開呢。於是她帶著幼狼回到獅營。

愛拉把那隻小小幼狼帶給獅營人看，一開始所有人都大吃一驚。但因為她至少已經有過讓馬聽話的成功經驗，人們漸漸習慣那兩匹馬以及這個跟動物相處融洽的女人，因此對這幼狼感到好奇，也想知道她要怎麼照料牠。許多人認為她有能力養育和訓練牠是個奇蹟。喬達拉到現在都還很訝異那隻動物表現出的智慧，幾乎像人類一樣聰明。

「愛拉，我覺得牠是在跟妳玩。」這男人說。

她看著沃夫，忍不住噗嗤一笑，這讓牠期待地抬起頭，拚命搖著尾巴拍打地面。「我想你說得沒錯，但這對我阻止牠去啃東西沒什麼幫助，」她看著已經被蹂躪得殘破不堪的營地鞋說，「或許乾脆就給牠算了，反正這鞋也已經壞掉了，而且這樣牠可能暫時不會對我們的其他東西那麼感興趣。」她把鞋子丟給沃夫，牠跳起來在空中啣住，喬達拉幾乎可以確定自己看到沃夫露齒微笑。

「我們最好趕緊把行囊整理好。」他想起前一天他們沒有往南走多遠。

愛拉環顧四周，伸手遮眼擋住剛從東方升起的燦爛太陽，發現嘶嘶和快快在河灣附近灌木叢生的土坡草地上。她吹起呼喚的口哨，聲音類似用來指示沃夫的那種，但有點不同。暗黃色的母馬抬頭嘶鳴，朝她快步奔來，年輕種馬尾隨在後。

兩人拆解帳篷，紮好馬背上的行李。臨出發前，喬達拉決定把帳篷竿和他的標槍分別放在不同的籮筐裡，以便平衡裝載的物品。愛拉倚在嘶嘶身上等待著，這姿勢讓她們倆都覺得舒適而熟悉。這是她們在豐饒卻荒涼的河谷相依為命時培養出的親密接觸方式。

愛拉也殺了嘶嘶的母親。當時她已經狩獵好多年，但只使用拋石索。她無師自通地學會使用這種便於隱藏的狩獵武器，並藉著獵捕肉食動物來為自己打破部落禁忌找理由——因為牠們和部落爭奪食物，有時還會偷取他們的肉。然而那匹馬是她獵殺的第一隻大型肉類食物來源，也是她第一次使用標槍進行獵殺。

在部落裡，如果她是男孩，被允許用標槍狩獵，那會被當成她的第一次獵殺；而身為女人，使用標槍會被下死咒。但她必須殺死那匹馬才能活下去，雖然她不是刻意選擇讓哺乳的母馬落入陷坑的。第一次看見那匹小馬時，她知道失去母親的牠將會死去，因而為牠感到難過，卻沒想過要自己養育牠；沒有理由應該那樣做，也從沒有人那樣做過。

然而當鬣狗追逐那匹驚恐的小馬時，她想起了鬣狗曾試圖叼走奧佳的小男嬰。愛拉痛恨鬣狗，或許是因爲殺了那隻鬣狗導致她的祕密曝光，使她遭受磨難。鬣狗並不比其他天生的食肉動物、食腐動物更壞，但對愛拉而言，牠們代表了所有殘酷邪惡的事物。她的反應就像之前一樣自然，用拋石索射出的石子也發揮效果。她殺死一隻鬣狗，趕走其他幾隻，救了無助的小馬。這回她沒有遭受磨難，小馬的陪伴紓解她的寂寞，和小馬培養出的特殊關係帶給她快樂。

愛拉疼愛那隻年輕的狼，如同對待討人喜歡的聰明孩子，但她對這匹馬的感情完全不一樣。嘶嘶分享了她的孤寂，和她日漸親近，彼此熟悉、了解與信賴，她們的親密程度是兩種異類生物所能達到的極致。這匹黃色母馬不只是她的動物幫手、寵物以及摯愛的孩子，曾有好幾年的時間，嘶嘶是她唯一的同伴，也是她的朋友。

愛拉第一次爬上牠的背，騎著牠馳騁，其實是自然而未經思索的。剛開始時，她沒有想要控制馬匹，她們如此親近，對彼此的了解也隨著每回馳騁而增長。

等待喬達拉的時候，愛拉看著沃夫淘氣地咬著她的營地鞋，希望自己想出方法控制牠破壞的習性。她的眼睛隨意察看他們紮營的岬地上的植物。由於位在河流急彎處，相對於河另一側的高聳河岸，這一側的低地每年都會氾濫，留下肥沃壤土，滋養了種類繁多的灌木、香草，甚至是小樹以及樹叢後方的肥沃草地。她總會觀察周遭的植物，注意會生長的東西是她的第二天性，相關知識根深柢固，讓她對植物的歸類與分析幾乎成爲本能。

她看到一棵熊果灌木。這種低矮的常綠野生植物具有深綠色的小羽葉，茂盛的圓形小白花透著些許粉紅，結出的豐富紅色漿果本身雖然酸澀，但和其他食物一起烹煮時味道不錯。除了當作食物，愛拉知道這種漿果的汁液能有效舒緩排尿的灼燒感，尤其是發生血尿時。

旁邊是一棵山葵，樹梢開滿一串串的小白花，葉片窄小，下方地面也長出富光澤的深綠色尖長葉子。它那長長的肥厚根部氣味刺鼻、口感辛辣，只要用上一點點，就能讓肉類料理別具風味。但愛拉更感興趣的是它的醫療效用，除了促進食欲和排尿，它也可以敷在腫痛的關節上。她猶豫著該不該停下來採一些，後來決定省下可能耗費的時間。

不過看到羚羊鼠尾草時，她就毫不猶豫地拿出尖銳的挖掘棒了。月經期間她喝的特製早茶，成分中也包括了這種植物的根部；其他時候她用不同的植物泡茶，尤其是永遠生長在其他植物上而且常造成那些植物死亡的黃連。很久以前伊札曾告訴她，這種神奇的植物讓她的圖騰靈強壯得足以擊敗任何男人的圖騰，所以她不會懷孕；伊札一直警告她不要告訴任何人，特別是男人。

愛拉不確定是不是靈創造了寶寶，她認爲那可能跟男人比較有關，但無論如何，這種神祕的植物確實有用。當她喝這種特殊的茶時，不管有沒有跟男人親近，她都不曾懷孕。如果他們定居在一個地方，她不會介意懷孕，可是喬達拉曾經清楚表明，由於他們還有很遠的路要走，在旅途中懷孕很危險。

她拔出羚羊鼠尾草的蛇形根，甩掉上面的泥土，看著那能預防流產的植物的心形葉片和長管狀黃花，難過地想起伊札曾經爲她摘取這種植物。她站起來把剛摘取的羚羊鼠尾草根放進繫在靠近一個行李頂端的特製籮筐裡，隨即注意到嘶嘶挑剔地咬掉野生燕麥的頂端，想起自己也喜歡煮那些種子來吃，心裡繼續自動分析歸類著那種植物的藥效：燕麥花和燕麥稈幫助消化。

她察覺蒼蠅嗡嗡圍繞著嘶嘶之前排的糞，想到昆蟲在某些季節可能很擾人，決定留意驅蟲植物。誰知道他們會經過什麼地方？

她立刻仔細觀察周遭植物，發現一種多刺的灌木叢，知道那是某種苦艾，口感苦，有強烈樟腦氣味，不是驅蟲植物，卻有其用途。旁邊是野生天竹葵，葉片有許多齒狀缺口，五瓣花朵呈現微微的粉紅色，會結出狀似鶴嘴的果實。曬乾或磨成粉的葉子可以協助止血、治療傷口，泡出的茶湯可以治療口腔潰瘍、皰疹，根部有益於腹瀉及其他胃部問題。它的口感苦而酸澀，但質地溫和，適合老人和小孩。

她瞥向喬達拉，發現沃夫還在咬她的腳套，突然間她停止冥想，重新把注意力放在她最後看到的植物上。爲何這些植物吸引她注意？它們似乎有某種重要性。她隨即想通了，迅速拿起挖掘棒，開始破土挖掘口感苦而有強烈樟腦氣味的苦艾，接著是酸澀但相對無害的天竺葵。

當喬達拉轉向她時，他已經騎上馬，準備好要出發了。「愛拉，妳爲何要採集植物？我們該走了，妳現在眞的需要那些植物嗎？」

「對，」她說，「我不會花太多時間，」然後又去挖掘口感辛辣、長而肥厚的山葵根。「我想我知道如何讓牠遠離我們的東西了。」愛拉說，指著頑皮齧咬皮革營地鞋殘骸的沃夫，「我要製作『驅狼劑』。」

他們從紮營處往東南方前進，回到原先依循的河流。風沙前一晚已經停止，在清澈的空氣中，先前朦朧不清的遙遠地平線出現在無垠的天空下。兩人策馬走過荒野，從北到南、從東到西，從地表的一端到另一端，觸目所及都是如波浪般綿延起伏的青草——廣闊無邊的草地。水道附近僅存的幾棵樹因而更加顯眼。不過這片草原遠比他們所知的還要廣大。

動輒厚達好幾公里的廣大冰層，密實地覆蓋著地表盡頭，不規則地散布在北部陸地，令人難以想像的重量碾碎了這片大陸滿布岩石的地殼，擠壓岩床本身。冰川南方是大草原——寬廣宛如大陸的乾冷草地，東西兩面都臨海。冰川邊緣的陸地全是廣大無邊的草原；從低地山谷到颼風的丘陵，陸地各處遍布著草。山脈、河流、湖泊、海洋供給樹木足夠水氣，這些樹是冰川時期北部陸地荒涼草原上僅有的點綴。

儘管距離河流還有一段距離，愛拉和喬達拉也能感覺到地面開始向下，朝著較大河流的谷地傾斜。兩人不久就發現自己被高大草叢包圍了。即使是坐在嘶嘶背上，從離地面八尺高的地方望去，愛拉幾乎也只能在羽毛似的草尖與低垂著小花的花梗之間，看到喬達拉的頭和肩膀。藍綠色細梗上轉黃的小花，略帶淡淡的紅，她只能偶爾瞥見他深棕色的坐騎，但是認出快快只是因爲知道牠會在那裡。她慶幸馬兒帶給他們的高度優勢，兩人之前也曾走過這種高大草叢區，簡直就像是穿越由搖曳風中的高高青草所形成的濃密森林一般。

這些高大的青草其實不會阻擋他們前進，在兩人騎馬經過時便輕易地分開。不過他們眼前只能看到草稈，沿途經過的高草也隨即彈回原處，幾乎看不到來時的痕跡。兩人移動時彷彿自成孤立的空間，視野被局限在周圍區域。單單靠著頭頂上依照慣常路徑畫過湛藍晴空的白熱光體及顯示出盛行風向的傾斜草稈，他們很難找到路，而且十分容易失散。

愛拉騎馬時聽見呼嘯的風聲與蚊子高頻率的嗡嗡聲在耳邊作響。茂密草叢中的空氣炎熱窒悶，雖然看得到草稈搖曳，卻幾乎感覺不到半點風。蒼蠅的嗡鳴聲和新鮮糞便的氣味，讓她知道快快才剛排糞。就算牠不在前方幾步遠處，她也知道這是年輕種馬排的糞。就像熟悉跨下這匹馬和自己的氣味一樣，她對牠的氣味也格外熟悉。四周則都是肥沃腐植土的味道及植物萌芽的清新氣息，她不是以香臭來區分氣味；她運用鼻子的方式，就像運用眼睛、耳朵一樣，淵博知識所賦予的判斷能力協助她探索、分析感官世界。

一段時間之後，一根接著一根綠色草稈的單調景致、馬兒規律的步伐、接近正午的炎熱太陽，令愛拉昏昏欲睡；她醒著，但不是完全清醒。反覆出現的有節細長草莖在視線中逐漸模糊消失，她轉而開始注意其他植物。那裡還生長了許多其他植物，她像平常一樣不假思索地記在心裡，這只是她看待周遭環境的方式。

愛拉認爲，在那個必定有某種動物翻滾過而製造出的開闊空間裡，有妮姬說的藜，類似部落洞穴附近的莧草。她心裡想著應該要摘一些藜，但沒有實際行動。那種有黃色花朵、葉片包覆莖部的植物是野生甘藍菜，今晚吃那個也很好；她依然經過它而沒有行動。那些有小葉子的藍紫色花朵是紫雲英，它結了很多豆莢，它們成熟了嗎？可能還沒有。前面上方的那朵白色野花有點接近圓形，中央是粉紅色的，那是野生胡蘿蔔。快快好像踩到部分的葉子，我應該去拿挖掘棒，但那邊還有更多。數量好像很多，我可以等，而且現在這麼熱。她試著趕走兩隻嗡嗡圍繞著汗濕頭髮的蒼蠅。我有一陣子沒看到沃夫了，牠在哪裡？

她轉頭尋找那隻狼，看見牠緊跟在母馬後面嗅著地面，然後停下來抬起頭去聞另一種氣味，隨即消失在她左邊的草叢中。她看見一隻翅膀有斑點的藍色大蜻蜓，在牠停留過的地方附近盤旋，彷彿在做記號。過了一會兒，傳出一陣嘎嘎叫聲和噗噗振翅聲，一隻大鴇突然飛向空中。愛拉伸手去拿繞過前額纏在頭上的拋石索──放在那裡很方便迅速拿取，而且可以避免頭髮四散。

但她還來不及從囊袋掏出石子，那隻大鴇已經遠離。那種大鴇重約十一公斤，是大草原上最重的鳥類，就體型來說牠算是飛得很快的了。她看著那隻雜色鳥加速拍打末端帶點黑色的白色翅膀，頭往前伸、腿往後揚，愈飛愈遠，心裡眞希望自己早點明白沃夫嗅到了什麼。那隻鴇會是她、喬達拉和沃夫很棒的晚餐，而且還會剩下很多當存糧。

「眞可惜我們不夠快。」喬達拉說。

愛拉發現他正把一枝輕標槍和標槍投擲器放回行囊籮筐，她點點頭，將皮製拋石索纏回頭部。「眞希望我學會怎麼用布莉希的拋擲桿，它的速度快多了。去獵捕猛獁象的途中，我們停在有很多鳥類築巢的沼澤，她使用拋擲桿的速度快得不可思議，而且一次可以打中好幾隻鳥。」

「她很行，但那可能是因爲她之前練習使用那隻拋擲桿很久了，就像妳使用拋石索一樣；我不認爲那種技術可以一季就練成。」

「不過如果草沒有這麼高，我或許就能看到沃夫在追什麼，及時拿出拋石索和幾顆石子，我本來以爲可能是野鼠。」

「我們也應該盯著沃夫驅趕的東西。」喬達拉說。

「我已經張開眼睛了，只是看不到任何東西！」愛拉說，她看著天空確認太陽的位置，伸長脖子想望過高草。「不過你說的對，想想如何替晚餐張羅新鮮的肉也無妨。我已經看到所有適合吃的植物，本想停下來採集，但看起來到處都有，所以我寧可晚點再採些新鮮的，也不要讓它們在大太陽底下枯萎。我們還剩下一些從虎尾草營拿來的烤野牛肉，但只夠再吃一餐，而且現在四周還有很多新鮮的食物，沒理由在這個時節就吃備用的乾肉。我們還要走多久才會停下來？」

「我認爲我們離河不遠了，因爲這裡比較涼爽，而且這種高草通常生長在周圍有水的低地。一旦抵達河邊，我們往下游走時，就可以開始尋找紮營地點。」喬達拉說著，再次出發。

高草一路蔓延到河邊，不過潮濕的河岸附近混雜生長著樹木。兩人停下來讓馬兒喝水，自己也下馬來，利用編織緊密的小籮筐當作舀水容器和杯子喝水。沃夫迅速跳出草叢，啪啦啪啦地舔水喝，然後砰地躺下來看著愛拉，吐著舌頭重重喘氣。

「沃夫也會熱，」愛拉微笑著說：「我想牠去探勘了，眞想知道牠發現了什麼，牠在這種高草中看到的比我們多很多。」

「我想再走一段才紮營。我習慣視野開闊的地方，這裡讓我覺得封閉，不知道四周會有什麼動靜。」喬達拉說著探向他的坐騎。他攀住快快硬直鬃毛下的背頸，縱身一躍，跨腿翻身，輕巧地騎上強壯種馬。他引導馬兒離開鬆軟河岸，來到比較堅硬的地面，再往下游前進。

大草原當然不是只有搖曳起伏草浪形成的單調、遼闊而缺乏特色的景觀。高草只生長在十分潮濕的區域，而這些區域還有很多其他植物。五到十二尺高的禾本科大量蔓生，從大球莖的藍莖草、虎尾草到成簇的牛毛草都有；多采多姿的非禾本科草地還有各式各樣的開花植物和寬葉香草：紫苑、款冬、黃色的重瓣土木香、狀似白色大喇叭的曼陀羅、野豆、野生胡蘿蔔、蕪菁、山葵、芥菜、小洋蔥、鳶尾、百合、毛莨、黑醋栗、草莓、紅色與黑色木莓。

雨量稀少的半乾燥區域長著不到一尺半高的短草，它們緊貼著地面，多半往下生長，奮力冒出新苗，尤其是在乾旱時節。短草和灌木叢共享同一片土地，特別是苦艾和鼠尾草等艾屬植物。

介於高草和短草之間的中高草，生長在對短草而言太冷、對高草而言太乾的地區。這些濕度適中的草地也色彩繽紛，混雜著許多開花植物，草地上遍布野生燕麥、狐尾大麥、斜坡和高地特別容易出現的小藍莖草。米草生長在偏濕的土地，針茅草生長在偏涼區域貧瘠而多碎石的土壤裡，從實心草稈接合處長出葉子的莎草科也在那裡大量生長，其中還包括了主要出現在苔原和偏濕土地的棉菅。沼澤則長滿了高高的蘆葦、香蒲與紙草。

河邊較爲涼爽，隨著傍晚逐漸到來，愛拉陷入兩難；她想快點走出令人窒息的高草，也想停下來摘些沿路看到的植物當作晚餐。她的掙扎逐漸形成一種節奏，兩種聲音在她心裡不斷迴盪：對，妳該停下來；不，不要停下來。

節奏本身不久就掩蓋字面含意，一種彷彿原本應該響亮卻寂靜的震動令她滿心憂慮。這種聽不太見的深沉巨響十分擾人，四周貼近的茂盛高草加深了她的不安；她看得到，卻看得不夠遠。她比較習慣眺望遠景，至少讓視線越過面前的草稈。她的感覺隨著持續行進而愈發強烈，彷彿那寂靜聲響愈靠愈近，或是他們正走近聲音的來源。

愛拉注意到地面似乎有幾處剛被翻攪，還聞到濃郁刺鼻的麝香氣味。她皺起鼻子想要尋找來源，隨即聽到沃夫的喉嚨發出低吼。

「喬達拉！」她大喊，卻發現他已經停下來，舉起手示意她停步。前方一定有什麼東西。突然間，巨大的尖銳叫聲爆出，畫破天際。

第三章

「沃夫！待在這裡！」愛拉對那隻帶著好奇緩緩前進的年輕動物下令。她滑下馬背，趕向早已下馬的喬達拉。他正小心穿過眼前稀疏的草叢，走近刺耳的叫聲和隆隆巨響。她在他停下腳步時追上，兩人一起撥開高大草稈查看。一看之下，愛拉趕緊微蹲拉住沃夫，視線卻無法離開空地中的景象。

一群披著長毛的猛獁象正騷動鼓譟著，高草區的邊緣被牠們啃食出一大片空地。一隻大型猛獁象每天大約需要超過二百七十公斤的食物，一群猛獁象很快就能吃光範圍相當可觀的植物。這群動物什麼年齡、體型都有，有些甚至可能剛出生不到幾周，表示這是一個母象家族：媽媽、女兒、姊妹、阿姨和牠們的小孩。有隻聰明謹慎的年長母象帶領著整個家族，牠的體型明顯地比較大。

乍看之下，整群長毛猛獁象是紅棕色的，但仔細一看卻會發現牠們的毛色有許多細微差異：有些偏紅，有些偏棕，有些甚至接近黃色或金色，少數距離稍遠的看起來幾乎是黑色的。牠們渾身上下披著雙層厚毛——從龐大的身軀、格外小巧的耳朵到粗短尾巴末端的毛叢，到短而壯碩的四肢和寬大的腳掌。就是這種雙層皮毛造成了顏色的差異。

雖然溫暖、濃密、出奇柔軟的內層毛髮大多在初夏脫落，但新毛已經開始生長，而且顏色比蓬鬆防風卻相對粗硬的外層毛髮來得淡，這也加深、凸顯外層毛皮的色澤。顏色較暗的外層毛髮參差不齊，有的甚至超過一百公分長，像裙子一樣披掛在身軀兩側；脖子、胸部的鬆垮垂肉及腹部一帶的毛都相當厚，形成牠們躺到結凍地面時的襯墊。

一對年幼的雙胞胎從母親巨大的四肢和赭色長毛後方窺看，尖長的黑色保護毛凸顯出牠們漂亮的金紅色毛皮，令愛拉深感著迷。帶頭的老母象暗褐色的毛髮摻雜著灰色。她還注意到一直跟著猛獁象的白鳥，在象群的默許或忽略下，坐在毛茸茸的象頭上，或是輕巧敏捷地閃避著大腳，享用被這些巨獸擾動的昆蟲。

沃夫哀鳴著表達想更靠近去研究這群有趣動物的渴望，但愛拉把牠拉住，而喬達拉從嘶嘶的行囊籮筐拿出拉繩。那隻有灰斑的帶頭母象盯著他們看了許久，然後重新將注意力轉回更重要的活動上。兩人注意到牠有一隻長牙已經崩斷。

只有非常年幼的公象會跟著母象群，十二歲左右進入發育期之後，牠們通常就會離開原生象群。但這個象群中有幾頭年輕的單身公象，甚至也有極少數比較年長的公象，牠們都受到一隻深栗色皮毛的母象吸引。那隻母象正在發情，因此造成愛拉和喬達拉之前聽到的騷動。當母象處於可以受孕的發情期，對所有的公象都有性吸引力，有時候吸引來的比牠想要的還多。

遠遠擺脫三隻大約二十幾歲的年輕公象追逐後，那隻栗色母象剛剛重新加入家族象群，在騷動的母象群中尋求片刻喘息，而暫時放棄的公象們則站在離休息中的象群稍微遠些的地方。一隻兩歲大的小象奔向那隻引誘了公象群的母象，接受象鼻的輕柔碰觸，然後在母象前腿之間找到乳頭開始吸吮，母象則捲起一整束草開始咀嚼。由於整天都被那些公象追逐騷擾，母象很少有機會餵飽孩子，自己甚至也沒機會覓食或飲水。就連現在牠的喘息時間也不多。

一隻中等體型的公象走近母象群，開始用象鼻碰觸其他母象，從牠們後腿之間的尾巴往下嗅嘗，確認牠們是不是準備好要交配了。由於猛獁象的體型一生都會隨著年齡增長，那隻公象的體型顯示牠比之前那三隻追逐栗色母象的公象還年長，可能有三十幾歲。當牠接近那隻栗色毛皮的猛獁象時，母象迅速跑開，而牠立刻放棄其他母象跟了過去。愛拉屏息看著牠伸出巨大陽具，開始膨脹成長而彎曲的S形。

她身旁的年輕男人聽見她猛然吸了口氣，轉頭望向她，她也轉頭看著他，兩人相互凝視了一會兒，眼中都充滿震驚和好奇。儘管他們都獵捕過猛獁象，卻不常如此近距離地觀察這些毛茸茸的巨獸，也不曾見過牠們交配。愛拉激動臉紅，嘴巴微張，呼吸急促，張大的眼睛閃現好奇。喬達拉看著她，感覺自己的陽具勃起。著迷於兩隻龐然大物即將以令人敬畏的場面榮耀大地母親，如同她所有的孩子一樣，兩人迅速轉回視線。

然而那隻母象卻繞著大圈奔跑，把體型較大的公象遠遠拋在身後，打算再次返回家族象群中。這似乎一點用也沒有，牠很快又開始被追逐。一隻公象趕上牠，企圖跨到牠身上，但牠卻不肯合作，從公象下方逃脫，雖然公象已經射精到牠的後腿上了。當栗色母象加速逃離單身公象時，小象有時會試圖跟上，最後終於決定和其他母象在一起。喬達拉納悶那隻母象爲何如此努力逃避對牠感興趣的公象，難道大地母親不期望母猛獁象也榮耀她？

彷彿有了停下來覓食的共識似的，牠們沉寂了一段時間，所有猛獁象都緩緩往南移動，以穩定的節奏用象鼻拔起一束又一束的高草。在不受公象騷擾的稀少時刻裡，栗色猛獁象垂下頭站著，覓食的過程中看起來非常疲倦。

大部分的白天和夜晚，猛獁象都在吃東西，牠們需要大量富含纖維的食物維生，雖然那些食物可能非常粗糙而缺乏養分——牠們甚至會以象鼻扯下樹皮來吃，不過那通常發生在冬天。牠們每天在十二小時內就吃下好幾十公斤的粗糙食物，其中必須含有少量比較營養的寬葉多肉植物，偶爾也包括少許柳樹、樺樹、赤楊樹的葉子；這些葉子的食用價值高於粗糙的高草和莎草，但猛獁象吃多了會中毒。

當毛茸茸的巨獸走遠了些，愛拉把拉繩綁到沃夫身上。牠比他們對象群更感興趣，一直想要靠得更近，但她不想讓牠打擾或惹惱象群。愛拉感覺帶頭母象允許他們留下，只是必須保持一段距離。兩人牽著顯得有些緊張又激動的馬兒，在高草間繞行，跟隨象群。儘管已經觀察了一段時間，兩人都沒有離開的意思，對這群猛獁象還殘存一絲期待，覺得有什麼事情就要發生。有可能是因爲他們感覺彷彿受到邀請、享有觀察特權的交配還沒完成，但似乎也不只如此。

兩人緩緩跟隨象群，仔細研究這群巨獸，觀點卻各不相同。愛拉很早就開始打獵，經常觀察動物，但她的獵物體型通常都小很多。鮮少有人獨力獵捕猛獁象，通常是有組織的一大群人合力獵捕。和馬木特伊氏人一起去獵捕這種巨獸時，她確實曾接近過牠們，但打獵時很少有時間可以觀察學習，而她不知道以後是不是還有機會仔細觀察這種動物，包括母象和公象。

雖然對牠們醒目的外表輪廓很熟悉，但這次她還是特別仔細留意觀察。猛獁象的龐大頭部呈高聳圓頂狀，頭骨內部有個大型空腔以便溫暖冬天吸入的刺骨寒風，脂肪塊和一撮顯眼的堅硬黑色毛髮使得頭部更加突出。高聳頭部下的短頸背面有深深的凹陷，連結到位於兩個肩骨間隆起處的另一個脂肪塊，背部自此突然向後傾斜到小骨盆和近乎優美的臀部。她從庖解、食用猛獁象肉的經驗得知，第二個脂肪塊比較美味可口，質地不同於在一寸厚的硬皮下那些厚達三寸的脂肪層。

相對於體型而言，長毛猛獁象四肢顯得短了，這某種程度有助於進食。因爲牠們主要吃的是草，而不像牠們生活在溫暖氣候的草食親戚吃的是高掛樹上的綠葉；更何況大草原上也少有樹木。但也就和牠們的親戚一樣，猛獁象的頭部高掛在身體上半部，既大且重，尤其又有龐大象鼻，因此牠們無法像馬或鹿一樣，以長頸支撐頭部，直接低頭就食或飲水。象鼻的演化解決了這個把食物和水送入口中的問題。

長毛猛獁象彎曲的象鼻覆有毛皮，強健得能扯開樹木，或是將厚重冰塊舉起砸碎，成爲適合當作冬季水源的大小，同時又靈巧到能揀選、摘取一片葉子，而且極擅長拔草。象鼻末端上半部生有一個指狀突起，可受精確控制；下半部的結構較寬平且很有彈性，幾乎像手一樣，只是沒有骨頭和分開的手指。

象鼻的靈巧與強健令喬達拉驚奇，他看著一隻猛獁象以象鼻下半部肌肉發達的突出處，環繞著收攏一束生長密集的高草，上半部的指狀突起則撥入更多生長在旁邊的草莖，直到累積成滿滿一捆，然後上半部的指狀突起如相對的拇指般緊緊圈住那捆草，接著毛茸茸的象鼻便猛力將草拉出地面，連根拔起。

甩掉部分塵土後，這隻象把草全塞進嘴裡，一邊嚼食還一邊拔更多的草。

猛獁象群橫越大草原進行遠距遷徙時，會在沿途造成相當大的破壞，至少看起來是如此。牠們將草連根拔起、扯開樹皮，但造成的擾動有益於大草原及其他動物。有木質莖的高草和小樹一旦被清除掉，同一地點就會長出更豐富的非禾本科草本植物和新生禾草，成爲大草原上其他動物的必需食物。

愛拉突然打起哆嗦，骨子裡有種奇特的感覺，然後發現那些猛獁象停止吃東西，有幾隻揚起頭面向南方，拉長覆有毛皮的耳朵，來回擺動著頭。喬達拉發現那隻被所有公象追逐的深紅色母象有了變化，牠疲憊的神情消失無蹤，反而看起來有所期待。突然間，牠發出隆隆迴盪地低沉吼叫。愛拉覺得滿腦子都是共鳴聲，而當如同遙遠低沉雷鳴的回應自西南方傳來時，她感覺到令人起雞皮疙瘩的寒意。

「喬達拉，看那邊！」愛拉說。

他看著她指的地方，在彷彿被旋風捲起的飛揚煙塵中，一隻淡紅褐色的龐大猛獁象奔向他們，高草上只看得見牠圓頂狀的頭和肩膀，牠奇特的巨大長牙向上彎曲。象牙從上顎並排長出，在向下生長時往外張開，然後又向上彎曲，並且向內捲成愈來愈細的螺旋狀，直至磨損的尖端；如果沒有被弄斷的話，長牙最後會在前方交叉成一個大圓圈。

這種厚皮毛的冰原期大象相當壯碩，肩膀很少超過三公尺高，但是長牙特別巨大，是同品種中最壯觀的。一隻八十歲的壯年母猛獁象彎曲的巨大象牙，每支可能都長約五公尺、重約一一八公斤。

在那隻紅褐色公象抵達之前，早就傳來一股強烈、刺鼻的麝香味，在母象群中掀起一陣狂熱興奮。當牠抵達空地時，那群母象全都奔向牠，大量地噴尿以使牠沾染牠們的氣味，並且爭相發出長而尖銳的嗚嗚叫聲音，喧鬧地問候牠。牠們深受牠吸引，在牠四周團團轉，或試圖用象鼻碰觸牠，牠卻都退到象群的邊緣。

當那隻公象夠近時，愛拉和喬達拉同樣充滿敬畏地仔細端詳牠。牠抬起圓圓隆起的巨大頭部，將傲人的螺旋狀象牙舉得高高的。那些母象的象牙長度和直徑遠比牠的短且直，牠壯觀的長牙甚至使那些龐大公象的象牙看起來顯得微不足道。牠張開覆有厚厚毛皮的小耳朵，頭頂那撮堅硬筆直的深色毛髮和身上隨風飄揚的淡紅褐色長毛，使得牠原本就已巨大的體型更顯龐大。牠比體型最大的公象高出將近六十公分，體重是母象的兩倍，顯然是兩人所見過最龐大的動物。熬過艱困時期存活下來、超過四十五歲的牠高大健壯，正處在壯年時期的顛峰狀態。

但不只是牠體型上先天的優勢，導致其他公象退避。愛拉發現牠眼睛和耳朵間的鬢角腫大，持續流出的麝香黏液，使雙頰大量的紅褐色皮毛染出黑色紋路。牠也持續滴著口水，氣味濃郁的刺鼻尿液不時噴在四肢的毛皮及冒出淡綠色泡沫的陽具鞘上。她懷疑牠病了。

然而，鬢角腫起的分泌腺和其他徵兆都不是疾病。不僅母猛獁象會發情，完全成熟的公猛獁象每年也會有一段時期進入強烈渴望交配的狂暴狀態。儘管母象十二歲左右就進入發育期，公象卻要接近三十歲才會開始出現狂暴狀態，而且只會持續一周左右。不過，到了四十五歲以後的壯年期，處在最佳狀態的公象，每年的狂暴狀態就能維持三到四個月。雖然也有發情母象肯和過了發情期的公象交配，但狂暴公象卻往往更能成功。

這隻紅褐色的大公象不只高大，而且已經完全發情，牠是回應發情母象的呼喚前來交配。

就像大多數雄性四足動物一樣，公猛獁象可以在近距離從母象的氣味得知牠們是否可以受孕。但散布於如此廣大區域的猛獁象則發展出另一種傳達牠們準備好交配的方式。母象發情或公象狂暴時，聲調會變得低沉；音調極低的聲響不會像高音在長距離中消逝，深沉的隆隆叫聲因而能在廣大平原上傳播遙遠。

喬達拉和愛拉可以清楚聽見那隻發情母象發出低沉叫聲，卻幾乎聽不到那隻狂暴公象彷彿無聲的深沉音調。即使在普通情境下，猛獁象也經常用大部分的人類聽不到的低沉叫聲隔著距離溝通。儘管公猛猛獁象的狂暴叫聲確實是音量極大的深沉吼叫，而母猛獁象的發情叫聲音量甚至更大，但很少人能察覺這種深沉音調的音波震動，因爲這種聲音大部分的頻率都低於人類所能聽見的音域範圍。

那些年輕的公象著迷於那隻栗色母象的氣味，以及縱使人類聽不見，但其他猛獁象遠遠就能聽見的宏亮低吼，不過卻都被牠排拒。牠希望孩子的父親是比較年長的高大公象，那隻公象的生命經歷要能夠證明自身的健康和求生本能，牠要知道對方的生殖能力足夠孕育下一代；換句話說，牠要的是一隻狂暴公象。牠雖然沒有眞的那樣想，可是牠的身體知道。

既然那隻公象來了，牠就準備好了。栗色母象奔向那隻巨大公象，大聲發出宏亮的低沉吼叫，揮動覆有毛皮的小耳朵，長劉海隨著牠的每個步伐擺動。牠大量噴尿，將長鼻伸向公象S型的長陽具，嗅嘗公象的尿。牠發出雷鳴般的呻吟，轉過身高舉著頭朝公象後退。

那隻巨型公象將長鼻放到母象背上，碰觸並安撫母象，巨大的陽具幾乎觸地。然後牠用後腿站立，兩隻前腿向前延伸，跨在母象背上。牠幾乎是母象的兩倍大，體型大得彷彿會壓垮母象，不過牠的後腳承載了大部分的重量。牠用彎曲、活動自如的陽具鉤狀末端，找到母象低懸的陰部開口之後，便舉起陽具，深深插入，張口大聲吼叫。

喬達拉覺得深沉隆隆聲似乎已經消散，卻還能感覺到持續的震動。愛拉則是覺得聽見吼聲稍微變大，接著一股震動貫穿全身，使她劇烈顫抖。栗色母象和紅棕色公象維持了這姿勢很長一段時間，公象全身淡紅色的長毛不停震動，但幅度輕微。然後牠咆哮著離開了母象身上。母象則是向前移動，發出長長的低吼。愛拉背脊升起一陣強烈寒意，起了雞皮疙瘩。

整個象群都嗚嗚著奔向那隻栗色母象，喧鬧地用長鼻碰觸牠的嘴巴和溼潤的陰部開口，因爲爆發的興奮而排糞、噴尿。那隻紅褐色公象低下頭站著休息，似乎沒有察覺充滿喜悅的混亂場面。最後，牠們終於平靜下來，開始漫步離開去吃草，只剩那隻母象的孩子留在附近。栗色母象再度開始低吼，接著用頭部摩擦紅褐色公象的肩膀。

儘管那隻栗色母象的魅力絲毫不減，卻再也沒有其他公象接近那隻巨大公象身邊的母象群。除了對母象造成難以抵擋的誘惑，狂暴公象也能支配其他公象，牠們會變得十分有侵略性，甚至對體型大過自己的公象也一樣，除非對方也同樣那麼亢奮。只有另一隻體型相近的狂暴公象才會想面對牠，如果兩隻公象都被同一隻母象吸引，而且近距離地發現彼此，牠們免不了會打鬥，可能導致嚴重受傷或致死。

幾乎像是知道後果般，牠們非常努力迴避彼此，避免打鬥。狂暴公象的深沉叫聲和刺鼻尿痕，不只可以向熱情母象宣告自己的出現，也向其他公象宣告牠的位置。母象可能發情長達六七個月，期間只有三四隻公象會同時進入狂暴狀態；但牠們都不太會為了那隻發情的母象，挑戰那隻紅褐色的巨大公象。不論是否處在狂暴狀態，牠都在族群中占有優勢，而那些公象知道牠在那裡。

兩人持續觀看，愛拉發現栗色母象和紅褐色公象形影不離，即使牠們已經開始吃草。為了捲食特別有肉質的香草，那隻母象一度遠離大約幾十公分，這時就有一隻應該還在發育的年輕公象試圖緩緩靠近。母象奔回配偶身旁，那隻紅褐色公象則發出低吼，衝向年輕公象。接收到刺鼻氣味和深沉吼叫的訊息，年輕公象趕緊跑開，順服地垂下頭並保持距離。那隻母象終於能夠休息、吃草而不被追逐，只要牠待在那隻狂暴公象附近。

這對男女依然不太情願立刻離開，儘管兩人知道一切已經結束，而且喬達拉又開始感受到上路的壓力。有機會見證猛獁象的交配，讓他們感覺既敬畏又光榮。他們覺得自己不只是獲許觀看，甚至也是其中一份子，共同參與了動人的重要儀式。愛拉希望自己也能跑上前觸摸牠們，表達她的感謝，分享牠們的喜悅。

離開之前，愛拉發現附近有許多沿路看到的可食用植物，決定採集一些。她以挖掘棒挖掘根部，用一種相當薄卻堅韌的刀子砍削莖部和葉子；喬達拉俯身在一旁幫忙，儘管他必須依賴她確切指出想要的植物。

喬達拉的舉動仍然令她驚訝。和獅營的人一起生活時，她學到馬木特伊氏跟穴熊族截然不同的習俗和工作模式。不過就連在那裡，她也經常是和黛琪、妮姬或很多人通力合作，卻忘了他會願意做那些被部落的男人視爲女人專屬的工作。然而，早在山谷中初相識時，喬達拉就會毫不猶豫地去做任何她所做的事，而且驚訝她沒預期他會分擔需要完成的工作。當兩人獨處時，她再度開始意識到他的這一面。

終於上路之後，兩人默默地騎了一段時間。愛拉還在想著那群猛獁象，對牠們念念不忘。她也想念馬木特伊氏人，他們給了無依無靠的她一個家和歸屬。雖然也獵捕很多其他動物，他們自稱猛獁象獵人，賦予這些長毛巨獸獨特的尊榮地位，即使是在獵捕牠們的時候也一樣。除了取得大量的生存必需品——肉、油脂、獸皮、可以製成織物和繩子的毛、可以製成工具和雕刻品的長牙、建造住處甚至做爲燃料的骨頭——獵捕猛獁象對他們也有深刻的精神意涵。

雖然離開了，她卻覺得自己現在更像個馬木特伊氏人。他們此時撞見那群猛獁象並非偶然，她確信一定有理由，懷疑大地母親馬特或是她的圖騰靈正試圖告訴她些什麼。她發現自己最近常想到穴獅靈，懷疑這個克雷伯給她的圖騰是否仍庇佑著她，即使她已經不是部落的人。而部落的圖騰靈又將要如何融入她與喬達拉的新生活呢？

高草總算開始變得稀疏，他們緊貼著河流前進，尋找適合紮營的地方。喬達拉望向西沉的太陽，判定時間已經太晚無法打獵，他不後悔留下來看猛獁象，卻希望能打獵以補給肉類食物，這不只是爲了當天的晚餐，也爲了未來幾天。他不希望動用旅行乾糧，除非眞的有需要，所以他們隔天早上得花時間打獵了。

這個有著肥沃低地的河谷已經有些改變，植物也隨之不同。湍急水道的堤岸逐漸增高，草的特徵也不一樣，而且變得比較短，高度僅及馬腹。這讓喬達拉鬆了一口氣，因爲他比較喜歡看得見去路。地面在斜坡頂端開始變得平坦後，景觀有了種熟悉感。他們並沒有眞正到過那個地方，但那裡卻類似獅營的鄰近地區，有高聳的河岸和通往河流的侵蝕溝渠。

他們攀上小丘，喬達拉注意到河道轉往左邊，朝向東方而去；是時候離開這條維繫生命的水脈了。這條河流緩緩蜿蜒流向南方，然後轉往西方橫越荒野。他停下來查看塔魯特爲他刻在象牙板上的地圖。當他抬起頭時，發現愛拉已經下馬，站在堤岸邊緣眺望河流。她的站姿有點讓他覺得她正在心煩或不開心。

他抬腳下馬，和她一起站在河岸上，看到河對岸吸引她站到岸邊的景象。對岸階地斜坡中途有個長型大土丘，旁邊雜草叢生，看起來像是河堤的一部分，卻有個厚重猛獁象皮遮擋的拱形入口。顯示這其實是一間土屋，就像他們去年冬天居住的地方，獅營的人稱之爲「家」的土屋。

愛拉凝視外觀熟悉的建物，清楚想起獅營土屋的內部陳設。這種半地下居所寬敞堅固，可以維持很多年。人們在河堤的細黃土上挖出低於地平面的地基，以重達好幾噸的大猛獁象骨結構，穩固支撐起牆壁及覆蓋了河流污泥的圓形草皮屋頂；捆紮在一起的鹿角盤繞天花板，象骨和草皮屋頂之間鋪上厚厚一層茅草和蘆葦。側邊的土階做爲溫暖的床，又往下在寒冷永凍土層挖出儲藏區。兩支彎曲的巨大猛獁象牙是拱門，較粗的一端埋在土裡，尖端則相對接合。那絕不是暫時性的建築，而是大到足夠容納好幾個大家族的永久住所。她確信建造土屋的人非常想回來，就像獅營每年冬天都會回到土屋一樣。

「他們一定去參加夏季大會了，」愛拉說：「眞好奇那是哪個營的家？」

「也許是虎尾草營。」喬達拉提醒。

「或許吧，」愛拉說完靜靜凝望滾滾急流。「看起來好空盪。」過了一會兒，她補充說：「我們離開時，我沒想到自己永遠不會再見到獅營。我想起在整理要帶往夏季大會的行李時，遺留了一些東西。

要是知道不會回去，我可能會帶著走。」

「愛拉，妳後悔離開嗎？」喬達拉前額憂慮的皺紋一如往常地顯露出他的關切。「我說過如果妳希望的話，我會留下來，也成為馬木特伊氏的一份子。我知道妳在他們那裡找到家，而且很快樂。現在還不算太遲，我們仍然可以回去。」

「不，離開讓我難過，但我不後悔。我想跟你在一起，從一開始就是如此；而我知道你想要回家，喬達拉。打從我們認識，你就想要回家，你可能會習慣住下來，但你永遠無法眞正快樂，而會一直想念你故鄉的族人與家人。那些對我沒有那麼重要，因為我從不知道自己生在哪裡，部落是我的族人。」

愛拉轉而沉思，喬達拉看見一抹微笑使她的表情柔和下來。「假如伊札知道我跟你在一起，她一定很高興，她會喜歡你的。早在我離開之前，她就說我不是部落的人，雖然除了和他們一起生活的記憶之外，我想不起任何其他的人事物。伊札是我認知中唯一的母親，但她要我離開部落，為我擔心。她過世前告訴我：『找到妳自己的族人，找到妳自己的配偶。』不是穴熊族男人，而是像我的男人，一個我愛而且會照顧我的人。但我一個人待在河谷裡好久，不認為自己會找到任何人，然後你就出現了。伊札說得對，雖然離開很難，我還是需要找到我自己的族人。除了杜爾克的事情之外，我幾乎該感謝布勞德逼我離開。如果沒有離開部落，我永遠不會找到一個愛我或者我這麼在意的男人。」

「愛拉，我們沒有那麼不同。我也沒想到我會找到我愛的人，雖然我認識很多齊蘭朵妮氏女人，一路上索諾倫和我也遇到更多的女人。索諾倫很容易結交朋友，即使是在陌生人之中，讓我也很容易結交朋友。」他痛苦地閉上眼睛，不敢繼續回憶，臉上浮現深沉悲傷。每當他談起弟弟，愛拉就會看見那份依然強烈的痛苦。

她望向喬達拉，看著他高大的強壯身體，看著他用皮帶向後綁在頸背的長直黃髮，看著他俊美的容貌。在夏季大會觀察他之後，她懷疑他並不需要借助弟弟結交朋友，尤其是女人。她是有理由的。除了體格和英俊面容，更重要的是眼睛；那雙格外充滿活力與表情的眼睛，彷彿洩漏這個極重隱私的男人內心，賦予他引人注目的魅力風采，幾乎讓人無法抗拒。

就如這一刻他看她的方式，他的眼神裡充滿熱切和渴望，她可以感覺到自己的身體在回應他眼神的輕撫。她想到那隻栗色猛獁象一直拒絕其他公象，等待巨大的紅褐色公象到來，然後就一刻也不想再等，不過延長期待也有其樂趣。

她喜歡看著他，擁有滿滿的他。第一眼見到他時，她就覺得他俊美，儘管她沒有別人可以拿來比較。從那時候起，她就知道其他女人也喜歡看著他，認為他很顯眼，甚至有著令人難以抗拒的吸引力。她還知道聽別人談論他的魅力令他困窘。出色的外表帶給他的痛苦，至少和快樂一樣多。引人注目的外貌與他本身的特質無關，所以並沒有為他帶來成就感；那是大地母親的恩典，不是他自己努力的成果。

大地母親不僅賦予他外貌，還讓他天生機敏，心智豐富靈活，更容易覺察、理解物質世界。喬達拉的母親生下他時的配偶，被公認是最會製作石器的人，在對方的訓練下，喬達拉成為純熟的石器製造者，長途旅程中向其他燧石匠學習的技術，使他的手藝更為精進。

然而，愛拉覺得他俊美，不只是因為他族人所認定的特殊魅力，也因為他是她記憶裡所見過的第一個像自己的人。他是異族，不是穴熊族。他剛到她的山谷時，她就不斷觀察他的臉，甚至在他睡著時，即使表現不明顯。與眾不同那麼多年後，她很驚訝會看到和自己相似的面容，同樣沒有粗大的眉脊、向後傾斜的額頭、尖挺的大鼻子或突出的臉孔，也不是沒有下巴。

喬達拉的額頭就像她一樣高聳平滑，沒有粗大眉脊，鼻子甚至是牙齒都相對的小，嘴巴下面的骨頭隆起，和她一樣有下巴。看過他以後，她就能了解為什麼部落的人認為她的臉孔扁平、額頭突出。她曾在靜止的水中看過自己的倒影，相信他們告訴她的。儘管喬達拉比她高大，就如同她比部落的人高大，而且不只一個男人對她說過她很美麗，內心深處她還是認為自己高大醜陋。

不過由於喬達拉是男性，臉部輪廓更深、稜角更明顯，所以對愛拉來說，他比她更像部落的人。她在部落長大，以他們當作衡量的標準，認為他們很英俊，她的其他同類看法則不同。喬達拉有張和她一樣的臉孔，卻比她長得更像部落的人，長相俊美。

喬達拉微笑，高聳的額頭變得平順。「我很高興妳覺得她會認同我，真希望我見過妳的伊札，」他說：「以及部落的其他族人。但我得先遇見妳，才會知道他們也是人，而且可以認識他們。按照妳的說法，他們一定是好人，希望哪天我能遇見穴熊族人。」

「很多人都是好人。部落在地震後收容了年紀很小的我，布勞德把我趕出部落後，我就沒有族人了。我是沒有族人的愛拉，直到獅營接納我，給我歸屬，讓我成為馬木特伊氏的愛拉。」

「馬木特伊氏和齊蘭朵妮氏沒有那麼不同。我想妳會喜歡我的族人，他們也會喜歡妳。」

「你並不是一直都那麼確定這一點，」愛拉說，「我記得你曾擔心，他們會因為我在部落長大、因為杜爾克而排斥我。」

喬達拉感覺到自己困窘臉紅。

「他們會叫我的兒子孽種，半人半獸雜交靈，你也曾那樣叫過他，而且因為我生下他，他們會把我想得更糟。」

「愛拉，離開夏季大會前，妳要我承諾會告訴妳實情，不要有所保留。實情是剛開始時我會擔心，我要妳和我一起走，卻不要妳告訴別人關於自己的事，要妳隱藏自己的童年，編織謊言，雖然我痛恨說謊——妳也從沒學會如何說謊。我怕他們不接受妳，我知道那種感覺，不想讓妳受到那種傷害，但我也為自己擔心。我擔心他們會因為我帶妳回去而排斥我，而我不想再經歷那種事情，但我無法忍受去想像沒有妳的生活，我不知道該怎麼辦。」

愛拉記得再清楚不過，他猶豫不決的掙扎令她困惑沮喪；儘管和馬木特伊氏在一起那麼愉快，她卻因為喬達拉非常不快樂。

「現在我知道了，差一點失去妳之後，我明白了。」喬達拉繼續說：「愛拉，對我來說，沒有人比妳更重要。我要妳做自己，去說或做妳認為自己應該說或做的事，因為那是我愛妳的理由，而且我現在相信，大多數人都會歡迎妳，我曾經親眼目睹過。我在獅營和馬木特伊氏學到很重要的事：不是所有的人想法都一樣，而且觀點會改變。有些人會支持你，有時是那些你最意想不到的人，而有些人有足夠的同情心去愛和養育其他人所稱的孽種。」

「我不喜歡他們在夏季大會中對待萊岱格的方式，」愛拉說，「他們之中有些人甚至不想讓他安葬。」喬達拉在她的聲音裡聽見憤怒，但他可以看見憤怒背後就要奪眶的淚水。

「我也不喜歡那樣。有些人就是不會改變，不會張開眼睛去看顯而易見的事物。我想了很久，愛拉，我不能向妳保證齊蘭朵妮氏人會接納妳，要是他們不接受妳，我們會找到其他地方。對，我想回去，我想回到我的族人身邊，我想見我的家人、朋友，我想告訴我母親索諾倫的事情，並且要求齊蘭朵妮去找他的靈，以免他還沒找到前往另一個世界的路；但是如果不行，對我來說也不再那麼重要了。那是我學到的另一件事，也是我為什麼告訴妳，我願意和妳留下來，如果妳希望我這樣做的話。我是認真的。」

他用雙手緊握她的肩膀，堅決地凝視她的雙眼，想要確定她了解他。她看見他的信念和愛意，但現在她納悶他們是否應該離開。

「如果你的族人不接受我們，我們要去哪裡？」

他對她微笑。「愛拉，如果有必要的話，我們會找到另一個地方，但我不認為我們會需要這麼做。我告訴過妳，齊蘭朵妮氏和馬木特伊氏沒有那麼不同，他們會愛妳的，就像我一樣。我甚至都不再擔心，不確定為什麼我曾經會擔心。」

愛拉對他微笑，很高興他如此確定他的族人會接納自己，但願自己也能分享他的自信。他可能忘了，或者並不明白，當他知道她的兒子及她的生長背景時最初的反應，讓她留下多麼深刻又持久的印象。他猛然往後躍起，用她永遠忘不了的厭惡表情看著她，就像她是骯髒、卑劣的鬣狗。

他們再次上路時，愛拉一直在想旅程的盡頭會有什麼在等待她。的確，人是會變的。喬達拉已經徹底改變，她知道他已經完全沒有一絲那種厭惡的感覺；但是，教他產生那種感覺的人呢？如果他的反應如此立即而強烈，在他的生長過程中，他的族人一定是這樣教導他的，他們的反應怎麼不會和他如出一轍呢？儘管很想和喬達拉在一起，也很高興他想帶她一起回家，她卻完全不期待認識齊蘭朵妮氏人。

第四章

他們緊沿著河繼續前進，喬達拉幾乎確定河道轉向東方，卻又怕那可能只是普通的寬闊河灣。如果河道轉向，他們就要放棄沿著明確路徑前進，開始遠離河流，穿越鄉野；他想確定是否到了應該離開河流的地點。

有幾處可以停下來過夜的地方，但喬達拉不時查看地圖，尋找塔魯特提過的營地，他需要藉由那個營地來確定所在位置。那個地方經常有人駐紮，他希望自己猜得沒錯，那個營地就在附近；然而這份不精確的地圖頂多只標示了大致的方向和地標。被迅速刻在象牙片上的地圖，是喬達拉之前聽取口頭說明時的輔助工具，並且讓他不至於遺忘，卻無法清楚地指示出路徑。

河岸高低起伏，他們持續行走於高地，以獲得更寬廣的視野，雖然這樣會和河流有點距離。下方緊鄰流水的牛軛湖正逐漸乾涸成爲沼澤。就像所有流水穿越開闊的土地時的情形一樣，原本蜿蜒曲折的河道隨著水流的沖刷與侵蝕而愈來愈彎曲，當河流自然截彎取直之後，原本彎曲的河道迅速阻塞，形成狀似牛軛的半月形小湖，孤立的小湖因爲沒有河水注入開始乾涸。隱蔽的低地如今成了潮濕的草地，蘆葦和香蒲叢生，草地深處長滿了親水的濕地植物，綠色窪地會因爲這塊濕地地階，隨著時間逐漸形成茂密的草地。

喬達拉看到一隻麋鹿衝出鄰近濕地邊緣的茂盛樹林，差點要拿出標槍，但就算使用標槍投擲器，那隻大鹿仍不在射程範圍內，而且很難把牠弄出濕地。這隻模樣笨拙的動物鼻子突出，巨大的掌狀鹿角仍覆有茸毛，愛拉看著牠走進沼澤。牠高舉長腿、放下讓自己不會沉入泥濘沼澤底部的寬蹄，直到水深及脅腹，然後把頭潛進水裡，再抬起頭時滿嘴都是滴著水的浮萍和水生拳參。附近棲息在蘆葦叢中的水鳥不理會牠的出現。

沼澤另一邊十分乾涸的斜坡上有溝渠及受到流水侵蝕的河岸，為非禾本科草本植物提供了庇護的縫隙，像是藜、蕁麻、長有小白花的毛葉鼠耳繁縷叢之類的。愛拉解開拋石索，從事先準備好的囊袋中拿出幾顆圓石。她的河谷盡頭也有類似的地方，她經常在那兒發現並獵捕大草原上格外碩大的地松鼠，一兩隻就能讓人飽餐一頓。

那裡有崎嶇地形通達開闊草原，是松鼠最喜愛的棲息地。牠們趁著冬眠前把從鄰近草地收集來的豐富種子妥善貯藏，以便在春天時進行繁殖，如此一來，當新的植物長出時，牠們就能孕育出下一代；年幼的松鼠必須食用富含蛋白質的非禾本科草本植物，才能在冬季來臨前長大成熟。不過他們經過時沒有一隻地松鼠主動現身，沃夫似乎也沒有能力或意願驅趕牠們。

他們繼續往南前進，向東綿延而去的寬闊平原下方的廣大花崗岩台地，隆起變形成為起伏的丘陵。他們行經的這片陸地在遠古時期曾經是山，而今已崩塌許久。使土地變形成為新山地的龐大壓力，或是足以撼動、分裂不穩定土壤的強大內部力量，都無法影響殘存的堅硬岩石地盾。古老斷層塊上形成新岩石，但原本的山露頭仍然穿透沉積物所生成的地殼。

當猛獁象還在大草原上吃草的年代，就像那片古老陸地上的動物一樣，禾草和香草不僅大量生長，分布的範圍和多樣性也很驚人，形成令人意想不到的植物群落。不像後來形成的草地，這些大草原沒有因為受到溫度和氣候的影響而生成種類有限的寬帶狀植被，反而混雜生長了豐富多樣的植物，包括種類繁多的禾草及大量增生的香草和灌木。

水源充足的山谷、高地草原、小山丘或略低處，全都促使植物生態自成一格，各種不相干的植物貼近地混雜生長。面南的斜坡可能有生長於溫暖氣候的植物，同一座山丘面北的斜坡則出人意料的不同，長出適合寒冷氣候的寒帶植物。

愛拉和喬達拉行經的崎嶇高地土壤貧瘠，生長著稀疏的短草。風蝕加深了溝渠，一條過往在春季氾濫的支流，谷地高處的河床已經乾涸，缺乏植物，堆積出沙丘。

這片高低不平的地帶離低地河流不遠，吱吱叫著的野鼠和鼠兔——雖然牠們後來只出現在高山地區——正忙著割草以曬乾儲藏。牠們冬天時不會冬眠，而是在下陷處累積的雪堆下方或岩石背風處，建造渠道和巢穴，吃牠們儲藏的乾草。沃夫找到並殺死了這些小型齧齒動物，但愛拉沒有費事使用拋石索。牠們體型太小，除非數量很多，否則不足夠當成人類的一餐。

在北部陸地比較潮濕的沼澤和溼地生長良好的寒帶香草，受惠於春季融雪的水氣補給而成長；旁邊裸露的露頭和迎風的小丘上，不尋常地長出堅韌的小型高山灌木。長著小黃花的寒帶委陵菜，在同樣受到鼠兔喜愛的隱蔽凹洞和縫隙，避開風的摧殘；裸露表面上青苔剪秋羅突出的紫色或粉紅色花簇，在乾冷的風中保護本身多葉的莖部。山地水楊梅緊緊依附遍布岩石的露頭及這片崎嶇低地的小丘，就像它在山腰上生長時一樣，微小葉片低垂的常綠分支及單獨的黃色花朵，經過多年蔓生茂密成叢。

愛拉留意到剛開花的粉紅色捕蠅草所散發的香氣，才知道時間漸晚，她看向西沉的太陽，證實了鼻子嗅出的線索。這種有黏性的花朵在夜晚開花，為傳播花粉的蛾類和蠅類昆蟲提供天堂，沒什麼醫療或食用價值，但她喜歡這種氣味宜人的花，腦中閃過想要摘幾朵的念頭，然而天色已晚，她不想停下來。她盤算著他們應該儘快紮營，如果想要在天黑前煮好晚餐的話。

她看見筆直美麗的藍紫色白頭翁花，冒出覆有細毛的展開葉片，不禁在心裡聯想醫療效用：乾燥植物有助緩解頭痛和經痛——她喜愛它的實用，也同樣喜愛它的美麗。當目光觸及有著黃紫色細長花瓣的高山紫苑，從柔滑多毛的葉片形成的蓮座形葉叢長出，她一閃而逝的念頭變成有意識的渴望，想採集一些並且搭配其他花朵，純粹只為了欣賞。但要把花放在哪裡？花不論如何都會枯萎，她心想。

喬達拉開始懷疑他們是否錯過了醒目的營地，或者營地的距離比他們想像得還遠。他不情願地決定他們必須儘快紮營，第二天再尋找地標營地。因為這個理由，再加上打獵的需求，他們可能又要耗掉一天，而他不認為他們承擔得起耗掉那麼多天。他陷入深思，仍在憂慮決定繼續往南走是否正確，沒有仔細留心他們右方小丘上的騷動，只注意到那可能是一群鬣狗在進行獵殺。

儘管經常四處搜尋腐肉，飢餓時只要吃最噁心的動物腐屍就能滿足，但下顎強而有力並且能咬碎骨頭的大型鬣狗，也有能力打獵。被那群鬣狗拉倒的是一歲大的小野牛，幾乎已經長大卻還未發育完全，由於不熟悉掠食者的習性而致命。站在附近的幾隻野牛現在顯然安全了，因為已經有野牛死去；其中一隻看著那些鬣狗，對著鮮血的氣味不安地吼叫。

有別於在同類中並不算特別大的猛瑪象和草原馬，野牛則是相對的龐大。站在旁邊的那隻野牛兩肩骨間隆起處將近有七尺高，胸部和兩肩壯碩，側腹卻幾近雅致。野牛的蹄小，適合在堅硬的乾土上快速奔跑，會避開使牠動彈不得的沼澤地，大大的頭受到黑色龐大長角保護。長達六尺的大尖角與頭部呈十字形交叉，向外彎曲後上揚。暗褐色的皮毛濃密，尤其是在胸部和肩膀。野牛習慣迎向寒風，前端也比較受到保護，從那裡垂下的毛髮鬚邊可長達兩尺半左右，但就連牠的短尾巴也都長有毛髮。

草食性動物雖然全部都吃草，所吃的食物卻不盡相同，各有不同的消化系統或習性，適應性也略有不同。馬和猛瑪象賴以維生的高纖草莖，不足夠供給野牛和其他會反芻食物的動物。牠們需要蛋白質較高的草鞘和葉子，而野牛偏好乾燥地區比較營養的低矮短草，只有在尋找新長出的草時，才會進入大草原中的中高草和高草區探險。整片陸地春天通常都會長出大量的禾草和香草，野牛的骨骼和角也只在一年當中的這個時候生長。冰川邊緣的草地上潮濕溫暖的漫長春天，讓野牛和幾種其他動物擁有很長的生長季節，導致這些動物數量龐大。

在沉思的焦慮情緒中，喬達拉花了一些時間才意會到山丘上可能發生的狀況。當他也想和鬣狗一樣撂倒野牛，伸手去拿標槍和投擲器時，愛拉已經評估過狀況，卻決定採取稍微不同的行動。

「喂！喂！離開那裡！走開，你們這些卑鄙的野獸！離開這裡！」她大喊，騎著嘶嘶快速奔向那些鬣狗，同時用拋石索射出石頭。沃夫跟在她的身邊，對著那群避開的動物咆哮並且像小狗一樣吠叫，一副自得其樂的模樣。

幾聲痛苦的叫聲顯示愛拉的石頭命中目標，但她仍保留武器威力，瞄準不重要的部位。如果她想要，她射出的石頭足以致命；她曾經射殺過鬣狗，但此刻她不想那樣做。

「愛拉，妳在做什麼？」當她折回被鬣狗殺死的野牛旁時，喬達拉騎著馬走向她問。

「我在趕走那些骯髒卑鄙的鬣狗，」她說，儘管她的行爲必然是顯而易見的。

「可是爲什麼呢？」

「因爲我們要分享牠們殺死的這隻野牛。」她回答。

「我正準備獵殺站在附近的另一隻野牛。」喬達拉說。

「我們不需要一整隻野牛，除非我們打算曬乾牠的肉。這隻小牛肉質柔嫩，站在附近的那些幾乎都是老公牛，肉質堅韌。」她邊說邊滑下馬背，將沃夫趕離那隻倒地的動物。

喬達拉更加仔細地觀察那些被愛拉趕跑的龐大公牛，再看了看地上的小牛。「妳說的對，那是一群公牛，這隻小牛可能離開母親所屬的牛群不久，才加入這群公牛，還有很多事情要學。」

「牠剛剛被殺死，」愛拉檢視之後宣告，「那些鬣狗只撕裂牠的喉嚨、腸子和少許側腹的肉而已。我們可以拿走想要的，剩下的留給牠們，這樣就不需要再花時間獵殺其他公牛了。牠們跑得很快，有可能逃走。我想我看見河下游有個地方可能是營地；如果那是我們在找的營地，那我可能還有時間用採集到的食物和這些肉，煮頓美味的晚餐。」

喬達拉還沒完全領悟她的話，她已經切開從胃部到側腹上方的牛皮。一切發生得如此之快，轉眼間，他對必須打獵、尋找營地而多耗去一天的擔憂全都一掃而空。

「愛拉，妳眞棒！」他說，微笑著滑下年輕種馬，抽出裝著象牙刀柄的鋒利石刀，幫忙切除他們想要的部位。「這就是我愛妳的地方，妳總是會有令人充滿驚奇的好主意。讓我們也割下牠的舌頭，眞可惜鬣狗已經吃掉牠的肝臟，不過畢竟這是牠們的獵物。」

「我不在乎這是不是牠們的，」愛拉說：「只要野牛才剛被殺死就好。牠們從我這兒拿走得夠多了，我不介意向那些討厭的動物討一些回來。我恨鬣狗！」

「妳眞的很痛恨牠們吧？我從沒聽過妳這樣談論其他動物，連對狼獾也沒有。牠們有時也吃腐肉，而且更加兇惡、氣味聞起來更糟。」

那群鬣狗緩緩朝著牠們原先想吃的野牛走回來，露齒嗥叫表達不滿。愛拉又射出幾顆石頭趕退牠們，其中一隻鬣狗大叫，幾隻鬣狗隨即發出咯咯大笑聲，令她起雞皮疙瘩。當那些鬣狗想要再度冒險挑戰她的拋石索，愛拉和喬達拉已經拿到他們想要的部分。

兩人騎馬離開，由愛拉領路走下一條溝壑，朝河流前進，剩餘的殘骸就留給立即又回來咆哮著分食野牛的野獸。

她看見的並不是營地本身的記號，而是指路的標示石塚。堆高的石頭內部有一些緊急乾糧、幾樣工具及其他器具、一支取火的木鑽、鑽木台、些許乾火種、一張相當硬的毛皮。那張毛皮有少部分毛髮掉落，雖然還能稍微禦寒，卻已經需要替換。靠近石塚上端是斷裂的猛獁象長牙，被厚重的石頭牢牢固定住，尖端指向河中央一塊有部分浸在水裡的大圓石。那石頭上畫著一個水平的紅色菱形，右端有兩個一樣的V形角，構成一個指向下游的山形圖案。

把發現的東西全都放回原處後，他們沿著河走到第二個石塚，上面的小象牙指向遠離河流的內陸一處宜人的林間空地，那裡四周圍繞著樺樹和赤楊，也有幾株松樹。抵達他們看到的第三個石塚時，他們發現旁邊有個小泉不斷冒出新鮮純淨的水。那堆石頭裡也有緊急口糧和器具，還有一大塊皮革防水布，雖然也是同樣僵硬，卻可以搭成帳篷。石塚後面是一堆收集來的倒木和漂流木，附近有一圈石頭圍住有焦黑木炭的淺坑。

「知道這個地方真好。」喬達拉說：「很高興我們不需要用到這裡的任何補給品，不過如果我得在這一帶歇腳而必須使用到它們，我會很安心知道有這樣的地方。」

「這點子很棒！」愛拉讚嘆規畫、搭建營地者的遠見。

兩人迅速卸下馬兒身上的行李和籠頭，收起束縛牠們的皮帶和細皮帶，捲繞成圈，然後放牠們自由吃草、休息。他們笑著看快快立刻倒臥草地以背部翻滾，彷彿等不及要抓癢。

「我也覺得又熱又癢。」愛拉說。她解開環繞腳套柔軟頂端的皮帶，甩開腳套，鬆開繫著刀鞘及小袋子的腰帶，取下附有飾袋的象牙珠子項鍊，脫下束腰上衣和綁腿，然後跑向水源，沃夫在她身旁跳躍著前進。「你要來嗎？」

「等會兒，」喬達拉說：「我想先去拿木頭，這樣我就不用帶著灰塵和樹皮粉塵上床了。」

愛拉不久就回來，換上夜晚會穿的另一套束腰上衣和腿套，卻重新掛上腰帶和項鍊。喬達拉已經打開包袱，她上前和他一同搭帳篷。他們已經發展出一套不太需要做決定的協力工作模式。兩人一同架起帳篷，攤開橢圓形鋪地布，然後把細木桿固定在土裡，用來支稱以幾張獸皮縫合在一起製成的皮革防水布。圓錐形帳篷的外圍呈現圓形，上端留著讓煙冒出的開口，以備需要在裡面生火時使用，不過他們很少那樣做；開口內側還縫了一塊額外的皮蓋，如果他們想要的話，可以封閉排煙孔抵禦天候。

帳篷底部四周以細皮帶往下繫牢在敲入土裡的木樁上；假如遇到強風，可以用額外的繩子將鋪地布和覆蓋的防水布綁在一起，入口的皮蓋也會往下緊緊綁牢。他們還帶了另一塊防水布，可以搭起隔離效果更好的雙層帳篷，不過至今都沒什麼機會使用。

放上攤開的獸皮被後，長長的橢圓形鋪地布剩餘的空間，剛好足夠讓他們把行囊籮筐和其他個人物品擱在旁邊，天候惡劣時也可以供沃夫待在兩人腳邊。剛開始他們有兩個分開的鋪蓋捲，但很快就將兩者合併以便睡在一起。帳篷一搭好，喬達拉就去收集更多的木柴，補充他們會用掉的數量，愛拉則開始準備食物。

愛拉知道如何使用石塚裡那套生火工具：用雙掌夾住長棒，抵著木頭平台快速旋轉，製造出可以產生火苗的木炭。她自己的生火工具卻很特殊。獨居山谷期間，她以探險時碰巧在河邊碎石中撿到的黃鐵礦，替代用來製作燧石工具的錘石。由於經常生火，當黃鐵礦與燧石互相敲擊所產生的持久火花燙到腿時，她很快就聯想到可以用來生火。

剛開始時她試了好幾回，如今早已摸索出使用這些打火石的最好辦法；現在她生火的速度快得超乎那些費力使用取火木鑽和火堆的人所能想像。喬達拉第一次看到時完全無法相信，塔魯特希望獅營的人接納她時，這種極致的驚奇也產生助益，他們認為她是靠魔法辦到的。

愛拉也認為那是魔法，卻相信有魔力的是打火石而不是她。因為不知道其他地方是否也找得到，最後離開河谷之前，她和喬達拉收集了盡可能多的這種淺黃色金屬石。他們給了獅營及其他馬木特伊氏一些，但還留下很多；喬達拉想和他的族人分享，能夠快速生火在很多用途上極為實用。

在石頭圍出的圓圈裡，這年輕女人把一小堆非常乾的樹皮削片和柳葉菜的絨毛當作火種，在旁邊放置另一堆細枝和苗木當作引火柴，附近還有一些來自木材堆的乾燥倒木。愛拉在非常靠近火種的地方，以她根據經驗所知效果最好的角度，握著一塊黃鐵礦，用那塊神奇的淺黃色石頭下方因使用而產生的凹陷處中央敲擊燧石，大而亮的持久火花迸出石頭落到火種上，空中升起一縷煙。她很快用手環繞火種，輕輕吹氣，一小塊木炭閃現紅光和一連串金黃色小火花，接著就冒出小火焰。她添加細枝和苗木，在火燒旺時又加進一根倒木枝條。

喬達拉回來時，愛拉已經把幾顆從河邊乾涸的淺灘撿來的圓石，放進火裡燒燙好用來烹煮，火上烤著一大塊野牛肉，外層的油脂燒得嗞嗞作響。她已經清洗過並且正在切碎香蒲根以及具有白色澱粉根、表皮呈暗褐色的野豆，準備放進一個編織緊密的防水籮筐。籮筐裝了半滿的水，那塊多脂的牛舌已經放在裡面，旁邊有一小堆完整的野胡蘿蔔。這個高大的男人放下扛來的木頭。

「聞起來已經夠香了！」他問：「妳在煮什麼？」

「我在烤野牛，但那大部分要留著以後吃，沿途吃冷的烤肉比較方便。我用牛舌、蔬菜和剩下一點從虎尾草營拿來的肉煮湯，當成今天的晚餐和明天的早餐。」她說。

她用一根木棒從火裡撥出一顆滾燙的石頭，用有葉子的細枝刷掉上面的灰燼，然後撿起另一根木棒，以兩根木棒當作鉗子，夾起石頭丟進裝有水和牛舌的籮筐。當熱度傳入水中，石頭發出嗞嗞聲響並產生蒸氣。她迅速把更多的石頭丟入籮筐，加進幾片切好的葉子後放上蓋子。

「妳在湯裡放了什麼？」

愛拉對自己微笑。他總是想知道她煮了什麼，甚至是用什麼藥草泡茶。這是他的另一個令她吃驚的小特質，因為部落的男人就算覺得好奇，也絕不會想要對女人的記憶表現出這麼感興趣。

「除了這些植物根，我還要再放入香蒲綠色的尖端、這些綠洋蔥的球莖、葉子、花朵、幾片去皮的薊草、紫雲英豆莢裡的豆子。我剛剛放了少許鼠尾草和百里香的葉子，用來調味，可能還會加進一些帶有鹹味的款冬。如果我們會行經白倫海附近，也許可以取得更多的鹽；和部落一起生活時，我們隨時都能取得鹽。」她附帶提起，「我想我會把部分早上發現的山葵搗成泥來搭配烤肉，那是我剛在夏季大會學到的。山葵會辣，不需要很多就能讓肉別有滋味，你可能會喜歡。」

「那些葉子有什麼用途？」他問，指著她採來卻沒有提到的一束葉子。他喜歡知道她用的食材或她對食物的想法。他享受她的廚藝，不過機會不多。她的料理有獨特的口感和風味，不同於他從小習慣的食物口味。

「這是藜，收藏烤肉時拿來包裹用的，它們冷卻時適合搭配在一起。」她停頓下來，露出沉思的神情。「也許我會撒一些木屑在烤肉上，木屑嘗起來也有點鹹味。爲了配色和調味，等烤肉變成棕色時，我可能還會加一些到湯裡。牛舌和烤肉可以煮出很豐富的肉湯，還可以煮一些我們帶的穀物當作明天早餐。牛舌也會有剩，但我會用乾草包起來，放在肉類保存容器，留到以後吃。即使放了包括沃夫的份在內的剩餘生肉，裡面還是有剩餘空間。只要晚上依舊寒冷，所有東西都可以保存一段時間。」

「聽起來很美味，我幾乎等不及了。」喬達拉說，期待地微笑。愛拉覺得他的笑容還帶有其他涵義。「對了，妳還有多餘的籮筐可以給我用嗎？」

「有，但你要用來做什麼呢？」

「等我回來再告訴你。」他說，神祕地露齒而笑。

愛拉翻動烤肉，取出湯裡的石頭，再放入幾顆更熱的石頭。趁食物在烹煮時，她揀選收集來的香草準備製作「驅狼劑」，把要留給自己用的植物放到一旁。她攙入少許晚餐的肉湯，將些許山葵根搗碎成泥，然後開始把剩下的辣根全都壓碎，研磨其他早上收集的澀口、辛辣、氣味濃烈的香草，試著調配出她所能想像最令人厭惡的植物組合。她覺得辣山葵可能最有效，但艾草的強烈樟腦味可能也很有幫助。

然而，被她放到一旁的植物卻占據了她的思緒。眞高興我找到它，她心想。我知道我擁有的藥草不夠在整趟旅程中泡我的早茶所需要的量。我必須沿途尋找更多藥草以確保不會懷孕，尤其是和喬達拉在一起的時間那麼多。想到這裡讓她微笑起來。

不論別人怎麼說有關靈的事情，我確信是性交促使寶寶出現。我認爲那就是男人把陽具放進寶寶誕生的地方，也是女人要他們那樣做的原因。那正是大地母親製造交歡恩典的原因，她還製造生命恩典，希望她的兒女樂於創造新生命，尤其生孩子並不容易。如果大地母親沒先讓女人享受交歡恩典，她們可能不會想生孩子。寶寶很美妙，但要到有了寶寶，才會知道他們有多美妙。透過馬木特認識大地母親馬特的那個冬天，愛拉就暗自發展出對於生命起源的異端觀點，不過最原始的觀點很早以前就出現了。

但布勞德並沒有帶給我歡愉，她回想著。我痛恨他強迫我性交，但現在我確信杜爾克就是那樣來的。沒有人認為我會懷孕；他們認為我的穴獅圖騰太強，沒有任何男人圖騰可以打敗它。每個人都很驚訝我會懷孕，但那是在布勞德開始強迫我性交之後才發生，而且我看得出我的寶寶長得像他，一定是他在我體內促使杜爾克的誕生。我的圖騰知道我有多想要有自己的寶寶——大地母親或許也知道。馬木特說過，我們會知道歡愉是來自大地母親的恩典，是因為那種歡愉非常強大，很難抗拒。他說男人甚至比女人還難抗拒。

那隻栗色猛獁象就是那樣。所有的公象都想要牠，但牠不想要牠們，而想等待牠的大公象。布勞德是不是因為那樣才不放過我？即使他恨我，大地母親的交歡恩典卻戰勝他的恨意。

也許吧，但我不認為他只是為了歡愉才那樣做，他可以從配偶或他想要的任何女人那裡獲得歡愉。我想他知道我有多討厭那件事，因此讓他獲得更多歡愉。或許是我的穴獅靈知道我多麼想要有寶寶而自願被打敗，布勞德也許在我體內促發寶寶，但他只能給我陽具，沒辦法給我大地母親的交歡恩典，只有喬達拉辦得到。

大媽的恩典一定不僅是歡愉，如果她只是想賜予兒女交歡恩典，為什麼讓恩典出現在那個小孩誕生的地方呢？歡愉可能出現在任何地方。我和喬達拉產生歡愉的地方不盡相同，他插入我的時候會有歡愉，我的歡愉則出現在那個地方。當他讓我那裡產生歡愉時，那裡面和所有一切都感覺很棒，然後我就想要感覺他在我裡面。我不希望我的歡愉出現在裡面。在我非常敏感時，喬達拉的力道必須非常輕，否則我就會痛，而分娩的力道並不輕。假如一個女人的歡愉出現在裡面，分娩就會更辛苦，而分娩原本就已經夠困難了。

喬達拉爲什麼總是知道該怎麼做？當我還不懂歡愉是什麼的時候，他就知道如何給我歡愉。我認爲那隻龐大猛獁象也知道如何給那隻母象歡愉，因爲那隻公象使牠感受到歡愉，讓牠發出那種巨大深沉的聲響，也讓牠的整個家族如此爲牠高興。想到這裡令愛拉覺得亢奮發熱，她望向喬達拉前往的茂密樹林，納悶他何時會回來。

但不是每次交歡時都會產生寶寶，或許靈也是必要的。不論是部落男人的圖騰靈，或是大地母親取得男人靈的元精賜予女人，都只有在男人將陽具插入並留下元精時才會產生寶寶。那是大地母親賜予女人孩子的方法，不是藉由靈，而是藉由交歡恩典，但她會決定哪個男人的元精會促發新生命及生命何時開始。

如果是由大地母親決定的，爲何伊札的藥能避免女人懷孕？也許她的藥會讓男人的元精或靈，無法與女人的混合。她不知道藥爲什麼有效，但它大多數的時候似乎都能發揮效用。

我想讓寶寶在喬達拉和我共享歡愉時產生，我多麼想要有寶寶，一個某部分屬於他的寶寶。但他是對的，我們應該等。我那麼辛苦生下杜爾克，要是伊札不在我身邊，我會怎麼樣？我得確定身邊有知道如何幫忙的人。

我會繼續每天早上喝伊札的茶，什麼都別說。伊札說得對。我也不應該說太多有關男人陽具促發寶寶的事情，那讓喬達拉非常擔心，認爲我們應該停止交歡。假如我還不能懷孕，至少也要和他交歡。

就像那些猛獁象，那隻大公象是否讓那隻栗色母象體內有了寶寶呢？眞美妙，牠們和整個族群分享歡愉，我很高興我們留下來看了。我一直納悶爲什麼那隻母象要逃離其他那些公象，牠似乎對牠們不感興趣，想要自己選擇配偶，不是和任何想要牠的公象在一起。牠在等待那隻大公象。當那隻公象一出現，牠就知道那是自己等的對象，一刻也不能等地奔向公象，因爲已經等得夠久了。我知道牠的感覺。

沃夫大步跑向林間空地，神氣地高高叼著一根老腐骸骨好讓她看見，牠把骨頭放到她的腳邊，抬起頭期待地看著她。「噢！好臭！你在哪裡找到的，沃夫？你一定是找到被埋葬的人類遺骸。我知道你喜愛腐朽的東西，也許這是了解你對辛辣和強烈味道有什麼反應的好機會。」她說著撿起那根骨頭，抹上一些她製作來犒賞沃夫的混合物，然後把骨頭丟到空地中央。

這隻年輕動物急切地衝了過去，但在叼起骨頭前小心地聞了聞，骨頭依舊有牠熱愛的美妙腐朽味，卻帶有牠不確定的古怪味道。最後牠還是用嘴啣起骨頭，可是很快又放下來，開始用鼻子噴氣、吸氣並甩動頭部，滑稽的動作使愛拉忍不住大笑出聲來。沃夫再次嗅聞那根骨頭，然後噴著鼻息倒退，滿臉不開心地跑向水泉。

「沃夫，你不喜歡那味道吧？很好！我本來就認爲你不會喜歡。」她說，一邊看著，心裡不斷湧現笑意。舔水喝似乎幫助不大，牠舉起一隻腳掌順著側臉往下摩擦，試圖擦拭口鼻，彷彿認爲那樣做可以擺脫那味道。當牠跑向樹林時，仍然一邊噴著鼻息，生氣地甩著牠的頭。

喬達拉和牠錯身而過，抵達空地時，他發現愛拉笑得眼中含淚。「什麼事情這麼有趣？」他問。

「你眞該看看牠。」她說，繼續咯咯笑著，「可憐的沃夫，牠好驕傲自己發現那根陳腐的骨頭，不知道它怎麼變成那樣，百般嘗試想要除去牠嘴裡的味道。喬達拉，如果你認爲你能忍受山葵和樟腦的氣味，我想我找到方法讓沃夫遠離我們的東西了。」她拿出用來混合那些成分的木碗。「就是這個，『驅狼劑』。」

「很高興它有效。」喬達拉說。他也在微笑，但眼裡的笑意不是沃夫造成的。愛拉終於注意到他把手背在身後。

「你背後是什麼？」她問，突然很好奇。

「唔，在我尋找木頭時，剛好發現其他東西。如果妳答應會乖乖的，我可以給妳一些。」

「一些什麼？」

他把裝滿的籮筐放到面前。「又大又多汁的木莓!」

愛拉眼睛一亮。「哦!我愛木莓!」

「妳以爲我不知道嗎?我把它們摘回來會得到什麼?」他問，眼中閃閃發光。

愛拉抬起頭看他，微笑走向他，大大的美麗笑容使她眼裡充滿笑意，傳遞出她對他的愛、她感覺到的熱情、因爲他想爲她製造驚喜而產生的愉悅。

「我想我剛剛得到了。」他吐出屏住的氣息說:「哦，大媽啊!妳微笑時眞美。妳一直都很美，尤其是在妳微笑的時候。」

突然間，他有意識地注意到她，注意到每個面部特徵和細部輪廓。暗金色的茂密長髮被她以自己的方式用皮帶往後綁，受到陽光照射的髮絲閃閃發亮，呈自然的波浪狀，從皮帶散落的頭髮捲曲在被曬成古銅色的臉部四周。他忍住不伸手將其中一撮從額頭垂到她眼前的頭髮撥到旁邊。

她很高，和他將近兩百公分的體格非常相稱，柔滑精實的肌肉眞正的勁力清楚展現在修長的雙臂和雙腿上。她是他遇過最強壯的女人，體力和許多他認識的男人一樣好。生下她的人比較高且體重比較輕，但養育她長大的人顯然體力比較好。儘管生活在部落時，沒有人認爲愛拉特別強壯，實際上她卻是培養出比正常情況還要好很多的體力，只是爲了不要與眾不同。再加上多年來在狩獵時觀察、追蹤獵物，使她可以輕鬆地運用肢體，行動也罕見地優雅。

她穿在皮綁腿外的無袖皮束腰上衣合身舒適，卻沒有遮蔽看似沉重實則不然的豐滿胸部，或是往後挺翹成渾圓結實而有女人味的臀部。她解開了綁腿下端的繫帶，光著腳，脖子上掛的小皮囊有著美麗的刺繡和裝飾，底端周圍有鶴毛，裡面盛裝的神祕物品使得外表隆起。

腰間皮帶懸掛的刀鞘以硬生皮製成，那片動物獸皮經清理並刮除乾淨，卻未經任何加工，因此獸皮變得乾硬後仍維持原本的形狀，但徹底淋濕可以加以軟化。她已經把拋石索塞在皮帶右側，和裝有幾顆石頭的囊袋放在一起。皮帶左側的袋狀物相當奇特，雖然已經陳舊磨損，卻明顯看得出是用整隻水獺的毛皮製成，腳、尾巴、頭部都完整無缺。水獺的喉嚨被切開，內臟經由頸部取出後，以細皮帶串起切口，然後束緊封起，扁平的頭部成爲罩蓋。那是她從部落帶出來的醫藥袋——伊札送她的醫藥袋。

她的臉孔不像齊蘭朵妮氏的女人，喬達拉心想；他們可能會注意到她有外族人的面容，但她的美毋庸置疑。灰藍色的大眼睛在他看來是細燧石的顏色，眼睛周圍分明的睫毛比頭髮略黑，眉毛比較淡，顏色介於睫毛和頭髮之間。心形臉蛋相當寬，顴骨高聳，顎骨明顯，下巴纖細，鼻子直挺細緻，嘴角彎起的厚唇向後拉開，露齒微笑使她眼睛發亮，顯露出她極度喜悅。

雖然曾因笑容和笑聲造成自己與眾不同，導致她加以抑制，喬達拉卻喜歡她微笑，喜歡她因爲他的笑聲和玩笑而開懷，使她原本就姣好的面容產生奇妙的變化；她微笑的時候更美。他突然因爲觀察她以及自己對她的愛而激動，再次默默感謝大地母親讓她回到自己身邊。

「你想要我給你什麼換取這些木莓？」愛拉說：「告訴我，我會給你。」

「愛拉，我想要妳。」他說，聲音忽然因爲充滿情感而粗啞。他放下籮筐，瞬間將她擁入懷中，激情親吻她。「我愛妳，永遠不想失去妳。」他沙啞地耳語，然後再次吻她。

一股猛烈的熱情流竄全身，她也產生了同樣強烈的感覺。「我也愛你，我也想要你，但我能不能先把肉移開火堆？我不想讓肉在我們……忙的時候烤焦。」

喬達拉看了她一會兒，彷彿聽不懂她的話，隨後放鬆下來，給了她一個擁抱，向後退了一步，懊惱地微笑。「我沒想要那麼堅持，只是我愛妳這麼深，有時候很難把持住。我們可以等一下。」

她仍能感覺自己在發熱，激動地回應他的熱情，不確定自己是否準備好要現在停下來，有點後悔開口打斷那一刻。「不必把肉移開了。」她說。

喬達拉笑了起來。「愛拉，妳眞是個不可思議的女人。」他搖著頭微笑說：「妳知道妳有多特別嗎？每當我想要妳的時候，妳總是為我準備好了。妳永遠都做好準備，不僅願意配合我，無論妳想不想要；而且如果我想要的話，妳會馬上準備好中斷任何事情。」

「但是我想要你，每當你想要我的時候。」

「妳不知道那有多特別。大多數女人都需要哄，而且如果她們正在做其他事，大多不願意中斷。」

「無論男人何時發出信號，部落的女人隨時都會準備好。你給了我信號，吻我、讓我知道你想要我。」

「或許我會後悔這樣說，但妳可以拒絕，妳知道的。」他的額頭因為努力試圖解釋而皺起。「我希望妳不會認為妳必須在我想要的時候準備好，妳已經不是和部落的人一起生活了。」

「你不懂，」愛拉搖搖頭說，同樣努力想讓他了解。「我不認為我必須準備好。當你對我發出信號時，我就準備好了。也許是因為部落裡的女人都是那樣，也許是因為你是那個教了我交歡有多美好的人，也許是因為我愛你這麼深；但當你對我發出信號時，我並不會去思考，而是我身體裡有感覺。你的信號，告訴我你想要我的吻，讓我想要你。」

他帶著釋懷與喜悅再度微笑。「妳也讓我準備好了，光是這樣看著妳。」他對她低下頭，而她迎向他，在被他緊抱時貼著他。

他克制住衝動，雖然過往對於兩人歡愉的強烈感受，使得強烈渴望在他心中糾纏不休。有些女人他經歷過一次就厭倦了，但和愛拉交歡似乎永遠新鮮。他可以感覺到她結實的身軀貼著他，她的手臂環繞他的脖子。他的手向前游移，捧住她的胸部兩側，將身子彎得更低，親吻她頸部的曲線。

愛拉抽回環繞他頸部的手臂，開始解開腰帶，連同繫在腰帶上的所有工具往地上放。喬達拉伸手探入她的束腰上衣，搜尋到硬挺的圓形乳頭時，他掀高她的上衣，以便露出突起敏感的中心點周圍暗粉紅色的乳暈，他用舌頭輕觸她的乳頭，然後含入口中吸吮。

她血脈僨張，唇間低聲發出愉悅呻吟，幾乎不敢相信自己早已準備好了。就像那隻栗色母猛獁象，她覺得自己彷彿等了一整天，一刻也不能再等，腦海裡閃現紅褐色大公象長而彎曲的陽具。喬達拉放開手，她拉起上衣的頸部開口，順暢地從頭上脫下衣服。

他屏住呼吸看著她，輕撫她的平滑肌膚、豐滿雙峰，一邊揉捏撫弄其中一個發硬的乳頭，一邊吸吮輕嚙另一個乳頭。愛拉興奮狂喜，閉上眼睛沉浸其中。當他停止用手和鼻子撩人地愛撫時，她仍閉著雙眼，不久就覺得自己被親吻，她張開嘴讓探索的舌頭進入。她用手臂環繞他的脖子，感受到他皮上衣的皺摺貼著她依然敏感的乳頭。

他的手撫過她背部平滑的肌膚，感覺結實肌肉的曲線，她及時的反應助長他的熱情，他硬挺的陽具撐緊了衣物。

「啊！女人！」他喘息道。「我好想要妳。」

「我已經爲你準備好了。」

「讓我把這些脫掉就好。」他說完解開腰帶，將上衣從背部拉過頭頂脫掉。愛拉看見脹滿的陽物，輕撫著它，然後兩人開始爲彼此解開束帶，雙雙脫下綁腿，探向彼此，貼近站著陷入繾綣纏綿的長吻。喬達拉迅速掃視空地尋找地點，愛拉卻以膝和手著地，然後帶著頑皮的微笑抬頭回望他。

「你的毛皮或許是黃色而不是淡褐色，卻是我選中的人。」她說。

他對她回以微笑，並在她身後蹲下。「妳的頭髮也不是栗色，而是成熟乾草的顏色，不過它覆蓋的卻像是一朵有許多花瓣的紅花，但我沒有覆蓋毛皮的長鼻可以碰觸妳，必須用其他的東西。」他說。

他輕輕將她往前推，撥開雙臀露出她濕潤的女性開口，然後彎身品嘗她的鹹熱，他伸長舌頭尋得深埋陰唇的硬核。她喘著氣挪動著讓他更容易進入，而他挑逗磨蹭，然後更深入她誘人的開口品嘗、探索。他總愛品嘗她。

愛拉的情欲不斷高漲，幾乎只能感受到渾身流竄的亢奮激情。她比往常更爲敏感，每個他碰觸或親吻的地方都發燙，一直蔓延到她身體最深處，使她興奮渴望地抖動。她沒聽見自己的呼吸愈來愈急促，愉悅叫喊，但喬達拉聽見了。

他在她背後直起身子靠得更近，脹滿的陰莖急切地尋找到她的深井。他開始插入，她扭動身體迎向他，直到完全包住他的陰莖。難以置信的熱情迎合使他大叫。他抱住她的臀部，抽離一段距離，用手摸索她產生快感的小硬核，然後一邊挺進一邊觸摸著。當亢奮即將到達顚峰，他再次抽離，感覺到她準備好時，更猛力快速地觸摸，將陰莖完全插入，她釋放吶喊，他也一起大叫。

愛拉臉朝下俯臥在草地上，身上負荷著喬達拉的甜蜜重量，左側的背部感覺到他的氣息。她睜開雙眼卻不想動，看著地上有隻螞蟻繞著一根草莖爬，感覺到他挪動翻身，手臂仍然環繞她的腰間。

「喬達拉，你眞是個不可思議的男人。你知道你有多特別嗎？」愛拉說。

「這些話好耳熟，我似乎才對妳說過？」他說。

「可是這些話也適用在你身上，你怎麼這麼了解我？讓我在自己的身體裡迷失，只感覺得到你對我所做的。」

「我認爲妳準備好了。」

「對，我們每次交歡都很美妙，但這一次，我不知道，可能是因爲那些猛獁象。我整天都想著那隻栗色猛獁象和她壯碩無比的公象，還有你。」

「哦，也許我們還得再扮一次猛獁象。」他帶著大大的笑容說，一邊翻身躺平。

愛拉坐起身來。「好啊！但現在我要趁天還沒黑到河裡玩，」她彎身親吻，在他身上品嘗自己。「等我檢查完食物之後。」

她跑向火坑，再次翻轉烤野牛，取出烹煮石，加入幾顆微弱火堆中依然滾燙的石頭，把幾根木柴放進火裡，然後奔往河邊，濺著水花進入冷水中，不在意她是否習慣水溫。喬達拉很快尾隨她而來，他放下自己帶來的一大塊柔軟鹿皮，小心翼翼走到水裡，最後深吸一口氣潛入水中，再起身時撥開眼前的頭髮。

「眞冷啊！」他說。

她來到他身後，掛著淘氣笑容朝他潑水，他也回敬她。一場喧鬧的水仗之後，愛拉躍出水面，抓起那張柔軟的獸皮擦乾自己。喬達拉浮出河面時，她將獸皮遞給他，接著就急急回到營地迅速著衣。當喬達拉從河邊走回來，她正把湯汁舀進兩人各自的碗中。

第五章

太陽漸漸沒入高地西緣，夏日陽光的餘暉在樹林的枝椏間忽隱忽現。愛拉滿足地對喬達拉微笑，伸手拿起碗中最後一顆木莓拋入口中，然後起身清理並整理行囊，以便隔天早上能夠迅速輕鬆地啓程。

她把碗裡剩下的食物給沃夫吃，將出發前妮姬送的野麥、大麥、藜等乾裂種子倒入熱湯，留在火坑邊緣；再將吃剩的烤野牛肉和牛舌放到儲藏食物的生牛皮上，將牛皮摺起包好，用強韌細繩綁緊，吊在長竿搭起的三腳架中央，以防在夜裡被動物偷走。

搭成三腳架的長竿是取整棵又直又高的小樹剝除樹枝與樹皮，將頂端削尖製成。愛拉以特別的固定物將長竿插在嘶嘶背上的兩個行囊籮筐後面帶著走，就像喬達拉攜帶較短的帳篷桿那樣。長竿偶爾也可以當成拖橇，讓馬兒將沉重或龐大的負載拖在身後。他們沿途都帶著這些長竿，因爲開闊的大草原中很少有合適的樹木可供替換，即使是河邊也往往只見灌木叢。

暮色漸深，喬達拉在火裡添入更多木柴，拿出刻有地圖的象牙片，就著火光仔細檢視。愛拉忙完坐到他身旁時，他顯得心煩意亂，臉上出現過去幾天她經常看到的焦慮神情。她看了他一會兒，然後把一些石頭放進火裡，按照慣例準備煮水泡晚茶。不過這回她沒用平常那些味道濃郁卻無害的藥草，而用了水獺皮醫藥袋中的幾個小藥草包。在車葉草茶裡加入鎮靜心神的小白菊或耬斗菜根或許會有幫助，她心想。不過她還是希望自己能知道出了什麼問題。她想問他，但不確定該不該問，最後她做出決定。

「喬達拉，你還記不記得去年冬天時，你不確定我的感覺，而我也不確定你的感覺？」她說。

他深陷在自己的思緒中，過了一會兒才聽懂她的問題。「當然記得。妳毫不懷疑我有多愛妳了吧？

如今我毫不懷疑妳對我的感覺。」

「嗯，我對這點完全沒有懷疑。但很多事情都可能產生誤解，不只是你愛不愛我，或者我愛不愛你，而我不想讓去年冬天那樣的事情再發生。我不認為自己能忍受因為我們不溝通又產生任何問題。離開夏季大會前，你答應把任何讓你煩心的事情都告訴我。喬達拉，現在有事情讓你心煩，而我希望你告訴我怎麼回事。」

「沒什麼，愛拉。沒什麼事情需要妳擔心。」

「但有事情需要你擔心？你不認為我也該知道你在擔心些什麼嗎？」她一邊說著，一邊從用來放各種碗和器具的柳條容器中取出兩個以撕裂的蘆葦織成的細密小茶網，然後停下來考慮了一會兒，選了乾燥的小白菊葉和車前草葉，加進要給喬達拉的洋甘菊裡，給自己用的茶網裡則只裝了洋甘菊。「和你有關的事情，一定也和我有關，我們不是一起旅行嗎？」

「嗯，沒錯，不過這卻是我做的決定，而且我不想讓妳有不必要的煩惱。」喬達拉說，起身走向帳篷入口附近，從距離火坑幾步遠的竿子上取回水袋。他倒出一些水到小烹煮碗中，然後加進熱石頭。

「我不知道那有沒有必要，但你已經讓我覺得煩惱了，為什麼不告訴我原因呢？」她把茶網放進兩人各自的木杯，倒入冒著蒸氣的水，然後把泡著茶的茶杯放到一旁。

喬達拉盯著刻有標記的猛獁象牙瞧，希望地圖可以告訴自己前方有什麼，或者自己的決定是否正確。和弟弟同行時，這些都不是大問題，他們踏上冒險的旅程，不論發生什麼都是冒險的一部分。當時他不確定他們回不回得去，甚至不確定自己想不想回去。他不能愛的女人選擇了更遙遠的路，而希望和他配對的女人……偏偏不是他想要的。但這趟旅程不一樣，這次他是和自己愛她勝過生命的女人同行，他不只想回家，還想帶她安全地回家。他愈是去想沿途可能遇到的危險，想像到的危險就愈大，可是他很難解釋自己莫名的憂慮。

「我只是擔心這趟旅程會花多久時間，我們需要在冬天結束前抵達冰川。」他說。

「你之前告訴過我，但是爲什麼呢？如果那時我們還到不了會怎麼樣？」她問。

「到了春天，冰層會開始融化，那時要嘗試越過冰川就太危險了。」

「唔，如果太危險，我們就不要冒險。不過如果我們無法越過冰川怎麼辦？」她問，迫使他去思考那些他逃避去想的替代方案。「還有其他路可以走嗎？」

「我不確定。我們要越過的冰川只是一小段高原冰川，位在高山北邊的高地。冰川北方還有陸地，不過沒有人走過那條路。我們可能會迷路，而且還會很冷。據說那裡距離北部冰層更近，因爲冰層在那一帶往南傾斜。介於南方高山和北方巨大冰層之間的陸地比任何地方都冷，永遠都不會變溫暖，即使是夏天。」喬達拉說。

「但你想要越過的那條冰川不冷嗎？」

「那條冰川當然也冷，但那是一條捷徑，而且冰川對岸距離達拉納的洞穴只有幾天的路程。」喬達拉放下地圖，接過愛拉遞來的熱茶，凝視著茶水的蒸氣。「有必要的話，我想我們可以試試看高原冰川附近的北部路徑，但我希望不要，那裡畢竟是扁頭地界。」喬達拉嘗試解釋道。

「你的意思是穴熊族住在我們預定要越過的那條冰川北邊？」愛拉正要把茶網拿出杯子時停頓了一下，有種既害怕又興奮的奇特感覺。

「對不起，我想我應該叫他們穴熊族，可是那些穴熊族和妳認識的不同。他們住得離這裡很遠，遠到妳無法置信。那是完全不一樣的人。」

「不，他們是一樣的人，喬達拉。」愛拉說，啜了一口香濃熱茶。「或許那些人的日常語言和行事稍有差異，但所有穴熊族都有相同的記憶，至少有那些相同的古老記憶。在各部落大會，每個人都看得懂那些用來與靈界溝通的古老手語，而且也以那種手語來相互對話。」

「可是那些人不希望我們進入他們的地盤。索諾倫和我碰巧錯上那一邊的河岸時，他們已經讓我們知道這一點。」喬達拉說。

「那倒是眞的，穴熊族不喜歡異族接近。所以，如果抵達冰川時，我們已經沒辦法過去怎麼辦？」愛拉又問起原來的問題。「難道不能等安全時再越過冰川嗎？」

「可以，我想我們必須那樣做，但有可能要等將近一年，等到明年冬天。」

「不過假如要等一年的話，我們辦得到嗎？有地方讓我們等嗎？」

「嗯，有的，我們可以住在蘿莎杜那氏那裡，他們一直很友善。但我想回家，愛拉。」他說話的語調如此苦惱，使她明白那對他而言有多重要。「我想讓我們安頓下來。」

「我也想安頓下來，喬達拉。我想我們應該盡力趁冰川還安全時抵達那裡，然而，如果來不及，也不代表我們回不了你的家鄉，只是需要等久一點，而我們依然在一起。」

「話是沒錯，」喬達拉勉強同意卻不開心。「就算我們眞的無法及時到達那裡，可能也沒有那麼糟，但我不想等整整一年。」他說，然後把眉頭鎖得更緊。「而且如果我們走另一條路，或許就來得及，現在還不算太遲。」

「還有其他條路可以走？」

「對，塔魯特告訴過我，可以繞過我們即將前往的山脈北端，而虎尾草營的魯坦說那條路徑在這裡的西北方。我一直在想也許應該走那條路，但我又希望再見到夏拉木多伊氏；如果這次不去看看他們，我怕就再也見不到了。而他們住在山脈南端附近的大媽河沿岸。」喬達拉解釋。

愛拉點點頭，她心想，現在我懂了。「你曾經和夏拉木多伊氏人生活過一段時間，你弟弟和夏拉木多伊氏女人結爲配偶，對嗎？」

「是啊，他們對我來說就像家人一樣。」

「那我們當然一定要往南走，你才能做最後的拜訪。他們是你愛的人。如果那代表著無法及時抵達冰川，我們就等到下一季再過去；就算那意味著要再等一年才能回到你的家鄉，難道你不覺得再見到你另外的家人也値得嗎？如果你想要回家的部分原因，是要告訴你母親有關你弟弟的事情，難道你不覺得夏拉木多伊氏也想知道他怎麼了嗎？他們也是他的家人啊！」

皺著眉頭的喬達拉笑逐顏開。「妳說得對，愛拉。他們會想知道索諾倫的事情。我一直很擔心自己的決定是否正確，就是沒想透這一點。」他釋懷微笑。

喬達拉觀看焦黑木棒上飛舞的火焰歡慶著暫時擊退了黑暗入侵。他啜飲著茶，還在思索未來的漫長旅程，但感覺上已經沒那麼焦慮了。他認眞看著愛拉。「把這件事拿出來討論眞好，我想我還不習慣身邊有人可以討論事情。而且當初之所以選擇走這條路，就是因爲我認爲我們可以及時抵達。雖然比較遠，但至少這是我知道的路，我不知道北部的路徑。」

「我認爲你的選擇正確，喬達拉。如果可以，如果沒有被下死咒的話，我會去拜訪布倫的部落。」愛拉說，用低得他幾乎聽不見的聲音補充：「如果可以，只要有一絲機會，我會去看杜爾克最後一眼。」她絕望而空洞的聲音使他明白，她的傷痛仍和當初一樣深。

「妳想試著去找他嗎，愛拉？」

「想，我當然想，但我不能，這麼做會造成大家的不幸。我被詛咒了。如果他們看到我，會認爲我是邪惡的幽靈；對他們來說，我已經死了，我完全沒辦法再做或再說什麼，去說服他們我還活著。」愛拉的眼睛似乎望向遠方，但其實是注視著內心回憶的景象。

「更何況，現在杜爾克也已經不是當初我離開時的嬰孩模樣了，他已經快要成年。儘管相較於部落的女人，我算比較晚熟，他是我的兒子，可能也會比其他男孩晚熟，但烏拉很快就會去和布倫的部落一起生活——不，現在是布勞德的部落了。」愛拉皺眉說：「今年夏天會召開各部落大會，所以今年秋天烏拉會離開她的部落，去和布倫與娥布拉同住。等他們年紀都夠大時，她會成爲杜爾克的配偶。」她停頓了一下，然後補充：「我希望能在那裡歡迎她，但我只會嚇到她，而且可能讓她認爲杜爾克不祥，如果他奇怪母親的幽靈不待在她所屬的另一個世界裡的話。」

「愛拉，妳確定嗎？我是說眞的，只要妳想，我們就花時間去找他們。」喬達拉說。

「就算我想，也不知道去哪裡找。我不知道他們的新洞穴在哪裡，也不知道各部落大會在哪裡。我不應該去見杜爾克，他已經不再是我兒子，我把他給了烏芭，他現在是烏芭的兒子。」愛拉抬頭看著喬達拉，他發現她已熱淚盈眶。「萊岱格過世時，我就知道自己再也見不到杜爾克了。我把萊岱格埋在背過杜爾克的斗篷裡，那是我離開部落時帶走的。在我心裡，我也同時埋葬了杜爾克。我知道自己永遠不會再見到杜爾克。對他來說，我已經死了，而我最好也當他死了。」

淚水溼潤了她的臉頰，可是她渾然不覺。「你知道的，我已經很幸運了。想想妮姬，萊岱格是她的兒子，她照料他，即使他不是她的親生兒子，而且她知道自己會失去他，甚至知道不論他能活多久，永遠不能過正常生活。其他失去孩子的母親只能想像孩子和幽靈生活在另一個世界，我卻能想像杜爾克就在這個世界，永遠安全、幸運、快樂，想像他和烏芭一起生活，在自己的火堆地盤生兒育女……即使我永遠不會見到他。」原本嗚咽的她終於痛哭失聲。

喬達拉抱住她，想起萊岱格也令他傷心，沒有人能爲他做什麼，儘管每個人都知道愛拉曾經嘗試過。妮姬說他一直是個虛弱的孩子，但愛拉給了他旁人沒法給的東西。她來到他身邊，開始教他以穴熊族的肢體語言跟獅營的人交談之後，他比以往都更快樂。那是他有生以來第一次能與所愛的人溝通，表達出自己的需求和期望，讓別人了解自己的感覺；尤其是對他親生母親難產過世後就一直照顧他的妮姬，他終於能訴說自己的愛。

獅營的人都很驚訝，然而一旦他們明白，他不是沒有說話能力的聰明小動物，而是使用另一種語言的另一種人類，便開始了解他的智慧，接納他是人類。喬達拉也同樣訝異，儘管他教愛拉重新學會口語之後，她曾經試圖告訴過他。他和其他人一起學習手語，並且對於那個源自遠古人種的小男孩的溫和風趣與優異理解力感到十分讚嘆。

喬達拉抱著他所愛的女人，她宣洩悲傷大聲啜泣。他知道愛拉一直壓抑著對於萊岱格死去的悲痛。那個有一半穴熊族血統的孩子，讓她強烈地憶起自己的兒子，而她同時也爲與兒子的永別而悲痛。

然而愛拉的悲痛不只是因爲萊岱格或杜爾克，也是爲她失去的一切哀悼：很久以前她失去了親族，後來失去了她所愛的部落人們，失去了部落。布倫的部落曾是她的家，伊札和克雷伯養育照料她，她曾經忘了自己與眾不同，自認爲是穴熊族人。因爲愛著喬達拉，想跟他在一起，她選擇和他離開，而他們的談話讓她明白他的家鄉有多遠，可能得花一年甚至兩年的時間才到得了。她終於徹底明白，那代表了她永遠不會再回來。

她不僅放棄了在馬木特伊氏那裡即將展開的新生活，也放棄了再見到部落的人或兒子的渺茫希望。過往的悲傷已經因爲跟著她太久而稍有減輕，但萊岱格是他們離開夏季大會前不久才過世的，他的死和悲痛都還太鮮明。這份傷痛讓她再次爲其他的失落感到痛苦，讓她明白自己即將離開他們多麼遠，讓她知道不可能重新回到過去。

愛拉已喪失幼時記憶，她不知道親生母親是誰，也不知道她的血統屬於哪一族。除了隱約的模糊回憶，她完全想不起地震之前的事情，或是還沒到部落以前認識的人。然而部落懲罰她，布勞德對她下死咒；對他們來說，她已經死了。而現在她終於完全明白，穴熊族的死亡詛咒概念，是讓生活中與人連結的部分就此消失——從被下死咒的那一刻起，她永遠不會知道自己來自何處，永遠不會再見到兒時友伴，永遠不會認識任何人，甚至在穴熊族人的想法中，她也不可能認識全然接納她出身的喬達拉。

愛拉接受了那段生活的消失，只將某些過往仍存在她腦海和心裡，卻仍感到悲痛。而且她疑惑著在生命旅程的盡頭會是什麼。不管等待著她的是什麼，無論他的族人如何，她只擁有回憶……與未來。

林間空地完全陷入黑暗，周遭背景的輪廓與陰影都徹底消失，只剩火坑裡殘存的木炭發出微弱紅光與天上若隱若現的星光。因為濃密樹林擋住了大部分的風勢，他們索性把獸皮被搬出帳篷外席地而睡。愛拉清醒地躺在星空下，凝望群星羅列，聆聽夜晚的聲音：穿林而過的風聲、潺潺河水聲、蟋蟀的唧唧叫聲、牛蛙粗啞的嘓嘓叫聲。她聽見響亮的撞擊與濺水聲，接著是貓頭鷹令人毛骨悚然的咕咕叫聲，遠處則傳來獅子低吼與猛獁象尖銳而響亮的叫聲。

稍早之前，沃夫聽到狼嚎聲而興奮地跑走了。過了沒多久，她又聽見狼叫，距離營地較近的地方也傳出長嚎回應。她等待著那隻動物回來，直到聽見牠喘著氣──牠一定奔跑過，愛拉心想──然後感覺牠依偎到她的腳邊，這才放下心來。

就在快要睡著時，愛拉忽然又完全清醒過來。她警覺而緊繃地躺著不動，想搞清楚是什麼東西驚醒了自己。她先是感覺到蜷伏腳邊的沃夫發出幾近無聲的低吼，然後聽見微弱鼻息；某種生物也和他們一起在營地裡。

「喬達拉？」她輕聲說。

「我想那些肉引來了什麼動物，可能是熊，但我覺得更有可能是狼獾或鬣狗。」喬達拉用幾乎聽不見的耳語回答。

「我們該怎麼辦？我不希望我們的肉被搶走。」

「先不要動。不論是什麼，牠可能也搆不著那些肉。我們再等等。」

但沃夫完全知道是什麼在附近嗅聞，一點都不想等待。牠把他們紮營的地方全都當作自己的地盤來守護。愛拉感覺牠離開了自己身邊，隨即聽見牠發出威嚇的吼叫。回應沃夫的低吼音調則截然不同，而且似乎來自高處。愛拉坐起來拿出拋石索，喬達拉卻早已站直，手裡拿著已經架上標槍的標槍投擲器。

「是熊！」他說，「我想牠正用後腳站立著，但我什麼都看不到。」

他們聽見火坑與吊肉竿子之間的某處傳來移動聲，然後出現動物帶有警告意味的低吼對峙。忽然間，嘶嘶在另一頭嘶鳴，接著快快更大聲地傳達出牠的焦慮。黑暗中傳出更多移動聲響，愛拉聽見沃夫異常激昂的深沉嗥叫，顯示出牠準備攻擊。

「沃夫！」愛拉大喊，試圖避免危險衝突。

兇惡的嗥叫聲中突然響起宏亮嘶吼，緊接著一龐大身形跌進火坑揚起零星的明亮火花，發出痛苦吼叫。愛拉聽見身旁有東西快速呼嘯而過，扎實命中的聲音伴隨著一聲哀號，然後某個東西發出跌跌撞撞的聲響衝出了樹林，迅速逃離。愛拉吹起口哨召喚沃夫，不希望牠跟過去。

小狼回到身邊時，她跪下來抱住牠。喬達拉再度把火燒旺，火光下只見那隻逃脫動物留下的血跡。

「我確定標槍射中那隻熊了，只是沒看見射中牠的什麼部位。我最好早上再去追蹤牠，受傷的熊可能很危險，而且我們不知道將來有誰會使用這個營地。」

愛拉走過來檢視血跡。「我想牠流了很多血，可能走不遠。」她說：「但我擔心沃夫，那隻大動物有可能傷了牠。」

「我不確定沃夫該不該那樣進行攻擊，這可能導致那隻熊去追別人。不過牠的行為很勇敢，我很高興知道牠會這麼迅速保護妳。如果真有人要傷害妳，我很好奇牠會怎麼做。」喬達拉說。

「我不知道。嘶嘶和快快被那隻熊嚇到了，我想去看看牠們。」

喬達拉也想確認牠們沒事。結果發現馬兒靠向了火堆，嘶嘶很早以前就明白人類生的火通常代表安全，快快也學到了經驗。接受信賴的人類以言語和肢體安撫之後，牠們似乎放鬆下來。可是愛拉還是覺得不安，知道自己很難再入眠，於是走進帳篷去拿水獺皮醫藥袋，決定為自己沖泡安神茶。

加熱烹煮石時，她撫著磨損醫藥袋的毛皮，想起伊札給她袋子的那個時刻，回憶著她在部落的生活，尤其是離開的那一天。她心想，爲什麼克雷伯非得回到洞穴中呢？他可能還活著，即使逐漸衰老虛弱，他在前一晚的最後一場典禮中卻不虛弱，當他任命古夫爲新的莫格烏爾時，他又顯得強壯——**獨一無二的莫格烏爾**，一如往昔。古夫永遠不會像克雷伯那樣法力強大。

喬達拉留意到她的情緒低落，以爲她還在想著那個死去的孩子，以及她再也見不到的兒子，他不知道自己該說什麼，雖然想幫忙卻也不想打擾她。兩人一起坐在火堆附近啜飲著茶，偶然間，愛拉抬頭看看天空，卻驚訝地屏住了呼吸。

「喬達拉，你看！」她說。「在很高很遠的天空中，那個紅得像火一樣的是什麼？」

「冰火！」他說：「當它紅成那樣的時候，我們會這麼稱呼。有時則叫它『北方之火』。」

他們盯著光芒變幻瞧了一會兒。那道北方之光呈弧形橫跨了整個天空，彷彿隨風飄動的懸垂蜘蛛絲。「其中有一些白色帶狀區塊，」愛拉說，「而且它們會動，就像煙塵或帶著石灰質的白色水流那樣飄盪著。其他顏色的帶狀區塊也是這樣。」

「星塵，」喬達拉說，「有些人這麼稱呼它，或者把白色的稱作『星雲』。對它的稱呼或有不同，但是當妳使用那些稱呼時，大多數人都會知道妳指的是什麼。」

「爲什麼以前沒在天空中看過這種光？」愛拉懷著敬畏和些許害怕問。

「也許妳住得太南邊了。而那就是它被稱爲『北方之火』的原因。我不太常看到，也沒看過這麼亮或這麼紅的，然而到過北方的人聲稱，愈往北走就會愈常看到。」

「但最北也只能走到那片冰壁。」

「走水路就可以越過冰層往更北邊去。距離我出生的地方西邊幾天路程的陸地盡頭就是大水。大水非常鹹，而且永遠不會結冰，不過偶爾也會看見大冰塊。據說有些人曾經乘船越過冰壁，當時他們正在獵捕水中生物。」喬達拉說。

「你是指像馬木特伊氏人用來渡河的碗形船嗎？」

「我想就像那種船，只是更大、更堅固。直到見過夏拉木多伊人建造的船之前，我才相信了那些傳說。他們營地附近的大媽河沿岸長了很多大樹。愛拉，妳不會相信的，他們不只會渡河，還能在河上旅行，利用那些船逆流而上或順流而下。」

愛拉注意到他很興奮。他很期待再看到那些人，更何況現在已經不再左右爲難了。但她現在擔心的不是要見到喬達拉的姻親們，而是天空中那些詭異的光。她不確定那亮光爲何令自己焦慮，也希望自己能明白它代表的意義。不過那不像地震會到令她充滿恐懼的程度。她害怕大地出現任何變動，尤其是地震，不只因爲理應堅實的大地卻產生搖晃令人害怕，也因爲地震總預示她的生命會有劇烈轉變。

一場地震拆散她與族人，帶給她和原本認知完全不同的童年；另一場地震導致她被逐出部落，或者是至少給了布勞德藉口那樣做；就連遠在東南方的火山爆發，使他們沐浴在細粉狀火山灰中，似乎都預告了她會離開馬木特伊氏，儘管那是出於自願而非被迫。然而，她不知道天空傳遞的信號有何意義，甚至不知道這是不是信號。

「我相信克雷伯會認爲這樣的天空預告了什麼，」愛拉說：「他是所有部落中法力最強大的莫格烏爾，這種狀況會讓他想要冥想，直到了解信號的意義爲止。我覺得馬木特也會認爲這是信號。喬達拉，你覺得呢？這預告了什麼嗎？或許是某件……壞事？」

「我……我不知道，愛拉，」他猶豫著是否該告訴她，他的族人也相信，北方的亮光變紅時，經常被當成警告，但也並不總是如此，有時只是預告了某件重要的事。「我不是大媽侍者。這也可能預告了好事。」

「但冰火的確強烈預告著什麼對吧？」

「通常是。至少大部分的人會這樣想。」

愛拉在洋甘菊茶裡混入些許樓斗菜根和苦艾，爲自己沖泡不只是溫和的安神茶。然而營地有熊出沒，天空又出現奇怪的亮光，這讓她感到不安。即使有鎮靜藥茶，愛拉還是睡不著。她試著以各種姿勢入睡，側著睡、仰著睡、翻個身側睡，甚至趴著，心想自己的輾轉反側一定打擾到喬達拉了。當她終於睡著，睡眠卻又被清晰的夢境入侵了。

憤怒的咆哮畫破寧靜，圍觀的人嚇得往後跳。巨大穴熊把籠門砰地推倒在地，發狂的熊逃脫了！布勞德站在熊肩上，另外兩個男人抓住熊的毛皮，其中一人忽然被那隻駭人的動物抓住，但痛苦的喊叫隨即在脊椎被熊用力擰斷時戛然中止。眾位莫格烏爾莊嚴肅穆地抬起那具軀體進入洞穴，克雷伯穿著熊皮大衣跛著腳領路。

愛拉看見裂開的木碗灑出白色液體，隨著白色光帶緩緩掃過，液體變得血紅濃稠。她感到十分憂心，她犯了錯，碗裡不該留下任何液體，她捧起碗一飲而盡。

她的視角改變了。現在白光在她身體裡面，而她似乎變得愈來愈巨大，從高處俯瞰閃閃發亮的星星軌跡。那些星星變成閃爍的小光點，在綿長無盡的洞穴中延伸。洞穴盡頭的一片紅光愈來愈大，逐漸占滿她的視線。伴隨著往下沉的反胃感覺，她看見眾莫格烏爾在石筍後方圍坐成一圈。

她繼續往下墜入黑暗深淵，恐懼得動彈不得。忽然間，克雷伯與亮光一樣在她體內，幫助她、支持她、化解她的恐懼。他引導她踏上奇異旅程，回歸兩人共同的起始處，經歷鹽水和大口吸入空氣的痛苦，穿過肥沃土壤和高聳樹林，來到地面上，用兩腳直立行走了很長一段距離，朝著西邊的一片廣大鹽海前進。他們來到面對河流與平坦平原的陡峭山壁，大片岩頂下方的深邃隱蔽處是他古老祖先的洞穴。然而當他們走近洞穴，克雷伯便逐漸消失，離她而去。

景象逐漸模糊，克雷伯迅速消失，幾乎沒留下任何蹤跡，她驚慌地大喊：「克雷伯！別走，請不要走！」她環顧四周拚命搜尋，看見他在祖先洞穴上的懸崖頂端，身旁有顆巨礫，那根微扁的長石柱斜立在懸崖邊緣，彷彿在傾倒的瞬間凍結。愛拉感到淒涼；克雷伯走了，只留下她一人哀慟欲絕。她希望擁有他的東西作爲紀念，某個摸得到、握得住的東西，但卻只有滿溢的悲傷伴著她。突然間，她開始奔跑，盡可能地狂奔；她必須離開，她必須離開。

「愛拉！愛拉！醒一醒！」喬達拉說，搖搖她。

「喬達拉，」她坐起身來說，依舊感到淒涼，流著淚緊緊抓住他。「他走了……噢，喬達拉。」

「沒事了。」他抱著她：「妳又哭又叫，一定是做了可怕的夢。妳覺得告訴我會不會好過些呢？」

「是克雷伯，我夢見克雷伯。那次的各部落大會，我走進洞穴，發生了那些古怪事情，後來我使他心煩了好久，等我們終於重歸舊好，卻還來不及深談，他就過世了。他告訴我杜爾克是整個部落的兒子，我一直不確定他的意思。有太多事情我巴不得當初和他討論過，有太多事情我希望現在能問他。有些人只當他是法力強大的莫格烏爾；由於少了一隻眼睛和手臂，使他外表醜陋，更令人害怕，但他們不了解他。克雷伯聰明又仁慈，他了解靈界，也了解人類。我想在夢裡對他說話，而且我覺得他也在設法對我說話。」

「或許他是吧，我永遠無法理解夢境。」喬達拉說。「妳覺得好點了嗎？」

「現在沒事了，」愛拉說，「可是我希望能更了解夢境。」

「我不認爲你應該一個人去找那隻熊，」吃完早餐後，愛拉說：「你說受傷的熊有可能很危險。」

「我會小心。」

「如果我和你一起去，我們可以互相警戒，而且待在營地也不會比較安全，那隻熊可能在你離開時回來。」

「那倒是眞的。好吧，一起走吧！」

兩人循著熊的足跡動身走入樹林。沃夫衝過矮樹叢，往上游去追蹤那隻熊。走不到兩公里，前面就傳來嗥叫與低吼的騷動。他們趕忙趨前找到沃夫，牠的毛髮豎起，喉嚨深處發出低吼，但壓低頭部，夾著尾巴，與站著護衛暗褐色熊屍的一小群狼保持了相當的距離。

「至少我們用不著擔心受傷的熊造成危險。」準備好標槍和投擲器的愛拉說。

「只有一群危險的狼。」喬達拉也擺好準備擲標槍的姿勢。「妳想要些熊肉嗎？」

「不，我們的肉已經夠多了，沒有空間存放更多肉，把那隻熊留給牠們吧！」

「我在意的不是肉，我想如果能取下熊爪和大牙也不錯。」喬達拉說。

「那何不動手？那些本來就是你的，是你殺了那隻熊。我可以用拋石索把狼群趕遠，讓你去拿。」

喬達拉不認爲他一個人時會試圖這麼做，把狼群趕離牠們認定屬於自己的肉似乎非常危險，但他想起她前一晚曾趕走那群鬣狗。「動手吧！」他拿出銳利的匕首說。

愛拉開始擲出石頭驅趕狼群，沃夫變得非常興奮，在喬達拉迅速切下熊爪時，牠護衛著那具熊屍。要把牙齒撬出熊口比較難，但這男人很快就取得他的戰利品。愛拉微笑看著沃夫。當牠以人類「同伴」的身分趕走那群野狼之後，態度和姿勢也全變了。牠高高抬著頭，豎起尾巴，一副占有優勢的姿態，嗥號聲也更具攻擊性。狼群首領仔細觀察牠，似乎想要趨前挑戰。

他們走遠，把熊屍留給那群狼，狼群首領回過頭嗥叫，聲音低沉有力，沃夫也抬頭嗥叫回應，但聲音缺乏共鳴。牠比較年輕，聲調暴露出牠甚至還沒完全成熟。

「走吧，沃夫！那隻狼體型比你大，而且比你年長聰明，三兩下就能把你摺倒。」愛拉說，但沃夫再次嗥叫，不是出於挑釁，而是因為牠和同伴在一起。

其他隻狼也紛紛加入，喬達拉感覺四周充滿吠叫與呼號，連愛拉也抬頭跟著嗥叫，令他背脊發涼，渾身起雞皮疙瘩。他耳中聽見的是幾可亂真的狼嗥。連沃夫也抬頭望向她，然後發出另一種音調更有自信的長嗥，其他狼也友善回應，樹林間很快又充斥令人激動的美妙狼嗥。

回到營地後，喬達拉開始清理熊的爪子和犬齒，愛拉則負責打包蜥蜥背上的行李。她打點完畢時，他還在打包，還沒完全整理好。她靠著這匹母馬，心不在焉地搔搔牠，對於有牠在身旁感到欣慰，然後發現沃夫又找到另一根陳腐骸骨。這回牠遠遠待在空地邊緣，叼著惡臭的戰利品淘氣低吼，一邊留意她的動靜，卻不想叼給她。

「沃夫！過來這裡。」她叫喊，牠丟下骨頭來到她身邊。「我想是時候教你別的了。」她說。

她想教牠待在她指定的地方，即使她離開了。她覺得必須讓牠學會這個指令，可是擔心牠很久才能學會。依據他們目前為止所遇過的人及沃夫的反應來判斷，她擔心牠會去追逐另一「群」陌生人類。

愛拉曾答應過塔魯特，如果沃夫傷害獅營的任何人，她會親自殺死牠。現在她仍覺得自己有責任確保她帶去親近人的狼不會傷害任何人。而且她也擔心牠的安全。牠帶有威脅性的接近會立即招來防衛性反應，她怕有些害怕的獵人可能會在她來不及阻止時，企圖殺死這隻看起來會威脅族人的怪狼。

她決定剛開始時先把牠綁到樹旁，告訴牠在她走開時待在那裡，但綁在牠脖子上的繩索太鬆了，牠將頭滑出繩索。第二次她試著綁得更緊，卻怕太緊會使牠窒息。正如她所想像的，她退開時，牠哀鳴跳躍，想要跟著她走。她一直從好幾公尺之外告訴牠待在原地，比手勢要牠停止。

當牠終於安靜下來，她便回來稱讚牠。嘗試了幾次之後，她看見喬達拉準備好了，於是放開沃夫。這一天已經練習夠了。她費力解開受沃夫拉扯變緊的繩結，不滿意環繞牠頸脖的繩子。首先她得把繩子調整得剛剛好，不會太鬆或太緊，而且她發現繩結很難解開。她必須想想辦法。

「妳眞的認爲妳能教會牠不去威脅陌生人嗎？」旁觀最初幾次看來不成功的嘗試之後，喬達拉問：「妳不是告訴過我，狼天生就不信任其他人嗎？妳如何期望教會牠違反天性的事情？」她收起繩子，他騎上快快，她也隨即爬上嘶嘶的背。

「讓你騎到背上是那匹馬的天性嗎？」她問。

「我不認爲這是一樣的，愛拉，」兩人並肩騎著馬離開營地，喬達拉說：「馬吃草，不吃肉，而且我認爲牠們生性比較傾向避免麻煩，看見陌生人或可能造成威脅的事物時，牠們會想逃離。一匹種馬有時可能會對抗另一匹種馬或直接造成威脅的事物，但快快和嘶嘶會想避開陌生狀態。沃夫會防衛，極有可能反抗。」

「喬達拉，牠也會逃離，如果我們和牠一起逃的話。牠防衛是爲了保護我們。沒錯，牠是食肉動物，而且有能力殺死人類，但牠沒有那樣做。我不認爲牠會那樣做，除非牠覺得你我受到威脅。動物會學習，就像人一樣。牠不是天生就把人和馬當作『同伴』，連嘶嘶也能學會和其他馬一起生活時學不到的事情，馬天生就會把狼當朋友嗎？牠甚至和穴獅成爲朋友，那是天性嗎？」

「或許不是。」喬達拉說，「可是當寶寶出現在夏季大會，妳騎著嘶嘶直直走向牠時，我有說不出的擔心。妳怎麼知道牠記得妳或嘶嘶？或者嘶嘶是否記得牠？」

「牠們一起長大。貝貝……我是指寶寶……」

她用的字意思是「小傢伙」，但發音和音調變化奇特，粗啞喉音彷彿從喉嚨說出，不同於她和喬達拉通常說的語言。喬達拉發不出這種音，甚至很難發出近似的音；這個字源於穴熊族相對少數的口語。儘管愛拉說到這個字的頻率多到足以讓他記住，她已經習慣立即翻譯任何碰巧用到的穴熊族語，簡化溝通。提到愛拉從小養大的獅子時，喬達拉會使用她翻譯的名字，但把一隻巨大公穴獅喚作「寶寶」，總令他覺得不搭調。

「……寶寶……被我發現時牠還很小，甚至沒斷奶。我想是奔跑的鹿踢到牠的頭，奄奄一息的牠才被母親拋下。牠對蜥蜥來說也像個寶寶，蜥蜥幫我照顧牠。牠們開始一起玩時眞的很有趣，尤其寶寶會悄悄撲上去咬蜥蜥的尾巴，我知道蜥蜥有時故意對牠搖尾巴。牠們還會各自咬住獸皮的一端互相拉扯，那年我損失了好多獸皮，可是牠們逗得我發笑。」

愛拉的表情變得鬱鬱寡歡。「直到那時候，我才眞正學會如何笑。部落的人不會大聲笑，他們不喜歡不必要的聲音，巨大聲響通常意味著警告。你喜歡那副露出牙齒被我們稱作微笑的表情？他們緊張、自我防衛或配合暗示威脅的特定手勢時，會露出那種表情。對他們來說，那不是開心的神情。他們不喜歡我小時候微笑或發出笑聲，所以我學會不要常笑。」

他們沿著河邊平坦寬闊的礫石路騎了一段距離。「很多人緊張或遇到陌生人時會微笑，」喬達拉說：「但那不代表防衛或威脅。我認爲微笑是表示自己不害怕。」

兩人前後並排行進，愛拉側身引導馬兒繞過匯入河流的小溪旁生長的幾叢灌木。喬達拉研發出籠頭來引導快快後，愛拉偶爾也會使用籠頭牽引蜥蜥，或者用來將牠拴在固定地點，不過就算套了籠頭，愛拉也不會在騎馬時使用。第一次跨上這匹母馬的背時，她從沒想過要訓練牠，無意間開始逐漸相互學習。儘管當她明白狀況後，確實刻意訓練馬兒去做特定的事情，卻都是基於彼此間培養出的深刻了解。

「可是假如微笑表示不害怕，不就表示你認爲沒什麼好怕的？代表你堅強無懼？」愛拉說，兩人再度並肩前行。

「我從沒認眞想過。索諾倫遇到陌生人總是面帶笑容，看起來很有自信，卻並非總如外表那般篤定。他企圖讓別人認爲他不害怕，所以我想你可以說那是防衛姿態，表示『我很堅強，不怕你』。」

「那不也是威脅要展現你的力量嗎？沃夫對陌生人露出牙齒，不就在向他們展現牠的力量？」愛拉強調。

「這兩件事或許有共通點，但微笑致意和沃夫露齒咆哮有很大差異。」

「嗯，話是沒錯，」愛拉承認。「笑容讓人覺得快樂。」

「或者至少讓人放鬆。如果你遇到的陌生人對你微笑，通常代表你受到歡迎，於是你就會知道自己的處境。不是所有的微笑都必然讓你開心。」

「也許感到放鬆是覺得快樂的開始。」愛拉說。他們靜靜地騎了一會兒，然後她繼續說：「我認爲，在陌生人群中感到緊張時微笑致意，及穴熊族以露出牙齒的肢體語言表示緊張或暗示威脅，兩者間有相似處。沃夫對陌生人露出牙齒，是在威脅對方，因爲牠感到緊張而產生防衛。」

「那牠對身爲同伴的我們露出牙齒就是在笑。」喬達拉說：「有幾次我發現牠在笑，而且知道牠在逗妳。我也確信牠愛妳，問題是牠很自然會露齒威脅不認識的人。如果牠在保護妳，怎麼訓練牠待在妳指定的地方，要是妳不在那裡？妳怎麼教導牠不攻擊陌生人，在牠決定要那樣做的時候？」喬達拉非常擔憂，不確定帶這隻動物是不是好事，沃夫可能製造很多麻煩。「別忘了，狼會爲了取得食物而攻擊；大媽那樣塑造牠們。狼是狩獵者；妳可以教牠很多事，但妳如何教導狩獵者不狩獵？不攻擊陌生人？」

「喬達拉，你來到我的山谷時也是陌生人。你記得寶寶回來看我而發現你時的情景嗎？」愛拉問，兩人再度前後並排，攀上遠離河流通往高地的溝壑。

喬達拉一陣面紅耳赤，不是因爲困窘，而是想起那段遭遇感到激動。他這輩子從沒那麼害怕過，當時他相信自己必死無疑。

他們花了一些時間爬上河谷邊緣的小丘，春季氾濫沖刷下來的岩石遍布四周，黑莖艾草在降雨時驟然生長，雨停後莖部乾枯彷彿沒有生命。他想著寶寶回到愛拉養育牠的地方，發現有陌生人在小洞穴前寬闊岩架上時的情景。

穴獅體型都很大，但寶寶是他生平見過最大的穴獅，牠幾乎和嘶嘶一樣高，而且更加龐大。喬達拉先前和弟弟不智地闖入獅穴，被這隻獅子或牠的配偶抓傷還未完全復原，索諾倫也因此過世。當牠吼叫著作勢躍起時，喬達拉確信自己的生命即將結束。突然間，愛拉出現在他們之間，比出停止的手勢，那隻獅子就停了下來！假如他不是那麼震驚，那隻巨獸突然停頓轉身避開她的動作其實滑稽可笑。後來他還知道，她會搔弄那隻大貓，和牠一起玩。

「嗯，我記得。」他說。兩人抵達高地，再度並肩騎馬。「我還是不知道妳如何在牠正要攻擊我時制止牠。」

「寶寶還小時，會撲擊我當作遊戲，但牠逐漸長大，體型大到我無法再和牠玩那種遊戲。牠太粗魯了，我得教牠停下來。」愛拉解釋。「現在我必須教沃夫不攻擊陌生人，教牠在我要求的時候留在原地。這樣牠才不會傷到人，別人也不會傷害牠。」

「愛拉，假如眞有人能教會牠，那個人就是妳。」喬達拉說。她已經表達觀點，而且如果她辦得到，帶沃夫旅行就會更容易，但他仍懷疑這匹狼可能帶來多少麻煩。牠曾延誤渡河，咬他們的東西，不過愛拉似乎也解決了那個問題。他並非不喜歡這隻動物，他喜歡牠。這麼近距離觀察狼很吸引人，沃夫的友善深情也令他驚訝，然而牠確實需要額外花費時間、關注以及存糧。馬兒也需要額外的照顧，但快快非常配合他，而且牠們眞的有助益。這趟返鄉已經夠艱難了，他們不需要幾乎像孩子一樣令人擔憂的動物徒增負擔。

孩子也是一個問題，喬達拉騎著馬思索，我只能寄望大媽在我們回到家前別讓愛拉懷孕。如果我們已經回到那裡且安頓下來，那就不一樣了，屆時我們就能考慮有孩子了。不論如何，我們也只能懇求大地母親。有小孩子在身邊時會怎麼樣？

如果愛拉說對了呢？要是孩子來自交歡呢？但我們已經在一起有段時間了，目前還沒有造出孩子的徵兆。一定是朵妮把寶寶放進女人身體裡，可是如果大媽決定不賜予愛拉孩子了呢？她確實有過一個孩子，雖然是雜交靈。朵妮一旦賜予過一個孩子，通常會賜予更多孩子。也許是因爲我。不知道愛拉能否生下出自我的靈的孩子，有任何女人可以嗎？

我曾和許多女人交歡榮耀朵妮，她們之中有任何人懷了我的孩子嗎？男人如何知道？雷奈克知道，他的膚色如此鮮明，容貌如此特別，夏季大會中某些孩子身上可以看出他的元精。我沒有那麼鮮明的膚色或容貌……我有嗎？

哈杜瑪氏獵人中途攔下我們的那次呢？老哈杜瑪希望若莉雅懷個像我一樣有藍眼珠的寶寶，若莉雅也在初夜交歡禮後告訴我，她會生下出自我的靈的兒子，眼睛像我一樣藍，因爲哈杜瑪告訴過她。不知道她是否生下了那樣的寶寶？

我離開時，賽倫妮歐認爲自己可能懷孕了，她的孩子是否有我的藍眼睛？賽倫妮歐有個兒子，但之後就沒有再生過孩子，而達爾沃已經是個少年。我想知道她會怎麼看待愛拉，或者愛拉怎麼看待她？

也許她沒懷孕，也許大媽還沒忘記我做過的事，用她的方式告訴我，我沒資格在火堆地盤擁有孩子。可是她讓愛拉回到我身邊。齊蘭朵妮亞總是告訴我，朵妮不會拒絕我的請求；但她警告我得注意自己提出的請求，因爲我的請求會實現。所以當她還是索蘭那時，要我承諾不會祈求大媽把她賜予我。

怎麼有人祈求他不期望的事情？我從未眞正了解向靈界發聲的人，他們總是語帶模糊。談到索諾倫擅長與人交好的天賦時，他們常說他受朵妮寵愛，卻又說要提防大媽寵愛，如果過度受寵，她就不想讓你離開太久。索諾倫是否因此才死去？大地母親是否帶走了他？受朵妮寵愛，實際上是什麼意思？

我不知道她寵不寵愛我，可是我現在知道，索蘭那決定成爲齊蘭朵妮亞是對的，那樣對我也好。我之前做過錯事，但假如她沒有成爲齊蘭朵妮亞，我就不會和索諾倫一起旅行，也不會遇到愛拉。也許她眞的有點寵愛我，但我不想利用朵妮對我的仁慈。我已經祈求她讓我們安全回去；我不能祈求她賜予愛拉出自我的靈的孩子，尤其不能是現在。然而我還是想知道，她以後會生下出自我的靈的孩子嗎？

第六章

愛拉和喬達拉離開了原本依循的那條河，沿著偏南路徑轉往西行，穿越曠野，來到另一條大河的河谷。這條往東流的河在下游處匯入他們剛剛離開的河流，湍急的河水漫過平坦的沖積平原中央。河谷十分寬廣，草坡緩緩斜降至河邊，谷中遍布大圓石到細砂礫等大大小小的石頭。春天河水氾濫沖走植物後，除了少數草叢及偶然出現的開花香草之外，這片岩灘幾乎是一片光禿禿。

礫石空地上零星散布著幾根枝葉盡脫的圓木，邊緣則摻雜生長著赤楊木與淡綠色多毛葉灌木。有一小群巨角鹿在水邊潮濕低地的柳樹叢外圍覓食，牠們誇張的掌狀鹿角就連麋鹿的大角也相形見絀。

沃夫精力旺盛地在馬腿間橫衝直撞，尤其是在快快腳下。嘶嘶似乎能對牠的活躍視若無睹，年輕的小公馬則比較激動。愛拉覺得如果情況許可，快快會友善回應沃夫的淘氣，但是牠現在行動受到喬達拉控制，那隻狼的滑稽行徑只會讓牠分心。喬達拉不太高興，因爲他必須更留意地控制馬匹。他漸漸煩躁起來，考慮是否應該提出要求，如果愛拉無法讓那隻狼遠離快快的話。

突然間，沃夫匆忙跑開，讓喬達拉大大鬆了一口氣。牠聞到鹿的氣息前往偵查，一看到巨鹿長腳便興奮難耐，認爲那是另一種可以逗弄的高個子四腳動物。然而眼前的公鹿卻低頭展開防禦式的攻擊，沃夫連忙煞住腳步。因爲巨鹿壯觀的頭角延伸長達三百多公分之譜！那隻龐然大物氣定神閑地站著囓咬寬葉禾草，牠不是沒注意到這隻食肉動物，只是滿不在乎，彷彿知道不太需要怕一隻孤狼。

愛拉看著笑了。「看看牠，喬達拉。沃夫以爲那隻巨角鹿是牠可以糾纏的另一種馬。」

喬達拉也笑了。「牠的確看起來很吃驚，那些鹿角有點出乎牠的意料。」

他們緩緩騎向水邊，很有默契地避免驚動巨鹿。走近那群身高比他們坐在馬背上還高的龐大生物時，兩人都感到有些敬畏。隨著人與馬逐漸逼近，那群鹿沉穩而優雅地慢慢走開，不是出於害怕，而是因爲生性謹慎，牠們還邊走邊啃著柳樹葉。

「也有點出乎我的意料。」愛拉說。「我從沒這麼靠近過。」

儘管實際體型只比麋鹿大一點，但是壯觀而精緻的鹿角從頭部朝外向上延伸，卻使牠們看起來龐大無比。這些奇妙的鹿角每年都會脫落，新長出的鹿角會比原來更長，分岔得更繁複。在生命終了前的最後一季，老公鹿會長出超過三百多公分的鹿角。然而，即使頭上沒有鹿角，和其他種類的鹿相比，這種體型最大的鹿還是相對龐大得多。牠們的皮毛濃密，厚實的肩膀和頸部肌肉支撐起沉重大角，形塑出令人敬畏的外表。巨角鹿生活在平原上，由於龐大鹿角在森林中會變成累贅，牠們會避開比灌木還高的樹木。據說有些巨角鹿曾因爲自己壯觀的叉角被樹枝卡住而活活餓死。

抵達河邊時，愛拉和喬達拉停下來仔細檢視水道與周遭環境，尋找最適合渡河的地點。河水又深又湍急，突出的大圓石造成了激流與漩渦。他們察看了上下游的狀況，但這條河的特性似乎在某個距離之內都沒什麼差別。最後兩人決定試著從看起來石頭較少的地方渡河。

他們下馬把兩側行囊籮筐綁到馬背上，再把腳套與早晨禦寒用的保暖外衣也塞進行李中。喬達拉脫下了無袖襯衣，愛拉原本考慮完全脫光，省得還要弄乾衣服，但是在用腳試過水溫之後卻改變了主意。她習慣冷水，但這條急流冰冷得像她前一晚泡過、今早卻在表面結了薄冰的河；柔軟的鹿皮束腰上衣和綁腿即使濕了，還是能提供些許溫暖。

兩匹馬焦慮得在水邊頻頻後退，舉頭嘶鳴。愛拉把有引導繩的籠頭套到嘶嘶身上，牽引牠過河。母馬愈來愈不安，她趕緊抱住牠鬃毛濃密的頸部，用她們在山谷裡生活時發明的安撫密語對牠說話。

她不經意發展出這種語言——以複雜的手勢作基礎，主要搭配了穴熊族的少數口語，加上她和兒子互動時所反覆使用，原本無意義卻被她賦予意義的聲音，還包含了她觀察並學習模仿的馬叫聲，或是獅子偶爾發出的咕嚕聲，甚至也有一些鳥鳴聲。

喬達拉轉頭傾聽。他雖然已習慣她那樣對馬說話，卻還是不知道她在說什麼。她具有模仿動物聲音的特殊能力——她在獨自生活時學會了牠們的語言，後來他才教她再度使用口語說話，而他認爲那種奇特語言彷彿來自另一個世界。

快快跺著腳並揚起頭焦慮地高聲嘶鳴。喬達拉柔聲對牠說話，一邊撫摸搔弄。愛拉注意到這高個子男子出奇靈巧的雙手幾乎立刻就安撫了容易受驚的年輕馬兒，也很高興他們之間培養出這份親近。然後她的思緒一度轉移到他的手帶給她的感受，不由得微微臉紅——他沒有使她平靜下來，反而造成騷動。

不光是馬兒緊張，沃夫也知道接下來會怎樣。牠不想在冷水裡游泳，一邊哀號一邊在河岸來回踱步，最後甚至坐下來鼻子朝天悽慘嗥叫，表達牠的不滿。

「沃夫，來。」愛拉說，彎腰摟抱這隻年輕動物。「你也有點害怕嗎？」

「過這條河時牠又要製造問題了嗎？」喬達拉對於沃夫之前騷擾他和快快還耿耿於懷。

「對我來說不是問題，牠只是有點緊張，就像馬兒一樣。」愛拉說，納悶沃夫這種完全可以被理解的恐懼爲什麼好像惹惱了喬達拉，而他卻可以這麼體恤年輕種馬。

河水很冷，但馬兒擅長游泳，一旦被勸誘下水，牠們就能和人互相牽引，游到對岸。就連沃夫也沒出什麼狀況，牠在岸邊跳躍哀鳴，對著冷水來回躊躇了幾次之後，終於跳進水裡。牠高舉鼻子，尾隨著背上疊著一大堆行囊包袱的馬兒及游在一旁的人類。

一抵達對岸，他們就停下來換衣服並弄乾動物。愛拉想起先前離開部落獨自旅行時的渡河經歷，很感激有這兩匹健壯馬兒。渡河向來就不容易，在徒步旅行時，渡河的結果往往是渾身溼透。但現在有了馬，他們在渡過較小的水道時就可以只被水花濺濕，而要渡過大河也簡單多了。

他們持續往西南方前進，地形也開始改變。接近西部山地時，高地的小丘逐漸變成更高的山麓丘陵，之前渡過的河流深深切割出的山谷交錯其間。有幾天喬達拉覺得花費了太多時間上上下下，導致實際前進的距離很短，但山谷提供了避風的隱蔽營地，河流則供應必需的水，否則土地就會乾涸。

兩人在丘陵起伏的高地平原中央某個高處停下來，遼闊的視野讓他們可以極目四望；除了遙遠西方朦朧灰暗的山脈輪廓，廣闊綿延的景象一覽無遺。

乾燥多風的地區多半大同小異。兩名騎馬者眼前的大草原，盡是一望無際、青草搖曳的起伏矮丘，一成不變的規律性使人聯想到海，相似的景色綿延不絕。雖然這些在風中呈波浪起伏的古老草地看似單調，實際上卻像海一樣豐富而多采多姿，供養諸多華麗而動人的生命。有著精緻頭角、蓬鬆粗毛、環狀頸毛、隆起而多肉的背部，展現在生物學上算是奢侈裝飾的龐然巨物，與其他大型動物共享大草原。

猛獁象與犀牛這類長毛巨獸的雙層毛皮醒目濃密，溫暖的底層絨毛上披覆著一層飄逸長毛，皮下脂肪厚實，有著過度招搖的長牙以及誇張的鼻角。在頭頂長著壯觀的掌狀大角的巨鹿旁邊吃草的原牛，是現代溫馴家牛的野生牛祖先，牠的體型壯碩，幾乎和後來演化出巨角的美洲野牛一樣大。就連小動物也因爲草原的豐饒而體型變大——大跳鼠、倉鼠以及地松鼠的體型比任何地方發現的都來得大。

廣大的草地還供養著其他動物，其中有很多體型都大得驚人。馬、驢與野驢共享著低地的空間與食物，野羊、岩羚羊與原羊則盤踞著高地；賽加羚羊在平原上奔馳；河谷兩側的灌木帶、池塘或湖泊附近，以及大草原或苔原中偶爾出現的樹林，成了各種鹿的家，包括帶著斑點的淡棕色溫馴麆鹿、麋鹿、赤鹿與馴鹿——遷徙到其他地方時也稱爲麋、麋鹿或北美馴鹿。野兔、兔子、老鼠、野鼠、土撥鼠、地松鼠、旅鼠數量繁多，蟾蜍、青蛙、蛇、蜥蜴各據一方。各種外形與大小的鳥類，從高大的蒼鷺到小巧的鷚，鳴聲與毛色都更加鮮明，連昆蟲也出沒其間。

以禾草、嫩葉與種子爲食的動物大量聚集，供食肉動物揀選。雖然這些食肉動物比較適應本身分布區域的環境，卻也能在獵食對象生活的區域生存。由於食物的供給質優量多，牠們的體型也變得龐大。大穴獅的體型幾乎比後來在南方出現的子孫大了將近兩倍，甚至有辦法獵捕最龐大的食草動物；牠們專挑年幼與年老的下手，正值壯年的長毛猛獁象則不太需要畏懼牠們。這些大貓通常會捕食巨大的野牛、原牛和鹿，特大號的成群鬣狗與豺狼則會挑選中型獵物，和猞猁、豹、小野貓一起瓜分豐富的獵物。

巨大的穴熊基本上是食草動物，只偶爾獵捕少數動物。牠們的體型是較小的棕熊或黑熊的兩倍重，後兩者也偏向雜食，通常會吃草，生活在冰封海岸的白熊則靠海裡的肉類維生。兇猛狼獾與草原鼬獵殺比較小的動物，其中包括種類與數量都很多的囓齒動物，獵食相同對象的還有黑貂、鼬鼠、水獺、雪貂、貂、水貂以及雪地裡毛色轉白的白鼬。有些狐狸毛色也會變成白色或亮灰藍色，以便配合冬季的景觀隱匿身形來進行獵殺。茶色或金色的鵰、獵鷹、隼、烏鴉與貓頭鷹從空中隨機捕食沒有提防的小型獵物，禿鷹與黑鳶則清理地面上的動物屍體。

唯有如此特殊的環境，才能讓生活在古老草原的動物擁有這麼繁多的種類與這麼龐大的數量，也才會讓牠們具有這麼誇張且華麗的外表與體型。然而在這片乾冷嚴酷的土地四周，卻盡是有如山高的冰層屏障和荒涼冰洋。如此嚴苛的環境卻能夠供養這麼豐富繁多的動物，看來似乎很矛盾，但事實上這樣的環境的確就是剛好提供了恰到好處的條件——乾冷氣候助長禾草並抑制樹木生長。

儘管橡樹或雲杉這類樹木可以生長成蔭，卻需要很長的時間與充足的水分才能成熟。林地也許能供養某些動植物，但本身也需要資源才能存活，且它們對於大型動物大量增生沒什麼幫助。少數動物會吃堅果或果實，有些動物會咬食葉子甚至樹的細枝尖端，但樹皮和枝幹大多都無法食用，而且毀損之後重生的速度緩慢。藉由相同地力與土壤養分長出的禾草則可供養更多生物，而且禾草會不斷再生。森林或許是豐饒植物生態的典型代表，但禾草才能造就特殊且多樣的動物生態，在複合的草原上生生不息。

愛拉覺得不太舒服，但不確定是爲什麼。其實也沒什麼大不了，只是覺得有點莫名的緊張。騎下高地之前，他們發現暴風雨雲聚集到西部山地上方，看到大片閃光，聽見遠方傳來隆隆雷聲。然而，頭頂的天空還是一片湛藍清澈，雖然已經過了正午，太陽依舊高掛。這一帶看起來不太像是會下雨的樣子，但她不喜歡雷聲，那種低沉的轟隆響聲總讓她想到地震。

也許只是因爲我的月經會在一兩天內開始吧，愛拉這麼想著，試圖消除不安的感覺。我最好把那些條狀軟皮革隨身帶著，還有妮姬給我的羊毛，她說那是最適合旅行時用的襯墊——她說得沒錯，用冷水就可以把經血洗掉。

愛拉從沒有看過野驢，而且因爲她陷入沉思，下坡時沒怎麼留意，遠遠看去還以爲那些動物是馬，走近時才注意到差異。野驢稍微矮小一些，耳朵較長，尾巴不是一束平滑柔順的長毛，而是較爲細短的尾幹，覆蓋著與身上相同的硬毛，尾端則是深色叢毛。這兩種動物都具有豎立的鬃毛，但野驢的鬃毛比較參差不齊。這一小群野驢背部與側邊的毛皮呈淡紅棕色，腹部甚至連腿部和鼻口的毛色都淺得幾乎呈現白色，但有暗色條紋隨著背骨延伸，兩肩之間也有另一條暗色條紋，腿部則有幾條毛色較深的條紋。

年輕女人比較了一下牠們的毛色和馬兒常見的毛色。儘管嘶嘶的毛色偏淡，還帶著點明亮的金黃色調，但仍接近大多數草原馬的淺灰棕色；快快的深棕毛色則在牠的族類中較不常見。這母馬的粗硬鬃毛是深灰色的，從背部中央到蓬鬆長尾的毛色幾乎一致；腿的下半部也是顏色很深，幾乎接近黑色，上半部則依稀可見些許條紋。紅棕色年輕公馬的毛色太深，以至於緊貼背骨延伸的黑色野馬紋路並不明顯，但是牠黑色的鬃毛、尾巴與腿部則跟一般馬兒相同。

對於非常了解馬的人來說，野驢的身體構造也有些不同，不過牠們的確看起來像馬。愛拉發現，就連嘶嘶看到牠們時，也顯得比平常看到其他動物時更好奇，而這群野驢已經停止吃草看著他們。沃夫同樣對野驢很感興趣，擺出追蹤態勢，準備脫隊追逐牠們，愛拉卻比手勢要牠留下，因爲她想觀察牠們。

其中一隻野驢突然發出聲音，使她注意到另一個差異——那不是嘶鳴，而是較尖銳沙啞的聲音。

快快抬起頭嘶鳴回應，又微微把頭前伸，嗅聞著一大坨新鮮糞便。愛拉與喬達拉並肩騎馬前進時看到這種情況，心想野驢和馬的糞便在外觀與氣味上應該很相像。嘶嘶也同樣嘶鳴並嗅聞那坨糞便。沒多久那氣味飄向愛拉，她覺得自己隱約感覺有些不同，或許是因爲牠們喜歡的食物有點不一樣吧。

「那些是馬嗎？」她問。

「精確來說不是。牠們長得很像馬，就如同麋鹿長得像馴鹿或麋長得像巨角鹿那樣。牠們叫做野驢。」喬達拉解釋。

「我以前怎麼沒看過牠們。」

「我不知道，但牠們同時處在這種曠野中，看起來確實很相像。」他說著，前傾的頭部顯示兩人正穿越的是一片遍布岩石、少有植被的半沙漠乾燥高地。儘管看起來很像，但野驢並不是馬和驢的混種，而是擁有生育能力的獨特品種，兼具馬跟驢的特徵，極爲強健。牠們能夠賴以爲生的食物甚至比馬吃的更粗糙，包括樹皮、葉子和根部。

當他們更加靠近時，愛拉看見一對年輕野驢，忍不住微笑。牠們讓她想起嘶嘶年輕的時候，此時沃夫開始高聲叫著吸引她的注意。

「好吧，沃夫。如果你想去追那些……野驢，」她慢慢說出這個陌生字眼，適應它的發音。「去吧！」她很高興對牠的訓練有進展，但牠依舊充滿幼犬般的熱情與好奇，不喜歡久待在同一個地方。沃夫邊叫邊跑向那群野驢，造成牠們一陣驚恐，開始以穩定的速度愈跑愈遠，將那隻可能成爲獵捕者的年輕動物拋在後頭。當愛拉和喬達拉接近一座寬闊山谷時，牠追了上來。

因爲挾帶著受到緩慢侵蝕的山地淤泥，這些河谷依然橫陳在他們眼前的路上，只是地勢朝著大媽河三角洲與白倫海形成的窪地平緩下降。隨著他們愈往南行，夏天就愈發明顯。大氣壓力在海面移動產生暖風，助長了氣溫的節節升高與氣候的變動。

兩名旅人不再穿著外套，即使是剛起床時也一樣。愛拉認爲涼爽清新的空氣使清晨成爲一天之中最好的時光，接近傍晚時比以往還熱，她希望能到涼爽宜人的小溪裡游泳。她瞥了一眼就在前方幾步遠處騎馬的男人，他上半身赤裸，光著腿，只穿了纏腰布，金色長髮以細皮帶往後束在頸背，頭髮紋理在太陽照射下更不明顯，汗溼處顏色更深。

她盯著喬達拉刮掉鬍子的臉，想看見他的堅實顎骨和細緻下巴，雖然她對於成熟男人沒有鬍鬚的驚奇感受依稀猶存。他曾解釋自己喜歡在冬天留鬍子以便保暖，但到了夏天他總會把鬍子刮除，因爲那樣比較涼爽。他每天早上用自己敲出的特殊燧石刀片刮鬍子，需要時就替換。

愛拉也把身上的衣物脫到剩下短衣。短衣的樣式與喬達拉的纏腰布類似。兩者基本上都是穿在兩腿間的軟皮，以細繩綁在腰際。他的纏腰布穿法是將寬鬆的後端往內紮，前端短垂襬維持敞開。她的短衣也是以細繩綁在腰際，但原本的面積較大，寬鬆的兩端都維持敞開，從側邊束緊，前後都低垂形同圍裙，效用等同側邊敞開的短襯衣。長時間跨騎在汗溼馬背上，有透氣軟皮可坐會更舒適，在馬背上鋪鹿皮也有幫助。

喬達拉已經在高地上確認過位置，對他們前進的距離感到很滿意，也對這趟旅程更加放心。愛拉注意到他似乎比較放鬆了，她知道這有一部分是因爲他更熟悉如何駕馭那匹年輕種馬。雖然他以前就常騎那匹馬，但騎馬旅行使他透過持續互動，逐漸了解快快的性格、偏好與習性，也使快快了解他。連他的肌肉都學會適應那匹動物的移動，坐姿也更舒適，不論對他或對年輕種馬都是。

但愛拉覺得他騎馬時的從容輕鬆不只顯示了技巧的純熟。他的動作也比較沒那麼緊繃，讓她明白他不再擔憂。儘管看不到他的臉，她猜他已不再憂慮皺眉，可能想要微笑。看著他古銅色皮膚下的肌肉配合快快的步伐上下微微移動，她感覺到一陣不是氣溫造成的發熱……於是對自己微笑。她喜歡觀察他。

往西方望去，兩人仍看得見聳立遠方的紫色山地，白亮頂峰穿透低垂的烏雲。他們很少看到覆冰的山頂，喬達拉欣賞著難得一見的景象。那些山頂多半會被下降的雲霧遮蔽，彷彿被軟白毛皮遮掩著的閃亮寶物，露出的程度剛好足以讓人驚鴻一瞥，造成更大的吸引力。

他也覺得熱，希望能更接近覆雪山頂，至少像夏拉木多伊氏人的住屋一樣近。但看到下方山谷波光粼粼的河水時，他瞥向天空確認太陽的位置，儘管時間比平常早，他還是決定可以停下來紮營。他們沿途趕路，行進速度比他預定的還快，而且他不知道需要多久才能抵達下一處水源。

斜坡上綠草如茵，虎尾草、牛毛草、香草大量生長，混雜著各種快速萌芽的一年生禾草。底層厚實黃土上方的黑色肥沃壤土，富含腐壞植物形成的腐植質，除了偶有藉由地下水奮力生長的矮松樹，甚至出現了大草原附近罕見的樹木。下坡沿途是一片開闊樹林，混合生長了樺樹以及針葉會在冬天掉落的洋松，低處則長滿赤楊與柳樹。斜坡底部略高出潺潺溪水的土地上，愛拉驚訝地看見某些開闊處偶有矮橡樹、山毛櫸、椴樹。布倫的部落位在突出於白倫海的半島南端，水源充足，自從離開那裡之後，她就不常看到闊葉樹。

沿岸環繞生長著灌木叢的小河蜿蜒流過平坦谷底，但對岸一處河灣邊卻有幾棵細高柳樹，是從另一邊斜坡上的茂密樹林中長出來的。他們通常喜歡渡河之後才紮營，這樣隔天早上啓程後就不需要再弄溼身體，於是他們決定在柳樹附近紮營。兩人朝下游尋找渡河地點，從遍布岩石的寬闊淺灘涉水而過，然後再往上游騎。

搭帳篷時，喬達拉發現自己看著愛拉，留意到她曬黑發熱的身軀，想著自己有多幸運。不只因爲她美麗，也因爲她是旅行良伴，能共同出力——她動作俐落、靈活優雅，這些都令他欣喜。儘管他覺得有責任確保她的安全，希望保護她免於受傷害，但是知道自己能夠仰賴她是種慰藉。就某些方面來說，和愛拉一起旅行，就像和他弟弟旅行一樣；他也覺得應該保護索諾倫。他天生就會關心自己在意的人。

不過類似之處也僅止於某些方面。年輕女人高舉著手臂抖開地墊時，他注意到她豐滿胸部下緣的膚色較淺，忍不住比較起那裡與她褐色手臂的色調差異。他沒意識到自己正盯著她瞧，但卻發現她停下手邊的工作轉向他。兩人四目相交，愛拉緩緩微笑。

他突然感覺有股衝動，不想只是比較膚色。他很高興得知如果他想要的話，她會願意馬上與他交歡。那也有種安撫的效果。沒那麼需要抓住每個機會，他的感覺固然強烈，卻沒有急迫性，而且有時多等一下會更完美；他可以思索並享受著期待的感覺。喬達拉也對她回以微笑。

搭好帳篷後，愛拉想探索山谷。在大草原中很難得發現這麼茂密的林區，她充滿好奇，因爲好幾年沒有看過這樣的植被。

喬達拉也想探索山谷。在那片林間空地旁的營地遇到熊以後，他想檢視足跡或顯示動物可能在附近出沒的徵兆。愛拉帶著拋石索和採集簍，喬達拉帶著標槍投擲器和幾根標槍，一起走向那些柳樹。他們讓馬兒留下來吃草，但沃夫渴望相隨。對牠來說，這片樹林也不尋常，充滿太多引發好奇的氣味。

更往內地走去，赤楊逐漸取代了柳樹，接著是樺樹與洋松普遍混雜生長，還有幾棵巨大松樹。愛拉看出是石松後，急忙撿拾了幾顆毬果，因爲裡面有可口的大松子。不過罕見的闊葉樹對她來說更不尋常。通往上方開闊草地的斜坡底部附近，仍屬於平坦山谷平原的某個區域有一整排山毛櫸。

愛拉仔細檢視，和記憶中她幼時居住的洞穴附近生長的相近樹木相比較。這些植物樹皮平滑灰白，葉片呈窄橢圓形，末端漸尖，邊緣有淺鋸齒，背面光滑粉白。具剛毛的果殼裡有未成熟的棕色小果仁，但前一季落在地上含有果仁和果殼的果實顯示出產量豐富。她想起山毛櫸堅果很難敲開，而這些樹不如她記憶中的大卻數量可觀。她發現樹下長了不尋常的植物，跪下來湊近端詳。

「妳要摘那些嗎？」喬達拉問。「它們看來已經死了，完全沒有葉子。」

「它們沒有死，而是原本就長這樣。來，感受一下它有多新鮮。」愛拉說，剝開光滑無葉的莖部上端幾公分處，約三十公分高的莖部整條都有細長分叉。整株植物連同花苞都呈現暗紅色，全無綠意。

「這種植物從其他植物的根部長出，」愛拉說：「就像我哭泣時伊札放在我眼睛上的植物，但那些植物是白色的，帶著一些光澤；有些人會害怕，因為那顏色看起來像死人的皮膚。那種植物甚至被叫成……」她想了一會兒，「好像是死人植物或死屍植物。」

她茫然凝視空中回憶。「伊札認為我的眼睛脆弱，因為會流出水來，令她困擾。」愛拉想到這一點微笑起來。「她會摘一株新鮮的白色死屍植物，搾出莖部的汁直接滴進我眼裡。如果眼睛因為哭太多而痠澀，就會感覺比較舒服。」她沉默了一段時間，然後輕輕搖頭。「我不確定這些植物對眼睛好不好。伊札用這種植物來治療小傷口、瘀傷或某些腫瘤。」

「叫什麼名字？」

「我想她稱這個是……你怎麼叫這棵樹，喬達拉？」

「我不確定。我不認為我故鄉附近有這種植物，但夏拉木多伊氏人叫它『山毛櫸』。」

「那我想這種植物可以叫作『山毛櫸寄生植物』。」她說，站起身輕擦雙手去除灰塵。

沃夫突然定住，鼻子指向樹林深處。喬達拉發現牠擺出追蹤姿勢，想起沃夫嗅出那隻穴熊的模樣，於是伸手去拿標槍，架到標槍投擲器的凹槽上。以木頭削成的投擲器長度不到標槍的一半，他用右手將標槍維持水平，使尾端凹陷處嵌入投擲器背面的刻痕，然後以手指穿過這個投擲武器前段附近的兩個環圈，標槍柄後段固定在投擲器上。他的動作快速流暢，雙膝微屈站立，準備投擲。愛拉拿出石頭，備妥拋石索，但願自己也帶了標槍投擲器。

沃夫穿過稀疏的矮樹叢，匆忙衝向一棵樹。山毛櫸堅果傳出一陣窸窣搖動聲，一隻小動物隨即跑上光滑的樹幹。沃夫用後腿站立，彷彿也試圖要爬樹，對著那隻毛茸茸的生物發出尖銳叫聲。

樹梢上突然出現騷動吸引兩人注意，他們看見一隻皮毛濃密呈深褐色、身形修長彎曲的櫸貂，正在追逐那隻吱吱大叫、以爲自己剛在樹上脫困的松鼠。沃夫不是唯一對那隻松鼠感興趣的動物，但那隻長得像鼬鼠的動物，卻比較有機會成功。牠三十公分長的濃密尾巴外加將近五十公分長的身體，就和牠的獵物一樣可以敏捷穿梭在樹枝高處。

「我想那隻松鼠從一個火坑跳入另一個火坑。」喬達拉說，觀看面前上演的戲碼。

「也許牠能脫困。」愛拉說。

「我很懷疑，我可不敢下賭注。」

那隻松鼠吱吱大叫，一隻激動松鴉發出粗啞的嘎嘎聲加入這場騷動，接著又有一隻褐頭山雀現身刺耳鳴叫，連沃夫也忍不住引頸長嗥。那隻小松鼠攀到枝幹末端，躍入空中，令兩名旁觀者大感意外。牠張開四肢，展開身體側邊延伸到前後肢的皮膜，在空中滑翔。

愛拉屏息觀看那隻飛鼠避開樹枝，用粗大的尾巴控制方向，藉由改變四肢和尾巴的位置，調整翼膜張力，閃避位於滑翔路徑上的物體，然後沿著長長的平滑弧線下降。牠瞄準一段距離外的另一棵樹，在靠近時翻轉尾巴和身體，降落樹幹低處，迅速往上爬到高處的樹枝，又轉身頭朝下往下爬，張開的後爪穩穩嵌入樹皮。牠環顧四周後，消失在小樹洞中。戲劇性的跳躍滑翔讓牠避開獵捕，不過即使擁有那種驚人特技也不見得永遠都成功。

沃夫依舊用後腳站立，攀在樹上尋找那隻輕易就逃脫了的飛鼠，而後牠終於放下前腳，開始在矮樹叢間嗅聞，然後突然跑開去追逐其他東西。

「喬達拉！我不知道松鼠會飛！」愛拉帶著驚奇的微笑說。

「我應該下賭注的，可是我從來沒看過；雖然聽說過，卻不眞的相信。大家總是談論看到松鼠在夜晚飛翔，我以爲可能有人把蝙蝠誤當作松鼠。」他自我解嘲地笑著補充：「現在我倒成了那種談論自己看到松鼠飛卻沒有人眞正相信的人了。」

「我很高興牠只是隻松鼠。」愛拉說，突然感覺有股寒意，她抬頭瞥見雲朵遮住了太陽，一陣冷顫頓時從肩膀傳下背部，但天氣並不是眞的冷。「不知道沃夫這回去追什麼。」

覺得對純粹出於自己想像的威脅反應如此強烈有點愚蠢，喬達拉放鬆緊握標槍和投擲器的手，卻仍握著。「我本來以爲可能是熊，」他說。「尤其樹木這麼茂密。」

「有些樹總是生長在河邊，但自從我離開部落之後，就沒看過這樣的樹林。這裡樹木這麼茂密不是很奇怪嗎？」

「的確不尋常。這裡讓我想起夏拉木多伊氏人的土地，但那裡位於這裡的南方，甚至比我們看到的那些西部山地更南邊，而且靠近多腦河，也就是大媽河。」

愛拉突然停下腳步，用手肘輕推喬達拉，默默指給他看。剛開始他沒看到是什麼吸引她注意，隨即發現一副赤褐色皮毛微微移動，看到一隻麅鹿的三叉鹿角。那隻狼的行動與氣味已經使這隻警覺的小鹿停住，牠動也不動藏在灌木叢裡，等著確認掠食者是否值得害怕。當四腳狩獵者走遠後，牠小心翼翼地開始遠離。喬達拉的右手仍握著標槍和投擲器，他緩緩舉起手，瞄準目標，將標槍擲向那隻動物的咽喉。麅鹿所懼怕的危險從出乎意料的方向襲來，猛力擲出的標槍正中目標；即使被標槍射中，牠仍嘗試躍離，但跳不到幾步就倒臥在地。

遁逃的松鼠和獵捕失敗的欅貂很快就被拋在腦後，喬達拉和愛拉一同走近只有幾步距離遠的麅鹿。愛拉撇開頭，喬達拉跪在仍在掙扎的動物旁，用利刃畫開牠的咽喉，迅速了結牠的生命並且放血，然後站起身來。

「麅鹿啊！當你的靈回到大地母親身邊，請謝謝她賜予我們你的同類，供我們食用。」喬達拉輕聲說。站在這個男人身旁的愛拉點點頭，準備協助他剝皮並支解晚餐要吃的鹿肉。

第七章

「我不想丟掉獸皮，麕鹿皮做出的皮革那麼柔軟，」愛拉邊說邊把最後一塊肉放進生牛皮保存。「而且你有看到那隻黑貂身上的毛皮嗎？」

「但我們沒時間製作皮革，也帶不了增加太多的東西。」喬達拉說。他正用長竿搭起三腳架，準備用來懸吊包滿肉的生牛皮。

「我知道，但我還是不想丟掉獸皮。」

他們掛起生牛皮後，愛拉望向火坑，想著剛放上去煮的食物，不過那裡空無一物，因爲食物是在土窯裡烹煮。她以香草調味鹿肉，拌入採集來的蘑菇、羊齒蕨嫩葉、香蒲根，用款冬葉全部包起來，放進堆在土坑的熱石頭中，上面再放更多熱石頭，鋪上一層土。把肉煮熟需要一些時間，但她很高興他們早早停下來紮營，而且很幸運那麼快就取得新鮮的肉，才能用這種特別受歡迎的方式讓食物更柔軟入味。

「我覺得很熱，而且空氣悶濕。我要去沖涼，」她說，「甚至洗頭髮。我看到下游長了一些皀根，你要一起來游泳嗎？」

「好啊！如果妳找得到夠多的皀根給我用，連我也可以洗頭髮。」喬達拉說。他撩起一撮散落額頭的油膩金髮，藍眼睛笑得彎彎的。

兩人沿著河流寬闊的沙岸並肩行走，沃夫蹦蹦跳跳尾隨，在灌木叢間跑進跑出，探索新氣味。牠往前急衝，消失在河灣附近。

喬達拉看到他們先前留下的馬蹄印和狼腳印。「眞納悶看到這些足跡的人會怎麼想。」他想到這點，露齒而笑。

「你會怎麼想？」愛拉問。

「如果沃夫的足跡清晰，我會認爲有隻狼在追蹤兩匹馬，但某些地方顯然馬蹄印位在狼腳印之上，所以這隻狼不是在追蹤，而是跟牠們一起走。那種情況會讓追蹤者困惑。」他說。

「就算沃夫的足跡清楚，我也會納悶爲何這隻狼要追蹤這兩匹馬。足跡顯示出馬兒都很健壯，看看這些蹄印有多深，還有馬的體型，你可以判斷牠們馱著重物。」愛拉說。

「那也會讓追蹤者困惑。」

「啊，在那裡！」愛拉說，看見稍早發現的植物，相當高且稍微雜亂蔓生，開著淡粉紅色花朵，葉子狀似矛尖。她迅速用挖掘棒挖鬆土壤然後拔起一些根部。

回程的路上，她搜尋著扁平硬石與木塊或圓石，以便搗碎皀根，釋出會在水中產生少許淨化泡沫的皀素。在上游距離紮營處不遠的河灣，小河沖刷出水深及腰的水潭，水溫清涼。梳洗過後，兩人探索遍布岩石的河流，游泳並涉水至更上游處，直至翻騰的瀑布與急流阻擋住他們，山谷坡面自此漸趨狹窄陡峭。

這讓愛拉想起她山谷裡的那條小河，水氣瀰漫、洶湧翻騰的瀑布同樣阻絕她前往上游的去路，但其他區域更讓她聯想到幼時居住的洞穴附近的山坡。她記得那裡也有個水流較爲和緩、布滿青苔的瀑布，引導她到達認定專屬自己的小洞穴，那裡不只一次成爲她的天堂。

兩人任水流帶著往回游，沿途戲水嬉笑。愛拉喜愛喬達拉的笑聲。雖然他會微笑，卻不常笑出聲來，反而比較容易流露出較爲嚴肅的神情；可是一旦笑出聲，他就會出人意表地開懷大笑。

他們離開河裡擦乾身體時，天氣仍然溫暖。愛拉先前看到的烏雲已經飄離他們頭頂的天空，但太陽也跟著墜向西方逐漸消散的大片低垂黑雲，形狀不規則的雲層迅速從下方飄過，凸顯出太陽移動遲緩。

一旦這顆火球沒入那片陰暗雲朵後方，在西邊山頂徘徊時，氣溫就會迅速轉涼。愛拉尋找馬兒，發現牠們在斜坡上的開闊草原，離帳篷有些距離，卻還聽得見口哨聲。沃夫不見蹤影；她猜想牠還在往河下游探索。

她取出長齒象牙梳及黛琪給她的猛獁象硬毛刷，把兩人的鋪蓋捲拖到帳篷外攤開，坐在上面梳頭髮。喬達拉坐到她身旁，也開始用三叉梳梳起自己的頭髮，和打結的髮絲奮戰。

「讓我幫你梳，喬達拉。」她在他身後跪立，梳鬆他長直黃髮的糾結，讚嘆著比她還淺的髮色。她年紀更輕時，頭髮幾乎是白的，但後來逐漸轉暗，類似斷斷帶有淡金色調的皮毛。

愛拉為他梳頭髮時，喬達拉閉上眼睛，卻因為她不時輕拂過的赤裸肌膚，意識到身後的溫柔。等到她梳完後，他感到一陣熱，但不只是因為太陽。

「現在換我替妳梳。」他說，起身向她身後移動。她一度想拒絕。那沒有必要，他不需要因為她替他梳了頭髮，也來幫她梳。然而當他撩起她脖子上濃密的頭髮，愛撫般地用手指撥順頭髮，她默許了。

她的髮質捲曲，容易打結，但他小心地以非常輕的力道梳開每個糾結，然後將她的頭髮梳到滑順並接近乾燥。她閉上眼睛，感到莫名顫抖的愉悅。她還是小女孩時，伊札曾替她梳過頭髮，用帶著尖端的平滑長棒，輕柔拉開糾結。可是沒有男人為她那樣做過。喬達拉這樣替她梳頭髮，讓她強烈感受到被照顧與深愛。

他也發現自己喜歡梳她的頭髮，暗金髮色讓他想到成熟禾草，但受到日曬的部分近乎白色。撫弄如此濃密柔軟的秀髮，感官的歡愉讓他想要更多。梳畢後，他放下刷子，撩起微溼長髮撥到一旁，彎身親吻她的肩膀和頸背。

愛拉仍閉著眼睛，在他的溫熱氣息與柔軟雙唇輕拂過她的肌膚時顫抖著。他齧咬她的脖子，輕撫她的雙臂，游移雙手托高兩個乳房，感覺令人歡愉的扎實重量及掌中硬挺的乳尖。

他探身親吻她的咽喉，愛拉抬起頭微微側身，感覺他熱硬的陽物抵住她的背。她轉身用雙手握住，感受硬熱肉棒表面的柔嫩皮膚。她交疊雙手，上下摩擦，喬達拉感到一陣亢奮，但當她溼熱的嘴含住他的陰莖時，他的亢奮高漲到難以估量。

他渾身亢奮，閉上眼睛爆出一聲嘆息，然後微微睜眼覷著，不由自主地伸手撫摸覆滿鼠蹊部位的柔軟秀髮。她把他的陽具含得更深，當他一度覺得自己再也把持不住時，幾乎想要棄械投降。但他想等，想回報她帶給自己的強烈歡愉。他喜歡那樣做，喜歡知道自己能放棄自己的歡愉去取悅她……幾乎。

恍惚之間，愛拉發現自己躺到鋪蓋捲上，喬達拉則攤躺在身旁。他親吻她，她微微張嘴，僅容他的舌頭伸入，並展開雙臂環抱他。她喜歡感受他的唇緊緊貼上她的唇，以舌頭輕柔探索。他隨後抽身俯看她。

「女人，妳知道我有多愛妳嗎？」

她知道，從他的眼裡就能看出，那令人難以置信的閃亮藍眼珠愛撫的眼神，即使隔著一段距離，都能令她顫抖。他的雙眼流露出極力控制的情感。「我知道我有多愛你。」愛拉說。

「我還是不敢相信，妳和我一起在這裡，沒有回到夏季大會與雷奈克配對。」他想到自己幾乎將她輸給那個有魅力、深膚色的象牙雕刻匠，摟緊她的渴望陡然增強。

她也抱著他，感謝他們彼此誤解的漫長冬季終於結束。她是眞心喜歡雷奈克，他是好人，也會是好配偶，但他不是喬達拉。她深愛此刻抱住自己的高個子男人，超乎言語所能表達。

他感覺到身旁溫熱的軀體，不再那麼強烈害怕失去她，反而燃起同樣強烈的渴望。他倏然親吻她的肩頸、胸部，彷彿無法得到滿足般。

然後他停下來深深吸了一口氣，他想讓歡愉延久，用自己的技巧盡可能帶給她最大的歡愉——而他技巧嫻熟。有個深諳技巧的女人，曾懷著超乎常情的愛意教導他。他想取悅女人，非常樂意學習。他學得極好，導致他的族人間經常流傳關於他的玩笑，說他專精兩種技藝——除了是傑出的燧石工具敲製者外，還專精另一種。

喬達拉低頭俯視她，看著她喘息，貪戀著她富女人味的豐腴身形，因爲有她在身邊而有種單純的快樂。他的影子落在她身上，擋去太陽的熱度。愛拉張開眼睛往上看，他陰暗臉孔周圍的金髮間，閃現他身後的耀眼太陽，散發金色光暈。她要他，準備好要與他交歡。他微笑著俯身親吻她的肚臍，她再度閉上眼睛，把自己交給他，知道他想要什麼，也知道他能帶給她何等歡愉。

他托住她的胸，手緩緩拂過她的體側，撫向纖腰與豐臀，移下大腿，她在撫觸下顫抖著。他的手沿著她大腿內側往上拂去，撫過陰部有彈性的捲曲金色毛髮，感覺那裡特別柔嫩。接著他輕拂她的腹部，俯身親吻她的肚臍，再次托住她的胸，親吻兩個乳尖。他的溫熱巧手就像溫和的火焰，燃起她的興奮。他再次愛撫她，而她的肌膚牢記他碰觸過的每個地方。

他親吻她的嘴，輕柔緩慢地親吻她的眼睛、臉頰、下巴、顎骨，對她的耳朵吹氣。他的舌覓得她的咽喉凹處，繼續往下滑到她的雙峰之間。他用雙手分別托住她的兩個乳房，相互兜攏。她豐滿的雙峰、微鹹的味道、肌膚觸感使他愉悅，他自己的欲望也隨之高漲。他的舌尖輪流逗弄她兩個乳頭，然後含入口中，她深深顫動。他用舌頭探索她的乳尖，擠壓、拉扯、輕囓，用手撫弄另一個乳尖。

迷失在流竄全身的亢奮中，她貼近他，對準身體深處感受到的歡愉根源。他熱情的舌頭再次尋到她的肚臍，如涼風輕拂她的肌膚，他用舌頭畫圈，接著順勢下移到陰部柔軟捲曲的毛髮，驟然移向她溫熱的縫隙及產生快感的硬核。她喊叫著抬臀迎向他。

他一頭鑽進她的兩腿間，用手撥開她的開口，端詳著玫瑰色陰唇與陰道皺摺，傾身品嘗——他熟悉並喜愛她的味道。他放肆而耽溺地探索她，用舌頭覓得熟悉的陰唇，伸入她的深井，再往上觸及小小的硬核。

他用舌頭吸吮輕咬那硬核，她一次又一次叫出聲來，呼吸愈來愈急促，血脈僨張。所有知覺都轉向內在，感覺不到風，感覺不到太陽，只剩感官知覺不斷增強。他知道高潮即將來到，儘管幾乎把持不住，還是抽身緩緩退離，但她迫不及待迎向他。隨著高潮接近，在期待中持續累積、增長、繃緊，他可以聽見她歡愉的呻吟。

高潮突然出現，她劇烈顫抖，猛然大叫一聲，被激情吞沒。她因解放而抽搐，莫名渴望他的陽具在她裡面。她貼向他，想引導他進入她裡面。

他感覺她溼透了，知道她需要他，他打直身子，將自己飢渴的肉棒送入她渴慕的深井。她感覺到他進入，在他插入時挺起身迎合。她的溫熱陰道包住他的陰莖，他深深插入，完全不怕她無法負荷他的陽物尺寸——那也是她的奇妙之處，如此與他匹配。

他抽回來，感受到抽送的強烈歡愉，等她挺身貼緊他時，再次全然狂放地深深插入。他幾乎達到高潮，但強度減弱，他再次抽回又插入，一次又一次，一次又一次，每回都獲得更大歡愉。她隨著他的抽送而顫動，覺得被他塞滿，然後他抽回又再插入，超越所有其他感覺。

她聽見自己和他猛力呼吸，夾雜著他們的叫喊聲，然後他大喊她的名字，她挺身迎合。兩人在勢不可擋的大爆發中解放，對應著炙熱火紅的太陽將最後一道光芒射進山谷，墜入鑲上金邊的翻騰烏雲後方。

又插入幾次之後，他癱軟在她身上，感覺她的豐滿曲線。她一直鍾愛那樣的時刻和他在一起，感受他的重量壓在自己身上。她從來都不覺得他重。他們靜止不動時，她只感覺到舒適的壓迫與親密溫暖著自己。

突然間，溫熱的舌頭舔上她的臉，冰冷的鼻子探尋著緊貼的兩人。「走開，沃夫。」她推開這隻動物：「走，離開這裡！」

「沃夫，走開！」喬達拉也嚴厲命令，推開冰冷的濕鼻子，但已被掃了興。他撐起自己離開愛拉，翻身側躺，有些不悅卻無法眞的發怒，因爲他的感覺如此美好。

這隻動物退到幾步之外，端坐著注視他們，伸出舌頭喘氣。喬達拉撐起一隻手肘望向牠，他很肯定這隻動物正對他露齒而笑。他對他所愛的女人露出挖苦的笑容。「妳已經讓牠學會待著，現在妳覺得能教牠依妳的要求離開嗎？」

「我想我會試試看。」

「有隻狼在身邊，要做的事眞多。」喬達拉說。

「嗯，的確需要花點心思，尤其牠還這麼年輕。那兩匹馬也一樣，但很値得。我喜歡牠們在身邊，牠們就像很特別的朋友。」

那兩匹馬至少有回饋，他心想。嘶嘶和快快載運他們和裝備，他們的旅程因牠們而縮短。可是除了不時驅趕動物，沃夫似乎貢獻不多。不過，喬達拉決定不要說出他的想法。

沒入劇烈翻騰的黑雲後方，太陽彷彿受到翻攪碰撞，顏色轉爲瘀青的紅紫色，林木茂密的山谷迅速轉涼。愛拉起身再度跳入河中，喬達拉也尾隨在後。很久以前，在愛拉成長的過程中，部落的女巫醫伊札曾教她女人的淨化儀式，儘管伊札懷疑連她也認爲醜陋的奇特養女有機會用得到，但她認爲自己有義務教。她也解說了與男人性交後如何照料自己，強調盡可能用水清理對女人的圖騰靈特別重要。無論水有多冷，愛拉永遠記得要清洗。

兩人再次擦乾身體穿上衣服，把獸皮被放回帳篷，重新燒旺火堆。愛拉把土和石頭移開土窯，用木鉗取出肉。稍晚，喬達拉重新整理行囊，愛拉則爲第二天迅速啓程做準備，包括處理他們通常會留到第二天早上的冷食而只搭配熱茶的食物，然後將烹煮石燒燙準備煮水。她經常泡茶，依口味或需求來變換成分。

當天空染上夕陽餘暉，兩匹馬兒緩緩走回營地。牠們白天走了極遠的距離，需要大量吃大草原的粗糙禾草來維持體力，因此通常晚上還會吃草。不過這片草地特別肥沃翠綠，而且晚上牠們喜歡待在火堆附近。

等待石頭燒燙的愛拉凝視黃昏餘光中的山谷，延續白天的觀察：陡峭坡面驟然連結到寬闊平坦的谷底，小河在中央蜿蜒向下流去。這個肥沃的山谷讓她想起在部落的童年，但她不喜歡這裡。這裡有什麼令她不安，隨著夜晚來臨，感覺更糟。她還覺得肚子有點漲，背也微微作痛，她把不安歸咎成月經快來時偶爾會產生的些許不適。她希望能去走走，活動通常會有幫助，但天色已經太暗了。

女人聆聽風在被銀白色雲朵映照出輪廓的搖曳柳樹間悲鳴。周圍有明顯暈輪的明亮滿月，一會兒被雲掩蓋，一會兒又在雲散時照亮天空。愛拉認為喝點柳樹皮茶或許可以緩解不適，便迅速起身去割取新鮮柳樹皮，順道收集一些有彈性的柳條。

晚茶準備好時，喬達拉來到她身旁。夜晚的空氣潮濕寒冷，溫度低到需要穿上外衣。兩人坐得離火很近，愉快地啜飲熱茶。沃夫整晚都在愛拉身邊徘徊，追隨著她。但當她坐到溫暖火堆旁，牠似乎心甘情願地蜷曲在她腳邊，彷彿那天已經探索夠了。她拾起細長的柳樹枝開始編織。

「妳在編什麼？」喬達拉問。

「用來遮蔽太陽的頭罩。中午變得非常熱。」愛拉解釋。她停頓了一下繼續補充：「我想你可能會用到。」

「妳是爲我編的嗎？」他笑著說：「妳怎麼知道我今天希望能有東西遮蔽太陽？」

「穴熊族女人得學著預測配偶的需求。」她微笑。「你是我的配偶，不是嗎？」

他回以微笑。「毫無疑問，我的穴熊族女人。我們會在第一次參與夏季大會時的配對禮上，對所有齊蘭朵妮氏人宣布我們結爲配偶。但妳怎麼預測需求？而且爲什麼部落的女人一定要學？」

「這並不難，只需要將心比心。今天很熱，我想要編個頭罩……爲自己……編遮陽帽，所以我知道你一定也覺得熱。」她說，拿起一根柳條，編進開始成型的寬圓錐形帽子。「穴熊族男人不喜歡提出要求，尤其是爲了自己的舒適。他們認爲男性不應該去考慮舒適的問題，所以女人必須預測男人的需求。男人保護女人，避免她受到傷害，而這是她保護他的方式，確保他吃得好、穿得好。她不希望他發生任何事，否則誰來保護她和孩子？」

「你就是在這樣做嗎？保護我，我才能保護妳？」他露齒而笑，「還有妳的孩子？」他的藍眼珠在火中呈現深紫色，閃著戲謔。

「唔，不全然是。」她低頭看著自己的手說：「我想那確實是穴熊族女人對配偶表達關心的方式，不論她有沒有孩子。」她看著自己的手快速編織，儘管喬達拉覺得她根本不需要看就能編，可以在黑暗中編好那頂帽子。她又撿起一根長柳枝，然後直直看著他。「但我的確想趁我還沒太老之前再生個孩子。」

「還要很久以後妳才會太老。」他說，在火堆裡加進一塊木頭。「妳還太年輕。」

「不，我就快要老了。我已經……」她閉上眼睛全神貫注，以手指按壓著腿，背誦他教過她的數字用語，自行確認出正確代表她年齡的數字。「……十八歲。」

「那麼老！」喬達拉笑出聲來。「我已經二十二歲了，我才叫老。」

「如果會花一年的時間旅行，等我們回到你的家鄉，我就十九歲了。在部落裡，那樣的年紀懷孕幾乎已經算太老。」

「很多齊蘭朵妮氏女人在這個年紀生孩子，也許不是第一胎，卻是第二或第三胎。愛拉，妳身強體健，我不認爲妳懷孕會太老。可是我要說，有時候妳的眼神看來很蒼老，彷彿在這十八年裡經歷了好幾輩子。」

他並不常說這種事情，她停下手邊的工作看著他，喚起他近乎恐懼的感覺。火光中的她如此美麗，他深愛著她；如果她發生任何事情，他不知道自己該怎麼辦。他望向遠方紓解情緒，然後試著開啓比較輕鬆的話題緩和氣氛。

「我才是該擔心年紀的人，我敢打賭我會是配對禮中最老的男人。」他說完笑出聲來。「男人二十二歲才第一次配對就算老了，大多數我這個年齡的男人都已經有好幾個孩子在他們的火堆地盤。」

他看著她，而她又看見他眼中滿溢愛與恐懼。「愛拉，我也希望妳能有孩子，但不是在我們旅行的時候，不是在安全返家之前，時機還沒到。」

「對，時機還沒到。」她說。

她靜靜編了一會兒，想著她留給烏芭的兒子，想著很多方面就像她兒子的萊岱格。她失去了他們，連有如兒子的寶寶也離開她——至少牠是她第一次發現並且照料的雄性動物，她再也見不到牠了。她看著沃夫，突然擔心她也可能失去牠。她心想，爲何我的圖騰要帶走我所有的兒子？我一定不適合有兒子。

「喬達拉，你的族人有特別偏好男孩女孩嗎？」愛拉問。「穴熊族女人應該都想要有兒子。」

「不盡然吧！我認爲男人想要女人爲他的火堆地盤帶來兒子，但我想女人喜歡先有女兒。」

「那你想要男孩女孩？將來有一天？」

他轉過頭在火光中盯著她瞧，似乎有事情困擾著她。「愛拉，我無所謂，不論妳想要或者大媽賜予妳男孩女孩。」

現在換成她轉頭盯著他瞧，想要確定他是認眞的。「那我就希望生女兒，我不想再失去任何孩子了。」

喬達拉不太明白她的意思，也不知道怎麼回應。「我也不希望妳再失去任何孩子。」

兩人默默坐著，愛拉繼續編遮陽帽。他突然問：「愛拉，如果妳是對的呢？如果不是朵妮帶來孩子呢？如果孩子經由交歡產生呢？妳體內現在可能已經有寶寶了，妳甚至不會知道。」

「不，喬達拉，我不這麼認爲。我想我的月經就快來了，」她說：「你知道那代表我沒有懷孕。」

她通常不喜歡和男人談論這麼隱私的事情，但喬達拉一直不會因爲她月經時在他身旁而不舒服，不像穴熊族男人。穴熊族女人經歷女人詛咒時，要特別小心不要直視男人。不過，就算她想要，也不可能在旅行期間眞的將自己隔離或避開喬達拉。她覺察他需要安心，一度考慮是否告訴他有關伊札用來擊退致孕元精的祕密藥方，但她辦不到。愛拉就像伊札一樣無法說謊，但她可以避免提起，除非直接被問到；假使她不提，男人不太可能想到要問她是否做了什麼來避孕。

大部分的人不認爲可能存在這麼強大的魔法。

「妳確定嗎？」他問。

「對，我確定。」她說：「我沒有懷孕，沒有寶寶在我體內長大。」他於是放鬆下來。

遮陽帽快編好時，愛拉覺得天空飄下毛毛細雨，加緊完工。除了掛在長竿上的生牛皮，他們把所有東西都帶進帳篷，連淋濕的沃夫似乎也很高興蜷縮在愛拉腳邊。她讓入口皮蓋下部維持敞開，以防沃夫需要出去，然後在雨開始變大時關上排煙孔的皮蓋。剛躺下來時，他們彼此依偎在一起，後來各自躺平，但兩人都睡不著。

愛拉覺得焦慮疼痛，卻試著不要太常翻來覆去，以免吵擾喬達拉。她聆聽雨水滴滴答答打在帳篷上，但不像往常一樣因此入睡；過了很久之後，她但願早晨已來臨，那樣她就可以起床動身離開。

那麼憂慮而且再次確認朵妮沒有賜予愛拉新生命之後，喬達拉又開始納悶自己是否有什麼問題。他清醒地躺著想，納悶他的靈或者朵妮向他取的元精是否夠強大，納悶大媽是否寬恕了他的年少輕狂，會讓他擁有孩子。

也許是因爲她。愛拉說她想有孩子，但我們在一起的時間那麼多，如果她沒有懷孕，有可能是她無法懷孕。賽倫妮歐不會再有孩子了……除非她在我走後又想要有孩子……他聽著雨聲望進帳篷內的黑暗，納悶自己認識的女人是否生下孩子、是否有寶寶生下來就有他的藍眼睛。

愛拉持續攀爬陡峭岩壁，類似河谷裡那條上達她洞穴的陡峭通路，但這條路更長，而且她必須趕快。她往下看河灣附近產生漩渦的小河，但那不是河，而是水花四濺的瀑布，瀉落在長滿青苔而顯得柔和的突出岩石上。

她往上看，克雷伯在那裡！他對她招手，作手勢要她趕快，然後也轉身開始攀爬，費力拄著拐杖，引導她爬上瀑布旁陡峭卻還能攀爬的斜坡，前往岩壁中被榛樹林掩蔽的小洞。洞穴上方的懸崖邊緣有顆扁平大圓石即將掉落。

突然間，她置身洞穴深處，沿著綿長狹窄的通道行走。那裡有光！一支支火炬燃燒著招引人的火焰，然後是地震產生令人厭惡的轟隆巨響，一隻狼發出嗥叫。她覺得一陣天旋地轉，接著克雷伯就出現在她的腦海裡。「出去！」他命令：「快點！現在就出去！」

她猛然坐起，丟開獸皮被，衝向帳篷開口。

「愛拉！怎麼回事！」喬達拉說，一把抓住她。

突然間，透過帳篷外層，可以看見一道明亮閃光出現，排煙孔皮蓋縫合處周圍、爲沃夫維持敞開的入口隙縫也顯現鮮明輪廓，緊接著傳出巨大刺耳的隆隆聲。愛拉放聲尖叫，沃夫在帳篷外呼號。

「愛拉，愛拉，沒事了。」他說，把她抱進懷裡。「只是打雷閃電而已。」

「我們必須出去！他說要趕快。現在就出去！」她說，笨拙地穿上衣服。

「誰說的？我們不能出去。外面很暗，而且在下雨。」

「克雷伯，在我的夢裡。我又做了那個夢，和克雷伯在一起。是他說的。喬達拉，走吧！我們必須快一點！」

「愛拉，冷靜一點。那只是夢而已，有可能是暴風雨。妳聽，外面的聲音聽起來像瀑布。妳不能冒著這種雨出去，我們等到早上吧！」

「喬達拉！我必須走！克雷伯告訴我要走，而我受不了這裡。」她說：「拜託，喬達拉，趕快！」她將東西堆進行囊籮筐，沒有注意到淚水流下臉頰。

他也覺得應該走。很顯然她不想等到早上，現在他也不可能再睡得著。當他去拿衣服時，愛拉打開入口皮蓋，大雨灌進帳篷，彷彿有人把它從水袋倒出來。她走到外面吹出響亮的長哨音，接著又傳出一陣狼嗥。等了一會兒，愛拉又吹了一聲口哨，然後開始將帳篷木樁拔出地面。

她聽見馬蹄聲，看到馬兒時，又安慰地哭了出來，鹹鹹的淚水消失在滂沱大雨中。她探向嘶嘶這前來幫忙的動物朋友，抱住溼透的母馬強健的頸部，感覺牠嚇得發抖。馬兒颼颼揮動尾巴，緊張地小步騰躍繞圈，同時來回轉動頭部、抽動耳朵，企圖搜尋確認恐懼的來源。這匹馬的不安促使這個女人鎮靜自己，嘶嘶需要她。愛拉用輕柔的語調對牠說話，撫摸並試圖安撫牠，然後感覺快快傾靠她們。要說有什麼差別的話，就是快快比牠的母親還害怕。

她試著穩住快快，但牠很快就小步騰躍地退開。她讓兩匹馬兒待在一起，急忙到帳篷拿馬具和行囊籮筐。聽到馬蹄聲之前，喬達拉已經捲起獸皮被，堆到行囊籮筐上，拿起了馬具和快快的籠頭。

「馬兒非常害怕，喬達拉。」愛拉說著走進帳篷。「我想快快就要狂奔起來。嘶嘶稍微安撫了牠，但嘶嘶也很害怕，牠讓嘶嘶變得更緊張。」

他拾起籠頭走出去，迎面襲來的風和傾盆大雨差點將他擊倒。雨勢大得讓他覺得彷彿站在瀑布裡，狀況比他想的還糟。帳篷不久就會被淹沒，雨很快就會浸濕鋪地布和獸皮被。他慶幸愛拉堅持起床離開。在另一道閃光中，他看見她奮力把行囊籮筐綁到嘶嘶身上，紅棕色種馬則在旁邊。

「快快！快快，過來這裡。來吧，快快。」他叫道。一聲轟隆巨響畫破天空，聽起來彷彿天空裂開了。這匹年輕種馬揚起前腳嘶鳴，騰躍扭動，不斷繞圈。牠的眼珠急速轉動，露出眼白，鼻孔擴張，尾巴猛力擺動，耳朵向四方抽動，試圖定位恐懼的來源，但難以理解的恐懼來自四面八方，使牠驚慌失措。

高個男人伸手抱住馬的頸脖，持續對牠說話，試圖安撫牠。他們深深信任彼此，熟悉的手和聲音帶來平靜。喬達拉設法套上籠頭，拾起馬具皮帶，期盼下一個使馬兒嚇破膽的閃電和巨大雷聲能晚一點出現。

愛拉回到帳篷裡去拿剩下的東西，沃夫跟在她身後，不過她原先並沒有注意到。當她走進圓錐形帳篷時，沃夫發出尖銳叫聲，開始奔向柳樹林，接著又跑回來對她叫著。

「我們就要走了，沃夫。」她說，然後轉向喬達拉，「帳篷空了，趕快！」她跑向嘶嘶，把滿手的東西扔進行囊籮筐。

愛拉流露焦慮，喬達拉則擔心快快無法再保持鎮靜。拆除帳篷並不費力，他把支撐竿猛力拔出排煙孔，扯開皮蓋，全部丟進行囊籮筐，再把浸水的沉重獸皮收攏塞了進去。喬達拉伸手抓住鬃毛試圖躍上馬背，受驚的馬兒快速轉動眼珠並往後退開。儘管跳得有點笨拙，他仍設法坐好，卻在快快抬起前腳時差點摔落，但他用雙臂猛力圈住種馬的頸脖並緊抱不放。

愛拉攀上嘶嘶的背，聽見狼的長嗥及奇怪的低沉巨響，她轉頭看見喬達拉緊抱著揚起前腳的種馬。一等快快恢復鎮定，她便向前傾身驅策嘶嘶出發。母馬飛快向前奔馳，就像受到追趕般，和愛拉一樣迫不及待要離開那裡。沃夫跳躍著前進，快速跑進樹叢。快快與喬達拉緊跟在愛拉後方，逼近的隆隆巨響愈來愈宏亮。

嘶嘶奔進平坦谷底的樹林，閃開樹木，躍過障礙物。愛拉低著頭用雙臂環抱馬頸，任由母馬自行奔馳。一片黑暗又下著雨，她看不見任何東西，卻覺察她們正朝通往上方大草原的斜坡前進。突然間，另一道閃電瞬間照亮山谷，她們置身於樺樹林裡，離斜坡不遠。她回頭望向喬達拉，倒吸了一口氣。

他身後的樹在移動！在亮光消逝前，有幾棵高聳松樹不穩固地傾斜，隨即恢復一片漆黑。等著聽樹木傾倒的聲響時，她才留意到隆隆聲愈發宏亮，於是意識到那聲響被更巨大的聲音蓋過，就連震耳雷聲似乎都被那轟隆巨響淹沒。

她們來到斜坡上；儘管仍然看不見，她卻從嘶嘶的步伐改變得知她們正向上攀爬，她只能信賴母馬的直覺。愛拉感覺馬兒在打滑後穩下腳步，然後衝出樹林抵達空地。她甚至可以透過雨看見翻騰的雲朵，她心想，她們一定到了斜坡上那片馬兒先前覓食的草地。快快與喬達拉在一旁吃力地往上爬，喬達拉也弓著身攀附馬頸，不過一片漆黑中只看得見他們的側影輪廓，在黑暗中的黑影。

嘶嘶慢了下來，愛拉可以感覺到牠費力喘氣。草地另一邊的樹林比較稀疏，嘶嘶不再踏著狂亂的步伐閃避樹木。愛拉稍微坐直，但雙臂仍環抱母馬的頸脖。快快以飛快的速度超越他們，但不久也慢下腳步來行走，而嘶嘶隨即跟上。雨勢逐漸減緩，灌木叢取代了樹林，接著則出現草地，然後斜坡變成平地。雨幕中被遮蔽的月亮照亮雲朵，稍微驅散黑暗，大草原在他們面前展開。

他們停下來，愛拉下馬讓嘶嘶休息，喬達拉也跟著下馬。兩人並肩站著，設法看清斜坡下的黑暗。閃電亮起，但距離遙遠，過了一會兒就傳出低沉雷聲。他們茫然望向漆黑深谷，雖然什麼都看不見，卻知道那裡正遭受嚴重摧殘。他們明白自己勉強逃過可怕的災難，但還不了解規模有多大。

愛拉覺得頭皮出現奇怪刺痛，聽見微弱的劈啪聲響。她對著新鮮空氣中的刺鼻氣味皺起鼻子；那是一種特殊的燃燒氣味，卻不是來自火。她突然想到那氣味必定來自畫過天空的亮光，於是既好奇又害怕地張開眼睛，一度驚慌地抓住喬達拉。一棵生根於斜坡下的高聳松樹，因爲岩石露頭而避開寒風，高高挺立在大草原之上，發出詭異藍光。

他用手臂環繞她，想要保護她，卻也有同樣的感覺和恐懼，知道這些來自另一個世界的亮光超乎他所能控制，他只能抱緊她。一道可怕的閃電出現，伴隨著刺耳爆裂聲畫過發光的雲，發散火紅的網狀分叉。使人目眩的閃光迅速往下射向那棵高聳松樹，把山谷與大草原照亮得和正午時一樣清楚。愛拉被響亮的尖銳爆裂聲嚇了一跳，耳朵嗡嗚，轟隆巨響迴盪天際，她縮起身子。在那一刻光亮中，兩人看見自己千鈞一髮逃開的山谷。

綠色的山谷被摧毀，整片平坦谷底陷入巨大的混亂漩渦。他們對面的遙遠斜坡上，坍方大量堆積雜亂的礫石，倒塌的樹半倒在兇猛的水中，暴露出光禿的紅土斷崖。

造成這種猛烈摧殘的連鎖反應並不罕見。西方的山最早受到內陸海上的大氣壓力摧殘，充滿水氣的暖空氣向上盤旋，凝結成如波濤般翻騰的廣大雲層，受風吹拂的頂層白雲，滯留在岩丘上。這股暖空氣受到冷鋒侵蝕所產生的結合擾動，引發異常強烈的暴風雨。

大雨從水氣飽滿的天空傾盆而下，流入窪地與山谷，然後大量湧進小溪，沖毀岩石，洶湧注入迅速暴漲的溪流。暴雨持續助長兇猛水勢，衝下陡峭山丘，奔流過障礙物，灌入水源相同的姊妹溪，匯聚成狂暴的毀滅力量。

暴洪湧入林木蓊鬱的小山谷，漫過瀑布，在轟隆震響中猛然呑沒整座谷地，但在那片綠意盎然的窪地中翻湧的水流更驚人。在冰川時期，頻繁的地質活動抬高陸地，導致南方的小型內陸海升高，沖開通路，朝更南方連結到更大的海。過去幾十年間，抬升作用阻斷山谷形成有河水注入的淺盆地，於天然堤壩後方產生一座小湖，但幾年前出口水道生成後，湖中蓄積的少量湖水逐漸流光，遺留下來的水分足以造就出乾燥大草原中林木茂密的山谷。

發生在更下游的二次坍方再次阻塞出口水道，洶湧洪水被圍堵在谷地，造成回流。喬達拉認爲斜坡下的景象只有在噩夢中才會出現，幾乎不敢相信眼前所看到的。整座山谷是一片來回狂亂翻攪的泥石，將灌木叢和整棵樹木連根拔起，撞成粉碎。

那裡不可能有生物存活。他不寒而慄地想著，如果愛拉沒有醒來並堅持離開，他們會怎麼樣？他懷疑如果沒有馬兒，他們是否能安然無恙。他瞥向四周，牠們都張開四肢垂頭站著，看起來筋疲力竭，一如他所想。沃夫就在愛拉身旁，看到喬達拉望過來時，牠開始引頸嗥叫。這個男人瞬間想起他的睡眠曾被狼嗥干擾，就在愛拉醒來之前。

又一道閃電伴隨著雷聲出現，他感覺愛拉在他懷裡劇烈顫抖。他們還沒脫離險境，兩個人又濕又冷，所有東西都濕透了，而且在暴風雨裡身處廣闊平原的中央，他不知道去哪裡尋求掩蔽。

第八章

被閃電擊中的高大松樹正在燃燒，助燃的滾燙樹脂卻必須對抗企圖澆熄火苗的雨，劈啪作響的火焰散發著微光，但已足夠照亮周遭景觀的大致輪廓。開闊平原上的遮蔽物不多，只有長年乾涸而今卻接近滿溢的溝渠旁有一些灌木叢。

愛拉俯瞰著山谷中的黑暗，彷彿被先前所看到的景象嚇呆了。在她裹足不前時，雨勢又開始轉強。雨水沖刷著他們，澆灌已經溼透的衣服，而且終於戰勝樹上掙扎的火焰。

「愛拉，來吧！」喬達拉說：「我們必須去找掩蔽物避雨。妳很冷，我們都又冷又濕。」她又看了一會兒，然後顫抖起來。「我們本來在下面。」她抬頭望向他。「喬達拉，要是還在那裡，我們就死了。」

「可是我們及時逃開了。現在我們需要尋找掩蔽，如果沒有找到地方讓自己暖和起來，就算逃出那座山谷也沒有用。」

他牽起快快的引導繩，開始走向灌木叢，愛拉示意嘶嘶並尾隨，沃夫則陪伴在她身旁。兩人抵達溝渠，發現那些低矮灌木叢通往更茂密、幾乎像小樹那麼高的灌木叢，那裡離大草原上的谷地更遠。於是他們邁步前往。

兩人奮力闖進濃密的黃花柳樹叢中。銀綠色柳樹叢細長多莖的底部周圍地面潮濕，雨水還是穿過窄葉落入樹叢裡，但雨量已經減少。他們清除了一小塊區域的木質莖，卸下馬兒背上的行李。喬達拉拖出那捆沉重的潮濕帳篷並用力抖開。愛拉則趕緊將竿子架在那塊灌木叢包圍的區域四周，然後幫忙攤開依舊繫著鋪地布的帳篷外層，放到竿子上。這種搭建方式很草率，但此刻他們只想避雨。

兩人把行囊籮筐及其他東西搬進臨時湊合的避難所，扯下樹葉鋪蓋潮濕地面，攤開濕獸皮被，然後脫下外衣，合力擰乾浸濕的皮革，披到樹枝上，最後直打哆嗦地蹲縮下來，拉起獸皮被包裹自己。沃夫走進來劇烈抖動身體，將身上的水花甩得四處飛濺，但在所有東西都溼透的情況下也無關緊要了。兩匹皮毛濃密蓬鬆的草原馬，偏好乾冷冬季遠勝過夏季的滂沱暴雨，卻習慣待在戶外。牠們彼此依偎，緊挨在一片灌木叢旁，任由雨澆灌全身。

避難所內潮濕到甚至生不起火來，愛拉與喬達拉裹在沉重獸皮內緊緊依偎，沃夫則蜷縮在獸皮被上，緊挨著兩人。他們的體熱終於溫暖了彼此。這對男女打起盹來，但都睡得很淺，直到接近黎明雨勢趨緩時才沉沉睡去。

睜開眼睛之前，愛拉傾聽將她喚醒的鳥鳴，對著自己微笑。從混雜的鳴聲裡，她可以分辨出雀鳥尖銳細緻的叫聲，接著她聽見似乎漸趨大聲的悅耳鳥囀，但當她想找出聲音來源時，卻得非常仔細尋找才能看見那隻剛飛來而不顯眼的黃褐色小雲雀。愛拉翻身側躺看著牠。

這隻雲雀輕快地沿著地面行走，以大爪維持良好平衡，上下擺動有羽冠的頭，用嘴啄起一隻毛蟲，迅速躍向黃花柳樹莖附近一片清刮乾淨的地面，躲在那裡、剛孵化而毛茸茸的雛鳥突然冒出頭來，隻隻都張嘴要吃那條美味小蟲。很快地，另一隻斑紋類似但更接近茶色的鳥，叼來一隻有翅昆蟲。當牠把昆蟲塞進一隻雛鳥張開的鳥嘴裡時，第一隻鳥躍入空中盤旋而上，直到幾乎消失無蹤，卻仍傳來異常宏亮的鳴叫。

愛拉輕柔地吹出美妙哨音，模仿得維妙維肖，連鳥媽媽都停下輕啄地面尋找食物，轉而望向她。愛拉再次吹起口哨，但願自己有穀物可以給牠們吃，就像在她的山谷裡剛開始模仿鳥叫時一樣。掌握技巧後，不論她有沒有提供穀物，那些鳥兒都會在她召喚時飛來，陪伴她度過寂寞的日子。那隻雲雀媽媽走近搜尋侵入巢穴範圍的鳥，發現沒有其他雲雀後，又回頭去餵雛鳥。

以咯咯叫聲收尾又重複鳴唱的柔美旋律，更是令愛拉感興趣。沙雉和那些咕咕叫的斑鳩，體型都大到足夠當作一餐，她想著，環顧四周，搜尋體型與外觀類似棕色沙雉的活潑鳥兒。她在低處的樹枝發現一個細枝鋪成的簡單鳥巢，裡面有三顆白蛋，然後看到一隻小頭尖嘴的矮胖鴿子。牠柔軟濃密的淡褐色羽毛接近粉紅色，尾巴和翅膀有類似龜殼的鮮明花紋，閃現七彩斑斕的光澤。

喬達拉翻了個身，愛拉轉頭看看躺在身旁這個沉睡的男人，意識到自己需要起床尿尿，卻又怕自己一動他就會醒來。她不想吵醒他，但愈想忘記就愈覺得急迫。或許只要慢慢移動就可以了，她想著，設法離開包裹兩人的那張溫暖微濕的毛皮。當她脫身時，他打呼翻身，探向她卻發現她不在，他便醒了過來。

「愛拉？哦，妳在那裡啊！」他喃喃說。

「再回去睡吧，喬達拉。你還不需要起來。」她說著爬出灌木叢裡的避難所。

這個早晨晴朗清新，清亮的藍天萬里無雲。不見蹤影的沃夫可能正在狩獵或探索，愛拉心想。馬兒也走遠了，她看見牠們在山谷邊緣吃草。儘管太陽才剛升起，蒸氣已經開始從潮濕的地面冒出，愛拉蹲著小便時感受到那股溼氣，發現腿部內側有紅色污跡。月經來了，她心想。她原本就預期到了；她必須清洗自己和內褲，但首先她需要盤羊毛。

溝渠中未被土壤吸收的逕流只有半滿，但水流清澈。她傾身清洗雙手，喝了幾口用手捧起的冰涼流水，然後急忙跑回他們睡覺的地方。喬達拉已經起身，微笑著看她奮力擠進黃花柳樹叢間的避難所。她將一個行囊籮筐拖到空地，開始東翻西找。喬達拉把他的兩個行囊籮筐都帶出去，又回來拿其他東西，想檢視滂沱大雨造成的損害。沃夫此時直直朝著愛拉大步跑來。

「你看起來很自豪。」她說，用手倒豎牠厚密近似鬃毛的頸毛。當她停下來時，牠撲向她，把泥濘的腳掌放到她胸前接近肩膀的高度。牠出其不意差點將她撲倒，但她重新恢復平衡。

「沃夫！看看這些泥巴！」她說。沃夫伸長身子舔她的咽喉和臉，然後發出低沉吼聲，張嘴用牙齒含住她的下顎。儘管尖牙武器引人注目，牠的行動卻節制輕柔地像在對待新生幼犬；沒有畫破皮膚，也沒留下什麼痕跡。她的雙手又埋進牠的頸毛裡，把牠的頭往後推，充滿慈愛地凝視牠同樣深情的眼睛，然後用牙齒去咬牠的下顎，對牠發出相同的低吼，帶著愛意輕柔地回咬。

「好了，下去，沃夫！看看你把我弄得一團糟！我還得去把這些也洗乾淨。」她擦拂穿在當作內褲的短綁腿外寬鬆的無袖皮革束腰上衣。

「愛拉，如果我沒有那麼了解狀況，牠那樣做時，我幾乎要替妳害怕。」喬達拉說。「牠已經變得這麼大，又是狩獵者，可以致人於死。」

「你不需要擔心，那是狼彼此問候並表現愛的方式。我想牠也很高興我們及時醒來逃出山谷。」

「妳看過下面的狀況了嗎？」

「還沒有……沃夫，走開。」她說，推走開始嗅聞她兩腿之間的沃夫。「我的月經來了。」她別開視線微微臉紅。「我要拿羊毛，還沒有機會去看。」

愛拉專心地打理個人衛生需求，在小水流裡清洗自己和衣物，設法用皮帶固定羊毛，然後去找出替換的衣物。喬達拉則是走到山谷邊緣小解。他往下望去，看不到任何像是營地或可能成爲營地的地方。山谷的天然盆地積滿了水，木材、樹木及其他漂流殘骸隨著持續上漲的水波上下漂盪著。流入盆地的小河出口依然堵塞，導致回流，不過河水已經不像前一晚那樣大幅翻騰震盪。愛拉悄悄來到喬達拉身旁，他專心望著山谷思索著，直到感覺她出現時才抬起頭。

「河流下游的山谷一定變窄了，一定有什麼東西堵住了河流，」他說：「可能是岩石或坍方導致水流不出去。也許就是因爲這樣，這山谷才會那麼翠綠，以前可能就發生過這種狀況。」

「如果我們遇到這種暴洪，肯定會被沖走。」愛拉說：「每年春天，我的河谷都會氾濫，這就已經夠慘的了，但是現在這種……」她找不出詞彙表達想法，不由自主地用穴熊族手語動作完成句子；對她而言，這種方式能更強烈、清楚地傳達她的驚愕與慶幸。

喬達拉明白她的意思。他也說不出話來，完全能體會她的感受。兩人默默站著觀看下方的變動。愛拉注意到他深鎖著眉頭，專注而憂慮。終於他開了口。

「不論是坍方或是其他因素導致阻塞，如果排除得太快，沖向下游的水流就會非常危險。我希望沒有人在那裡。」

「可是不會比昨晚還危險吧？」愛拉說。

「昨晚下著雨，一般人可能預期有洪水之類的事情發生，然而如果河流在沒有暴風雨預警的情況下貫通，會讓人措手不及，造成極大破壞。」他解釋道。

愛拉點點頭後說：「但如果有人在使用這條河流，難道他們不會注意到河水停止了流動，試圖找出原因嗎？」

他轉過身面對她。「愛拉，那我們呢？我們在旅行，不可能知道河水停止流動了。哪天我們可能在發生這種狀況時正好在下游，而且我們不會得到任何警告。」

愛拉轉頭看著山谷裡的水，沒有立刻回答。「你說得對，喬達拉。」然後她說，「我們有可能遇上暴洪；或者閃電可能擊中我們，而不是擊中那棵樹；或者可能有地震把地面震出裂縫，吞噬了所有人，只留下一個小女孩獨自存活在這個世界；或者可能有人會生病或天生就有殘疾。馬木特說過，沒有人知道大媽何時決定把孩子召回身邊；擔心那些無濟於事，因爲我們什麼也做不了，一切都由她決定。」

原本依然擔憂地皺眉傾聽的喬達拉放鬆下來，用雙臂環繞她。「我擔心太多了，索諾倫從前曾那樣說過。我只是開始想到，要是我們昨晚在山谷下游會怎麼樣，想起昨晚，然後想到失去妳，而……」他的雙臂緊緊環繞她。「愛拉，我不知道如果失去妳怎麼辦。」他說，激動地抱住她。「我不確定自己還會不會想活著。」

他的激烈反應使她有點擔心。「喬達拉，我希望你活下去，找到其他人來愛。如果你發生任何事情，一部分的我、一部分我的靈也會隨你而去，因為我愛你；但我會活下去，而你一部分的靈會永遠伴隨我。」

「要找到其他人來愛不容易，我沒想過會找到妳。我甚至不知道自己會不會想找。」喬達拉說。

兩人動身一起往回走。愛拉沉默思考了一會兒後說：「或許那就是兩個人彼此相愛的狀態？或許相愛就是交換彼此的靈，也因此失去所愛的人那麼痛苦。」她停頓了一下，接著繼續說：「就像穴熊族男人，他們是一同打獵，彼此交換部分的靈，尤其是有人救了另一個人時。當你失去某部分的靈，要活下去並不容易，而每個獵人都知道，自己某部分的靈會隨著另一個人去到另一個世界，所以留心保護同伴，盡一切努力挽救對方的生命。」她停下來抬頭望向他。「你覺得我們彼此交換部分的靈嗎，喬達拉？我們是狩獵夥伴，不是嗎？」

「而且妳救過我一次，但我們不只是狩獵夥伴，」他說，為這個念頭微笑。「我愛妳。我現在明白為什麼潔塔蜜歐死後索諾倫會不想活了。有時我覺得他在想辦法進入另一個世界，那樣他就能找到潔塔蜜歐和未出世的寶寶了。」

「但如果我怎麼了，我不要你追隨我到靈界。我要你就待在這個世界，去找其他人來愛。」她篤定地說。她不喜歡他談論另一個世界。她不確定另一個世界是什麼樣子，心底甚至不確定是否眞有另一個世界存在，只知道要進入另一個世界必須先死去。她不想聽到喬達拉死去，不論是比她早還晚。

思索靈界衍生出其他隨想。「或許那就是年老時的狀況。」她說：「如果你和所愛的人交換部分的靈，失去很多你愛的人之後，太多的靈跟隨那些人去了另一個世界，導致剩下的靈少得無法讓你存活在這個世界。就像身體裡有個洞愈來愈大，所以你想去另一個世界，因為大部分的靈和你愛的人都在那裡。」

「妳怎麼知道這麼多？」喬達拉帶著淺笑問。雖然她不了解靈界，自然率真的見解卻讓他有點信服，展現出眞知灼見，不過他無從得知這些觀點是否可取。如果齊蘭朵妮亞在就可以問她了，他心想，忽然意識到他們正在回家的路上，而他不久就可以問了。

「當我還很小時就失去了某部分的靈，我天生的族人因地震而死。後來伊札、克雷伯、萊岱格死的時候，都帶走了我部分的靈。連我再也見不到的杜爾克，也擁有我部分的靈，儘管他還活著。你弟弟也帶走了你部分的靈，不是嗎？」

「對，」喬達拉說：「的確。我永遠都會想念他，也一直都因此感到痛苦。有時我仍覺得那是我的錯，我該盡一切努力去救他。」

「我不認為你還能做什麼，喬達拉。大媽要他，是她在做決定，而不是由想前往另一個世界的人做決定。」

回到前晚棲身的黃花柳高樹叢後，兩人開始仔細檢視東西。幾乎所有東西都帶著濕氣，很多東西都還很濕。他們解開仍繫著鋪地布與帳篷成形上半部的膨脹繩結，兩人各執一端往不同方向轉，設法扭開。但過度扭曲會使縫合處變形。當他們決定架起帳篷風乾時，才發覺遺失了部分帳篷竿。

兩人把鋪地布攤蓋在樹叢上，接著查看依舊非常濕的外衣。行囊籮筐裡的東西狀況稍微好一點，許多東西都有溼氣，但若在溫暖乾燥處風乾，可能很快就會乾。白天的開闊大草原會很適合，可是他們必須行進，而且夜晚地面可能會變得濕冷，他們不想睡在潮濕帳篷裡。

「我想是喝熱茶的時候了。」愛拉說，心裡有些挫折。時間已經比平常晚，她生起火，放進燒燙的石頭，一邊想著早餐，這才意識到前一晚留下來當早餐的食物不在了。

「啊，喬達拉，我們今天早上沒有東西可吃，」她抱怨，「食物留在下面的山谷了。我把穀物留在火坑熱木炭旁的烹煮籮筐裡，現在全都沒了，雖然我還有其他烹煮籮筐，但那個很好用。幸好醫藥袋還在。」她找出醫藥袋時明顯鬆了一口氣說。「而且水獺皮仍能防水，即使已經這麼舊了。裡面的東西都是乾的，至少我還能泡茶；袋子裡有幾種好味道的香草。我去取些水。」她說完四處張望。「我的泡茶籮筐呢？也掉了嗎？我以為開始下雨時我就帶進帳篷裡了，一定是匆忙離開時弄丟的。」

「我們還掉了一些東西在那裡，我想妳聽了不會太高興。」

「什麼？」愛拉說，神情煩亂。

「妳的生牛皮，還有那些長竿。」

她閉上眼沮喪地搖頭。「噢，不！那很適合用來保存肉類，而且裝滿了麈鹿肉。還有那些大小剛剛好的長竿，我們會很難找到替代品。我最好來看看還掉了什麼，確保緊急存糧沒問題。」

她去行囊籮筐那兒找出等會兒要用的衣物配備以及幾件隨身個人用品。雖然所有的行囊籮筐都已潮濕變形，但在籮筐底部的備用繩子和皮革的隔絕下，裡頭的東西都還保持乾燥完好。沿途要吃的食物放在最上層，接著之下的緊急旅行存糧也依然密密包妥，大致來說仍是乾的。她覺得這個時候正好可以檢視所有補給，確保東西沒有腐壞，順便評估他們攜帶的食物夠吃多久。

她取出所有乾燥保存的各類食物，攤放在鋪蓋捲上。黑莓、木莓、山桑、接骨木漿果、藍莓、草莓等漿果已經攪碎曬乾成塊狀，其餘有甜味的品種則已經熬煮後曬乾，使它們強韌質地，偶爾摻雜味道酸卻富含膠質的小顆硬蘋果塊。所有漿果、野生的蘋果、梨子、李子等其他水果都切片或整粒保存，經過曝曬增添甜度。這些全都能直接食用，也可以泡水或烹煮，以便調味湯或肉類。存糧也包含穀類和種籽，有的稍微煮過後才烘乾；還有一些去殼烤過的榛子，以及她前一天在山谷所採集含有豐富堅果的石松毬果。

蔬菜也都曬乾了，包括莖、芽及澱粉特別多的根，例如香蒲、薊、甘草蕨、各種百合球莖。其中有些在土窯裡以蒸氣烹煮後烘乾，其餘的挖出削皮後立刻用皮帶串起。同樣已經串好的菌蕈，爲了調味經常吊在火上燻乾；某些可食用的營養地衣則蒸乾成厚條狀。他們還保存了種類繁多的煙燻乾肉、乾魚，另外還有一包包緊急備用的碎乾肉、純淨精煉的脂肪以及切丁的乾燥水果。

這些乾燥食物都保存得緊密良好。有些已經超過一年，是前一年冬天的存糧；但某些食材分量非常少，那是妮姬爲了他們而在夏季大會向親戚朋友蒐集的。愛拉很少使用存糧，多半是就地取材，因爲當下是最適合覓食的時節。如果在物產豐富的季節不靠著頜受大地母親的慷慨賜予維生，他們就不可能奢望自己能撐過匱乏時節的荒野旅程。

愛拉重新打包所有東西，絲毫不想拿旅行乾糧當早餐，雖然大草原上的肥美鳥類已經結束覓食而數量變少。她用拋石索擲中一對沙雉，又在火上烤，又輕輕敲裂幾顆永遠無法孵化的鴿蛋，連殼直接放進火裡。他們很幸運地發現了土撥鼠儲藏完整球根的地方，因而得以塡飽肚子。那個土洞就在他們的獸皮被下方，裡面塞滿甜美而富含纖維的蔬菜，那是土撥鼠在這些球根盛產時採集的。愛拉把這些菜拿來搭配前一天蒐集來的松果一起烹煮——她將松果用火稍微烤過，取出松子，以石頭壓碎。餐後則以新鮮成熟的露珠莓作爲甜點。

離開了河水氾濫的山谷，愛拉和喬達拉繼續往南偏西的方向前進。他們更靠近山脈了。雖然山脈沒有特別高，但較高的頂峰卻終年覆蓋白雪，經常被雲霧遮蔽。

他們置身酷寒大陸的南緣，草地的景觀特徵有了一些改變。由於這裡有豐富的禾草、香草，也由於動物本身演化出不同的覓食習慣，隨著季節更替遷徙到不同地域，形形色色的動物在這片寒冷平原大量生長。種類與數量繁多的動物以複雜的共生方式，分享這片物產豐富的土地，就像後來位於遙遠南方的赤道大草原——唯一能媲美冰川時期豐饒草原的地方。

有些動物專吃特定植物，有些專吃植物的特定部位，有些在不同的發育階段吃相同的植物，有些則在其他動物不會前往、或是稍後才會到來的地方覓食。各物種的覓食和生活習慣彼此互補，維持著生物多樣性。

長毛猛獁象需要大量補充纖維質、粗草、莖與莎草。由於牠們很容易陷入深雪、沼澤或泥濘中，因此多半時候會待在冰川附近迎風的堅實土地上，沿著冰壁長途遷徙，只有在春夏季節才會往南移動。就像猛獁象一樣，草原馬也需要纖維質，牠們消化粗梗與粗草的速度很快，但比較有選擇性，偏好中等高度的禾草。草原馬有能力在雪地裡挖掘覓食，但往往事倍功半，而且積雪很深時也會行進困難。牠們不能長期生活在積雪厚的地方，所以比較偏好地表堅硬而多風的平原。

不同於猛獁象或草原馬，野牛需要蛋白質成分較高的嫩葉和嫩草莖，因此傾向選擇短草，往往只在春天才會吃剛長出來的高草。然而，夏天卻會出現一種在無意間促成的重要合作——由於草原馬會利用剪刀般的牙齒咬斷堅韌草稈，當牠們一路咬下草莖，會刺激根部濃密的禾草重新長出葉子；草原馬遷徙以後，喜愛新芽的龐大野牛往往在幾天內就尾隨而至。

野牛會在冬季南遷，因為南方氣候多變且雪量較多，使草葉得以保持水分，比北方乾草原的草葉更新鮮。牠們擅長用口鼻撥雪，尋找自己所喜歡的低矮植物。不過積雪的南方草原也存在著危險。

即使是在南方降雪較多的地方，濃密的厚毛也能幫助野牛及其他具有溫暖皮毛而在冬季南遷的動物維持溫暖；不過一旦天氣轉為濕冷，氣溫在結冰與融雪之間頻繁變化，牠們就可能面臨危險甚至喪命。如果融雪浸濕了皮毛，牠們就可能會在氣溫隨即降到冰點時被凍死；如果嚴寒在牠們趴臥休息時來襲，可能會使長毛迅速凍結，害牠們沒辦法站起來。積雪過深、雪面結冰、遭遇冬季暴風雪、跌落牛軛湖或掉進氾濫河谷的薄冰中，全都可能致命。

數量眾多的歐洲盤羊和賽加羚羊，則會選擇小香草、多葉短草等極耐乾燥的植物。但賽加羚羊不像野牛一樣能適應凹凸不平或積雪深厚的地帶，因爲牠們在那裡會無法跳躍。只有在多風大草原的堅硬地面上，牠們才會是能夠迅速逃離掠食者的長跑健將。相反地，野生的歐洲盤羊則是攀爬專家，會利用陡峭地形脫身，卻無法挖掘積雪，因此牠們偏愛受風吹拂的多石高地。

品種近似山羊的歐洲盤羊、岩羚羊、原羊，各自分布於不同海拔高度或地形。野生的原羊盤踞著險峻峭壁的最高處，體型較小且非常敏捷的岩羚羊出沒海拔高度稍低處，歐洲盤羊則活躍於更下方——不過乾燥大草原最低處的崎嶇地帶也能看見牠們，因爲只要天候乾燥，牠們是能適應寒冷的。

麝牛也是近似山羊的動物，只是體型較大；厚重的雙層皮毛類似猛瑪象和長毛犀牛，使牠們看起來更大、更像牛。牠們總是啖食矮樹與莎草，格外適應最寒冷的區域，偏好冰川附近極端寒冷多風的開闊平原。雖然內層皮毛會在夏天脫落，但是天氣太過溫暖時，麝牛就會變得敏感而緊張。

巨角鹿與馴鹿成群聚集在開闊土地上，其餘的多數鹿種則是以樹葉爲食。獨來獨往的林地麋相當罕見，牠們喜歡夏天落葉木的葉子、沼澤湖泊的多漿眼子菜或水生植物，寬蹄長腳足以應付沼澤低地。冬季時牠們仰賴比較不容易消化的禾草或河谷低地高聳柳樹的枝條爲生，八字形長腿讓牠們能輕鬆出入風雪吹襲或積雪的地方。

馴鹿酷愛冬天，吃的是生長在貧瘠土石上的地衣。牠們遠遠就可以聞到自己喜歡的植物，即使是埋在雪裡，必要時牠們的蹄腳可以挖進深雪中。夏季牠們則吃禾草跟闊葉灌木。

在春夏季節，麋鹿與馴鹿都偏愛高山草原或長草的高地，但海拔高度低於綿羊漫遊的區域，而且麋鹿喜歡吃禾草勝過灌木。驢和野驢都偏好較高的乾燥山丘，野牛則分布在略低處，但牠們通常能爬得比馬高，活動範圍也比猛瑪象或毛犀牛廣泛。

那些原始平原具有複雜多樣的草地，孕育眾多動物奇妙地混雜生長，日後地表上沒有任何地方可以完全比擬。高山的乾冷環境固然類似，卻無法相提並論。居住在山地的綿羊、山羊與羚羊，在冰川時期的活動範圍比現在更低，低處的氣候改變後，有許多原本群居於平原的動物卻無法在高山陡峭而多石的地形中生存。

溼潤而脆弱的北方沼澤情況也不太一樣。那裡太過潮濕，禾草長得不多，有限的乾燥土壤使植物產生毒素，以避免受到大量啃食而破壞了生長緩慢的脆弱植物群。種類有限的植物缺乏可以供給各種群聚動物的養分，造成食物不足。只有像馴鹿一樣擁有八字形寬蹄的動物才能在那裡生活，龐大笨重、大腿粗短或擅長快跑、擁有優雅窄蹄的動物，則會陷進柔軟潮濕的土裡，牠們都需要堅實乾燥的土地。

日後在更溫暖、氣候更溫和的地區，綠草如茵的平原受到氣溫與天候控制，形成清楚而種類更有限的植物帶。夏季生長的植物種類太少，冬季雪量又太多。需要堅硬地面的動物會陷進雪裡，許多動物也很難撥開雪取得食物。鹿可以生活在積雪深的樹林，但這只是因爲牠們會吃雪地上長出的樹葉和樹梢嫩芽；馴鹿可以在雪地裡挖掘冬天所吃的地衣。野牛、原牛依舊存在，但體型變小，不再徹底發揮牠們的生長潛力。其他動物，例如馬，則隨著適宜環境的縮減而變少。

冰川時期的大草原獨特地結合了眾多要素，孕育出數量驚人的生物，而每項要素都很重要，包括嚴寒、乾風、冰層。當廣闊冰川退縮到極地區，從低緯度地區消失之後，大量群聚的龐大動物也在無法繼續供養牠們的土地上縮減體型或完全消失。

愛拉一路掛念著遺失的生牛皮和長竿。它們不僅實用，而且可能是未來漫長旅途中的必需品。她想尋找替代品，但那樣會增加耽擱的天數，而她知道喬達拉渴望趕路。

然而，喬達拉對於濕帳篷感到悶悶不樂，也不想睡在裡頭。把潮濕的帳篷皮革摺起來而且綁得那麼緊，可能導致腐爛。它們需要攤開晾乾，而且晾乾時可能也需要處理以保持皮革柔軟，就像當初燻製皮革時那樣。而他確定那樣做得花一天以上的時間。

到了下午，他們逐漸接近另一條分隔平原與山脈的大河道。兩人站在廣大草原上的台地制高點，從這片廣闊山谷寬廣陡峭的水道上方可以看見另一邊的地形。河流穿越的山麓丘陵上，散布許多乾涸的水道與氾濫的殘跡，及許多更湍急的支流。這條主要河流匯集大部分的支流，從山地東邊流入內陸海。

繞著草原台地的山肩騎下斜坡時，愛拉聯想起獅營的周遭環境景觀。儘管眼前這河流對岸的地貌比獅營那兒的更凌亂破碎，不過她卻在這一岸的黃土坡上看到同樣由雨水和融雪侵蝕而成的深溝，高草也一樣乾枯挺立。下方的氾濫平原上，洋松、松樹點綴著河邊醒目的闊葉灌木、大片香蒲、高桿蘆葦與紙草。

兩人在抵達河流時停下來。這條主要河道寬且深，水位也因位稍早的降雨而上漲。他們完全不確定該怎麼渡河，勢必要從長計議。

「眞可惜我們沒有碗形船。」愛拉說，想著獅營在住屋附近渡河時所用的覆皮圓船。

「妳說得沒錯。我想我們需要某種船才能渡過這條河而不弄濕所有的東西。不知道爲什麼，我記得和索諾倫旅行時渡河沒這麼麻煩。我們就把家當堆到幾根圓木上，然後游泳過去。」喬達拉說：「不過我想當初我們的東西沒有這麼多，就只是各自帶了一個背筐，因爲我們只帶得了那麼多。有了馬兒，我們可以帶更多東西，卻也得操心更多事情。」

兩人騎向下游仔細查看狀況，愛拉注意到水邊長了一叢細高樺樹。那裡的感覺如此熟悉，使她幾乎要期待看到獅營藏在河階後方斜坡上的長形半地下土屋——那種兩側是草地的圓頂土屋有著完美對稱的拱形入口，當初她看見時非常驚訝。然而，當她眞的發現那種拱門時，卻有種近鄉情怯的震撼。

「喬達拉！你看！」

他抬頭望向她指的斜坡，看見好幾個完美對稱的拱道，全都通往環形圓頂狀建物。兩人下馬找到路，從河邊往上爬到營地。

愛拉很驚訝自己竟然如此渴望遇見住在那裡的人，意識到他們很久沒有見到其他人或者和彼此以外的人交談了。但那裡空無一人，而且在兩支尖端相連的彎曲猛獁象牙構成的拱形入口下方，地面上安放著一尊具有豐胸圓臀的女性象牙小雕像。

「這些人一定離開了。」喬達拉說：「他們會在每間屋子都留下朵妮像守護。」

「他們可能去打獵、前往夏季大會或拜訪別人了。」愛拉對於這裡沒有人感到很失望，「眞可惜！我很期待見到其他人。」她轉身離開。

「等一等，愛拉，妳要去哪裡？」

「回到河邊。」她滿臉困惑。

「但這裡很完美，」他說：「我們可以留在這裡。」

「他們留下馬特，也就是朵妮，以便守護他們的屋子。大媽的靈會保護它們。我們不能待在這裡打擾她的靈，否則會招來厄運。」她很清楚他也知道這一點。

「如果有需要，我們可以待在這裡，只是不能拿走任何不需要的東西，這一點我們都明白。愛拉，我們需要住處。帳篷溼了，得有機會風乾。我們可以趁著等待時去打獵，要是獵到合適的動物，就可以用獸皮製作碗形船渡河。」

聽懂他的意思並理解其中涵義後，眉頭深鎖的愛拉緩緩展開笑顏。他們確實需要幾天平復剛經歷的災難，補給損失的裝備。「也許我們可以取得夠多的獸皮，製作新的生皮革。」她說：「一旦洗淨除毛之後，製作生皮不需要很多時間，不會比風乾肉還久。我們只需要攤開讓皮革變硬。」她往下望向河流。「而且看看下面那些樺樹，我想我可以用其中幾棵做出好竿子。喬達拉，你說得對，我們需要在這裡待幾天，大媽會明白的。我們也可以留一些乾肉給住在這裡的人，作爲借用營地的謝禮……如果我們狩獵的運氣夠好的話。我們該住哪間屋子呢？」

「猛獁象火堆地盤。訪客通常會住那裡。」

「你覺得這裡會有猛獁象火堆地盤嗎？我的意思是，你認爲這是馬木特伊氏營地嗎？」愛拉問。

「我不知道。這裡不像獅營那種可以容納所有人的大土屋。」喬達拉說，看著這七間上面平整覆蓋著一層厚實土壤與河流淤泥的圓形住所。有別於兩人冬天住過的那種可以容納許多家庭的單一長形大屋，這裡的住所是由幾間較小的住屋組合而成，但功能大同小異。這個聚落居住著彼此大致相關的家庭。

「不，這裡比較像是舉辦夏季大會的狼營土屋。」愛拉說著，在其中一間小屋入口前停下腳步。她還在猶豫著是否要推開沉重門簾，在未受邀請的情況下進入陌生人的家，儘管爲了生存而在需要時相互支援已經是普遍共識。

「在夏季大會上，有些年輕人認爲大土屋已經落伍了，」喬達拉說：「他們喜歡只容納一兩個家庭的個人住所。」

「你的意思是，他們喜歡獨居嗎？一間屋子只住一兩個家庭？在冬季營地？」愛拉問。

「不，」他說：「沒有人想要整個冬天獨居。妳不會看到這種小屋獨自存在；至少都會有五六間以上聚集在一處。和我談論這個想法的人認爲，建造供一兩個新家庭居住的小型屋比擠進一間大屋更容易，有需要的時候再加蓋一間；不過他們還是會想在家人住處附近建造屋子，並且留在他們的營地，共同合作收集並儲藏過冬的食物。」

他推開入口象牙拱門上垂掛的沉重毛皮，迅速低頭穿過下方，踏進屋內。愛拉往後站，拉起門簾讓少許光線射入屋中。

「你覺得呢，愛拉？這看起來像馬木特伊氏住屋嗎？」

「有可能，但很難辨認。記得我們前往夏季大會途中曾停留在尚吉爾氏營地嗎？那裡和馬木特伊氏營地沒有很大差異，他們的習俗可能有點不同，但很多方面都十分像那些猛獁象獵人，馬木特說連葬禮都非常相似。他認爲他們過去曾和馬木特伊氏有關係，雖然我確實注意到他們的裝飾風格不一樣。」她停下來思索其他不同點。「還有部分的衣物，就像放在那個過世的女孩身上、以猛獁象毛皮和其他羊毛製成的美麗披肩。不過，馬木特伊氏營地彼此之間可能都有點差異。妮姬總能光憑著束腰上衣的風格與外形細微改變，辨認出那個人來自哪個營地。有時連我也看不出有什麼差異。」

透過入口射進的光線，屋子的主要支撐結構一目了然。這間住屋不是以木頭搭蓋，而是用猛獁象骨建成，雖然裡面策略性地放了幾根樺樹幹。在普遍缺乏樹木的大草原裡，這種巨獸的堅固大骨是最豐富且最容易取得的建築材料。

用作建材的象骨多半不是來自基於這個目的所獵殺的猛獁象，而是在這些動物自然死亡倒臥大草原時收集來的，甚至更常來自被氾濫河水席捲而來、沉積在部分河灣或漂流木等河流障礙物中的成堆骸骨。永久的冬季住處經常蓋在鄰近這類骸骨的河階上，因爲猛獁象骨與象牙十分沉重。

一根象骨通常需要幾個人才抬得起來，沒人想把象骨搬到很遠的地方；搭建一間小屋會用到的猛獁象骨重量總計至少一公噸左右。一個家庭無法獨立建造這類住處，需由有能力說服其他人幫忙的人組織眾人的力量，由具備知識和經驗的人指揮眾人協力完成。

一般人把定居的村落稱爲營地，住在那裡的人並不四處追逐獵物，而是定居下來狩獵採集。營地可能會在夏季空出一段時間，因爲居民外出打獵或採集帶回後保存在鄰近儲藏地窖的天然產物，或者拜訪其他村落的家人朋友，交換消息和物品，但那裡是永遠的家。

「不論這裡的人怎麼稱呼，我不認爲這是猛獁象火堆地盤。」喬達拉說，任門簾在身後落下，揚起一團灰塵。

守護在入口前方的女性小雕像，雙腳刻意只是粗略地雕刻出雛形，類似木釘形狀的腿部豎立在土裡，愛拉把雕像扶正後，隨著喬達拉來到另一間住屋。

「頭目或馬木特可能住在這裡，也可能兩者都是。」喬達拉說。

愛拉發現這間屋子稍微大一點，門前的女性雕像也比較精緻，於是點頭認同。「我想是馬木特住在這裡，假如他們是馬木特伊氏或相似的族群。獅營男女頭目的火堆地盤都略小於馬木特的火堆地盤，但後者是供訪客使用或讓所有人聚集在一起。」

兩人都站在入口拉起門簾，等待眼睛適應屋內的幽暗光線，卻看到兩個小光點閃閃發光。沃夫咆哮著，而愛拉的鼻子聞到令她緊張的氣味。

「別進去，喬達拉！沃夫，不要動！」她邊命令邊比出手勢。

「怎麼回事，愛拉？」喬達拉問。

「你聞不出來嗎？有動物在那裡，某種氣味濃郁的動物，我想是隻獾。如果牠受到驚嚇，就會發出散不掉的惡臭，這樣我們就無法使用這間屋子，住在這裡的人也會很難除去這種味道。喬達拉，如果你把門簾放回去，也許牠會自己出來。牠們會挖洞而且不太喜歡光線，即使牠們偶爾也在白天狩獵。」

沃夫開始發出低沉吼叫，顯然打算奮力追逐那隻誘人的生物。就像大部分的鼬鼠家族成員一樣，獾可以用肛門腺對攻擊者分泌濃烈刺鼻氣味；愛拉極不希望身邊的狼散發濃郁麝香氣味，但她不確定自己還能拉住沃夫多久。如果這隻獾不快點離開，她可能得採取更激烈的方式把牠趕出屋子。

獾的眼睛小而不明顯，愛拉沒辦法看得很清楚，但牠動也不動地盯著有光的出口，顯然沒有要離開的意思。她伸手拿下纏在頭上的拋石索，從腰間囊袋裡取出石頭，放進拋石索中央較寬的凹處。接著瞄準那兩個小光點，迅速熟練地甩動石頭然後擲出。只聽見砰的一聲，兩個小光點消失無蹤。

「我想妳打中牠了，愛拉！」喬達拉說，但他們又等了一會兒，確定沒有動靜之後才走進屋內。

兩人進屋後嚇呆了。這隻動物的體型相當大，從鼻尖到尾端約有九十公分長，牠四肢攤開躺在地上，頭部有流血的傷口。很顯然牠已經在這裡待了一段時間，毀壞了所有找得到的東西，現場一片混亂。表面堅硬的泥土地面被刨得坑坑洞洞，某些坑洞裡還有牠的排泄物。覆蓋地板的織墊和各式各樣的編織容器都被扯爛了，床台上的獸皮和毛皮也被啃咬扯開，皮革、羊毛和禾草等床墊塡充物散落一地。這隻獾甚至還在結實的牆面上挖了個洞，以作專屬入口。

「看看這裡！我回家時如果發現這種狀況一定會氣死。」愛拉說。

「讓一個地方空著總是會有風險，大媽不會保護住屋不受她造出的其他生物侵擾。她的兒女必須直接求助於動物靈，自行解決現實世界的動物。」喬達拉說：「也許我們可以替他們稍微清理一下這間屋子，即使無法修復所有的破壞。」

「我要剝下這隻獾的皮留給他們，這樣他們就知道是什麼造成的。無論如何，他們應該用得上這張獸皮。」愛拉說著，抓起這隻動物的尾巴把牠帶到屋外。

在較亮的光線下，她發現這動物的灰背上具有堅硬的保護毛，腹部顏色較暗，臉上有分明的黑白條紋，證明牠的確是獾。她以銳利的燧石刀畫開牠的喉嚨放血，然後走回土屋，遲疑了片刻才去查看鄰近的其他圓頂狀住所。她試圖想像屋內有人的情景，對於人去樓空深感遺憾痛惜。沒有其他人作伴是很寂寞的事，她突然很感謝有喬達拉，剎那間內心滿溢著對他的愛意。

她把手伸向脖子上的護身囊，觸摸裝飾皮囊中帶來安慰的物體，想著她的圖騰。她不像從前那麼常想起她的穴獅守護靈，因爲那是部落的靈，儘管馬木特說圖騰永遠都會跟隨她。喬達拉談起靈界時總會提到大地母親，而經過馬木特的訓練，她現在也比較常想到大媽，但她總認爲是穴獅圖騰帶來喬達拉，而且與圖騰靈溝通令她感動。

愛拉閉上雙眼，透過用來與靈界或少數日常口語及通用手語迥異的其他部落溝通的古老神聖手語，將意念直接傳達給她的圖騰。

「偉大的穴獅靈，」她比畫手勢，「這個女人為自己的價值被肯定而感恩，為能被法力強大的穴獅選中而感恩。莫格烏爾總是告訴這女人，與強大的靈共存很困難，但絕對是值得的。莫格烏爾說得對，雖然考驗和試煉有時很艱鉅，卻換來相稱的恩典。這女人特別要感謝內在的恩典，有關學習和理解的恩典。這女人也為偉大圖騰靈指引來的男人而感恩，現在這個男人要帶這女人返回他的家鄉。這個男人不知道部落的靈，不太了解他也被偉大的穴獅靈選中，但這女人也為他的價值被肯定而感恩。」

正要張開眼睛時，她又出現另一個念頭。「偉大的穴獅靈，」她繼續比畫無聲的語言並在心裡說：「莫格烏爾告訴過這女人，圖騰靈總想有個家，一個歡迎祂們回去並讓祂們想留下的地方。這趟旅程會結束，但這個男人的族人不了解部落的圖騰靈。這個女人的新家會有所不同，但這個男人尊敬各種動物靈，這個男人的族人必定了解並尊敬穴獅之靈。這個女人要說偉大的穴獅靈永遠都會受到歡迎，而且在任何歡迎這個女人的地方都會有地位。」

愛拉張開雙眼，看見喬達拉正盯著她瞧。「妳似乎……在忙，」他說：「我不想打擾妳。」

「我在……冥想我的圖騰，我的大穴獅，」她說：「還有你的家鄉。我希望祂會……在那裡感到自在。」

「動物靈在朵妮身邊都會感到自在。大地母親創造牠們，賦予牠們生命；傳說是這樣說的。」他說。

「傳說？有關從前的故事？」

「我想妳可以說那是故事，卻以固定的方式傳誦。」

「部落裡也有傳奇，我以前很愛聽多夫談論那些傳奇，莫格烏爾以我最愛的『杜爾克傳奇』為我的兒子命名。」愛拉說。

喬達拉一度感到驚訝，無法相信穴熊族——那些扁頭族——也有傳奇故事。他依然很難扭轉某些從小到大根深柢固的想法，但他已經知道扁頭族比他想像中複雜得多；爲什麼他們不能也有傳奇故事？

「你知道任何關於大地母親的傳奇嗎？」愛拉問。

「哦，我想我記得一部分。一般人用比較容易記憶的方式來傳誦，但只有特殊的齊蘭朵妮亞才知道完整的傳說。」他停下來回想，然後開始用平板的聲調吟唱：

「她的生命之水湧入江河海洋，
繼而淹沒土地，使樹木生長。
每一滴水都孕育出新生的草葉
直到萌芽的綠色植物遍布整片土地。」

愛拉微笑起來。「眞棒，喬達拉！用這種美好感覺與美妙聲音來訴說故事，就像馬木特伊氏的歌謠旋律，非常容易記憶。」

「經常有人傳唱著故事，有時候不同的人會搭配不同的歌曲，但內容大多雷同。有些人可以唱出完整的故事，涵蓋所有傳奇。」

「你還知道其他故事歌曲嗎？」

「我只記得一點點，雖然全都聽過，也大致知道故事在講些什麼，但這些詩文很長，要記的東西很多。故事一開始是講述朵妮很寂寞，賦予太陽巴利生命，這個『燦爛耀眼的男孩』成爲『大媽的巨大喜悅』。接著說到她如何失去他，又回到寂寞之中。月亮魯米是她的情人，但那也是她創造的。那個故事主要是女人的傳奇，講述月經期以及成爲女人。還有其他傳奇是講述她賦予生命給各種動物靈、女人靈、男人靈以及所有大地兒女。」

這時沃夫忽然吠叫起來。牠發現這種小狗叫聲可以引起注意，所以長大後還會這樣叫。兩人都轉頭望向牠，發現了令牠興奮的原因——一小群原牛正在下方林木稀疏、長滿青草的大河氾濫平原上漫步。這種野牛體型壯碩，頭角巨大，毛皮粗濃，赭紅的毛色深得發黑。但這群原牛的其中兩隻身上卻有著突變的白色大斑點，主要分布在臉部及身軀前半部。這種偶爾會出現的輕微基因突變，特別容易發生在原牛身上。

愛拉與喬達拉幾乎同時望向對方，彼此點頭會意，然後召喚馬兒。他們迅速把行囊籮筐帶進屋內，拿出標槍投擲器和標槍，上馬往河邊騎去。接近那群吃草的原牛時，喬達拉停下來評估情勢，研判最佳策略，愛拉也跟著停下來。她了解食肉動物，尤其是體型小的，但她也獵捕過猞猁與強壯有力的穴鬣狗等大型動物，而且她過去曾與獅子、現在則與狼爲伍；但她沒有那麼熟悉一般人較常獵捕的草食動物。雖然她獨居時也找到自己的方法獵捕牠們，不過喬達拉從小就獵捕草食動物，經驗比她豐富得多。

或許是因爲她剛剛正處在與她的圖騰及靈界溝通的心理狀態，愛拉看著牛群，心中有種奇妙的感受。一切似乎太巧合了，正當他們覺得大媽不會反對他們停留幾天，以便補充損失的東西，並獵捕毛皮強韌、肉質豐富的動物時，突然就有一群原牛出現。她懷疑這是不是來自一路指引他們的大媽或她的圖騰所賜予的徵兆。

然而這種情況並沒有那麼不尋常。一年之中，尤其在比較溫暖的季節，各種動物會成群或單獨遷徙越過大河峽谷的森林廊道和茂盛草地。主要河流沿岸的任何定點，經常至少每隔幾天就會看見某種動物於附近徘徊；在特定的季節裡，幾乎每天都會有動物成群結隊經過這裡。這回碰巧來了一群野牛，正好是他們需要的動物，不過也有其他種類的動物符合他們的需求。

「愛拉，妳有看見那邊那隻大牛嗎？」喬達拉問：「臉上和左肩都有白毛的那隻？」

「有。」她說。

「我想我們應該把牠當作目標。」喬達拉說：「牠已經發育完成，但從頭角大小來判斷，牠看起來還沒太老，而且落了單。」

愛拉因爲體悟而感到一陣顫抖，現在她確信這是信號了。喬達拉選中那隻與眾不同的動物！那隻有白色斑點的動物。每當她面臨生命中的困難抉擇，經過大量思考最後找到原因、做出決定時，她的圖騰都會讓她看見某種不尋常的東西作爲信號，以肯定她的決定是對的。當她還是小女孩時，克雷伯向她解釋過這種信號，要她保存這些信號以帶來好運。她脖子上的護身囊裡裝的小東西多半都是圖騰給她的信號。他們決定停留後，原牛群突然出現，而喬達拉決定獵捕那頭與眾不同的原牛，似乎都暗示著這是圖騰給的信號。

雖然要決定是否待在這個營地，並不是什麼令人苦惱的抉擇，卻也是個需要認眞思考的重要決定。住在這個永久冬季住所的人，祈求大媽在他們離開時守護這裡。雖然基於生存需求，陌生的過客確實被允許在必要時使用這個地方，但必須有正當理由，一個絲毫不會激怒大媽的理由。

生物在這片土地上大量繁衍。他們沿途看到數不清的各種動物，卻很少遇到人類。在人類如此稀少的世界裡，想到有個看不見的幽靈國度意識到人類的存在，關注他們的行爲，或許還指引他們，著實令人寬慰。即使是那些意圖向人類索討安撫、苛刻而不友善的幽靈，也比在嚴酷冷淡的世界受到無情漠視，只能自求多福，沒有其他對象可以求援，連心裡都沒有依靠要來得好。

愛拉歸納出結論：如果他們獵捕成功，就意味著可以使用這個營地；但如果失敗了，他們就得離開。信號已經出現，就是那隻與眾不同的動物，爲了獲得好運，他們必須保有牠的一部分。如果他們辦不到，獵捕不成功，那就代表厄運，是大媽不希望他們留下的信號，他們應該馬上離開。年輕女人很想知道結果會是如何。

第九章

喬達拉仔細觀察河邊原牛群的分布情形。這些牛散布在斜坡底部和河岸邊緣之間，那兒有許多青草繁茂的小塊草皮，間或點綴著灌木叢與樹木。那隻帶有斑點的母牛獨自在其中一塊小草地上游移，茂密的樺樹、赤楊灌木叢將牠與另外幾隻牛隔絕開來。灌木叢沿著斜坡底部延伸，草地另一端則是莎草與尖葉蘆葦叢生的潮濕低地，連接到長滿蘆葦和香蒲的河灣。

他轉向愛拉，指著那片沼澤：「如果妳沿著河邊穿越那些蘆葦和香蒲，而我從赤楊灌木叢那邊的空地接近牠，我們就可以把牠圍住，然後騎馬撂倒牠。」

愛拉看了一下情勢，點頭認同，隨即下了馬。「我想綁好標槍固定套再出發。」她說著，將長管狀的硬皮套牢牢綁在固定軟鹿皮馬墊的皮帶上。硬皮套裡裝了幾支精心打造的標槍，細長圓骨製成的槍尖磨得很銳利，底部分岔固定在木頭槍桿上。每根標槍末端都裝著兩根筆直的羽毛，尾端還刻了道缺口。

愛拉綁縛固定套時，喬達拉則從斜背在身上的標槍固定套拿出一支標槍。他步行打獵時總會背著標槍固定套；但如果是背著背筐徒步旅行，則會把標槍放在背筐側邊的特殊固定套裡。他把標槍放上投擲器做好準備。

和愛拉一起住在河谷的那個夏天，喬達拉發明了標槍投擲器。他很有工藝天分，而且還無師自通地領悟了過去萬年來從沒被定義與整理的物理法則，這種令人讚嘆的創造天賦讓他做出了這個獨特而驚人的發明。雖然充滿巧思，但標槍投擲器本身看來卻很容易讓人誤以爲構造相當簡單。

喬達拉的標槍投擲器是以一塊木頭製成，約四十五公分長、三公分寬，前端漸尖。這投擲器得平舉使用，中央有凹槽用來放置標槍，投擲器後方有個小鉤子，可以嵌入標槍尾端的缺口作爲支撐，在投擲時協助固定標槍，提升這個狩獵武器的精確度。投擲器前段附近則有兩個軟鹿皮環圈分別繫在兩側。

使用時要先把標槍放上投擲器的中央凹槽，尾端抵住支撐鉤，再以食指與中指穿過投擲器前段的皮環，扣住長長標槍中後段的重心平衡點，輕輕地固定標槍。不過除了固定之外，標槍投擲器更重要的功能是在投擲的瞬間。擲出標槍時握緊投擲器前段，會使得投擲器後端翹起，宛如徒手投擲時伸直了手臂那樣；這種延伸的長度增強了槓桿作用，增加了擲出的動能，相對也增加標槍投射的力道和距離。

使用投擲器擲出標槍類似徒手投擲，不同的是結果。使用投擲器時，射程會比徒手投擲時多出兩倍以上，力道也多出好幾倍。

雖然喬達拉的發明是利用物理學的優點來彌補人體肌力的不足，卻不是第一種應用這種原理的器械。他的族人有創造發明的傳統，也曾以其他方式應用過類似的概念。例如，手持銳利的燧石片就可以有效地切割東西，但如果爲燧石片裝上把柄，則更能大幅增強使用者的切割力道與操控力。替物品裝上把柄，如刀、釜、手斧及其他雕刻、切割與鑽鑿的工具，在挖掘棒、耙子裝上較長的把柄，甚至藉由可分離式把柄來投擲標槍，這種概念看似簡單，卻能使器具的效能增加好幾倍，是讓工作更簡單、生存更容易的重要發明。

雖有前人慢慢研發改良各種器械工具，但喬達拉與愛拉所屬的人種首度徹底發揮想像力與創造力。他們的腦部可以輕鬆發想，有能力理解概念並規畫如何加以利用。他們將領悟出來的改良原理應用在小東西上，進而歸納檢討並應用到其他事物上。他們不只發明實用工具，也發現科學。靠著同樣的創造力來源以及發想能力，他們也成爲第一個以象徵形式看待周遭世界的人種。他們汲取並複製周遭事物的精髓，創造出藝術。

愛拉綁好固定套之後再度上馬，發現喬達拉已經準備好標槍，也跟著把標槍裝到自己的標槍投擲器上，輕鬆而謹慎地拿著，然後開始朝喬達拉規畫的方向騎去。野生牛群緩緩沿著河移動，邊走邊吃草，他們挑中的母牛所在位置已經不同，而且沒那麼孤立，一隻小公牛和另一隻母牛此刻就在旁邊。愛拉沿著河前進，用膝蓋、大腿與肢體動作引導嘶嘶。靠近目標獵物時，她看見高個子男人也騎馬越過了翠綠草地，從灌木叢旁的空地上逼近，三隻原牛就被夾在兩人之間。

喬達拉舉起握著標槍的手臂，期望愛拉會明白那是等待的信號。或許他應該在兩人分開前更深入討論策略，其實要更詳盡規畫狩獵戰術也有難度，因爲那主要得看他們面臨的狀況和獵物的行動狀態而定。如今雖然有另外兩隻牛在白色斑點母牛附近吃草，卻也不必心急；這幾隻動物似乎沒有因爲他們出現而驚慌，所以突襲前他想先擬定計畫。

突然間，這些牛抬起頭，原先的滿足自得轉變成焦慮不安。喬達拉的視線越過這些動物，心中湧現近乎眞正憤怒的不悅。沃夫來了，牠垂著舌頭朝那幾隻牛移動，看起來兇惡又淘氣。愛拉還沒有注意到牠，而喬達拉必須壓抑對她大喊、要她叫牠離開的衝動，否則喊叫只會驚嚇到這些牛，趕跑牠們。他改以揮動手臂吸引她的目光，用他的標槍指著那隻狼。

愛拉這才看到沃夫，但不確定喬達拉的動作代表什麼意義，於是試圖比畫穴熊族手語回應，要求他解釋。儘管對穴熊族語有基本的認識，喬達拉此時並沒有把手勢想成語言，沒有看懂她的信號，他正專注於如何挽回頹勢。兩隻母牛開始鳴叫，小牛也感應到牠們的恐懼而開始大叫，三隻牛全都看起來準備逃開。原本可以近乎完美地輕鬆完成獵殺，瞬間卻變成徒勞無功。

喬達拉不待情況更惡化，驅策快快前進，純色母牛往樹林與灌木叢狂奔，逃離逐漸靠近的馬與人，尖叫著的小牛也隨牠而去。愛拉一確定喬達拉追趕的目標，也趕緊跟著追趕那隻斑點母牛。兩人同時奔向仍站在草地上觀察他們並緊張鳴叫的原牛群。那些動物突然跑向沼澤，他們連忙飛快追趕。但就在他們準備上前包圍時，那隻牛陡地閃開，迅速轉身回頭穿過兩匹馬之間，往草地另一端的樹木狂奔。

愛拉轉移重心，嘶嘶迅速改變方向，母馬已經習慣快速變化。愛拉從前曾騎馬狩獵，雖然通常是用拋石索射獵比較小型的動物。喬達拉則比較有困難，因爲使用引導韁繩不像轉移重心那樣能及時指揮馬兒，而且他和年輕種馬一起打獵的經驗少得多，但經過一陣短暫的耽擱之後，他們很快也追向白色斑點原牛。

這隻牛奮力奔向前方的樹林與茂密灌木叢。如果牠成功躲了進去，就很難在裡面追蹤牠，而牠很有機會逃離。愛拉騎著嘶嘶在前，喬達拉騎著快快尾隨在後，逐漸逼近原牛群，然而所有食草動物都靠速度避開掠食者，情況急迫時，野牛幾乎可以跑得和馬一樣快。

喬達拉驅策快快前進，牠便全速狂奔。爲了穩定標槍以便獵殺逃離的動物，喬達拉在愛拉身旁勒馬後又往前衝；母馬在愛拉微妙的信號指示下維持了穩定的速度，她也握好標槍準備擲出。經由練習，即使騎馬疾馳仍能輕鬆優雅的她，是在無意間開始訓練馬的。她覺得自己給這匹馬的信號比她意識到的還多，而不光是靠身體引導；她只需要想到要這匹馬前往的方式與地點，嘶嘶就會照辦。她們如此深刻了解對方，她很難意識到自己是用伴隨意念的細微肢體動作傳達信號給這匹敏感聰慧的動物。

正當愛拉用標槍瞄準獵物時，沃夫忽然追到了逃跑的母牛身旁，這隻原牛被這熟悉的掠食者分了神，轉身往旁邊跑，步伐也慢了下來。沃夫撲向龐大原牛，斑點母牛則用銳利的大角格開這四足掠食者。牠向後跌落，隨即再度躍起，試圖尋找母牛脆弱的地方，用尖牙和強健的下顎鉗住裸露的柔軟鼻子。大牛咆哮著舉頭將沃夫抬離地面甩動，企圖擺脫疼痛的來源；這隻年輕的犬科動物如鬆垮皮袋般擺盪，雖然頭昏眼花卻仍緊咬不放。

喬達拉很快就發現了母牛速度改變，趁機急衝過去，從近距離猛力擲出標槍。尖銳的骨尖刺穿母牛突出的側邊，從肋骨之間深深滑入至重要的內部器官。愛拉就跟在他身後，她的標槍稍後也命中目標，斜插在另一側的肋骨後方，深陷其中。沃夫一直懸吊在牛鼻上，直至牛倒地。大狼的重量將牠拉倒，重重跌向一側，折斷喬達拉的標槍。

「可是牠有幫到忙，」愛拉說：「牠的確阻止了那隻牛進入樹林。」跨過喬達拉在母牛咽喉切出的深刻傷口流下的濃稠血液，這對男女使勁翻轉這隻巨大原牛，暴露出牠的腹側。

「要是沃夫當初沒追逐這隻牛，牠可能不會在我們還沒掌控住情勢時就跑開，那樣我們就可以輕鬆得手。」喬達拉說。他撿起折斷的標槍桿又丟下，想著如果不是沃夫把牛拉倒壓向標槍，也許還能挽回標槍。製作一根好標槍需要花費很多功夫。

「你沒辦法確定那一點。那隻牛很快就閃避我們，而且跑得很快。」

「沃夫來之前，那些牛完全沒有被我們打擾。我嘗試要告訴妳叫牠離開，但我不想喊叫而趕跑牠們。」

「我不知道你要我做什麼。你怎麼不用穴熊族手語告訴我？我不斷問你，你卻沒注意到。」愛拉說。

穴熊族手語？喬達拉心想，他沒想到她在使用穴熊族語，那是傳遞信號的好方法。然後他搖搖頭。「我懷疑就算妳知道也沒有用，」他說：「牠可能不會停下來，就算妳試圖叫住牠。」

「也許吧，但我想沃夫可以學會幫忙，牠已經會幫我把小型獵物驅趕出來。寶寶也學會和我一起打獵，是很好的狩獵夥伴。如果穴獅都能學會如何和人類一起打獵，沃夫也可以辦到。」愛拉為沃夫辯護。畢竟，他們殺了那隻原牛，沃夫也真的幫上了忙。

喬達拉認為愛拉判定狼有能力學習那些技巧並不切實際，但與她爭論沒有用。她確實把這隻動物當孩子般對待，爭論只會讓她更袒護牠。

「唔，我們最好趁著還沒腫脹前取出牠的內臟，而且必須在這裡剝皮、支解，才有辦法帶回營地。」

喬達拉說，接著又想到另一個問題。「可是我們該拿那隻狼怎麼辦？」

「沃夫怎麼了？」愛拉問。

「假如我們支解了原牛，先帶一部分回營地時，牠就會吃留在這裡的肉；」這個男人說，逐漸煩躁起來。「等我們回這裡來拿更多的肉，牠就會去吃我們帶到營地的肉。因此我們其中一人必須待在這裡看著，另一人必須待在那裡，但那樣我們怎麼拿更多肉上去？到時候我們就得在這裡搭帳篷晾乾肉，無法使用營地的住屋，只因為沃夫！」預期到狼會造成的問題使他生氣，也使他沒有想得很清楚。

但他惹惱了愛拉。如果她不在，沃夫的確可能會去吃那些肉，但只要她在牠身邊，牠就不會碰那些肉。她只需要確保沃夫待在身邊，牠不會造成那麼大的問題。喬達拉為什麼對牠特別吹毛求疵？她原本準備回應，卻臨時改變了主意，吹口哨喚來嘶嘶。「別擔心，我會把那隻牛弄回營地。」她說著騎馬離開，召喚沃夫跟隨她。

她艱難地騎回土屋，跳下馬匆忙走進屋內，拿出喬達拉做給她的那把短柄石斧，然後再度上馬，驅策嘶嘶前往樺樹林。

喬達拉觀看她騎上斜坡，又看見她折返進入樹林，納悶著她有什麼計畫。他開始切開牛腹，取出胃腸，情緒卻很複雜。他真的認為自己對那隻年輕的狼有顧慮是理所當然的，卻後悔告訴愛拉。他知道她對那隻動物的感情，他的抱怨不會改變任何事情，而且他得承認她的訓練遠比他想像的有效多了。

聽到她砍木材的聲音時，他忽然明白她打算怎麼做。他看見愛拉猛力揮砍密生樹叢中央一棵又高又直的樺樹，藉此發洩怒氣。

沃夫沒有喬達拉說的那麼壞。也許牠真的嚇跑了那隻原牛，但後來也的確幫了忙。她停下來休息一會兒，皺起眉頭。如果他們沒有獵殺成功，不就代表他們不受歡迎嗎？不就代表大媽的靈不要他們留在營地嗎？假如沃夫破壞了狩獵，她就不用想怎麼搬移那隻牛，他們就會離開。可是如果他們注定要留下來，牠就不可能破壞狩獵，不是嗎？她又開始砍樹。情況變得太複雜了。雖然受到沃夫干擾，牠也幫了忙，他們還是殺了那頭有斑點的牛，所以使用住屋是無妨的。不論如何，他們或許是被引導來到這裡，她心想。

忽然喬達拉出現了，試圖拿走她手上的斧頭。「妳要不要再去找另一棵樹，這棵樹讓我來接手？」

儘管她已經沒那麼生氣，卻還是拒絕他協助。「我說過我會把那隻牛弄上營地。我可以自己辦到，不需要你幫忙。」

「我知道妳可以辦到，用當時把我帶到妳的河谷洞穴的那種方式。但是我們兩人合作，妳就可以更快做出新木竿。」他說，接著補充：「而且沒錯，我得承認妳是對的，沃夫確實幫了忙。」

她中止動作停了下來，抬頭看著他。他的眉間顯現眞摯的關切，但表情豐富的藍眼珠卻透露著複雜情緒。雖然她不了解他對沃夫的疑慮，但他眼中也流露出對她的強烈愛意。她爲這雙眼睛而著迷，爲了這麼靠近他十足的男性魅力而著迷，爲他完全不自覺的吸引力而著迷，她發現自己不再抗拒。

「但你說得也沒錯，」她說，稍感後悔。「牠確實使那些牛在我們還沒準備好就跑開，而且可能破壞狩獵。」

皺著眉頭的喬達拉釋懷微笑。「所以我們都說對了。」他說。她也回以微笑。兩人忽然相擁，彼此依偎，而他吻了她的唇。他們很高興爭執已經結束，想用肢體的親密消弭彼此間出現的距離。

在激情的彼此安撫之後，兩人還是站著、擁抱著。愛拉說：「我眞的認爲沃夫可以學會幫助我們打獵，只是我們必須教牠。」

「我不知道，或許是吧。但既然牠會跟我們一起旅行，我想妳應該盡可能教會牠。至少也許能訓練牠不要干擾我們打獵。」他說。

「你也應該幫忙教牠，這樣牠就會留意我們兩個人。」

「我懷疑牠不會注意到我。」他說，看見她準備反駁，隨即補充。「可是如果妳希望，我會試試看。」他拿走她手上的石斧，決定談論她提起的另一個點子。「妳說我們可以在不想喊叫時使用穴熊族手語，那個辦法很實用。」愛拉微笑著去尋找其他形狀大小適合的樹。

喬達拉檢視她原先在砍的樹，確認還需要再砍多久。用石斧很難砍倒堅硬的樹木，脆弱的燧石斧頭製作得相當薄，不會因爲撞擊力道而輕易碎裂，但也沒辦法砍得很深，只能一點一點地削砍。這棵樹看起來比較像被啃咬過，而不是被砍伐。愛拉聽著石頭敲擊樹木的規律聲音，仔細檢視樹叢，發現另一棵適合的樹，便在樹皮上做標記，然後繼續尋找。

砍完所需樹木後，兩人把樹拖到空地，用刀子和斧頭刮除樹枝，然後排列於地面。愛拉評估尺寸並畫上記號，然後他們把樹木全都切成相同長度。喬達拉清理原牛內臟時，她則回住屋拿繩子以及她用皮帶與細繩編成的裝置，並且帶回一塊磨損的地墊，然後比手勢召來嘶嘶，在牠身上裝置調整這個特殊馬具。

她把長竿較細的一端繫在橫跨馬背的拖運馬具上，讓較粗的一端拖在地上。母馬兩邊身側各有一根長竿——她只用了兩根長竿，因爲第三根長竿是在搭設避免食物被食腐動物竊取的三腳架時才會用到。接著又以繩子將草墊綁在拖橇上，準備放上需要載運的原牛。

看著母牛龐大的身軀，愛拉開始懷疑，也許連健壯的草原馬都無法負荷。這對男女使勁將原牛拉上拖橇。墊子沒辦法支撐那麼重，但如果能將原牛綁到長竿上，在地面上拖曳的面積就不會那麼大。經過一番奮戰，愛拉更加擔心嘶嘶無法承受那樣的重量，幾乎要改變主意了。既然喬達拉已經取出腸胃及其他器官，或許他們應該就地剝皮，把牠切割成容易處理的大小。她不再覺得需要證明自己能獨力把牠帶回營地，但既然已經放上拖橇，她決定讓嘶嘶試試看。

馬兒開始將沉重負載拖過崎嶇地帶，愛拉感到十分驚訝，喬達拉則比她更驚訝。那隻原牛比嘶嘶更大、更重，需要花極大的力氣，但只拖著長竿的一端，讓大部分的重量落在靠近地面那端，就會省力一些。斜坡增加了搬運難度，這匹健壯的草原馬依然完成艱難的任務。在凹凸不平的自然地表上，拖橇顯然是最有效率的負重載運工具。

需求、機會以及靈感讓愛拉發明出這個裝置。獨居而沒人能幫忙時，她發現自己經常需要移動她一個人搬不了也拖不了的重物，像是一整隻成年體型的動物之類的。她往往必須把牠們支解成小塊，然後想辦法不讓食腐動物奪走遺留下來的部分。她養育的母馬讓她擁有獨特的機會，剛好可以藉助牠的力量，然而她更特別的優勢在於她能夠察覺可能性並想出方法的頭腦。

一抵達土屋，愛拉和喬達拉立刻卸下原牛，以言語和擁抱表達感謝與讚美之後，兩人牽著馬回去拿也有用處的動物內臟。到了空地，喬達拉拾起折斷的標槍，槍桿前段已經斷裂，槍尖仍插在牛屍裡，但長直的後段依舊完整。或許他能找到用途，他想著，將槍桿後半截帶走。

回到營地後，兩人卸下嘶嘶的馬具。沃夫在內臟周圍嗅聞，腸子是牠的最愛。愛拉猶豫了片刻；如果有需要，腸子可以有好幾種用途，能保存油脂，也能防水，但他們無法再多帶太多東西。

她心想，爲什麼好像只因爲他們有馬，能夠帶走更多東西，也就需要更多？她回想起離開部落徒步旅行時，她把所有需要的東西都放進背上唯一的行囊籮筐帶著走。他們的帳篷確實比她當時用的獸皮矮遮棚舒適許多，甚至還有替換的衣物、目前用不到的冬衣、更多食物、器具以及……她領悟到，如今她絕對無法把東西全都放進一個行囊籮筐裡帶著走了。

她將實用但此刻不需要的腸子丟給沃夫，轉而幫著喬達拉一起支解野牛。技巧地畫開幾刀後，他們合力扯開獸皮。這種方式比純粹用刀子剝皮更有效率，只有少數附著點才需要使用利器，輕微使力就能把皮與肉之間的薄膜徹底分離。兩人取下除了被槍尖損毀的兩個洞之外都完好無缺的獸皮，捲起以防太快晾乾，然後把牛頭擱在一旁。牛舌與牛腦既營養又柔嫩，他們計畫那天晚上享用這些佳餚，不過會將頭顱連同大頭角留在營地；那對某些人可能有特殊意義，此外也有很多部位可以利用。

愛拉把胃和膀胱拿到供給營地水源的小溪清洗，喬達拉前往溪邊尋找可以彎曲的灌木叢和細長的樹，用來製作小船的圓碗形框架。他們也搜尋倒木、漂流木，因為需要幾處火堆避免動物、昆蟲靠近他們的肉，夜晚屋內也需要生火。

兩人將牛卸成幾大塊，接著把肉割成長條狀，掛在臨時以灌木製成的架子上晾乾，一直忙到幾乎天黑仍未完工。他們把架子帶進屋裡過夜，收起還沒乾的帳篷，一併帶進屋內，準備趁第二天把肉帶出來時再架起，讓風與太陽晾乾帳篷。

第二天早上，切割完剩下的肉之後，喬達拉開始建造小船。利用蒸氣和用火燒燙的石頭，他把木頭彎成小船的框架。愛拉充滿好奇，想知道他在哪裡學會那樣做。

「是弟弟教我的，索諾倫是個標槍製作者。」喬達拉一邊解釋，一邊把彎成弧形的筆直小樹末端放低，好讓她用原牛後腿腱綁縛固定。

「但製作標槍和製作小船有什麼關聯？」

「索諾倫可以把標槍桿做得完全直又正。但要學會如何修直木頭之前，得先學會如何彎曲木頭，而他也做得一樣好。他比我擅長多了，在這方面真的有本事。妳不妨說他的手藝不僅在於製作標槍，而是塑造木頭。他可以做出最棒的雪地腳套，那意味著要把筆直樹枝或樹木整個彎成環狀。或許那就是為何他和夏拉木多伊氏人在一起那麼自在；那裡的人都專精於塑造木頭，他們可以利用熱水與蒸氣將獨木舟製作成想要的形狀。」

「什麼是獨木舟？」愛拉問。

「那是用整棵樹刻出來的小船。前後端都尖細，可以輕易平順地在水中滑行，彷彿利刃畫過水面。那種船很漂亮，相較之下，我們現在做的船就顯得粗陋多了，不過這附近沒有大樹。等我們到達夏拉木多伊氏人那裡，妳就會看見獨木舟了。」

「我們還要多久才會到？」

「距離這裡還相當遠，在那些山的另一邊。」他望向西方因夏日煙塵而朦朧的高山說。

「唉，」她失望地說：「但願沒有那麼遠。如果能遇見一些人就好了，眞希望這個營地有人；也許他們會在我們離開前回來。」喬達拉在她的語調中聽出渴望。

「沒有遇到其他人令妳寂寞嗎？」他問，「妳在山谷裡獨居那麼久，我以爲妳已經習慣了。」

「也許那就是原因，我已經寂寞夠久了。我不介意短暫的孤獨，有時甚至還期待孤獨，但我們已經那麼久沒遇到別人……我只是覺得和其他人說話會很有趣。」她說完望向他。「眞高興你和我在一起，喬達拉，沒有你會很寂寞。」

「我也很高興，愛拉。我慶幸沒有一個人旅行，說不出有多高興妳和我一起走。我也盼望能遇到其他人，等抵達大媽河應該就會遇到了。人類傾向住得靠近河流湖泊等新鮮水源，而不是來到空曠地帶。」

愛拉點點頭，拿著被熱石頭與蒸氣加熱過的另一根樹枝末端，讓喬達拉彎成圓弧形，然後幫他綁到其他木頭上。依大小來判斷，她開始預見這艘船需要用整張原牛皮才能覆蓋，剩下的牛皮就不夠再做一張保存肉類的生皮，取代她在暴洪中遺失的那塊了。他們需要用這艘船渡河，她只能考慮以其他東西代替。籮筐或許行得通，她心想，緊密編織成扁長形狀，附上蓋子。這裡有香蒲、蘆葦、柳樹，四周都是製作籮筐的材料。可是籮筐眞的可以嗎？

攜帶新鮮屠宰的肉會產生的問題是血持續滲出，不論籮筐編得多緊密，最後血水一定會漏出。這也就是厚實生皮之所以那麼好用的原因；生皮會吸血，但速度慢，不會滲漏，使用一段時間後還能清洗、重新晾乾。她需要效果相同的東西，必須好好想一想。

她心裡一直懸念著要找到生牛皮的替代品。船的框架完成後，就被放在一旁等牛腱變得乾硬堅韌。於是愛拉前往河邊收集製作籮筐的材料。喬達拉也跟她一起去，但他到了樺樹林便停下來。既然都準備好要塑造木頭爐，他決定也做幾枝新標槍，以便補充之前遺失或損壞的那些。

出發前，偉麥茲送了他一些很好的燧石粗胚，可以輕鬆製成新的槍尖；他也曾在夏季大會時示範如何製作標槍的骨質槍尖。他的族人普遍使用這種骨質槍尖的標槍，但他也學會製作燧石槍尖的馬木特伊氏標槍，而且因爲他精通敲製燧石，製作起來會比形塑、磨平骨質尖端更快。

下午愛拉開始製作特殊的肉類保存籮筐。住在山谷裡時，她花了許多個漫長冬夜製作籮筐、墊子及其他東西來排遣寂寞，如今已能編得非常快速熟練，幾乎閉著眼睛也能編。她在睡前完成了用來攜帶肉類的新容器，因爲事先仔細考量過形狀、大小、材質與緊密度，籮筐編得極好，但她還是不太滿意。

她在幽暗微光中外出更換吸收經血的羊毛，在小溪中清洗已經使用過的羊毛，放到火堆附近喬達拉看不到的地方晾乾，然後沒怎麼看他就躺到他身旁，鑽進獸皮被裡。穴熊族女人被教導要在流經血時儘量避開男人，絕不能直視他們，月經期的女人出現在身邊會使部落的男人十分焦慮。她很訝異喬達拉不會因此感到不安，可自己總會覺得不自在，所以還是只能偷偷照料生理衛生問題。

喬達拉一直很體貼處於月經期的她，感受著她的不安；但她一上床，他就傾身親吻她。雖然她緊閉雙眼，卻熱情回應。喬達拉再度躺回去時，兩人並肩仰看舒適屋內的牆壁、天花板上的火光變幻，隨意交談著，不過她還是小心避免看他。

「等牛皮覆上船框，我會想塗上外膜。」他說：「如果將牛蹄、牛皮碎片、少許牛骨和水一起長時間熬煮，就會成爲非常黏稠的汁液，而且乾掉後會凝固。我們有什麼器具可以用來熬煮嗎？」

「我相信我們能想出來。這需要煮很久嗎？」

「是啊，的確需要把它熬煮得很濃稠。」

「那麼可能最好直接在火上煮，就像湯一樣……或許用一片牛皮。我們必須在旁邊守著，持續加水進去，但只要保持溼潤，鍋子就不會燒起來……等一下！用那頭原牛的胃如何？我一直把水裝在裡面，以免牛胃乾掉，也方便用來烹煮和清洗，不過也適合當成烹煮袋。」愛拉說。

「我不認爲行得通，」喬達拉說：「我們不能一直加水，因爲要讓它變濃稠。」

「那麼我想最好用滴水不漏的籮筐和熱石頭。我明天早上可以做一個。」愛拉說。她靜靜躺著，思緒卻讓她無法入眠。她一直認爲有更好的辦法可以熬煮喬達拉要調製的混合物，只是想不太出來；就在快要睡著時，她驀地想到了。「喬達拉！我想起來了！」

同樣也打起瞌睡的他猛然驚醒。「什麼？有什麼問題嗎？」

「沒什麼問題。我只是想起妮姬如何把油脂熔解出來，你想調製的濃稠物最適合用那種方式熬煮。我們得先在土裡挖個碗形淺洞，鋪上一片牛皮——剩下的原牛皮應該夠大。接著把一些碎骨頭撒在底部，然後放進水、牛蹄以及其他你想放的東西。這樣就可以長時間熬煮，只要我們持續燒燙石頭，而碎骨頭則可以避免熱石頭直接接觸皮革，這樣一來皮革就不會被燒破。」

「很好，愛拉。我們就那樣做吧！」喬達拉半睡半醒地說。他翻過身，不久就開始打鼾。

然而愛拉的心裡仍有懸念讓她醒著。她原本打算離開時把原牛的胃留給營地的人當作水袋，但牛胃必須保持溼潤，一旦乾了就會變硬，再也無法恢復原本幾乎不透水的柔軟狀態。即使她在裡面裝滿水，最後還是會滲漏揮發，而她不知道他們什麼時候會回來。

她突然想到了，差點又叫出聲來，卻及時忍住。他睡著了，她不想吵醒他。她會讓牛胃變乾，作爲保存肉類的新容器襯裡，而趁著牛胃仍溼潤，則可以先塑形使它與容器密合。愛拉在幽暗的屋內沉沉睡去時，很滿意自己想到辦法替補重要的失物。

接下來幾天，在晾乾肉的同時，兩人也都很忙碌。他們做好碗形船，塗上喬達拉以牛蹄、牛骨、牛皮碎片熬煮成的黏液。等待黏液變乾時，愛拉則趕工製作籮筐，以便放置要留給營地主人當作禮物的肉、補充她遺失的烹煮籮筐以及未來供採集時使用。她採集蔬果植物、日常藥草，晾乾一部分預備帶走，並計畫留下一部分。

某天，喬達拉陪同她去尋找製作船槳的東西。剛出發不久，他就很滿意地找到一隻死去巨鹿的頭顱，龐大的掌狀鹿角尚未脫落，使他獲得兩支大小相同的鹿角。儘管時間很早，那整個早上他還是跟著愛拉。他自行學會辨識出某些食物，在過程中開始明白愛拉的知識有多麼淵博——她對植物的了解及對其用途的記憶令人難以置信。回到營地後，他削去寬大鹿角上的角叉，綁到相當短的堅固木竿上，製成十分耐用的槳。

第二天，他決定用彎曲船框木頭時準備的木頭形塑器具，導正木桿製作新標槍。接下來的幾天，他把大多數時間都花在形塑、磨平新標槍，甚至使用了細皮帶捆綁的皮革卷中攜帶的特殊工具；但每回經過被他丟在土屋旁那支從山谷帶回的截短槍桿時，就感到一陣煩惱。沒有辦法挽回那支直槍桿令人遺憾，他賣力製作的標槍全都可能如此輕易折斷。

當標槍可以令他滿意地射得精準，他還用尖端如鑿子、附有鹿角叉把柄的細長燧石刀，在較粗的槍桿尾端挖出深凹痕，然後以手邊的備用燧石塊敲製新刀刃，又以調製來塗抹船身的濃稠黏液及新鮮牛腱，將刀刃固定在槍桿上，最後還裝上兩根他在河邊找到的長羽毛，這羽毛可能來自以這一帶大量地松鼠及其他小型囓齒動物爲食的白尾鵰、獵鷹或是黑鳶。

兩人用那隻獾撕毀的厚草床墊當作靶標，拼裹原牛皮碎片吸收投射力道，避免標槍損壞，每天都稍做練習。愛拉藉此維持投擲的精準度，喬達拉卻是在測試不同長度的槍桿與各種大小的槍尖，確認何者最適合用於標槍投擲器。

當新標槍完成並晾乾，兩人在靶標區用標槍投擲器一一測試，挑選各自想要的標槍。儘管已經十分擅長使用這種狩獵武器，試投時仍難免偶爾大幅偏離目標，沒有命中當作靶標的床墊，而多半落在地上。然而，有回喬達拉猛力投擲新做的標槍，不僅沒有命中靶標，還擊中用來當戶外座椅的大猛獁象骨，嚇得他往後退。標槍彎曲並往回彈時，他聽見斷裂聲，木頭槍桿在距離尖端約三十公分的脆弱部位裂開。

他走過去檢視，發現燧石槍尖有一邊也已碎裂，剝落了一大塊，剩下不值得修補的不對稱槍尖。他氣自己還沒用在值得的地方，就已經浪費了這苦心製作的標槍，盛怒下將彎曲的標槍橫跨膝蓋折斷成兩截後丟開。

他抬頭發現愛拉正注視著他，爲自己的暴怒感到尷尬，連忙紅著臉轉身走開，俯身撿起標槍殘骸，巴望著自己沒有這麼莽撞。當他再次抬起頭，愛拉已經準備投擲另一支標槍，彷彿什麼也沒看見。他走向土屋，把損毀的標槍丟到那支狩獵時斷裂的槍桿旁，困窘地垂頭盯著標槍殘片；爲了標槍毀損如此惱火實在很荒謬。

然而製作標槍並不輕鬆，他心想，看看一端斷開的長槍桿，以及碰巧落在前方的另一支仍附有碎裂燧石槍尖的標槍，很遺憾兩者沒辦法拼成一支完整的標槍。

他凝視著兩支標槍，開始想著也許自己辦得到，便又撿起來仔細檢視斷裂處，將兩者接在一起，斷裂端短暫接合後再度分離。他認眞查看刻在尾端用來嵌住標槍投擲器尖鉤的凹痕，然後翻轉過來再看看斷裂端。

他心想，如果在這端刻出更深的支撐處，把有碎裂燧石槍尖的槍桿末端削成錐形，把兩端接在一起，可以固定得住嗎？喬達拉滿懷興奮地走進土屋，把皮革卷帶到屋外；然後坐在地上打開皮革卷，展露各種製作精良的燧石工具，從中挑出鑿刻工具，放到一旁。接著檢視截斷的槍桿，從腰帶上的刀鞘拔出燧石刀，開始把碎裂端削平。

愛拉停止練習使用標槍投擲器，將投擲器連同標槍放進自己慣用的那個可以斜背在背上的固定套中。她帶著剛挖起的些許植物走回住屋，他邁著大步走向她，臉上掛著燦爛微笑。

「妳看，愛拉！」他說著舉起標槍。仍然附有碎裂槍尖的那截標槍嵌在長槍桿前端。「我修好了，現在要去看看能不能用！」

她跟著他走向練習靶，看著他把標槍放到投擲器上，拉回瞄準，然後用力擲出標槍。長長的投擲物擊中目標後往回彈，但喬達拉前去查看，卻發現附在錐形小槍桿的碎裂槍尖穩穩插入靶標，受到衝擊鬆脫彈回的長槍桿也沒有受損；這支兩截式標槍能用。

「愛拉！妳知道這代表什麼嗎？」喬達拉興奮地差點大喊。

「我不太確定。」她說。

「妳看，槍尖命中目標，然後和槍桿分離而沒有損壞。這代表我下回只需要製作新的槍尖附在這種短槍桿上，就不用再製作全新的長槍桿。我可以製作兩個這種槍尖，實際上是好幾個，只需要幾根長槍桿就可以了。我們可以多帶一些附槍尖的短槍桿，代替完整的長標槍，這樣就算在狩獵時有損失，也不會那麼難替補。來吧，妳試試看。」他說，把碎裂槍尖拔出靶標。

愛拉仔細端詳。「我不太擅長修直長槍桿，槍尖也做得沒你的漂亮。」她說：「但我想就連我也能做出這種標槍。」她和喬達拉一樣興奮。

預定離開的前一天，兩人檢視對獾的破壞所做的復原，希望將那隻動物的毛皮擺得讓人一眼就看出牠是造成混亂的元兇，然後放置他們的禮物。裝乾肉的籮筐吊在一根猛獁象骨屋椽上，使食腐動物難以發現。愛拉擺出其他籮筐，掛了幾束乾藥草和食用植物，尤其是馬木特伊氏普遍用到的品種。喬達拉留給住屋主人一支製作特別精良的標槍。

附有巨角的半乾原牛頭顱，他們也放到住屋外面的木竿上，同樣避免食腐動物取得。牛角和頭蓋骨非常實用，而且可以說明籮筐裡是何種動物的肉。

年輕的狼和兩匹馬似乎感覺即將有改變，沃夫滿懷興奮且精力旺盛地繞著他們團團轉，兩匹馬兒也靜不下來。快快就像牠的名字那樣地疾速暴衝又很快停下來，嘶嘶則待在離營地比較近的地方留意著愛拉，在她看見牠時嘶鳴。

就寢之前，除了鋪蓋捲和早餐必須用到的東西，他們把一切都打包妥當，包括比較難摺疊收入行囊籮筐的乾帳篷。由於獸皮在製成帳篷之前都已經過煙燻，所以即使曾完全溼透，依然相當柔軟；但攜帶式遮棚仍有點硬，使用過後才會再變得比較有彈性。

待在舒適住屋的最後一晚，愛拉看著微弱火焰忽明忽滅的亮光在堅固屋子的牆面舞動，覺得自己的心情也同樣陰晴不定。她渴望再度啓程，卻遺憾要離開他們短暫停留而感覺像家的地方——只是沒有其他人。在過去幾天裡，她發現自己會抬頭望向斜坡頂端，希望能在離開前看到住在這個營地的人回來。

儘管仍希望那些人意外現身，她已經放棄希望，轉而期待抵達大媽河後，或許會在沿岸遇到其他人。她愛喬達拉，但她渴望遇到人類，渴望遇到女人、小孩、老人，渴望歡笑、交談、與跟她一樣的人類互動。但是她不願意多想第二天以後的事情或下一個營地的人，不願意想到喬達拉的族人或他們還要旅行多久才會回到他的家鄉，不願意想到他們要如何只靠一艘小圓船渡過那條水勢湍急的大河。

喬達拉也清醒地躺著，擔憂他們的旅程。他渴望再度上路，儘管他的確認爲在這裡停留非常值得。他們的帳篷乾了，也重新補充了肉類，替補了遺失或損壞的必要配備，而且他很對於自己研發出兩截式標槍感到興奮。他很高興有碗形船，但即使有了船，他仍擔心渡河。這條大河寬闊湍急，他們可能距離內陸海不太遠，河道看起來也不像會變窄，任何事情都有可能發生。他會很高興他們能抵達對岸。

第十章

愛拉夜裡睡睡醒醒，當清晨的第一道光從排煙孔悄悄潛入，將微光送進陰暗的裂縫驅散黑暗，使隱藏在陰影中的輪廓現形時，她張開了眼睛。等到朦朧夜色褪去，天空微微亮起時，她已經完全清醒，再也無法入睡。

她靜靜離開喬達拉的溫暖懷抱，溜到屋外。來自北方廣大冰層的夜晚寒意襲上她赤裸的肌膚，令她全身起了雞皮疙瘩。朝外望過霧氣籠罩的河谷，她隱約看見對岸陸地仍處於黑暗中的輪廓，但願他們已經到達那裡。

粗糙的溫暖毛皮輕拂她的腿，她心不在焉地拍拍身邊那隻狼的頭，搔搔牠的頸毛。牠在空氣中嗅到新奇氣味，迅速跑下斜坡。她放眼尋找馬兒，看見淡黃色皮毛的母馬在水邊一處翠綠草地吃草，那匹深棕色的馬不見蹤影，但她確定牠就在附近。

她打著寒顫穿過潮濕草地走向小溪，覺察太陽正從東方升起。她看著西邊的灰亮天空轉爲淡藍，四散的粉紅色雲朵映照出掩藏在坡頂後方的晨曦。

愛拉想走上坡頂去看升起的太陽，卻因爲反方向閃現炫目光芒停下腳步。儘管對岸的侵蝕峽谷依舊籠罩於灰暗中，沐浴在朝陽亮光下的西部山地卻鮮明奪目，彷彿她伸手就能觸摸到清楚刻畫的脈絡。低矮南部山脈的覆冰山頂閃閃發光，她驚奇凝望著緩慢的變化，著迷於背向日出的壯麗景致。

當她抵達從斜坡上飛濺而下的清澈小河旁，清晨的寒意已一掃而空。她放下從住屋帶出來的水袋，檢視羊毛墊，很高興看到她的月經期似乎結束了。她解開皮帶，取下護身囊，走進淺水潭中清洗。洗完之後，她在流入水潭的飛瀑底下塡裝水袋，然後走上岸輪流用雙手抹掉水珠，重新戴上護身囊，撿起皮帶和洗淨的羊毛，匆忙返回。

她步入那間半地下土屋時，喬達拉正在替捲好的獸皮被打結。他抬起頭微笑，注意到她沒有繫皮帶，笑容浮現明確的暗示。

「也許今早我不該這麼快就捲起獸皮被。」他說。

她紅著臉領悟到他發覺她的月經期已經結束，直視充滿他眼裡的戲謔、愛意及迅速萌芽的欲望，對他回以微笑。「你隨時都可以再打開。」

「我早早上路的計畫泡湯了。」他說，拉起細皮帶的一端，解開鋪蓋捲上的結，攤開鋪蓋捲，在她走向他時站起身。

吃過早餐之後，兩人迅速打包妥當，帶著所有家當，和動物旅伴一同前往河邊，不過決定渡河的最佳方式又成了問題。他們望著奔流而過的水，河面寬闊得讓對岸的景物都很難清楚看見。河水泛著柔和的漣漪和漩渦迅速流過，製造出起伏不定的小波浪。這條深河的聲響似乎比外觀透露出更多訊息，沉沉轟鳴的流水聲展現著強大力量。

製作碗形船時，喬達拉經常想到這條河，以及該怎麼利用小船渡河。他以前從未做過碗形船，而且只搭過這種船幾次。和夏拉木多伊氏一同生活時，他變得相當擅長操控精巧的獨木舟，但在試划馬木特伊氏碗形圓船時，他卻覺得十分笨重。這種船有浮力、不易翻覆，可是不易操控。

這兩個族群手邊可以用來建造浮船的材料種類不同，用船的目的也不一樣。馬木特伊氏主要是在開闊草原上狩獵，偶爾才會捕魚；他們的船基本上是用來讓人和行李渡河，不論是小支流或從北方冰川流過大陸注入南方內陸海的河流。

拉木多伊氏是夏拉木多伊氏中的河上人，他們在大媽河捕魚，甚至將捕捉長達九公尺的鱘魚稱爲狩獵。同屬夏拉木多伊氏人的夏木多伊氏，則獵捕岩羚羊和棲息在住處附近高聳懸崖與山地上的動物，他們住處附近聳立於河上的高山峭壁將大媽河局限於大峽谷中。溫暖的季節裡，拉木多伊氏住在河上，充分利用河的資源，其中也包括利用岸邊盛產的筆直花櫟木，造出工藝精湛、容易操控的船。

「嗯，我想我們就把所有東西放進去。」喬達拉說，拿起一個行囊籮筐，隨即又放下來，改拿另一個行囊籮筐。「重物放在底層可能比較好，這個行囊籮筐裡有燧石和工具。」

愛拉點頭認同。她也想過如何完好無損地帶著所有家當渡河，回憶起先前利用獅營碗形船渡河的幾次經驗，事先考慮過某些潛在問題。「我們應該各自在不同邊預留空間，這樣才能保持平衡。我會預留空間讓沃夫在我旁邊。」

喬達拉懷疑這隻狼在脆弱浮碗中會怎樣，雖然他克制著不讓自己多說些什麼。愛拉看見他皺眉，卻保持緘默。「我們也該各拿一支槳。」他說著遞了一支給她。

「但願船裝得下這麼多東西。」她說，把帳篷放進船裡，想著她可以坐在上面。

儘管空間狹窄，兩人還是設法把所有東西都放進獸皮船，只剩下木竿。「我們可能得把木竿留下，已經沒有空間放了。」喬達拉說。這些長竿才剛替補他們丟失的。

愛拉微笑舉起未收進行囊籮筐的細繩。「不需要，木竿會漂浮，只要用這個把木竿綁到船上就不會漂走了。」她說。

喬達拉不確定那樣做好不好，正想反對時，愛拉又提出另一個問題使他分神。

「我們該拿馬兒怎麼辦？」她說。

「馬兒怎麼了？牠們會游泳，不是嗎？」

「對，但你知道牠們會有多緊張，尤其牠們從未這樣做過。如果牠們在河裡受驚而決定回頭怎麼辦？牠們不會自己再度嘗試渡河，甚至不會知道我們已經到了對岸。到時候我們就得回來牽牠們渡河，所以我們爲什麼不一開始就牽著牠們？」愛拉解釋。

她說得對。這兩匹馬可能會感到害怕，而且可能很容易就掉頭回去，喬達拉心想。「可是我們在船上要怎麼牽牠們？」情況愈來愈複雜。駕船本身已經夠難了，何況還要試圖掌控隨行的受驚馬兒，他愈來愈憂心如何渡過這條河。

「我們替牠們套上籠頭，繫上引導繩，然後拴到船上。」愛拉說。

「我不知道……可能不太理想。或許我們應該再考慮一下。」他說。

「還有什麼好考慮的？」她說著用細繩捆起三支木竿，分出一段緊緊綁到船上。「你也想啓程上路吧？」她補充，爲嘶嘶套上籠頭，在上面繫了條引導繩，然後把長竿另一端綁在船邊，接著轉向喬達拉說：「我準備好要上路了。」

他猶豫之後毅然點頭。「好吧！」他說著，從行囊籮筐裡拿出快快的籠頭，召喚快快過來。喬達拉剛開始要把籠頭套上年輕種馬的頭部時，牠揚起頭嘶鳴，但在男人對馬說話並輕撫馬的臉和頸脖後，牠就鎮靜下來任憑擺布了。他把繩索綁到船上，然後面向愛拉。「我們走吧！」他說。

愛拉比手勢要沃夫跳進船裡，然後兩人各自牽著引導繩控制動物，同時把船推進水中，吃力地爬到船上。

船一下水就遇到麻煩，急流掌控了船，將船沖走，然而馬兒還未完全準備好進入寬闊水流中。牠們抬起前腳往後拉扯，造成小船猛烈顛簸差點翻覆，沃夫也因此搖搖晃晃無法站穩腳步，緊張地注意眼前的情勢。但沉重的負載物很快就讓船穩定下來。不過船隻深陷水中，木竿順著強勁水流往前漂。

兩人拉動河邊的馬兒，設法將小船推往下游，急切的鼓勵終於說服這些裹足不前的動物下了水。嘶嘶首先嘗試跨步踩到河底，快快隨後跟進，最後兩匹馬在持續拉扯下躍入河裡。堤岸陡然降低，牠們很快就開始游泳，愛拉與喬達拉只能任由水流帶往下游。三支長竿後面是負載沉重的圓船，上面載著一對男女和一隻非常緊張的狼，後面還跟著兩匹馬；直到這整個不尋常的組合穩定下來，他們才放開引導繩，各自拿起槳嘗試改變方向橫渡水流。

愛拉位於面向對岸的那側，絲毫不熟悉如何使用船槳。經過奮力把船划離河岸的喬達拉指點，她試了幾回便抓到訣竅，設法和他合作操控小船。此時前面繫著長竿的小船緩慢漂流，後面跟著的兩匹馬恐懼地轉動眼珠，不由自主被水流拉著走。

他們確實開始橫渡河流，不過往下游移動的速度更快。湍急大河在前方順著陸地的平緩坡度朝海裡洶湧流去，往東形成急彎，在小船前面迅速漂移的長竿陷入岸邊突出沙嘴造成的逆流中。

這些只被細繩捆住而自由漂流的樺木長竿，往後轉向猛烈撞擊碗形船靠近喬達拉的這側，他很怕船身因而產生破洞。船上所有人都受到震盪，旋轉的圓碗形小船猛力拉扯引導繩，馬兒痛苦嘶鳴，喝了幾口水後拚命想要游開，但滔滔不絕的水流拖著牢牢綁住牠們的小船拉走牠們。

然而牠們的力氣沒有完全白費，牠們使得小船拉回轉向，再度拉扯那些長竿撞上小船。在狂暴水流中，受到拖拉撞擊的超載小船左搖右晃灌入河水，增添了更多重量，瀕臨沉沒。

驚恐的狼夾著尾巴瑟縮在折疊帳篷上的愛拉身旁，她不知道如何照著喬達拉的高聲說明去做，狂亂地試圖以她不懂得如何使用的槳穩定小船。馬兒驚恐嘶鳴吸引了她的注意，察覺牠們的恐懼後，她突然明白必須解開牠們。她把槳擱在船底，從腰間的刀鞘抽出刀子。因爲知道快快比較容易激動，她先用鋒利的燧石刀輕易割斷牠的繩索。

放開快快導致小船更劇烈搖晃旋轉，使沃夫再也忍受不了，從船上跳進水裡。愛拉看著牠狂亂泅泳，火速割斷嘶嘶的繩索，隨著牠跳入水中。

「愛拉！」喬達拉驚呼，但瞬間解除束縛而重量減輕的船開始打轉並撞上長竿，他再度受到猛烈震盪。當他抬起頭時，看見愛拉正踩著水鼓勵游向她的狼，嘶嘶和超越牠的快快正朝著遙遠河岸前進，水流將他更迅速地帶往下游，遠離愛拉。

她回看瞥見喬達拉和小船繞過河灣消失在眼前，感到心跳一度停止，害怕再也看不到他了。她突然想到自己不應該離開小船，卻沒有什麼時間煩惱。沃夫奮力逆流游向她，她也划水接近牠。當她搆到牠時，牠把腳掌放到她的肩膀，舔著她的臉，熱切地把她壓入水中。她吐著水浮出河面，用一隻手臂擁著牠，然後放眼搜尋馬兒。

母馬正游向河岸，離她愈來愈遠。她深吸了一口氣，吹出響亮悠長的口哨；母馬豎起耳朵，轉向聲音的來源。愛拉又吹了一次口哨後，母馬調整方向，努力游向她，而她也猛力划水趨近嘶嘶。愛拉擅長游泳，她斜斜越過順向水流，還是費了些力氣才搆到這匹皮毛潮濕的動物，那一刻她差點寬慰地哭了。沃夫隨後也來到一旁，但卻持續移動。

愛拉抱著嘶嘶的頸脖休息了一會兒，這才注意到水有多冷。她看見嘶嘶的籠頭上綁的繩子在水中拖曳，想到如果繩索纏住漂流物會有多危險。她花了些時間試圖解開繩結，但繩結膨脹得很緊，而她的手指凍僵了。她深吸了一口氣，再度開始游泳；她不想增加馬的負擔，也希望活動有助於暖和身子。

終於抵達遙遠的彼岸時，愛拉搖搖晃晃步出水中，筋疲力竭倒在地上。狼和馬的狀況比較好一點，牠們甩動身體，把水濺得到處都是，沃夫隨後癱倒下來喘著氣。即使在夏天，嘶嘶蓬鬆的皮毛依舊很多，不過冬天會因為裡面長出濃密的底層絨毛而更厚。牠岔開腿站著，渾身顫抖，低頭垂下耳朵。

但夏季太陽高懸，白晝溫暖，愛拉一停下來休息就停止顫抖。她站起來尋找快快，確信如果她們渡了河，那匹種馬也辦得到。她先吹出召喚嘶嘶的哨音，因為每當她吹口哨召喚牠的母親，快快通常也會跟著來；接著她又用喬達拉吹的哨音召喚牠，突然很擔心那個男人。他是否乘著脆弱小船成功渡河？如果是的話，他在哪裡？她再度吹起口哨，希望那個男人會聽到並回應，卻也很高興看到疾奔的深棕色種馬躍入視線，套著的籠頭上懸有一小截引導繩。

「快快！」她大喊，「你眞的辦到了！我就知道你可以！」

嘶嘶發出歡迎的嘶聲問候牠，沃夫似小狗般熱情吠叫，最後演變成引頸嗥叫。快快大聲嘶鳴回應，愛拉確信那聲音裡隱含著發現熟悉友伴的寬慰。當牠來到身邊，快快先和沃夫以鼻子相碰，然後站到母親身旁將頭跨到嘶嘶的脖子上，在驚險渡河後尋求安慰。

愛拉加入牠們，給了快快一個擁抱，輕拍、撫摸牠之後，卸下牠的籠頭。牠非常習慣這個裝置，籠頭似乎不會困擾牠，也不會干擾牠吃草；但愛拉認爲糾纏的繩索可能造成問題，而且她知道自己不會喜歡隨時都套著那種東西。她隨即也取下嘶嘶的籠頭，一併塞進束腰上衣的腰帶。她想脫掉濕衣服，卻覺得有必要趕快，而且身上的衣服正逐漸變乾。

「好吧，我們找到快快，現在該去找喬達拉了。」她大聲說。沃夫期待地望向她，而她對牠發號施令。「沃夫，我們去找喬達拉！」她騎到嘶嘶背上，動身朝下游前進。

經過多次旋轉碰撞之後，喬達拉輔助獸皮小圓船重新平穩地順著水流漂移，三支木竿這回拖曳在後面。然後，他開始用一隻槳相當費力地將小船划過大河，發現拖著三支長竿有助於穩定浮碗避免打轉，而且使船更容易操控。

奮力朝向飛逝的陸地前進時，他一直自責沒有跟隨愛拉跳進河裡，但一切發生得太快。他還來不及發現，她就已經不在船上，他又被急流帶走。在看不見她時才跳進河中沒有意義，他沒辦法逆流往回游向她，而且他們會失去這艘船及船上的所有東西。

因爲知道她是游泳健將，他試著自我安慰，但擔憂使他更加賣力橫渡河流。當他終於抵達遠比出發點更下游的對岸，感覺船底摩擦突出於河灣內側的岩灘，他已經上氣不接下氣。他爬出船外，把負載沉重的小船拖上岸，筋疲力竭地跌坐下來，但不一會兒就站起來開始沿著河往回走，尋找愛拉。

他緊沿著河邊走，遇到匯入大河的小支流時，他就涉水而過。然而過了一段時間，在抵達另一條規模可觀的河時，他卻猶豫了。他無法涉水越過這條河，如果他在太靠近主河道的地方游過這條河，就會被沖進大河中。他必須沿著小河往上游走，直到發現更適合渡河的地點。

不久之後，愛拉騎著嘶嘶抵達同一條河，她也往上游走了一段距離。但騎馬渡河的考量不同，她沒有像喬達拉走那麼遠就掉轉馬頭走進水裡，快快和沃夫緊跟在後，一下子就游到河中央，很快就渡了河。愛拉開始往下朝著大河走去，回頭張望時卻看到沃夫往另一個方向走。

「過來，沃夫。往這邊走。」她叫喚，不耐煩地吹起口哨，隨即示意嘶嘶繼續前進。這隻犬科動物遲疑之後走向她，接著又往回走，最後終於跟上她。抵達大河後，她轉往下游前進，驅策母馬疾奔。

當愛拉覺得彷彿看到前方岩灘上有個圓碗形物體時，心跳加速。「喬達拉！喬達拉！」她大喊，全速奔了過去。不待馬兒完全停步，她已經跳下來，衝向小船。她看看船裡面，再環顧岩灘；包括三支長竿在內的所有東西似乎都在，除了喬達拉之外。

「船在這裡，可是我找不到喬達拉。」她大聲說，聽見沃夫尖聲吠叫，彷彿在回應她。「爲什麼我找不到喬達拉？他在哪裡？船是自己漂到這裡來的嗎？他沒有成功渡河嗎？」然後她突然想到，也許他去找我了，她心想。可是如果我往下游走，而他往上游去，爲什麼我們會錯過彼此……

「那條河！」她近乎大喊，沃夫再次吠叫。突然間，她想起橫渡那條大支流之後牠的猶豫。「沃夫！」她叫喚。

這隻大型四足動物跑向她並撲了上去，把腳掌放到她的肩上。她用雙手抓握牠頸部的厚毛皮，看著牠的長口鼻和慧黠的眼睛，想到那個深深讓她想起兒子的虛弱小男孩。萊岱格有次曾派沃夫去找她，而牠跋涉了很遠的距離找到她。她知道牠找得到喬達拉，只要她能讓牠了解她要什麼。

「沃夫，去找喬達拉！」她說。牠跳下來嗅聞小船周圍，然後往上游走回來時的路。

喬達拉在水深及腰的地方，小心翼翼地橫越小河，覺得彷彿聽見有點熟悉的急切微弱鳥叫時，他停下來閉上眼睛，試圖分辨方位，隨即搖搖頭，他甚至不確定是否眞的聽見了。抵達對岸後，他開始走向主要河流，忍不住還在想著；擔憂著要找到愛拉，終於使他逐漸忘卻那鳥叫聲，卻仍感到困擾。

他已經穿著濕衣服走了相當久，知道愛拉也濕了，想到他也許應該帶著帳篷或者至少可以用來遮蔽的東西。時間愈來愈晚，她有可能發生任何事，甚至受了傷；這個想法使他更加仔細搜尋水面、河岸、周邊植物。

突然間，他又聽見哨音，這回更加響亮、靠近，接著出現吠叫聲，然後是飽滿的狼嗥和馬蹄聲。他轉身綻開極度歡喜的微笑，看著那隻狼直直走向他，快快緊跟在後，最棒的是愛拉也騎著嘶嘶過來。

沃夫撲到男人身上，把大腳掌放在喬達拉的胸口，舔他的下顎。高挑男人抓握牠的頸毛，就像愛拉做的一樣，然後給了這隻四足動物一個擁抱。當愛拉騎馬奔來，跳下馬跑向他時，他推開這隻狼。

「喬達拉！喬達拉！」她說，被他擁入懷中。

「愛拉！啊，我的愛拉！」他說，用力抱緊她。

那隻狼撲上來舔兩人的臉，他們都沒有推開牠。

兩名騎馬者、兩匹馬和一隻狼橫渡的大河，就在大媽河廣大三角洲的北邊，流入馬木特伊氏稱爲白倫海的內陸鹹水汪洋。隨著他們接近蜿蜒橫越近三千公里大陸的眾水匯集處，下傾的陸地坡度變得平緩。

這片平坦南部地區壯觀的草地令愛拉和喬達拉驚豔，開闊景觀中盡是新長的草，這種景象並不常出現在這麼晚的季節。雨勢強烈的狂暴雷雨發生的時間特殊，而且範圍十分廣闊，造就了不合季節的新綠。大草原上不僅有禾草如春季時再生，也盛開著色彩繽紛的花朵：黃紫色矮鳶尾、深紅色多瓣芍藥、有粉紅色斑點的百合、各種顏色的野碗豆，從橘黃色到紫紅色都有。

響亮的鳥鳴和嘎嘎叫聲吸引愛拉注意到喧嚷的玫瑰黑色鳥群，牠們盤旋下降，時而散開，時而大量群聚，不停飛動令人眼花撩亂。大量嘈雜的玫瑰色椋鳥在附近聚集，使這個年輕女人感到不安；儘管牠們集體繁殖、成群覓食，夜晚也棲息在一起，但她不記得曾看過同時出現這麼多椋鳥。

她發現紅隼及其他鳥類也開始聚集，喧鬧聲愈來愈大，隱隱有股刺耳嗡鳴。她隨即注意到一大朵黑雲，不過奇怪的是，除了那朵雲之外，天空一片清朗。那一大群椋鳥突然變得更加鼓譟。

「喬達拉，」她叫喚前方騎著馬的男人。「看看那朵奇怪的雲。」

他看了看停下來，愛拉趨前再次與他並肩。兩人看著那朵雲愈來愈大，或者可能是愈來愈近。

「我不認爲那是朵降雨雲。」喬達拉說。

「我也是，但不然那還會是什麼？」愛拉說，莫名想要尋求某種掩蔽。「你覺得我們應該架起帳篷，等那朵雲飄走嗎？」

「我寧願繼續前進。如果我們加快速度，也許可以遠遠超過它。」喬達拉說。

兩人驅策馬兒加速奔過綠色原野，但鳥兒和奇特雲朵都追上他們。刺耳的嘈雜聲愈來愈響亮，甚至蓋過喧鬧的椋鳥。忽然間，愛拉感覺有東西撞擊手臂。

「那是什麼？」她說，但話還沒說完再度遭受連番撞擊。有東西落在嘶嘶身上後隨即彈開，卻又來了更多。她望向就騎在前方的喬達拉，看到大量飛舞跳躍的東西，用手拍打其中一個恰巧落在她面前而尚未遠離的東西。

她小心拿起來仔細查看，是種和她的中指幾乎等長的昆蟲，身軀肥厚，後腳長，看起來像大蚱蜢，卻不是呈現容易融入背景的黃綠色，不像她看過的那些在乾草間跳躍的蚱蜢，這種醒目昆蟲有黑色、黃色、橘色的明亮條紋。

這種差異也是暴雨所造成。在正常的乾燥季節裡，牠們是畏縮而獨居的蚱蜢，只在交配期和其他同類一起生活，卻在猛烈的暴風雨過後有了明顯變化。由於有新長的嫩草，雌性昆蟲充分利用豐沛食物產下更多卵，而有更多幼蟲存活。當蚱蜢數量增加，驚人的改變也隨之發生。這些年幼蚱蜢演化出醒目的新顏色，開始尋求彼此的陪伴；牠們不再是蚱蜢，而是蝗蟲。

一大群色彩明亮的蝗蟲很快匯集，吃光當地的食物之後，牠們成群飛上天空。五十億隻蝗蟲聚集在一起並不罕見，牠們可以輕易覆蓋將近一百平方公里的面積，一個晚上就能吃光八千公噸的植物。

當這群蝗蟲的前鋒開始降落啃蝕新生的綠草，愛拉和喬達拉深陷蝗蟲群中，圍繞四周的蝗蟲撞擊他們和馬兒後彈開。驅策嘶嘶和快快疾奔並不難，而且幾乎不可能拉住牠們。他們在蝗蟲大軍的猛烈攻擊中全速奔馳，愛拉想要尋找沃夫，然而空中充滿飛彈跳躍的昆蟲，她盡可能大聲吹著口哨，希望牠能聽出刺耳轟鳴聲外的哨音。

她差點撞上一隻玫瑰色椋鳥，當時牠正在撲抓她面前的蝗蟲，於是她領悟到鳥兒如此大量聚集，是受到源源不絕的食物所吸引，因爲這些昆蟲的顏色鮮明容易被看見。然而這種招來鳥類的強烈對比，也讓蝗蟲在必須飛往新的覓食地點時能夠找到彼此。只要還有充裕的植物足以供給新生蝗蟲，就連大群鳥類也難以削減蝗蟲數量。唯有當降雨停止，草地又恢復成只能餵養少數昆蟲的正常乾燥狀態時，這些蝗蟲才會再度徹底僞裝成平凡的蚱蜢。

遠離蝗蟲群後，沃夫很快就找到他們。當那些喧嚷昆蟲落地過夜，愛拉與喬達拉在遠處紮營。第二天早上，他們再度朝北略偏東前進，來到可以俯瞰平坦地帶的高丘，稍微了解他們距離大媽河還有多遠。就在山丘的那一邊，兩人看見那群被強風吹向海的蝗蟲大軍造訪過的區域邊緣，爲遭受破壞的狀況所震懾。

如春天般長滿燦爛花朵和新生禾草的美麗鄉野消失殆盡，觸目所及盡是光禿禿的土地。裸露的土壤上沒有一片葉子、一根草，一點綠意也沒有。任何一丁點的植物都被那群貪婪的大軍吞食，唯一的生命跡象是發現最後少數落隊蝗蟲的幾隻椋鳥。大地被蹂躪剝光，一絲不掛地暴露出來。然而，隨著本身創造的生物自然的生命周期，大地會從這樣的羞辱中復原，深埋的根和隨風飛揚的種籽，會再次鋪蓋綠意。

當這對男女看向另一邊，映入眼簾卻是截然不同的景象，令他們脈搏加速。往東望去，遼闊的大海在太陽下閃閃發光；那就是白倫海。

她凝望著，認出那是她童年就知道的那片海。她年幼時與布倫的部落一同生活的洞穴，就位在自北邊突出龐大水體的半島南端。和穴熊族一起生活往往不容易，但她仍擁有許多快樂的兒時回憶，然而想到被迫離開兒子難免憂傷，她知道自己最多只能這樣靠近她再也見不到的兒子。

和部落一起生活對他是最好的。有烏芭當他的母親，老布倫訓練他使用標槍、流星鎚和拋石索打獵，教導他部落的習慣，杜爾克會受到關愛與接納，不會像萊岱格一樣被辱罵取笑。但她還是忍不住想知道他的狀況，他的部落還住在半島上嗎？或者他們已經往更靠近其他住在大陸或東方高山的部落遷移？

「愛拉！妳看看下面。那就是三角洲，妳可以看見多腦河，或者說是多腦河的一小部分。那座大島的另一側，看到那些褐色泥水嗎？我想那就是主要的北支流，就是那裡了，大媽河的終點！」喬達拉說，聲音充滿興奮。

他也沉浸在帶有悲傷氣息的回憶中。他上次看見這條河時是和弟弟在一起，如今索諾倫已經到了靈界。他陡然想起他從愛拉埋葬弟弟的地方帶走的那塊表面呈乳白色的石頭，她說那石頭有索諾倫的靈的元精，而他計畫回到家鄉後，把石頭拿給他的母親和齊蘭朵妮亞。那石頭就在他的行囊籮筐裡，也許他應該拿出來隨身帶著，他心想。

「啊，喬達拉！那邊，在河那邊，那是煙嗎？有人住在那條河附近嗎？」愛拉期待興奮地說。

「有可能。」喬達拉說。

「那我們快走吧！」她開始騎下山丘，喬達拉與她並排同行。「你覺得會是什麼人？是你認識的人嗎？」她問。

「或許是，夏拉木多伊氏人有時候會乘船到這麼遠的地方來交易，馬肯諾就是那樣遇到索莉的；她那時和前來交易鹽和貝殼的馬木特伊氏營地在一起。」他停下來瞥向四周，更加仔細端詳三角洲以及位於狹長河道對面的島，接著往下游查看陸地。「事實上，我不認為我們距離布莉希建立柳樹營的地方還很遠。去年夏天……真的是去年夏天嗎？她的族人從流沙中救起索諾倫和我之後，她帶我們去過那裡……」

喬達拉閉上雙眼，但愛拉看見了痛苦。「他們是我弟弟最後見到的人……除了我之外。我們又一起旅行了一段時間，我一直希望他能忘記她；但失去潔塔蜜歐他就不想活了，他希望大媽帶他走。」喬達拉說，接著低下頭補充：「然後我們就遇到寶寶。」

喬達拉抬起頭看著愛拉，她看到他的表情改變了。痛楚依舊在，她認得那種特殊神情，會出現在當他對她的愛幾乎讓他難以承受、也讓她難以承受的時候；不過除此之外還有其他東西，令她害怕的東西。

「我一直沒辦法了解索諾倫為什麼想死……那個時候。」他別過臉，驅策快快加快步伐，回頭叫喊：「走吧，妳說過想要快一點的。」

愛拉示意嘶嘶快跑，試圖更加小心，尾隨疾馳種馬上的男人朝著河奔去。快意奔馳使兩人拋開被那個地方喚起的莫名傷感，受到疾奔鼓舞的沃夫，沿路跟著他們跑。當他們終於在水邊停下來，沃夫引頸發出富有旋律的綿長狼嗥。愛拉與喬達拉相視而笑，兩人都認為那是宣告他們抵達這條河的好方法；接下來大部分的旅程，這條河都會伴隨他們左右。

「就是這條河嗎？我們抵達大媽河了嗎？」愛拉說，眼睛閃閃發亮。

「沒錯，就是這條河。」喬達拉說，隨即朝西望向上游。他不想澆熄愛拉對於抵達河邊的興奮，但他知道還有多遠的路要走。

他們必須一路回溯他走過的路徑，橫越整個大陸，到達覆蓋這條大河發源高地的高原冰川，再往更遙遠的東方接近位於大地邊緣的大水。這條多腦河，屬於齊蘭朵妮氏口中大地母親朵妮的河，綿延近三千公里，匯納了兩座覆蓋冰川的山脈流出的三百多條支流，承載著沉積物。

蜿蜒流過平坦區域時，多腦河經常分支出許多河道，主河道的豐沛水流中挾帶了驚人累積的懸浮淤泥。然而在抵達河道終點前，細砂質壤土就下沉形成巨大扇形沉積，成為一大片充塞污泥的低島和沙洲，四周圍繞著淺湖泊和蜿蜒溪流；彷佛創造河流的大媽，因為漫長旅途而筋疲力竭，在就要抵達目的時拋下負載沉重的淤泥，然後蹣跚步向大海。

他們所抵達的廣大三角洲，長度是寬度的兩倍，自距海好幾公里處開始生成。東方隆起岩床的古老斷層塊及西方山地和緩下降延伸出來的平緩山丘之間是平坦平原，無法負荷全部水量的單一河道，在此分支成四條主支流，方向各不相同。分歧的支流河道交錯，產生錯綜複雜的曲折溪流，蔓延形成無數湖泊潟湖。廣闊的蘆葦床圍繞堅實的陸地，從裸露沙嘴到有森林草原、也有棲息其間的原牛、鹿及其掠食者的大島都有。

「那些煙是從哪裡來的？」愛拉問。「附近一定有營地。」

「我想那可能來自我們看見的那個位於下游在河道對岸的大島。」喬達拉說，指向大致的方位。

當愛拉望過去時，剛開始只看得見一片高桿蘆葦牆，紫色羽狀尖端在微風中往下彎，高出浸水的地面超過三公尺。接著她發現黃花柳美麗的銀綠色葉片向上延伸越過了蘆葦牆，過了一會兒才觀察到令她困惑的景象。黃花柳這種灌木通常生長在靠近水源的地方，根部在濕季往往會被水淹沒。黃花柳和某些柳樹相似，但從來不會長得和樹一般高。是她弄錯了嗎？這些是柳樹嗎？她很少犯那種錯。

他們開始往下游走，來到島的正對面時，他們朝河道前進。愛拉回頭張望，確認中間綁著碗形船的兩根拖桿沒有被絆住，然後檢視當拖桿在母馬身後浮起時，交叉的前端能否移動自如。重新打包準備遠離那條大河時，兩人原本打算拋下發揮功效而讓他們和物品渡河的小船，但先前大費周章地造船，即使渡河過程不盡如計畫，他們都很不願意放棄小圓船。

是愛拉想到可以將小船綁在拖桿上，雖然那代表嘶嘶必須一直戴著馬具拖著船，但其實是因為喬達拉領悟到，有辦法可以讓渡河更輕鬆。他們可以將家當全放上船，東西就不會濕掉；但與其用綁到船上的繩子牽馬兒渡河，嘶嘶其實可以輕鬆拉著漂浮的負載，依自己的速度游過河。他們接下來嘗試這樣渡河時，甚至發現不需要卸下牠的馬具。

愛拉擔心水流容易拖走船和木竿，尤其是嘶嘶和快快在渡過另一條河時，曾因此陷入牠們無法掌控的狀態而感到驚慌。她決定重新設計馬具的皮帶，好讓她能在母馬有危險時立刻割斷。而這匹有能力抵擋溪流拖曳的馬兒輕易就接受了負荷馬具。愛拉花時間讓馬兒習慣新點子，而嘶嘶習慣了拖橇並信任這個女人。

大空碗剛好成為載運的容器。兩人開始用船來搬運木頭、乾糞及沿途撿拾供夜裡火堆燃燒的東西，有時渡河後還會讓行囊籮筐留在船內。幾條大小不一的溪流競相流入內陸海，而喬達拉知道，往後在大媽河旁行進的旅途中，會有許多支流橫過他們的路徑。

他們涉水渡過三角洲水質清淨的外河道時，種馬緊張地退避嘶鳴，但喬達拉很有耐性地牽引這匹年輕動物，渡過這些較小的水道，而牠也克服了自身的恐懼。他覺得很高興，因爲返回家鄉前需要渡過的河還很多。

河水流動緩慢卻清澈無比，他們可以看見魚兒悠遊在水生植物間。奮力穿越高桿蘆葦後，他們來到那座狹長島嶼。沃夫最先抵達島岬，劇烈甩動身軀後跑上斜堤；混入淤泥的濕沙硬固形成的斜堤，通往邊緣高大如樹木的銀綠色美麗黃花柳林。

「我明白了。」愛拉說。

「妳明白了什麼？」喬達拉問，對她滿意的表情微笑。

「下暴雨的那一晚，我們就是在這種樹下睡的。我以爲是黃花柳，可是從沒見過黃花柳長得像樹一樣高大，黃花柳通常是灌木叢，但這種樹可能是柳樹。」

兩人下了馬，牽著馬走進涼爽通風的樹林。他們靜靜走著，注意到微風中搖曳的葉影點點撒落在陽光下長滿草的地面。穿過稀疏的林地，他們看見原牛在遠處吃草。由於他們位於順風處，這些野牛聞到他們的氣味後便迅速遠離；牠們曾受到人類獵捕，喬達拉心想。

穿越宜人的林地時，兩匹馬也用前齒咬下滿嘴的草，促使愛拉停下來，開始解下嘶嘶的馬具。

「爲什麼在這裡停下來？」喬達拉問。

「馬兒想要吃草。我想我們可以停留一會兒。」

喬達拉面帶憂慮。「我想我們應該再走一小段。我確信這個島上有人，而我想在停下來之前知道他們是誰。」

愛拉微笑。「對哦！你的確說過煙是從這裡來的。這兒太美了，我差點都忘了。」

地勢緩慢升高，逐漸深入內陸，赤楊、白楊、白柳樹開始出現在黃花柳林中，爲淡灰綠色葉叢平添變化。後續登場的幾棵冷杉、存在於那一帶的時間與山脈本身一樣悠久的古老品種松樹，替這幅鑲嵌風景畫增添的深綠色背景，以及洋松貢獻的淺色調，全都因爲一叢叢隨風擺盪的黃綠色成熟禾草而凸顯出來。常春藤攀上樹幹，藤本植物垂下厚密林冠的枝幹；陽光普照的峽谷中，覆有絨毛的爬地橡樹叢、較高的榛木林，也妝點著充滿生命力的景觀。

這座島高出水面不到七公尺，地勢平坦呈長形，是縮小版的大草原，有牛毛草和虎尾草在陽光下轉爲金黃色。兩人橫越狹長島嶼，順著沙茅草、海冬青、海甘藍攀附的沙丘極陡峻的斜坡往下望。砂質斜坡通往十分曲折的水灣，幾乎形成潟湖，外圍有紫色尖端的高桿蘆葦，混雜生長著香蒲、紙草及品種繁多的小型水生植物。水灣裡密布睡蓮浮葉，幾乎完全掩蓋了水，數不清的蒼鷺棲息其上。

島的另一邊是泥褐色的寬河道——大河極北端的支流。他們在島嶼盡頭處附近，觀看一條水質清淨的溪流匯入主要河道，愛拉驚訝地看見兩道水流並排流動，顏色截然不同，一道清澈透明，一道因淤泥呈褐色，不過主要河道最後仍造成清澈溪流混濁，使褐色水流占了上風。

「你看，喬達拉。」愛拉說，指著涇渭分明的平行水流。

「看到那種情況，妳就知道大媽河到了；那條支流會帶領妳直達大海。」他說：「不過看看那裡！」遠離水灣的樹叢另一邊飄起一縷淡煙直達天際。兩人走向那縷煙時，愛拉期待地微笑，喬達拉卻有所保留。如果那是火坑冒出的煙，爲何他們還沒看到有人？那些人一定已經看見他們了，爲什麼沒人出來迎接他們？喬達拉收短用來牽引快快的繩子，安撫地拍拍牠的頸脖。

看見圓錐形帳篷的輪廓，愛拉知道他們抵達了一個營地，納悶這些人屬於哪個族群。他們甚至有可能是馬木特伊氏，她想著，示意嘶嘶跟緊。她注意到沃夫擺出防衛的站姿，於是吹出教過牠的信號；兩人走進小營地時，牠退到她身旁。

第十一章

愛拉走進營地，來到仍然冒著輕煙的火坑旁，嘶嘶則緊跟在她身後。這裡有五個圍成半圓形的庇護所，中央的庇護所前方有個凹陷的火坑。火還燒得很旺，顯然這個營地最近還有人在使用，卻沒人出來迎接他們，宣示自己擁有這個地方。愛拉環顧四周，瞥進敞開的居所，卻看不到任何人。她帶著困惑更加仔細觀察這些庇護所和營地，看看是不是能讓自己更了解這些人是誰及他們為什麼離開。

這些建物的主體類似馬木特伊氏在夏季營地使用的錐形帳篷，但還是有明顯的差異。猛獁象獵人的主要住所旁邊通常會附加個半圓形的獸皮帳篷，以另一支竿子輔助支撐，好讓生活空間更大些；這個營地則是以蘆葦和沼地禾草來擴充庇護所——有些純粹是架在細竿上的斜頂，其餘則以茅草與織墊構成，完全封閉成環形，連結到主要住所。

就在距離最近的建物入口門簾外面，愛拉看見一個蘆葦織墊上堆著棕色香蒲根，墊子旁有兩個籮筐，其中一個編織緊密的籮筐中盛有略微混濁的水，另一個半滿的籮筐裝了剛削皮的亮白色根部。愛拉走了過去，從籮筐裡拿出一支香蒲根——還是濕的，想必才剛被放進籮筐。

把香蒲根放回去時，她注意到地上有個奇怪的東西。那是用香蒲葉編成的人形，側邊伸出兩隻手臂和兩條腿，纏繞著類似束腰上衣的軟皮革。臉上以木炭畫出兩條短線當眼睛，還有另一條像是微笑嘴形的線。頭部則綁了一撮撮虎尾草當作頭髮。

愛拉成長時期所處的族群從不創作圖像，只創造簡單的圖騰符號，就像她腿上的標記那樣。她很小的時候曾被穴獅嚴重抓傷，在左大腿留下四條直線的疤痕。部落用類似的標誌代表穴獅圖騰，所以克雷伯非常確定穴獅就是她的圖騰，儘管那被認爲是男性圖騰。穴獅之靈選中她，親自在她身上畫了標誌，保護著她。

其他的部落圖騰也以類似方式產生，那些簡單符號通常源自手語中的動作或姿勢。她第一次看見眞正有象徵性的圖像，是喬達拉畫在皮革上當作靶標的粗略動物素描。一開始，地上的物體令她困惑，但隨即靈光一現，她認出了那是什麼。在成長的過程中，她從未擁有過玩偶，但她想起馬木特伊氏孩童會玩類似的東西，因而明白那是孩童的玩具。

愛拉恍然大悟，顯然剛剛有個女人和孩子還坐在那裡，現在她已經離開了，而且一定離開得非常匆忙，因爲她丟下正在處理的食物，甚至來不及帶走孩子的玩具。爲什麼她要這麼倉促地離開？

愛拉轉過身，看到喬達拉仍握著快快的引導繩，單腳屈膝，在散布的燧石碎片中檢視他注意到的石塊。他抬起頭。

「有人在最後敲壞了一個非常完美的槍尖。原本應該輕輕地敲就好，結果卻失了準頭，而且太用力了……彷彿敲製的人突然受到驚擾。這裡還有錘石！才剛被丟下。」上面的凹痕顯示堅硬象牙錘石經過長期使用，而老練的燧石匠很難想像有人會丟下偏愛的工具離開。

愛拉環顧四周，看到架子上晾著魚，旁邊的地上有完整的魚，有一條已經剖開但遺留在地上。還有更多工作中斷的跡象，卻看不到人類。

「喬達拉，這裡不久前還有人在，可是離開得非常匆促，火甚至還在燒。他們去哪兒了？」

「我不知道，但妳說得沒錯。他們趕著離開，就這樣丟下所有東西，然後……逃走，彷彿他們……很害怕。」

「但是爲什麼？」愛拉說，看了看四周，「我沒看到任何嚇人的東西。」

喬達拉搖搖頭，發現沃夫在被遺棄的營地周圍嗅聞，將鼻子伸進帳篷入口、探查遺留了東西的地方，接著他注意到在一旁吃草的淺黃色母馬，身上還拖著長竿和碗形船，毫不在乎人類和狼隻的靠近。這男人又轉頭瞧瞧心甘情願跟隨他的深棕色年輕種馬，牠身上鋪著馬墊、馱著行囊籮筐，耐著性子站在他身旁，只被一條繫在頭部的繩子拉著。

「我想那可能就是問題了，愛拉。我們看不出來。」他說。沃夫驀地停止了用鼻子探索，專注凝望著樹林，然後走了過去。「沃夫！」他叫喚。牠停下腳步，回過頭搖著尾巴看著他。「愛拉，妳最好叫牠回來，不然牠會找出這個營地的人，使他們更害怕。」

她吹起口哨，於是牠跑向她。她溫柔地摸摸牠的頸毛，卻朝喬達拉皺起眉頭。「你的意思是我們嚇到他們了？他們逃走是因爲害怕我們？」

「還記得虎尾草營嗎？他們看到我們時的反應如何？想想一般人頭一次看到我們會有什麼觀感，愛拉？我們和兩匹馬、一隻狼一起旅行。動物不會和人一起旅行，按照常理來說，牠們應該迴避人類。連夏季大會中的馬木特伊氏人也花了些時間才適應，當時我們還是和獅營一起去的呢。仔細回想起來，塔魯特其實非常勇敢，才一見面就邀請我們和馬兒去他的營地。」喬達拉說。

「我們該怎麼辦？」

「我想我們應該離開。這個營地的人可能躲在樹林裡觀察我們，認定我們來自靈界之類的地方。如果是我看到像我們這樣的人冷不防地出現，我可能也會這麼想。」

「唉，喬達拉，」愛拉悲嘆，站在空盪盪的營地中央，心裡湧現一股失望與寂寞。「我好希望能遇到其他人。」她又看了看營地，點點頭無奈地認同。「你說得對。假如大家都走了，不想歡迎我們，我們就應該離開。只是我眞希望能遇到那個留下玩具的女人和她的孩子，和她說說話。」她動身走向站在營地邊緣的嘶嘶。「我不希望大家怕我。」她轉頭對這個男人說：「我們這趟旅途有可能和任何人交談嗎？」

「我不知道不認識的人會如何，但我確定我們可以拜訪夏拉木多伊氏人。他們剛開始可能會有點提防，但他們認識我。妳也知道人就是這樣，克服最初的恐懼後，他們就會對動物很感興趣。」

「眞遺憾我們嚇到這些人。也許我們可以留下禮物給他們，雖然沒有受到他們款待。」愛拉說，開始翻找行囊籮筐。「我認爲留下一些食物會很好，我想就留下一些肉吧！」

「沒錯，這是個好主意。我還有備用的槍尖，我想我可以留一個下來，彌補被那位工具製造者毀壞的那個。再沒有比毀掉即將完成的好工具更令人失望的了。」喬達拉說。

喬達拉從行囊裡拿出用皮革包裹的工具組，回想起和弟弟一同旅行時，沿途遇到許多人，而且他們通常會表示歡迎並且提供幫助。陌生人曾經好幾次救了他們的性命。如果現在一般人會因爲他們的動物夥伴而害怕他們，當他們需要幫助時怎麼辦？

兩人離開營地回頭走上沙丘，來到狹長島嶼最高處的平地，抵達草地時停了下來。他們俯視從營地飄升的淡煙及下方充滿淤泥的褐色河流，醒目的河水流向湛藍寬闊的白倫海。兩人心照不宣地上馬，最後朝東再好好看了一眼那片廣大的內陸海。

當他們抵達島嶼最東端，儘管仍位於河岸上，卻十分靠近波濤洶湧的海水，可以看見波浪沖刷沙洲，泛起鹹鹹的泡沫。愛拉從水面上望過去，覺得自己幾乎可以看到半島的輪廓。布倫部落居住的洞穴就在半島最南端，那是她自小生長的地方，她也是在那裡生下兒子，而且被迫離開那裡。

不知道他現在長多大了？她對自己說。我相信會比同齡男孩高。他強壯嗎？健康嗎？快樂嗎？記得我嗎？我眞想知道。如果能再見他一面就好了，她心想，然後意識到如果自己想回去找他，這是最後的機會了。喬達拉計畫從這裡開始往西走。她永遠不會再距離她的部落或杜爾克這麼近了。爲什麼他們不能改往東走？就來趟短途附加旅程之後再繼續上路？假如他們沿著北海岸走，可能幾天就能抵達半島。

喬達拉確實說過，如果她想尋找杜爾克，他願意和她一起去。

「愛拉，妳看！我不知道白倫海有海豹耶！自從少年時期和威洛馬一起長途旅行之後，我就沒再看過這種動物了。」喬達拉說，聲音裡充滿興奮與熱切。「他帶索諾倫和我去大水，然後住在大地邊緣的人帶我們乘船往北航行。妳看過嗎？」

愛拉朝海望去，更仔細地看著他指的地方。幾隻黑色的流線型光滑生物，腹部呈淺灰色，弓著身子笨拙地沿著幾乎被水覆蓋的幾塊岩石後方的沙洲行進。他們看著大部分的海豹潛回水裡追逐魚群，然後又驀地探頭起來，這時剩下的幾隻幼小海豹也跟著跳進海裡，隨即全部不見蹤影，消失的速度就和出現時一樣快。

「只在遠處看過，」愛拉說：「在寒冷的季節裡。牠們喜歡近海的浮冰，布倫部落不獵捕牠們，沒有人能接近牠們，不過布倫說過他曾在海蝕洞附近的岩石上看過幾隻。有些人認為他們是冬季的水幽靈，不是動物，但我在冰上看過幾隻小海豹，而我不認為水幽靈會生寶寶。我從不知道牠們夏天去了哪裡，一定是來到這裡。」

「愛拉，等我們回到家，我會帶妳去看大水。妳不會相信的！這片大海比我看過的湖泊都大，而且據說海水是鹹的，但跟大水比起來還差得遠。那裡就像天空一樣，沒有人到過另一邊。」

愛拉聽出喬達拉聲音裡的急切，感覺到他渴望回家。她知道他會毫不猶豫地跟她一起去找布倫的部落和她的兒子，如果她說她想這麼做，因為他愛她。但她也愛他，知道耽擱會令他不開心。她看著廣闊海水，然後閉上雙眼不讓淚流下。

反正她也不知道上哪兒去找部落，她心想。何況那已不再是布倫的部落，現在那是布勞德的部落，她不會受歡迎。布勞德已經對她下死咒；對部落的所有人來說，她已經死了，是幽靈。假如這些動物以及似乎有控制動物的超自然能力的他們，嚇到了這座島上的人，那麼他們會對部落造成多大的恐慌？包括烏芭和杜爾克？對部落的人來說，她是從靈界回來的，這些友善的動物就足以爲證。他們相信自冥界歸來的幽靈會造成危害。

然而一旦她轉往西行，一切就結束了。從這一刻開始，在她的餘生中，杜爾克就只是個回憶，完全沒有指望能再見到他了。這是她必須做的抉擇，她以爲自己很久以前就做出決定，卻不知道傷痛仍然如此強烈。愛拉別過臉不讓喬達拉看見她熱淚盈眶，凝視著深藍色的寬闊海水，最後一次無聲地告別她的兒子，帶著歷久彌新的椎心悲痛。愛拉知道這種心痛會永遠伴隨她。

兩人轉身背對大海，開始步行穿越大島上高度及腰的草原禾草，稍停了一會兒讓馬兒休息吃草。明亮炙熱的太陽高掛空中，覆蓋塵土的地面熱浪蒸騰，帶來大地的熱氣並滋生萬物。他們戴著草帽在狹長島嶼上缺乏樹木的平原上行進，但周遭河道蒸發導致空氣潮濕，汗珠滑落沾滿灰塵的皮膚。他們感謝海面偶爾吹來涼風，陣陣微風充滿深海中豐富的生命氣息。

愛拉停下腳步，從頭上取下拋石索塞入腰帶，不想讓它變得過於潮濕。她換上類似喬達拉所戴的軟皮革捲，繞過前額繫在腦後，吸收額頭的汗溼。

她繼續行進，發現有隻暗綠色蚱蜢跳起後往後落下，以保護色藏身，她隨即看到另一隻，更多蚱蜢零星躍起，使人想到成群移動的蝗蟲。然而牠們在這裡只是眾多昆蟲中的一種；同樣也是昆蟲的蝴蝶，在牛毛草間輕舞著明亮色彩；不具傷害性的蒼蠅嗡嗡作響，像帶刺的蜜蜂一樣，盤旋於毛茛上方。

雖然面積小了許多，這片高起的平地卻有近似乾燥大草原的氛圍，但當他們來到島的另一端望出去時，卻深深被奇特、潮濕的遼闊大三角洲所震懾。位於右手邊的北方有一片大陸，河濱灌木叢的另一邊是柔和黃綠色的草地，但南方與西方盡是大河的泥濘渠道，一路延伸到地平線，遠遠看去就像土地一樣堅實。隨著陣陣風的律動，濃綠的廣大蘆葦床如海般持續擺盪，偶爾才有樹木的陰影投射在波動的綠意和蜿蜒的開闊水道。

走下斜坡穿過開闊林地時，愛拉開始注意到這裡的鳥類品種比她見過的任何地方都多，其中有些並不常見。烏鴉、布穀鳥、椋鳥、斑鳩各自用不同的聲音呼喚同類。一隻被獵鷹追逐的燕子俯衝盤旋後墜入蘆葦中。在高空飛翔的黑鳶與飛掠地面的澤鵟，都在尋找已死或瀕死的魚類。小型的鶯和鶲自樹叢迅速飛向高樹，袖珍的濱鷸、紅尾鴝、伯勞鳥在樹枝間飛快移動，海鷗乘著氣流滑翔，姿勢幾乎固定不變，笨重的鵜鶘威風凜凜地在上空拍動著寬闊有力的翅膀。

愛拉與喬達拉再度抵達水邊，浮現眼前的已是不同的河段，近處的山羊柳樹叢是沼澤鳥類混合群落的據點：夜鷺、小白鷺、紫鷺、鸕鷀以及這一帶最亮麗顯眼的朱鷺全都在一起築巢。在同一棵樹上，某個品種以草覆蓋的棲息處與完全不同品種的鳥巢往往近在咫尺，而且其中幾個還有蛋或雛鳥。這些鳥對於人和動物就像牠們對彼此一樣毫不在意，然而年輕好奇的狼卻無法忽略這個擾動不休的熱鬧地方。

牠緩緩走近想追蹤獵物，卻因選擇過多而迷惑，最後牠衝向一棵特別小的樹，附近的鳥嘎嘎大叫，拍動翅膀飛上空中，更多鳥馬上留意到警告跟進，其他的鳥也開始飛翔。顯然是三角洲優勢生態的沼澤鳥類滿布空中，這個混合群落上萬隻分屬幾個不同品種的鳥類在飛行時盤旋翻轉，令人嘆爲觀止。

沃夫夾著尾巴跑回樹林，畏懼自己造成的騷動，哀號吠叫。更雪上加霜的是，緊張害怕的馬兒揚起前腳嘶鳴，然後急奔入水裡。

母馬受到拖橇制衡，而且原本就比較溫馴，牠很快平靜下來，但喬達拉的年輕種馬卻棘手多了。他跟著馬跑進水中，游到水深處後很快消失無蹤。愛拉設法帶嘶嘶橫過河道回到陸地，安撫過牠之後，她解開拖桿，卸下馬具，讓母馬自由奔馳，以自己的方式放鬆。她吹口哨召喚沃夫，接連續吹了幾聲之後，牠才從遠離鳥類棲息地的更下游處回來。

愛拉脫下濕衣服，拿出行囊籮筐裡的乾衣服換上，收集木頭生火，等待著喬達拉。他也會需要換衣服，幸好他的行囊籮筐剛好放在碗形船裡，因此能保持乾燥。喬達拉追上之前，快快已經跑到遙遠的上游，他花了些時間找路回來，從西邊騎著馬走近愛拉的火堆。

這個男人還在生沃夫的氣，不光是愛拉，就連這隻動物也看得出來。直到喬達拉換過衣服，終於拿著一碗熱茶坐下來時，牠才走過來，前腳蹲伏，就像想玩耍的小狗般搖著尾巴，用哀求的音調哼叫。當他靠得夠近時，沃夫還試著要舔他的臉。一開始他推開牠，直到他願意讓堅持不懈的動物更靠近時，沃夫似乎非常高興喬達拉心軟了。

「牠看起來好像想道歉，可是這眞的令人難以置信。怎麼可能呢？牠只是動物啊。愛拉，沃夫會知道自己犯了錯，爲錯誤道歉嗎？」喬達拉問。

愛拉並不驚訝。靠自己學習打獵，觀察被她選作獵物的食肉動物時，她曾看過類似行爲。沃夫對這個男人的舉動，近似年輕的狼對狼群中的公狼首領經常會有的行爲。

「我不知道牠懂不懂或是怎麼想，」愛拉說：「只能從牠的行爲來判斷。對人類不也是一樣嗎？你永遠不知道別人眞正知道什麼或在想什麼，只能從行爲來判斷，不是嗎？」

喬達拉點點頭，仍然不確定該怎麼想。愛拉不懷疑沃夫覺得抱歉，但她不認爲牠會因而改過。她訓練沃夫遠離獅營人的皮腳套時，牠也有過相同的行爲；她花了很長時間才教會牠，所以不認爲牠現在已經準備好要放棄追逐鳥兒。

太陽掠過西方一連串山脈南端的陡峭高峰，映得冰面閃閃發光。山勢由南方嶙峋險峻的高峰往北逐步下降，陡峭山尖逐漸變成亮白色的圓頂，西北方的山頂則消失在雲層後方。

愛拉轉進河流三角洲邊緣林地中央那塊空地停下了來，喬達拉尾隨在後。這片小草地於舒適開闊的帶狀林地中占地稍大，直接通往一個靜謐瀉湖。

儘管大河的主要支流充滿污濁淤泥，蜿蜒流過廣大三角洲蘆葦叢的河道與分支的複雜水網卻乾淨而適合飲用。這些河道偶爾會加寬成爲大湖或平靜瀉湖，四周圍繞著蘆葦、燈心草、莎草及其他水生植物，水面經常覆蓋著睡蓮，堅韌的蓮葉爲小蒼鷺及數不清的青蛙提供了棲息地。

「這裡看來是個好地方。」喬達拉說，抬腳跨過快快的背輕盈地下馬。他卸下行囊羅筐、馬墊、籠頭，讓年輕種馬自由。牠直直跑向水邊，嘶嘶也隨即加入。

母馬率先走進水裡喝水，不久就開始用蹄拍水，製造出大水花濺濕牠的胸膛和在一旁喝水的年輕種馬。牠彎下頭嗅著水，耳朵前傾，將四腳聚合在身體下方，以前腳放低身子，翻身側臥，最後再躺臥。牠抬著頭，腳在空中揮舞，歡愉的扭動身體摩擦瀉湖底部，然後猛力翻向身軀另一側。快快看見母親在涼水中翻滾，也迫不及待用同樣方式放低身子，在岸邊的淺灘打滾。

「我還以爲牠們今天已經喝夠水了。」愛拉說，和喬達拉並肩往上走。他轉過身，臉上還帶著觀看馬兒時的微笑。「牠們眞的喜歡在水裡打滾，不顧泥巴灰塵。我不知道馬這麼喜歡打滾。」

「你知道牠們有多喜歡被搔抓，我想那是牠們搔抓自己的方式。」她說明，「有時牠們會彼此搔抓，還會告訴彼此想要被搔抓的部位。」

「牠們怎麼告訴彼此，愛拉？有時候我覺得妳把馬想像成人了。」

「不，馬不是人，牠們是牠們自己。但觀察牠們一前一後站立一段時間，會發現其中一匹用牙齒刮擦另一匹，然後等著被刮擦相同的部位。」愛拉說：「也許稍晚我會用乾的起絨草好好替嘶嘶梳理一番。整天套著皮帶一定又熱又癢。有時我覺得應該拋下碗形船……可是船很實用。」

「我又熱又癢，也想去游泳，這回要不穿衣服游。」喬達拉說。

「我也想去，但我想先打開行囊。之前弄濕的衣物現在還是濕的，我想掛到灌木叢上晾乾。」她從行囊籮筐裡取出潮濕的包袱，開始把衣物掛在赤楊樹叢的樹枝上。「我不覺得衣物濕了有什麼可惜的。」愛拉說，擺上一塊腰布。「在等你的時候，我找到一些皀根清洗我的衣服。」

喬達拉抖開一件衣服，幫她一起晾衣服，卻發現那件是他的束腰上衣。他拿起衣服給她看。「我以爲妳是說在等我時洗了妳的衣服。」他說。

「你換過衣服後，我也洗了你的衣服。太多汗會讓皮革腐爛，而且會變得很臭。」她解釋。他不記得和弟弟旅行時需要太擔心汗或髒污，卻很高興愛拉替他洗了衣服。

兩人準備好要去河裡時，嘶嘶上了岸，站在河岸上張開腿，開始甩動頭部，劇烈的甩動從身體擴展到尾巴，喬達拉舉起手臂擋開水花。哈哈大笑的愛拉奔進水裡，用雙手快速把更多水潑向踏入河中的他。快快已經洗完澡站在一旁，被水花波及趕緊往後避開，然後走向岸邊。牠喜歡水，但要是在自己選擇的狀態下。

當他們厭倦了嬉戲游泳，愛拉開始留意可以當作晚餐的食物。長出水面的是槍尖形葉片及花心較暗呈紫色的三瓣白花，她知道這種植物含澱粉的塊莖飽滿豐富，用腳趾從污泥底部挖了一些——因爲花梗脆弱，用手拔很容易斷裂。愛拉涉水走回岸邊，沿途收集用來烹煮的大蕉及味道強烈用來生吃的水田芥，還留意到一種從漂浮水面的中心點長出的規則狀小寬葉。

「喬達拉，小心別踩到那些荸薺。」她說，指向散布沙岸的尖形種子。

他撿起其中一顆仔細觀察，四根倒刺的排列方式是其中一根永遠抓著地面、另外三根尖端向上。他搖搖頭丟下種子，愛拉彎腰又連同其他幾顆一併撿起。

「它們不適合踩，」她說，回應他狐疑的表情。「可是適合吃。」

在岸邊陰暗處，她看見一種葉子呈藍綠色的熟悉高聳植物，趕緊環顧四周尋找巨大而柔軟的葉子，以便在拔取這種植物時保護手不被刺傷。儘管新鮮時必須小心處理，但那些扎手針葉煮起來很好吃。在非常靠近水邊的地方，一棵水大黃長得幾乎和人一樣高，基部的葉子長約九十公分，她覺得這大小剛好，也可以用來烹煮。旁邊還有款冬和幾種根部可口的蕨類。這片三角洲提供了豐富的食物。

愛拉注意到近岸處有座長滿高桿蘆葦的小島，香蒲繞著小島邊緣生長。香蒲似乎是他們永遠不能缺少的食物，分布廣泛，產量豐富，許多部位都可以食用，而且都很美味——老根可以搗碎除去澱粉中的纖維，揉捏成團或用來使湯變濃稠，嫩根、花梗基部可以生吃或烹煮，大量的花粉還可以製成某種麵包。幼株的花朵成串聚生在長花梗頂端，就像毛茸茸的貓尾巴，也很美味。

這種植物的其他部分也別有用途：葉子可以編織成籮筐和墊子，花朵結實之後的絨毛可以當成具吸收力的襯墊和絕佳引火物。愛拉有黃鐵礦打火石，不需要用到，但她知道可以在雙掌間快速搓動前一年的乾燥木質莖來生火，或者當作木材。

「喬達拉，我們去拿船來，到那個島上去收集一些香蒲。」愛拉說：「那裡的水中也長出很多其他適合吃的東西，像是那些睡蓮的種莢和根部。那些蘆葦的根莖也不錯，雖然是在水裡，不過反正游泳已經弄溼身子，我們不妨也收集一些，可以把東西都放在船裡帶回來。」

「妳從來沒來過這裡，怎麼知道這些植物適合吃？」兩人解開拖橇上的小船，喬達拉問。

愛拉微笑。「距離我們位於半島上的洞穴不遠的海，也有這種沼澤地；沒這麼大，但夏季也會變暖，和這裡一樣。伊札知道這些植物，也知道去哪裡找，另外有些植物是妮姬告訴我的。」

「想必每種植物妳都知道。」

「大多數，但不是全部都知道，尤其是這附近的植物。我希望可以問人，大島上那位在清洗植物根時離開的女人可能知道，真遺憾我們不能在他們那兒作客。」愛拉說。

她的失望顯而易見，喬達拉知道她有多渴望遇到其他人。他也想念人類，希望他們能遇見其他人。

兩人將碗形船放到水邊，然後爬進去。水流雖然緩慢，但對圓形浮船的影響還是很明顯，他們必須迅速划槳，以免被帶往下游。他們洗澡以及划船離岸造成了擾動，可以看見清澈的水裡有魚群迅速在水中植物周圍穿梭，其中有些體型還相當大，愛拉想晚點再來捉個幾條。

他們停在睡蓮極茂密處，幾乎看不見瀉湖水面。愛拉滑下小船進入水中後，喬達拉很難獨力穩住碗形船——船會在他試圖往後划時打轉。等到愛拉抓著船緣踩到瀉湖底部，小浮船才穩定下來。經由花梗的指引，她用腳趾找出根部，挖鬆軟土，收集沾有淤泥浮到水面的睡蓮根部。

愛拉攀回船上，再度使小船打轉，兩人合力用槳控制住船後，便前往覆蓋著濃密蘆葦的小島。他們靠近時，愛拉發現島嶼邊緣生長茂密的香蒲屬於小型品種，並且伴生著紅柳灌木，其中有些幾乎長得像樹木一樣高大。

他們划向香蒲大量生長的區域，奮力穿過植物，尋找河堤或沙岸。然而停泊在蘆葦旁時，他們卻找不到堅固的地面，連被水覆蓋的沙洲也找不到。往前推進之後，他們穿越的路徑很快在身後密合。愛拉有股不祥的預感，四周圍繞著濃密的高桿蘆葦，喬達拉毛骨悚然地感覺彷彿被看不見的東西擄獲。兩人看見頭頂上有鶺鴒在飛，卻有種錯覺牠們的直線飛行變得彎繞，從大草桿間回望來時路徑，對岸似乎在緩緩旋轉超越他們。

「愛拉，我們在移動！在旋轉！」喬達拉說著，突然意識到旋轉的不是對岸的陸地而是他們，船和整個島都被蜿蜒溪流帶著旋轉。

「我們離開這裡吧！」她說，伸手去拿槳。

三角洲的島嶼充其量都只會短暫存在，全憑孕育河流的大媽心血來潮。即使是長出大量蘆葦的小島底部也會被沖蝕掏空，從小島萌芽的植物卻可能變得極爲茂密，往水面上蓬勃蔓延。

不論成因爲何，漂浮的蘆葦根部彼此纏結形成平台，水中有機物與植物產生的腐爛物質因而堆積其上，肥沃養分促使更多蘆葦迅速生長，逐漸形成供養各類其他植物的浮島。香蒲、其他種類的小型窄葉香蒲、燈心草、蕨類，連沿著邊緣生長的紅柳灌木最後都長成樹木，然而高達三公尺的特高蘆葦才是最主要的植物。部分泥潭形成大片浮水景致，糾結的外觀製造出穩固持久的危險假象。

兩人用小槳奮力將小圓船往後划出浮島，到了不穩固的泥潭外圍，卻發現面前不是土地，而是個開闊湖泊，水面上的壯觀景象令他們屏住呼吸。深綠色背景烘托著密密麻麻的白色鵜鶘，成千上萬隻聚集在一起，或站或坐或伏在成堆漂浮蘆葦築成的鳥巢裡。上空有更多龐大鵜鶘在各種高度飛翔，彷彿築巢地過於擁擠，牠們以巨大翅膀滑翔等待空位。

這種大鳥身體主要是白色帶著淡淡的粉紅，翅膀邊緣的飛羽呈暗灰色，有著長嘴及鬆弛的喉囊，毛茸茸的雛鳥可以藏身其中受到保護。喧鬧的幼鳥嘶叫咕噥，成鳥則以低沉粗嘎的叫聲回應，大量交織成震耳欲聾的聲響。

躲在蘆葦叢後方的愛拉與喬達拉，著迷地觀看繁殖中的巨大鳥群。一陣低沉咕噥聲使他們抬起頭，看見頭上低低飛過一隻前來著陸的鵜鶘，翅膀約有十公尺長。牠飛到湖中央附近收回翅膀，如石頭般往下掉，撞擊水面濺起水花，笨拙地著陸。不遠處的另一隻鵜鶘展翅急速飛過開闊湖面，設法向上飛升。愛拉開始了解牠們選擇在這座湖築巢，是因爲需要很大的空間飛上空中，不過一旦起飛之後，牠們就能巧妙優雅地飛翔。

喬達拉輕觸她的手臂，指向島嶼附近的淺水地帶，只見那裡有幾隻大鳥並排游泳，緩緩向前移動。愛拉看了一會兒後對他微笑。每隔一會兒，整排鵜鶘就會同時把頭伸進水中，然後彷彿接獲指令般同時抬起頭，排出巨大長嘴裡的水，其中有幾隻鵜鶘捉到牠們驅趕在一起的魚，其餘幾隻或許會在下一回吃到魚，但所有鵜鶘都繼續前進，完全同步地把頭伸進水中。

唯一一對不同品種的鵜鶘在這個大型群落邊緣築巢，羽色斑紋略有不同，雛鳥較早孵化，才剛成熟。其他品種的水鳥也在群聚的鵜鶘當中及周遭築巢繁殖：鸕鷀、鷺鷈、各種鴨子，包括白眼紅冠的磯雁與一般野鴨。這個沼澤地充滿豐富的鳥類，全都在捕食數不盡的魚。

整片廣大的三角洲奢華鋪張地展現自然的豐饒，毫不保留地炫耀生命的富庶。偉大的大地母親樂於創造、維持豐富多樣的生命，未加以寵壞或損壞，依她本身的自然定律來控制，完全取決於她本身的意願及根源的巨大空無。然而，當支配權被剝奪、資源被搶奪、遭遇未受抑制的污染劫掠，就會破壞她豐沛的創造力與維持力。

儘管破壞性的征服造成貧瘠，耗竭她巨大的生產力，出乎意料的結局仍由她一手造成。這位受創的母親有能力摧毀她所創造的一切。不能沒有徵求她同意、乞求她協助、尊重她的需求，就擅自拿取她的珍寶，強行支配。阻礙她對生命的意志，終將付出痛苦代價。若不是因爲她，被她創造出來的傲慢生命就不會存在。

儘管可以繼續觀察鵜鶘，愛拉卻終於開始拔起一些香蒲放進小船，因爲那是兩人前來的理由。他們隨後繞著大片漂浮的蘆葦叢往回划，再次看見陸地時，距離營地更近了。他們一現身，立刻就聽到充滿悲痛音調的長嗥。狩獵突襲之後，這隻年輕動物循著他們的氣味輕鬆就找到營地，卻因爲看不見兩人而感到焦慮。

她回以哨音，緩解牠的恐懼。牠跑到水邊抬起頭再度嗥叫後，嗅聞他們的足跡，在岸上來回跑動，接著跳進水裡，開始游向兩人，但趨近時卻轉向遠離小船，游往大片漂浮的蘆葦叢，誤以爲那是島嶼。

沃夫和愛拉與喬達拉之前一樣，想登上不存在的堤岸，卻濺著水花在蘆葦叢間掙扎，找不到堅固陸地，最後才游回小船。這對男女艱難地抓住牠溼透的皮毛，將牠拉上獸皮船。沃夫釋懷而激動地撲到愛拉身上舔她的臉，然後也對喬達拉做出同樣的舉動。當牠終於鎮定下來，便站在小船中央甩動身體，又再次嗥叫。

兩人驚訝地聽見回應的狼嚎，在幾聲吠叫之後又出現回應，另一陣狼嚎圍繞他們，但這次聽起來很近。裸身坐在小船上的愛拉與喬達拉彼此對望，湧現一股不安的寒意，因爲他們聽見的狼群嗥叫聲，並非來自對岸，而是來自不實在的浮島！

「那裡怎麼可能有狼？」喬達拉說：「那不是島嶼，沒有陸地，甚至連變動的沙洲都沒有。」或許那根本不是狼，喬達拉發著抖思索，也許那是……其他東西……

愛拉往最後傳出狼嗥的蘆葦桿間仔細察看，瞥見狼的毛皮和一雙注視她的黃眼睛，接著她發現上方傳出動靜，抬起頭看到部分隱身在濃葉之後的狼，從樹的枝椏上垂著舌頭往下看著他們。

狼不爬樹！至少她從沒見過狼爬樹，而她看過很多狼。她輕觸喬達拉並用手指示，他看到那隻動物時屏住呼吸。那看起來眞的像狼，但牠如何爬到樹上？

「喬達拉，」她輕聲說：「走吧！我不喜歡這座不是島的島，還有狼會爬樹並行走在沒有陸地的地方。」

他也覺得同樣緊張。兩人很快往回划過河道。在靠近岸邊時，沃夫從船上跳了出去，他們爬出來迅速將小船拖上乾燥陸地，隨即拿出標槍和投擲器。兩匹馬兒都面對浮島的方向，耳朵往前豎起，站姿傳達出緊張。狼通常會迴避而不會打擾他們，尤其是馬、人和另一隻狼混雜的氣味，這對牠們來說並不尋常，但他們不確定這些狼會怎麼樣。牠們眞的是普通的狼，或是其他……非自然的東西？

若不是因爲他們看似擁有控制動物的超能力，嚇跑了大島上的居民，那些熟悉沼澤地的人可能就會告訴他們，這些奇怪的狼天生就是如此。這片廣大三角洲的溼地是許多動物的家，包括了蘆葦狼。牠們主要居住在島嶼的林地，但幾千年來已經十分適應沼澤環境，可以輕易穿梭在漂浮的蘆葦床間，甚至學會了爬樹。置身河水氾濫的變動環境裡，這一點使牠們在被洪水孤立時擁有極大優勢。

狼可以存活在幾乎到處都是水的環境，證明牠們有絕佳的適應性，同樣的適應性也讓牠們學會和人融洽生活在一起，隨著時間而完全馴服，儘管仍能和野生的祖先交配，但看起來幾乎成爲不同的品種，其中有很多根本不像狼。

河道上的浮島如今已經看得見幾隻狼，其中有兩隻在樹上。沃夫期待地看看愛拉，又看看喬達拉，彷彿等待族群首領的指示。一隻蘆葦狼再度發出嗥叫，其餘幾隻也跟著附和，聽得愛拉背脊發涼。那聲音似乎有別於她習慣聽到的狼叫聲，雖然她無法明確說出差異點。或許是水的回響改變了那音調，卻更令她憂慮這些神祕的狼。

對峙在狼群消失時驟然終結，牠們離開得就像出現時一樣安靜。前一刻這對男女還拿著標槍投擲器，和沃夫隔著開闊河道面對一群奇怪的狼，下一刻那些動物就不見了。愛拉與喬達拉依舊握著武器，發現自己緊張地盯著不具傷害性的蘆葦和香蒲，隱約感覺到荒謬與不安。

一陣涼風使光著身子的兩人起了雞皮疙瘩，這才意識到太陽已沉入西方山地後方，夜晚就要降臨。他們放下武器趕忙著裝，迅速生起火，架好帳篷，但情緒低落。愛拉發現自己不時查看馬兒，而且很高興馬兒選擇在他們紮營的青翠原野吃草。

黑暗包圍金黃色的火光，空氣中充斥著河流三角洲夜晚的聲響，兩人出奇安靜地傾聽。嘎嘎叫的夜鷺從傍晚開始活躍，蟋蟀接著唧唧叫起來，一隻貓頭鷹發出一連串哀戚的叫聲。愛拉聽見附近的森林傳出嗅聞聲，她認爲是野豬。遠方傳來穴鬣狗咯咯笑聲，使她吃了一驚。近處有隻大型貓科動物因獵殺不成功而發出挫折吼叫，她懷疑可能是猞猁或雪豹。她持續留意狼嗥，但沒有聽見。

當絲絨般的黑暗布滿所有的陰影與輪廓，其他聲響也隨之出現，塡補兩人之間的所有空白。各河道、河岸、湖泊、蓮葉覆蓋的潟湖同時傳出蛙鳴，齊聲對著看不見的聽眾吟唱夜曲。沼澤地深沉的低音與可食用的青蛙形成水陸合唱，火腹蟾蜍加入宏鐘似的音調，對比著雜色蟾蜍柔和清澈的顫音，伴隨鏟足蟾蜍的輕柔低吟，全都融入樹蛙尖銳的呱呱叫聲中。

等到愛拉與喬達拉躺進鋪蓋捲時，持續不斷的蛙鳴已經隱入熟悉的背景聲音裡，但當遠方終於傳出預料中的狼嗥，仍令愛拉顫慄。沃夫坐起回應牠們的呼喚。

「我懷疑牠是不是很懷念狼群？」喬達拉說，用手臂環繞愛拉。她依偎著他，欣喜他的溫暖與親密。

「我不知道，但我有時候會擔心。寶寶離開我去找牠的伴，不過公獅總是離開家的範圍，到另一群獅子中找伴。」

「妳認為快快也會想離開我們？」他問。

「嘶嘶曾經離開一段時間，和馬群生活在一起。我不確定其他公馬是否歡迎牠，但牠在牠的種馬死後回到我身邊。不是所有的公馬都會和母馬群生活在一起，每群母馬只會挑選一隻公馬，然後牠會擊退其他公馬。年老和年輕的種馬通常會生活在一起，形成種馬群；但到了交配的時節，牠們全都會被母馬吸引。我確定快快也會，但牠必須對抗被選中的公馬。」愛拉解釋道。

「也許到時候我可以用引導繩綁住牠。」喬達拉說。

「我想還要一段時間你才需要擔心。馬通常春天交配，在牠們產下小馬後不久。我比較擔心旅途中會遇到的人，他們不了解嘶嘶和快快與眾不同，也許有人會傷害牠們。他們似乎也不太願意接納我們。」

愛拉躺在喬達拉懷中，納悶他的族人對她會有什麼看法。他注意到她靜靜沉思，他親吻她，但她似乎不像往常一樣有回應。也許她累了，他心想，這是充實的一天。他自己也累了，聽著蛙鳴沉沉入睡，卻因為懷裡的她扭動叫喊而醒來。

「愛拉！愛拉！醒一醒！沒事了！」

「喬達拉！啊，喬達拉！」愛拉叫喊，緊緊抓著他。「我夢到……部落。克雷伯試圖要告訴我重要的事情，但我們在洞穴深處，裡面很黑，我看不到他說什麼。」

「可能是妳今天想到他們。我們在那座大島看海時，妳談起他們，我覺得妳看起來很心煩，妳是不是認爲自己拋下他們離開？」他問。

她閉上眼睛點點頭，不確定自己能夠開出口而不掉淚。她猶豫是否要提到自己擔憂他的族人能否接納她，以及馬和沃夫。她已經失去部落和兒子，不想再失去她的動物家人，如果牠們也一起平安回到他的家鄉。她只盼望能知道克雷伯在夢裡想告訴她什麼。

喬達拉抱著她，用溫暖與愛撫慰她；他了解她的憂傷，卻不知道該說什麼，不過他的親密已然足夠。

第十二章

大媽河蜿蜒的北支流有曲折的河道網絡，迂迴流過廣闊三角洲的上緣。矮灌木和樹木緊貼著河邊生長，一旦遠離及時的水源，超過狹窄的邊界，草原禾草便迅速取代木本植物。愛拉與喬達拉沿河左岸往上游騎，貼近帶狀樹林但避開迂迴的河灣，近乎直線地正對西方越過乾燥草地。

他們頻頻冒險進入沼澤溼地，經常在河附近紮營，往往對他們發現的多樣性感到驚訝。從那座大島遠遠眺望，寬廣河口看起來非常一致，但在近處卻可以看見差異極大的景觀與植物，從光禿的沙地到濃密的森林都有。

某天他們行經的綿延曠野遍布香蒲，花頭聚生成圓柱形，頂端的穗狀花序覆蓋大量黃色花粉。第二天卻看見廣闊的高桿蘆葦床，超過喬達拉的兩倍高，與矮小雅致的品種混雜生長；這種纖細植物生長得離水較近且更密集。

由懸浮淤泥沉積而成的島嶼，通常是泥沙構成的狹長地岬，受到洶湧河水與衝突海流不斷沖刷，導致蘆葦床、溼地、大草原與森林分別在不同階段生成，融合成迅速變換、充滿驚奇的多樣化景色。變動的多樣性甚至蔓延越過島嶼邊緣，兩名旅人意外撞見完全脫離三角洲的牛軛湖，已然在河岸間成為河裡的沉積島。

大多數的島嶼會穩固下來是因為有海濱植物和將近一百五十公分高的巨大歐濱麥——這種馬兒喜愛的植物鹽分高，吸引了許多食草動物。由於地貌有可能快速改變，這些植物有時會出現在廣闊河口內的島嶼，海濱植物也仍存活於內陸沙丘，與完全成熟的樹林及蔓生的藤本植物為鄰。

這對男女沿著大河前進。他們經常需要橫渡小支流，但小河不難應付，馬兒可以涉水越過不太強的水流。然而，河流改道使河床緩慢乾涸形成的潮濕低地卻是另一回事。喬達拉通常會繞過去，因爲他和弟弟先前行經時的慘痛經驗，使他強烈意識到這種地方經常形成的溼軟沼地和軟淤泥地有危險性，但他不知道濃綠地帶有時也暗藏危險。

這是漫長炎熱的一天，喬達拉與愛拉轉往河邊，尋找夜晚的紮營地。他們看見可能適合的地點，下了斜坡來到涼爽宜人的空地，此處有高聳黃花柳蔭蔽著特別翠綠的草地。原野的另一邊忽然有隻大野兔躍入視線，愛拉驅策嘶嘶前進，一邊伸手去拿腰間的拋石索，但正要越過綠地時，馬兒卻因蹄下的堅硬土地變得鬆軟而猶豫。

她幾乎立刻察覺馬兒的步速改變，幸好她最初的直覺反應是依循母馬帶領，即使心裡想著要取得晚餐。她急忙煞住腳步時，喬達拉與快快伴著沉重蹄聲奔來，種馬也發現地面變軟，但較大的衝力使牠又往前踏了幾步。

當快快的前腳陷入黏稠泥漿中，他差點被拋了出去，但他穩住身子跳下馬背，站到馬兒身旁。年輕種馬後腳還踏著堅固地面，尖聲嘶鳴，扭轉著身軀，設法將一隻腳拔出泥沼。牠往後退，尋求更堅固的支撐持續拉拔，直到另一隻腳啵地一聲脫離了流沙。

年輕種馬瑟瑟發抖，男人停下來用手安撫牠弓起的頸脖，接著折下鄰近矮灌木的樹枝，戳刺前方地面，樹枝被吞沒之後，他拿出拖橇不會用到的第三根長竿來探測泥沼。儘管覆蓋著蘆葦和莎草，這片小草地其實是浸水的淤泥深坑。馬兒機警退避讓他們逃過了可能的災難，但兩人從此接近大媽河時更加謹慎；她反覆無常的變化也包含某些不受歡迎的驚奇。

鳥類仍然是三角洲上的優勢野生物種，尤其是某些品種的蒼鷺、白鷺與鴨子；鵜鶘、天鵝、雁鵝和鶴爲數眾多，少數黑鸛及有著繽紛光澤的朱鷺在樹上築巢。各品種築巢的季節不同，但牠們全都在一年之中較溫暖的時節繁殖。兩名旅人收集各種不同的鳥蛋當作簡便食物，甚至逐漸愛上其中某些較不帶腥味的種類，連沃夫也學會了破殼的技巧。

一段時間之後，他們漸漸熟悉三角洲的鳥類；因爲開始知道會有什麼鳥類出現，驚奇也變少了。但某天傍晚，他們緊依著河畔的銀色黃花柳樹林騎馬時，突然發現令人震驚的景象。幾乎成爲湖泊的大潟湖完全沒有樹木，由於大型睡蓮植物完全掩蓋湖面，他們第一眼看見時還以爲是更堅固的景致。吸引他們注意的是上百隻小型黃池鷺，牠們的長頸彎曲成S形，懸著長嘴刺魚，幾乎所有長著芳香白花的強韌蓮葉上都各站了一隻。

擔心沃夫可能會撲上前把鳥兒嚇離巢穴，兩人著迷地看了一會兒便決定離開。在距離那兒不遠的地方紮營時，他們看見上百隻長頸鷺飛上空中，因而停下了手邊的工作，注視著那些拍打巨大翅膀的鳥兒成爲映在東方天空粉紅色雲朵上的黑色剪影。沃夫此時大步跑回來，愛拉猜想是牠送走了那些鳥兒。儘管不是眞的想捉，牠卻對驅趕成群的沼澤鳥類樂此不疲，使她懷疑牠會這樣做是因爲喜歡看牠們飛上天空——她誠然對那樣的景象感到敬畏。

第二天早上，愛拉醒來後感覺又熱又黏；太陽已經開始發威，但她不想起床。她希望他們能休息一天，不是因爲她眞的那麼累，只是厭倦了旅行。連馬兒也需要休息，她心想。喬達拉承受著持續前進的壓力，她可以感受到驅策著他的迫切性，但如果只是晚一天越過他不斷提到的冰川就會造成那麼大的差異，那現在他們已經晚太多了。要確保能安全渡河，他們需要的不僅是適合的天候。然而當他起床開始打包時，她也跟著打包。

隨著時間推移，溼熱愈發迫人，連身處開闊平原也不例外。當喬達拉提議停下來游泳時，愛拉馬上贊同。他們轉往河邊，很高興看見通向水邊的蔭蔽空地。這片仍略微潮濕的季節性河床布滿腐葉，只剩下一小塊草地，卻成爲有松樹和柳樹圍繞、涼爽宜人的窪地。那裡通往一條泥濘的逆流水道，但在不遠的另一邊，河灣處遍布卵石的狹長河灘延伸到一個寧靜水潭，陽光穿透懸垂於上方的柳樹，點點灑落池面。

「這兒很完美！」愛拉帶著燦爛微笑說。

當她開始卸下拖橇時，喬達拉問：「妳眞的認爲有需要嗎？我們不會在這兒待很久。」

「馬兒也需要休息，牠們可能想好好翻滾或游泳。」她說，拿開嘶嘶身上的行囊籮筐和馬墊。「而且我想等沃夫追上我們。整個早上我都沒看到牠，牠一定嗅到什麼能讓牠盡情追逐的好東西了。」

「好吧，」喬達拉說，他也開始解開快快身上行囊籮筐的細皮帶，放到碗形船上愛拉的行囊籮筐旁邊，友善地拍拍種馬的臀部，讓牠知道可以自由跟隨母親。

年輕女人迅速脫去稀少的衣物蹚進水潭，停下來小解的喬達拉抬頭瞥向她，便無法再轉移視線。她站在光影搖曳的及膝潭水中，沐浴著樹縫射入的耀眼陽光，照亮的頭髮帶有金色光暈，柔軟身軀古銅色的赤裸肌膚微微發光。

喬達拉看著她，再度被她的美麗震懾。對她的強烈愛意一度淹沒他，彷彿攫住他的喉頭。她彎下腰用雙手舀水潑溼自己，凸顯豐滿的背側，顯露大腿內側的淡膚色，使他湧現激情渴望。他低頭望著仍握在手裡的陰莖微笑，開始不只想要游泳。

看著他涉入水裡，看見他的微笑及熱切的藍眼睛中熟悉的迷人眼神，又注意到他陽物的外形改變，她回應出深沉悸動，接著放寬了心，一股她沒有察覺到的緊繃消失無蹤。今天他們不會再行進了，這不是她能左右的；他們都需要轉換步伐，讓自己愉悅振奮一下。

他看見她的眼睛瞥向他的下體，某程度上發現她迎合回應且姿勢稍微改變。她並未眞的改變站姿，卻變得更誘人。他的反應顯著，就算他想迴避也無法視而不見。

「水很棒，」她說，「你提議要游泳的主意眞好。天氣變得好熱。」

「沒錯，我也覺得很熱，」他說，苦笑著涉水走向她。「我不知道妳怎麼樣，但我在妳身邊就沒辦法控制。」

「你爲什麼要控制？我不需要在你身邊，只要你那樣看著我，我就爲你準備好了。」她露出他喜愛的美麗燦爛笑容。

「噢，女人！」他喘著氣將她抱入懷中，她挺直身子迎合，他彎身親吻她柔軟的唇，雙手移下她的背，感覺陽光曬熱的肌膚。她喜愛受他撫觸，對他的愛撫立即產生驚人期待。

他往下探往她平滑飽滿的雙臀，把她拉向自己。她感覺他整個熱硬陽物抵住她的腹部，卻在移動間失去平衡，她嘗試站穩腳步，但腳下的石頭滑動，她攀著他尋求支撐，使他重心不穩而滑倒。兩人跌入水中濺起水花，隨後坐起身大笑。

「妳沒受傷吧？」喬達拉問。

「沒有，」她說：「但水很冷，我本來想慢慢進入水中，既然現在溼透了，我想去游泳。那不是我們來這兒的目的嗎？」

「沒錯，可是不代表我們不能也做其他事情。」他說，注意到水深不及她的手臂。她浮在水上的胸部，使他聯想到一對有著粉紅色尖頭小船的彎翹船頭。他傾身用舌頭逗弄乳尖，在冷水中感覺她的熱度。

她顫抖著把頭往後仰，亢奮蔓延全身。他用手罩住另一個乳房，接著將手滑下她的體側，把她拉近。她極爲敏感，當他的手掌滑過硬起的乳尖，她又歡愉地抖動起來。他吸吮她另一個乳尖後，開始沿著乳房往上親吻頸脖，輕輕對她的耳朵吹氣，然後搜尋到她的雙唇。她微微張嘴，感受他以舌頭碰觸，繼而親吻她。

「來吧！」兩人分開時，他站起來伸出一隻手協助她起身說：「我們去游泳吧！」

他牽著她深入水潭，直到水深及她的腰，又將她拉近親吻。當他的手在她的雙腿間撥開她的陰瓣，她感受到水的冰涼，在他搜尋到她的小硬陰核加以搓揉時，感覺到更強烈的亢奮。

她任由感覺貫穿全身，接著心想，這樣進展太快了，我就要準備好了。她深吸一口氣脫離他的抓握，笑著用水潑他。

「我想我們應該游泳。」她說，伸展身子划了幾下。小泳池的另一邊圍繞著覆蓋茂密蘆葦床的水底島嶼，一游到那邊，她便站起來面向微笑的他，感受到他的魅力、他的需求、他的愛意，她想要他。她開始游回河灘，他也游向她，兩人相遇之後，他轉身跟隨她。

來到水淺處時，他站起身說：「好了，我們游過泳了。」然後拉起她的手，牽著她離開水潭走到河灘。他再度親吻她，感覺她把他拉近，她的胸腹和大腿都緊貼著他的身體，彷彿在他懷中融化。

「現在是時候做其他事情了。」他說。

她的氣息哽在喉嚨，他看見她睜大雙眼，嘗試開口時聲音微微顫抖。「什麼其他事情？」她設法擠出逗弄的笑容問。

他臥倒在鋪地布上，對她舉起一隻手。「過來，我會示範給你看。」

她坐到他身旁，他將她向後推親吻她，冷不防壓倒她，隨即往下移動，撥開她的雙腿，溫熱的舌頭游移到她溼涼的陰唇。她瞬間血脈僨張地顫抖著，立刻張大了眼，感覺到他的舌深深探入。在他吸吮她的快感處時，感受甜蜜的拉扯。

他想品嘗她、啜飲她，而他知道她預備好了。感知她的回應，他也愈發亢奮，微彎的巨大陽具膨大到極限，鼠蹊部位因欲求而疼痛。他用鼻子輕觸、輕咬、吸吮、用舌頭撥弄她，然後伸長舌頭品嘗她的裡面。儘管充滿渴求，他卻希望能一直繼續下去，他喜歡取悅她。

感覺身體裡燃起狂熱激情，她呻吟叫喊，幾乎達到高潮。

如果他願意，甚至可以不進入她就釋放自己，但他也喜歡自己在她裡面時她的反應，希望有辦法能兩全其美。

她抬高身子迎向他，體內湧現強烈渴求，幾乎沒有預警地陡然爆發。他感覺到她的溼熱，撐起自己往上移動，搜尋到她迎合的開口，猛力推進，完全刺入。他熱切的陽具早已蓄勢待發，他不確定自己還能等多久。

她叫喊他的名字，渴望地探向他，弓身迎合他的推進。他再度刺入，感覺她完全包住他，又顫抖呻吟地拉回，鼠蹊部位劇烈抽動，敏感的陽具誘發深沉的亢奮，瞬間就要達到高潮。他迫不及待再次插入，爆發的快感驟然襲來；她與他一同大叫，強烈的歡愉淹沒了她。

他又衝刺了幾次之後，癱軟在她身上，兩人的歡愉激情與狂暴解放逐漸平息。過了一會兒，他抬起頭，她探身親吻他，發覺自己的氣息和味道，而這總讓她想起身體裡被他喚起的那種驚奇感覺。

「我原本想持續下去，拉長時間，但我早已爲你準備好了。」

「那不代表不能持續下去，妳知道的。」他說著，看見她緩緩微笑。

喬達拉翻身側躺，隨後坐起身來。「這個岩灘不太舒適，」他說：「妳怎麼沒告訴我？」

「我沒注意到，但既然你提起，有顆石頭扎到我的臀部，還有一顆在我的肩膀下。我想我們應該去找軟一點的地方……讓你躺下。」她說，淘氣地露齒而笑，眼睛閃著光芒。「但我想先眞正游個泳，也許附近有比較深的河道。」

兩人涉入河中，游過小水潭，闖過泥濘的淺蘆葦床，繼續往上游走。另一邊的水陡然變涼，腳下的地面接著下降，他們發現自己身處蜿蜒流過蘆葦叢的開闊水道。

愛拉伸展身子游過喬達拉，但他奮力追上。兩名游泳健將隨即展開友誼賽，沿著環繞著高桿蘆葦叢的開闊河道快速游去。兩人平分秋色，輪流以極小的差距領先。當他們游到另外兩條河道的分岔口，愛拉剛好游在前頭，由於河道十分曲折，喬達拉抬起頭時，愛拉已經不見蹤影。

「愛拉！愛拉！妳在哪兒？」他大喊卻得不到回應，他又喊了一次，開始游向其中一條河道。這條河道迂迴盤旋，他只看得見蘆葦，四處都是高桿蘆葦牆。他忽然一陣驚慌，再度大喊：「愛拉！妳到底上哪兒去了？」

突然間，他聽見愛拉用來召喚沃夫的哨音，整個人安下心來，但聲音的來源比他想像的遙遠多了。他吹口哨回應，又聽見她的回應，他開始沿著河道往回游，來到分岔口後轉往另一條河道。

這條同樣也形成迴彎的河道注入另一條河道，他感覺受到一股強勁水流帶動，瞬間就朝下游前進。他看見愛拉在前方逆著水流拉力吃力地游動，他游過去與她會合。當他游到身邊時，她仍繼續游動，深怕停下來會再被水流帶往下游錯誤的河道。他轉過身和她並肩游往上游，一直游到河道分岔口，兩人才停下來踩著水休息。

「愛拉！妳在想什麼？妳怎麼不確認我是不是知道妳往哪兒走？」喬達拉大聲責備著。

她對著他微笑，知道他發怒是在宣洩憂懼造成的緊張。「我只是想要超前，不知道那條河道這麼快就迴轉，也不知道水流這麼強勁，我還來不及察覺就被帶往下游。爲什麼水流這麼強勁？」

喬達拉發洩了緊繃情緒，慶幸她安然無恙，憤怒很快就煙消雲散。「我不確定，」他說：「這種狀況很奇怪。也許是因爲我們靠近主要河道，或者河床從這裡開始下降。」

「嗯，我們回去吧！這裡的水很冷，我準備要去那個充滿陽光的河灘。」

兩人借助水流悠閒地往回游。這裡水流拉力雖然不如另一條河道強勁，仍能帶著他們移動。愛拉轉身躺在河上漂浮，看著從眼前流逝的綠色蘆葦與亮藍色天空。太陽還掛在東方，但已位於高處。

「愛拉，妳記得我們從哪裡進入這條河道嗎？」喬達拉問，「到處都看起來很相似。」

「那裡的河岸有三棵高聳松樹並排生長，中間那棵比較大，三棵松樹前面有幾棵垂柳。」她說，再度轉身游泳。

「這裡沿岸有很多松樹，也許我們應該往岸邊游，可能我們已經錯過那三棵松樹了。」他說。

「我不認爲如此，我還沒看到其中最靠下游那棵外形古怪彎曲的松樹。等等……就在前面……就是那棵樹，看到了嗎？」她說，游向蘆葦床。

「妳說得沒錯，」喬達拉說：「我們就是從這兒來的，這些蘆葦還是彎的。」

他們攀上蘆葦叢，走回小水潭，水溫已經變暖。他們走出水潭來到遍布岩石的小岬口，有種回家的感覺。

「我想生火泡茶。」愛拉說，撥去手臂上的水珠。她束起頭髮擰出水後，走向行囊籮筐，沿路收集少許樹枝。

「妳要穿衣服嗎？」喬達拉問，擱下更多木頭。

「我想等身體晾乾一點。」她說，注意到馬兒在附近的大草原吃草，沃夫卻不見蹤跡。她忽然擔心起來，然而這並不是牠第一次獨自離開大半天。「你何不把鋪地布放到那塊有陽光照射的草地，趁我煮茶時休息一下。」

喬達拉取來一些水，愛拉把火燒得很旺，揀選保存的乾藥草，細細思索。她覺得刺激提神的苜蓿茶還不錯，加上健康滋補的琉璃苣花葉，用紫羅蘭來增添甜度和微香風味。她也選了些初春從赤楊樹採集的深紅色雄葇荑花序，準備泡給喬達拉喝。記起她在採摘時百感交集，想著要與雷奈克配對的誓約，卻始終盼望配偶是喬達拉。她把葇荑花序放入他的杯中，心頭有股溫暖的幸福感。

泡好茶之後，她把兩杯茶帶到喬達拉休息的草地，攤開的鋪地布已經有部分曬不到太陽，但她還是一樣開心。白晝的酷熱已經驅走游泳造成的寒冷，她遞給他一杯茶，在他身旁坐下。兩人相伴休息，不太交談，啜飲清新的茶，看著馬兒錯身站在一起，用尾巴拂去彼此面前的蒼蠅。

喝完茶後，喬達拉用手枕著頭往後躺下。愛拉很高興看到他放鬆下來，不再急急起身上路。她放下杯子，把頭擱在他的肩膀凹處，手臂橫跨他胸前，側躺在他身旁。閉上眼睛，她聞到他的男人氣息，感覺他將手臂環繞她，手無意識地溫柔輕撫她的臀部。

她轉頭親吻他溫熱的皮膚，對著他的脖子吹氣，他微微顫抖閉上眼睛。她再度親吻他，探身在他的肩頭留下一串輕囓淺吻。她的親吻搔得他差點癢得受不了，卻也使他亢奮難耐。他忍住不動，強迫自己靜靜躺著。

她吻著他的頸脖、咽喉、下顎，感覺到雙唇上的鬍渣；撐起身子，她探向他的嘴，輕柔囓咬他的唇，從一側到另一側，然後抽身俯看著他。他閉著眼睛，表情卻帶著期待。終於，他張開眼睛，看見她笑盈盈地傾身看著他，未乾的頭髮垂落肩膀一側。他想將她猛然抱入懷中，卻只是回以微笑。

她彎身用舌頭探索他的嘴，輕得讓他幾乎察覺不到，但微風拂過潮濕處，使他不可思議地顫抖。當他認爲自己再也忍受不了時，她深深地親吻他。他感覺到她的舌頭在尋覓入口，張嘴接納她。她緩緩探索他的內唇、舌下與上顎，探查、碰觸、撥弄，接著幾乎察覺不到地輕淺囓吻著他的唇，直到他忍不住伸手托住她的頭，把她拉向他，抬起頭猛力地深深吻了她。

他放開手躺回去，她淘氣地露齒而笑。她讓他起了反應，兩人都心知肚明。他看著沾沾自喜的她，心裡也很高興。她覺得新奇好玩，而他想知道她還爲他保留了什麼樂趣，想到這裡渾身一陣亢奮，謎底可能很有趣。他微笑等待，用驚人的湛藍眼睛望著她。

她傾身再次親吻他的嘴、肩、頸、胸、乳尖，然後陡然在他的身側跪起，往另一個方向彎身，握住他膨脹的陰莖。當她盡可能地將陰莖含入溫熱的口中時，他感受到她的溼熱包覆敏感的龜頭，並且繼續深入。她吸吮著緩緩拉回，他感覺身體深處似乎有股牽引力量蔓延到全身各處。在她沿著他的巨大陽具上下移動雙手和溫熱吸吮的嘴時，他閉上眼睛讓自己享受逐漸滋長的歡愉。

她用舌頭探索龜頭，接著快速繞圈，他開始更迫切地想要她。她的手往下探握陰莖下的軟囊，照著他告訴過她的永遠輕柔對待那裡，她輕輕觸摸裡面兩個神祕柔軟的小圓粒，好奇它們的作用，感覺到它們在某方面的重要性。當她溫暖的手包覆他的陰囊時，他感受到不同的亢奮，愉悅卻對這個敏感部位略帶專注，而這似乎以另一種方式刺激了他。

她抽身看著他，他鼓勵地對她微笑，臉上和眼中都流露出對她及她的舉動極度欣喜。她享受著取悅他的過程，不同的深沉亢奮刺激著她，於是她有點明白他爲何那麼喜愛取悅她。她給了他一個綿長的吻，接著抽身跨坐在他身上，面朝他的腳。

她坐在他的胸膛，彎身用交疊的雙手握住顫動的硬挺陰莖。儘管硬而膨大，他陰莖的皮膚卻很柔嫩，她用嘴含住，他感受到柔滑與溫熱。她順著陰莖往下輕柔囓吻直達底部，再往下探向陰囊，輕輕含入口中，感覺裡面的圓鼓物。

出乎意料的歡愉帶來驚喜席捲全身，他顫抖著，幾乎無法負荷；不只因爲感受到激昂亢奮，也因爲看到她。她將腿跨在他身上，撐起自己探向他的下體，他於是看得見她深粉紅色的潮濕陰唇與陰道皺摺，甚至是美味的陰道口。她吐出他的陰囊，再次用嘴含住他興奮顫動的陽具吸吮，突然感覺到他將她稍微往後移，伴隨著意外震撼的興奮，他的舌頭隨即搜尋到她的陰部及快感帶。

他熱切地徹底探索，用手和嘴吸吮撥弄，感受取悅她的欣喜以及她來回摩擦吸吮使他產生的興奮。她很快就準備好了，而且壓抑不住，但他試圖強忍著還不想洩出。他可以輕易妥協，卻想要更多，因此當她被快感征服而停止吸吮，往後弓身叫喊，他覺得很高興。他感覺她溼了，咬牙奮力把持自己。若不是因爲稍早曾經交歡，他相信自己一定辦不到。但他忍住了，讓自己進入高潮前夕的高原狀態。

「愛拉，轉到另一邊來！我要全部的妳！」他說。

她會意地點頭，也想擁有全部的他，她抽身往另一個方向跨坐，抬起身子，小心地將他脹滿的陰莖放入她裡面，然後放低身體。他一次又一次呻吟叫喊她的名字，感覺容納他的溫熱深井。她上下移動，引導在她裡面的脹滿硬物，感覺不同的敏感部位受到壓迫。

處於高原狀態的他，渴求已經沒有那麼急迫，可以略微從容一點。她向前傾，但仍再度以些許不同的姿勢將他包入。他將她拉近，探向她誘人的雙峰，用嘴吸吮其中一個使它變硬，再換入另外一個，最後同時把兩個含入口中。吸吮著她的胸部，他一如往常地感覺到她身體深處的興奮造成顫抖。

她在他上面上下前後移動，感覺到快感再度堆疊。他超越高原期，強烈衝動的再次襲來，在她往後坐時，他抓住她的臀部，牽引她上下挪移。她抬起身子，他的快感洶湧漫溢，驟然瀕臨高潮，當她在他上面往下移動，伴隨著高潮爆發鼠蹊深處的顫抖，他大叫一聲，她在體內的洶湧爆發中呻吟顫抖。

喬達拉引導她又上下移動了幾次後，拉近她親吻她的乳尖，愛拉再度顫抖，隨即癱倒在他身上。兩人靜靜躺著猛力呼吸，試圖喘過氣來。

愛拉的呼吸才剛剛緩和，就感覺到脖子上有潮濕的東西，她一度以爲是喬達拉，但那東西又冷又溼，而且有所差異，雖然氣味並不陌生。她張開雙眼，望見咧著嘴的狼。牠再度在她身上嗅聞，接著移往兩人之間。

「沃夫！離開這裡！」她說，推開牠噴著氣息的冰涼鼻子，然後翻身側躺在男人身旁，伸手抓住沃夫的頸毛，用手指扒抓牠的毛。「不過我很高興看到你，你一整天去哪裡了？我開始有點擔心。」她坐起身用雙手抱住牠的頭，前額往下靠向牠的額頭，然後轉身對他說：「不知道牠回來多久了。」

「唔，我很高興妳教會牠不要打擾我們。如果牠在剛才的過程中打斷我們，我不確定我會對牠做什麼。」喬達拉說。

他站起來，接著扶她起來，把她帶入懷中，他低頭望著她。「愛拉，剛才那……該怎麼說？我不知從何說起。」

他眼中的愛慕使她不禁淚眼婆娑。「喬達拉，我希望能開口告訴你，但我甚至不知道如何用部落的手語讓你知道我的感覺，我不知道有沒有那樣的手語。」

「妳已經讓我知道了，愛拉，不只藉由言語，妳每天都用很多方式讓我知道。」喉頭一哽，他陡然把她拉近，緊緊抱住她。「我的女人，我的愛拉。要是我失去妳……」

他的話使愛拉恐懼顫抖，但她只是將他抱得更緊。

「喬達拉，你怎麼總是知道我到底要什麼？」愛拉問。在金色火光中，他們坐著啜飲茶，觀看漆黑松木迸發火花，朝夜空中射出一串串火花。

喬達拉覺得已經好久沒這麼放鬆、滿足、安適了。那天下午他們去捕魚，愛拉示範給他看如何徒手抓魚。她找到石鹼草，於是兩人沖了澡也洗了頭。他剛剛吃完美味晚餐，包括魚、沼澤鳥類略帶腥味的蛋、各式各樣的蔬菜、在熱石頭上烹煮的香蒲餅團，以及少許甜莓。

他對她微笑。「我只是留意妳想告訴我的訊息。」他說。

「可是，喬達拉，第一次我以為自己想要持久一點，你卻知道我真正想要什麼。你知道我第二次想取悅你，就讓我去做，直到我再次為你準備好了。你知道我何時準備好，雖然我沒有告訴你。」

「有，妳有，只是沒用說的。妳教我如何像穴熊族一樣用手勢動作而非口語來表達，我只是試著了解妳的其他信號。」

「但我沒教過你那種信號，我甚至不知道有那種信號。而且早在你學習如何使用穴熊族語之前，你就已經知道如何帶給我歡愉。」她嚴肅地皺起眉頭試圖了解，使他露出笑容。

「那倒是眞的，但用口語表達的人也會傳達無聲的語言，遠多於他們所能理解。」

「沒錯，我也注意到了。」愛拉說，思索自己單憑留心一般人無意間傳達出的信號，就能對他們遇到的人有多少了解。

「而且有時候你學會如何……做某些事情，只是因爲你想學，所以你會留意。」他說。

她望進他的眼裡，看見他對她的愛，他似乎因爲她的問題感到愉快。她也注意到他說話時顯得分神；他凝視空中，彷彿瞬間看到遠方有什麼，而她知道他想到了別人。

「尤其是你想要請教的對象願意教你，」她說：「索蘭那把你教得很好。」

他紅著臉震驚地盯著她瞧，隨即心神不寧地望向他處。

「我也向你學了很多。」她補充，知道自己的話令他不安。

他似乎無法直視她，等他終於轉過頭來時，他的眉頭深鎖。「愛拉，妳怎麼知道我在想什麼？」他問，「我的意思是，我知道妳有某些特殊天賦，所以馬木特才會收養妳到猛獁象火堆地盤，但有時妳似乎知道我的想法。妳是從我腦袋裡得知那些想法的嗎？」

她察覺他不安苦惱得幾近懼怕。夏季大會上的某些馬木特也曾對她萌生類似的恐懼，當時他們認爲她擁有某些詭異的能力，但那多半是誤解。例如他們認爲她對動物有某種特殊的控制力，而她只不過是在牠們出生後不久發現牠們，然後視如己出地養育牠們。

然而其實早在各部落大會時，狀況就有了改變。她不是故意喝下她爲眾莫格烏爾調製的特殊植物根飲料，但她避免不了；她不是故意走進那個洞穴發現眾莫格烏爾，但事情就是那樣發生了。她看見他們全都圍成圓圈，坐在山頂深處的那個凹室，然後……跌入她內在的黑暗虛空，她以爲自己會永遠迷失，再也找不到回去的路。接著克雷伯以某種方式進入她的腦海裡，對她說話。從那時候起，她確實曾有幾度似乎知道自己無法解釋的事情，例如當馬木特帶著她一起搜探，她感覺自己飛升到空中，追隨他越過大草原。但當她看見喬達拉古怪地看著自己時，恐懼油然而生，她擔心自己可能失去他。

她在火光中看著他，然後垂下眼。不會有謊言……存在他倆之間。不是她能巧妙編織謊言，但就連部落基於隱私而允許心照不宣地「避免提起」，如今也不會存在他倆之間。就算冒著吐露眞相就會失去他的風險，她還是得告訴他，並且找出是什麼困擾他。於是她直直望向他，試圖尋找開場白。

「我不知道你的想法，喬達拉，但我會猜。我們不是才剛談到，用口語表達的人也會傳達出無聲的信號？你也會，你知道的，而我……搜尋那些信號，很多時候我知道那些信號的含意。也許是因爲我如此愛著你，想要了解你，所以隨時都在注意你。」她一度轉開視線，然後補充：「穴熊族女人被教導要這樣做。」

她望向他，當她繼續說時，他的表情有些釋懷並帶著好奇。「也不只對你而已。養育我的不是……和我一樣的族群，我習慣去了解一般人傳達出的信號代表的意義，幫助我了解我遇到的人。不過剛開始我很困惑，因爲用口語交談的人所說的經常和他們傳達出的無聲信號不一致。當我終於知道那一點，就開始了解得比一般人所說的更多。這也是爲什麼克蘿茲和我玩蹠骨遊戲時，不再和我打賭了，因爲我總能從她握住手的方式，知道她用哪隻手握著有記號的石頭。」

「我也覺得納悶。大家都認爲她非常擅長那個遊戲。」

「大家想得沒錯。」

「但妳怎麼知道……妳怎麼會知道我在想索蘭那？她現在是齊蘭朵妮亞了，我通常會想到齊蘭朵妮亞，而不是她年輕時用的名字。」

「我在觀察你，你的眼睛告訴我，你愛我，和我在一起你很快樂，而我感覺很棒。但當你說到想要學習某些事情時，你一度沒有看到我，彷彿在看很遠的地方。你從前跟我提過索蘭那，是她教會你……你的天賦……帶給女人這種感受。我們也才剛提到那一點，所以我知道你一定想到她了。」

「愛拉，眞是太神奇了！」他說，釋懷地咧嘴露出大大的笑容。「提醒我永遠別試圖對妳隱藏祕密。或許妳無法從別人的腦袋裡得知他們的想法，但也相去不遠了。」

「不過，還有其他事情你應該知道。」她說。

喬達拉又皺起眉頭。「什麼？」

「有時候我覺得我可能有……某種天賦。我在各部落大會時出了事，當時我和布倫的部落一起去參加，杜爾克還在襁褓中。我做了不該做的事；我不是蓄意的，但我喝了做給眾莫格烏爾們的飲料，然後碰巧發現他們在洞穴裡。我沒有打算找他們，甚至不知道自己怎麼進入那個洞穴裡的。他們正在……」她感到一陣寒意，無法說完。「我出了事，迷失在黑暗中，不是在洞穴裡，是在內在的黑暗中。我以為我會死，但克雷伯救了我。他把他的想法放進我的腦袋裡……」

「他什麼？」

「我不知道還能怎麼解釋，他把他的想法放進我的腦袋。從那時候開始……有時候……彷彿他改變了我內在的什麼，有時候我認為我可能有某種……天賦，我不明白也無法解釋為什麼會那樣，我認為馬木特知道。」

喬達拉沉默了片刻。「所以他那時候收養妳到猛獁象火堆地盤是正確的，不只是因為妳有醫治技巧。」

她點點頭。「或許吧，我是那樣認為。」

「但妳不知道我現在的想法？」

「不知道。天賦其實不是那樣的，比較像是和馬木特一起搜探，或是去到深入、遙遠的地方。」

「靈界嗎？」

「我不知道。」

喬達拉凝視她頭頂上的空氣，思索其中隱含的意義，然後搖搖頭，苦笑地望向她。「我想一定是大媽在開我玩笑。」他說：「她召喚我愛上的第一個女人去侍奉她，而我以爲我不會再愛了；如今我找到人愛了，結果這個女人注定要侍奉她。我也會失去妳嗎？」

「爲什麼你會失去我？我不知道自己是否注定要侍奉她。我只想和你在一起，分享你的火堆地盤，生你的寶寶。」愛拉大聲反駁。

「生我的寶寶？」喬達拉說，驚訝她的用詞。「我不會有寶寶，男人沒有寶寶，是大媽把寶寶賜予女人。她可能利用男人的元精來創造寶寶，但寶寶不屬於那個男人，他只是在配偶有寶寶時撫養他們，屆時他們就是他的火堆地盤兒女。」

愛拉曾經提過是男人促發新生命在女人體內成長，但他當時沒有完全意會到她眞的是猛獁象火堆地盤女兒，可以拜訪靈界，或許注定要侍奉朵妮；她也許眞的知道什麼。

「你可以叫我的寶寶是你的火堆地盤兒女，喬達拉，我希望我的寶寶成爲你的火堆地盤兒女。我只想永遠和你在一起。」

「我也想，愛拉。我想要妳，想要妳的孩子，即使是妳在我們相遇之前所生的孩子。我只希望大媽等我們到家再讓寶寶在妳體內成長。」

「我知道，喬達拉，」愛拉說：「我也情願等。」

愛拉拿走兩人的杯子沖洗乾淨，爲第二天提早啓程做準備，喬達拉則打包獸皮被以外的所有東西。他們愉悅疲倦地彼此依偎，這個齊蘭朵妮氏男人看著身旁的女人安詳地呼吸，自己卻睡不著。

我的孩子，他心想。愛拉說她的寶寶會是我的孩子。我們今天交歡時創造出新生命了嗎？如果因此孕育了新生命，一定會很特別，因爲那種歡愉……勝過任何……以往經驗……

爲什麼會勝過以往的經驗？我從前不是沒做過那些事情，但和愛拉一起做就不一樣。我從來不會厭倦她……她讓我不斷想要她……光是想到她就讓我又想要她了……而且她認爲我知道如何取悅她……

但要是她懷孕了呢？她到現在還沒懷孕……也許她沒有能力。有些女人沒有能力生孩子，但她確實生過一個兒子。會是我沒有能力使她懷孕嗎？

我和賽倫妮歐在一起生活很久，那段期間她都沒有懷孕，而她從前生過孩子。假如她有了孩子，我可能會待在夏拉木多伊……我想。就在我要離開時，她說她可能懷孕了，爲什麼我不留下來？她說即使她愛我，也不想和我配對，因爲我沒有用同等方式愛她。她說我愛弟弟勝過任何女人，可是我眞的在意她，也許和我愛愛拉的方式不一樣，但如果我眞的想，我想她會和我配對，而我當時就知道了。我是否把她的拒絕當作離開的藉口？爲什麼我會離開？因爲索諾倫要離開，所以我擔心他？只因爲那樣嗎？

如果賽倫妮歐在我離開後懷孕，如果她又生下另一個孩子，會是我的元精促發的嗎？會是……我的孩子嗎？愛拉會這樣說。不，那是不可能的，男人不會有孩子，除非大媽利用男人的靈造出孩子。那麼會是出自我的靈嗎？

等我們到達那裡，我至少會知道她有沒有寶寶。假如賽倫妮歐的孩子有可能來自部分的我，愛拉會怎麼想？我想知道賽倫妮歐看到愛拉時會怎麼想？還有愛拉會怎麼看待她？

第十三章

第二天早上，愛拉急著起床上路，儘管天候和前一天一樣悶熱。她用打火石生火，心裡但願能夠不用這麼費事。前一天晚上準備的食物搭配一些水，就已足夠當作早餐。想到昨天和喬達拉的交歡，她很希望能忘記伊札的神奇藥方。如果沒有喝特製茶，或許她就能知道他倆有沒有造出寶寶，然而喬達拉想到她可能在旅途中懷孕就很困擾，所以她必須喝那種茶。

這個年輕女人不知道那藥如何發生效用，只知道如果在月經期之前每天早上喝兩口以黃連煎煮的苦澀濃藥湯，並且在流經血時每天喝一小碗羚羊鼠尾草根熬煮的湯汁，她就不會懷孕。

旅行時照顧寶寶沒那麼困難，但她不希望獨自生產。如果伊札不在，她不知道自己能否熬過生下杜爾克的過程。

愛拉拍打手臂上的蚊子，然後在等水加熱時檢查藥草存量，幸好調製早茶的藥草還夠用一陣子，因爲她在沼澤附近完全沒看到；這些植物們適合生長在地勢較高且較乾燥的區域。檢查了陳舊水獺皮醫藥袋裡的囊袋和小包後，她判定在緊急狀況下大部分的藥草都有足夠的存量，不過她打算以比較新鮮的植物替換前一年採集的植物。幸運的是，到目前爲止，她不常使用醫治用的藥草。

「愛拉，妳有沒有注意到這條支流怎麼流向大媽河？就這樣直直往下游流，甚至沒有擴散開來，我想因此才產生昨天我們遇到的那條急流。」

「我想你說得沒錯。」她理解他的意思，對他微笑。「你眞的很喜歡知道事情的成因對吧？」

「唔，水不會無緣無故突然流得那麼快，我認爲一定有原因。」

「你找到原因了。」她說。

愛拉認爲渡過河流繼續上路後，喬達拉的心情似乎特別好，使她覺得開心。而沃夫一直待在他們身邊，沒有四處遊盪，這也令她高興。就連馬兒看起來也比較有精神。其餘的一切都很美好，她感覺敏銳且恢復精力，而且也許是因爲才檢查過藥草，她特別仔細留意這條大河河口及他們穿越的鄰近草地生存的植物和動物。儘管很細微，她還是觀察到些微改變。

鳥類仍是周遭的優勢野生生物，其中尤以蒼鷺最多，其餘鳥類也爲數龐大，只是相對而言比較少。大群鵜鶘、美麗而沉默的天鵝以及多種猛禽飛過頭頂，包括黑鳶、白尾鵰、蜂鷹以及像隼的燕隼。她看到數量更多色彩鮮明的小型鳥類盤旋、飛翔、鳴唱，包括貓頭鷹、鶯、黑頭白喉紅胸鵐、黃鸝和其他許多品種。

小麻鷺在三角洲很普遍，但擅於僞裝躲藏的沼澤鳥類卻經常不見蹤影，成天鳴唱著十分空洞的獨特咕噥聲，而且愈接近傍晚鳴聲愈熱烈。可是一有人靠近，牠們就舉直長嘴，彷彿消失般地巧妙隱身在築巢的蘆葦叢中。不過她看見許多沼澤鳥類飛掠水面捕食鳥類。麻鷺飛行時很容易被發現，牠們的翅膀前緣及尾巴底端的覆羽顏色相當淡，與黑色翅膀和背部形成強烈對比。

但沼澤地也容納了數量驚人的動物，牠們各自需要不同的環境，例如，森林裡的麅鹿和野豬、邊緣地帶的野兔、巨倉鼠。兩人沿路看到許多有陣子沒出現的生物，並且爲彼此指出來：賽加羚羊快速奔過蹣跚而行的原牛、樹上有斑點的豹盯著正在追蹤小鳥的斑紋小野貓、狐狸家族和小狐狸在一起、兩隻肥胖的獾、幾隻皮毛摻雜著白色、黃色和棕色大理石花紋的罕見臭鼬。他們在水中看見水獺、水貂及他們最愛吃的麝鼠。

此外還有昆蟲。大型黃色蜻蜓急速飛過、鮮艷藍綠色的纖弱豆娘裝飾著大型焦糖色穗狀花序的美麗畫面，有別於突然出現的擾人昆蟲群。這些昆蟲看似一夕間形成，其實流速緩慢的支流與散發惡臭的水潭，始終提供了充足水分和溫暖，孕育牠們微小的卵。成群小蚋剛開始在早晨出現，流連於水面，卻因為沒有入侵附近的乾草地而被忽略。

到了晚上就不可能遺忘牠們。這些蚋鑽進馬兒汗溼的厚皮毛裡，在牠們眼睛周圍嗡嗡作響，潛入牠們的口鼻。沃夫也好不了多少。可憐的動物都苦於上百萬隻的小蟲而陷入瘋狂。這些擾人的昆蟲甚至進入人類的頭髮中，愛拉與喬達拉發現自己一路上都在吐口水跟揉眼睛，驅趕這些討厭小蟲。愈靠近三角洲，蚋群愈密集，他們開始懷疑晚上要在哪裡紮營。

喬達拉觀察到右手邊有座草丘，認為高處的視野較寬闊，於是兩人騎上丘頂，俯瞰波光粼粼的牛軛湖。除了邊緣有幾棵樹和少數灌木圍繞著寬闊宜人的河灘，三角洲及滋生昆蟲的污濁水潭都缺乏蒼翠繁茂的植物。

沃夫動身往下跑，馬兒從容跟隨，這對男女只能及時攔下牠們，取走行囊籮筐、解開嘶嘶的拖橇，然後牠們就全都匆忙濺著水花衝入清澈水中，速度只受到水的阻力而減緩，連不喜歡渡河的焦慮沃夫也毫不猶豫地在湖裡打水。

「你覺得牠終於開始喜歡水了嗎？」愛拉問。

「但願如此。我們還有更多的河要過。」

馬兒低頭喝水，喘著鼻息並以口鼻噴水，接著走回水淺處。牠們倒臥在泥濘河岸翻滾搔抓自己，臉部扭曲，打轉的眼珠閃現極度喜悅，使愛拉忍不住放聲大笑。牠們滿身泥地站起來，但等到泥巴乾了，汗水、皮屑、蟲卵及其他導致發癢的東西都會隨著灰塵遠離。

兩人在湖邊紮營，第二天早晨早早上路。到了晚上，他們希望能找到另一處同樣舒適的營地。蚋孵化後大量湧現的蚊子叮出紅癢腫包，迫使愛拉與喬達拉穿上厚衣防護，儘管他們已經習慣盡可能清涼著裝而感到悶熱難耐。兩人都不太確定這些飛蟲從何時開始出現，他們周圍一直都有幾隻馬蠅，如今驟然激增的卻是叮咬人的小飛蟲。即使是在溫暖的夜晚，兩人也早早爬進獸皮被，只為了逃避成群的飛蟲。

第二天早上他們很晚才拔營，等待愛拉尋找可用於舒緩腫包及製成驅蟲劑的藥草。在水邊的潮濕陰涼處，她找到形狀奇特的棕色花朵構成稀疏穗狀花序的褐草，採集整株植物製成稀釋液，用來治療皮膚並止癢，然後採摘她看到的大片大蕉葉加入溶液，因為這種植物對任何叮咬膿腫甚或嚴重的潰瘍傷口都很有療效。她從大草原較乾燥的更遠處收集了苦艾花加入，作為毒物及中毒反應的通用解毒劑。

她很高興找到亮黃色的金盞花，因為這種植物可以殺菌且療效迅速，灑上金盞花製成的濃液也很能有效驅離昆蟲。她在陽光普照的樹林邊緣找到馬鬱蘭，這種植物不僅可以製成擦在體外的溶液，作為很好的驅蟲劑，而且泡茶喝下後流出的汗，帶有蚋、跳蚤及多數蒼蠅都討厭的香氣。她甚至設法讓馬兒和沃夫也喝了一點，雖然不確定自己有多成功。

喬達拉看著她調製溶液，好奇地提出問題並聽她解說。當惱人的叮咬緩解而感覺好轉，他想到自己有多幸運能擁有懂得對付昆蟲的旅伴。要是他獨自一人，就只能忍受牠們了。

早晨過了一半，兩人再度啓程，而愛拉先前注意到的改變明顯增加。沼澤與島嶼愈來愈少，而水量愈來愈多。三角洲北邊支流蜿蜒的水道網絡合而為一，然後在幾乎沒什麼徵兆的情況下，與大河三角洲上的中央支流匯合，河道擴增成兩倍，形成廣大河道。一小段距離之後，南支流連同另一條主要河道匯入，四條支流匯聚成單一的深邃河道，河流再度擴張。

廣大水道綿延流過整片大陸，匯納上百條小支流及兩座覆冰山脊的逕流，使得阻絕河水從更南邊流入海裡的古老山脈花崗岩殘跡，終於抵擋不了河流擴張的壓力出現孔洞，唯獨堅固的岩床仍不願屈服。被局限於狹窄通道的大媽河，在外緣支流匯集後不久就陡然轉向，流過廣闊的三角洲注入期盼的海。

愛拉第一次看到這條巨大河流完整的規模，而喬達拉雖然曾經走過那條路，卻是從不同的視角觀看；兩人都被眼前的景象震懾。令人敬畏的寬闊使這條河看起來更像流動的海，洩漏端倪的水面閃閃發光、波濤起伏，暗示著這條深河隱含的巨大力量。

愛拉看到有根斷樹枝流向他們，雖然只是根被深邃湍急的水流帶著走的枝條，卻有些什麼吸引她注意。經過比她預期還久的時間，等到那根樹枝接近時，她大吃一驚——那根本不是樹枝，而是一整棵樹！愛拉驚奇地盯著這棵她所見過最大的樹沉穩漂過。

「這就是大媽河。」喬達拉說。

他曾經沿著整條河旅行，知道這條河流經的距離、跨越的地域及兩人剩餘的路途。儘管沒有完全理解其中隱含的所有意義，愛拉確實明白，廣大深邃的大媽河在漫長旅途的盡頭，最後一次匯聚支流，水量至此達到顛峰。

兩人繼續沿著滿水位的河道前往上游，離開水氣濛濛的河口及眾多折磨他們的昆蟲，同時也發現他們遠離了開闊大草原。起伏的山丘上間或點綴著翠綠草地的廣大林地，取代了寬廣草地和平坦沼澤。開闊樹林有涼爽的蔭蔽，這種令人愉快的轉變，促使兩人來到四周環繞著樹木且鄰近美麗綠草地的大湖時，便打算停下來紮營，儘管當時下午只過了一半。他們循著小溪騎往一處沙岸，可是沃夫卻在接近時開始發出深沉低吼，頸背上的毛髮直豎，擺出攻擊姿勢。愛拉與喬達拉掃視整個區域，試圖了解造成這隻動物不安的原因。

「我看不出來有什麼不對勁，」愛拉說：「但這裡有沃夫不喜歡的東西。」

喬達拉又看了看宜人的湖泊。「反正現在紮營還有點早，我們就繼續走吧！」他說，掉轉馬頭往回走向河流，沃夫落後了好一陣子才跟上。

當兩人騎過舒適的林區，喬達拉也很高興沒有提早停留在先前的湖伯。那天下午，他們行經了好幾個大小不同的湖泊。這一帶遍布湖泊。他認爲自己先前往下游旅行時應該就知道了，後來想起自己和索諾倫是乘著拉木多伊氏小船到下游，偶爾才停留河邊。

不僅如此，他覺得應該有人居住在如此理想的地點，試著回想是否有拉木多伊氏人提過其他住在下游的河上人。不過他沒有和愛拉提到這些想法。如果沒有人知道那些人，就是他們不希望被人發現，然而他不禁納悶沃夫爲什麼有這種防衛的反應，是不是因爲人類恐懼的氣息？或是敵意？

太陽逐漸消失在眼前龐然逼近的山地後方，他們停留在一座較小的湖泊。這裡匯聚了來自地勢較高處的幾條小河，因爲有出口直接通向河流，大鱒魚和河棲鮭魚便逆流游到這座湖泊。

抵達河流之後，他們經常吃魚，因此愛拉偶爾會編織類似布倫的部落用來抓海中大魚的網子。爲了先製作繩索，她試了幾種有細長纖維的植物。大麻和亞麻的效果似乎特別好，但大麻比較粗糙。

她認爲網子編好的部分已經夠大，可以在湖裡試用，於是和喬達拉各拉起一邊，往外走一段距離再往回走向岸邊，拉動兩人間的網。捕到兩隻大鱒魚後，喬達拉變得更有興致，想著有沒有辦法爲網子附加把手，這樣就能不涉入水中而捕到魚。他把這個構想放在心上。

隔天早上他們穿過豐富多樣的罕見林地，朝向綿亙前方的山脈前進。就像大草原上的植物一樣，許多落葉性及結毬果的樹種混雜生長，交織成錯落有致的森林，草地與湖泊點綴其間，部分低地還有泥沼或沼澤。樹木要形成單一群落或者與其他樹木或植被混雜生長，取決於氣候、地勢高度以及水分供給上的差異，或是土壤成分屬於沃土、砂土或是混合泥沙或其他成分的土壤。

常綠樹偏好面北的斜坡及砂質較多的土壤，在溼度充足處長得很高；密集的大雲杉林拔高近五十公尺，盤踞在斜坡低處，摻雜其中的松樹看似與雲杉一樣高，但其實是從地勢較高處長出，樹高約四十公尺；高大白樺的濃密群落凌駕在深綠色高大冷杉之上，連柳樹的高度也超過二十公尺。

面南山丘上的土壤潮濕肥沃地帶，大葉硬木也同樣驚人高聳。高達四十公尺以上的巨大橡樹叢，樹幹完全筆直，除了頂端的綠葉樹冠之外，沒有其他橫生的枝椏。龐大椴樹和梣木林的高度幾乎相同，後方不遠處則有壯觀的楓樹林。

兩名旅人遠遠看見前方有白楊的銀葉摻雜在一叢橡樹中，趨近時發現橡樹林裡到處都有繁殖期的麻雀築巢。愛拉甚至發現了有幼鳥與鳥蛋的麻雀巢，築在原本就有幼鳥及鳥蛋的喜鵲巢和鳶巢中。還有許多知更鳥出沒於樹林，但牠們的幼鳥已經羽翼豐滿。

斜坡上的樹冠縫隙容許較多的陽光照射到地面，促使底層植物生長茂盛，開花的鐵線蓮及其他藤本植物經常垂掛在樹冠高處的枝幹上。兩人騎著馬走近一叢榆木及白柳樹林，樹上覆蓋了沿著枝幹向上攀爬的藤蔓及往下垂掛蔓生植物，他們在那裡發現許多花鶥和黑鸛的巢。溪流附近的露珠莓和茂密黃花柳上方搖曳著白楊，雄偉的榆木、優雅的樺樹、芬芳的椴樹交錯聚生在一處斜坡上，他們停下來採集受其庇護的雜樹叢中的食物：木莓、蕁麻、尚未熟透的榛子以及幾棵毬果蘊藏著豐富松子的石松。

稍遠處排擠了山毛櫸的一叢鵝耳櫪，隨後又被山毛櫸取代。愛拉認眞地採摘傾倒的巨大鵝耳櫪上厚厚覆蓋的一層橘黃色蜜環菌，喬達拉也一起收集她找到的美味可食用菌蕈，並且發現了有蜂窩的樹。他借助冒煙的火把和斧頭，爬上殘留了堅固枝幹的傾倒冷杉樹幹，以那些枝幹充當梯子，冒著被蜜蜂螫幾下的疼痛採集了部分蜂巢。這個珍貴的食物立即被狼吞虎嚥地吃光了大半，兩人吃著還沾著幾隻蜜蜂的蜜蠟，取笑自己像小孩似地把自己弄得黏答答。

大陸其餘地區的乾冷環境中所缺乏的溫帶樹林與動植物，長久以來都自然地留存在這些南方地帶。有些十分古老的松樹品種甚至見證了山脈形成；它們殘存在生長條件合適的小區域，當氣候再度變遷，就迅速蔓延到重新接納它們的土地。

這對男女帶著兩匹馬和一隻狼，繼續沿著寬闊河流，往西朝著山地前進。山脈紋理愈來愈清楚，但是覆雪的山脊卻是一成不變。慢慢接近的過程使他們幾乎沒察覺山區已經近了。雖然偶爾會走上北方遍布樹木的原野上崎嶇陡峭的山丘，但大部分的時間他們都是貼著河道附近的平坦平原走。儘管地形不同，林木繁茂的平原卻和山脈一樣都有許多植物和樹木。

抵達自高地奔流而下的大支流時，兩名旅人意識到河流特性有了重大改變。他們借助碗形船渡河，但很快又在轉向南方時遇到另一條湍急河川。大媽河沿著山脈底端流至此處後，無法攀上北方高地，形成急彎穿越山脊流向大海。

在橫渡第二條支流時，碗形船再度派上用場，只是他們必須從匯流處沿著河流往上游尋找水勢較平緩處渡河。另外幾條較小的溪流在河流轉彎後隨即注入大媽河，於是沿著河左岸繞行的旅行者，稍稍轉往西方，然後再度回轉。這時他們的左邊雖然還是這條大河，卻已經不再正對山地；山脊如今在他們的右邊，而他們則面向正南方乾燥開闊的大草原，遙遠的前方有紫色的突出物緊貼著地平線。

往上游前進時，愛拉持續觀察河流。她知道所有的支流都在下游匯入，因此這條大河已經不如先前那麼澎湃。寬闊的水面看起來沒有絲毫不同，但她卻感覺大媽河的水量減少了。這是種比知識更深層的直覺，她一直試圖確認廣闊的河流是否有任何顯著改變。

然而，這條大河的外觀不久就眞的改變了。被巨大冰川磨碎而隨風散布的岩塵，以及上千年來隨流水沉積的泥沙礫石，構成肥沃的黃土，將古老斷層塊深埋其下。恆久存在的古老山脈基部形成堅固岩層，頑強抗拒受到難以阻擋的地表運動壓迫推進的花崗岩地殼，使其變形而抬升成山頂覆蓋著堅冰、在陽光下閃爍的山脈。

被掩藏的斷層塊延伸到河底，而露出的隆起部分隨著時間風化，高度卻仍足以阻擋河流出海，迫使大媽河轉向北方尋求出口渠道。這條大河與海平行地流過平坦平原，緩緩分支出兩條由曲折河道連結的支流，然後才匯流到岩塊終於勉強讓出的狹窄通道。

愛拉與喬達拉離開剩下的森林，往南騎進緊鄰廣大河川沼澤地的平坦地帶以及坡度和緩、乾草挺立的山丘。這片原野與三角洲旁的開闊大草原相當類似，卻更爲炎熱乾燥，沙丘地帶則因強韌耐旱的禾草而穩固，連水邊的樹木都比較少。以苦艾、木山艾與芳香的龍嵩爲主的灌木叢是優勢木本植物，勉強從乾燥貧瘠的土壤中長出，有時還將低矮扭曲的松樹、柳樹排擠到溪流河岸邊。

位於兩條支流間的沼澤地帶經常氾濫，面積僅次於巨大的三角洲，同樣遍布了蘆葦、溼地、水生植物與野生生物。小島上有樹和小片綠草地，四周圍繞著泥黃色主河道或是清澈支流——這裡充滿了體型相對較大的魚類。

當兩人騎馬穿越離水很近的開闊原野，喬達拉勒馬停下，愛拉也在他身旁停下。他對著她困惑的表情微笑，但在她開口之前，就將一根手指放到唇上示意她安靜，然後指向一個清澈水池。她看見水中植物隨著看不見的水流波動，起初並不覺得有什麼不尋常，隨後卻有隻龐大美麗的金色鯉魚，輕輕滑出淡綠色的水底深處。又有一天，他們在瀉湖裡看到幾隻巨大鱘魚，全長達九公尺，使喬達拉回憶起從前捕捉這種大魚時發生的尷尬意外。他本來想跟愛拉說，後來又打消念頭。

曲折河道上的蘆葦床、湖泊、瀉湖引來鳥類築巢。大群鵜鶘乘著暖空氣的上升氣流滑翔，幾乎沒有拍動寬翅。蟾蜍及可食用的青蛙鳴唱夜曲並偶爾充作食物。行經的旅人忽略溜過泥濘河岸小蜥蜴並避開蛇類。

由於水中似乎出現比較多水蛭，兩人挑選游泳地點時更小心了。不過這種會在不知不覺中貼附人體吸血的奇怪生物，卻引起愛拉的興趣。然而，最令人討厭的卻是最小的生物——只要附近有濕軟的沼澤，他們就受到昆蟲煩擾，而且昆蟲數量似乎更甚以往，有時甚至逼他們和動物爲求解脫而走進河裡。

兩人接近山脈南端時，西方的山折回原來的方向，於是在他們所依循的大河與右方那排朝南延伸的險峻頂峰之間，出現了一片寬廣平原。覆雪的山脈末端陡然轉向，另一支踞於南緣的東西向山系，與他們旁邊的山系相交。東南邊的最遠處，兩座高峰聳立，睥睨著大地。

沿著河流持續往南遠離主要山脈，使他們得以從遠處回頭眺望，這才看清楚一長排向西延伸的高峰完整的規模。險峻山頂的冰層閃著光芒，白雪覆蓋著陡峭斜坡及毗鄰的山脊，在在顯示南部平原的酷夏只會短暫出現在受冰主宰的陸地上。

離開山地之後，西方的視野顯得空曠，極目四望盡是綿延不絕的乾燥大草原的單調景觀。缺乏長著各種林木的山丘的影響，也沒有遮斷視野的崎嶇地形，他們日復一日沿著泥濘水道的左岸朝南方前進。在支流一度匯合的地方，他們看見對岸的大草原和茂盛林木，不過大溪流中仍有小島和蘆葦床。

不過在那天結束之前，大媽河又再度分支。兩名旅人繼續沿著大河往南稍微偏西前進，隨著他們逐漸接近，遠方的紫色山丘高度攀升，開始展現本身的特色。相對於北方的尖峰，南方的圓形山丘看起來像高地，但山頂的高度仍足以使冰雪持續覆蓋到盛夏。

南部山地同樣也影響到河川流動的路徑。當旅行者靠近山地時，大河開始以他們曾經見過的模式改變。曲折的河道會合、變直，彼此匯集，最後再匯入主要支流。蘆葦床和島嶼消失了，數條河道結合成一條深邃寬闊的河道，龐大水道繞過寬闊河灣朝他們延伸而來。

喬達拉和愛拉順著大河繞過內側河灣，直到他們再度向西面對著深紅色晦暗天空中的落日。喬達拉沒有看到任何雲，他納悶河對岸位於北方的崎嶇高地尖峰爲何反射出這種鮮明的單一色調，染紅了水波。

兩人持續沿著河左岸往上游尋找合適的紮營地點。受到壯觀水流吸引的愛拉，發現自己又開始研究河流。幾條大小不一的支流從兩側注入寬闊河流，其中有些支流相當大，而且都爲下游挹注了驚人水量。藉由每次橫渡的河流水量，愛拉明白大媽河已經變小，卻依然很難看出浩瀚無比的大河水量有絲毫減少，然而這個年輕女人深深感覺到了。

愛拉在黎明前醒來。她喜歡涼爽的早晨，為自己煮了苦澀的避孕藥茶，然後準備好要給沉睡中的男人喝的龍嵩鼠尾草茶，也為自己倒了一杯，然後喝著茶觀賞朝陽從北方的山脈甦醒。第一道黎明前夕的粉紅色微光首先緩緩擴散，勾勒出覆冰山峰的剪影輪廓，在東方映照出玫瑰色光輝；突然間，就在發光火球的邊緣露出地平線之前，光芒四射的山頂就宣告了它的到來。

這對男女再度上路。原本預期會看到大河出現分支，結果卻還是只看到單一的寬河道，這讓他們有點驚訝。幾座遍布灌木叢的島嶼在寬闊河流中生成，但並沒有使大河分岔出分離的水道。他們太習慣大河以完全失序的路徑曲折流過平坦草地，因此看到巨大水流節制淌流時竟然感覺很奇怪。但大媽河始終選擇著地勢最低的路徑，迂迴繞過高山，橫越大陸。河流往東流過漫長旅程中最南端的平原，這片低地就位於形塑河流右岸的侵蝕山脈山腳。

介於河流與北方花崗岩、板岩劇烈褶曲的晶亮頂峰之間，河左岸的石灰岩海岬平台大多覆蓋著黃土，強烈極端宰制著這片崎嶇不平的土地。夏季嚴酷暗沉的南風使土地乾涸，冬季北部冰川上空的高氣壓向這片曠野強力吹送冰冷空氣，海面上升起的強烈暴風經常從東方襲來。偶發性大雨與乾燥疾風，再加上極端溫差，造成多孔隙黃土下方的石灰岩碎裂，使平坦開闊的台地表面產生陡峭的蝕刻坡。

堅韌禾草在乾燥多風的地帶存活，但樹木近乎絕跡，某些能夠同時忍受乾熱與乾冷的矮灌木成為碩果僅存的木本植物。帶著粉紅色小花穗狀花序和羽狀葉片的細枝檉柳樹叢，以及有黑色圓漿果和尖刺的鼠李，偶爾點綴其間，甚至還能看見幾小叢濃密的黑醋栗灌木。最普遍出現的是某幾種艾草，其中包括一種愛拉不知道的苦艾。

這種苦艾的黑色莖幹看起來光禿缺乏生氣，她以為可以當作柴火燃燒，採摘時卻發現它並非乾燥易碎，而是生嫩多汁。歷經短暫的潮濕暴風，背面帶著銀色絨毛的鬆鋸齒狀葉片直直從莖幹長出，無數小黃花像雛菊緊緊陷入的花心，出現在分支的穗狀花序上。除了暗色莖幹之外，它其實有點像是經常和牛毛草和髮草一起生長的那種常見淡色苦艾。但是一旦風與太陽再度使平原轉爲乾燥，它立刻又看起來死氣沉沉。

南方平原種類繁多的草類與灌木，供養了大量動物，牠們全都會出現在更北方的大草原，不過體型不同。某些偏好寒冷的品種從未冒險到這麼南方來，例如麝牛，但愛拉從沒看過這麼多賽加羚羊聚在一起。這種分布廣泛的動物在開闊平原上幾乎隨處可見，但數量通常不是很多。

愛拉停下來觀察一群模樣笨拙的奇特動物。喬達拉則前去查看突兀地插在河邊的細樹幹——因爲河的這一岸並沒有樹，這樣的安排似乎別有用意。等他追上愛拉時，她似乎正在眺望遠方。

「我不太確定，」他說：「可能是河上人把那些圓木放到那裡，讓人把小船綁在上面，但也可能是來自上游的漂流木。」

愛拉點點頭，然後指向乾燥的大草原。「看看那些賽加。」

喬達拉剛開始沒有看見，因爲牠們的顏色和塵土一樣，後來才約略看到牠們有環節、末端稍微前傾的筆直頭角。

「牠們讓我想到伊札，她的圖騰是賽加羚羊。」她微笑說。

賽加羚羊總是會讓愛拉微笑，她注意到牠們突出的長鼻和特殊的步態對於速度一點阻礙也沒有。沃夫喜歡追逐牠們，但牠們跑得飛快，牠根本沒什麼機會太接近，就算接近了也無法持久。

這些賽加羚羊似乎特別喜歡那種黑莖苦艾，群集的數量比一般多出許多。十到十五隻賽加羚羊成群群集的情況很常見，其中大部分是母羚羊，而可能帶著一到兩隻小賽加羚羊——有些母羚羊自己也只有一歲而已。然而這個區域的群集數量達到五十隻以上。愛拉對公賽加羚羊很好奇。她只在賽加發情的季節看過牠們大量出現，那時候每隻公羚羊都想盡可能和很多母羚羊交配很多次，之後就一定會看得見公賽加羚羊的屍體。幾乎就像是公賽加羚羊因爲交配而耗盡體力似的，將牠們通常會吃的稀疏植物留給了母羚羊和小羚羊。

平原上也有少數原羊和歐洲盤羊，牠們通常喜歡待在野生山羊與綿羊可以輕易攀爬的陡峭蝕刻坡附近。大群原牛零星散布，牠們大多有深紅黑色的純色皮毛，但有白點的突變個體數量驚人，其中有些體型相當大。兩人看到淡色斑點的黃鹿、赤鹿、野牛及許多野驢。嘶嘶和快快會注意大部分的四足食草動物，但對野驢特別感興趣。牠們看著這些看起來像馬的驢子，對相似的糞便嗅聞良久。

另外還有常見的小型草地動物：地松鼠、土撥鼠、跳鼠、倉鼠、野兔，以及一種愛拉不熟悉的有冠毛的豪豬，這些動物的數量因爲掠食性動物而遭抑制。他們看見小野貓、大猞猁、大穴獅，並且聽到鬣狗的咯咯笑聲。

大河在第二天當中不時改變路徑與方向，他們行經的河左岸景觀仍然大致相同：起伏和緩的草丘、有陡峭蝕刻坡的平坦平原及後方的鋸齒狀山脈，但他們注意到對岸的地貌更爲崎嶇而多樣化。支流切割出深谷，樹木攀上侵蝕山脈，偶爾會覆蓋整面斜坡直到水邊。形塑南岸的曲折山麓小丘與崎嶇地形，導致寬闊河流四處轉向，甚至折返原處，但整體路徑是往東流向大海。

在劇烈轉向盤繞的過程中，流向他們的龐大水體確實出現分支，岔出分離的河道，但沒有再形成像三角洲的沼澤地。它時而純粹是一條大河，時而在平坦地帶成爲數條平行蜿蜒的大溪流；愈靠近水邊，灌木叢就愈茂盛，禾草也愈翠綠。

雖然有時顯得擾人，愛拉卻懷念起沼澤蛙類的合唱，不過雜色青蛙笛聲般的顫音仍在任意混雜的夜音中反覆鳴唱。猞猁和草原蝮蛇取代了牠們，還有格外美麗的蓑羽鶴，以爬蟲類、昆蟲、蛇類爲食。愛拉欣喜地觀看一對這種長腿鳥類餵食幼鳥，牠們的身體是藍灰色，頭部是黑色，兩隻眼睛後方都有白色叢毛。

然而，她並不懷念蚊子。因爲缺乏沼澤地繁殖，這些會叮人的討厭昆蟲大幅消失，但蚋仍然成群騷擾著旅行者，尤其是覆有毛皮的動物。

「愛拉！妳看！」喬達拉說，指向河邊以圓木和木板組成的簡單構造物。「那是船舶碼頭，是河上人製作的。」

雖然她不知道什麼是船舶碼頭，但那些東西顯然不是偶然排列在那裡，而是刻意建造供人使用。她感到一陣興奮。「那代表有人在附近嗎？」

「因爲碼頭上沒有船，也許現在沒有人在附近，但應該也不會離這裡很遠。這裡一定經常被使用，否則他們不會費事建造碼頭，而且他們不會太常使用距離遙遠的地方。」

喬達拉仔細觀察了碼頭一會兒，然後看看河的上游和對岸。「我不能肯定，但我會說建造這座碼頭的人住在對岸，渡河過來時在這裡靠岸。他們可能過來打獵，或者採集植物根或其他東西。」

往上游前進的過程中，兩人都曾持續察看過寬闊水流的對岸。但也只是大致看看，並沒有特別留意對岸土地，這讓愛拉想到他們之前可能沒有注意到那裡有人。又走了沒多遠，喬達拉就看到上游不遠處有東西在水面上移動，他停下來確認自己的發現。

「愛拉，妳看那裡！」當她在身旁停下來時，他說：「那可能是拉木多伊氏的船。」

她望過去看見了東西，但不確定看到什麼。兩人驅策馬兒前進，當他們接近時，愛拉看見一艘船，她從未見過那種東西，只熟悉以馬木特伊氏風格建造的船，就像拖橇上那個以獸皮覆蓋碗形框架的船那樣。她在河上看到的船是以木頭製成，船頭尖，上面有幾個人排成一列。當那些人與他們並列時，愛拉發現對岸有更多人。

「呵啦！」喬達拉大喊，揮手致意。他用她不熟悉的語言又喊出幾個字，不過那種語言似乎隱約類同馬木特伊氏語。

小船上的人沒有回應，喬達拉納悶他們是否沒有聽見他，儘管他覺得他們已經看見他。又叫喊一次後，他確定他們聽見他了，但他們沒有揮手回應，反而開始儘快將船滑向另一岸。

愛拉注意到對岸也有人看見他們，那人跑向其他人，指著河對面的他們，然後就和一些人匆忙離開，有幾個人待到小船靠岸後也離開了。

「又是因爲馬兒吧？」她說。

喬達拉彷彿看到她的淚光閃現。「反正這裡也不適合。我所認識的夏拉木多伊氏人洞穴是在這一岸。」

「我想也是。」她說著，示意嘶嘶繼續前進。「但他們可以乘船渡河，至少回應你的問候。」

「愛拉，想想坐在馬背上的我們看起來有多奇怪。我們一定看起來像是來自靈界，有四條腿兩顆頭。」他說：「妳不能責怪他們害怕自己所不知道的東西。」

望向對岸，他們可以看見前方有個廣闊山谷，從山脈斜斜延伸而下，直到他們置身的這條大河邊。這條壯觀的河就流貫其中，然後洶湧注入大媽河，沿途在兩岸捲起漩渦，增加河寬。形塑河流右岸的南方山脈就在支流另一邊往回轉折，助長了暗流。

在兩河交匯處附近的山谷斜坡上，他們看到幾棟木造住屋，顯然是一處聚落。周圍站著住在那裡的人，目瞪口呆地看著他們行經對岸。

「喬達拉，」愛拉說：「我們下馬吧！」

「爲什麼？」

「這樣那些人至少看得出來我們長得像人，而馬只是馬，不是四隻腳兩顆頭的生物。」她說，下馬開始走在母馬前方。

喬達拉點點頭，抬腿躍下馬背，牽著引導繩跟隨她。但她才正要邁步，沃夫便跑向她，以牠習慣的方式問候她。牠撲上來，把腳掌放在她的肩膀上舔她，用牙齒輕觸她的下顎。等牠下來時，或許是寬河對岸飄來氣息，使牠發覺有人在觀看。牠跑到河岸邊緣，揚起頭先發出一陣吠叫，接著轉為驚心動魄的哀鳴。

「牠為什麼會那樣？」喬達拉說。

「我不知道。牠也很久沒看到其他人了。也許牠很高興看到他們，想要問候他們。」愛拉說：「我也想問候他們，但我們不容易渡河過去他們那邊，他們也不會過來這邊。」

遠離使他們轉而面向落日的深河灣，兩名旅人大致往西稍微偏南的方向行進。但過了山脈往回轉折的山谷之後，他們開始直直朝西前進。他們已經到達旅程最南端，這時也是一年中最熱的季節。

在盛夏時期，火熱的太陽炙烤著缺乏蔽蔭的平原，即使大地一角仍覆蓋著如山般厚的冰層，大陸南方卻熱得嚇人，吹個不停的強勁熱風更令人焦躁難耐。這對男女有時並肩騎著馬，有時走在炙熱的大草原上讓馬休息，形成一套旅行慣例，讓行進就算沒有因此而更容易，至少還能持續下去。

他們在第一道曙光從北方最高峰射出時醒來，吃完冷食物搭配熱茶的簡便早餐，就趁天還沒有完全亮時上路。太陽高掛之後，開闊的大草原受到強烈曝曬，土壤散發出騰騰熱浪，兩人被曬成古銅色的皮膚和動物溼透的毛皮上隱約閃現風乾汗漬。狼熱得伸出舌頭喘氣，不想脫隊獨自探索或狩獵，而是走在嘶嘶和快快身旁，兩匹馬低著頭沉重緩慢地行進，旅人垂頭喪氣無精打采地任憑馬兒以自己的速度前進，鮮少頂著正午的酷熱交談。

兩人再也受不了時，就會找一處平坦沙灘，最好是靠近大媽河的清澈逆流或流動緩慢的河道。即使是沃夫也不抗拒緩慢的水流，但牠仍會對湍急河水猶豫。當人類旅伴轉往河邊，下馬開始解開籮筐，牠就會搶先往前奔躍水中。如果遇到分支河流，他們通常直接衝進涼爽的水中，沒有卸下行囊籮筐或拖橇就渡河。

如果剩下的食物不夠吃，或是沿途沒有什麼發現，游完泳恢復精神後，愛拉和喬達拉會去尋找可以吃的東西。即使是瀰漫灰塵的炎熱大草原，食物也很充裕，而且在清涼的水裡特別豐富——只要知道在哪裡和如何取得。

想捕魚時，只要運用兩人各自的方法或將兩者加以結合，幾乎總能捕得到。如果有需要，他們也會用愛拉的長網，一人握著一邊走進水裡。喬達拉在網上安裝把手，發明出一種撈網，試著撈了幾次魚，雖然他還沒完全滿意，但某些情況下卻很實用。他也會用一條線和魚鉤釣魚——將一塊骨頭的兩端削尖當作魚鉤，在中間綁上強韌的細線，串上魚肉、生肉塊或蚯蚓當作餌。當餌被吞下去時，急速拉扯通常會導致魚鉤的兩個尖端刺入魚的喉嚨。

喬達拉有時會用魚鉤釣到很大的魚。在讓一條大魚溜走之後，他製作了魚叉來協助把魚拉上岸。他先試著利用有分叉的樹枝，從枝節下方切除。以較長的分叉當作把手，而在較短的分叉上削出倒勾，當作鉤子把魚拉上岸。河邊有一些小樹和高灌木，而他製作的第一根魚叉確實管用，但他似乎永遠找不到夠強韌夠耐用的分叉樹枝。大魚的重量和掙扎經常使魚叉折斷，於是他一直在尋找更堅韌的木頭。

他第一次看到那個鹿角時，只記住鹿角可能是三歲大的赤鹿脫落的，沒有眞的留意到鹿角形狀就走開了。但他一直將那個鹿角放在心上，直到猛地想起尖端朝後的鹿頭角叉有更好的用途，才又回頭去撿。又粗又硬的鹿角很不容易折斷，而且大小和形狀剛好適合，稍微削尖後就成爲很棒的魚叉。

愛拉偶爾還是會用伊札教她的方式徒手捕魚，這讓喬達拉看了大感驚訝。這種捕魚的程序很簡單，他一直這樣告訴自己，儘管他還未精通，但他需要的只是練習、技巧和耐心——無窮的耐心。愛拉尋找突出河岸的植物根、漂流木或岩石，再尋找喜歡待在那些地方的魚。牠們總是面向上游逆著水流，移動游泳時會用到的肌肉和魚鰭，讓自己能停留在一處，不至於被水流沖走。

看到鱒魚或小鮭魚時，她會走進更下游的水中，讓手在水裡擺盪，然後慢慢涉水往上游移動。靠近魚的時候，她會移動得更慢，設法不要攪動泥巴或擾動河水，避免造成那些邊游邊休息的魚快速游開。她小心地從後方將手滑到魚的下方，輕輕碰觸或逗弄，而牠似乎沒有注意到；然後把手伸向魚鰓迅速抓牢，把魚撈出水面拋到岸上，喬達拉通常會趁魚還沒跳回河裡時跑去幫忙抓住。

愛拉也發現了淡水貽貝，類似布倫的部落洞穴附近那種海貽貝。她尋找富含天然鹽分的植物，如莧草、鹽性灌木、款冬，補充有點耗竭的鹽存量；也順便尋找其他即將成熟的植物根、葉和種子。鷓鴣普遍出現於開闊草地，家族族群會大群集結到水邊擦洗身子；這種圓胖的鳥類滋味佳且不難捕捉。

兩人在一天中最熱的下午休息，烹煮主餐的食物。因爲水邊只有矮小樹木，他們架起帳篷當作單面傾斜的遮陽棚，稍微遮擋開闊地形的灼熱。下午稍晚天氣開始變得涼爽時，他們會繼續上路，用圓錐形織帽遮蔽眼睛，朝著落日前進。當發光的圓球沉入地平線之下，他們會開始尋找適合過夜的地點，在暮色中簡單紮營；偶爾在滿月的寒光照亮大草原時，他們會走夜路。

兩人的晚餐相當清淡，通常是中午留存的食物，或許再加上少許新鮮蔬菜、穀類或肉類——如果沿路剛好有發現的話。早餐則會準備可以簡便冷食的東西。他們也常餵沃夫。儘管晚上可以自行覓食，牠卻逐漸愛上煮熟的肉類，甚至樂意吃穀類和蔬菜。他們很少搭帳篷，不過溫暖的鋪蓋捲還是受到青睞。入夜很快就轉涼，而早上經常有迷濛薄霧。

偶爾會出現夏季雷雨或傾盆大雨，帶來意外且通常受歡迎的涼爽淋浴，不過有時天氣在雨後會變得更悶熱，而愛拉討厭打雷，因爲那會讓她想起地震的聲響。大片閃光畫過天際，照亮夜空，總令他們充滿敬畏，但喬達拉擔心的是打在附近的閃電。他討厭閃電出現時暴露在開闊處，總是想鑽進他的鋪蓋捲，用帳篷蓋住自己——儘管他忍住了那份衝動，而且絕不會承認自己有那種想法。

隨著時序推移，除了炎熱，他們最注意的就是昆蟲。蝴蝶、蜜蜂、黃蜂、就連蒼蠅和少數蚊子都不特別擾人，其中最小的昆蟲——成群的蚋卻帶給他們最多困擾。然而如果連人類也感到煩擾，動物就更悲慘了。這些鍥而不捨的生物無所不在，會鑽進眼睛、鼻子、嘴巴以及粗濃皮毛底下的汗溼皮膚。

草原馬經常會在夏季遷徙到北方，牠們有厚毛與強健的身體適應寒冷。雖然狼是南部草原分布最廣泛的掠食性動物，沃夫卻是來自北方的品種。棲息在南部地區的狼，隨著時間演化適應南方的極端環境——夏季乾熱，冬季卻幾乎和冰川附近的陸地一樣冷，雪也下得更多。舉例來說，牠們脫毛的量在溫暖季節遠大得多，喘氣時舌頭更能有效散熱。

愛拉爲飽受折磨的動物費盡心思，然而就連每天都泡到河裡，以各種藥物調理，都無法讓牠們完全擺脫微小的蚋。倘若少了她的藥物治療，蔓延的潰瘍傷口寄生了快速成熟的蚋卵，傷勢會更加擴大。馬兒和沃夫的毛髮都一撮撮脫落了，鮮亮的厚皮毛變得暗淡無光澤。

爲嘶嘶耳朵附近的黏糊潰瘍傷口塗抹舒緩稀釋液時，愛拉說：「我受夠了這種炎熱天氣，還有這些可怕的蚋！天氣還會再變涼爽嗎？」

「愛拉，這趟旅程結束前，妳可能會期待這種炎熱。」

他們沿著大河邊緣繼續往上游前進，北方的崎嶇高地與高峰逐漸轉折逼近，南方的侵蝕山脈高度漸趨攀升。在大致上朝西方前進的迂迴路程中，他們先是略微偏北，然後轉往南方，再急轉向西北方，循弧線逐漸朝向北方，最後往西行進一段距離後，又在一處岬角轉向西北方。

儘管沒有任何特殊地標可供明確辨識，喬達拉對於沿途景觀卻有股說不上來的熟悉感。依循河流會把他們帶往西北方，但他確信河流會再度往反方向轉折。繼那片廣大三角洲之後，他頭一回決定離開大媽河的庇護，沿著支流邊緣朝北騎，進入如今更靠近河流的尖峰高山山麓丘陵。

山脈在前方漸趨聚攏；北部綿長弧形覆冰山脈中的一道山脊，逐漸貼近變得更陡峭高聳、覆冰更多的南部侵蝕高地，直至兩者之間僅隔一狹長峽谷。山脊一度倒退形成四周圍繞著高聳山脈的深邃內陸海，然而歷經數千年後，流洩年度蓄水的出口水道，開始侵蝕山中的石灰岩、砂岩、頁岩，導致這片內陸窪地的高度緩緩降低，逐漸與岩石磨蝕出的通道等高，最後海水流光，留下的平坦底部形成一片草海。

狹長峽谷以陡峭崎嶇的結晶花崗岩壁限制住大媽河，先前露出、插入山脈的軟質火山岩聳立峽谷兩側。這條綿長通路穿過山脈到達南部平原，最後延續至白倫海，而且喬達拉知道大媽河流經峽谷時，河邊沒有路可以走，他們只能繞道。

第十四章

兩人剛開始轉而依循小溪流前進時，除了沒有滾滾洪流，地形並沒有改變——水邊是長滿矮灌木的乾燥開闊草地——愛拉卻有股失落感。寬闊的大媽河陪伴他們那麼久，少了它在旁邊安撫、爲他們指引方向，令人感到茫然無依。隨著他們趨近山麓丘陵而逐漸攀高，高大多葉的灌木愈來愈多，蔓延深入平原。

大河的缺席也影響到喬達拉。當他們在夏季自然的炎熱中，沿著豐饒河水的邊緣，日復一日安心規律地前進，大河能夠預期的豐富盈滿使他安穩自得，緩和他對於帶愛拉安全返鄉的焦慮。遠離了富饒的大媽河，他又開始擔憂，變化的原野讓他思索前方的地形，開始考慮存糧，懷疑帶的食物是否足夠。他沒那麼確定可以在較小的水道輕易捕到魚，甚至更沒把握能在樹木茂盛的山中獵捕食物。

喬達拉沒那麼熟悉林地野生生物的習性。開闊平原上的動物習慣成群聚集，遠遠就看得見，但棲息在森林裡的動物群比較獨來獨往，而且有樹林和灌木可以藏身。他和夏拉木多伊氏人一起生活時，總是和了解那個區域的人去打獵。

夏木多伊氏喜歡到高聳岩山獵捕岩羚羊，熟悉熊、野豬、森林野牛及其他善於隱身在林地的獵物；喬達拉回想起索諾倫逐漸愛上和他們一起到山裡打獵。另一方面，拉木多伊氏則了解河流，獵捕水中生物，尤其是巨大鱘魚。喬達拉對船舶及學習河流特性比較感興趣，儘管偶爾也會和獵捕岩羚羊的人一同上山，他卻不怎麼喜歡高處。

喬達拉看到一小群赤鹿時，判定這是補充肉類存糧的好機會，可以幫助他們度過未來幾天，直到抵達夏拉木多伊。愛拉對他的提議很熱中，因爲她喜歡打獵，而且除了她以拋石索打下鷓鴣和其他小獵物之外，他們已經好一陣子沒打獵。大媽河極度豐饒，不需要經常打獵。

兩人在小河邊找到紮營的地方，留下行囊籮筐和拖橇，帶著標槍投擲器和標槍朝那群赤鹿出發。沃夫很興奮，因爲他們改變了日常的行進節奏，而且標槍和投擲器也對牠洩漏出他們的意圖。嘶嘶和快快也看似活躍起來，雖然只是因爲牠們不必再背負行囊籮筐或拖著長竿。

這群赤鹿全都是公鹿。這種古老麋鹿的頭角有厚絨毛，到了發情的秋天，叉角會長成一年之中的最大規模，角上的嫩皮和供給養分的血管會乾掉，在牠們以頭角摩擦樹木或岩石時剝落。

這對男女停下來評估情勢，沃夫則充滿期待，哼叫著蠢蠢欲動。愛拉已經命令牠靜靜待著，所以牠沒有追逐嚇跑那群鹿。喬達拉很高興看到牠穩定下來，在心裡讚賞愛拉對牠的訓練後，又回頭觀察鹿群。跨坐馬背賦予他全觀的視野，也讓他比步行時多了另一個優勢。其中幾隻鹿察覺到有新來者而停止吃草，但馬沒有威脅性，牠們同樣是食草動物，通常可以被忍受或忽略，只要牠們沒有預示著恐懼；即使有人類和狼一同出現，也沒有使這群鹿擔憂得想跑。

喬達拉查看鹿群挑選目標，受到一隻龐大公鹿吸引；牠有威風凜凜的頭角，似乎直直盯著這男人瞧，彷彿也在估量他。如果他是跟著一群需要食物供給整個洞穴並且想炫耀本事的獵人，可能會追逐這隻雄偉動物。但他確信到了秋天的交配季節，許多母鹿會渴望加入選中牠的鹿群。喬達拉不願意只爲了一點肉就殺了這麼雄壯美麗的動物，所以他選中了另一頭鹿。

「愛拉，看到高灌木附近的那隻嗎？在鹿群邊緣？」她點點頭。「牠的位置看起來很理想，和其他隻鹿有些距離，我們以牠當目標吧！」

兩人討論完策略後分開行動。沃夫緊盯著馬背上的女人，在她的示意下躍向她指的鹿，愛拉騎著母馬尾隨；喬達拉準備好標槍和投擲器，從另一邊過來。

這隻鹿和其他的鹿都意識到危險，朝四方跳開。他們選定的鹿跳離了攻擊的狼和發號施令的女人，直直衝向騎著種馬的男人，貼近到讓快快嚇得後退。

喬達拉已經準備好標槍，但種馬快速移動使他無法瞄準並分神。公鹿改變方向，想避開擋路的馬和人，卻看到大狼就在前方，害怕地跳向一旁，遠離嗥叫的掠食者，在愛拉與喬達拉之間急奔。

當公鹿再度躍起，愛拉轉移重心瞄準牠，理解信號的嘶嘶踩著重步追上前。喬達拉也恢復平衡，和愛拉同時朝奔逃的公鹿擲出標槍。

雄偉的鹿角猛然接連晃動了兩次，兩根標槍幾乎同時猛力刺入，大公鹿想再跳開卻已太遲。兩根標槍命中目標，赤鹿蹣跚走了幾步，隨即在跨步時倒下。

平原淨空，鹿群消失無蹤，但獵捕者毫不在意，他們在公鹿旁跳下馬背。喬達拉從刀鞘拔出骨製把柄的刀子，抓住覆有絨毛的鹿角，把鹿頭向後拉，切開這隻古老麋鹿的喉嚨。兩人默默佇立觀看鹿頭周圍的血窪被乾燥泥土吸收。

「請你在重回大地母親身邊時轉達我們的感謝。」喬達拉對著倒臥地面的赤鹿屍體說。

愛拉點頭認同，她已經習慣他的這項儀式。每當他們獵殺動物時，即使是小型動物，喬達拉都會說出同樣的話，但她感覺那不是刻意背誦，只是自然表露出來。他的話語中帶有感情與尊敬，感謝出自眞心。

險峻山丘取代了和緩起伏的平原，樺樹出現在灌木叢中，接著是鵝耳櫪林與山毛櫸林和橡樹混雜生長。低海拔地區類似兩人在大媽河三角洲附近所行經林木茂盛的山丘，隨著高度攀升，他們開始看到冷杉、雲杉、少數洋松、松樹生長在巨大的落葉性樹木之間。

他們來到一處林間空地，這座開闊的小圓丘略高於周圍林地。喬達拉停下來辨認方向，愛拉卻是爲眼前的景觀駐足。他們爬得比她認知的還高。從樹林上方朝西邊俯瞰，她可以看見遠方的大媽河，所有河道再度會合，蜿蜒穿過岩壁峻峭的深邃峽谷，這才明白喬達拉改道繞行的原因。

「我曾乘船行經那條通道，」他說：「大家稱那裡為閘門。」

「閘門？你指的是像圍獵時做的閘門？用來封閉開口，把動物關在裡面？」愛拉問。

「我不知道，我沒問過，但也許那就是名稱的起源，不過它更像是築在兩側通向出入口的柵欄。那條通道相當長，眞希望我能帶妳去。」他微笑。「也許我會的。」

兩人往北朝山地前進，花了一段時間走下小丘來到平地，眼前一整排的高聳樹木，就像一道沒有邊際的牆，是硬木和常綠樹濃密深邃的混合林的開端。從明亮太陽下踏入高聳林冠枝葉的蔽蔭中，他們就發現自己置身不同的世界，過了幾分鐘眼睛才適應原始森林的幽暗靜謐，但也立即感覺到涼爽潮濕的空氣，嗅出溼冷中繁盛的生長與腐朽。

厚厚的青苔覆蓋地面，形成沒有接縫的綠毯，攀過巨礫，覆上傾倒許久的古木，一視同仁地纏繞著崩壞卻仍挺立的殘株與活樹。大狼跑上前撲向布滿青苔的圓木，挖開緩慢分解回歸土壤的古老腐朽木心，暴露出因日光而受驚蠕動的白色蠐螬。這對男女不久就下馬，以便找路越過森林底部四處散布的殘株及新苗。

布滿青苔的腐木長出許多小樹苗，彼此爭奪一個有陽光照射的地方。鹿蹄草粉紅色花朵的穗狀花序，在穿透林冠間隙射入森林底層的明亮光線中搖曳，蒼蠅嗡嗡圍繞在附近。奇特的寂靜使最微小的聲音都被放大，兩人沒來由地輕聲細語。

菌類蔓生，幾乎每個地方都看到各式各樣的菌蕈，到處都是山毛櫸寄生植物、淡紫色齒鱗草等無葉香草；缺乏綠葉但花色鮮亮的各種小蘭花，從其他活體植物的根部或腐朽殘株長出。看到幾株頂端擺盪的蒼白無葉小莖，愛拉停下來採集一些。

「這可以幫助舒緩沃夫和馬兒的眼睛，」她解釋。喬達拉注意到她臉上浮現溫暖而悲傷的笑容。「我流淚的時候，伊札會用這種植物舒緩我的眼睛。」

她順便也採了一些她確定可食用的菌蕈；愛拉從不冒險，對食用菌蕈十分謹慎。有些品種的菌蕈很可口，有些不太美味但無害，有些適合當草藥，有些會讓人輕微不適，少數可以讓人看到靈界，還有少數會致命，而且其中有些很容易和其他品種混淆。

嘶嘶拖載的那兩支長竿使得拖橇不容易在森林中移動，不斷卡在生長得很靠近的樹木間。愛拉剛研發出這個簡單卻有效率的方法，藉助嘶嘶的力量搬運重物時，她會把兩根長竿並攏，好讓馬兒可以爬上通往她洞穴的險峻狹道。但現在拖橇上頭裝著碗形船，他們沒辦法把長竿並攏，而且拖動時也很難避開東西。拖橇在崎嶇地帶非常實用，不會陷進坑洞、溝渠或泥巴裡，卻需要開闊的地形。

那個下午剩餘的時光他們都行進困難，喬達拉終於決定拆下碗形船，自己拖著走——他們開始認眞考慮要扔下船。要渡過許多河流及注入大媽河的小支流時，船非常有幫助，但他們不確定是否值得大費周章帶著船穿越茂密的樹林。就算前方還有更多河流，沒有船他們也一定能渡河，而且搬運這艘船減緩了他們的行進速度。

黑暗降臨時他們仍在森林裡，兩人搭起過夜的帳篷，但都感覺不自在，覺得比在寬闊大草原中央還暴露於危險中。在空曠地帶，就算處於黑暗裡，他們也看得到某些東西：雲、星星、移動物體的輪廓。在濃密森林中，高樹的厚實樹幹甚至遮得住大型生物，而且只有純粹的黑暗。剛進入森林世界時瀰漫的奇特寂靜，在夜裡的樹林深處變得嚇人，儘管他們努力不要露出恐懼。

馬兒也很緊張，擠在火堆附近尋求熟悉的慰藉。愛拉很高興看到沃夫也待在紮營處，分給牠一份兩人吃的食物，想著無論如何都要把牠留在身邊。就連喬達拉也很高興——有隻友善的大狼在附近令人安心，因爲牠能嗅聞、感知到人類無法察覺的東西。

潮濕樹林中的夜晚比較寒冷，黏滑的溼氣重得幾乎感覺像雨，兩人早早鑽進獸皮被，雖然疲憊卻聊到很晚，沒有準備好安心入睡。

「我不確定我們應該再費事地帶著那個碗形船。」喬達拉說：「馬兒可以涉水渡過小溪流，不會把所有東西都弄得太溼。遇到比較深的河，我們可以把行囊籮筐抬到馬背上，別讓它們垂下來。」

「我曾將所有東西綁到一根圓木上。我離開部落去尋找和我一樣的人時，遇到一條寬闊河流，我是推著圓木游過河的。」愛拉說。

「那一定很難，或許也更危險，因爲無法自由運用手臂。」

「是很難，但我必須過河，而且想不出其他辦法。」愛拉說。

她靜靜思索了一段時間，直到躺在她身旁的男人懷疑她是不是睡著了，她才透露自己在想什麼。

「喬達拉，我相信我們走過的距離比我找到山谷前走的路遠多了。我們已經走了很遠吧？」

「對，我們已經走了很遠，」他稍微謹慎地回答，側身用一隻手臂撐起身子以便能看著她。「但距離我的家鄉還很遠。妳厭倦了旅行嗎，愛拉？」

「有一點，我想休息一段時間，然後就能準備好再上路。只要和你在一起，我不在乎需要走多久，我只是不知道這個世界這麼大，它有盡頭嗎？」

「在我家鄉的西邊，土地盡頭是大水，沒有人知道另一邊有什麼。我還認識一個人，他說自己到過更遠的地方，看過東方的大水，儘管很多人質疑他。大多數的人會旅行一小段距離，卻很少走得很遠，所以很難相信長途旅行的經歷，除非看見能夠說服自己的東西，但總是有少數人旅行很長的距離。」他自嘲地輕笑。「不過我從沒想成爲那種人。偉麥茲旅行到南海附近，發現更南邊還有土地。」

「他還遇到雷奈克的母親，並且把她帶回來，所以很難質疑偉麥茲。你看過其他人擁有像雷奈克那樣的棕色皮膚嗎？偉麥茲旅行了那麼遠才遇到那樣的女人。」愛拉說。

喬達拉看著火光映照她的臉龐，對身旁的這個女人有股強烈愛意，也極度為她擔憂。這段談論長途旅程的對話，讓他想到剩餘的漫長路途。

「北方陸地的盡頭是冰，」她繼續說：「沒人能越過冰川。」

「除非利用小船。」喬達拉說，「但有人說那裡只有一片冰雪，是白熊幽靈居住的地方，而且他們說那裡有比猛獁象還大的魚。西部的某些族群聲稱有法力強大的巫師召喚他們去那裡，而且一旦他們上岸就回不來了，但是……」

樹林中突然傳來碎裂聲，這對男女都嚇了一跳，接著動也不動地靜靜躺著，沒有發出一點聲音，連呼吸都幾乎停止了。沃夫的喉嚨傳出低沉吼聲，但愛拉用手臂環繞牠，不想讓牠離開。又傳出更多移動聲響後，寂靜再度降臨。過了一陣子，沃夫也停止低吼。喬達拉不確定自己晚上能否睡得著，終於起身將木材放進火堆，慶幸先前找到一些大小適合的斷裂枝幹，可以用象牙柄小石斧砍成小塊。

「我們必須越過的冰川不在北方吧？」愛拉在他回來時發問，她的心思仍停留在兩人的旅程。

「嗯，是在這裡的北方，但還沒有那片冰壁那麼北邊。這些山的西邊還有另一條山脈，我們必須越過的冰川在那條山脈北方的高地上。」

「橫越冰川困難嗎？」

「那裡非常冷，而且有可怕的暴風雪。在春夏季節，冰會稍微融化並且變得脆弱，裂開大縫。如果掉進深縫裡，沒有人能救妳出來。冬季大部分的裂縫都填滿冰雪，不過還是非常危險。」

愛拉驀地發抖。「你說過附近還有一條路。為什麼我們必須橫渡那片冰川呢？」

「那是唯一能避開扁……部落地界的路。」

「你原本要說是扁頭地界。」

「那就是我一直以來聽到的名稱，愛拉。」喬達拉試圖解釋，「每個人都這樣稱呼。妳知道的，妳得習慣那個字眼，大多數人都這樣稱呼他們。」

她不理會他的評論而繼續說：「爲什麼我們必須避開他們？」

「曾經發生過一些衝突。」他皺起眉頭。「我甚至不知道那些北方的扁頭族是否和妳部落的族人一樣。」他頓了一下又繼續說：「但也不是他們先製造衝突的。在往這裡的路上，我們聽到有一幫年輕男人……不斷騷擾他們，那些人是住在高原冰川附近的蘿莎杜那氏。」

「爲什麼蘿莎杜那氏要找穴熊族的麻煩？」愛拉困惑不解。

「不是蘿莎杜那氏所有的人，他們不想製造紛爭，只有那一幫年輕男人。我猜他們是覺得好玩，或者至少剛開始是出於好玩。」

愛拉想到某些人覺得有趣的點子，她聽起來並不怎麼有趣，但她念念不忘兩人的旅程及還要走多遠。依喬達拉的說法，他們甚至還沒有接近終點。她認定最好不要想太遠，於是試著不去想它。

她抬頭望進黑暗中，希望能透過高高的林冠看見天空。「喬達拉，我彷彿看到上面那裡有星星，你看得見嗎？」

「哪裡？」他望向上方問。

「就在那裡，你必須直直看上去，再往後移一點，看到了嗎？」

「嗯……嗯，我想我看到了。不像大媽的奶路，但我看到幾顆星星。」喬達拉說。

「什麼是大媽的奶路？」

「那是另一段關於大媽和她孩子的故事。」他解釋。

「告訴我。」

「我不確定我記得住，試試看吧，好像是這樣……」他開始哼唱沒有文字內容的旋律，隨後在中途唱出詩文：

「她的血液凝結乾涸成赭紅色的土壤，
但明亮的孩子讓一切辛苦都值得。

燦爛耀眼的男孩。
大媽的巨大喜悅，

山脈頂端噴出火焰，
她以如山的胸部給兒子吃奶。
他吸吮得如此用力，火花飛射得如此高，
大媽的熱奶在天空中鋪出一條路。」

「就是這樣了。」他結束吟誦。「齊蘭朵妮亞會很高興我還記得。」
「眞棒，喬達拉！我喜愛這故事聽起來的感覺。」她閉上眼睛，對自己大聲複誦了幾次詩文。
喬達拉聆聽著，想起她記憶的速度有多快；只聽過一遍，她就能一字不漏的複誦。他眞希望自己的記性也這麼好，能像她這麼快就掌握語言技巧。
「這不是眞的吧？」愛拉問。
「什麼不是眞的？」
「關於星星是大媽的奶汁。」
「我不認爲星星眞的是奶汁，」喬達拉說：「但我覺得那個故事的涵義有眞實性。那整個故事。」
「什麼涵義？」

「那故事講述萬物之始，我們從何而來。關於大地母親創造我們，用她自己的身體；關於她和太陽月亮住在同樣的地方，是它們的大地母親，就像她是我們的大地母親一樣，而星星也是那世界的一部分。」

愛拉點點頭。「那可能有部分是眞的。」她說。她喜歡他說的故事，想著或許有一天她會想和這位齊蘭朵妮亞碰面，請對方告訴自己完整的故事。「克雷伯告訴我，星星是居住在靈界的人的火堆地盤，所有回去和沒出生的人，也是圖騰靈的家。」

「那也可能是眞的。」喬達拉說。扁頭果眞幾乎是人，他心想，沒有動物會那樣想。

「他有次爲我指出我圖騰的家在哪裡，偉大的穴獅。」愛拉說，忍著呵欠翻身側躺。

愛拉試圖看清楚前方的路，但遍布青苔的巨大樹幹遮蔽了視線。她持續往上爬，不確定自己要去哪裡或爲什麼要爬，只希望能停下來休息。她疲憊無比，如果能坐下來就好了。前方的圓木看起來非常吸引人，要是她到那裡就好了，但它似乎總有一步之遙。接著她來到圓木上，但它在她下方崩解成腐木和蠕動的蠐螬。她從中間掉下去，扒著土設法重新往上爬。

然後濃密的森林消失了，她沿著熟悉的路徑穿過開闊樹林爬上陡峭的山坡，一小群鹿在頂端的高山草原吃草，榛樹林順著岩石山壁生長。她很害怕；樹林後面很安全，但她找不到路進去。入口被榛樹林擋住了，而且榛樹持續生長，長得像大樹一樣高大，枝幹布滿青苔。她想看清楚前方的路，卻只看得見樹，而且天色愈來愈暗。她很害怕，但此時她看見遠方有人在黑暗陰影間移動。

是克雷伯，他站在一個小洞穴的入口前面，擋住她的路，他用手勢告訴她不能留下，這個地方不屬於她，她必須離開去尋找另一個她所歸屬的地方。他試圖告訴她路徑，但天色太暗了，她看不太見他說什麼，只知道她必須繼續走下去；然後他伸出那隻完好的手臂指著。

她往前看，樹木消失了，她又開始攀向另一座洞穴的入口。雖然她知道自己從沒看過這個洞穴，卻感到莫名地熟悉，天空襯托出上方突兀巨礫的輪廓。她回頭望見克雷伯正要離開，大聲懇求他。

「克雷伯！克雷伯！幫幫我！別走！」

「愛拉！醒一醒！妳在做夢。」喬達拉說，輕搖著她。

她睜開眼睛，但火堆已經熄滅，四周一片黑暗。她緊抓著他。

「噢，喬達拉，是克雷伯。他擋在路上不讓我進去——他不會讓我留下來。他想告訴我什麼，可是四周好暗，我看不見。他指向一個看起來有點熟悉的洞穴，但他不留下來。」

喬達拉抱緊她，以自己的存在來安撫她，感覺到她在他懷中發抖。她驀地坐起。「那個洞穴！他擋住的洞穴是我發現的洞穴，那是我生下杜爾克後去的洞穴，當時我怕他們不讓我留下他。」

「夢很難理解，有時齊蘭朵妮亞可以告訴妳夢的涵義。或許妳還很難過離開兒子。」他說。

「也許吧，」她說。她的確還很難過離開杜爾克，但如果那是她這個夢代表的意義，為什麼她現在才做這個夢？為何不是在她從那座島上眺望白倫海、試著看見半島、含淚對他做最後的告別之後夢到？她有種感覺這個夢的意義不只是這樣。不過她還是安下心來，兩人都小睡了一段時間。當她再度醒來，天色已亮，但森林的幽暗陰影仍籠罩著他們。

愛拉與喬達拉在早晨啓程徒步往北走，他們將拖橇的兩根長竿捆在一起，橫跨碗形船中間綁牢，兩人各握一端，這樣就比拖在馬後面更能輕易地抬起長竿和碗形船，避開障礙物，也讓馬兒休息，只需要載運行囊籮筐，留意自己的腳步。然而不久之後，少了這個男人將手放在馬背上引導，快快開始四處漫遊去吃幼樹的綠葉，因為森林裡草地不多。牠聞出一小塊林間空地中的青草，繞到一旁往回走了一段距離；那裡有幾棵樹被強風吹倒，使陽光得以照進來。

喬達拉厭倦了追趕牠，一度試著握住快快的引導繩和長竿靠近他的這端，卻很難同時看著愛拉何時要抬起長竿，又還要留心自己的腳步，避免把年輕馬兒牽往坑洞或其他更糟的地方。他希望不需要籠頭或馬具，也能讓快快跟著他，就像嘶嘶跟著愛拉一樣。當喬達拉不小心推動靠近他這邊的長竿，相當用力地戳到愛拉，她終於提出建議。

「你要不要把快快的引導繩綁到嘶嘶身上？」她說：「你知道牠會跟著我，而且會留意自己的步伐，不會引導快快走錯路，更何況快快也習慣跟著牠。那樣你就不用怕牠四處遊走或碰上其他麻煩，只需要擔心你那端的長竿就好。」

他皺眉停頓了片刻，隨即露齒綻開燦爛笑容。「爲什麼我沒想到？」他說。

他們緩緩攀高，但地勢明顯開始變陡，森林的特徵也急遽改變。樹林愈來愈稀疏，他們很快就遠離大型落葉性硬木。冷杉和雲杉成爲主要樹種，殘存的硬木縱使品種相同，樹形卻小多了。

他們抵達山脊上端，鳥瞰到一處寬廣台地和緩下降之後，近乎平坦地延伸了相當遠。台地上的優勢樹種爲大多由毬果植物構成的森林，針葉轉變爲金色的洋松零星散布，凸顯出深綠色的冷杉、雲杉、松樹。亮黃綠色的高草原烘托著台地，藍白相間的小湖點綴其中，映著上方的清澈天空及遠方的雲。遙遠盡頭處水勢兇猛的瀑布瀉落山坡，注入一條分割台地的湍急河流。白靄靄的雄偉高峰聳立在台地另一邊，盤踞天際，部分被雲掩蓋。

它看起來如此靠近，令愛拉覺得幾乎伸手可及。山後的太陽照亮山岩的色彩與輪廓，淡黃褐色的岩石突出於淺灰色的山壁，近乎白色的表面對比著出奇一致的深灰色柱狀物——從熾熱地心冒出後冷卻形成其基本結晶構造的斜角狀。貨眞價實的美麗藍綠色冰川在上方閃閃發光，霜雪依舊流連於最高處。太陽和降雨雲彷彿被施了魔法般，製造出以大弧形橫跨山頭的明亮彩虹。

這對男女驚奇地凝視，沉醉在美麗與寧靜之中。愛拉納悶彩虹是否要告訴他們什麼，但願那代表了他們受到歡迎。她發現自己呼吸的空氣涼爽清新，對於遠離平原地帶使人失去活力的炎熱感到開心，接著又忽然意識到擾人的蚋群消失了。就她而言，她不需要踏出這片台地，可以就此定居下來。

她轉過身面對他微笑，她的情感、美景帶給她的喜悅、她想留下的渴望徹底產生力量，使喬達拉呆了半晌。就在那一瞬間，他想要她，而他亮藍色的眼睛及愛與渴望的神情，將他的想望表露無遺。愛拉感覺到他反映出自己所投射卻經過他轉化並增強的力量。

跨坐馬背上的兩人望入彼此的眼眸，因爲無法解釋的理由而恍惚，卻還是感受到彼此對應的深切情感、對彼此散發的魅力以及彼此相愛的強度。他們不假思索地探向彼此，卻造成馬兒的誤解，嘶嘶開始往下坡走，快快跟隨在後。馬兒得移動使這對男女重新意識到自己身在何處，他們感受到難以言喻的溫暖柔情，也因爲不太清楚怎麼回事，覺得有些荒謬。兩人帶著相互應許的神情對彼此微笑，接著繼續騎下山丘，轉往西北方順著台地行進。

在喬達拉認爲應該會抵達夏拉木多伊人聚落的那個早晨，空氣中帶有霜的清新氣息，預告著季節的轉換，令愛拉欣喜。兩人穿過林木茂盛的山坡，如果不是她夠清楚，幾乎要認爲自己曾到過那裡。基於某種理由，她一直期待確認出某個地標。一切似乎都如此熟悉：樹木、植物、斜坡、地形，她愈看愈覺得有家的感覺。

她看到樹上還包藏在帶刺綠殼中的榛子近乎成熟，正是她喜歡的狀態，忍不住停下來採集一些。她用牙齒咬開幾顆榛子殼，猛然領悟到她覺得自己知道這個地區，感覺這裡像家，是因爲這裡類似半島頂端的山區，而布倫部落的洞穴就在附近，她生長的地方和這裡非常類似。

喬達拉也有充分的理由對這一帶感到熟悉，當他發現自己認得的醒目小徑往下通向一條通達懸崖面外緣的路徑，他知道他們就快到了，內心愈來愈興奮。愛拉發現一大片長滿多刺薔薇的土丘，帶刺的細長匍莖高高突出於中央，枝椏負荷著成熟多汁的黑莓而下垂。對於她為了摘取黑莓而延遲他們抵達的時間，他瀕臨不耐。

「喬達拉！停一停，你看，有黑莓！」愛拉滑下馬背，奔向那叢歐石南。

「但我們就要到了。」

「我們可以帶一些給他們。」她嘴裡塞得滿滿的。「自從離開部落，我就沒這樣吃過黑莓了。嘗嘗看，喬達拉！你有嘗過這麼甜美的東西嗎？」她小把摘取黑莓後一次全部放進嘴裡，手和嘴都因而一片紫。

喬達拉看著她，突然笑出聲來。「妳眞該看看妳自己，」他說：「像個小女孩似的，沾滿莓漬，高興得像什麼似的。」他搖著頭咯咯笑。她沒有回答，因為嘴裡塞得太滿了。

他摘了一些吃，覺得非常甜美，於是又摘了一些。再摘了幾小把之後，他停頓下來。「妳說可以摘一些帶給他們，但我們沒有東西能裝。」

愛拉頓了一會兒後露出微笑。「有，我們有。」她脫下沾染汗漬的圓錐形織帽，尋找葉子鋪到裡面。「用你的帽子。」

兩人各自把帽子裝了將近八分滿時，聽見沃夫發出警告的低吼。他們抬起頭看見一個幾乎是成人的高個子青年沿著小徑走來，目瞪口呆地看著他們和距離非常近的狼，恐懼地睁大眼睛。喬達拉又看了看。

「達爾沃？達爾沃，是你嗎？是我，喬達拉，齊蘭朵妮氏的喬達拉。」他說，大步走向青年。

喬達拉說著愛拉不熟悉的語言，儘管她聽到某些字詞和聲調會聯想到馬木特伊氏語。她看著青年的面容從恐懼轉為迷惑，然後認出他來。

「喬達拉？喬達拉！你在這裡做什麼？我以為你離開了，而且永遠不會再回來。」達爾沃說。

他們奔向彼此，用手臂摟著對方，然後喬達拉將手搭在青年的肩上，退後看著他。「讓我看看你！眞不敢相信你長這麼大了！」愛拉盯著青年瞧，因爲太久沒見到其他人而目不轉睛。

喬達拉又摟摟他。愛拉看得出兩人間的眞摯情感，但最初的激動問候結束後，達爾沃看起來有點困窘。喬達拉明白突如其來的拘謹，因爲達爾沃如今畢竟已經幾乎成年。正式擁抱問候是一回事，但盡情表露情感又是另一回事，即使對方曾在你的火堆地盤生活過一段期間。達爾沃看著愛拉，注意到她拉住那隻狼，又開始張大眼睛，接著他看到靜靜站在旁邊的馬兒，身上垂掛著行囊籮筐和長竿，眼睛睜得更大了。

「我想我最好向你介紹我的……朋友。」喬達拉說。

「夏拉木多伊氏的達爾沃，這位是馬木特伊氏的愛拉。」

愛拉認出正式介紹的音韻起落及足夠多的字詞，示意沃夫留下，然後伸出雙手掌心朝上地走向男孩。

「我是夏拉木多伊氏的達爾沃羅，」青年握著她的手，用馬木特伊氏語說。「歡迎妳，馬木特伊氏的愛拉。」

「索莉把你教得眞好！你的馬木特伊氏語說得像是母語，達爾沃，或者現在應該叫你達爾沃羅了嗎？」喬達拉說。

「我現在叫達爾沃羅。達爾沃是小孩的名字，」青年說完陡然臉紅起來。「不過你可以叫我達爾沃，如果你想的話。我的意思是，那是你知道的名字。」

「我覺得達爾沃羅是個好名字，」喬達拉說：「很高興你一直繼續和索莉學馬木特伊氏語。」

「多蘭多認爲這樣很好。他說明年春天我們去和馬木特伊氏交易時，我會需要用到這種語言。」

「達爾沃羅，或許你會想見見沃夫？」愛拉說。

青年驚愕地皺起眉頭。他這輩子從未預期也絕對不想要面對一隻狼。但喬達拉不怕牠，這個女人也不怕……她有點奇怪……說話也有點奇怪，不是有錯，卻不太像索莉。

「假如你把手伸到這裡讓牠聞，沃夫就有機會認識你。」

達爾沃羅不確定自己想讓手這麼靠近狼的牙齒，卻不認爲自己還能退開。他試探地把手往前伸，沃夫嗅了嗅之後，出其不意地舔了他的手。牠的舌頭溫暖潮濕，但絕不會造成傷害；事實上，感覺還相當好。青年看看動物和女人，她隨意自在地將一隻手臂環繞狼的頸脖，用另一隻手拍拍牠的頭。他很好奇輕拍活狼的頭是什麼感覺？

「你想摸摸牠的毛嗎？」愛拉問。

達爾沃羅面露驚訝，然後伸出手去摸，但沃夫挪動身子去嗅聞他，使他退了回去。

「這裡！」愛拉說，抓起他的手穩穩放到沃夫的頭上。「牠喜歡被搔抓，就像這樣。」她說著示範給他看。

沃夫忽然發現有跳蚤，或許是試探性的搔抓讓牠想起跳蚤，牠往後坐下，用一隻後腿疾速搔抓耳朵後方。達爾沃羅露出微笑，他從未看過狼擺出這麼有趣的姿勢，快速猛烈地搔抓。

「我說過牠喜歡被搔抓，馬兒也是一樣。」愛拉說，示意嘶嘶上前。

達爾沃羅瞥向喬達拉，他只是站著微笑，彷彿有女人搔抓狼和馬一點也不奇怪。

「夏拉木多伊氏的達爾沃羅，這是嘶～」愛拉以當初爲馬兒命名的方式，把嘶嘶的名字說得像輕柔馬嘶，而她聽起來就像一匹馬。「那是牠眞正的名字，不過我們有時候只叫牠嘶嘶，讓喬達拉比較好叫。」

「妳能和馬說話？」達爾沃羅說，完全不知所措。

「任何人都能和馬說話，但馬不會聽所有人的話。你們必須先彼此了解，這也是爲什麼快快會聽喬達拉的話，他在快快才剛出生就認識牠了。」

達爾沃羅轉過身望向喬達拉，往後退了兩步。「你坐在那匹馬身上！」他說。

「對，我坐在這匹馬身上，因爲牠認識我，達爾沃。我是說，達爾沃羅。牠連奔跑時也會讓我坐在牠背上，所以我們可以移動得很快。」

青年看起來就要兀自跑開，喬達拉甩腿滑下馬背。「關於這些動物，你可以幫助我們，達爾沃，如果你願意的話。」他說。青年看起來嚇呆了，而且準備拔腿就跑。「我們旅行了很久，我眞的很盼望能拜訪多蘭多、羅夏麗歐、所有人，但大部分的人第一次看到這些動物時都有點緊張，不習慣牠們。你可以和我們一起走嗎，達爾沃？我認爲如果大家看到你不怕站在這些動物旁邊，他們也不會那麼擔心了。」

青年稍稍鬆了口氣，那聽起來沒有那麼困難，畢竟他已經站在牠們旁邊了。大家不會驚訝看到他和喬達拉與這些動物走在一起嗎？尤其是多蘭多、羅夏麗歐……

「我差點忘了，」達爾沃羅說：「我告訴羅夏麗歐我會替她採些黑莓，因爲她再也不能採了。」

「我們有黑莓。」愛拉說。喬達拉也同時說：「爲什麼她不能採？」

達爾沃羅的目光從愛拉身上轉向喬達拉。「她從懸崖跌落船板，摔斷了手臂。我不認爲她的手臂會痊癒，因爲沒有接受治療。」

「爲什麼沒有？」兩人同時問。

「沒有人會治療。」

「夏木呢？或者你母親？」喬達拉問。

「夏木過世了，去年冬天。」

「很遺憾聽到這個消息。」喬達拉插話。

「我母親走了。在你走後不久，一個馬木特伊男人來拜訪索莉，是她的表親。我認爲他喜歡我母親，而他要求與她結爲配偶。她出乎大家的意料，離開去和馬木特伊氏一起生活。他也要我去，但多蘭多和羅夏麗歐要我留在他們身邊，所以我就留下來了。我是夏拉木多伊氏人，不是馬木特伊氏。」達爾沃羅解釋，然後他望向愛拉，臉紅了起來。「不是說馬木特伊氏有什麼不好。」他急忙補充。

「嗯，當然不是，」喬達拉擔憂地皺著眉頭說：「我知道你的感覺，達爾沃羅，我也還是齊蘭朵妮氏的喬達拉。羅夏麗歐摔傷多久了？」

「從夏月到現在。」青年說。

愛拉用困惑的眼神看著喬達拉。

「大約是一個月亮周期，」他解釋。「妳覺得太遲了嗎？」

「要見到她才知道。」愛拉說。

「愛拉是治療者，達爾沃羅，非常棒的治療者。她可能幫得上忙。」喬達拉說。

「我就懷疑她是夏木，因爲這些動物和其他的一切。」達爾沃羅頓了一會兒，望向馬兒和狼，然後點點頭。「她一定是非常棒的治療者。」就十三歲的少年而言，他站起來有點高。「我會和你們一起走，這樣就沒有人會害怕這些動物了。」

「你可以順便幫我拿這些黑莓嗎？這樣我就可以待在沃夫和嘶嘶身旁，牠們有時也害怕人類。」

第十五章

達爾沃羅領著他們走下小路，穿過開闊林地。下了斜坡，他們來到另一條小路，往右走下更和緩的斜坡。春季融冰及雨季過量的水會從這條路徑溢流，儘管溪床在炎熱夏末乾涸，卻遍布岩石，行走困難。

雖然馬是草原動物，嘶嘶和快快在山地中卻能腳步穩健，因爲牠們很小就學習行走陡峭狹窄的小徑，出入愛拉河谷中的洞穴。然而她仍擔心馬兒可能踩不穩而受傷，所以當他們開始走上另一條通往另一處斜坡的小路時，她覺得很高興。這條小路經常被利用，大部分的地方寬度足供兩個人並肩行走，不過容不下兩匹馬並行。

橫越陡峭斜坡之後，他們繞往右邊，走向險峻岩壁。當他們來到一處岩屑堆積成的斜坡，愛拉覺得有股熟悉感；在她生長的山裡，她曾看過陡峭山壁底部堆積出類似的尖銳岩石碎屑。她甚至注意到一種有喇叭狀白色大花和鋸齒狀葉片的矮胖植物。她遇到的猛獁象火堆地盤成員，把這種不好聞的植物稱爲刺蘋果，因爲它的綠色果實多刺，但這種植物卻讓她想起童年時期。它是曼陀羅，克雷伯和伊札都會利用到，但各有不同用途。

喬達拉熟悉這個地方，因爲他曾從這堆疏鬆碎石收集石礫來鋪路和火坑。知道他們已經接近了，他心裡湧出期待。一旦越過岩石滑坡，曲折繞過高聳岩壁的小徑就會變得平坦且覆蓋著碎石。他們可以從前方的樹木與灌木間看見天空，而喬達拉知道他們逐漸接近懸崖邊緣。

「愛拉，我想我們應該在這裡取下馬兒身上的長竿和行囊籮筐，」這個男人說：「繞過岩壁邊緣的小路不是全都那麼寬。我們可以等一會再來拿。」

卸下所有東西後，愛拉跟著少年沿著岩壁步行一小段距離，走向開闊天空。她走到懸崖邊往下看，然後立刻向後退，使尾隨後方觀看的喬達拉露出微笑。她覺得有點頭暈，攀向岩壁，接著又緩緩前進，再次往外望，驚訝地下巴都掉下來。

在遙遠的下方，險峻懸崖下就是他們曾經依循的大媽河，但愛拉未曾從這種角度看過這條河。她看過所有支流都匯入單一河道，但都是從沒比水面高出很多的河岸上觀望，難以抗拒想要從這種高度往下看的衝動。

經常發散、曲折的河流匯集流過從筆直聳立的岩壁間。深處的潛流帶動水中物質迅速擦過岩石，大媽河的壓迫力道悄悄翻攪而過，平滑起伏的湧浪堆疊散落。儘管這條壯觀河流還會匯聚更多支流才會達到滿水位，卻在離河口三角洲還這麼遠的地方，就已呈現如此龐大的規模，很難看出水量有減少，尤其是從上方完整俯瞰流動的河水。

偶有高聳的石頭頂端突出河中，分隔流水捲起泡沫。她看著一根圓木堵向其中一道水流，衝撞其間，幾乎看不見正下方的懸崖邊有個木頭構造物。等到終於抬起頭來，愛拉開始打量對面的山。儘管山形依舊圓潤，卻比在下游地帶更高聳陡峭，幾乎與旁邊的尖峰齊高。相距僅達河寬的兩道山脈曾經彼此相連，直到河水隨著時間逐漸切割出通道。

達爾沃羅耐心等待愛拉初次觀看他家鄉令人驚豔的入口。他一輩子都住在那裡，將之視爲理所當然，但他從前看過陌生人的反應。一般人的深受震懾使他感到驕傲，讓他透過他們的眼睛重新審視自己的家鄉。他對終於轉向自己的女人微笑，引領她沿著原本狹窄卻經過人工拓寬的岩架，繞過山壁邊緣。這條小路可以容納兩個人靠得很近並肩行走，寬度足夠讓一個人相對容易地搬運木頭、獵捕到的動物及其他補給品，也足夠讓馬兒通過。

喬達拉走近懸崖邊緣，往下遠眺空曠的空間，鼠蹊部位出現當他居住在那裡時也從未完全克服的熟悉疼痛。無法克制懼高的感覺沒有那麼糟，他確實讚嘆這片壯麗景觀，讚嘆他們只靠巨礫和大石斧就開闢出這條山徑，甚至鑿開一小部分堅硬岩石，但改變不了他始終如一的身體感知。即使如此，這條路徑也勝過另一條常用的入口通道。

愛拉讓沃夫待在身旁、嘶嘶緊跟在後，跟著少年繞過岩壁。另一面是一片相當可觀、大致呈U形的平坦區域。很久以前，西邊的廣大內陸盆地還是海，當時磨穿山脊的狹道開始流洩海水，使水位比現在高出許多，這裡也形成隱蔽河灣；如今這裡高於河面，成爲受保護的谷地。

綠草覆蓋前方的土地，幾乎蔓生到峭壁邊緣。緊貼險峻側壁的灌木叢由此開始伸展，長成小樹，沿著後方陡坡往上延伸。喬達拉知道後壁可以攀爬，但很少人會這麼做；這個不便利、繞遠路的出口鮮少被利用。位於谷地後方的圓形角落有塊砂岩懸頂，大到足夠遮蔽幾棟木造居所，成爲舒適而受庇護的生活區域。

谷地布滿綠青苔的另一端，有得天獨厚的純淨水源高高噴起，涓涓流過岩石，濺落岩架，漫過細長水瀑中較小的砂岩懸頂，流進下方水潭，然後順著對面岩壁瀉落懸崖邊緣，流下岩石露頭注入河中。

當他們來到岩壁轉角，尤其是狼和馬，已經有幾個人停下手邊正在做的事；等到喬達拉進入時，他看見所有人臉上盡是吃驚的表情。

「達爾沃！你把什麼帶來這裡了？」一個聲音大喊。

「呵啦！」喬達拉說，用這些人的語言致意。看見多蘭多後，他把快快的引導繩遞給愛拉，一隻手臂環著達爾沃羅的肩膀，走向洞穴的首領。

「多蘭多！是我，喬達拉！」他邊說邊走近。

「喬達拉？眞的是你嗎？」多蘭多認出這個男人，卻仍遲疑著。「你從哪裡來的？」

「從這裡的東邊。我在馬木特伊氏那裡過冬。」

「那是誰？」多蘭多問。

喬達拉知道如果忽略了一般禮儀，必定會使這個男人極度困擾。「她叫愛拉，馬木特伊氏的愛拉。這些動物也和我們一起旅行，牠們會回應她或我，而且全都不會傷害任何人。」他說。

「包括那隻狼？」多蘭多問。

「我摸過那隻狼的頭和皮毛，」達爾沃羅說：「牠甚至沒有試圖傷害我。」

多蘭多看著少年。「你摸過牠？」

「對，她說只需要認識牠們就可以了。」

「他說得沒錯，多蘭多。我不會把任何會造成傷害的人事物帶來這裡。來見見愛拉和這些動物，你就會了解。」

喬達拉帶領他回到空地中央，另外幾個人跟隨在後。已經開始吃草的馬兒，在這群人接近時停頓下來，嘶嘶靠向女人，站在快快旁邊，愛拉仍握著快快的引導繩，另一隻手放在沃夫頭上。這隻碩大的北方狼站在愛拉身旁，防衛地觀察著，但沒有明顯的威脅性。

「她如何讓那些馬不怕那隻狼？」多蘭多問。

「牠們知道牠沒什麼好怕的，因爲從牠還很小的時候，牠們就認識牠了。」喬達拉解釋。

「爲什麼牠們不逃離我們？」隨著他們逐漸靠近，首領又問。

「牠們身旁一直有人類。這匹種馬出生時我也在。」喬達拉回答，「我當時傷得很重，愛拉救了我。」

多蘭多忽然停下腳步，猛然望向這個男人。「她是夏木嗎？」他問。

「她是猛獁象火堆地盤的成員。」

一名相當矮胖的年輕女人高聲說：「如果她是馬木特，她的刺青在哪裡？」

「我們在她完成訓練之前就離開了，索莉。」喬達拉說，然後對她微笑。這個年輕的馬木特伊氏女人一點都沒變，還是一樣直接坦率。

多蘭多閉上眼睛搖搖頭。「眞可惜，」他眼神絕望地說：「羅夏麗歐摔傷了。」

「達爾沃告訴過我，他說夏木過世了。」

「沒錯，去年冬天。眞希望她是有能力的醫治者。我們派使者到另一個洞穴，但他們的夏木去旅行了。有個快跑人去了上游的另一個洞穴，但那裡非常遠，我怕屆時已經太遲，沒什麼幫助了。」

「她不缺乏醫治者的訓練，愛拉是醫治者，多蘭多，非常棒的醫治者。訓練她的是……」喬達拉驀地想起多蘭多的少數偏見。「……撫養她長大的女人。這個故事很長，但相信我，她有能力。」

他們已經來到愛拉和動物身旁，而她專注聆聽並觀察喬達拉說話。他所說的語言和馬木特伊氏語有部分共通點，但她更大部分是透過觀察來領略話語的涵義，了解他正在說服另一個男人。喬達拉轉向她。

「馬木特伊氏的愛拉，這是多蘭多，夏木多伊氏的首領，生活在陸地上的那一族。」喬達拉用馬木特伊氏語說，然後轉換爲多蘭多的語言：「夏拉木多伊的多蘭多，這是愛拉，馬木特伊氏的猛獁象火堆地盤女兒。」

多蘭多猶豫了片刻，看看馬兒，再看看狼。這隻漂亮的動物安靜警戒地站在高大的女人身旁。這個男人感到好奇，他從未這麼靠近過一隻狼，僅接近過少數狼皮。他們不常獵狼，他只遠遠地看過狼，或者看見牠們奔跑尋求掩護。沃夫抬頭看著多蘭多，讓他覺得自己也正在被打量，接著牠回過頭去觀察其他人。這隻動物看起來不會造成任何威脅，多蘭多心想，或許對動物有如此控制力的女人就是技巧純熟的夏木，不論她受過什麼訓練。他攤開手掌，掌心向上，對這個女人伸出雙手。

「奉大媽穆多之名，歡迎妳，馬木特伊氏的愛拉。」

「奉大媽馬特之名，謝謝你，夏拉木多伊氏的多蘭多。」愛拉握住他的雙手說。

這個女人有奇特的口音，多蘭多心想。她說的是馬木特伊氏語，但有種奇特的特質，聽起來不完全像索莉，也許她來自不同地區。多蘭多對馬木特伊氏的認識足夠讓他理解這一點，他這輩子曾多次旅行到大河終點去和他們交易，而且他幫忙帶回索莉這個馬木特伊氏女人。這是多蘭多至少能為拉木多伊氏首領做的事，協助他的火堆兒子與他執意擁有的女人結為配偶。索莉確保了許多人認識她的母語，有助於後續的遠征交易。

多蘭多接納了愛拉，讓所有人循例歡迎喬達拉回來，認識他帶來的女人。索莉走上前，喬達拉對她微笑。經由他弟弟的配對，就某種複雜的層面來說，他們兩人是親戚，而他喜歡她。

「索莉！」他說，掛著大大的微笑握住她的雙手。「見到妳眞是說不出的開心。」

「我也很開心見到你。你的馬木特伊氏語確實學得很好，喬達拉。我得承認我有時懷疑你無法說得流利。」

她放開他的雙手，探身給他歡迎的擁抱。因為實在太高興來到這裡，他一時衝動彎身抱起這個矮小女人，給她一個扎實的擁抱。她有些倉皇失措地紅著臉，想到這個高大英俊、偶爾情緒化的男人變了，她不記得他過去曾這麼自然表露情感。當他放下她後，她仔細端詳他和他帶來的女人，確信他的改變與她有關。

「馬木特伊氏獅營的愛拉，見見夏拉木多伊的索莉，過去的馬木特伊氏人。」

「奉馬特或穆多之名，不論妳怎麼叫她，歡迎妳，馬木特伊氏的愛拉。」

「奉萬物母親之名，謝謝妳，夏拉木多伊氏的索莉。非常高興認識妳，我聽過好多關於妳的事情，妳在獅營不是有親戚嗎？喬達拉提到妳的時候，我想塔魯特說過你們有親戚關係。」愛拉說，發覺這個敏銳的女人正仔細端詳她。假如索莉還不知道，應該也很快就會發現，愛拉並非天生就是馬木特伊氏人。

「對，我們有親戚關係，儘管不是很親近。我來自南部的營地，獅營在更遙遠的北方。」索莉說：「不過我知道他們。所有人都知道塔魯特，很少人不知道他和他妹妹圖麗，她非常受敬重。」

這不是馬木特伊氏的腔調，她心想，愛拉也不是馬木特伊氏的名字。我甚至不確定只有說某些字的方式奇特算不算腔調。不過，她說得很好。塔魯特總是收留人，甚至收留那個發牢騷的老女人和她委身下嫁的女兒。我想多認識這個愛拉和那些動物，她心想，然後望向喬達拉。

「索諾倫在馬木特伊氏那裡嗎？」索莉問。

他還沒開口，痛苦的眼神就已經告訴她答案。「索諾倫過世了。」

「很遺憾聽到這個消息，馬肯諾也會覺得遺憾，但不能說我沒預料到。他想和潔塔蜜歐一起死，有些人能從悲劇中復原，有些人不能。」索莉說。

愛拉喜歡這個女人的表達方式，不是缺乏感情，而是坦白直接；她仍然是非常道地的馬木特伊氏人。

在場的其他人也對愛拉致意，她感受到保守卻有禮的接納。他們對喬達拉的致意少了許多保留。他是族群成員，他們無疑將他視爲一份子，熱情歡迎他回家。

達爾沃羅一直捧著裝有黑莓的帽籃，等待所有人都致意完畢，才將它舉向多蘭多。「這是給羅夏麗歐的莓果。」他說。

多蘭多注意到這個從未見過的籮筐，他們不是這樣製作籮筐的。

「愛拉送的，」達爾沃羅繼續說：「我遇到他們時，他們正在摘黑莓。這些是已經挑選過的。」

看著少年，喬達拉陡然想到達爾沃羅的母親。他沒預料到賽倫妮歐會離開，因而感到失望。就某方面來說，他眞的愛過她，而他意識到自己期待見到她。她離開時懷孕了嗎？出自他的靈的孩子？或許他可以問羅夏麗歐，她會知道的。

「我們拿去給她吧！」多蘭多說，點點頭默默對愛拉致謝。「我確定她會喜歡。喬達拉，假如你想進來，我想她是醒著的，而且我知道她會想見你。帶愛拉一起進去吧，她會想認識她。現在對她很難熬，你知道她的，總是精力旺盛、忙碌不休，總是第一個問候訪客。」

喬達拉爲愛拉翻譯多蘭多的話，她點頭表達樂意。兩人讓馬兒留在空地上吃草，卻示意沃夫跟著她。她察覺得出食肉動物依然困擾一般人，馴服的馬兒可能很奇特，但不會被認定有危險性。狼是掠食者，有能力造成傷害。

「喬達拉，我認爲沃夫暫時還是跟著我比較好。你可以問多蘭多能否帶牠一起進去嗎？告訴他沃夫很習慣待在室內。」愛拉用馬木特伊氏語說。

喬達拉複述她的請求，不過多蘭多已經明白她的意思。愛拉看見他的細微反應，懷疑他其實聽得懂，於是將這一點謹記在心。

他們走向後方的砂岩棚架下，經過顯然是聚會場地的中央火堆，來到類似傾斜帳篷的木造建物。他們一邊走，愛拉一邊留意著結構。地上固定著一根棟梁，以大樹幹放射狀劈開的橡木板，傾靠前方支撐的長竿，後端短而至前端漸長。來到近處時，她看見木板以細柳條穿過事先鑽好的孔洞固定在一起。

多蘭多推開軟皮革製黃色垂簾，拉著它等大家走進去，然後將它往後綁，讓更多光線射入。透過部分木板間的細縫，可以從裡面看見日光，但壁面鋪有毛皮擋風，儘管不常有風吹進這片山中刻蝕出的彎狀凹地。前端附近有個小火坑，上方的短木板屋頂挖了個洞，卻沒有遮雨蓋；懸頂保護居所不受雨雪影響。靠近後方的一側壁面有寬木架製成的床榻，一邊固定在壁面，另一邊有支撐物，覆蓋著塡充皮墊與毛皮。微弱光線中，愛拉勉強看出一個女人平臥在上面。

達爾沃羅跪在床邊遞出莓果。「我答應要給妳的黑莓在這裡，羅夏麗歐。但不是我摘的，是愛拉摘的。」

女人睜開眼睛，她沒有睡，只是試著休息，但她不知道有訪客來到，沒聽清楚達爾沃羅提到的人名。

「誰摘的？」她用微弱的聲音說。

多蘭多朝著床榻彎身，把手放在她的額頭。「羅夏麗歐，看看誰來了！喬達拉回來了。」他說。

「喬達拉？」她望向和達爾沃羅一起跪在床邊的男人，臉上銘刻的痛苦幾乎使他畏縮。「眞的是你嗎？有時我會做夢，以爲看到我兒子或潔塔蜜歐，後來才發現不是眞的。喬達拉，是你嗎？或者這是夢？」

「這不是夢，羅。」多蘭多說。喬達拉彷彿看見他眼中有淚。「他眞的在這裡，而且帶了別人一起來，一個馬木特伊氏女人，她叫愛拉。」他招手要愛拉上前。

愛拉指示沃夫待著，然後走向這個女人，立即看出她承受巨大的痛苦。她的目光呆滯，有黑眼圈，使眼睛看似凹陷，臉部因發燒而泛紅。即使光線被遮蔽，愛拉遠遠就看出她的上臂彎曲成奇怪的角度。

「馬木特伊氏的愛拉，這是夏拉木多伊氏的羅夏麗歐。」喬達拉說。達爾沃羅往旁邊挪，愛拉取代他來到床邊。

「奉大媽之名，歡迎妳，馬木特伊氏的愛拉。」羅夏麗歐說，在嘗試起身後又放棄，躺回床上。「抱歉我無法合乎禮儀地向妳致意。」

「奉大媽之名，謝謝妳。」愛拉說：「妳不需要起身。」

喬達拉翻譯著，但索莉已經教導所有人都對她的語言有某種程度的認識，爲理解馬木特伊氏語奠定良好的基礎。羅夏麗歐了解愛拉話中的要義，點頭示意。

「喬達拉，她看起來很痛，我擔心情況可能很糟，我想查看她的手臂。」愛拉轉換成齊蘭朵妮氏語說，避免讓這個女人知道她認為傷勢有多嚴重，卻掩飾不了急迫的語氣。

「羅夏麗歐，愛拉是個醫治者，猛獁象火堆地盤的女兒。她想看看妳的手臂，」喬達拉說，然後抬頭望向多蘭多，確認他是否同意。這個男人願意嘗試任何可能有幫助的事情，只要羅夏麗歐同意。

「醫治者？」她說：「夏木嗎？」

「對，就像夏木，她可以看看嗎？」

「恐怕已經太遲了，不過她可以看看。」

愛拉露出女人的手臂，顯然有人嘗試過弄直它，傷口也經過清潔與治療，但手臂凹陷，骨頭在皮下突出，形成奇怪的角度。愛拉盡可能輕柔地觸摸手臂，女人只在她抬高手臂觸摸下方時退縮了一下，卻沒有抱怨。她知道檢查會造成疼痛，但她需要觸摸皮膚下的骨頭。愛拉看看羅夏麗歐的眼睛，嗅聞她的氣息，觸摸她的頸部與手腕的脈搏，然後重新跪坐下來。

「手臂已經癒合，但位置不對，她最終可能會康復，但我不認為她還能使用那隻手臂或手。在那種狀態下，手臂會一直痛。」愛拉用他們全都有某種程度理解的語言說，等待喬達拉翻譯。

「妳幫得上忙嗎？」喬達拉問。

「我想可以。也許已經太遲，但我想嘗試再折斷手臂癒合不當的地方，然後把手臂導正。問題是斷裂的骨骼癒合後會更堅硬，如果折斷錯誤的部位，她就會有兩處斷骨，徒增疼痛而沒有幫助。」

喬達拉翻譯之後出現一陣沉默，羅夏麗歐最後開了口。

「就算折斷錯誤的部位，也不會比現在更糟吧？」語氣比較像是陳述而非疑問。「我的意思是，以我手臂現在的狀態，我已經沒辦法再使用它了，所以就算再多一處斷骨也不會更糟。」喬達拉翻譯她的話，但愛拉已經掌握夏拉木多伊語的聲韻，連結到馬木特伊氏語，這個女人的聲調和表情甚至傳達出更多，她明白羅夏麗歐主要想表達什麼。

「但妳可能要承受更多痛苦，卻沒有任何收穫。」愛拉說，揣測羅夏麗歐的決定，想讓她完全了解所有可能。

「我現在也沒有任何收穫。」這個女人不等待翻譯就說：「如果妳能導正，我就能使用我的手臂了嗎？」

愛拉等喬達拉將她的話轉換成自己知道的語言，以確保語意清楚。「可能無法完全復原，但我想至少能恢復部分功能，不過誰也不敢保證。」

羅夏麗歐毫不遲疑。「如果有機會能讓我再使用手臂，我希望妳去做。我不在乎疼痛，那算不了什麼。夏拉木多伊人需要有兩隻完好的手臂，才能爬下山徑到河邊，連下到拉木多伊氏碼頭都辦不到的夏拉木多伊氏女人有什麼用？」

愛拉聆聽喬達拉的翻譯後，直直看著她說：「喬達拉，告訴她我會設法幫助她，但也同時告訴她，一個人有沒有兩隻完好的手臂不是最重要的。我認識只有一隻手臂、一隻眼睛的男人，他一生都很有貢獻，而且深受所有族人敬愛。我不認爲羅夏麗歐會不如他，就我所知，她不是輕言放棄的女人。不論結果如何，她都一直會是有用的人；她會找出方法，永遠受人敬愛。」

羅夏麗歐重新注視著愛拉，聆聽喬達拉複述她的話，微微抿起嘴唇點點頭。她深吸了一口氣，然後閉上雙眼。

愛拉站起來，已經想好該怎麼做。「喬達拉，請幫我拿我的行囊籮筐過來，右手邊那個；並且告訴多蘭多我需要一些細木頭當作夾板，還有木柴和很大的烹煮碗，但必須是他不介意丟棄的。因爲我要用那個碗調製強效止痛藥，不適合再用於烹煮。」

她持續快速尋思。我需要讓她在手臂被折斷時沉睡，她心想。伊札會用曼陀羅，它的藥效強，但最適合止痛，而且可以讓她沉睡。我有一些乾燥的，但新鮮的會最好……等一等……我不是才看過嗎？她閉上眼睛試圖回想。對！我看過！

「喬達拉，你去拿我的籮筐時，我會去採一些在來這裡的路上看到的刺蘋果。」她說，跨著大步很快走到入口。「沃夫，跟我來。」等喬達拉追上來，她已經走到空地中間。

多蘭多站在居所入口看著那對男女和那隻狼。儘管他什麼都沒說，卻非常留意那隻動物。他看到沃夫緊跟在她身旁，配合她走路的步伐。他察覺愛拉走向羅夏麗歐床榻時比畫的隱微手勢，看見那隻狼趴下來，卻仍抬著頭豎起耳朵，觀察那個女人的一舉一動。她離開時，牠依循她的指令站起來，再度急切地跟隨她。

他看著愛拉和那隻受她精確掌控的狼，直到他們繞過岩壁盡頭的轉角，然後回頭望向床上的女人。自從羅夏麗歐摔下的慘劇發生後，多蘭多第一次敢懷抱一絲希望。

愛拉帶著行囊籮筐和已經在水潭中清洗過的曼陀羅植物返回，發現一個方形木製烹煮盒，決定稍後再仔細檢視，另一個烹煮盒裝滿了水，火坑上的火燒得很旺，裡面有幾顆光滑的圓石在加熱，另外還有一些小木板。她對多蘭多點頭表示認可，接著翻看行囊籮筐內的物品，找出幾個碗和她的舊水獺皮醫藥袋。

她用小碗量出需要的水量倒進烹煮盒，放入幾株包含根部的完整曼陀羅植物，然後撒幾滴水到烹煮石上，讓它們繼續在火裡燒得更燙。她倒出醫藥袋裡的所有東西，挑選其中幾袋，再把其餘東西重新放回去，喬達拉此時走進來。

「馬兒很好，愛拉，正在享用空地上的草，但我暫時要求大家與牠們保持距離。」他轉向多蘭多。「有陌生人在周圍可能會驚嚇到牠們，我不希望任何人意外受傷。稍晚我們會讓牠們適應大家。」首領點點頭，怎麼也想不出他還能說什麼。「沃夫在外面好像不是很開心，愛拉，有些人看起來還是有點怕牠，我眞的覺得妳應該帶牠進來這裡。」

「我也想讓牠跟我進來，但我想多蘭多和羅夏麗歐可能希望牠在外面等。」

「讓我先跟羅夏麗歐談談，然後我想她就可以帶那隻動物進來。」多蘭多沒有等待翻譯，就夾雜使用愛拉不難理解的夏拉木多伊語和馬木特伊氏語說。喬達拉驚訝地看了他一眼，愛拉卻只是繼續對話。

「我還需要用這些來量她的手臂當作夾板。」她拿出小木板說：「然後我希望你刮平這些木板，多蘭多。」她撿起火坑附近一顆相當脆弱的疏鬆石塊。「用這顆砂岩把木板磨得非常光滑。你有可供我切割的軟毛皮嗎？」

多蘭多微笑，儘管帶了點嚴厲。「那是我們最出名的，愛拉，我們使用岩羚羊皮，而且沒有人做出的皮革比夏木多伊氏人做得還軟。」

儘管使用的語言不盡完美，兩人卻在充分理解彼此的狀態下交談，喬達拉看著他們，驚奇地搖搖頭。愛拉必定知道多蘭多聽得懂馬木特伊氏語，而且她已經會使用些許夏拉木多伊語？她什麼時候學會說「木板」和「砂岩」的？

「等我告訴羅夏麗歐之後，我會去拿一些過來。」多蘭多說。

他們走向床上的女人，多蘭多與喬達拉說明愛拉帶著一隻狼當作同伴一起旅行，而她想把牠帶進居所——他們還沒費事提到也有馬。

「她完全能控制那隻動物，」多蘭多說：「牠會回應她的指令，而且不會傷害任何人。」

喬達拉又驚訝地看了多蘭多一眼，多蘭多與愛拉之間的交流不知怎地比他說明的還多。

羅夏麗歐很快就答應了。儘管她覺得好奇，但這個女人有能力控制狼似乎一點都不令人驚訝，反而減輕了她的恐懼。喬達拉顯然帶來一位法力強大的夏木，她知道自己需要幫助，就像他們的老夏木多年前曾知道，喬達拉的弟弟被犀牛刺傷需要幫助。她不明白那些大媽侍者如何知道這種事，但他們就是知道；對她而言，那樣就夠了。

愛拉走到入口，召喚沃夫進來，然後帶牠來見羅夏麗歐。「牠叫沃夫。」她說。

當羅夏麗歐望進這隻漂亮的野生生物眼裡時，牠似乎以某種方式感受到她的痛苦與脆弱。牠舉起一隻腳掌放到她床邊，垂下耳朵，試圖不帶任何威脅地把頭往前伸，哀鳴著舔她的臉，幾乎就像是感覺到她的痛。愛拉突然想起萊岱格，想起那個病弱的孩子與成長中的小狼彼此間發展出的密切關係，是那樣的經驗教會牠理解人類的需求和痛苦嗎？

他們全都很驚訝沃夫的溫柔舉動，但羅夏麗歐深受震懾。她覺得奇蹟出現，絕對是好預兆。她伸出完好的手臂摸摸牠。「謝謝你，沃夫。」她說。

愛拉將木板放到羅夏麗歐的手臂旁，接著交給多蘭多，指出她需要的大小。多蘭多出去之後，她領著沃夫來到木造居所的一角，然後再次檢視烹煮石，判定已經夠燙了。她準備用兩塊木頭把烹煮石夾出火堆時，喬達拉卻帶來特別設計成足夠彎曲以穩穩夾住滾燙烹煮石的木製工具，爲她示範如何使用。她把幾顆石頭放入烹煮盒，開始熬煮曼陀羅，稍微更仔細觀察這個不尋常的容器。

她從未看過像那樣的東西。這個方盒以單一木板做成，沒有完全斷開的切槽彎折成三個角，第四個角以木釘固定在一起，方形底部隨著木板彎折而嵌入與木板等長的凹槽，方盒外圍及上方有把手的罩蓋刻著圖案。

這些人用木頭做出這麼多不尋常的東西，愛拉覺得了解他們如何製作會很有趣。此時多蘭多帶回幾塊黃色毛皮給她。「這些夠嗎？」他問。

「但這些太好了，」她說：「我們需要有吸收力的軟毛皮，但不需要最好的。」

喬達拉與多蘭多都笑了。「這些不是我們最好的軟毛皮，」多蘭多說：「我們絕不會拿這些毛皮去交易，它們有太多缺陷，是供日常使用的。」

愛拉具備有關毛皮加工與製作皮革的知識，這些柔滑毛皮的觸感與結構都極柔軟，令她非常驚豔而想了解更多，但現在時機不對。她利用喬達拉爲她製作的刀子，以裝在猛獁象牙把柄上的銳利燧石薄刃，將岩羚羊皮切成寬條狀。

她打開自己的一個囊袋，將乾燥甘松根搗成的粗粉末倒進小碗；這種植物的葉子非常類似毛地黃，但黃色花朵卻像蒲公英。她從烹煮盒倒出少許熱水到小碗裡。因爲她在調製協助裂骨密合的敷藥糊，加點曼陀羅無妨，它的麻醉效果可能也有助益，但她還加了有外部止痛及快速療癒功效的歐蓍草。她撈出石頭，將更燙的石頭放進烹煮盒中，讓藥汁持續慢熬，嗅聞味道確認藥效。

判定藥汁達到最恰當的濃度時，她舀出一碗放涼，然後帶給羅夏麗歐。多蘭多正坐在她身旁。愛拉要求喬達拉爲她精確翻譯，避免產生任何誤解。

「這種藥可以緩和疼痛並讓妳入睡，」愛拉說：「但藥效非常強，有危險性；有些人承受不了這麼強的劑量。它會放鬆妳的肌肉，我才能觸摸裡面的骨骼，但妳可能會小便或把自己弄得一團糟，因爲那些肌肉也會鬆弛。少數人會停止呼吸，要是那樣的話，妳就會死，羅夏麗歐。」

愛拉待喬達拉複述她的話，等著確認他們都完全理解。多蘭多顯然很不安。

「妳一定要使用這種藥嗎？不能不使用就折斷她的手臂嗎？」他問。

「沒辦法，那樣太痛了，而且她的肌肉太緊繃會排拒，就更難折斷正確的部位。我沒有其他東西可以緩和疼痛，不使用這種藥，我無法折斷再重新固定骨頭，但你們必須知道危險性。如果我不做，她有可能活著，多蘭多。」

「但我會變成沒有用的人，而且活在痛苦中。」羅夏麗歐說：「那不是活著。」

「妳會痛，但那不代表妳會變得沒有用處。有藥物可以緩解疼痛，不過妳可能要付出代價，無法再這麼清楚地思考。」愛拉解釋。

「所以我會變得沒有用處或是心神恍惚。」羅夏麗歐說：「如果我死去，就不痛了嗎？」

「妳會一睡不起，但沒人知道妳在夢裡會發生什麼事情。妳可能會在夢中感覺到巨大的恐懼或疼痛，妳的痛甚至可能伴隨妳到另一個世界。」

「妳相信痛會伴隨人到另一個世界嗎？」羅夏麗歐問。

愛拉搖搖頭。「不，我不認為，但我不知道。」

「妳認為我喝了那種藥會死嗎？」

「如果我認為妳會死，就不會讓妳喝；但妳可能會做不尋常的夢。有人以另一種方式調製這種藥，用來旅行到另一個世界，也就是靈界。」

雖然喬達拉為溝通過程翻譯，但她們原本就足以互相理解，他只是說得更清楚。愛拉與羅夏麗歐感覺彼此是在直接對話。

「或許妳不應該冒險，羅夏麗歐，」多蘭多說：「我也不想失去妳。」

她帶著溫柔愛意看著這個男人。「我倆總有人會先受到大媽召喚，不是你失去我，就是我失去你，我們做什麼都改變不了。但假如她願意讓我陪伴你更久，我的多蘭多，我不希望痛苦而無用地陪伴你，情願現在就悄悄離開。而且你聽見愛拉說的，我不太可能會死。萬一不成功，我沒有好轉，至少我知道自己試過了，那會讓我有活下去的意志。」

坐在床上的多蘭多，在她身旁握住她完好的手，看著與他共度大半輩子的女人。他看見她眼裡的決心，終於點點頭，抬起頭望向愛拉。

「妳很坦白，現在輪到我坦白了。如果妳幫不了她，我不會怪罪妳；但假如她死了，妳必須立刻離開這裡。我不確定自己有辦法不怪罪妳，也不知道自己會做出什麼事，在妳開始之前，請先考慮清楚。」

爲多蘭多翻譯的喬達拉，知道他承受過失去的傷痛：羅夏麗歐的兒子、他的火堆兒子，也是他的心肝寶貝，在正値壯年時被殺死；潔塔蜜歐如同羅夏麗歐的女兒，同時也擄獲多蘭多的心，在她自己的母親過世後，塡補了多蘭多失去第一個孩子的空虛。她設法恢復行走的能力，戰勝許多人罹患的痲痺症，使她擁有與人親近的個性，包括索諾倫。假如多蘭多把羅夏麗歐的死歸咎於愛拉，他可以理解；但在多蘭多傷害她之前，他就會先殺了他。他納悶愛拉是否承擔太多責任。

「愛拉，也許妳應該重新考慮。」他用齊蘭朵妮氏語說。

「羅夏麗歐在受苦，喬達拉。我必須設法幫助她，如果她希望的話。假如她願意承擔風險，我也可以。凡事都有風險，但我是女巫醫；這是我的天職，我只能和伊札一樣盡自己所能。」

她低頭看著躺在床上的女人。「如果妳準備好了，我也準備好了，羅夏麗歐。」

第十六章

愛拉拿著放涼的藥汁，朝床上的女人彎下腰，她用小指沾取藥汁確認溫度，然後放下碗，優雅地盤坐到地上，靜靜坐了一會兒。

她的思緒回溯到她在部落的生活，尤其是養育她的純熟博學女巫醫對她的訓練。伊札會迅速而有效率地處置大部分的小病和輕傷，但當她面對嚴重的傷病，例如狩獵時發生特別嚴重的意外或威脅性命的疾病時，她會向克雷伯求助，請他以身為莫格烏爾的能力，懇求更強大的力量協助。伊札是女巫醫沒錯，但在部落裡，克雷伯是巫師、是聖人，可以前往幽靈的世界。

依照喬達拉的說法，馬木特伊氏女巫醫和巫師的職責不一定是分開的，顯然他的族人也是。醫治者通常也與靈界溝通，儘管不是每個大媽侍者都同樣精通各種可供運用的能力。獅營的馬木特比較像克雷伯，他對幽靈和意識方面的事情感興趣。儘管他確實知道某些療法與程序，卻沒有培養出跟他的通靈能力同樣強的醫治能力，通常是塔魯特的配偶妮娅在處理營地族人的輕微傷勢和疾病。然而在夏季大會上，愛拉遇到很多馬木特同時也是純熟的醫治者，與他們交換知識。

但愛拉接受的是實質面的訓練；就像伊札一樣，她是女巫醫、醫治者。她覺得自己對靈界缺乏認識，希望那一刻有像克雷伯一樣的人可以求助。她希望並且覺得需要比她更強大的力量來幫助她，是誰都可以。雖然馬木特已經開始訓練她去了解大媽的幽靈國度，她還是最熟悉成長過程中所接觸的靈界，尤其是她自己的圖騰，大穴獅之靈。

儘管祂是部落的靈，她知道祂法力強大。馬木特說過，所有動物幽靈，事實上是所有幽靈，都是大媽的一部分，他甚至在收養她的儀式中也接納了保護她的穴獅圖騰，而她知道如何向自己的圖騰尋求協助。即使羅夏麗歐不是穴熊族人，愛拉心想，或許她的穴獅靈還是願意幫助她。

愛拉閉上雙眼，開始比畫出穴熊族最古老神聖的靜默語言——那是一連串美麗流暢的動作——所有部落都知曉這種用來與靈界對話的語言。

「大穴獅，這被法力強大的圖騰靈選中的女人，爲自己被選中而感恩。這女人感謝被賜予的恩典，最感謝內在的恩典，爲學得經驗與獲得知識而感恩。

「法力強大的偉大守護者，向來挑選需要強大保護的傑出男性，卻選中這個女人，當她還只是小女孩時，就在她身上畫出圖騰標誌，這女人爲此而感恩。這女人不知道爲何部落的大穴獅靈會選中小女孩、一個異族，但這女人爲自己的價值被肯定而感恩，並且感謝偉大圖騰的保護。

「偉大的圖騰靈，這女人先前曾經尋求指引，此刻則尋求協助。大穴獅引導這女人去學習成爲女巫醫，這女人懂得醫治，知道如何治療疾病和傷勢，知道用植物製成的藥茶、稀釋液、敷藥糊及其他藥物，這女人爲這些知識而感恩，感謝圖騰靈指引這女人接觸不熟悉的醫藥知識；可是這女人不了解靈界的運作方式。

「和星星一同身處靈界的偉大穴獅靈，躺在這裡的女人不是穴熊族，她是異族，就像禰選中的這女人，但請求禰幫助她。她承受極大的痛苦，內在的痛苦卻更嚴重。她會承受痛苦，卻害怕失去兩隻手臂會變得沒有用處。她會是個好女人，一個有用的女人。這個女巫醫會幫助她，但幫助可能造成爲危險。這女人請求偉大穴獅靈以及任何偉大圖騰選中的靈協助，引導這女人，並且幫助躺在這裡的女人。」

愛拉做著不尋常的動作時，羅夏麗歐、多蘭多、喬達拉都和她一樣安靜。三人中只有喬達拉知道她在做什麼，他同時在觀察愛拉和其他兩人。雖然他對穴熊族語只有初步認識，因爲它遠比他想像得複雜，但他確實理解她在向靈界求助。

喬達拉就是無法領略這種以完全不同於任何口語基礎所發展出的溝通方式的精妙之處。無論如何都不可能完整翻譯，任何語言翻譯充其量似乎都是過度簡化，但他確實認爲她的動作很優雅很美。他回憶起自己曾爲她的舉動感到困窘，此刻他取笑自己的愚昧，卻好奇羅夏麗歐和多蘭多會如何解讀愛拉的行爲。

多蘭多不知所措且有點不安，因爲對她的舉動完全陌生。他對羅夏麗歐及任何奇特事物都懷著擔憂之心，即使這些奇特的事物用意良好，仍然令他稍感威脅。愛拉結束比畫後，多蘭多疑惑地看著喬達拉，但這個年輕男人只是微笑。

受傷使羅夏麗歐虛弱又發燒，雖不至於精神錯亂，但因爲筋疲力竭而無力批判。不過在這種情況下的她，卻更能接納建議。她注意著這個陌生女人，莫名感動。她完全不知道愛拉的動作代表什麼意義，卻眞的欣賞那份流暢優雅，彷彿這個女人在用手跳舞，事實上不只是用她的雙手。她的動作激發微妙的美感，手臂、肩膀甚至身體似乎都是飛舞的手不可或缺的一部分，呼應某種目的明確的內在律動。儘管不了解其中的意義，就像不了解愛拉如何知道自己需要幫助，羅夏麗歐確定眼前這一幕很重要，而且與她的天職有關。她是夏木就夠了，她的知識超出平凡人所能理解，任何看似神祕的事物只是增添她的可信度。

愛拉拿起碗杯，跪立床邊，再度用小指測試藥湯，然後對羅夏麗歐微笑。

「願偉大的萬物母親看護妳，羅夏麗歐。」愛拉說，接著抬起羅夏麗歐的頭和肩膀到能喝藥的高度，以小碗就她的嘴。藥湯很苦又很臭，羅夏麗歐整張臉皺了起來，愛拉鼓勵她多喝些，羅夏麗歐總算把一整碗喝完。愛拉輕柔地扶她躺下，再次微笑讓受傷的女人安心，一邊注意藥效發揮的跡象。

「想睡的時候請讓我知道。」愛拉說，雖然這麼做只是確認她的其他徵兆，例如脈搏強弱的變化、呼吸的深度。

這個女巫醫不會說自己施的藥可以抑制自主神經系統、麻痺神經末端，但她能察覺出藥效，有足夠經驗可以得知用藥是否恰當。愛拉注意到羅夏麗歐的眼皮愈來愈低垂，便摸摸她的胸腹，測試消化道平滑肌的鬆弛狀態，儘管愛拉不會這樣描述自己的行爲。她仔細觀察她的呼吸，留意肺部與支氣管樹。等愛拉確認羅夏麗歐已經睡著，看不出有危險時，便站起身來。

「多蘭多，你最好現在離開。喬達拉會留下來協助我。」她堅定而悄聲地說，篤定、幹練的態度讓她有權威感。

這個首領正要反對，卻想起夏木也從不讓至親的人在周圍，除非他們離開，否則完全不幫忙。或許他們都是這樣吧，多蘭多心想，他看了沉睡中的女人許久，然後離開居所。

喬達拉從前也看過愛拉在類似狀態下發號施令，全心全意關注生病或受苦的人，想都沒想就指揮其他人去做必要的事情。她沒有質疑過自己是否有權力協助需要她幫助的人，所以也沒有人質疑她。

「就算她睡著了，眼睜睜看著別人將你愛的人骨頭折斷也不容易。」愛拉對著深愛自己的高大男人說。

喬達拉點點頭，懷疑那就是夏木在索諾倫被刺傷時不讓他留下來的原因。第一次看到那個令人害怕的皮開肉綻的傷口時，喬達拉差點作嘔，雖然他認爲自己想留下，可能也很難看著夏木做他必須做的事情。他甚至不太確定自己是否想留下來協助愛拉，但也沒有別人可以幫忙。他深吸了一口氣；如果她辦得到，他至少可以試著幫忙。

「妳希望我做什麼？」他說。

愛拉檢視羅夏麗歐的手臂，看手臂能伸多直，還有她的反應。羅夏麗歐發出一聲咕噥將頭轉向另一側，但似乎是在回應夢境或來自內在的刺激，不全是因爲疼痛。愛拉於是更深入碰觸鬆弛的肌肉，確認骨骼位置，等到確認無誤時，才要求喬達拉靠近，同時瞥了一眼在角落窩著、緊張注視著的沃夫。

「首先，在我折斷手臂癒合不當的地方時，你要撐住她的手肘。」她說：「折斷之後，我必須用力將手臂拉直，再正確地接回去。她的肌肉這麼鬆弛，關節有可能被扯開，造成手肘或肩膀脫臼，所以你得抓牢她，或者往反方向拉。」

「我懂。」他說，至少他認爲自己懂。

「你得確認能穩定地把她的手臂拉直而且把她的手肘撐起來，大約到這麼遠的地方。你準備好的時候讓我知道。」愛拉指示。

他抓住她的手臂並做好心理準備。「嗯，我準備好了。」他說。

愛拉兩手分別握在羅夏麗歐手臂骨折突出處的兩側，測試性地緊握她上臂的幾個地方，感覺不當癒合的突出骨骼。假如骨骼徹底癒合，她絕對沒法徒手折斷接合處，屆時就必須使用更難以掌控的方法，也有可能她根本無法恰當地折斷手骨。她站到床上，以發揮最佳的槓桿作用，深吸一口氣，用兩隻強壯的手迅速猛力地壓迫彎折處。

愛拉感覺到斷裂，喬達拉聽見令人不舒服的斷裂聲，羅夏麗歐在睡夢中抽搐了一下，又平靜下來。愛拉觸摸肌肉搜尋新斷骨。癒合的骨骼組織尚未十分穩固，也許是因爲接合不自然，無法促進癒合。新斷骨斷得恰到好處，她稍稍鬆了口氣，用手背抹掉額頭的汗。

喬達拉驚奇地注視她。儘管骨折處只有部分癒合，仍需要極大手勁才能那樣再次把骨頭折斷。自從在她的山谷相遇後，他就很喜歡她的充沛體力。他明白她需要力氣才能獨自生活，明白事事親力親爲更能促進肌肉發育，卻不知道她到底有多強壯。

愛拉的力氣不只來自她住在山谷時被迫努力以求生存，而是從她被伊札收養時就開始培養了。落在她身上的日常工作逐漸增進她的體力，雖然她只達到穴熊族女人體能的最低標準，但就異族女人而言已經算是異常強壯。

「骨頭斷得很理想，喬達拉。現在我要你再做好心理準備，抓住她肩膀的手臂這裡，」愛拉邊說邊示範。「你絕不能鬆手，假如你覺得快要抓不住，就立刻告訴我。」愛拉明白骨骼在排拒以不當形狀癒合，如果導正後經過同樣長的時間，會復原得不錯，但肌肉和肌腱癒合的時間要長得多。「我拉直這隻手臂的時候，某些肌肉會撕裂，就像當初裂開時一樣，肌腱也會被拉開。肌肉和肌腱會不容易使力，以後會痛，但非這麼做不可。你準備好了就告訴我。」

「愛拉，妳怎麼知道這種事的？」

「伊札教我的。」

「我知道是她教妳的，但妳怎麼知道這種事情？就是重新折斷已經開始癒合的骨頭？」

「有次布倫帶手下獵人去遠方打獵，他們去了很久，我不記得到底有多久。其中一個獵人在他們剛出發就折斷手臂卻不肯回來。他把手臂綁在旁邊，用一隻手臂打獵。等他回來後，伊札必須將它導正。」愛拉快速解釋。

「但他怎麼辦到的？帶著一支斷掉的手臂繼續打獵？」喬達拉神情懷疑地問，「他不會很痛嗎？」

「他當然很痛，但不會造成太多影響。穴熊族男人寧死也不會承認痛，他們就是那樣，他們被訓練成那樣。」愛拉說：「現在你準備好了嗎？」

他還想再問，可是現在時機不對。「對，我準備好了。」

愛拉穩穩抓住羅夏麗歐手肘上方，喬達拉抓住她的肩膀下方。愛拉開始用緩慢卻穩定的力道往後拉直，避免骨頭彼此摩擦或造成碎裂，同時防止韌帶撕裂；必須拉到略微超出原本的輪廓，手臂才能回歸正常位置。

喬達拉不知道她如何持續增強控制拉力，只能勉強抓住。愛拉使勁拉，汗珠滑落她的臉，她不能停下來。導正骨頭需要平穩地拉直，但一旦拉到稍微超越原位的程度，越過骨頭的斷裂端，骨頭幾乎就自動固定到適當位置。她感覺到骨頭就定位了，便小心地把那隻手臂放到床上，然後終於鬆開手。

喬達拉抬起頭看見她在顫抖，閉著眼睛大口喘氣。在壓力下維持控制力是最困難的事，現在她正設法控制自己的肌肉。

「我想妳辦到了，愛拉。」他說。

她又深呼吸了幾次，然後看著他，露出燦爛的勝利笑容。「沒錯，應該成功了。」她說：「現在我要放上夾板。」她仔細觸摸外觀正常的直手臂。「假如癒合得當，假如我沒對她這隻手造成傷害，我想這手以後還是可以用，但瘀傷會非常嚴重，手臂也會腫起來。」

愛拉用熱水沾濕岩羚羊皮條，放上甘松和歐蓍草，鬆鬆地纏繞手臂，吩咐喬達拉去問多蘭多是否已經準備好夾板。

喬達拉踏出居所，一堆臉孔映入眼簾。不只多蘭多，這洞穴的所有人，包括夏木多伊氏和拉木多伊氏，全都守候在大火堆周圍的聚會場地。「愛拉需要夾板，多蘭多。」他說。

「有效嗎？」這個夏木多伊氏首領問，遞給他幾片光滑木板。

喬達拉認爲自己應該等愛拉親自回答，但他露出微笑。多蘭多閉上眼睛，長長地深吸了一口氣，釋懷地微微顫抖。

愛拉放上夾板，纏繞更多岩羚羊皮條。手臂會腫脹，敷藥糊也必須替換，夾板會固定住手臂，如此羅夏麗歐移動時就不會影響新斷處。等腫脹消退，她想要四處走動時，用熱水浸濕的樺樹皮包住手臂，乾了以後就會依著輪廓變成硬模。

她再度檢視羅夏麗歐的呼吸、脖子與脈搏，撥開眼皮，然後走到入口。

「多蘭多，你現在可以進來了。」她對就站在入口外的男人說。

「她還好嗎？」

「進來自己看看吧！」

男人走進來，跪在沉睡的女人旁邊，凝視她的臉。他看著她呼吸了幾回，確認她有在呼吸，然後終於看向她的手臂，衣物下的手臂是直的，看起來很正常。

「看起來很完美！她的手還能用嗎？」

「我已經盡我所能了。在幽靈及大地母親的協助下，應該可以用，雖然可能無法完全恢復從前的功能。現在，她必須好好睡一覺。」

「我想待在這裡陪她。」多蘭多說，試圖用他的權威說服她，儘管他知道假如她堅持，他會離開。

「我也認爲你會想這麼做。」她說：「既然我的任務完成了，我想要求一件事。」

「說吧，我會給妳任何妳想要的東西。」他毫不遲疑地說，心裡納悶她會提出什麼要求。

「我想洗澡。那個水潭可以游泳和洗澡嗎？」

他沒料到她會這麼說，震驚了片刻，才第一次注意到她的臉沾著黑莓汁，手臂被荊棘刮傷，衣服破舊骯髒，頭髮蓬亂。他神情懊惱地苦笑說：「羅夏麗歐絕不會原諒我怠慢了客人，連水都沒給妳喝。旅行了那麼遠，妳一定筋疲力盡了。讓我找索莉來；任何妳想要的東西，只要我們有，就是妳的。」

愛拉兩手搓著富含皀素的花朵直到產生泡沫，然後清洗頭髮。鼠李產生的泡沫不如皀根那麼豐富，但這已經是最後一遍清洗，淡藍色的花瓣留下淡淡宜人氣味。鄰近地區與植物感覺很熟悉，愛拉想應該可以找到用來洗澡的植物，不過他們去拿行囊籮筐、拖橇、碗形船時，她驚喜地同時發現皀根和鼠李。他們已經停下來檢視過馬兒，愛拉告訴自己稍後要花點時間梳理嘶嘶，部分原因是爲了查看牠的皮毛，並且再次安撫牠。

「會起泡沫的花朵還有剩嗎？」喬達拉問。

「在那裡，沃夫附近的岩石上。」愛拉說：「但只剩下那些了。我們下回可以多摘些，剩餘的晾乾帶走會很不錯。」她迅速沒入水裡洗淨。

「這裡有些岩羚羊皮可以讓你們用來擦乾身體。」索莉說，她走近水潭，懷裡抱著幾條黃色軟獸皮。

愛拉沒看見她過來，這個馬木特伊氏女人盡可能與那隻狼保持距離，繞路從開闊處靠近；一個三、四歲的小女孩跟在後面，貼著母親的腿，用大眼睛盯著陌生人，一根拇指放在嘴裡。

「我在屋內留了點心給你們。」索莉邊說邊放下皮毛巾。她讓喬達拉與愛拉睡在她和馬肯諾上岸時使用的居所，那正是他們與索諾倫、潔塔蜜歐共享的庇護所。第一次走進屋內時，喬達拉想起了造成弟弟離開、終至過世的悲劇，難過了一會兒。

「但別壞了胃口。」索莉補充：「今晚我們要爲喬達拉的歸來舉行盛宴。」她沒有補充說明那也是爲愛拉幫助羅夏麗歐而舉辦。羅夏麗歐還在睡，還沒確定她會甦醒、康復，沒有人想大聲嚷嚷觸犯命運。

「我要爲這一切謝謝妳，索莉。」喬達拉說，對小女孩露出微笑。她低下頭更退縮到母親身後，卻仍盯著喬達拉。「夏蜜歐臉上灼傷的紅腫完全消了，我連一點痕跡都看不出來。」

索莉抱起小女孩，讓喬達拉看得更清楚。「很仔細地看還是能看到灼傷的地方，但很不明顯。感謝大媽對她的仁慈。」

「她是個漂亮的孩子。」愛拉微笑著對他們說，懷著誠摯的憧憬看向小女孩。「妳眞幸運，希望有一天我也能生出這樣的女兒。」愛拉動身走出水潭。潭水清涼，但待在裡面很久有點太冷。「妳說她叫夏蜜歐嗎？」

「沒錯，我也覺得很幸運能生下她。」年輕母親放下孩子說。索莉抗拒不了別人讚美她的孩子，對高大的美麗女人溫暖地微笑，然而她的本意並非如此。索莉原本決定在更了解她之前，保守謹慎地對待她。

愛拉拿起一塊毛皮擦乾身體。「這塊毛皮眞軟，眞好擦。」她說完攤開來裹住自己，將一端塞在腰際，又另外拿了一塊擦拭頭髮，然後纏到頭上。她注意到夏蜜歐在觀察沃夫，貼著母親卻顯得很好奇。沃夫對小女孩也很好奇，期待地扭動身軀，但仍待在被規定的地方。她示意牠走到她身旁，單膝跪下來，用手臂環繞牠。

「夏蜜歐想見見沃夫嗎？」愛拉詢問女孩，她點點頭。愛拉抬頭望向她的母親尋求認可，索莉擔心地看著巨大動物的利牙。「牠不會傷害她的。沃夫喜歡孩子，牠和獅營的孩子一同長大。」

夏蜜歐已經放開母親，試探地朝他們跨進一步，被這隻同樣著迷地看著自己的動物所吸引。女孩嚴肅地觀察了急切哀鳴的沃夫一會兒，終於再往前踏出一步，對牠伸出雙手。索莉嚇得倒抽一口氣，但聲音卻被夏蜜歐的咯咯笑聲掩蓋掉了。沃夫猛舔小女孩的臉，她推開牠熱切的口鼻，抓住牠的毛，重心不穩跌在牠身上。沃夫耐心等待女孩爬起來，又開始舔她的臉，逗得她咯咯笑了起來。

「可來，烏非！」女孩已經把牠當成自己專屬的活玩具，抓住牠頸子的皮毛，想把牠拉向自己。沃夫望望愛拉，發出小狗似地短吠聲；她還沒示意牠可以自由活動。「你可以跟夏蜜歐走，沃夫。」她說，比畫出牠等待的手勢。她覺得牠幾乎是感激地看著她，興高采烈地跟隨女孩，就連索莉也微笑起來。

喬達拉一邊擦乾身體，一邊興致勃勃地觀看整個互動過程。他拿起他們的衣物，和兩個女人走向砂岩懸頂。索莉仍然留意著夏蜜歐和小狼以防萬一，但她自己也對這隻溫馴動物產生興趣了。不只是她，許多人都在看女孩與狼。一個比夏蜜歐稍微年長的男孩走近，沃夫也用舌頭問候他，邀請他加入。這時候，另外兩個正爲一根木棒吵架的男孩走出一間居所，年紀較小的那個將木棒丟開，不讓另一個拿到，卻被沃夫當作他們示意要玩牠最愛的遊戲。牠追過去把雕刻木棒叼回來放到地上，垂著舌頭搖尾巴，準備再玩一次。男孩撿起來再度丟了出去。

「我想妳說得很對，牠在跟他們玩。牠一定很喜歡孩子。」索莉說：「但牠怎麼會喜歡玩？牠是狼耶！」

「狼和人類在某些方面很相像，」愛拉說：「狼喜歡玩。牠們小時候就跟兄弟姊妹在一起，發育中和長大的狼喜歡和小狼玩。我發現沃夫時，牠沒有任何兄弟姊妹，獨自被遺留下來，幾乎還沒睜開眼睛。牠不是在狼群中長大的，牠成長的過程中都和孩子一起玩。」

「可是看看牠，這麼能忍耐，甚至是溫馴。我確定夏蜜歐拉牠的毛時，牠一定很痛。爲什麼牠能忍受？」索莉問，依舊試圖了解。

「索莉，大狼很自然會溫柔對待小狼，所以不難教導牠小心。牠對年紀小的孩子及嬰兒尤其溫柔，幾乎可以忍受他們的任何行爲。我沒有教牠那樣做，牠原本就是如此。假如他們太粗魯，牠會離開，但之後又會回來。牠不會那麼容忍大孩子，好像可以區分出他們是意外還是蓄意弄痛牠。牠從沒眞正傷害過任何人，但牠會稍微用牙齒輕輕咬，提醒拉牠尾巴或扯牠的毛而弄痛牠的大孩子。」

「很難想像任何人，尤其是孩子，會想拉狼的尾巴……或者該說是在今天都想像不到。」索莉說：「我沒法想像自己有一天會看到夏蜜歐和狼玩。妳……促使某些人思考，愛拉……馬木特伊氏的愛拉。」索莉還想說更多、想問問題，但又不想質疑她，在她爲羅夏麗歐做了那些事之後——至少看起來是做到了，不過還沒有人確定。

愛拉察覺到索莉有所保留，覺得很遺憾。她們之間有種說不出的緊張，而她喜歡這個矮胖的馬木特伊氏女人。她們默默地走了幾步，看著沃夫、夏蜜歐跟其他孩子，愛拉又想到自己多麼希望擁有像夏蜜歐一樣的女兒……下次要生女兒，不是兒子。這麼漂亮的小女孩，名字又和本人相稱。

「夏蜜歐這個名字很美，索莉，而且與眾不同。聽起來像夏拉木多伊的名字，也像馬木特伊氏的名字。」愛拉說。

索莉又忍不住微笑。「妳說得對。不是所有人都知道，但我就是想取這樣的名字。如果她是馬木特伊氏人，她會被叫夏蜜，儘管所有營地中可能都沒有人取這個名字。這個名字來自夏拉木多伊語，所以適用兩種族群。我現在也許是夏拉木多伊人，但我出生在地位崇高的赤鹿火堆地盤，我母親堅持爲我向馬肯諾的族人要求龐大的新娘費，雖然他不是馬木特伊氏人。夏蜜歐可以爲自己的馬木特伊氏背景而驕傲，如同她也會爲自己的夏拉木多伊血統自豪，這就是我希望她的名字彰顯兩種族群的原因。」

索莉想到了什麼而停下腳步，轉身看著訪客。「愛拉也是個與眾不同的名字。妳出生在哪個火堆地盤？」她說著心想，現在輪到我聽聽妳如何解釋妳的名字了。

「我不是一生下來就是馬木特伊氏人，索莉，是猛獁象火堆地盤收養我的。」愛拉說，很高興她提出這個顯然困擾著她的問題。

索莉心想，她逮到愛拉說謊了。「猛獁象火堆地盤不會收養人，」她很確定地說：「那是馬木特的火堆地盤，一般人會自己選擇獻身靈界，可能會被猛獁象火堆地盤接受，但他們不會收養別人。」

「那是一般狀況，索莉，但愛拉是被收養的。」喬達拉突然插話：「我也在那裡。塔魯特本來要收養她到他的獅火堆地盤，但馬木特讓所有人都大吃一驚，他收養她到自己的猛獁象火堆地盤。他可能在她身上看見了什麼，所以才會訓練她。他聲稱她天生就屬於猛獁象火堆地盤，不論她是否生下來就是馬木特伊氏人。」

「被猛獁象火堆地盤收養？外族人？」索莉訝異地說，但她沒有質疑喬達拉。畢竟她了解他，而且他們有親戚關係，但她更感興趣了。既然不再覺得非得小心謹慎，她開始展露直率好奇的本性。「妳生下來是哪一族的人，愛拉？」

「我不知道，索莉。我的族人死於一場地震，那時我的年紀比夏蜜歐大不了多少，是穴熊族撫養我長大的。」愛拉說。

索莉從沒聽過穴熊族。他們一定屬於東部的族群，她心想，這可以解釋很多事情，難怪她腔調這麼奇特，不過以外族人而言，她的馬木特伊氏語說得很好。獅營的老馬木特是年紀非常大的精明老人，她沉思著。他一直都很老，甚至當她還是個小女孩，就沒有人記得他年輕的時候，也沒有人質疑他的洞察力。

基於母性本能，索莉瞥向四周查看她的孩子，看見沃夫又讓她想到一隻動物喜歡和人在一起有多奇特。她轉向另一邊，在住處一旁的空地上，看到馬兒正安靜滿足地吃草。愛拉對動物的控制力不僅驚人，有趣的是牠們似乎對她忠心耿耿，那隻狼似乎很喜歡她。

再看看喬達拉，他顯然爲這個美麗金髮女人著迷，索莉不認爲純粹是因爲她的美。賽倫妮歐也很美，還有數不清的迷人女性使出渾身解數，想吸引他建立認眞的情感關係，他卻與弟弟比較親近。索莉回想起自己曾懷疑是否有任何女人可以走進他的心，但這個女人辦到了。就算沒有顯赫的醫術，她似乎也具有某種不尋常的特質。老馬木特說的果眞沒錯，她可能命中注定屬於猛獁象火堆地盤。

愛拉在居所裡梳頭髮，用軟皮帶紮成辮子，穿上乾淨的束腰上衣和短褲；這是她準備用來見客的衣服，這樣作客時就不必穿髒兮兮的旅行服。她去查看羅夏麗歐，對著無精打采地坐在居所外的達爾沃羅微笑，進入居所時對多蘭多點頭示意，然後走近躺在床上的女人。愛拉簡略地看了看，確認她一切無恙。

「她應該睡這麼久嗎？」多蘭多擔憂地皺眉問。

「她很好，還會再睡一段時間。」愛拉看著醫藥袋，覺得是時候去收集泡製提神茶的新鮮藥材了，這可以在羅夏麗歐眞的開始甦醒時幫助她脫離曼陀羅造成的沉睡。「來這裡的路上，我看到有棵椴樹，我想摘些花來泡茶給她喝，另外還想採集幾種其他的藥草，如果找得到的話。假如羅夏麗歐在我回來前醒來，你可以給她喝點水，她應該會有點茫然跟暈眩。夾板應該能固定住她的手，但還是別讓她過度移動手臂。」

「妳找得到路嗎？」多蘭多問：「妳要不要帶達爾沃一起去？」

愛拉確定自己找路沒問題，卻還是決定帶少年同行。所有人都關注著羅夏麗歐，他有些受到忽略，而他也為這個女人擔心。

「謝謝你，我會的。」她說。

達爾沃羅無意中聽見兩人的對話，站起來準備要跟她一起走，看起來很高興自己能派上用場。

「我知道那棵椴樹在哪裡，」他說：「每年的這個時候總是有很多蜜蜂圍繞在那裡。」

「這種時候最適合採集那些花朵，」愛拉說：「趁它們聞起來像蜂蜜。你知道我可以在哪裡找到籮筐裝嗎？」

「羅夏麗歐把她的籮筐放在這裡。」達爾沃羅帶愛拉到居所後面的儲藏空間，他們挑了兩個走。

兩人步出砂岩懸頂時，愛拉發現沃夫在看她，便喚牠過來。她還不放心留沃夫單獨在這兒，儘管孩子們抱怨著不想讓牠走。所有人都更熟悉這些動物之後，情況可能就會有所不同。

喬達拉在空地上和馬兒及另外兩個男人在一起。愛拉走向他們，準備告訴他自己要去哪裡。沃夫跑向前去，他們全都轉頭看嘶嘶跟牠相互摩擦鼻子，快快則以嘶鳴問候牠，於是沃夫擺出玩耍的姿勢，對快快發出小狗似的汪汪叫。快快抬起頭嘶鳴，用前蹄扒抓地面，也擺出玩耍的姿態。母馬靠近愛拉，把頭貼在她肩膀上，愛拉用手臂圈住嘶嘶脖子，以安撫的熟悉姿勢靠在一起。快快走過來用鼻子摩擦他們，也想與他們親近。她摟摟牠的脖子，輕輕拍撫，明白牠們都很高興有熟悉的彼此相伴，在陌生人這麼多的地方。

「我應該介紹妳的，愛拉。」喬達拉說。

她轉向兩個男人。其中一人幾乎和喬達拉一樣高，但比較瘦，另一位比較矮，年紀比較大。不過兩人長得很像。矮個兒首先伸出雙手踏出一步。

「馬木特伊氏的愛拉，這是卡羅諾，夏拉木多伊的拉木多伊氏領袖。」

「奉水中與陸地上的萬物母親穆多之名，歡迎妳，馬木特伊氏的愛拉。」卡羅諾握住她的雙手說。因爲曾多次前往大媽河河口交易，同時又有索莉指導，他的馬木特伊氏語說得比多蘭多還好。

「奉馬特之名，謝謝你的歡迎，夏拉木多伊的卡羅諾。」她回答。

「妳一定要快點來我們的渡頭。」卡羅諾心想，她的腔調眞奇特。聽過那麼多種腔調，這種還是第一次聽到。「喬達拉告訴我，他答應用適當的船載妳航行一段，不是用那種特大的馬木特伊氏碗形船。」

「到時候我會很開心的。」愛拉說，綻開燦爛的笑容。

卡羅諾的思緒從打量她的特殊口語轉到欣賞她。喬達拉帶來的這個女人確實很美，配得上他，他這麼想。

「喬達拉跟我提過你們的船，還有你們捕鱘魚的事。」愛拉繼續說。

兩個男人都笑了出來，彷彿她開了個玩笑，他們又瞧瞧喬達拉，他也笑了，不過有點臉紅。

「他有沒有告訴妳，他怎麼捕到半條鱘魚的？」高個子問。

「馬木特伊氏的愛拉，」喬達拉突然插話：「這是拉木多伊氏的馬肯諾，卡羅諾的火堆兒子及索莉的配偶。」

「歡迎，馬木特伊氏的愛拉。」知道她已經接受過許多合乎禮儀的問候，馬肯諾不拘禮地說，「妳見過索莉了嗎？她會很高興妳來的。她有時會想念馬木特伊氏的親戚。」他對配偶的語言嫻熟地幾近完美。

「是的，我見過她了，還有夏蜜歐，她很漂亮。」

馬肯諾眉開眼笑。「我也這麼想，雖然沒有人應該這麼說自己的火堆女兒。」然後他轉向少年。「達爾沃，羅夏麗歐怎麼樣了？」

「愛拉治好了她的手臂，」他說：「她是個醫治者。」

「喬達拉告訴我們，她把斷骨導正了。」卡羅諾謹慎地措辭，不想下斷言，他會等著看手臂療癒的狀態。

愛拉注意到拉木多伊氏領袖的反應，她覺得在這種境況下是可以理解的；不論他們有多喜歡喬達拉，她畢竟是個陌生人。

「達爾沃羅和我要去採我在來這裡的路上發現的藥草，喬達拉。」她說：「羅夏麗歐還在睡，我想調製飲料給她醒來時喝。多蘭多陪著她。我也不喜歡看到快快的眼睛那樣子，晚一點我會去找那種白色植物來治療牠，但我不想現在花時間去找。你可以用冷水沖洗牠們。」她說完便向所有人微微一笑，示意沃夫，對達爾沃羅點點頭，然後走向彎狀地帶的邊緣。

從岩壁盡頭的小路上眺望的景致，仍如她第一眼看到時一樣壯麗。她必須屏住呼吸才能往下看，但還是忍不住往下看了。達爾沃羅帶她走捷徑，她很高興自己讓他領路。沃夫在小路附近探索這個區域，忙碌追逐引發好奇的氣息，然後再與他們會合。最初幾次沃夫突然現身嚇著了少年，但隨著他們繼續行進，達爾沃羅開始習慣牠來來去去。

兩人老遠就聞到巨大老椴樹的濃郁氣味，令人想起蜂蜜和蜜蜂的嗡嗡響聲。繞過小路的轉角，甘甜香味的源頭映入眼簾，樹上黃綠色的小花垂出長條形翼狀苞片。忙著採花蜜的蜜蜂不在意干擾牠們的人類，儘管愛拉得把幾隻蜜蜂揮離他們割下的花朵，牠們也只是飛回樹上另外尋覓。

「爲什麼這種花特別適合羅？」達爾沃羅問，「大家總是泡椴樹茶。」

「它的味道很好，不是嗎？而且也確實很有效。如果你覺得煩躁、緊張甚至憤怒，它可以鎮靜；如果你覺得累，它能提神。它還可以趕走頭痛，舒緩胃部不適。這些症狀羅可能都會有，因爲她喝了那種讓她昏睡的飲料。」

「我不知道它有這麼多功效。」少年說，又看了看這棵有深棕色光滑樹皮的熟悉大樹，牢記著看似如此平凡的東西實際上卻擁有不尋常的特性。

「我還想找另一種樹，達爾沃羅，但我不知道馬木特伊氏語怎麼叫它，」愛拉說：「這種有刺的小樹有時長得像灌木，葉片的形狀有點像連著指頭的手，白色花朵在初夏成簇生長，大約現在這個時節會有紅色圓漿果。」

「妳不是要找薔薇吧？」

「不是，但很接近了。我想找的植物通常長得比薔薇高大，但花朵更小，而且葉子也不一樣。」

達爾沃羅皺眉專注思索後，忽然露出微笑。「我知道妳講的是什麼了，離這兒不遠就有一些。我們總會在春天摘它的葉芽邊走邊吃。」

「嗯，聽起來很像我要的植物。你能帶我去嗎？」愛拉吹口哨召喚不見蹤影的沃夫，牠幾乎立刻現身，熱切期待地看著愛拉。她示意牠跟上，他們走了一陣子便來到山楂樹叢。

「這就是我在找的，達爾沃羅！」愛拉說。

「這種植物有什麼功效？」兩人一邊摘漿果和葉片，達爾沃羅一邊好奇地問。

「它可以修復、強化心臟，刺激心臟有力地跳動，對健康的心臟而言，它很溫和，但是不適合心臟衰弱的人，他們需要強效藥物。」愛拉試圖尋找詞彙解釋，讓少年了解她透過觀察和經驗所獲得的知識，因爲伊札教導她的語言和方式很難翻譯。「它也適合和其他藥物混合使用，促使那些藥物發揮更好的功效。」

達爾沃羅覺得和愛拉一起採集東西很有趣，她知道各種其他人不知道的事情，而且一點都不介意告訴他。回程的路上，她在陽光照射的乾燥斜坡停下來，割下些許牛膝草芳香的紫色花朵。

「這種植物有什麼功效？」他問。

「它能清潔胸腔，幫助呼吸，而這個，」她摘取一旁鼠耳山柳菊的幾片絨毛嫩葉說：「刺激一切。它的藥效比較強，味道不太好聞，所以我只會用一點點。我想爲她調好喝的飲料，但這個能使她思緒清明與警醒。」

愛拉回程途中再次停下來收集一大束美麗的粉紅色紫羅蘭。達爾沃羅也問了它的功效，想學更多醫藥知識。

「它們只是聞起來很香，放在茶裡可以增添香甜的味道，也會插一些在水裡放到她床邊，讓她心情愉快。達爾沃羅，女人喜歡美麗芬芳的東西，尤其是生病的時候。」

他覺得自己也喜歡美麗芬芳的事物，就像愛拉。他喜歡她總叫他達爾沃羅，不像別人叫他達爾沃。他不是很介意多蘭多或喬達拉那樣叫他，卻開心聽到她使用他成人的名字。她的聲音也很好聽，即使她說起某些字眼的確有點好笑，但只是讓人專心聽她說話，一會兒之後才想到她的聲音有多好聽。

他曾無比希望喬達拉與他母親結爲配偶，和夏拉木多伊人一起生活。他母親的配偶在他幼年時就過世了，這個高大的齊蘭朵妮氏男人出現以前，從未有男人和他們共同生活。喬達拉待他如火堆兒子般，甚至開始教他處理燧石；當這個男人離開時，達爾沃羅覺得很傷心。

他希望喬達拉會回來，但從沒料到他眞的回來了。他母親跟那個馬木特伊氏男人古雷克離開時，他確信就算這個齊蘭朵妮氏男人回來，也沒有理由留下來。但既然他帶著另一個女人回來，他母親就不一定得在了。大家都喜歡喬達拉，尤其自從羅夏麗歐發生意外後，每個人都在談論他們有多需要醫治者。他確定愛拉是優秀的醫治者，他們爲什麼不能一起留下來？他心想。

「她醒來過一次，」愛拉一走進居所，多蘭多立刻說：「至少我認爲她醒來過。她可能只是在睡夢中翻身，接著就安靜下來，現在又睡著了。」

這個男人看見她時鬆了一口氣，儘管他顯然不想表現得那麼明顯。不像完全坦率、友善的塔魯特以性格優勢作爲領導的基礎，樂意聆聽、接納差異、想出折衷方案……而且嗓門夠大，能夠吸引激動議論的喧鬧群眾注意……多蘭多讓她聯想到布倫。他比較保守，不過也是好的聆聽者，會謹慎考量情勢，不喜歡表露情緒。然而愛拉很習慣解讀這種男人的細微舉動。

沃夫跟著愛拉一起進來，甚至沒等她示意就先回到牠的角落。她放下裝著草花的籮筐去檢視羅夏麗歐，然後告訴憂心的男人：「她很快就會醒來，我應該來得及準備特製茶讓她醒來時喝。」

愛拉一進來，多蘭多就留意到花的香氣，她用那些花泡出帶有溫暖花香的熱茶，帶了一杯給他，另一杯給床上的女人。

「這有什麼功效？」他問。

「幫助羅夏麗歐醒來，你可能也會覺得能提神。」

他啜了一口，預期會有淡淡的花香，卻驚訝地發現嘴裡充滿特別的香味和細緻甜味。「眞好喝！」他說：「裡面加了什麼？」

「問達爾沃羅吧！他會很樂意告訴你的。」

男人點點頭，明白她的暗示。「我應該多關心他一點。我太擔心羅夏麗歐了，沒想到其他事情，我想他也很擔心她。」

愛拉露出微笑，她發覺是什麼特質讓他成爲族群首領。她喜歡他的思慮敏捷，迅速對他產生了好感。這時候，羅夏麗歐呻吟起來。

「多蘭多？」她用微弱的聲音說。

「我在這兒。」他說，聲音裡的溫柔令愛拉喉頭一哽。「妳覺得怎麼樣？」

「有點頭暈，而且我做的夢奇怪無比。」她說。

「我有東西要給妳喝。」女人皺起眉頭，彷彿是想起最後喝下的那碗藥湯。「妳會喜歡這種飲料的。來，聞聞看。」愛拉放低杯子，羅夏麗歐一聞到香氣，眉頭就鬆開了。愛拉把她的頭抬高，把杯子拿到她唇邊。

「很好喝，」羅夏麗歐啜飲了幾口後說，接著又喝了更多。喝完之後，她躺回床上閉起眼睛，但一下子又睜開眼。「我的手！我的手怎麼樣了？」

「妳感覺如何？」愛拉說。

「有點痛，但沒那麼痛了，而且痛的方式不一樣。」她說：「讓我看看。」她伸長脖子看著自己的手臂，想坐起身來。

「我來幫你。」愛拉說著撐起她。

「我的手變直了！看起來很好！妳辦到了！」她說完熱淚盈眶地重新躺下。「我不會是沒用的老女人了。」

「可能沒辦法像以前那麼好，」愛拉提醒道：「但經過導正，有機會可以正確癒合。」

「多蘭多，你相信嗎？現在一切都會變好了。」她啜泣著，流下喜悅的淚水。

第十七章

「現在小心點。」愛拉說。喬達拉和馬肯諾兩人在羅夏麗歐的床兩側，彎腰準備扶她起來，愛拉也在一旁扶著她。「吊帶會支撐、固定住手臂，但要讓手臂靠近妳。」

「妳確定她這麼快就可以起來嗎？」多蘭多問愛拉，擔憂地皺著眉頭。

「我確定。」羅夏麗歐說：「我在這床上待太久了，不想錯過喬達拉的歡迎會。」

「只要她別讓自己太累就好，起床去和大家相處一陣子對她可能也好。」愛拉說，接著轉向羅夏麗歐。「但不能太久。休息是此刻最好的治療。」

「我只是想看到大家高高興興的，轉換一下心情。每個進來探望我的人，看起來都好替我難過，我想讓他們知道我會好起來。」她說著緩緩離開床榻，靠向兩個伸出手臂等待的年輕男子。

「現在穩住，小心吊帶。」愛拉說。羅夏麗歐用好的那隻手環住喬達拉的脖子。「好了，現在一起把她撐起來。」

床邊的兩人站起來，稍微往前移，在居所斜斜的天花板下站直身子。兩人差不多高，可以輕鬆地攙扶她。儘管喬達拉比較壯，但沒有馬肯諾年輕；馬諾肯比較清瘦，似乎力氣不大，但划船的工作及對付拉木多伊氏經常獵捕的巨大鱘魚，讓他的肌肉平滑結實，動作敏捷。

「妳覺得怎麼樣？」愛拉問。

「在半空中。」羅夏麗歐說，輪流對兩個男子微笑。「在這種高度視野很不同。」

「那麼妳準備好了嗎？」

「我看起來怎麼樣，愛拉？」

「索莉把妳的頭髮梳得很漂亮，我覺得妳看起來很好。」愛拉說。

「妳倆幫我洗過澡也讓我舒服多了；先前我甚至不會想梳頭或洗澡，這一定代表我好多了。」羅夏麗歐說。

「有部分是因爲我給妳的止痛藥。它的藥效會逐漸消退，所以當妳開始覺得非常痛，一定要儘快告訴我，別逞強，開始感覺疲倦時，也要讓我知道。」愛拉說。

「我會的。現在我準備好了。」

「看看誰來了！」「是羅夏麗歐耶！」「她一定好多了。」他們攙著她走出居所時，外面發出了幾聲驚呼。

「讓她坐到這裡來，」索莉說：「我替她準備好位子了。」

先前曾有大塊砂岩懸頂崩落在圓形聚會場地附近，索莉放了張長凳靠著它，鋪上皮毛。兩個男人把羅夏麗歐帶到那裡，小心地讓她坐下。

「舒服嗎？」他們把她安頓在有襯墊的座椅上，馬肯諾問。

「嗯，是的，我很好。」羅夏麗歐說，不太習慣接受這麼無微不至的關注。

沃夫跟著他們走出居所，當她就坐後，牠也馬上找到位子，在她身旁坐下。羅夏麗歐很驚訝，但當她看到牠看著她的方式，注意到牠如何觀察每個走近的人時，她發現，牠認爲自己正在保護她。

「愛拉，爲什麼那隻狼一直待在羅夏麗歐周圍？妳應該讓牠離她遠一點。」多蘭多說，他很懷疑那隻動物想對仍然虛弱的羅夏麗歐做什麼。他知道狼群經常獵捕動物中年老、罹病、虛弱的成員。

「不，別叫牠走，」羅夏麗歐說，伸出好的那隻手輕拍牠的頭。「我不覺得牠想傷害我，多蘭多，我覺得牠在替我警戒。」

「我也這麼想，羅夏麗歐。」愛拉說：「獅營有個生病的孩子，沃夫對他有特別的感情，而且非常保護他。我認爲牠察覺到妳現在很虛弱，所以想保護妳。」

「那不就是萊岱格嗎？」索莉說：「妮姬收養的那個……」忽然想起多蘭多強烈的非理性情緒，她停頓下來。「……外族人。」

愛拉發覺她的遲疑，知道她把原本想說的話吞回去了。她覺得很納悶。

「他還和他們在一起嗎？」索莉莫名慌亂地問。

「不，」愛拉說：「他過世了，在初夏的夏季大會上。」她露出對萊岱格的死仍然很難過的表情。

索莉的好奇心與警戒心在天人交戰，她想問更多問題，但現在不適合問那個特殊孩子的事情。「有人餓了嗎？要不要吃點東西？」她說。

吃飽之後，大家捧著茶或輕度發酵的蒲公英酒，聚在火堆四周，包括吃不多的羅夏麗歐在內——儘管那分量比她有時吃的一餐還多。這種時刻最適合談論故事、細述冒險，尤其是更進一步了解訪客及他們非比尋常的旅伴。

除了少數不在場的人，全體夏拉木多伊人都到齊了：整年都住在陸地高處彎形地帶的夏木多伊氏，以及與他們有親戚關係、住在水上的拉木多伊氏。在溫暖的季節裡，河上人就住在固定於正下方的漂浮渡頭，但冬天他們會移居到高地，與透過儀式結合的表親同住一個屋簷下，兩對配偶彼此親近如伴侶，兩個家庭的孩子也相待如兄弟姊妹。

這是喬達拉所知最罕見的親族協定，然而因爲親屬連結及特殊的互惠關係，這種制度運作得相當好。這兩個部落之間有許多實際面與儀式面的結合，但主要是由夏木多伊氏提供陸地上的資源和嚴酷季節的安全住所，而拉木多伊氏提供水產及純熟的水路載運。

夏拉木多伊人將喬達拉視爲親屬，但他純粹是因爲弟弟而與他們產生親戚關係。索諾倫與夏木多伊氏女人墜入愛河後，接納了他們的習俗，選擇成為其中一員。喬達拉也與他們一同生活，把他們當作家人。他學習、接納他們的習俗，但自己從未透過任何儀式與其他人結合。他內心放棄不了對自己族人的認同，無法下定決心永久定居下來。所以雖然他弟弟成了夏拉木多伊人，喬達拉卻還是齊蘭朵妮氏人，因此夜談理所當然地以詢問有關他弟弟的事情揭開序幕。

「索諾倫和你離開後發生了什麼事？」馬肯諾問。

儘管談論這件事可能使他十分痛苦，但喬達拉明白馬肯諾有權知道。馬肯諾和索莉，與索諾倫和潔塔蜜歐結為關係家庭；馬肯諾是和他一樣的近親，而他與索諾倫是同母兄弟。他簡單訴說他們如何以卡羅諾送的船往下游旅行，有幾回十分驚險，並且遇到馬木特伊氏柳樹營的女頭目布莉希。

「她和我有親戚關係！」索莉說：「是我的表親。」

「後來和獅營一起生活時，我才知道妳們的關係。不過即使還不知道我們是親戚，她也對我們非常好。」喬達拉說：「那讓索諾倫決定往北去拜訪其他馬木特伊氏營地，說要和他們一起獵捕猛獁象。我試圖說服他放棄，和我一起回來，因為我們已經抵達大媽河的終點，到了他一直想去的地方。」高大男人閉上雙眼搖搖頭，彷彿想要否認命運，然後悲痛地低下頭。所有人都感染了他的痛苦，等待著。

「但不是因為馬木特伊氏，」過了一會兒，他繼續說：「那不過是藉口；他純粹是忘不了潔塔蜜歐，一心一意想跟隨她到另一個世界。他告訴我，他要一直旅行到被大媽帶走。他說他準備好了，但他不只是準備好了，還因為渴望離開而冒險，所以才死的。我也沒有留意，愚蠢地跟他去追搶走他獵物的母獅；如果不是因為愛拉，我已經和他一起死了。」

喬達拉最後的評論激起了大家的好奇心，但沒有人想提出重新喚起他的哀傷的問題。索莉終於打破沉默。「你怎麼認識愛拉的？在獅營附近嗎？」

喬達拉抬起頭看看索莉，又看看愛拉。他說的是夏拉木多伊語，不確定愛拉能聽懂多少，他但願她懂多一些夏拉木多伊語，就能親自說自己的故事。要解釋一切不容易，或者更應該說是不容易解釋得令人信服。時間愈久，那一切彷彿就愈不眞切，連他也有這種感覺；但由愛拉來說，似乎就比較容易被接受。

「不，那時候我們還不知道獅營。愛拉一個人住在距離獅營幾天路程的山谷中。」他說。

「一個人？」羅夏麗歐問。

「唔，不完全是一個人，她和幾隻作伴的動物共享她的小洞穴。」

「你的意思是她那時有另一隻這樣的狼作伴？」她問，伸手輕拍沃夫。

「不，沃夫是我們和獅營一起生活時找到的，那個時候還沒出現。她那時有嘶嘶作伴。」

「嘶嘶是什麼？」

「嘶嘶是馬。」

「馬？你的意思是她也有馬？」

「對，就是那邊的馬。」喬達拉指向站在空地上的馬兒，斑駁的紅色夜空襯托出牠們的輪廓。

羅夏麗歐驚訝地瞪大眼睛，其他人都笑了。他們全都經歷過最初的震撼，但她先前還沒注意到馬兒。

「愛拉和那兩匹馬住在一起？」

「不完全是。種馬出生時，我也在那裡。在那之前，和她住在一起的只有嘶嘶……和那隻穴獅。」

喬達拉幾乎是放低音量說完。

「和那隻什麼？」羅夏麗歐轉而使用比較不純熟的馬木特伊氏語。「愛拉，應該由妳來告訴我們的；我想喬達拉迷糊了，或許索莉可以替我們翻譯。」

愛拉聽得懂片片段段的對話，但她望向喬達拉尋求確認，他看起來如釋重負。

「恐怕我說得不是很清楚，愛拉，羅夏麗歐想聽妳自己說。妳何不告訴他們妳和嘶嘶、寶寶在妳山谷中的生活，還有妳怎麼發現我的。」他說。

「還有妳爲什麼獨自住在山谷中？」索莉補充道。

「這故事很長。」愛拉深吸了一口氣說。大家都帶著微笑重新靜下來，那正是他們想聽的，長而有趣的新故事。她啜了一口茶，思索如何起頭。「我告訴過索莉，我不記得我的族人是誰，在我還是小女孩時，他們就全都在一場地震中喪生了。我被穴熊族發現並養大；發現我的女人伊札是女巫醫、治療者，她從我很小的時候就開始教我如何醫治。」

嗯，那可以說明這個年輕女人怎麼會有這樣的醫術，在索莉翻譯時，多蘭多心想。接著愛拉繼續自述。

「我和伊札、她的哥哥克雷伯住在一起，伊札的配偶也在帶走我族人的那場地震中喪生。克雷伯就像火堆地盤的男人，幫忙她撫養我長大。伊札幾年前過世，她臨終前說我應該去尋找我自己的族人。我沒有走，我無法離開……」愛拉遲疑著，試圖決定要坦白到什麼程度。「……那時候，但之後……克雷伯也過世了……我必須離開。」

愛拉停下來又喝了一口茶，等索莉重新敘述她的話，有點困難地翻譯那些特異的人名。講述過往喚回了當時的強烈情緒，而愛拉需要重新恢復鎮定。

「照著伊札所說的，我試圖尋找我的族人，」她繼續說：「但不知道去哪裡找。從初春到盛夏，我都沒發現任何人，於是開始懷疑自己是否找得到，而且我已經厭倦了旅行。然後我走到一座位於乾燥大草原中央的翠綠小山谷，有溪流貫穿，甚至有舒適的小洞穴。那裡有一切我所需要的東西……除了人類。我不知道自己是否找得到任何人，但我知道冬天會來臨；如果沒有做好準備，我絕不可能熬過冬天。所以我決定留在那座山谷，直到第二年春天。」

所有人都沉醉於她的故事，點頭表示認同，說她是對的，她只能這麼做。愛拉解釋她如何用陷坑困住一匹馬，發現那隻母馬在哺育小馬，後來又看到一群鬣狗在追逐小母馬。「我情不自禁，」她說：「牠還只是馬寶寶，非常無助，我趕走那群鬣狗，把牠帶回洞穴和我一起住。我很高興當時這麼做，牠分攤了我的寂寞，使生活變得比較可以忍受，並且成爲我的朋友。」

至少女人們都能理解受到無助的寶寶吸引，即使是馬寶寶。愛拉說明的方式讓自己的行爲完全合理，即使從沒聽過有人收養動物。但不只是女人被迷住了，喬達拉觀察所有人，不分男女都同樣著迷，讓他領悟到愛拉很擅長說故事；就連他自己也沉醉其中，而他知道整個故事。他仔細觀察她，想了解是什麼讓她如此有說服力，然後注意到她使用細微卻能引發聯想的手勢，配合口語說明。

這不是刻意造成的效果。愛拉在成長的過程中都以穴熊族的方式溝通，很自然會以動作配合口語陳述。然而她第一次發出鳥鳴和馬兒的嘶叫聲時，所有聽眾都嚇了一跳。獨自住在她的山谷中時，因爲只聽得見鄰近地區的動物，她開始模仿牠們，將牠們的叫聲學得維妙維肖。在最初的震驚過後，她驚人的擬眞動物叫聲讓她變得更迷人。

隨著故事持續鋪陳，尤其當她訴說如何開始騎馬和訓練馬時，連索莉也迫不及待要翻譯完愛拉的話，好繼續聽下去。這個年輕的馬木特伊氏女人兩種語言都說得非常好，雖然她無法那麼精確準確地模仿馬嘶或鳥鳴，不過也沒那個必要。所有人都了解愛拉所說的，部分因爲那是他們熟悉的語言，也因爲她表達生動。他們聽得懂發音適切的字眼，但仰賴索莉翻譯漏失的部分。

愛拉和其他人一樣期待索莉翻譯，卻是基於完全不同的理由。喬達拉剛開始教她說齊蘭朵妮氏語時，曾經敬畏地察覺到她能迅速學會新語言。他很納悶她是如何辦到的，不知道她的語言技巧出於一連串獨特的境遇。爲了能在從祖先的記憶學習的族群中生存——那些記憶在他們出生時就儲存於巨大腦部成爲進化與意識的本能，這個異族女孩被迫發展自己的記憶能力，訓練自己快速記憶，才不會被其他人當成笨蛋。

在被部落收養之前，她是個平凡多話的小女孩，儘管學習用部落的方式溝通後，她喪失大部分的口語能力，但已經具備口語模式。重新學習說話才能與喬達拉溝通的迫切需求，激發了與生俱來的能力。後來，她與獅營的人一起生活、必須再學另一種語言時，她的學習能力有了更進一步的發展。她可以記住只聽過一次的字彙，雖然記憶句法與結構要花比較久的時間，但夏拉木多伊語和馬木特伊氏語的結構接近，而且有很多詞彙相同。愛拉仔細聆聽索莉的翻譯，索莉重述故事時，她也在學習他們的語言。

發現受傷的小穴獅的經過，跟收養馬寶寶的故事一樣引人入勝，就連索莉也停下來，要求她再說一次。寂寞或許能促使人和吃草的馬一起生活，可是巨大的食肉動物，怎麼可能？發育完全的公穴獅以四肢行走時，幾乎就和較矮小的草原馬一樣高，而且體格更龐大；索莉想知道她怎麼會想收養幼獅。

「牠當時沒那麼大，甚至比小狼的體型還小，而且牠是寶寶……而且受了傷。」

儘管愛拉指的是更小的狼，但所有人都望向羅夏麗歐身旁的食肉動物。沃夫是北方狼，以大型品種來說，都算體型比較大了。牠是他們見過最大的狼，收養這種體型的獅子這點子並沒有吸引很多人。

「她為牠取的名字意思是『寶寶』，就連牠長大後，她仍那樣叫牠，那是我見過最大的寶寶了。」喬達拉補充，引發咯咯笑聲。

喬達拉也露出微笑，但接著用比較嚴肅的表情說：「我後來也覺得很滑稽，但我第一次見到牠時卻一點都笑不出來。寶寶就是殺死索諾倫、也差點殺了我的那頭獅子。」多蘭多又擔憂地看著配偶身旁的狼。「但當你走進獅穴時，還能期待什麼呢？雖然那時我們看見牠的母獅離開，而且不知道寶寶在裡面，那樣做還是很愚蠢。結果我很幸運剛好遇到那頭特別的獅子。」

「你說『幸運』是什麼意思？」馬肯諾問。

「我當時傷得很重而且失去意識，愛拉卻能阻止牠殺死我。」喬達拉說。

所有人又看向愛拉。「她怎麼有辦法阻止一隻穴獅？」索莉問。

「就和她控制沃夫和嘶嘶的方式一樣。」喬達拉說：「她要牠停下來，牠就照辦了。」有人懷疑地搖頭。「你怎麼知道她那樣做？你說你當時失去意識了。」有人大喊。

喬達拉抬起頭看是誰在說話，結果是他認識的年輕河上人，雖然並不熟。「因為我後來又看到她那樣做，朗多。我還在療傷時，寶寶來拜訪過她一次，牠知道我是陌生人，或許也記得索諾倫和我進入牠的洞穴。不管是什麼原因，總之牠不想讓我靠近愛拉的洞穴，馬上撲上來攻擊。但她站到牠前面，要牠停下來，牠就照辦了。牠跳到一半立刻收起攻勢的模樣很滑稽，但當時我太害怕而沒有留意到。」

「現在那隻穴獅在哪裡？」多蘭多問，看著沃夫並懷疑那隻獅子是否也跟著她。他對獅子造訪並不特別感興趣，無論她可以把牠控制得多好。

「牠有自己的生活了。」愛拉說：「牠待在我身邊直到長大，然後，就像某些孩子一樣，牠離開去尋找伴侶，現在可能已經有好幾個伴了。嘶嘶也離開過一段時間，但後來又回到我身邊，牠回來時已經懷孕了。」

「那隻狼呢？妳認為牠有一天也會離開嗎？」索莉問。

愛拉心頭一驚，她一直拒絕去想這個問題。這念頭曾不只一次出現在她腦海中，她卻擱到一旁，甚至不願承認。而今這個問題被大剌剌地說開了，而且等待回答。

「我發現沃夫的時候，牠還很小，我想牠逐漸認為獅營的人是牠的同伴。」她說：「許多狼和同伴一起生活，但少數狼會離開成為孤狼，直到牠們找到另一隻孤狼成為伴侶，然後就會形成新的狼群。沃夫當時還小，還只是幼狼，牠的外表看起來比較年長，是因為牠的體型很大。我不知道牠以後會怎麼樣，索莉，但我有時會擔心，我不希望牠離開。」

索莉點點頭。「離別是很困難的；不論是離開的一方，或是被留下的一方。」她說，想到自己離開族人和馬肯諾一起生活的困難抉擇。「我知道妳的感受。妳不是說妳離開那些撫養妳長大的人嗎？妳怎麼叫他們？穴熊族？我從沒聽過那些人，他們住在哪裡？」

愛拉望向喬達拉，他緊張萬分地坐得直挺，神情古怪。他在焦慮。忽然，她懷疑他是否還對她的背景及養育她的族人感到羞恥；她以爲他現在已經克服那種感覺了。她不以部落爲恥，除了布勞德對她的折磨，她一直受到關愛，即使她與眾不同，而她也一樣愛著部落。懷著些許憤怒及帶刺的驕傲，她決定不去否認那些她所愛的族人。

「他們住在白倫海的半島上。」愛拉回答。

「半島？我不知道有人住在半島上，那裡是扁頭地界……」索莉停口。不可能吧？

索莉不是唯一看出其中關聯的人，羅夏麗歐倒抽了一口氣，暗暗觀察多蘭多，想看看他是否聯想到什麼，卻不想表現出自己已經發現了不尋常。她提到如此難發音的奇特人名，有沒有可能是她替某種動物取的名字？然而她說過撫養她長大的女人教導她醫藥知識，是否可能有一些女人和牠們一起生活？什麼樣的女人會選擇和牠們一起生活？尤其是懂得醫治的女人？夏木會和扁頭住在一起嗎？

愛拉發現某些人反應古怪，但瞥見正盯著她瞧的多蘭多時，她卻嚇得直發抖。他看起來像變了一個人，這個溫柔地照料配偶、性格自制的首領，眼中不再有對她醫術的感激寬慰，甚或初次見面時的謹慎接納。相反地，她察覺到深埋的痛苦與疏離，他的雙眼布滿具威脅性的強烈憤怒，彷彿爲盛怒所蒙蔽而盲目了。

「扁頭！」他勃然大怒。「妳和那些卑鄙兇殘的動物住在一起！我想殺光牠們，而妳和牠們住在一起，正派的女人怎麼可能和牠們住在一起？」

他握緊拳頭走向愛拉，喬達拉與馬肯諾都跳起來拉住他，沃夫站在羅夏麗歐前面露齒發出深沉低吼。夏蜜歐開始哭泣，索莉抱起她，緊緊擁在懷裡。平常她不會害怕女兒靠近多蘭多，但他只要一提到扁頭就會喪失理智，這一刻他似乎陷入失控的瘋狂。

「喬達拉！你竟然敢帶這種女人來這裡！」多蘭多說，試圖掙脫高挑金髮男人的牽制。

「多蘭多！你在說什麼？」羅夏麗歐說著設法站起來。「她幫了我！她在哪裡長大有什麼不同？她幫了我！」

爲了歡迎喬達拉而群聚的眾人瞠目結舌，震驚地倒抽了一口氣，不知道該怎麼辦。卡羅諾站起來幫忙馬肯諾與喬達拉，嘗試安撫多蘭多。

愛拉也大吃一驚，多蘭多憎惡的反應完全出乎她意料，她非常不解。她看見羅夏麗歐試圖站起來，設法推開站在她面前防衛的狼。沃夫和所有人一樣因爲這場騷動而迷惑，但決定要保護牠視爲責任的這個女人。她不應該站起來的，愛拉心想，急忙走向她。

「遠離我的女人！我不要妳玷污她。」多蘭多大叫，掙扎想要擺脫試圖拉住他的男人們。

愛拉停下來，雖然她想幫助羅夏麗歐，卻不想繼續觸怒多蘭多。他怎麼了？她納悶著。然後她注意到沃夫已經作勢要攻擊，於是示意牠來到身邊，避免牠造成任何傷害，使狀況雪上加霜。沃夫陷入了掙扎，牠想要固守崗位或投入混戰，但不想退開，然而所有的一切令牠困惑。愛拉再次做出手勢同時吹起口哨，牠決定奔向愛拉，站到她前面護衛她。

雖然多蘭多說的是夏拉木多伊語，愛拉意識到他在對扁頭咆哮，憤怒的話語直衝著她而來，但不完全懂那些話的意思。過了一會兒，她突然懂了，也開始惱怒起來。穴熊族不卑鄙凶殘，爲什麼想到他們會讓他如此憤怒？

羅夏麗歐已經站起來，走近掙扎中的多蘭多。索莉將夏蜜歐交給身旁的人，跑去幫她。

「多蘭多！多蘭多，停下來！」羅夏麗歐說。他似乎聽見她的聲音，不再那麼掙扎，三名男子仍然抓著他。

多蘭多憤怒地看著喬達拉。「你爲什麼帶她來這裡？」

「多蘭多，你怎麼回事？看著我！」羅夏麗歐說：「如果他沒帶她來這裡會怎麼樣？愛拉不是殺死多拉多的人。」

他望向羅夏麗歐，似乎這才看見虛弱憔悴、一隻手綁著吊帶的羅夏麗歐，心頭猛然一震，失去理智的暴怒如水流瀉去般散去了。「羅夏麗歐，妳不應該站起來的，」他傾身探向她，卻發現自己被拉住。「你可以放開我了。」他用冷峻的聲音對喬達拉說。

這個齊蘭朵妮氏男人放開手，馬肯諾和卡羅諾則等到確定他不再掙扎才放開他，但仍站在一旁以防萬一。

「多蘭多，你沒必要生喬達拉的氣，」羅夏麗歐說：「他帶愛拉來是因為我需要她。大家都很不安，多蘭多。過來坐下，讓他們知道你沒事了。」

她看見多蘭多眼神倔強，但他還是跟她一起回到長凳，坐在她身旁。一個女人倒了些茶給兩人，然後走向愛拉、喬達拉、卡羅諾、馬肯諾、沃夫站的地方。

「你們想喝茶或來點酒嗎？」她問。

「妳不會剛好有可口的山桑酒吧，卡洛麗歐？」他說。愛拉發現她神似卡羅諾和馬肯諾。

「新酒還沒準備好，但去年的可能還有剩。妳也來一點嗎？」她對愛拉說。

「嗯，如果喬達拉想要的話，我也會嘗嘗看。我想我們還沒見過。」愛拉補充。

「不，」喬達拉正準備要開始介紹時，女人說：「我們不需要拘禮。我們都知道妳是誰了，愛拉。我是卡洛麗歐，他的姊姊。」她指向卡羅諾。

「我注意到……長得很像。」愛拉說著搜尋詞彙。喬達拉忽然意識到她說的是夏拉木多伊語，驚奇地望向她。怎麼她學得這麼快？

「但願妳能寬恕多蘭多爆發的情緒。」卡洛麗歐說：「他的火堆兒子，也就是羅夏麗歐的兒子，被扁頭殺死了，所以他恨所有的扁頭。那孩子很年輕，比達爾沃稍微年長，精力充沛，人生才剛要開始。多蘭多非常難受，一直不太能釋懷。」

愛拉點點頭卻皺著眉。穴熊族殺死異族的狀況並不尋常，那個年輕人做了什麼？她納悶著。她看見羅夏麗歐對她示意。儘管多蘭多的怒視令人不愉快，她還是匆忙走過去。

「妳累了嗎？」她問：「要上床休息了嗎？覺得痛嗎？」

「有一點，但不是很痛。我很快就去睡，但不是現在。我想告訴妳我有多抱歉。我有個兒子……」

「卡洛麗歐告訴我了，她說他被殺了。」

「扁頭……」多蘭多低聲咕噥。

「我們可能都太早下結論了，」羅夏麗歐說：「妳說和妳一起住的……那些人在半島上？」四周驟然陷入一片寂靜。

「對，」愛拉說，然後看著多蘭多，深吸了一口氣。「部落，你們說的扁頭，他們是這樣稱呼自己的。」

「怎麼稱呼自己？他們不會說話。」一個年輕女人大喊。喬達拉看見說話的女人坐在他認識的另一個年輕人查羅諾身旁。她很面熟，但他記不起她的名字。

愛拉猜出她的言下之意。「他們不是動物，他們是人，他們確實會說話，但沒有使用很多詞彙，不過會用一點。他們的語言是手勢和動作。」

「那就是妳之前所做的？」羅夏麗歐問：「在妳讓我入睡之前？我認爲妳在用手跳舞。」

愛拉露出微笑。「我在對靈界說話，請求我的圖騰靈協助妳。」

「靈界？用手說話？胡說八道！」多蘭多厲聲說。

「多蘭多。」羅夏麗歐說，伸手去握他的手。

「是真的，多蘭多。」喬達拉說：「連我都學了一些，全體獅營的人也是。愛拉教導我們，好讓我們能和萊岱格溝通。所有人都很驚訝他能用那種方式表達，即使他無法把字說得正確。那讓他們明白他不是動物。」

「你是指妮姬收養的男孩？」索莉說。

「男孩？妳是在說我們之前聽過的馬木特伊氏瘋女人收養的雜交靈孽種？」

愛拉揚起下巴，怒氣立刻上升。「萊岱格是個孩子，」她說：「他可能來自混合靈，但你怎能怪罪孩子的出身？他沒有選擇那樣的出身。你們不是說是大媽挑選靈的嗎？那麼他就和大媽的其他孩子一樣，你有什麼權利叫他孽種？」

愛拉怒目瞪視多蘭多，所有人都盯著兩人瞧，訝異於愛拉的辯護，也好奇多蘭多會有什麼反應。他看起來和其他人一樣吃驚。

「還有妮姬也沒有瘋，她是個溫暖慈愛的女人，收養孤兒，不在意別人的想法。」愛拉繼續說：「她就像伊札一樣，那個女人收養了無依無靠的我，即使我是與眾不同的異族。」

「扁頭殺了我的火堆兒子！」多蘭多說。

「或許吧，但那並不尋常。穴熊族寧願避開像我們這樣的異族。」愛拉停頓下來，看了看仍然深感痛苦的男人。「失去孩子很難受，多蘭多，但我要告訴你有另一個失去孩子的人，那是我在許多部落聚集時遇到的女人；那種聚會就像夏季大會，但他們沒那麼常聚會。她和其他幾個女人外出採集食物，結果突然遇到幾個異族男人，其中一個男人抓住她，強迫她擁有你們所說的歡愉。」

有人倒抽了一口氣。這話題從沒人敢公開討論，但即使連最小的孩子也聽說過。有些母親覺得應該把孩子帶開，但沒有人真的想離開。

「穴熊族女人會順從男人的期望，不需要強迫她們，但抓住那個女人的男人迫不及待，甚至不等她把寶寶放下，粗暴地抓住她，寶寶摔到地上他也沒發現。後來他允許女人起來時，她才發現寶寶摔落時頭撞到石頭，已經死了。」

幾名聽眾的淚水在眼眶裡打轉。喬達拉大聲說：「我知道那種事有可能發生。我聽說過，住在遙遠西邊的少數年輕人喜歡戲弄扁頭，其中有幾個結夥強逼一個穴熊族女人。」

「這附近也會有這種事。」查羅諾承認。

女人們驚訝地望向他，而大部分的男人避免看他，唯獨朗多瞪著他，好像他是隻蟲子。

「這一直是男孩們談論的大事，」查羅諾想要辯解，「不過不太有人會再這樣做了，尤其是自從多拉……」他陡然住口環顧四周，然後低下頭，希望自己沒開過口。

隨之而來是一陣令人不安的靜默。終於，索莉開口打破沉默。「羅夏麗歐，妳看起來很累，要不要回床上休息？」

「嗯，我想休息了。」她說。

喬達拉和馬肯諾趕忙去幫她，其他人將之視爲起身離開的信號。那一晚沒有人想再逗留火堆周圍談天或賭博。兩名年輕男子帶著她進入居所，受到打擊的多蘭多在後方拖著步伐。

「謝謝妳，索莉，但我想今晚我睡在羅夏麗歐附近比較好。」愛拉說：「我希望多蘭多不會反對。她經歷了那麼多事情，今晚會很難熬；事實上，接下來幾天都不好過。她的手臂已經腫起來了，她會開始痛。我不確定她今晚可以起身，但她非常堅持，我想擋不住。她一直說自己感覺很好，但那是因爲讓她入睡的飲料也能強力止痛，而且藥效還沒完全退。我給她喝了別的飲料，但今晚效力就會完全消退，所以我想待在那裡。」

愛拉花了點時間在夕陽餘暉下刷梳嘶嘶，這時才走進居所。在煩躁時親近、照料母馬，總能令她放鬆心情。喬達拉在那裡陪了她一會兒，但覺察到她想獨處，便稍微撫拍搔弄快快，口頭安撫牠幾句話，他就離開了。

「或許達爾沃可以待在這兒，」喬達拉建議：「他可能也會睡得比較好。看羅夏麗歐受苦會讓他不安。」

「當然，」馬肯諾說：「我會去找他來。但願我也能說服多蘭多暫時來我們這兒，但我知道他不會願意，尤其是今晚之後。沒有人告訴過他，多拉多的死到底是怎麼一回事。」

「把話都講出來或許是最好的。現在他也許就能放下了。」索莉說：「多蘭多對扁頭深惡痛絕很久了，看起來並沒什麼害處，畢竟沒有人眞的那麼在意他們——抱歉，愛拉，但事實如此。」

愛拉點點頭。「我知道。」她說。

「而且我們少有接觸。就很多方面來說，他是個好首領，」索莉繼續說：「除了與扁頭有關的事，而且大家都會騷動。但這麼強烈的恨意必然會留下烙印，我認爲心懷怨恨的人是最難受的。」

「我想是時候該休息了。」馬肯諾說：「妳一定累壞了，愛拉。」

喬達拉、馬肯諾、愛拉、緊跟在她後面的沃夫，一行人來到幾步外的隔壁居所。馬肯諾刮了刮入口垂簾，等著，多蘭多沒有應聲。他來到入口，推開垂簾，站在入口的陰影下看著他們。

「多蘭多，羅夏麗歐晚上可能不好過，我想留在她身旁。」愛拉說。

男人低下頭，然後往內望向床上的女人。「進來吧！」他說。

「我想陪愛拉。」喬達拉說，決定不讓愛拉和曾對她發飆而且威脅她的男人獨處，即使他確實看起來已經冷靜下來。

多蘭多點點頭站到一旁。

「我來問達爾沃是否願意今晚待在我們那兒。」馬肯諾說。

「我認爲他應該去，」多蘭多說：「達爾沃，今晚帶著你的鋪蓋去馬肯諾那邊。」

少年起身抱起收攏的鋪墊和被子，走向居所入口。愛拉覺得他看來鬆了一口氣，可是不開心。沃夫一進屋就在牠的角落安頓下來。愛拉走向陰暗的後方去檢視羅夏麗歐。

「多蘭多，你們有油燈或火炬嗎？我想讓光線亮一點。」她說。

「可能還需要多加個鋪蓋，」喬達拉補充：「或者我應該去問索莉？」

多蘭多寧願獨自待在黑暗中，但假如羅夏麗歐痛醒，他知道這個年輕女人對她的幫助遠多過自己。他從架上拿下另一個以石頭鑿成的砂岩淺碗。

「鋪蓋在這裡。」他對喬達拉說，「門邊的盒子裡有油燈用的油脂，但我必須重新生火點燃油燈，火已經熄滅了。」

「我來生火，」愛拉說：「如果你能告訴我引火柴和火絨在哪裡。」

除了她要求的生火材料，他還給了她一端是黑炭的圓棒，及先前生火燒出幾個圓孔的扁平木塊，但她沒用，反而從掛在腰帶上的囊袋中掏出兩顆石頭。多蘭多好奇地看著她疊起一小堆輕巧細木片，緊貼著上方將兩顆石頭互相敲擊。出乎他的意料，明亮的大火花迸出石頭落在火絨上，冒出一縷細煙。她彎身吹拂，火絨隨即開始燃燒。

「妳怎麼辦到的？」他問，訝異又有點害怕。如此神奇、陌生的事情總會帶來些許恐懼，這個女人的夏木巫術永無止盡嗎？他納悶著。

「利用打火石。」愛拉說，一邊加入幾根引火柴，讓火繼續燒，接著又放進較大的木塊。

「愛拉獨自住在她的山谷時發現的。」喬達拉說：「那裡的岩岸到處都是這種石頭，我也收集了一些。明天我示範給你看，給你一顆，你就會知道這種石頭是什麼樣子，這附近可能也會有。就像你看到的，用打火石生火快多了。」

「你說油脂在哪裡？」愛拉問。

「在入口旁的盒子裡，我去拿，燈芯也在那裡。」多蘭多說，在石碗中放進一團柔軟白色獸脂——這種脂肪溶於滾水，冷卻的時候則凝結於水面——從碗邊緣插入搓成繩狀的乾苔蘚，然後以燃燒的木棒點燃油脂。幾聲劈啪響後，碗中的油脂融化了，被苔蘚吸收產生更穩定的火焰，將木造居所內照得更亮。

愛拉把烹煮石放進火裡，檢視木盒內的水量，拿起木盒準備走出去，但多蘭多接了過去，把木盒拿出去裝入更多的水。當他離開時，愛拉與喬達拉將鋪蓋放上床台，然後愛拉從藥囊中挑了些乾藥草，爲大家調製放鬆心情的茶。她在幾個自己的碗中放入別的藥材，準備讓羅夏麗歐醒來時喝。多蘭多帶回水後不久，她倒茶給所有人喝。

他們靜靜坐著啜飲溫熱的茶，多蘭多逐漸安下心來；他本來怕他們會想要他說話，但他沒有心情。愛拉不是沒心情交談，純粹是不知道該說什麼。她會過來是因爲羅夏麗歐，可是她完全不想出現在那裡。待在對她大發雷霆的男人居所過夜想必不會愉快，她感謝喬達拉陪伴她。喬達拉也不知道該說什麼，等待其他人先開口，卻沒有人說話，使他覺得靜默或許最恰當。

彷彿事先計畫好一般，他們一喝完茶，羅夏麗歐便開始呻吟翻身。愛拉拿起油燈走過去，把油燈放在用來當作床邊桌的木製長凳，移開放著芳香紫羅蘭的潮溼纖杯。羅夏麗歐的手臂腫脹，連隔著緊綳的皮條都摸得出在發熱。光線和愛拉的碰觸吵醒了她，她的眼中閃著痛苦，她注視著女巫醫，努力想擠出微笑。

「很高興妳醒了。」愛拉說：「我必須取下吊帶，鬆開皮條和夾板，但我怕妳會在睡夢中翻身，而妳的手臂需要保持筆直。我會調製新的消腫藥糊，但我想先調製止痛藥。妳可以再撐一陣子吧？」

「嗯，妳去做妳該做的事吧！多蘭多可以留下來陪我說話。」羅夏麗歐說，視線越過愛拉的肩膀，看向站在她身後的兩個男人之一。「喬達拉，你不認為應該幫忙愛拉嗎？」

他點點頭，顯然她想私下和多蘭多說話，他也很樂意讓他們獨處。他帶回更多木頭當柴火，接著去取更多的水及被河流磨平的大卵石來加熱液體；一個剛從火堆拿出的烹煮石被丟進多蘭多取來煮茶的新鮮冷水中時，砰地裂開了。他看著愛拉調製藥物，聽見居所後方傳來低語聲，很高興自己聽不見他們談話的內容。等愛拉替羅夏麗歐換完藥，讓她更舒服後，大家都累壞了，紛紛就寢。

第二天早晨，孩子們愉悅的嬉笑聲和沃夫的濕鼻子喚醒了愛拉。她睜開眼睛，看見沃夫望向傳來聲音的入口，接著又回頭看著她嗚嗚哀鳴。

「你想出去和那些孩子玩吧？」她說。沃夫又嗚嗚叫。

她掀開被子坐起身，發現喬達拉在旁邊睡成了個大字形。她伸展身子，揉揉眼睛，望向羅夏麗歐。她還在睡，她有許多不成眠的夜需要補足。裹在毛皮被裡的多蘭多睡在女人床邊的地上，他也有許多失眠的夜晚。

愛拉一起床，沃夫便衝向出入口，站在那裡等她，興奮地扭個不停。她要沃夫待著，自己揭開垂簾迅速走到外面，不想讓牠沒有預警就亂闖，嚇壞別人。她四處張望，看見幾個年齡各異的孩子和幾個女人，在瀑布形成的水潭中洗晨澡。她走向他們，讓沃夫緊跟在她身邊。夏蜜歐看見牠時尖聲大叫。

「可來，烏非！你也應該洗個澡。」女孩說。沃夫哀鳴著抬頭看向愛拉。

「有人介意沃夫進入水潭嗎，索莉？夏蜜歐似乎想要牠進去玩。」

「我正要出來，」年輕女人說：「但她可以待在這兒跟牠玩，如果沒有人介意的話。」

看來沒人反對，愛拉比了個手勢。「去吧，沃夫！」牠跳進水裡，朝夏蜜歐濺出大片水花。

和索莉一起步出水潭的女人微笑著說：「真希望我的孩子也像那隻狼一樣聽話。妳是怎麼讓牠照妳的命令去做呢？」

「這需要時間，必須不斷重複，讓牠反覆做很多次妳要牠做的事，一開始可能很難讓牠明白，但牠一學會了就不會忘記，牠眞的很聰明。」愛拉說：「旅途中我每天都在教牠。」

「聽起來像是在教孩子。」索莉說：「但爲何要教一隻狼呢？我從不知道人可以教牠們去做事情，妳爲什麼要這麼做？」

「我知道牠可能會嚇到不認識牠的人，我不希望牠驚嚇任何人。」愛拉說。看著索莉離開水潭擦乾身子，愛拉驀地察覺她懷孕了。時間還不是太久，她穿上衣服時便被矮胖的身材隱藏住，但她絕對是懷孕了。「我也想洗澡，但我得先去小便。」

「沿著那條小徑往上走到後面，妳會看到一條小溝。因爲在較遠的岩壁上方，所以下雨時會流到另一邊。位置很高，但比在這附近找地點來得近一點。」索莉說。

愛拉準備召喚沃夫時有點遲疑，牠已經如往常般在灌木叢間抬腿小便——她教牠到居所外面解決，而不是利用特定的地方。她看著孩子們和牠一同嬉戲，知道牠寧願留下來，但不確定自己是否應該離開牠。她自忖不會有事，但不知道那些母親會有什麼感想。

「我想妳可以暫時留下牠，愛拉。」索莉說：「我看過牠圍繞在孩子身邊，就像妳說的一樣。假如妳這麼快就把牠叫走，他們會很失望的。」

愛拉露出微笑。「謝謝妳，我馬上就回來。」

她沿著小徑往上走，斜斜越過一面極陡峭的岩壁斜坡，繼而轉向另一面岩壁。抵達較遠的岩壁後，她踏上用截短的原木做成的階梯，越過岩壁。這些原木前端以敲入地面的木樁固定，因而不會滾動，後面則填滿土石。

這條溝渠及前方高起的區域，是從岩壁另一面的斜坡挖掘出來的，有成排的平滑圓木矮圍籬可供跨坐。氣味與嗡嗡作響的蒼蠅讓人一眼就知道這地方的用途，但林間閃耀的陽光與鳥鳴，又讓人感覺愉悅，於是她也排了便。她看見一旁地上有堆乾苔蘚，不禁揣測是什麼用途。這些苔蘚完全不刮刺，而且相當有吸收力。結束後，她注意到溝渠底部有晚近才鋪灑的新鮮泥土。

由於小徑繼續往下延伸，愛拉決定往前再走一段路。這片區域非常類似她成長的洞穴鄰近地區，所以她一直覺得來過這裡，彷彿會看見似曾相識的岩層、山脊頂端的開闊空間或者相似的植被。她停下來在貼著岩壁生長的灌木叢摘下幾顆榛子，忍不住推開矮樹枝，看看後面是否藏著小洞穴。

她發現另一處黑莓灌叢大土丘，帶刺的細長匍莖向外延伸，垂掛著纍纍的甜熟果實。她滿嘴塞滿黑莓，思索著前一天採的漿果流落何方，她想起歡迎會上吃了一些，應該再回去多採一些給羅夏麗歐。她突然意識到自己必須回去了，羅夏麗歐可能已經醒來，需要照料。這片樹林感覺如此熟悉，讓她瞬間忘了自己身在何處，在山坡上遊盪使她再度感覺自己像個小女孩，以替伊札尋找藥用植物當藉口去探險。

也許是出於第二天性，或者因爲她總會在回程更認眞尋找植物，才有東西能展示自己的冒險，愛拉仔細留意沿途植被。當她看到長著小葉與花朵的小黃藤，纏繞著被它的絲狀藤蔓抑制而乾死的其他植物，差點激動地叫出來。

就是它！是黃連，伊札的魔法植物，她心想。我正需要它來泡早茶，才不會有寶寶，而且這裡有好多。我剩下的存量已經少到我不知能否支撐到旅程結束。這附近會不會也有鼠尾草根？應該會有吧！我得再回來找看看。

她找到有大片基葉的植物，用細枝將它們編成臨時採集容器，然後盡可能地採，不過沒有完全摘光那個區域。伊札很久以前就教過她，永遠都要留下一些植物，好讓它們第二年能繼續生長。

在回程的路上，她繞了一小段路，穿過一片更茂密陰涼的森林，尋找更多可以舒緩馬兒眼疾的蠟白色植物，雖然牠們的狀況似乎已經改善了。她仔細掃視樹下的地面，由於感覺如此熟悉，理應不會出現意外，但當她看某種特殊植物的綠葉時，卻倒抽了一口氣，一股寒意貫穿全身。

第十八章

愛拉坐到潮濕土地上，呼吸著森林空氣，盯著那些植物瞧，回憶重新湧現。連在部落中也鮮少有人知道這種植物根的祕密。那些知識屬於伊札的家系，唯有傳承自相同祖先的後代或經她教導的人，才知道產生最終結果所不可少的複雜程序。愛拉憶起伊札說明晾乾這種植物的特殊方法，可使根部最具效能，也想到假如避開光線照射，存放的時間愈久，植物的功效就會愈強。

儘管伊札反覆仔細告訴她如何用乾燥根部調製飲料，卻無法讓愛拉在參與各部落大會前事先練習，因爲不能在缺乏適當儀式的情況下使用。而且伊札強調它非常神聖、不能丟棄，所以愛拉才會在爲眾莫格烏爾調製完飲料，發現碗底還剩下一點點時，決定把它喝掉——其實女人不允許喝這種飲料，她那時已經無法有條理地思考。後續發生了許多事情，那一小口飲料蒙蔽她的心智，藥效之強烈，就連她在調製時所吞下的那一丁點，也有強大的效果。

她沿著狹窄通道闖入蜂巢狀洞穴深處，等到看見克雷伯及其他莫格烏爾時，就算她想走也已無法脫身。就在那時候，克雷伯不知怎地發現她在那裡，帶著她和眾莫格烏爾一起回溯記憶。假如他沒那樣做，她會永遠迷失在黑暗虛空中，但那晚發生了某件事改變了他，之後他不再是**獨一無二的莫格烏爾**，他再也無心扮演那樣的角色，直到最後的那一回。

她離開部落的時候身上還有些這種植物根，放在醫藥袋中的神聖紅色囊袋。她向馬木特提起時，他顯得十分好奇；但他不具有**獨一無二的莫格烏爾**的法力，又或者這種植物對異族有不同的影響，她和馬木特都被吸進那黑暗虛空，差點回不來。

坐在地上凝望那看似無害卻能調製成強效飲料的植物，她回憶起那次經歷，陡然又一陣寒顫，感覺到黑暗陰影，彷彿有雲飄過頭頂，接著她就不僅是在回憶，而是重新體驗與馬木特的奇特旅程。翠綠的樹木逐漸朦朧消失，她感覺自己被拉回記憶中的黑暗土屋，咽喉深處嘗到清涼的深色沃土及生長在古老原始森林的菌類。她意識到自己朝著她和馬木特前往的奇特世界快速移動，對黑暗虛空感到恐懼。

然後她遠遠聽見喬達拉微弱的聲音呼喚著她，充滿痛苦的恐懼與愛，他的愛與需求產生了強大力量，把她和馬木特拉回來。瞬間，她回到現實，在夏末陽光的溫暖中感覺冷到骨子裡。

「喬達拉帶我們回來的！」她大聲地說。當時她沒有領悟到這一點；她張開眼所看到的是他，但接著他就不見蹤影，反而是雷奈克帶來熱茶溫暖她。馬木特告訴她，有人協助他們回來，她之前沒有意識到是喬達拉，但她忽然明白了，似乎她注定會知道。

老馬木特說自己永遠不會再使用這種植物根，也告誡她不要用，但他也說假如她用了，要確定有人可以把她召喚回來。他說那些根不僅致命，還能偷走她的靈，使她永遠迷失在黑暗虛空裡，再也無法回到大地母親身邊。不過那時這些叮嚀已經不重要，因爲她和馬木特一起把剩餘的根用完了。然而，此刻，這種植物就在她面前。

不是只因爲植物出現就必須摘取，她心想。假如她轉身離去，就永遠不必擔心自己可能再次用它而失去靈。不管怎麼說，她被告知不能喝那種飲料，那是給與靈界交涉的眾莫格烏爾喝的，不是給應該只是爲他們調製飲料的女巫醫喝的，但她已經喝了兩次。除此之外，布勞德對她下死咒；對部落來說，她已經死了。現在誰能禁止她？

愛拉甚至沒問自己爲什麼要這麼做，就撿起斷裂樹枝當作挖掘棒，在不損傷根部的情況下，小心拔出幾株植物。她是世上少數幾個知道這種植物的功效及如何調配的人，不能轉身離去，不是因爲她有任何想要使用它們的特殊意圖——就算有也不奇怪。她有許多可能永遠用不上的備用藥物，但這種植物卻不一樣。其他植物可能有醫療效用，即使是黃連——伊札用來擊退致孕元精的奇藥，塗在身上也有助於防止蚊蟲叮咬。可是據她所知，這種植物沒有其他用途，根部是靈力。

「妳出現了！我們已經開始擔心了。」看見愛拉走下小徑，索莉大嚷：「喬達拉說假如妳再不快點回來，他就要派沃夫去找妳了。」

「愛拉，怎麼耽擱那麼久？」她還來不及回答，喬達拉便說：「索莉說妳馬上就會回來。」他不假思索說出齊蘭朵妮氏語，使她明白他有多擔心。

「那條小徑看起來很長，我想再走遠一點，然後就找到某些我想要的植物。」愛拉說，捧起她收集到的藥材。「這一帶太像我生長的地方，自從我離開後，就沒再看過某些熟悉的植物了。」

「妳非得現在收集的植物爲什麼這麼重要？那種植物有什麼功效？」喬達拉指著黃連說。

愛拉現在已十分了解他，知道這種憤怒語調是因爲他擔心，但他的問題把她嚇了一跳。「這是……防止蚊蟲叮……咬……」她紅著臉支支吾吾地說。她的回答感覺像謊言，儘管內容正確，卻不完整。

愛拉被當作穴熊族女人撫養長大，而穴熊族女人不能拒絕回答直接的詢問，尤其是男人提出的問題；但伊札非常強調絕不要告訴任何人這小小黃連的效力，尤其是男人。伊札自己也無法完全拒絕回答喬達拉的問題，但她永遠不需要這麼做，因爲穴熊族男人不會想質疑女巫醫的植物或作法，所以伊札認爲愛拉永遠不應該主動提供這個訊息。

避免提及是可以接受的，但愛拉明白那應該是基於禮貌而得以保有某種限度的隱私，她卻已經超越了那個範疇，蓄意保留訊息。她可以在自己覺得適當時給人服用這種藥物，但伊札告訴她，假如有人察覺她知道如何擊敗最強的靈避免懷孕，尤其是男人，可能會有危險；這應該是只有女巫醫知道的祕密知識。

愛拉忽然想到，假如這種植物能避免大媽賜予生命給女人，那麼伊札的奇藥是否比大媽還強大？怎麼可能呢？但假如最初眞的是大媽創造出所有的植物，她必然是刻意創造出這種功效！她一定是要這種植物被用來幫助那些懷孕會造成危險或困難的女人。但既然如此，爲何沒有更多女人知道？或許她們知道。距離植物生長的地方這麼近，也許這些夏拉木多伊女人熟知這種植物。她可以開口問，但她們會告訴她嗎？假如她們不知道，她如何能詢問卻不告知她們？但如果大媽是爲女人創造出這種植物，告訴她們不就無妨嗎？愛拉的腦中迅速冒出疑問卻沒有答案。

「爲何妳需要現在摘治療叮咬的植物？」喬達拉說，眼中仍流露關切。

「我不是想要讓你擔心，」愛拉說完露出微笑。「只是這一帶感覺太像家了，讓我想要探索。」

他忽然也忍不住微笑。「妳還找到黑莓當早餐了吧？現在我明白是什麼耽擱妳這麼久，我從沒遇過有人比妳還熱愛黑莓。」他留意到她的困窘，卻因爲自認明白她不願談論自己的小附加行程的原因，而覺得高興。

「呃，對，我吃了一點。也許稍後我們可以回去摘一些給大家，那些黑莓現在熟了，看來很可口，而且我也想再去找其他東西。」

「愛拉，我覺得有妳在，我們會吃光所有摘得到的黑莓。」喬達拉說，親吻她沾有紫色莓漬的嘴。他十分欣慰她安然無恙，也十分滿意自己發現她抗拒不了甜漿果的弱點；她只是微笑，任他兀自設想。她確實喜歡黑莓，但她眞正的弱點卻是他；她突然感覺到對他的狂熱愛意，希望兩人此刻是獨處的。她想擁抱他、觸摸他、取悅他，感受他以最擅長的方式取悅她。她的雙眼洩漏了她的感覺，而他藍得出奇的眼睛更強烈地回應，她感覺身體深處一陣酥麻，必須離開鎭定自己。

「羅夏麗歐怎麼樣了？」她說：「她醒了嗎？」

「醒了，而且她說她餓了。卡洛麗歐從碼頭上來替我們張羅食物，但我們覺得應該等妳回來再讓她吃。」

「我先去看看她怎麼樣了，然後我想游個泳。」愛拉說。

就在她走向居所時，多蘭多拉開垂簾走出來，沃夫也跳了出來撲向她，兩腳搭上她的肩膀，舔著她的下巴。

「沃夫，下來！我手上都是東西。」她說。

「牠看起來很高興見到妳，」多蘭多說，他遲疑了一會兒後補充：「我也是，愛拉，羅夏麗歐需要妳。」

這種自白至少承認了他不希望她與他的配偶保持距離，在他前一晚大發雷霆之後。當他准許她進入居所時，她便已經明白他的意思，只不過他沒有明說。

「妳還需要什麼嗎？我可以替妳拿什麼嗎？」這個男人問，注意到她滿手都是東西。

「我想晾乾這些植物，所以需要架子。」她說：「我可以自己做，但需要木頭及捆綁用的細皮帶或筋腱。」

「我可能有更適合的東西。夏木過去經常晾乾植物來用，我知道他的架子在哪裡，妳想用嗎？」

「那應該會很理想，多蘭多。」她說。他點點頭後邁著大步離開。她走進居所，看見羅夏麗歐坐在床上，便微笑著放下植物，趨近查看。

「我不知道沃夫跑回來這裡，」愛拉說：「但願牠沒有打擾妳。」

「沒有，牠在為我守衛，我確定。牠自己繞過垂簾，一進來便直接回到這裡，我拍拍牠之後，牠就去那個角落安靜下來，朝這邊張望。妳知道的，現在那裡已經是牠的地盤。」羅夏麗歐說。

「妳睡得好嗎？」愛拉問她，弄直她的床榻，用鋪墊和毛皮撐起她，使她更舒適。

「自從我摔倒後就沒睡得這麼好了，尤其在多蘭多和我長談過後。」她說，看著高大的金髮女人，這個喬達拉帶來的陌生人攪動了他們的生活，在這麼短的時間內注入這麼多改變。「他真的不是有意對妳說那些話，愛拉，但他很不安。多年來他一直活在多拉多過世的陰影中，始終無法真正忘懷，直到昨晚他才知道事件的原委。多年來他把他們當成凶殘動物，現在，他嘗試化解這些怨恨，接納他們真實的樣子，包括妳。」

「那妳呢，羅夏麗歐？他是妳的兒子。」愛拉說。

「我也恨他們，但後來潔塔蜜歐的母親過世，而我們收養了潔塔蜜歐。她其實沒有取代他，但她很虛弱，需要極多關注，我沒時間耽溺於兒子的死。當我逐漸感覺她就像我親生女兒，跟我兒子有關的記憶就慢慢沉澱了。多蘭多雖然也喜愛潔塔蜜歐，但男孩對男人的意義很特殊，尤其是誕生在他們火堆地盤的男孩。他無法忘懷多拉多的死，因爲那時他才剛成年，人生正要開始。」羅夏麗歐眼中閃著淚光。「如今潔塔蜜歐也死了。我幾乎不敢收養達爾沃，怕他也年紀輕輕就離開。」

「面對失去兒子或女兒，從來都不容易。」愛拉說。

羅夏麗歐彷彿看見愛拉起身去火堆準備調藥時，臉上閃現痛苦的神情。她回來時，帶回了盛在有趣木碗裡的藥。羅夏麗歐從未看過類似的東西；他們大部分的工具、器皿、容器全都有雕刻或繪畫裝飾，或者兩者都有，尤其是夏木的東西。愛拉的碗製工精良、光滑有形，但除了木頭本身的紋理外完全沒有任何裝飾。

「妳現在覺得比較痛嗎？」愛拉問，幫助羅夏麗歐躺下。

「有一點，但不像先前那麼痛。」當年輕的女巫醫解開皮條，羅夏麗歐說。

「看起來腫比較消了，」愛拉說，仔細觀察手臂。「這是好徵兆。我會暫時再綁上夾板和吊帶，免得妳想起來走動。今晚我會換上另外的敷藥糊，等到完全消腫，再用樺樹皮包裹手臂，直到骨頭完全癒合才解下來，這至少需要一個半的月亮周期。」愛拉解釋，靈巧地移除潮濕的岩羚羊皮，檢視前一天的治療所造成的擴散瘀痕。

「樺樹皮？」羅夏麗歐說。

「用熱水浸濕後，樺樹皮會軟化，容易塑形，乾掉以後會變硬，可以固定妳的手臂，即使妳起身四處活動時也一樣，這樣骨頭就會筆直癒合。」

「妳的意思是我可以起來做點事，而不是只能一直躺著？」羅夏麗歐說，咧嘴笑了起來。

「妳只有一隻手臂能用，但沒道理不能用雙腳站起來，讓妳待在這裡的是疼痛。」

羅夏麗歐點點頭。「妳說得沒錯。」

「把皮條綁回去之前，我希望妳做件事。請妳動動手指；可能會有點痛。」

愛拉刻意不露出擔憂之色。假如現在羅夏麗歐無法動手指，可能代表那隻手臂能恢復的功能有限。兩人緊張地注視她的手，她先舉起中指，然後動動其他指頭，兩人都寬慰地笑了。

「很好！」愛拉說：「現在，妳能彎曲手指嗎？」

「我感覺得到耶！」羅夏麗歐彎著指頭說。

「握起拳頭會太痛嗎？」愛拉看著她緩緩握起手掌。

「會痛，但沒問題。」

「非常好。妳的手掌能移動到什麼程度？可以向上抬起手腕嗎？」

羅夏麗歐的臉因用力而扭曲，齒縫間吸著氣，將手掌往前彎。

「可以了！」愛拉說。

沃夫發出一聲類似嘶啞咳嗽的吠叫，昭告喬達拉的出現，兩人都轉過頭去看，微笑看著他。

「我來看看有什麼我能做的。妳要我在外面替羅夏麗歐做什麼嗎？」喬達拉問。他瞥見羅夏麗歐裸露的手臂，隨即轉開視線，不太敢看腫脹變色的傷處。

「現在還沒有什麼事情可做，但接下來的幾天內，我會需要一些寬的新鮮樺樹皮條。如果你碰巧看到大小適合的樺樹就記下來，這樣你就能帶我去看了。那要用來在復原期間固定她的手臂。」愛拉回答，用夾板覆蓋羅夏麗歐的手臂。

「妳還沒說剛才為何要我那樣移動手指，愛拉。」羅夏麗歐說：「那有什麼意義？」

愛拉微笑。「那代表幸運的話，妳的手臂很有機會可以幾乎或完全恢復原本的功能。」

「那真的是好消息。」多蘭多說，他拿著晾乾架的一端走進居所，聽見了她的話，達爾沃托著架子的另一端。「這個可以嗎？」

「可以，謝謝你們拿進來，某些植物需要在陰暗的地方晾乾。」

「卡洛麗歐說我們的早餐準備好了，」少年說：「她想知道妳是否想在外頭吃，因為天氣很好。」

「嗯，我想，」羅夏麗歐說，接著轉向愛拉：「如果妳覺得無妨。」

「只要讓我先將手臂放進吊帶。假如多蘭多可以稍微扶著妳，妳就可以走出去了。」愛拉說。夏木多伊氏首領臉上掛著非比尋常的燦爛笑容。「如果沒有人介意，我想在吃東西前先游個泳。」

「你確定這是船嗎？」馬肯諾說，協助喬達拉撐起覆蓋獸皮的圓形框架靠向山壁，與長竿並置。「你怎麼駕馭這個碗？」

「這不像你的船那麼好操控，多半用來渡河，用那些船槳使船推進。當然因為有了馬兒，我們只需要把船拴在拖桿上，讓牠們去拉。」喬達拉說。

兩人都望向愛拉刷梳嘶嘶的空地，快快站在一旁。喬達拉稍早已經梳理過種馬的毛皮，注意到牠們經過炎熱平原時掉毛的光禿處，已經重新長滿毛髮。愛拉治療過兩匹馬的眼睛，由於來到地勢較高的涼爽地帶，遠離那些討厭的蚋，牠們的狀況明顯改善。

「那兩匹馬眞令人驚訝。」馬肯諾說：「我從沒想像過馬會願意待在人類身旁，但牠們似乎樂在其中。儘管剛開始我對那隻狼比較訝異。」

他們看見索莉走向愛拉，帶著夏蜜歐和繞著她跑的沃夫。「夏蜜歐實在很喜歡牠。」馬肯諾說：「看看她，我本應該擔心的，那隻動物可以把她撕成兩半，現在卻一點也沒有威脅性地跟她玩。」

「馬兒也愛玩，但你想像不到騎在那匹種馬背上的感覺。如果你想要的話，可以試試看，雖然這裡沒有很多空間能讓牠眞正奔馳。」

「沒關係啦，喬達拉，我想我還是乘船就好。」此時懸崖邊緣出現一個男人，他補充：「卡羅諾來了。我想也是時候該讓愛拉乘船了。」

他們全都聚到馬兒旁邊，然後一起走向懸崖，站在小溪漫過崖邊濺落到下方大媽河的地方。

「你眞的認爲她應該爬下去嗎？下縋的距離很長，可能很嚇人。」喬達拉說：「連我也覺得不安穩，我已經好一陣子沒這樣做了。」

「你說過要讓她搭搭眞正的船，喬達拉。」馬肯諾說：「而且她可能會想看我們的碼頭。」

「沒那麼困難啦，」索莉說：「有踏腳處又有繩索能抓牢，我可以示範給她看。」

「她不需要爬下去。」卡羅諾說：「我們可以用補給籃把她縋下去，就是你第一次來時我們把你帶上來的方式，喬達拉。」

「那樣可能是最好的。」喬達拉說。

「跟我一起下來，我們再把補給籃送上來。」

愛拉一邊聽他們的對話，一邊往下看著河流及他們下去的危險小徑——羅夏麗歐就是在這裡摔落，儘管她對這條小徑瞭若指掌。她看見打結的堅固繩索自他們站立的地方向下延伸，緊繫著敲入岩石窄縫的木釘。陡降坡有部分受到落下的溪水沖刷，從岩石濺落岩架。

她觀察卡羅諾熟練自在地踏到崖邊，一手抓住繩子，一腳踩上第一個狹窄岩架，接著看見喬達拉臉色有點發白，深吸了一口氣後跟隨他下去，動作比較慢，也比較小心。這時，馬肯諾和想要幫忙的夏蜜歐拿起一大捆粗繩。這捆繩子尾端編著一體成形的環圈，套住彎形地帶邊緣山壁中間的粗木樁，長繩的其餘部分則被拋下懸崖。愛拉納悶他們用什麼材質編製繩子，那是她見過最粗的繩子。

卡羅諾很快帶著纜繩另一端上來，走向離第一根木樁不遠的第二根木樁，然後開始拉起繩子，巧妙地將它盤繞在身旁。一個大而淺的籃狀物體很快出現在懸崖邊的兩根木樁之間，愛拉滿懷好奇地過去仔細端詳。

這個籃子和繩子一樣堅固無比，以木板強化鞏固的平坦織底呈長橢圓形，外圍筆直就像矮圍籬。籃子大到可供一個人躺下，或將中型鱘魚的頭尾跨在前後端。最大的鱘魚，是只生長在大媽河及其主要支流的兩個品種之一，長約九公尺，重逾一公噸，必須先切塊才能放入籃中吊起。

補給籃懸在兩條繩子之間，繩子穿過四個以纖維製成的環圈，牢牢固定住。籃子較長的兩側各綁有兩個環圈，兩條繩索都各自往下穿過一個環圈，然後往上穿過斜對角的另一個環圈，在籃子底下形成交叉。編在一起的四個繩圈在上方形成粗大環圈，以垂落崖邊的繩子穿過。

「就爬進去吧，愛拉，我們會穩穩拉住它，把妳縋下去。」馬肯諾說，戴上一對貼合的連指皮手套，接著將長繩環繞第二根木樁一圈，準備縋下籃子。

愛拉猶豫著，索莉說：「如果妳寧願就這樣爬下去，我會示範給妳看怎麼做。我從沒有眞心喜歡過坐那個籃子。」

愛拉又望了望陡坡，兩種方式都看起來不太吸引人。「我這次先試試看籃子吧！」她說。

小徑延伸到懸崖下方，那是片勉強可以攀爬的峭壁，懸崖頂端從兩根木樁中央附近突出於山壁。愛拉爬進籃子，坐在籃底，害怕地抓著邊緣。

「準備好了嗎？」卡羅諾問，愛拉轉過頭但沒有鬆手，她點點頭。「把她降下去，馬肯諾。」

卡羅諾牽引補給籃越過崖邊，馬肯諾放鬆握力，讓繩索滑過皮革包覆的雙手，借助纏繞木樁的繩子控制下降的狀態；籃子上端的環圈沿著粗繩滑動，緩緩縋下懸在渡頭上空的愛拉。

這種在上方深廣岩架及下方渡頭之間運送補給品和人員的設備，簡單卻實用。這要仰賴肌肉的力量，籃子本身雖然堅固但還算輕，所以即使只靠一個人，也有可能搬動相當大量的貨物；有了多餘的人手，就可以搬移非常重的東西。

剛開始從懸崖頂往下滑時，愛拉緊閉雙眼抓牢籃子，聽見自己怦怦的心跳聲。但當她感覺自己緩慢下降時，便張開眼睛偷瞄，最後目瞪口呆地環顧四周。她從沒見過這種視角的景觀，往後可能也不會再看到。

懸在流動的大河上方，旁邊就是峽谷峭壁，愛拉覺得自己飄浮在空中。河對岸的岩壁在約兩公里外，卻感覺非常近，儘管鬧門沿途的兩側山壁更爲靠近。河流筆直綿延，她的目光從東邊沿著河道往西邊移動，感受著河水的力量。快要抵達渡頭時，她抬頭望向上方，看見一朵白雲出現在山崖邊緣的上空，還發現兩個小小的身影、沃夫都往下看著她。愛拉揮了揮手，還抬著頭往上看的她就在輕微的碰撞中著陸。

她看見喬達拉的笑臉時說：「眞刺激！」

「很壯觀吧？」他說，幫助她離開籃子。

有群人在等她，但她對那個地方比對人還感興趣。她踏出籃子，感覺腳底下的木板在移動，才想到他們浮在水上。這個渡頭相當大，面積足以容納好幾間類似砂岩岩架下的構造物中的居所，再加上開闊區域。附近砂岩石板上的火堆圍繞著岩石。

幾艘她先前在下游看過有人使用的有趣小船——船身狹窄、前後端呈尖形，拴在漂浮的構造物上。

這幾艘小船的尺寸不盡相同，從僅能容納一人到有好幾個座位的長船都有。

她轉頭環顧四周，看見兩艘大得令她吃驚的船。向上突出的船頭是怪鳥的頭部，船身繪有各式各樣的幾何圖形，整體而言傳達出羽毛的意象；額外的眼睛畫在吃水線附近，最大的船中段上方並有遮篷。她望向喬達拉想要大聲表達自己的驚奇，卻見他閉上雙眼、痛苦地皺眉，她於是明白這艘大船必定與他弟弟有關。

但兩人都沒有很多時間停下來或重新思考，他們隨著急切想為訪客展示特殊船舶和划船技術的人群移動。愛拉注意到所有人都匆匆跑上渡頭和小船之間的梯狀連結物，被簇擁到梯底的她，明白自己也應該依樣畫葫蘆。儘管船和渡頭偶爾會各自朝相反的方向移動，大多數的人走上舷梯時都能輕鬆地維持平衡，愛拉卻感謝卡羅諾伸手扶助。

她坐在馬肯諾與喬達拉中間，頭頂上是橫跨兩邊的遮篷，三人所坐的長凳還可以容納更多人。其他人坐在前後方的長凳，有些人拿起把手極長的船槳。在她注意到之前，他們就已經拋開拴住渡頭的繩子，來到河中央。

卡羅諾的姊姊卡洛麗歐開始在船頭以宏亮的高音放聲歌唱，有節奏的吟誦蓋過大媽河的流水律動。愛拉著迷地看著他們逆著強大水流划槳，隨著歌曲節拍齊一划動，她覺得有趣極了，很驚訝他們可以如此快速又平順地往上游推進。

岩石峽谷的兩側在河灣處貼近，夾在矗立於龐大河流的高聳岩壁之間，水聲愈發響亮、強烈。愛拉可以感覺空氣變得溼涼，她深呼吸，用力吸入河流及興衰其間的生命潮濕乾淨的氣息，那與平原乾燥清新的氣味截然不同。

當峽谷再度變寬，開始有樹木長在兩側低處的水邊。「這裡開始看起來很眼熟，」喬達拉說：「前面不就是造船的地方嗎？我們要停在那裡嗎？」

「這次不會，我們會一直前進，在半條魚掉轉方向。」

「半條魚？」愛拉說：「那是什麼？」

坐在她前面的男人轉過頭來咧開嘴笑，愛拉想起他是卡洛麗歐的配偶。「妳應該問問他，」他瞥向她身旁的男人說，愛拉看見喬達拉滿臉通紅，一臉窘樣。「那是他成爲半個拉木多伊氏人的地方，他沒告訴妳嗎？」有幾個人笑出聲來。

「何不由你來說，巴羅諾？」喬達拉說：「我確信這不會是第一次。」

「喬達拉說得沒錯，」馬肯諾說：「這已經成爲巴羅諾最愛的故事。卡洛麗歐說她已經聽煩了，但大家都知道他就是忍不住要說好故事，不管他說過幾次了。」

「唔，你得承認，那很好笑，喬達拉。」巴羅諾說：「但你應該自己說的。」

喬達拉不由自主微笑。「對其他人來說，也許是吧。」愛拉帶著困惑的笑容看著他。「那時我才剛學會操控小船，」他開始說：「帶著一支刺魚的魚叉到上游去，發現鱘魚在遷移。我想那可能是我捕到第一條魚的機會，沒去想我自己一個人怎麼把那麼大的魚拉上岸，或者那麼小的船會怎麼樣。」

「那條魚讓他展開人生路程！」巴羅諾忍不住開口。

「因爲不習慣用綁繩子的魚叉，我連自己刺不刺得中都不知道。」喬達拉繼續說：「我應該擔心如果我刺中會怎麼樣的。」

「我不明白。」愛拉說。

「假如妳在陸地上打獵時用矛刺東西，例如一頭鹿，就算牠只是受傷，標槍掉落，妳還是可以追蹤牠。」卡羅諾解釋。「可是妳沒辦法在水裡追蹤魚。魚叉有反向的倒鉤，綁著強韌的繩子，所以一旦刺中魚後，繫著繩子的魚叉頭會留在魚身裡，如此就不會找不到水裡的魚，而繩子的另一端會緊緊綁在船上。」

「他刺中的鱘魚把他連人帶船往上游拖。」巴羅諾再度插話，「我們回到岸邊，看見他緊握著綁在船上的繩子經過面前。我這輩子從沒看過有人速度這麼快，那眞是我見過最好笑的事情了。喬達拉以爲他鉤住那條魚，但那條魚反而鉤住他！」

愛拉跟著其他人一同微笑。

「等到那條魚終於失血過多而死，我已經到了很上游的地方。」喬達拉繼續說：「那艘船幾乎沉了，我只好游上岸。在混亂中，船往下游漂流，魚最後卻陷入岸邊洄流中。把魚拉上岸後，我非常冷，但我弄丟了刀子，而且找不到任何乾木頭或其他東西來生火。突然間，有個扁頭……穴熊族……青年出現。」

愛拉驚訝地張大眼睛。這個故事有了新的意義。

「他帶我去他的火堆。他的營地有個年長女人，因爲我抖得太厲害，她還給了我一塊狼皮。等我暖和起來之後，我們走回河邊，那個扁……青年想要半條魚，我也很樂意給他。他把魚縱切成兩半，拿走了他的那一半。看到我經過的那些人都來找我，正好在那時找到我。雖然他們都嘲笑那條魚，我還是很高興看到他們。」

「還是很難相信那個扁頭一個人就能扛走那半條魚。我記得他留下的那半條魚要三、四個男人才搬得動。」馬肯諾說：「那是條大鱘魚。」

「穴熊族男人很壯，」愛拉說：「但我不知道這一帶有穴熊族。我以爲他們全都住在半島上。」

「先前在河的對岸有一點點。」巴羅諾說。

「他們怎麼了？」愛拉問。

船上的人忽然一陣尷尬，紛紛低下頭或望向別處，最後馬肯諾終於開口。「多拉多過世後，多蘭多號召了很多人……追蹤他們。一段時間過後，他們大多數……都不見蹤影……我猜他們離開了。」

「再示範一次給我看，」羅夏麗歐說，希望能用自己的雙手試試看。那天早晨愛拉已經把樺樹皮模放上她的手臂，儘管還沒完全乾，這種強韌、重量輕的材質已經堅硬得足以牢牢支撐手臂。能更自由活動，羅夏麗歐很高興，但愛拉還不想讓她用受傷的手做事。

在戶外的陽光下，她們和索莉一起坐在幾塊軟岩羚羊皮之中。愛拉拿出她的縫紉箱，展示獅營的人協助她研發出的拉線器。

「首先，妳必須先用錐子在妳想縫合的兩塊皮革上鑽孔。」愛拉說。

「我們一直都是那樣做的。」索莉說。

「但是用這個把線拉過那些孔。因為線穿過這個後端的小孔，當妳把尖端插進皮革鑽孔，它會拉著線同時穿過妳想要縫合的皮革。」愛拉在展示象牙針時想到，假如夠銳利的話，拉線器是否也可以用來鑽孔？可是皮革也很堅韌。

「讓我瞧瞧，」索莉說：「妳怎麼把線穿過這個孔？」

「就像這樣，懂嗎？」愛拉說，示範後又遞給她，索莉試縫了幾針。

「眞簡單！」她說。「幾乎用一隻手就能縫。」

仔細觀看的羅夏麗歐認爲索莉可能說得沒錯。儘管不能使用受傷的手臂，如果她能用手抓合兩塊皮革，有了這種拉線器，她或許就能用完好的手縫東西。「我從沒看過那種東西，妳是怎麼想到的？」羅夏麗歐問。

「我不知道，」愛拉說：「這只是我在縫某樣東西遇到困難時想到的點子，不過有很多人幫忙。我認爲最難的是用燧石製作小到能在後端鑽出這個小孔的鑽子，喬達拉和偉麥茲處理了那個部分。」

「偉麥茲是獅營的燧石匠。」索莉對羅夏麗歐解釋，「我知道他非常出色。」

「我知道喬達拉也是。」羅夏麗歐說：「他大幅改良了我們用來造船的工具，所有人都對他讚不絕口，只是小東西卻產生很大的差異。他離開前正在教達爾沃，他很擅長教導年輕人，也許他可以再為達爾沃多示範一點。」

「喬達拉說他從偉麥茲那裡學到很多。」愛拉說。

「也許吧，但你倆似乎都擅長想出更好的方法做事。」索莉說：「妳的這個拉線器可以讓縫紉簡單很多；就算知道該怎麼做，要用錐子把線推過那些孔也總是很困難。喬達拉的那個標槍投擲器也讓大家都很興奮。你們熟練的示範讓大家以為每個人都辦得到，但我不認為眞有你們表現出來的那麼容易，你們一定練習了很久。」

愛拉與喬達拉已經展示過標槍投擲器。因為要足夠接近岩羚羊加以獵殺，需要大量的技巧與耐力，所以當夏木多伊獵人看見使用投擲器時的標槍射程，都急切地想嘗試用來獵捕善於躲藏的高山羚羊。幾個獵捕鱘魚的拉木多伊氏人，滿腔狂熱地決定讓魚叉適用於投擲器，看看效果如何。喬達拉在討論中提到兩截式標槍的點子：後段的長桿裝上兩、三根羽毛，較小的前段可分離並附有槍尖。兩組人馬立即領悟其可行性，各自在接下來的幾天嘗試了好幾種方法。

空地遙遠的另一端突然出現騷動。三個女人抬起頭來，看見幾個人拉起補給籃，一些年輕人跑向她們。

「他們抓到了！他們用魚叉投擲器抓到一條魚！」達爾沃羅在接近她們時大喊：「而且是母魚！」

「我們去瞧瞧！」索莉說。

「妳先去吧，我把拉線器收好就馬上過去。」

「我等妳，愛拉。」羅夏麗歐說。

當她們加入其他人時，第一部分的鱘魚已經卸下來，籃子又被縋到下方。這條大魚無法一次搬運完畢，但最好的部分已經先運上來：將近九十公斤的黑色鱘魚卵。第一次使用以喬達拉的標槍投擲器改良的新武器，就捕到大母魚，似乎是個好兆頭。

空地盡頭架著曬魚架，大部分的人開始把大魚切成小塊，但大量的魚卵卻被帶回居住區，因爲羅夏麗歐要負責監督分配。她要求愛拉和索莉幫忙，盛了一些出來讓三人一同品嘗。

「我好幾年沒吃到這種東西了！」愛拉說，又吃了一口。「剛從魚身上取出來的總是最美味，而且還有那麼多。」

「那也是件好事，否則我們就不能多吃了。」索莉說。

「爲什麼不能？」愛拉問。

「因爲鱘魚卵是我們用來使岩羚羊變軟的東西之一，」索莉說：「大多都被用於那方面。」

「我一直很喜歡處理皮革和皮毛。和獅營一起生活時，我學會如何將獸皮染色，製成紅色皮革，而克蘿茲示範給我看過如何製作白色皮革。我也喜歡你們的黃色皮革。」

「我很驚訝克羅茲願意示範給妳看。」索莉說，意味深長地望向羅夏麗歐。「我以爲白色皮革是鶴火堆地盤的祕密。」

「她沒說那是祕密，她說那是她母親教她的，而她女兒對處理皮革不太感興趣，似乎很樂意將那份知識傳授給別人。」

「唔，既然妳們都是獅營的成員，就如同家人般。」索莉說，儘管她相當驚訝。「我不認爲她會對外族人示範得比我們多。夏拉木多伊人處理岩羚羊的方法是祕密，我們的毛皮受到讚譽，交易價值高；如果每個人都知道怎麼製作，就沒那麼珍貴了，所以我們不會和別人分享。」

愛拉點點頭卻顯露出失望。「嗯，你們的毛皮很好，而且那種黃色鮮艷又漂亮。」

「那種黃色來自香楊梅，但我們不是用它來染色，只是碰巧發生而已。香楊梅有助於使獸皮潮濕時仍維持柔軟。」羅夏麗歐主動說，她停頓後又補充：「如果妳留下來，愛拉，我們可以教妳製作黃色岩羚羊皮。」

「留下來？多久？」

「妳想住多久就住多久，愛拉。」羅夏麗歐說，眞誠地看著她。「喬達拉是親戚，我們把他當成一份子。他要成爲夏拉木多伊人並不難，他甚至還幫忙造過一艘船了。妳說你們還沒配對，我確信我們找得到願意與你們相互配對的人，那樣你們就可以在這裡配對。我知道妳會受大家歡迎，自從老夏木過世後，我們就需要一位醫治者。」

「我們願意與你們相互配對。」索莉說。雖然羅夏麗歐的建議是順勢產生，但提出的時機似乎非常恰當。「我得和馬肯諾談談，但我相信他會同意。繼潔塔蜜歐和索諾倫之後，我們很難找到另一對我們想要結合的配偶。索諾倫的哥哥會很理想，馬肯諾一直都喜歡喬達拉，我也樂於和另一個馬木特伊氏女人分享居所。」她對愛拉微笑。「而且夏蜜歐會很高興她的『烏非』隨時都在身旁。」

這個提議令愛拉大吃一驚，等到完全明白其中的涵義之後，她激動不已，感覺淚水在眼眶中打轉。「羅夏麗歐，我不知道該說些什麼。自從我來到這裡，就感覺這裡像家一樣。索莉，我很樂意與你們共享……」她的眼淚奪眶而出。

兩個夏拉木多伊女人也跟著紅了眼眶，她們忍住不讓淚落下，彼此相視而笑，彷彿協力促成了完美的計畫。

「馬肯諾和喬達拉一回來，我們就告訴他們。」索莉說：「馬肯諾會非常欣慰……」

「我不知道喬達拉會怎麼想，」愛拉說：「我知道他想回來這裡，甚至放棄走更短的路線，只爲了來見你們，但我不知道他是否想留下來，他說他想回到族人身邊。」

「但我們是他的族人啊！」索莉說。

「不，索莉，雖然喬達拉待在這裡的時間和他弟弟一樣久，他仍然是齊蘭朵妮氏，他始終放不下他們，我認為就是因為這樣，他對賽倫妮歐的感情才沒那麼強烈。」羅夏麗歐說。

「她是達爾沃羅的母親嗎？」愛拉問。

「對，」年長女人說，納悶喬達拉告訴她多少有關賽倫妮歐的事情。「但由於他對妳的感情這麼明顯，或許經過這麼久以後，他與自己族人的連結變弱了。你們還沒旅行夠嗎？如果你們可以就在這裡定下來，為何還要繼續長途跋涉呢？」

「除此之外，馬肯諾和我也是時候該選擇關係配偶了……在冬天之前，在……我還沒告訴妳，但大媽又賜予生命給我了……所以我們應該在孩子出生前結合。」

「我也這樣認為，眞是太好了，索莉。」愛拉說完露出夢幻的眼神。「也許有一天，我可以抱抱寶寶……」

「如果我們相互配對，我現在懷的孩子也是妳的，愛拉。知道身邊有人可以幫忙眞好……雖然我生夏蜜歐的過程很順利。」

愛拉希望有朝一日會生下自己的寶寶、喬達拉的寶寶，但如果她辦不到呢？她每天都謹慎地喝早茶，也一直沒有懷孕，但假如不是因為茶呢？假如她只是無法孕育新生命呢？知道索莉的孩子也會是她和喬達拉的孩子不是很棒嗎？這一帶也眞的很像布倫的部落洞穴周圍的區域，有家的感覺。這些人都很好……雖然她不確定多蘭多會怎麼想，他眞的希望她留下來嗎？而且她也不確定馬兒會如何。能夠讓牠們休息是很好，但糧草足夠過冬嗎？有夠大的空間可以奔馳嗎？

最重要的是，喬達拉會怎麼想？他願意放棄回到齊蘭朵妮氏的土地，定居在這裡嗎？

第十九章

索莉走到大火坑前，殘餘炭火的紅光以及彎形地帶兩側山壁所框出的黃昏天色，烘托出她佇立的身影。大部分的人還待在砂岩懸頂下方的聚會場地，吃著餐後的黑莓甜點，啜飲著最愛的茶或才剛發酵、略帶氣泡的杜松酒。他們的新鮮鱘魚盛宴由品嘗剛剛才從母魚肚子取出的生魚卵揭開序幕，而這也是唯一品嘗這魚卵的機會——剩下的滑潤魚卵會照例被用來製作軟岩羚羊皮。

「我想趁大家還聚集在這裡時說些話，多蘭多。」索莉說。

男人點點頭，不過他的回應已經無關緊要，因爲索莉沒等他表示就繼續說。

「我想我可以代替所有人表達我們有多高興有喬達拉和愛拉在這裡，」她說。有幾個人大聲表示同意。「我們全都擔心羅夏麗歐，不只因爲她所承受的痛苦，也因爲害怕她無法再使用手臂。愛拉改變了那個狀態。羅夏麗歐說她不再感覺痛，而且幸運的話，手臂很有機會可以完全恢復功能。」

眾人異口同聲地讚嘆，表達感謝並祈求好運。

「我們也應該感謝我們的親人喬達拉。」索莉接著說：「之前他在這裡的時候，想辦法改造我們所使用的工具，幫了大忙；現在他爲我們展示投擲器，成果就是這場盛宴。」眾人再度表示肯定。「他和我們一起生活時，獵過鱘魚和岩羚羊，卻從沒說過自己比較喜歡水還是陸地。我認爲他會成爲出色的水上人……」

「妳說得沒錯，索莉，喬達拉是拉木多伊氏人！」一個男人大喊，「或者至少是半個！」巴羅諾補充，引發一陣哄笑。「不對，不對，他學習與水有關的知識，但他了解陸地。」一個女人說。「沒錯！

問問他！早在第一次射魚叉之前，他就擲過標槍了。他是夏木多伊氏人！」一個年長男人補充。「他甚至還喜歡打獵的女人！」

愛拉抬眼去看是誰說出最後那句話。那個年輕女人是拉卡麗歐，比達爾沃羅稍微年長。她經常在喬達拉身邊打轉，讓這年輕男人有點煩，他抱怨她總是礙事。

喬達拉對這場帶著幽默的爭論露出燦爛笑容。這場騷動展現了兩個部落間的友善競爭——這種族人間的對抗可以增添少許刺激，卻絕不能踰越善意的範圍；玩笑、誇耀與某種程度的冒犯是被允許的，但是可能擦槍走火引發不愉快或是眞的讓人生氣的舉動則會很快就被制止，雙方會一起平息眾怒、安撫受傷的感覺。

「就像我所說的，我認爲喬達拉會成爲出色的水上人。」當所有人都靜下來之後，索莉繼續說：「但愛拉最熟悉陸地，而我想鼓勵喬達拉加入陸地上的獵人，如果他願意而他們也接受他的話。如果喬達拉和愛拉留下來，成爲夏拉木多伊人，我們會想與他們相互配對。可是因爲馬肯諾和我是拉木多伊氏，所以他們得成爲夏木多伊氏。」

眾人頓時大爲興奮，樂觀其成甚至直接恭喜兩對男女。

「這計畫很棒啊，索莉。」卡洛麗歐說。

「是羅夏麗歐給我這個靈感的。」索莉說。

「但對於接納喬達拉和在半島上被撫養長大的愛拉，多蘭多有什麼想法？」卡洛麗歐問，直直望著夏木多伊氏首領。

周遭忽然鴉雀無聲，所有人都明白她問題裡的暗示。對愛拉作出激烈反應之後，多蘭多還願意接納她嗎？愛拉希望他憤怒瘋狂的言語會被遺忘，納悶卡洛麗歐爲何要提起。然而她必須這麼做，這是她的責任。

卡羅諾和他的配偶原本與多蘭多及羅夏麗歐相互配對，在他們與少數人一起搬離相當擁擠的出生地時，共同建立了夏拉木多伊氏這個獨特的族群。領導地位通常來自非正式的共識，而他們自然成爲選擇。首領的配偶實際上通常擔負協同領導的責任，但卡羅諾的配偶在馬肯諾很小時就過世了。這位拉木多伊氏首領從此沒有再正式配對，他的雙胞胎姊姊照料男孩的同時，也開始負起首領配偶的職責，久而久之便被認定爲共同領導者。因此她有責任提出這個問題。

所有人都知道多蘭多允許愛拉繼續醫治他的配偶，但那只是因爲羅夏麗歐需要幫助；愛拉顯然幫了她，卻不必然代表他會希望她永久待下來，他可能只是暫時克制了自己的情緒。就算他們需要醫治者，多蘭多卻是他們的一份子，他們不會想接納可能對首領造成問題或引發族群歧見的陌生人。

在多蘭多思索如何答覆時，愛拉的胃部翻攪、喉嚨哽塞，有種自己做錯了什麼而受到批判的不安。然而她知道這並不是因爲自己做了什麼。她開始煩躁並有點生氣，想要起身走開。錯的是她的出身，同樣的狀況也在馬木特伊氏那裡發生過。是不是永遠都會這樣？喬達拉的族人會不會也有這種反應？她心想，伊札、克雷伯及布倫部落的確是照顧過她，她不會否認自己所愛的人，但她覺得孤立而脆弱。

然後她意識到有人悄悄來到身旁。她轉頭對喬達拉感激地微笑，覺得好過些，卻明白這還是一場審判，而他等著看結果會如何。她仔細觀察他，明白了他會如何答覆索莉的提議。但喬達拉要等多蘭多回答後才會說出答案。

忽然間，在緊張的氣氛中，夏蜜歐發出一陣笑聲，然後和其他幾個孩子衝出一間居所，沃夫也置身他們當中。

「那隻狼會和孩子們玩成那樣很奇妙吧？」羅夏麗歐說：「幾天前我絕不會相信，自己能看著那樣的動物置身於我所愛的孩子當中，而不爲他們的性命擔憂。或許我們應該記住這件事——當你開始了解自己曾怨恨或害怕的動物，有可能變得非常喜愛牠。我認爲嘗試了解比盲目怨恨要好。」

多蘭多一直默默思考著如何答覆卡洛麗歐的問題，他知道大家對他有什麼期望，也知道他的回答會造成什麼影響，卻不太確定如何表達自己的想法與感覺。他對自己所愛的女人微笑，感激她如此了解自己；她意識到他的需要，爲他點出回答的方向。

「我一直盲目地怨恨，」他開始說：「我盲目地殺死我怨恨的對象，因爲我認爲他們殺死我所愛的人。我認爲他們是兇殘的動物，想殺光他們，但這麼做無法讓多拉多死而復生。如今我明白他們不應該承受這種怨恨；不論他們是不是動物，都是因爲受到挑釁。我必須接受那個事實，然而……」

多蘭多停頓下來，他原本打算對那些沒有告訴他全部實情而助長他暴怒的人說些什麼……卻隨即改變了主意。

「這個女人、」他看著愛拉繼續說：「這個醫治者說自己是被他們撫養長大，受到我認定是兇殘動物、我所怨恨的對象訓練。雖然我依舊恨他們，卻無法恨她。因爲她，羅夏麗歐又回到我身邊；或許是該試著去了解的時候了。」

愛拉感覺渾身都放鬆下來，現在她眞正明白這個男人的族人爲何選擇他帶領他們。在日常生活中，他們已對他十分了解，知道他的本質。

「那麼，喬達拉？」羅夏麗歐說：「你怎麼說呢？你不認爲是時候該放棄你們這趟長途旅程了嗎？是時候該安頓下來，建立你自己的火堆地盤，讓大媽有機會賜予愛拉一兩個孩子了。」

「我找不到字眼表達自己有多感激你們對我們的歡迎，羅夏麗歐，」喬達拉開始說，「我認爲夏拉木多伊人是我的族人、我的親人，在這裡和你們一起定居下來非常容易，妳的提議讓我非常心動，但我必須回到齊蘭朵妮氏，」他遲疑了一會兒，「只因爲索諾倫。」

他停頓下來，愛拉轉頭望向他。她知道他會拒絕，卻沒預料到他會這樣說。她留意到他隱微得幾乎難以辨識地點點頭，彷彿想到其他事情，接著他對她微笑。

「他過世時，愛拉竭盡所能地撫慰索諾倫的靈，讓他前往另一個世界，但他的靈沒有安息，而我很擔心這點，我覺得他正孤獨徬徨地嘗試找路回到大媽身邊。」

他的話令愛拉訝異，在他繼續說下去時，她仔細觀察他。

「我不能就這樣置之不理，需要有人幫他找到路，但我認識唯一可能知道怎麼幫他的人是齊蘭朵妮，一位夏木、法力非常強大的夏木，索諾倫出生時她也在場。或許，借助我們共同的母親瑪桑那，齊蘭朵妮也許能找到他的靈，引導它走上正確的路徑。」

愛拉知道那不是他想要回去的原因，至少不是主要的理由。她察覺他所說的完全眞實，卻忽然明白那並不完整，就像他詢問有關黃連時她給的答案一樣。

「你已經離開了那麼久，喬達拉。」索莉說，顯然很失望。「即使她們幫得了他，你怎麼知道你母親或這位齊蘭朵妮是否還活著？」

「我不知道，索莉，但我必須試試看。就算她們幫不上忙，我想瑪桑那和索諾倫的其他親人也會想知道他在這兒和潔塔蜜歐、妳、馬肯諾相伴有多快樂。我確信母親會喜歡潔塔蜜歐，我知道她也會喜歡妳，索莉。」女人設法不要顯露出來，卻忍不住爲他所說的話感到高興，即使她覺得失望。「索諾倫完成了偉大旅程，這一直都是他的旅程，我只是一路陪伴、關照他。我想跟家鄉的人說說他的旅程——他一路走到大媽河的盡頭；但更重要的是，他在這裡找到歸屬，大家都愛他。這個故事應該被說出來。」

「喬達拉，我認爲你還是依舊陪著你弟弟，即使他到了另一個世界，你還是在關照他。」羅夏麗歐說：「如果你認爲自己必須這樣做，我們只能祝你順利。我想夏木會告訴我們，你必須走自己的路。」

愛拉仔細考量喬達拉的用意。索莉與夏拉木多伊人期盼他們成爲族人非同小可，是慷慨而極爲榮耀的提議，也因此很難拒絕卻不造成冒犯。唯有迫切需要完成更崇高的目標、延續更具說服力的追尋，才能讓這個拒絕被對方接受。喬達拉故意不提的是，即使他把他們當成親人，他們卻不是使他想家的那些親人，但他這片面的實情卻成爲得體、不讓對方丟臉的拒絕。

由於情緒與想法可以輕易透過姿勢、表情、細微動作被人察覺，爲了在難以掩藏任何事情的穴熊族社會維繫隱私，避免提及是被允許的。喬達拉選擇彰顯必要的考量，她感覺羅夏麗歐猜到眞相，基於他托詞的理由而接受他的藉口。愛拉看出微妙之處，但她想仔細思考，然後她領悟慷慨的提議對他們也可能是一體兩面。

「你打算待多久，喬達拉？」馬肯諾問。

「目前我們行進的距離比我預料的遠，我沒料到秋天前能到這裡。我想是因爲馬兒的關係。我們移動的速度比我想的還要快，」他解釋，「但我們還有很長的路要走，前方還有困難的險阻，所以我希望儘快離開。」

「喬達拉，我們不能這麼快離開，」愛拉插話，「要等羅夏麗歐的手臂癒合，我才能走。」

「那需要多久時間？」喬達拉皺起眉頭問。

「我告訴過羅夏麗歐，她的手臂必須固定在那片樺樹皮中一個半的月亮周期。」愛拉說。

「那太久了，我們沒辦法待那麼久！」

「我們能待多久？」愛拉問。

「沒多久。」

「但誰來取下樹皮？誰知道何時適當？」

「我們派了快跑人去找夏木，」多蘭多提起，「其他醫治者不會知道嗎？」

「我想應該知道，」愛拉說：「但我想跟這位醫治者談談。喬達拉，我們不能至少等到他來嗎？」

「如果不會很久的話。但也許妳也該考慮告訴多蘭多或索莉怎麼做，以防萬一。」

喬達拉正在梳理快快，種馬的毛皮似乎很快就長齊而且變得濃密了。他隱約覺得那個早晨明顯寒風刺骨，種馬似乎也特別活潑。

「你也和我一樣急著想離開吧，快快？」他說。種馬聽到自己的名字，耳朵朝著喬達拉抽動，而嘶嘶抬起頭嘶鳴。「妳也想走吧，嘶嘶？這裡眞的不適合馬，你們需要在更開闊的原野奔馳。我應該提醒愛拉這點。」

他最後拍了拍快快的臀部，然後往回走向砂岩懸頂，卻發現羅夏麗歐獨自坐在大火堆附近，單手使用愛拉的拉線器做著縫紉。她看來好多了，他心想。「妳知道愛拉在哪裡嗎？」他問。

「她和索莉帶著沃夫與夏蜜歐出去了。她們說要去造船地，但我認爲索莉想帶愛拉去看許願樹，祈求生產順利、寶寶健康，她開始出現懷孕徵兆了。」羅夏麗歐說。

喬達拉在她身旁蹲下。「羅夏麗歐，有件事我一直想問妳，」他說：「關於賽倫妮歐，我很遺憾那樣離開她。她離開這裡的時候，她……快樂嗎？」

「剛開始她很心煩、非常不快樂，她說你跟她提過要留下來，但她要你跟索諾倫走，因爲他更需要你。後來索莉的表弟意外來訪，他和索莉有許多相似處，想到什麼就說什麼。」

喬達拉微笑。「他們就是那樣。」

「他長得也像她，整整比賽倫妮歐矮一個頭，可是很壯。他也很快就打定主意，一眼就認定她是他的『美麗柳樹』，也就是馬木特伊氏語所指的命中注定的對象。我沒想過他能說服她，差點要告訴他別費心了；不是因爲我說的話能夠阻止他，而是我認爲他希望渺茫。自從遇到你之後，她就沒滿意過其他人。後來有天我看見他們笑成一團，於是我知道我錯了。她神采飛揚，彷彿經過漫長冬季後又活過來。我不記得自己曾看過她這麼快樂，在她遇到第一個男人、生下達爾沃之後。」

「我眞爲她高興，」喬達拉說：「她應該要快樂的。不過，我想知道，在我離開時……她說她認爲大媽可能賜予她生命恩典了。賽倫妮歐懷孕了嗎?可能是我的靈創造的新生命?」

「我不知道,喬達拉。我記得你離開時,她說她認爲自己可能懷孕了。如果是的話,那對她的新配對就是特別的恩典,可是她從來沒有告訴我。」

「但妳覺得呢,羅夏麗歐?她看起來像嗎?我的意思是,妳可以那麼早就只從外表分辨出來嗎?」

「我希望我能肯定地告訴你,喬達拉,但我不知道,我只能說有可能。」

羅夏麗歐仔細端詳他,想知道他爲何這麼好奇。那個孩子不屬於他的火堆地盤,他離開時就已放棄了要求的權利。不過如果她眞的懷孕了,賽倫妮歐如今生下的孩子就有可能出自他的靈。想像賽倫妮歐的兒子誕生於那個矮短馬木特伊氏男人的火堆地盤,然後發育成喬達拉的身材,使她噗嗤笑出來。羅夏麗歐覺得他可能會因此覺得很開心。

喬達拉睜開眼睛看到空盪盪的身旁空間床褥凌亂,他撥開被子,坐在床台邊緣打呵欠、伸展身子。他看看四周,意識到自己一定睡晚了,其他人都已起床離開。前一天夜裡,眾人圍著火堆談論岩羚羊狩獵,有人提及看到牠們從峭壁高處往下遷徙,而那意味著獵捕這種步伐穩健的山地石山羊的季節就快開始。

愛拉對於獵捕岩羚羊興致勃勃,但是在兩人上床前一如往常地小聲交談時,喬達拉也提醒她,他們必須快點離開。如果岩羚羊開始往低處遷徙,代表高地草原變冷了,也表示季節即將更迭。他們還有很遠的路要走,得趕快啓程。

他們沒有眞的起爭執,但愛拉表達了她不想走。她談到羅夏麗歐的手臂,而他知道她想獵捕岩羚羊。事實上,他明確感覺到她想留下來和夏拉木多伊人一起生活,甚至懷疑她是否企圖耽擱啓程,希望他改變主意。她和索莉成爲摯友,似乎每個人都喜歡她。他很高興她如此受喜愛,但這也讓離開更困難；他們待得愈久，就愈難離開。

他清醒地躺著思索直到夜深，納悶他們是否應該爲了她的緣故而留下來。但如果是這樣，他們當初也可以留在馬木特伊氏那裡。最後他決定，他們必須在一兩天內儘快離開。他知道愛拉不會高興，不太知道該怎麼告訴她。

他起身穿上褲子走向入口，撥開垂簾踏出戶外，裸露的胸膛感覺到凜冽冷風。就快需要更暖和的衣物了，他想著，加快腳步來到男人們早上小解的地方。他一直納悶這麼臭的地方爲何吸引色彩繽紛的蝴蝶，如今少了那些通常會在附近群集飛舞的身影，他忽然注意到一片顏色豐富的葉子翩翩落下，接著看到大部分還在樹上的那種葉子已經開始變色。

爲什麼他先前沒注意到？時光匆匆，天氣又如此宜人，使他沒有留意到季節轉變。他突然想到他們正處於陸地南區的面南處，時序可能比他想像的晚多了，而他們正要前往的北方會更冷。他急忙回到住處，比之前更確定他們必須馬上離開。

「你醒啦！」愛拉和達爾沃羅一起走進來，發現喬達拉正在穿衣服。「我趁所有食物被收掉之前來找你。」

「我只是要穿些暖和衣物，外面很涼。」他說：「我很快就該留鬍子了。」

愛拉知道他意在言外，說的還是他們前一晚談論的那件事：季節正在轉變，他們必須啓程。她不想談這件事。

「我們可能應該拿出冬衣，確認一下衣物沒有受損，愛拉。行囊籮筐還在多蘭多那裡嗎？」他說。

他知道行囊籮筐在那裡，爲什麼還要問我？妳其實知道爲什麼，愛拉對自己說著，企圖想出其他事情來轉移話題。

「對啊，還在那裡。」達爾沃羅熱心地說。

「我需要比較暖和的襯衣，妳記得我的冬衣放在哪個行囊籮筐嗎，愛拉？」

她當然記得，他也記得。

「你現在穿的衣服完全不像你第一次來時的穿著，喬達拉。」達爾沃羅說。

「這些是一個馬木特伊氏女人送我的。我之前來的時候，仍然穿著齊蘭朵妮氏的服裝。」

「我今天早上試穿了你給我的襯衣，對我來說還是太大，但已經沒差那麼多了。」青年說。

「你還留著那件襯衣，達爾沃？我幾乎都忘了長什麼樣子。」

「你想看嗎？」

「嗯，對，我想。」喬達拉說。

愛拉也不由自主地感到好奇。

他們走到幾步外多蘭多的木造住處，達爾沃羅從床榻上方的架子取下小心包好的包袱，解開細繩，攤開包覆的軟皮革，高舉那件襯衣。

眞特別，愛拉心想。裝飾風格與長而寬鬆的剪裁，完全不同於她所習慣的馬木特伊氏服裝，最令她驚訝的是還裝飾了末端呈黑色的白鼬尾巴。

就連喬達拉看了也覺得陌生。自從最後一次穿上那件襯衣之後，發生了那麼多事情，使衣服顯得幾近古怪過時。和夏拉木多伊人一起生活的那幾年，他也很少穿，寧願穿得和其他人一樣；所以儘管送給達爾沃才不過一年多，卻彷彿好幾年沒看過故鄉的服飾。

「達爾沃，這本來就應該穿得寬鬆，你要繫上腰帶。去把它穿上，我示範給你看。你有東西可以當腰帶嗎？」喬達拉說。

青年從頭上把有大量裝飾與圖案的束腰皮襯衣拉下，接著遞給喬達拉一條細長皮繩。他要達爾沃站直，然後將皮繩繫得相當低，幾乎到了臀部，使那件襯衣寬鬆得讓白鼬尾巴自然懸垂。

「看到了嗎？你穿起來沒那麼大，達爾沃。」喬達拉說：「妳覺得呢，愛拉？」

「很特別，我從來沒看過那樣的襯衣，但我覺得好看，達爾沃羅。」她說。

「我喜歡，」青年說，伸展手臂低下頭，想看看自己穿起來如何。下回他們去拜訪下游的夏拉木多伊人時，也許他可以這樣穿，那個他注意到的女孩可能會喜歡。

「我很高興能有機會示範給你看怎麼穿……」喬達拉說：「在我們離開之前。」

「你們什麼時候要走？」達爾沃問，神情吃驚。

「明天，或者至少是後天，」喬達拉說，直直看著愛拉。「我們一準備好就走。」

「那一面的山可能已經開始下雨，」多蘭多說：「你記得大姊河氾濫時是什麼光景。」

「但願情況不會那麼糟，」喬達拉說：「我們需要一艘你的大船才渡得了河。」

「如果你想乘船過去，我們可以載你到大姊河。」卡羅諾說。

「反正我們也需要更多香楊梅，」卡洛麗歐補充：「我們就是去那裡採集的。」

「我也很想坐你們的船到上游，但一艘船恐怕載不下那兩匹馬。」喬達拉說。

「你不是說牠們可以游泳渡河？或許牠們能跟在船後面游，」卡羅諾建議，「那隻狼可以坐船。」

「對，馬可以游泳渡河，但這裡距離大姊河很遠，我記得要花好幾天的時間，」喬達拉說：「我不認爲牠們有辦法逆流游那麼遠。」

「山區也有路可以走，」多蘭多說：「你們必須稍微往回走，然後往上繞過一座比較低的頂峰，但那條小徑很醒目，而且最後會通到靠近大姊河匯入大媽河的地方。一旦抵達西方低地，遠遠就可以輕易看見南方的高聳山脊。」

「從那裡渡過大姊河最合適嗎？」喬達拉問，想起前一回翻騰的寬闊河水。

「也許不是最合適。但你們可以從那裡沿著大姊河往北走，尋找更適合的地方，不過那條河不太平靜。從山上流下來的支流又猛又快，使它比大媽河更湍急危險。」卡羅諾說：「我們之中有少數人曾沿著大姊河往上游走了將近一個月亮周期，河水始終湍急而難以渡過。

「我需要沿著大媽河回去，而那意味著要渡過大姊河。」喬達拉說。

「那麼祝你順利了。」

「你們需要食物，」羅夏麗歐說：「我也有東西想給你，喬達拉。」

「我們沒有很多空間再多帶東西了。」喬達拉說。

「那是給你母親的，」羅夏麗歐說：「是潔塔蜜歐最愛的項鍊，我保存下來要等索諾倫回來時交給他，不會占很多空間。母親過世後，潔塔蜜歐需要知道自己的歸屬，我要她記住自己永遠是夏拉木多伊人。她用岩羚羊的牙齒和小鱘魚的脊骨，做出這條代表這片土地與這條河的項鍊。我想你母親或許會希望擁有某件屬於他兒子配偶的東西。」

「妳說得沒錯，她的確會這麼希望。」喬達拉說：「謝謝妳，我知道這對瑪桑那意義重大。」

「愛拉呢？我也有東西要給她，希望她有空間收藏。」羅夏麗歐說。

「她和索莉在屋子裡打包。」喬達拉說：「她還不太想走，不想在妳的手臂癒合前離開，但我們眞的沒辦法再等了。」

「我相信我會沒事的，」羅夏麗歐和他並肩走向住處。「愛拉昨天拆下舊的樺樹皮，換上了新的。除了因爲沒有使用而有些萎縮，我的手臂看起來已經癒合，但她要我再繼續包紮一段時間。她說等我再開始使用手臂之後，它就會變結實了。」

「一定會的。」

「不知道快跑人和夏木爲什麼那麼久還沒回來，但愛拉已經解釋該怎麼做，不只是我，還有多蘭多、索莉、卡洛麗歐以及其他幾個人都知道。我相信就算沒有她，我們也能應付，不過我們寧願你們都能留下來，現在改變主意還不算太晚……」

「羅夏麗歐，我無法表達這對我的意義有多大，你們這麼誠摯歡迎我們……尤其基於多蘭多及愛拉的……出身……」

她停下來看著這個高大男人。「那困擾著你吧？」

喬達拉困窘地臉紅發熱。「過去是，」他承認，「那真的已經不再困擾我了，但我知道多蘭多的感受，而你們仍然接納她，使得……我不知該怎麼解釋。這讓我鬆了一口氣，我不希望她受到傷害，她經歷過太多這種事情了。」

「但是她承受得起。」羅夏麗歐仔細端詳他，注意到他擔憂地皺起眉頭，驚人的藍眼睛流露出困擾的眼神。「你已經離開很長一段時間，喬達拉。你認識了許多人、學習不同的習俗、生活方式，甚至語言。你自己的族人可能不再了解你，你甚至已經和之前離開這裡時的你不一樣，而他們也不是如你所記憶的那樣了。你們會把彼此想成從前那樣，而不是現在的你們。」

「我一直很擔心愛拉，沒想到這一點，但妳說得對。我的確已經離開很久，或許她比我還能適應。他們會是陌生人，而她很快就能了解他們，她向來都是如此……」

「你還是可以懷抱期待。」羅夏麗歐說，繼續步向木造住處。在他們進屋之前，女人又停下腳步。「這裡永遠都歡迎你，喬達拉，你們兩個都是。」

「謝謝妳，可是這段路真的很遠，妳可能想像不到那有多遠，羅夏麗歐。」

「沒錯，我想像不到，但你可以，而且你已經習慣旅行。如果你真的決定要回來，就不會顯得那麼遙遠。」

「對於從未夢想要長途旅行的人來說，我旅行的距離已經超乎自己期望的了。」喬達拉說：「一旦回到家鄉，我想我就不會再遠行。妳說得沒錯，是時候該定下來了；但知道自己還是可以有選擇，可能會使我更容易適應家鄉。」

兩人撥開入口垂簾，發現只有馬肯諾在屋內。「愛拉呢？」喬達拉問。

「她和索莉去拿她晾乾的植物。妳沒看見她們嗎，羅夏麗歐？」

「我們從空地那邊過來，我以爲她在這裡。」喬達拉說。

「她之前是在這裡。愛拉一直和索莉談論她的某些藥物。昨晚看過妳的手臂後，她就開始解釋該爲妳做什麼，她們談的盡是植物和植物的用途。那個女人懂得眞多，喬達拉。」

「我知道！我都不明白她怎麼記得了那麼多。」

「她們今天早上出去帶回滿籃植物，各式各樣的都有，甚至包括小黃連植物。現在她在解釋怎麼配製那些植物。」馬肯諾說：「眞可惜你們要離開，喬達拉。索莉會想念愛拉，我們全都會想念你們兩個。」

「要離開並不容易，但是……」

「我知道，是因爲索諾倫，這倒提醒了我，我有樣東西要給你。」馬肯諾說著翻找木箱，裡面裝滿各式各樣用木頭、骨骼、頭角製成的工具與器具。

他抽出一個外觀奇特、以鹿角主幹製成的東西，岔枝已切除，分岔處下方有孔洞，環刻在把手上的不是典型夏拉木多伊幾何風格的鳥與魚，而是非常美麗逼眞的鹿和原羊。這個東西莫名讓喬達拉打了個冷顫，當他更仔細察看時，因爲認出這是什麼而升起一股寒意。

「這是索諾倫的標槍桿拉直器！」他說。他看著他弟弟使用那個工具無數次了，他心想，他甚至記得索諾倫是什麼時候拿到的。

「我認爲你可能會想用來懷念他。而且對你們搜尋他的靈可能也有幫助，此外，當你要讓他……他的靈……安息時，他可能會想擁有這個東西。」馬肯諾說。

「謝謝你，馬肯諾。」喬達拉說，拿起堅固的工具，帶著驚奇與崇敬檢視它。這個深刻代表他弟弟的東西促使回憶閃現。「這對我意義重大。」他舉起它，移動位置維持平衡，從重量中感受索諾倫的存在。「我想你說的可能沒錯，這個東西有太多他的影子，我幾乎能感覺得到他。」

「我有東西要送愛拉，現在似乎正是時候。」羅夏麗歐說著走了出去，喬達拉也跟著她過去。兩人一走進羅夏麗歐的居所，愛拉與索莉立刻抬起頭。羅夏麗歐一度有種奇怪的感覺，彷彿他們闖入了隱私或祕密的情境中，但歡迎的微笑驅散了那種感覺。她走向住處後方，從架子上取下一個包袱。

「送妳的，愛拉。」羅夏麗歐說：「謝謝妳對我的幫助。我包起來好讓它在旅途中保持乾淨，之後妳還可以把包袱巾當毛巾用。」

愛拉又驚又喜地解開細繩，攤開柔軟的岩羚羊皮，裡頭露出了一件綴著美麗珠飾和翮羽的黃色毛皮。她拿起這毛皮，倒抽了口氣。那是她所見過最漂亮的束腰上衣。摺在衣服底下的，是一件與上衣成套的女褲，褲子正面與褲管也滿是裝飾，與上衣的風格非常搭配。

「羅夏麗歐！這眞美。我從沒看過這麼美的東西，美到讓人捨不得穿。」愛拉說著放下了衣服，緊緊擁抱羅夏麗歐。直到此時羅夏麗歐才頭一回注意到愛拉古怪的發音，尤其在說某些字眼的時候，但她並不覺得討厭。

「希望合身才好，妳要不要穿上讓我們瞧瞧呢？」羅夏麗歐說。

「妳眞的認爲我應該試穿嗎？」愛拉說，幾乎不敢碰衣服。

「妳得知道合不合身，才能在和喬達拉配對時穿吧？」

愛拉對喬達拉微笑，因爲這套衣服而感到興奮又開心，卻避免提到獅營塔魯特的配偶妮姬已經給了她一套配對服。她不能眞的兩套都穿，但她會在非常特別的場合穿這套漂亮衣服。

「我也有東西要送妳，愛拉。不算漂亮卻實用。」索莉說，從掛在腰間的囊帶中拿出一條預先藏好的軟皮帶給她。

愛拉收下並避免望向喬達拉，她很清楚那是什麼。「妳怎麼知道我需要新的月經期皮帶了，索莉？」

「女人總是需要換新的，尤其是在旅行時；我還有吸收力好的襯墊要送妳。羅夏麗歐和我討論過，她給我看過她替妳做的那套衣服。我也想送妳漂亮的東西，但旅行時帶不了太多東西，所以我開始思索妳可能需要什麼。」索莉說，爲她那非常實用的禮物作解釋。

「這很棒，正是我最需要也最想要的東西，妳眞體貼，索莉。」愛拉說完別過頭眨掉眼淚。「我會想念妳們的。」

「別這樣，妳還沒離開呢，明早才上路，到時候有的是時間掉眼淚。」羅夏麗歐說，儘管她自己的淚水也快奪眶而出。

那天晚上，愛拉清空自己的兩個行囊籮筐，攤開所有想要帶走的東西，試著想出該怎麼把東西全部打包，包括他們獲贈的食物。喬達拉可以幫忙帶一部分，但他的空間也不多。他們幾度討論到碗形船，想評估乘船渡河的實用性是否值得他們費力帶著船越過林木茂盛的山坡。最後他們還是決定帶走，卻還是帶著疑慮。

「妳怎麼把那些全裝進僅有的兩個行囊籮筐？」喬達拉望著那一大堆仔細包好的神祕包袱問道，他擔心帶太多東西。「妳確定全部都需要帶嗎？那一包裡面是什麼？」

「所有夏天的衣物，」愛拉說：「有必要的話，我會留下那一包，但我明年夏天會需要衣服。我很高興不必再打包冬衣了。」

「嗯～」他咕噥道，無法挑剔她的推論，但依舊掛念著旅途上的負擔。他掃視著那堆東西，注意到一個他曾看過的小包。從兩人上路之後，她就一直帶著那個小包，但他仍不知道裡面是什麼。「那包是什麼？」

「喬達拉，你幫不上什麼忙，」愛拉說，「要不要把卡洛麗歐送我們的旅行食物拿去，看看你的行囊籮筐裡還放不放得下？」

「別急，快快，靜一靜！」喬達拉說，將引導繩往下拉並貼近抓著，輕拍種馬的臉頰，撫摸牠的頸脖，設法讓牠鎮靜下來。「我覺得牠知道我們準備好了，於是急著要走。」

「我相信愛拉就快來了，」馬肯諾說：「她們兩個在你們短暫停留的期間變得非常親近。索莉昨晚哭了，希望你們會留下來。不瞞你說，我也很遺憾看到你們離開。我們曾經四處物色，也和幾個人談過，但就是找不到我們想要相互配對的對象，直到你們出現為止。我們眞的需要快點和別人結合，你確定不想改變主意嗎？」

「你不明白下這個決定對我來說有多難，馬肯諾。誰知道我回到家鄉會發現什麼，我妹妹已經長大，可能不記得我了。我完全不知道我哥哥在做什麼或在哪裡，只希望我母親還活著，」喬達拉說：「還有我火堆地盤的男人達拉納也是。我的表親，也就是他第二個火堆地盤的女兒，現在應該已經成為母親，但我甚至不知道她是否有配偶；如果有的話，我可能也不認識他。我的確再也不熟悉那裡的任何人，而我對這裡的每個人都感覺如此親近，但我必須走。」

馬肯諾點點頭。嘶嘶輕柔地嘶鳴，於是他們都抬起頭。羅夏麗歐、愛拉、抱著夏蜜歐的索莉走出馬肯諾的居所。小女孩看到沃夫時，掙扎著要下來。

「那隻狼走了之後，我不知道該拿夏蜜歐怎麼辦。」馬肯諾說：「她希望牠隨時都在身旁，只要我答應，她就會跟牠一起睡。」

「也許你可以替她找隻小狼，」卡羅諾剛從渡頭上來，加入他們的對話。

「我沒考慮過這點，那並不容易，不過我也許可以從狼窩帶一隻幼狼回來，」馬肯諾沉思著。「至少我可以答應她試試看，我必須跟她說點什麼。」

「如果你眞的那樣做，」喬達拉說：「一定要找很小的。沃夫失去母親時還處在哺乳期。」

「沒有母親餵奶，愛拉怎麼餵牠？」卡羅諾問。

「我自己也覺得納悶。」喬達拉說：「她說小狼可以吃的和母親一樣，只要更柔軟、更容易咀嚼。她拿軟皮革沾著熬煮過的肉湯讓牠吸吮，把肉切碎了餵牠。我們現在吃的東西牠都吃，但牠有時還是喜歡自己捕食，甚至還會替我們驅趕獵物。來這裡的路上，牠幫忙獵捕了我們帶來的那頭麋鹿。」

「你如何讓牠依照你的期望去做？」馬肯諾問。

「愛拉花了很多時間訓練牠，她示範給牠看，然後再三重複直到牠做對。令人驚訝的是牠能學得那麼多，又那麼渴望取悅她。」喬達拉說。

「這點大家都看得出來。你會不會覺得這只有她才辦得到？她畢竟是夏木。」卡羅諾說：「任何人都能讓動物依照自己的期望去做嗎？」

「我駕馭了快快，」喬達拉說：「而我不是夏木。」

「我可不敢那麼肯定，」馬肯諾說完笑出聲來。「別忘了，我看過你在女人身邊的樣子，我覺得你能讓任何女人依照你的期望去做。」

喬達拉面紅耳赤，他眞的好一陣子沒去想那檔事了。

愛拉走向他們，納悶他爲何臉紅。這時多蘭多繞過山壁加入他們。

「我會陪你們走一段，爲你們帶路，指出越過山區的最佳路徑。」他說。

「謝謝你，那很有幫助。」喬達拉說。

「我也一起去。」馬肯諾說。

「我也想去。」達爾沃羅說。愛拉望向他，看見他穿著喬達拉送的襯衣。

「我也是。」拉卡麗歐說。

達爾沃羅惱怒地皺眉望向她，預期她會盯著喬達拉瞧，但她卻帶著愛慕的笑容看著他。愛拉看見他的表情一路從惱怒、困惑、理解轉變成驚訝臉紅。

幾乎所有人都聚集在空地中央向訪客道別，有幾個人也表達希望陪他們走一段路。

「我不會去，」羅夏麗歐說，她看看喬達拉，又看看愛拉，「但我眞的希望你們留下來。祝你們一路順風。」

「謝謝妳，羅夏麗歐。」他說著，給了她一個擁抱。「我們沿途可能都需要妳的祝福。」

「我得謝謝你帶來愛拉，喬達拉。我連想都不敢想，如果她沒來我會怎麼樣。」她對愛拉伸出手，年輕女巫醫用力握住她伸出的手以及還在吊帶中的另一隻手，很高興感覺到兩隻手回握的力道，然後兩人緊緊相擁。

另外又有幾個人來向他們道別，但大部分的人都打算至少陪他們走一小段山路。

「妳要來嗎，索莉？」馬肯諾問，與喬達拉並肩齊行。

「不，」她的雙眼閃著淚光。「我不想去，在山路上道別一點都不會比在這裡容易。」她走向高大的齊蘭朵妮氏男人。「此時此刻我很難好好待你，喬達拉。我一直這麼喜歡你，你帶來愛拉之後，這份喜愛更是有增無減。我多麼希望你和她能留下來，但你不會這麼做，即便我明白原因，還是覺得不太開心。」

「很遺憾讓妳這麼難過，索莉。」喬達拉說：「希望我能做些什麼讓妳感覺好一點。」

「你能，但是你不會做。」她說。

她就是這樣想到什麼說什麼，這也是他喜歡她的其中一點，永遠用不著猜測她眞正的意思。「別生我的氣。如果我能留下來，再沒有別的事情比和妳與馬肯諾結合更令我開心了。妳不知道當妳詢問我們時我有多驕傲，也不知道現在離開對我有多難。但有某件事情牽絆著我。坦白說，我甚至不確定那是什麼，但我必須走，索莉。」他湛藍的眼睛望著她，眼中充滿眞誠的哀傷、憂慮與關切。

「喬達拉，你不該說這麼好聽的話，又這樣看著我，這會讓我更希望你留下來。就給我個擁抱吧。」索莉說。

他彎下腰用雙臂環繞這個年輕女人，感覺到她強忍著淚而顫抖。她抽身望向他身旁的高大金髮女人。

「噢，愛拉，我不希望妳走。」她們彼此擁抱時，她大聲啜泣地說。

「我也不想離開，我希望我們能留下來。我不確定原因，但喬達拉必須走，而我得跟著他。」愛拉哭得和索莉一樣激動。突然間，這個年輕母親放開手抱起夏蜜歐，往回跑向住處。

沃夫準備要追過去。「待在這裡，沃夫！」愛拉命令。

「烏非！我要我的烏非！」小女孩大喊，把手伸向毛茸茸的四足食肉動物。

沃夫哀鳴著抬頭望向愛拉。「站住，沃夫，」她說：「我們要離開了。」

第二十章

愛拉與喬達拉站在可以俯視寬闊山景的空地上，落寞地看著多蘭多、馬肯諾、卡羅諾與達爾沃羅往回走下小徑。其餘陪他們一起出發的眾人沿途便陸續折回，最後這四個男人在抵達小徑轉彎處時轉身揮手。

愛拉頓時完全明白自己再也見不到這些揮舞著「再見」手勢的夏拉木多伊人，只能以手背對著他們揮舞，作爲回應。在短暫相識的這段期間裡，她已經喜歡上這群人。他們歡迎她、要她留下來，而她可以開心地和他們一起生活。

這次離別讓她想起初夏時離開馬木特伊氏的情境。他們也歡迎她，而她喜歡他們之中許多人；她可以快樂地與他們生活在一起，只是必須承擔她對雷奈克造成的不幸。她離開時心中懷抱著跟所愛的人回家的興奮。然而夏拉木多伊這裡並沒有潛藏著什麼不幸，因而使得離別更加困難；儘管她愛著喬達拉，無疑想要跟他走，但她感受到的接納與友誼很難以這種結局收場。

旅途充滿別離，愛拉心想，她甚至永遠告別了自己留在部落的兒子……雖然假如她留下來，或許有一天能乘著拉木多伊人的船回到大媽河下游的三角洲，那麼她也許就可以長途跋涉繞到半島，去尋找兒子所屬部落的新洞穴……然而想再多也沒有用了。

再也沒有機會回去，再也無法期待最後的可能，她與兒子的人生各自通往了不同的方向。伊札告訴她要去尋找自己的同類和配偶，而她在同類中找到接納，也找到她所愛並且愛著她的男人。但有得也有失，她就失去了兒子，必須接受這個事實。

看著最後四個人轉身走回他們的家，喬達拉也感到淒涼。他們全都是和他一同生活過好幾年的知交，雖然沒有血緣關係，感覺卻像血親。他矢志要返回故鄉，也就不會再見到這些親人，而這也讓他非常難過。

當目送兩人的夏拉木多伊人離開了視線，沃夫便一屁股坐下來，昂頭吠了幾聲，接著放聲嘶啞嗥叫，粉碎了晴朗早晨的寧靜。四個男人再度出現在下方小徑上最後一次揮手，答謝狼的告別；忽然附近也傳出了回應的狼嗥，馬肯諾連忙尋找第二聲狼嗥傳來的方向，隨即回頭走下小徑。愛拉與喬達拉也轉過身，面向頂峰有藍綠色堅冰閃耀的山脈。

儘管高度不如西方山脈，但他們正行經的山脈同樣也形成於最近一次的造山時期——只比漂浮在古老大地熾烈地心上沉重緩慢地移動的厚實岩層新一些。在使整個大陸劇烈起伏的造山運動中，廣大山系遙遠東緣的這片崎嶇地帶，抬升、縐褶，形成這一系列滿布翠綠生機的平行山脊。

下方依舊殘存著夏季暖意的平原與較涼爽的高處之間，形成了狹長的落葉林帶，主要生長著橡樹、樺樹及優勢樹種鵝耳櫪、楓樹，葉片已經變成紅黃色，在較高處的深色常綠雲杉烘托下，宛如彩色織錦。雲杉、紫杉、冷杉、松樹、洋松等針葉樹，從低處蔓延到和緩的坡地，爲山坡覆上深淺不一的綠意，然後逐漸被已經轉黃的洋松所取代。位於森林上方、夏天時青翠碧綠的高山草原，在這個季節之初已覆雪而轉白，頂端則是淡藍色的堅硬冰川冰帽。

山下的南方平原短暫夏季的酷熱已逐漸消失，取而代之的是籠罩的寒意。冰川冰層的威力雖因長達數千年的次冰期暖化趨勢而減弱，卻正爲最後一次襲擊陸地而重整旗鼓，直到數千年後撤退轉爲全面潰敗爲止。但即使處於最後攻擊前的緩和期，冰川冰層依然覆蓋到了低矮山峰與高山山腰，也掌控著大陸。

在崎嶇的森林地帶以拖桿搬運碗形船的阻礙較大，因此愛拉與喬達拉步行的次數比騎馬來得多。他們爬上險峻斜坡、越過山脊、跨過疏鬆的碎石堆、走下乾燥溝渠的陡坡——由冰雪融化的春季逕流及南部山地的大量降雨侵蝕而成。少數深溝底部有水滲出表層的腐朽植被及柔軟沃土，使人與動物的腳都陷入其中。其他有著清澈溪流的溝渠則都很快就會再度注滿秋季豪雨的狂暴水流。

在低海拔占地廣大的闊葉森林中，他們被林下植物阻擋著去路，只能勉強穿越或是找路繞過灌木叢與荊棘。美味黑莓的硬挺節莖與多刺藤蔓成爲可怕的障礙，撕扯著他們的頭髮、衣服、皮膚、獸皮與鬃毛。草原馬爲適應寒冷開闊平原而長出的溫暖密毛，動不動就糾纏打結，連沃夫也避不開針毬與細枝。

終於抵達常綠樹所在的海拔高度時，他們全都感到高興，因爲相對持續的蔭蔽使林下植物減到最少，不過陡坡上的林冠沒那麼茂密，射入的陽光比在平地還多，某些灌木便得以生長。在高樹密林中騎馬並沒有比較容易，馬兒必須選路繞過礙事的樹，騎馬者也要閃避低垂的樹枝。他們第一晚在山坡上有針葉樹圍繞的一小片空地紮營。

第二天傍晚他們抵達森林界線，終於擺脫糾結的灌木叢，通過高樹阻礙的路徑，他們在開闊草地的湍急冷溪旁架起帳篷。卸下行李後，馬兒便急著吃草。雖然炎熱低海拔處不乏牠們習慣吃的粗糙乾草，翠綠高山草原的甜草與山地香草卻更是受歡迎的享受。

一小群鹿也分享著那片草地，公鹿忙著用頭角摩擦樹枝與岩石露頭，使含有輸送營養的血管及軟毛的鹿茸脫落，準備迎接秋季的發情期。

「牠們歡愉的季節很快就到了，」喬達拉在兩人搭造火坑時說：「牠們正在爲打鬥及母鹿作準備。」

「打鬥會使公鹿覺得歡愉嗎？」愛拉問。

「我沒有從那個方面思考過，但某種程度可能是。」他承認。

「你喜歡和其他男人打鬥嗎？」

喬達拉皺起眉頭認眞思索這個問題。「我經歷過這種事情。有時總免不了會被捲入，但嚴格說來不能算喜歡，儘管我不介意角力或其他競爭方式。」

「穴熊族男人不會彼此打鬥，那不被允許，但他們確實會競爭。」愛拉說：「女人也會，但競爭型態不同。」

「有什麼不同？」

愛拉停下來想了想。「男人會在他們做的事情上較勁，女人則互相較量她們創造的成果，」她說完露出微笑。「包括孩子；不過這種競爭非常微妙，而且幾乎每個人都認為自己是贏家。」

喬達拉注意到遙遠山上有個歐洲盤羊家族，他指著那些大角貼近頭部盤繞的野羊說：「那些才是真正的鬥士。當牠們衝向彼此，頭部撞在一起的聲響簡直就像轟隆的雷聲。」

「你認為公鹿或公羊頂著頭角衝向彼此真的是在打鬥嗎？或者是在競爭？」愛拉問。

「我不知道，牠們有可能弄傷彼此，但並不常發生，通常有一方會在另一方展現強勢時就放棄。有時牠們只是四處昂首闊步、大聲號叫，完全不打鬥，或許那比較偏向競爭，而不是真的打鬥。」他對她微笑。「妳確實提出了有趣的問題，女人。」

當太陽沒入視線下方，清新的涼風隨之轉冷。那一天稍早的少量飄雪，在陽光普照的開闊處融化，有些卻堆積在蔭蔽角落，預告著夜晚可能的寒冷與即將來襲的大雪。

獸皮帳篷搭好之後，沃夫很快就不見蹤影，直到天黑還沒回來，愛拉擔心著牠。「你覺得我應該吹口哨叫牠回來嗎？」在他們準備歇息時，她問道。

「這不是牠第一次獨自離開去獵食，愛拉。妳只是習慣有牠在身旁，因為妳要牠緊跟著妳。」喬達拉說。

「希望牠早上之前會回來。」愛拉說，站起來四處張望，徒勞無功地望進營火外的黑暗裡。

「牠是動物，知道怎麼走。回來坐下吧。」他說，在火堆中加進另一塊木頭，觀看火花射上天空。

「瞧瞧那些星星，妳有看過那麼多嗎？」

愛拉抬起頭，感到一陣驚奇。「眞的看起來很多，也許是因爲這裡比較高，離它們比較近，所以可以看到更多星星，尤其是比較小的星星……或許它們距離很遙遠？你覺得它們是不是在很遠很遠的地方？」

「我不知道，我從來沒想過，誰會知道呢？」喬達拉問。

「你覺得你們的齊蘭朵妮可能知道嗎？」

「有可能，但我不確定她會說。有些事情只有大媽侍者才能知道。妳的問題眞的很古怪，愛拉。」喬達拉說，感覺一陣寒意。雖然不確定是否出於寒冷，他接著說：「我開始覺得冷了，而且我們需要早點出發。多蘭多說過隨時都可能開始下雨，那意味著這麼高的地方可能會下雪；我希望能在下雪前到達低處。」

「我很快就會去睡了。我只是想確定嘶嘶和快快平安無恙，也許沃夫和牠們在一起。」

愛拉爬近獸皮被時仍憂心忡忡，豎起耳朵聆聽任何可能是那隻動物返回的聲響，良久才進入夢鄉。

四周一片漆黑，暗得只能看見從火堆中射進夜空的無數星星，但她還是張大眼睛望著。發出黃光的兩顆星星在黑暗中同時移動，那是眼睛，凝視她的狼的眼睛。牠轉身開始走遠，而她知道牠要她跟隨，但當她動身時，卻突然被一隻大熊擋住去路。

那隻熊用後腳站立低吼著，嚇得她往後跳。然而她再定眼一看，卻發現那並不是眞的熊，而是克雷伯，**獨一無二的莫格烏爾**穿著他的熊皮無袖大衣。

她聽見兒子在遠方大聲喊她，她的目光越過偉大巫師，看見了那隻狼，但那不只是一隻狼，還是沃夫的靈，杜爾克的圖騰，而牠要她跟隨。接著沃夫的靈化身成她的兒子，是杜爾克要她跟隨，他又大聲喊她，但當她試圖走向他，克雷伯又擋住她的路，他指向她身後。

她轉過身看見一條通向洞穴的小徑，那洞穴不深，位於峭壁邊懸垂的淺色岩石棚架，上方有顆奇特大圓石，彷彿在正要從邊緣落下時凍結。當她往回看時，克雷伯和杜爾克都不見了。

「克雷伯！杜爾克！你們在哪裡？」愛拉大喊，猛然坐起。

「愛拉，妳又做夢了。」喬達拉說著也坐起身來。

「他們走了。爲什麼他不讓我跟他們一起走？」愛拉說，眼中含著淚，聲音嗚咽。

「誰走了？」他說，把她抱入懷裡。

「杜爾克走了，克雷伯不讓我跟他一起走，擋住我的去路。爲什麼他不讓我跟杜爾克一起走？」她說，在他懷中哭泣。

「那是夢，愛拉，只是個夢。或許意味著什麼，但那不過是夢。」

「你說得沒錯，我知道你說得對，那只是夢，感覺卻如此眞實。」愛拉說。

「妳是不是想起妳的兒子，愛拉？」

「是吧，」她說：「我一直想著再也見不到他了。」

「也許因爲這樣妳才會夢到他。齊蘭朵妮總是說，做了那種夢時，應該設法記住所有細節，有一天你可能就會明白那個夢了。」喬達拉說，試圖在黑暗中看清她的臉。「現在回去睡吧！」

兩人清醒地躺了一段時間，終於再度沉沉睡去。第二天早晨他們醒來時，天空烏雲密布，喬達拉急著啓程，但沃夫還是沒回來。當他們拔營並重新打包裝備時，愛拉每隔一段時間就吹口哨召喚牠，卻仍不見牠出現。

「愛拉，我們得走了，牠會追上我們的，就像一直以來那樣。」喬達拉說。

「除非我知道牠在哪裡，否則我不會走的。」她說：「你可以走或者在這裡等，我要去找牠。」

「妳怎麼找？牠可能在任何地方。」

「也許牠回頭往下走了，牠眞的喜歡夏蜜歐。」愛拉說：「或許我們應該往回走去找牠。」

「我們不能回去！都已經來到這裡了。」

「有必要的話，我會回去。除非我找到沃夫，否則我不會走。」她說。

當愛拉開始往回走時，喬達拉搖搖頭，她顯然鐵了心；如果不是那隻動物，他們現在早就上路了。照他目前的看法，牠就待在夏拉木多伊那裡好了！

愛拉沿路吹著口哨召喚沃夫，就在她要走回樹林時，牠忽然從空地另一邊出現，然後奔向她。牠撲到她身上，差點撞倒她，把腳掌放在她肩上舔她的嘴，輕咬她的下顎。

「沃夫！沃夫，你終於出現了！你到哪裡去了？」愛拉說，抓住牠的頸毛，用臉頰摩擦牠的臉，將牙齒放到牠的下顎，回應牠的問候。「我好擔心你哦，你不應該那樣跑走的。」

「我們現在可以出發了嗎？」喬達拉說：「早上都過一半了。」

「至少牠確實來了，我們就不需要一路回去找牠。」愛拉說，躍上嘶嘶的背。「你想往哪裡走？我準備好了。」

兩人默默無語地騎過草地，彼此都感到不悅，直到抵達一道山脊。他們並肩而騎，找路越過山脊，最後來到一處有滑動礫石與卵石的陡坡。由於坡面看起來非常不穩定，喬達拉試圖尋找其他的路。假如只有他們倆，或許會有幾處可以攀爬，但馬兒有可能過得了的路似乎就只有那片岩石滑動的斜坡。

「愛拉，妳認爲馬兒爬得過那裡嗎？我想沒有其他路可以走了，除非往下走，然後試著找路繞過去。」

「你說你不想往回走，」她說：「尤其是爲了動物。」

「我不想，但如果有必要，我們就得這樣做。如果妳覺得走這條路對馬兒來說太危險，我們就不要嘗試。」

「如果我覺得對沃夫來說太危險呢？那我們會丟下牠嗎？」愛拉說。

對喬達拉而言，馬兒有實用性；儘管他喜歡那隻狼，但就是不認爲有必要爲牠耽擱行程，但愛拉顯然不同意。他感覺兩人之間潛藏著裂痕，這種緊張關係可能導因於她想留在夏拉木多伊那裡。他認爲只要相隔一段距離，她就會期待抵達目的地，卻不想加深她的不愉快。

「不是我想丟下沃夫，我只是認爲牠會追上我們，就像之前一樣。」喬達拉說，儘管他幾乎準備要丟下牠了。

她感覺到事情不只如他所說的那樣，但她不喜歡彼此間存在歧見造成的隔閡，而且既然沃夫回來了，她便鬆了一口氣。不再掛心之後，她的怒氣也一掃而空。她下馬爬上斜坡測試，不完全確定馬兒爬得上去。但他說過假如馬兒上不去，他們會另外找路。

「我不確定，但我覺得我們應該試試看，喬達拉。我不認爲狀況眞的像看起來那麼糟。如果牠們辦不到，我們就可以往回走，看看能不能找到其他路。」她說。

這片斜坡不如看起來那麼不穩定，儘管有少許危險狀況，兩人都訝異馬兒很能應付斜坡。他們很高興能越過斜坡，但繼續往上爬時，卻遇到其他困難區域，基於擔心彼此和馬兒，兩人重新開始交談。

斜坡對沃夫來說輕而易舉；當他們小心翼翼牽著馬往上走時，牠跑上頂端後又往下折回。他們抵達坡頂後，愛拉吹口哨召喚並等待牠。喬達拉看著她，意識到她對這隻動物似乎愈來愈保護。他想知道原因，打算問問她，隨即又因爲怕她生氣而改變了主意，最後卻還是決定提起這個話題。

「愛拉，是我錯了或者妳比以前更擔心沃夫了？妳以前習慣讓牠來來去去。希望妳會告訴我是什麼困擾妳，因爲是妳說我們之間不應該有所保留。」

她深吸了一口氣，閉上雙眼皺起眉頭，然後抬頭望著他。「你說得沒錯。不是我不想讓你知道，而是我一直試著不讓自己去想。記得我們在下面看到那些鹿摩擦頭角讓鹿茸剝落嗎？」

「記得。」喬達拉點點頭。

「我不確定，但這個時節也有可能是狼歡愉的季節。我甚至不想去想，害怕因此促使那狀況發生。然而在我談論寶寶離開去尋找自己的伴侶時，索莉卻提起了這件事；她問我是否認為沃夫有一天也會離開，就像寶寶一樣。我不希望沃夫離開，喬達拉。牠對我來說幾乎就像個孩子，如同兒子一樣。」

「是什麼讓妳覺得牠會離開？」

「在寶寶離開之前，牠出去的時間愈來愈長。剛開始是一天，接著是好幾天，而且有時牠回來，我看得出牠打鬥過，知道牠在尋找伴侶，後來牠也找到了。現在，沃夫每次不在，我就擔心牠去尋找伴侶。」愛拉說。

「原來如此。我不確定我們能做什麼，但有可能嗎？」喬達拉問，不由地希望那是真的。他不希望她不開心，但那隻狼不只一次耽擱他們或造成兩人關係緊張。他必須承認，假如沃夫找到伴侶，跟著對方離開，他會祝牠順利，很高興牠離開了。

「我不知道，」愛拉說：「到目前為止，牠每次都會回來，而且似乎很高興和我們一起旅行。牠問候我的方式就像把我們當成同伴，但你知道歡愉是怎麼回事，那是巨大恩典，需求有可能非常強烈。」

「那倒是眞的。嗯，我不知道妳能做什麼，但是很高興妳告訴我。」

兩人一同安靜地騎了一段時間，來到另一處高山草原，然而這回卻是友好的靜默。他很高興她說出來，至少他比較能理解她奇怪的舉止。她表現得像是擔心過度的母親，不過幸好她正常情況下不是如此。他總是很遺憾有些男孩的母親不希望他們去做可能有點危險的事情，像是深入洞穴或攀爬高處。

「妳看，愛拉，那裡有隻原羊。」喬達拉說，指向靈巧、有彎曲長角、貌似山羊的美麗動物，牠棲息在山地高處的陡峭岩架上。「我從前獵過那種動物。看看那邊，那些是岩羚羊！」

「那些眞的是夏拉木多伊人獵捕的動物嗎？」愛拉問，觀察這種頭角小而直、與山地野山羊有親緣的羚羊，跳過難以接近的頂峰和岩石陡坡。

「對，我跟他們一起去過。」

「怎麼有人能獵捕那種動物？你們如何接近牠們？」

「重點在於從牠們後方爬上去。牠們習慣隨時往下留意危險，所以如果爬得比牠們高，通常就可以靠近到能夠獵殺牠們；這樣妳就會明白標槍投擲器爲何帶來極大優勢了。」喬達拉解釋。

「這讓我更感激羅夏麗歐送我那套衣服。」愛拉說。

他們持續攀高，到了下午已經抵達雪線下緣。險峻山壁聳立於兩側，不遠的上方有小片冰雪，前方斜坡頂端現出藍色天空，彷彿通往世界的盡頭。登上高處後，兩人勒馬觀看壯闊的風景。

從森林界線往上攀高的沿途景觀在他們身後一覽無遺，再下方的斜坡滿布常綠植物，掩蓋了堅硬岩石及他們費力穿越的崎嶇地形。往東方望去，他們甚至能看見鑲綴的水帶緩緩流過下方平原，令愛拉吃驚。從寒冷山頂的制高點看下去，大媽河不過是幾條細流；她幾乎不太能相信，他們很久以前曾酷熱難當地沿著那條河行進。前方是另一道稍低的山脊，與他們之間隔著輕柔綠色樹尖構成的深谷，閃閃發光的覆冰頂峰從上方凜然逼近。

愛拉敬畏地環顧四周，眼裡閃著驚奇，爲壯麗的風景所感動。在刺骨寒風中，嘴裡吹出的霧氣使她每一口激動的呼吸都明顯可見。

「啊，喬達拉，我們比所有東西都高，我從來沒到過這麼高的地方，感覺我們就像在世界最頂端！」她說：「實在太……太美、太刺激了。」

望著她驚奇的表情、閃爍的眼睛、美麗的笑容，這個男人對於動人景致的熱情，也被她的極度興奮所點燃，而且立即激起對她的渴求。

「是啊，太美、太刺激了。」他說，聲音裡有某種東西令她全身顫抖，使她將目光從非比尋常的景致轉向他。

他的雙眼呈現不可思議的豔藍色，剎那間彷彿他偷了兩片亮藍色的無垠天空，而且眼中充滿愛與渴望，使她無法轉移視線，被他難以言喻的魅力擄獲。她不明白那樣的魅力與愛的魔力來自何處，卻無法也不想拒絕。他對她的渴望向來就是他的「信號」，對愛拉而言，回應不是出於意志的行爲，而是生理反應，是和他一樣強烈的需求。

在意識到自己移動之前，愛拉已經在他的懷中，感受他猛力的擁抱及她嘴上他溫熱飢渴的嘴。她人生中一點都不缺少歡愉，他們時常帶著巨大喜悅共享大媽的交歡恩典，但這一刻卻是個意外。或許因爲對周遭環境的興奮，她的各種感覺異常敏銳，身上每一處感受到他身體壓迫的地方，都產生貫穿全身的酥麻。他的手放在她背上、手臂環繞著她、大腿貼著她的大腿，透過厚厚的冬季毛皮兜帽外套，似乎感覺得到他鼓脹鼠蹊部位的溫熱，他們交疊的雙唇，使她不斷莫名地需索他。

他放開她，往後退到能夠解開她閉合外衣的位置，她的身軀因渴求、期待被他觸碰而疼痛，她幾乎無法等待，卻不希望他匆忙行事。當他的手伸進她的上衣包覆她的胸部，她很高興他的手是冷的，對比衝擊著她體內的熱。他捏壓一個硬起的乳尖，她喘著氣感覺到起雞皮疙瘩的激情流竄全身直達內在深處，使渴望更加熾烈。

喬達拉察覺到她反應強烈，自身的熱情也隨之增加，陰莖直挺、鼓脹顫動。他感覺到她柔軟溫熱的舌頭伸進嘴裡，於是吸吮它，然後鬆口去探尋她柔軟溫熱的嘴，他忽然無比渴望品嘗她其他開口處的鹹熱、探索溼潤的皺摺，卻不想停止親吻她。他希望能立刻擁有全部的她。他用雙手握住她的雙峰，逗弄、捏壓、搓揉兩個乳頭，接著掀起她的上衣，以嘴含起其中一個用力吸吮，感覺她向他推進，聆聽她歡愉的呻吟。

他一陣顫動，想像著他脹滿的陽具已經進入她。他們再次相吻，她感覺到需求的強度與渴望逐漸增加，渴求他的觸摸、他的手、他的身軀、他的嘴、他的陽物。

他撥開她的大衣，她抖掉它；欣喜冷風使她感覺到覆在嘴上的他的嘴、放在身上的他的手的熱度。他解開她的綁腿拉帶，她感覺到綁腿被往下拉並脫下，然後兩人都坐在她的大衣上。他用手輕撫她的唇、腹部、大腿內側，她任由他撫觸。

他往下移動到她的兩腿間品嘗她，舌頭的溫熱使她體內亢奮到極點。她是如此敏感、反應如此劇烈，幾乎難以承受刺激。

他察覺到自己輕微的碰觸立即引起她強烈的反應。喬達拉被訓練成製作石頭工具與打獵武器的燧石匠，因爲對於石頭的細微差異具敏感度，也是技術最精湛的燧石匠。女人對於他的洞察力及靈敏操弄的回應方式，就如同細緻的燧石，而且兩者都使他發揮所長。他眞心熱愛看到好燧石在他的巧手下成爲精巧的工具，或者感覺到女人激起最大的潛能，而他花費了大量時間練習這兩種技巧。

基於天生的愛好及眞心渴望了解女人在親密時刻裡的感覺，尤其是對於愛拉，他知道輕如羽毛的碰觸在那一刻會產生最大的效果，雖然接下來可能適合用不同的技巧。

他親吻她的大腿內側，然後將舌頭往上移。他感覺到她在冷風中顫抖，雖然閉上雙眼沒有抗拒，他看得出她全身覆滿雞皮疙瘩。他起身脫下自己大衣蓋住她，卻讓她腰部以下維持裸露。

儘管她不以爲意，殘存他的體熱、充滿他男人氣息的毛皮兜帽外套卻帶來奇妙的感覺。冷風吹過她大腿的肌膚，對比著他潮濕的舌頭，使她愉悅地顫抖。她感覺到那股溼熱沾濕了她的陰部皺摺，渾身灼熱的她瞬間打起寒顫，她呻吟著弓起身子迎向他。

他用雙手撥開她的皺摺，欣賞她陰部美麗的粉紅色花朵，不由自主地用潮濕的舌頭溫暖冰涼的陰唇，品嘗她的味道。她感覺又熱又冷，顫抖地回應。這是他從前不曾製造過的新奇感受，利用山頂的風作為帶給她歡愉的工具，她在某個內心層面驚嘆著。

但隨著他持續下去，連風也被遺忘了。他更用力壓迫，以嘴與手嫻熟地撥弄，刺激、助長她的感官回應，她對自己身在何處完全喪失知覺，只感覺到他的嘴吸吮著、他的舌頭舔戳她的快感帶、他熟悉的手指深入她的裡面。她伸手探向他的陽物，引導它進入，體內的高潮到達頂峰，席捲全身。當他充滿裡面時，她挺身迎上去。

他將肉棒深深插入，閉上雙眼感覺她溫暖潮濕的包圍，等候片刻才抽回，感受她深邃陰道的愛撫，然後再度推進。他衝刺、抽回，每次插入都使他更貼近，體內的壓力逐漸堆疊。他聽見她呻吟，感覺她挺向他，接著他就到達高潮，在歡愉來襲後釋放爆發。

四周寂靜得只剩風聲，兩匹馬耐心等候，狼感興趣地觀看，但已經學會克制活躍的好奇心。喬達拉終於撐起自己，靠在手臂上俯視他所愛的女人。

「愛拉，如果我們有了寶寶呢？」他問。

「別擔心，喬達拉，我不那樣認為。」她為找到更多避孕植物而感恩，想要告訴他，就像她告訴了索莉。但索莉雖然身為女人，卻感到十分震驚，以至於愛拉不敢對他提起。「我不確定，但我不認為這時候我會懷孕。」她說。她真的也無法完全確定。

伊札最後還是生了女兒，儘管她喝了避孕茶許多年。或許這種特殊植物長期使用後會喪失效用，愛拉心想，或者伊札可能忘了喝，雖然那不太可能。愛拉懷疑如果她停止喝早茶會怎麼樣。

喬達拉希望她是對的，儘管有一小部分的他希望她錯了。他納悶自己的火堆地盤是否會有孩子出自他的靈，又或者是出自他自己的元精。

他們花了幾天時間抵達另一道較低的山脊，只比森林界線高一些，但他們卻從那裡頭一次鳥瞰了寬廣的西部大草原。儘管稍早曾下過雪，這一日天候清朗，遠遠就能瞥見覆冰山地另一座更高的山脈。在下方的平原上，他們看見有條河往南流進看似漲水的大湖。

「那是大媽河嗎？」愛拉問。

「不，那是大姊河，我們必須橫渡它，那恐怕會是整趟旅程中最難渡過的河。」喬達拉解釋，「看看那裡，看到南邊那個河水完全散開、看起來像湖的地方了嗎？那就是大媽河，更確切地說是大姊河匯入或嘗試匯入的地方。那裡淤塞氾濫，水流危險。我們不會嘗試從那邊渡河，但卡洛麗歐說連上游的水勢也很狂暴。」

結果，兩人從第二道山脊向西俯瞰的那一天之後天氣就不再晴朗。第二天早上醒來，他們看見烏雲密布的低垂天空逐漸沒入窪地與山谷升起的霧氣裡。明顯懸浮於空氣中的水氣，在頭髮、皮毛上匯聚成微小水滴。景物都籠罩於迷濛中，唯獨在他們接近時，樹木、岩石才從朦朧輪廓中現形。

那天下午，陡然一道閃電照亮天空，隨即是突如其來的響亮雷聲，嚇了愛拉一跳。明亮的白色分叉閃光不斷出現在他們後方的山頭，她害怕得發抖，但她害怕的不是閃電，而是閃電預告的爆裂聲響。

每次聽見遙遠的隆隆聲或近處的轟隆響聲都使她畏縮，而雨似乎隨著每回雷聲的爆出而愈來愈猛烈，彷彿被那聲響嚇出雲外。兩人奮力走下面西的山坡，密集的雨如瀑布般傾瀉而下。溪水滿溢氾濫，小河漫過岩架成為滔滔激流，沿途路面愈來愈滑溜危險。

兩人都很感謝去毛鹿皮製成的馬木特伊氏雨衣，喬達拉的取自大草原上的龐大巨角鹿，愛拉的取自北方馴鹿。天氣冷時，這種雨衣會穿在毛皮大衣外；天氣溫暖時，則穿在一般束腰上衣外面。雨衣的外表以紅黃色的赭石上色：將礦物顏料混入油脂，利用肋骨製成的特殊磨光工具，為獸皮添加色彩，留下同樣也相當防水的持久明亮光澤。雨衣即使潮濕仍能提供些許保護，但磨光、浸油的塗料卻無法完全不受傾盆大雨影響。

兩人在夜晚的落腳處搭好帳篷時，所有東西都溼了，連獸皮被也不例外，而且沒有辦法生火。他們把木材帶進帳篷，其中大部分是針葉樹的低矮枝椏，希望隔夜可以晾乾來生火。第二天早上的雨勢仍大，他們的衣服也依舊潮濕，但愛拉用隨身攜帶的打火石和火絨，設法生起小火，燒滾一些水來泡製溫暖的茶。他們只吃羅夏麗歐所贈壓縮成方塊狀的旅行食物，裡面包含能塡飽肚子、營養扎實、口味複雜的食物——多種肉類晾乾後磨碎混入油脂，通常也會加入一些乾燥水果或漿果，偶爾摻雜未完全煮透的穀類或植物根——就算只吃那些東西應該也夠了。

馬兒垂著頭站在帳篷外，雨水從長長的冬季皮毛上滑落。地上的碗形船盛裝了半滿的水，他們已經打算丟掉船和拖桿。要將重物拖過開闊草原時，拖桿非常實用，碗形船則能有效地將他們的家當載過河；但在森林茂密的崎嶇山地中，這兩樣東西卻成爲妨礙、耽擱行程的累贅，在大雨中走下艱難斜坡更加危險。如果不是因爲喬達拉知道剩餘的旅程多半還是必須穿越平原，他老早就拋下船和拖桿。

他們從木竿上解下小船，倒出裡面的水，把船上下顚倒過來，最後抬到頭頂上方。站在高舉過頭的小船下方，他們相視苦笑，暫時避開了雨。他們沒有想到隔開河水的船，也能讓他們避雨；或許他們無法移動，但至少能短暫避開猛烈落下的大雨。

然而這個發現沒有解決如何搬運的問題，於是彷彿心有靈犀般，兩人將碗形船抬到嘶嘶的背上。如果能找到方法將船固定住，就有助於避免帳篷和兩個籮筐淋濕。他們利用木竿和幾條繩索，設法將船撐在有耐心的母馬背上。這種搬運方式有些不便，他們也知道偶爾會太寬，需要另外找路繞過或者抬起來，卻認爲沒有比先前更麻煩，而且可能帶來助益。

他們替馬套上籠頭、裝載行囊，但不是要騎馬，而是將沉重潮溼的皮帳篷和鋪地布蓋在嘶嘶背上，再放上以交叉木竿支撐的碗形船。猛獁象皮製成的厚防水布，原本被愛拉用來遮蓋盛裝食物的籮筐，現在垂掛快快背上遮蓋牠身上的兩個籮筐。

動身之前，愛拉用她在山谷中發明的特殊語言，花了些時間再次安撫、感謝嘶嘶。她沒有想過要懷疑嘶嘶是否眞能理解；這種語言熟悉而平和，而母馬確實會回應某些作爲信號的聲音與動作。

當她開口時，連快快也豎起耳朵抬頭嘶鳴。喬達拉認爲她在和兩匹馬用某種他無法領會的方式溝通，儘管他聽得懂一點。那也是她讓他著迷的神祕處。

然後兩人開始走下崎嶇地帶，在馬兒前方帶路。和他們一起在帳篷裡過夜的沃夫，剛開始還沒有那麼溼，但很快就看起來比馬兒還糟。平常茂密蓬鬆的毛皮貼著身體，使牠的體型看起來變小了，並且露出骨骼輪廓及結實肌肉。這對男女的潮濕毛皮大衣足夠保暖，但不是十分舒適，尤其兜帽內的毛皮已潮濕糾結。一陣子過後，雨水開始滴下脖子，他們幾乎無計可施。陰霾天空不斷降雨，愛拉覺得雨天成了她最討厭的天氣型態。

接下來的幾天，雨幾乎不曾間斷，他們一路下山，在高聳針葉樹林冠下得到些許庇護，然後從一處平坦寬闊的階地遠離大部分的樹木，不過依舊距離下方的河流很遠。愛拉開始明白，先前俯瞰的河流必定比她想像的更遠、甚至更大。雨勢偶爾減弱卻未曾停止過，他們又溼又狼狽，但至少有些時候已經可以騎馬。

兩人往西騎下順著山勢次第降低的一連串黃土階地，自天空傾洩的豪雨，導致因高地排水滿溢氾濫的無數小水流切割較高的階地。他們在泥濘中跋涉，越過幾條從高處洶湧而下的漩流，然後來到下層階地，意外發現一個小聚落。

簡陋的木造庇護所幾乎就只是個斜遮棚，顯然是草草搭建而成，看起來搖搖欲墜，卻提供了些許能避開持續降雨的庇護，使愛拉與喬達拉看到時高興地匆匆趨近。意識到溫馴動物可能帶給人的觀感，兩人下馬用夏拉木多伊語叫喊，希望這裡的人熟悉這種語言，但沒有得到回應。他們再定睛一瞧，發現這裡顯然空無一人。

「我相信大媽明白我們需要庇護所，朵妮不會反對我們進去。」喬達拉說，踏進其中一間簡陋小屋四處張望。空盪盪的屋內只有一條皮繩垂掛在木釘上，先前流貫其間的小溪改道後在泥土地面留下一片泥濘。他們走出小屋，走向最大的一間。

兩人走近時，愛拉意識到木屋少了某個重要東西。「喬達拉，朵妮在哪裡？入口沒有朵妮像守護。」他看了看四周，點點頭。「這裡一定是暫時性的夏季營地，他們沒有留下朵妮像，因爲沒有請求她保護這裡。建造者沒有預期這些木屋過了冬天還會存在，他們放棄這個地方，帶著所有東西離開，也許在雨開始下時往高處遷徙了。」

進入較大的建物後，他們發現它比較穩固，牆壁上有未塡補的裂縫，屋頂多處滲雨，但黏稠泥濘之上鋪有簡陋木質地板，以石頭墊高的火堆附近散放著幾塊木材。這是他們幾天以來看過最乾燥舒適的地方。

兩人走出去卸下拖橇，帶馬兒進屋。愛拉生起火來，喬達拉則走進較小的木屋裡，扯下木頭內牆當作木柴。他回去時，她已經將粗繩交叉綁住牆上的木釘，然後掛上潮濕衣物和墊子。喬達拉幫她把帳篷攤掛在一條繩子上，但他們必須將帳篷拉高，避開持續滲入的水流。

「我們應該處理一下屋頂漏水。」喬達拉說。

「我看見附近有香蒲，」愛拉說：「把香蒲葉編成墊子不用花很多時間，可以用來覆蓋漏洞。」他們外出收集堅韌且相當硬挺的香蒲葉來修補漏水屋頂，兩人都砍下滿懷的植物。圍繞莖部的葉子末端漸尖，平均約有六十公分長、三公分寬。愛拉教過喬達拉編織原理，觀察她編織扁平方墊的方法後，他便開始如法炮製。愛拉低頭看著手上的織物，忍不住微笑。她仍然對喬達拉能做女人的工作感到驚訝，而且很高興他願意參與。兩人很快就協力做出數量等同滲漏處的補片。

這些建物是在高聳樹幹的基本框架上綁牢相當薄的蘆葦屋頂，雖未使用木板，卻類似夏拉木多伊人的A形居所，差別在於主梁沒有傾斜，結構也不對稱。面河的入口面近乎垂直，受到對側面傾靠，兩者形成尖角，屋簷封閉，但有點像遮篷可以撐高。

兩人出去用多纖維的強韌香蒲葉綁牢織墊，不過尖頂附近有兩處滲漏，連兩百公分高的喬達拉都搆不著。他們不認爲建物能承擔任何一人的重量，決定回到屋內試圖想辦法修補，直到最後一刻才想起要用水袋和幾個碗盛水來飲用、烹煮。當喬達拉探身用手堵住其中一處滲漏時，他們終於想到從屋內綁上補片。

用猛獁象皮防水布遮蓋入口之後，愛拉環顧溫暖火堆照亮的陰暗屋內，感到舒適安穩。外面下著雨，他們在乾燥溫暖的屋內，不過隨著潮濕的東西逐漸晾乾，屋內開始瀰漫蒸氣，而這間夏季居所裡沒有排煙孔。火堆的煙通常會飄出不完全密閉的牆壁、天花板或在溫暖氣候經常維持敞開的屋簷，但晾乾的禾草和蘆葦因水氣膨脹，使煙更難排出，沿著天花板的主梁積聚。

雖然馬兒天性習慣且通常比較喜歡待在戶外，但嘶嘶和快快在人類身邊被撫養長大，習慣分享人類的住處，就算是煙霧繚繞的陰暗屋子。牠們待在愛拉指定的地方，彷彿也很高興能擺脫濕淋淋的世界。愛拉把烹煮石放進火裡，接著和喬達拉一起擦拭馬兒和沃夫，協助牠們晾乾。

兩人打開所有包袱，確認東西是否因爲過度潮濕受損。找出乾衣服換上後，他們坐到火堆旁喝熱茶，一邊用壓縮的旅行食物煮湯。當居所上空開始充滿煙霧時，他們在鋪蓋疏鬆的兩側屋簷頂端附近戳洞，讓煙排出並增加些許光線。

放鬆下來的感覺眞好，這對男女沒有意識到自己有多累，天還沒完全黑就鑽進還是有點潮濕的獸皮被。喬達拉雖然累卻睡不著，他記得上一回所面對的大姊河湍急危險，想到必須和他所愛的女人橫渡那條河，讓他在黑暗中恐懼地起了寒顫。

第二十一章

愛拉和喬達拉在廢棄的夏季營地度過接下來的兩天，直到第三天早晨，雨勢終於減弱，晦暗結實的漫天灰雲散開了。下午，蓬鬆白雲間點綴的小片藍天射出明亮陽光，凜冽的風從不同方向呼嘯吹過，彷彿在測試不同方位，無法決定最適合的風向。

大部分的東西都乾了，但他們打開屋簷通風，晾乾最後幾件厚物，讓所有東西風乾。他們必須處理、展開某些硬化但基本上完好的皮革製品，儘管經常使用可能就足以使其恢復柔軟。然而編織的行囊籮筐又是另一回事了。籮筐晾乾後形狀古怪、嚴重磨損並長出腐霉。潮濕導致籮筐軟化，裝載物的重量造成下垂，扯斷纖維。

愛拉覺得有必要製作新的行囊籮筐，即使秋季的乾燥禾草、植物、樹木不是最強韌、合適的材質。當她這樣告訴喬達拉時，他提出另一個問題。

「反正這些行囊籮筐也一直困擾我，」他說：「每次我們渡過深度需要馬兒游泳的河時，假如不取下來就會弄濕。有了碗形船和拖桿則用不著那麼麻煩，我們可以把籮筐放進船裡，只要在開闊地帶，使用拖桿就很容易。前方的路大多位於開闊草地，但也有少許樹林和崎嶇地帶，到時候就像在這樣的山裡一樣，可能不容易拖曳木竿和船，有時我們或許會決定扔下它們，屆時就需要在馬兒必須游泳渡河時不會弄濕的行囊籮筐。妳做得出那種東西嗎？」

輪到愛拉皺起眉頭。「這種籮筐的確會弄濕。我製作它們時不需要經常渡河，遇到的河也不太深。」她蹙眉沉思，記起她最初設計的馱籃。「剛開始我不是使用行囊籮筐。第一次想讓嘶嘶背運東西時，我製作的籮筐大而淺，也許我可以再做出那種東西。如果我們沒有騎在馬上會比較容易，但……」

愛拉閉上雙眼，試圖想像她得到的靈感。「或許……可以製作當我們在水裡時能夠抬到馬背上的行囊籮筐……不對，如果我們騎在馬背上就行不通……不過……也許可以做出讓馬兒用臀部背運的東西，放在我們身後……」她望向喬達拉。「嗯，我想我能做出可行的承載物。」

他們收集蘆葦、香蒲葉、柳枝條、細長的雲杉根以及任何愛拉認爲可以用來編籮筐或繩索製成容器的材質，然後花了一整天嘗試用各種方法放到斷斷身上。接近傍晚時，他們已經研發出足夠裝載愛拉的個人物品和旅行裝備的行囊馬鞍籮筐，母馬可以同時背運她和籮筐，游泳時籮筐也能維持相當乾燥。他們立即爲快快再製作一個，因爲已經知道方法與細節，完成的速度加快許多。

風在傍晚時增強並轉向，刺骨的北風將雲迅速往南吹。隨著暮色轉暗，天空近乎清澈，但氣溫也降低許多。計畫早晨離開的兩人決定整理行囊減輕負載。行囊籮筐比較大，新籮筐的容量則比較小，無論他們怎麼努力，空間就是不夠多，有些東西勢必要拋下，於是他們攤開各自攜帶的所有東西。

愛拉指著塔魯特刻在象牙片上指示第一段旅程的地圖。「我們已經離開塔魯特的土地很遠，再也不需要那個了。」她略帶傷感地說。

「妳說得對，我們不再需要了，可是我不想把這個丟掉。」喬達拉說，想到要扔下象牙片讓他面露難色。「展示這種馬木特伊氏地圖很有趣，而且這讓我想起塔魯特。」

愛拉理解地點點頭。「嗯，如果你有空間就帶吧，但這不是必需品。」

喬達拉掃視愛拉攤在地上的東西，拾起他曾經看過的神祕包袱。「這是什麼？」

「只是我去年冬天做的東西。」她說，拿走他手中的包袱，紅著臉迅速撇開視線，塞進一堆她要帶走的東西底下。「我要丟掉夏天的旅行衣物，反正全都又髒又舊，而且我要穿冬衣了，這樣我就會有多一點空間。」

喬達拉銳利地看著她，但沒再多說什麼。

第二天早上他們醒來時天候寒冷，每一口呼吸都製造出細微的溫暖霧氣。愛拉和喬達拉匆匆著裝，生火煮完熱騰騰的早茶，便打包床褥急於上路。但當他們踏出屋外時，卻停下腳步凝望。微微發亮的薄霜改變了周圍山丘的樣貌，在明亮朝陽下閃閃發光，異常鮮明。隨著結霜融化，每一滴水都成爲稜鏡，反射些微紅色、綠色、藍色或金黃色的明亮彩虹，他們在移動中從不同角度看見光譜變化出不同的色彩。然而結霜帶來的短暫美景卻提醒著，在受到冬季宰制的世界裡，溫暖季節就和一閃而逝的色彩差不多，短暫的炎熱夏季結束了。

兩人打包好準備出發時，愛拉回頭看著成爲愉快避風港的夏季營地，由於他們拆毀部分的小屋當作柴火而更形殘破，但她知道這種脆弱的臨時居所原本不久就會毀壞，爲發現這樣的地方而感恩。

他們繼續往西接近大姊河，順著斜坡下到另一層階地，但所在高度仍能看到這條狂暴河流另一側的寬廣大草原，讓他們得以眺望整個地區及前方河流氾濫平原的範圍。氾濫期間通常沒入水中的平坦地帶大約橫跨十六公里，而在河的另一側又更爲寬廣。這一側的山麓丘陵局限了洪水正常擴散，但對岸也有高起的山丘、峭壁。

相對於草地，河流翻攪而過的氾濫平原，是沼澤、小湖、樹林、纏結的林下植物構成的荒野，雖然沒有蜿蜒的渠道，卻讓愛拉想起大媽河的廣大三角洲，只是這裡的規模比較小。看似沿著湍急水流邊緣長出水中的黃花柳和季節性灌木，顯示出最近的雨造成的氾濫程度，已經有相當大片的土地淹沒河中。

當嘶嘶突然因爲馬蹄陷入沙中而改變步速，愛拉的注意力又回到周遭環境裡。橫過上層階地的小溪，在砂質泥灰的流動沙丘間形成深溝河床，馬兒吃力行進，每一步都踢起富含鈣的疏鬆土壤。

接近傍晚時，逼近地平線的落日強光使這對男女幾乎看不見東西。兩人遮著眼睛向前窺探，尋找適合的紮營地點，注意到靠近氾濫平原的細流沙特徵稍有改變。就跟高層河階地一樣，這裡主要仍是受冰川磨蝕後隨風沉積的黃土，但河水偶爾會氾濫到低層河階地，土壤中增加的黏土淤泥使地面堅固穩定。眾多溪流湍急地奔下山坡注入大姊河，他們沿著其中一條行進，在開始看到溪邊長出熟悉的草原禾草時決定停下來。

搭好帳篷之後，這對男女分頭打獵當晚餐。愛拉帶著沃夫同行，跑在前面的牠很快就驅趕出一群雷鳥。牠撲抓了一隻，愛拉用拋石索射下以爲自己抵達安全上空的另一隻雷鳥。她原本考慮讓沃夫保有牠抓到的雷鳥，但就在牠抗拒放棄到嘴的獵物時，她決定改變主意。雖然一隻肥鳥無疑能滿足她與喬達拉，但她要讓這隻狼更加了解，在她要求的時候，牠就必須與他們分享牠的獵物，因爲她不知道往後會遇到什麼狀況。

雖然沒有完整的根據，但刺骨寒風讓她意識到，他們會在寒冷季節行經未知的土地。她所認識的穴熊族和馬木特伊氏，都鮮少在冰天雪地的嚴酷冬季旅行到遠方，而是定居在安全避開嚴寒與暴風雪的地方，吃儲藏的食物。要在冬季旅行令她不安。

他們決定把喬達拉使用標槍投擲器射中的大野兔留待晚點再吃。愛拉想將鳥叉在火上烤，但他們在開闊的大草原紮營，旁邊的溪流只有貧乏的灌木叢。她四處張望，發現兩支大小不同的鹿角，顯然是不同的動物前一年所遺留下來。雖然鹿角比木材更難折斷，但兩人還是合力用喬達拉腰間的小斧頭和尖銳燧石刀支解了鹿角。愛拉以部分鹿角串起雷鳥，又以折斷的角叉當作支撐串叉的叉枝。做這些費了好一番功夫，她決定要留下來繼續使用，更何況鹿角不容易著火。

她分給沃夫一份他們吃的東西，包括烤熟的鳥、一部分她從溪邊的洄流水道挖出的大蘆葦根、她認出可以食用的美味草原菌蕈。晚餐過後，他們坐在火堆旁觀看天空漸漸便暗。白晝愈來愈短，因此他們到了晚上還沒有那麼累，尤其是騎馬越過開闊草原，比在林木茂密的山區掙扎前進容易太多了。

「那些鳥很好吃，」喬達拉說：「我喜歡皮那麼酥脆。」

「牠們在這個時節十分肥美，所以最適合那樣烹煮。」愛拉說：「牠們的羽毛已經開始變色，而且胸部以下如此濃密，我想帶走，因爲那會是很好的柔軟裝塡物。雷鳥羽毛可以製成最輕、最暖的床褥，但我沒有空間可以收藏。」

「或許明年吧，愛拉。齊蘭朵妮氏也獵捕雷鳥。」喬達拉說，稍稍鼓勵她對旅程終點有所期待。

「雷鳥是克雷伯的最愛。」愛拉說。

喬達拉覺得她似乎陷入哀傷，所以當她沉默下來，他還是繼續說話，希望讓她別再去想煩心的事。「不在我們的洞穴附近，而在更南邊，甚至有種羽毛不會變白的雷鳥，整年都看起來像夏季的雷鳥，嘗起來味道也相同。住在那一帶的人叫牠松雞，他們喜歡將牠的羽毛用於頭飾、衣物上，爲紅松雞儀式製作特殊服裝，模仿鳥的動作跳舞，例如跺腳及公鳥試圖吸引母鳥時會有的舉動，那是他們大媽節的一部分。」他停頓下來，但她依然沒有接話，便繼續說：「他們用網子捕鳥，一次就能抓到很多隻。」

「我用拋石索射下一隻，但沃夫也抓到一隻。」愛拉說完再度沉默下來。喬達拉覺得她就是不想交談，於是兩人靜靜坐了一段時間，觀看火焰吞噬晾乾得足以燃燒的灌木叢和乾糞，然後她終於又開口。「記得布莉希的拋擲桿嗎？眞希望我知道怎麼使用那種東西，她一次就能射下好幾隻鳥。」

夜晚迅速變冷，他們很高興有帳篷庇護。雖然愛拉看起來異常安靜，充滿悲傷與懷念，卻熱情回應他的碰觸，而喬達拉很快就不再擔憂她沉靜的心情。

晨間的空氣依舊冷冽，凝結的水氣再度爲陸地帶來微微發亮的霜，他們用來梳洗的溪水冰冷卻使人精神抖擻。喬達拉獵到的野兔連同牠的蓬鬆毛皮，被埋在熱木炭下悶煮了整晚。他們剝除變黑的外皮，底下厚厚一層冬季脂肪滋潤了通常瘦而結實的肉，在天然的覆皮中緩慢烹煮使肉質滑潤柔嫩。一年當中這個時節最適合獵捕這種長耳動物。

兩人並肩騎馬穿過高高的成熟禾草，不匆忙卻維持穩定的步伐，偶爾交談。前往大姊河的沿途有許多小獵物，但整個早上他們只看到遙遠的河對岸有大型動物——一小群公猛瑪象往北行進。那一天稍晚，他們又在對岸看見混雜聚集的馬和賽加羚羊，嘶嘶和快快也注意到了。

「伊札的圖騰是賽加，」愛拉說：「那是非常強大的女人圖騰，甚至強過克雷伯出生時的麋鹿圖騰。當然，在他成為莫格烏爾之前，穴熊選中他，成了他的第二個圖騰。」

「但妳的圖騰是穴獅，比賽加羚羊還要強大許多。」喬達拉說。

「我知道，這是男人圖騰，獵人的圖騰，所以剛開始大家很難相信。」愛拉說：「我不記得實際情況，但伊札告訴我，當克雷伯在收養儀式中宣布時，連布倫也因此生他的氣。所有人都確信我永遠不會有孩子，因為沒有男人的圖騰強大到足以擊敗穴獅，我懷了杜爾克時，大家都非常驚訝，但我確信是布勞德強迫我性交時有了寶寶的。」這個令人不愉快的念頭令她皺起眉頭。「而且假如圖騰靈與有寶寶有關，布勞德的圖騰是毛犀牛。我記得穴熊族獵人談論過有隻毛犀牛殺死一隻穴獅，所以牠夠強大，有可能很凶悍，就像布勞德一樣。」

「毛犀牛的性情難測，有可能很兇殘。」喬達拉說：「索諾倫在離這裡不遠的地方被毛犀牛戳傷，如果不是夏拉木多伊人發現我們，他可能當時就死了。」痛苦的回憶使這個男人閉上雙眼，任憑快快帶著他走。兩人沉默了一陣子，然後他問：「穴熊族裡每個人都有圖騰嗎？」

「對，」愛拉回答：「圖騰提供指引和保護，各部落的莫格烏爾通常會在寶寶出生那一年結束以前，找出他們的圖騰，在圖騰命名儀式中，交給孩子裝有一塊紅色石頭的護身囊，那就是圖騰靈的家。」

「妳是說如同朵妮像是大媽的靈停留的地方嗎？」喬達拉問。

「我想是類似那樣，但圖騰是在保護你，不是你的家；儘管當你住在熟悉的地方時，祂會比較高興。你必須隨身攜帶護身囊，圖騰靈才會認出你。克雷伯說如果沒有護身囊，穴獅靈找不到我，我就會失去祂的保護；他說如果我弄丟護身囊就會死掉。」愛拉解釋。

喬達拉從前不了解愛拉的護身囊代表的所有含意，也不知道她爲什麼那樣珍惜護身囊，甚至讓他覺得她太過火了。除了洗澡或游泳，她很少取下來，有時甚至是在那些時刻也戴著。他以爲那是她戀戀不捨在部落的童年，希望她有朝一日可以忘懷，如今才明白原因不只如他所想像。假如有法力強大的人給了他某樣東西，告訴他一旦弄丟就會死掉，他也會保護那樣東西。喬達拉不再懷疑那位撫養她長大的穴熊族聖人是否眞的擁有源自靈界的力量。

「當你做對生命中的重要決定時，你的圖騰也會給你信號。」愛拉繼續說。一直困擾她的憂慮突然變得更強烈：爲何她決定和喬達拉一起回家時，她的圖騰沒有給她信號，肯定她做了正確抉擇？自從他們離開馬木特伊氏以後，她沒有發現可以當成圖騰在給她信號的東西。

「不是很多齊蘭朵妮氏人擁有個人的圖騰，」喬達拉說：「但某些人有，那通常被認爲是幸運的事。威洛馬就有一個。」

「他是你母親的配偶，對吧？」愛拉問。

「對，索諾倫和弗拉那誕生在他的火堆地盤，他一直待我如他們一樣。」

「他的圖騰是什麼？」

「金鵰。據說他還是嬰兒時，有隻金鵰撲下來抓住他，但他母親在他被帶走前搶下他，至今他的胸部還留有爪子的抓痕。他們的齊蘭朵妮說，那隻鵰認爲他是自己的孩子才找上他，因此他們知道那是他的圖騰。瑪桑那認爲那就是他酷愛旅行的原因；他無法像鵰一樣飛翔，卻有看見土地的需求。」

「那是強大的圖騰，就像穴獅或穴熊。」愛拉評論，「克雷伯總說強大的圖騰不容易相處，那是眞的，但我也會有很多收穫，祂甚至把你帶來給我。我認為自己一直非常幸運，也許穴獅能為你帶來好運，喬達拉，如今祂也是你的圖騰了。」

喬達拉微笑。「妳以前就這樣說過。」

「穴獅選中你，證據就是你的傷痕，和威洛馬被他的圖騰畫上記號一樣。」

喬達拉狀似沉思了一會兒。「也許妳說得對，我沒有那樣想過。」

離開營地出去探索的沃夫突然出現，發出吠叫吸引愛拉注意，然後來到嘶嘶身旁。她看著牠把舌頭垂出嘴邊，豎起耳朵，像尋常的狼一樣不倦怠地奔跑，貼著地面跺步穿過偶爾遮掩牠身形的挺立乾草，看起來如此快樂、機警。牠喜愛獨自離開探索，但總是會回來，令她感到開心，騎著嘶嘶和這個男人與種馬並肩而行也令她開心。

「根據你一直以來的描述，我認為你弟弟一定像他火堆地盤的男人。」愛拉繼續對話。「索諾倫也喜歡旅行，對吧？他長得像威洛馬嗎？」

「對，但不如我像達拉納的程度，每個人都說索諾倫長得更像瑪桑那。」喬達拉微笑。「然而他沒有被鵰選中，所以那無法解釋他旅行的動力。」他的笑容消失。「我弟弟的傷痕來自那隻性情難測的毛犀牛，」他思索了一會兒。「但索諾倫一直都有點難以捉摸，也許那是他的圖騰，但祂似乎沒有為他帶來好運氣，不過夏拉木多伊人確實找到我們，而我也從沒看過他像在遇見潔塔蜜歐之後那麼高興。」

「我不認為毛犀牛是幸運圖騰，」愛拉說：「但我覺得穴獅是。祂選中我時，甚至替我畫上穴熊族用來代表穴獅圖騰的記號，所以克雷伯會知道。你的傷痕不是穴熊族的記號，卻很清晰，你是被穴獅畫上記號的。」

「我確實有傷痕可以證明，我是被妳的穴獅畫上記號，愛拉。」

「我認為是穴獅之靈選中你，這樣你的圖騰靈就會夠強大，這樣有朝一日我就可以懷你的孩子。」

愛拉說。

「我以為妳說過是男人讓寶寶在女人體內生長，不是幽靈。」喬達拉說。

「是男人沒錯，但或許幽靈也需要幫忙。我的圖騰這麼強大，我的配偶也需要強大的圖騰，所以也許大媽決定告訴穴獅選擇你，這樣我們就能一起造出寶寶。」

兩人再次一同默默騎馬，各有所思。愛拉想像著長得像喬達拉的寶寶，不過是女孩，而不是男孩，她似乎注定會失去兒子，也許她留得住女兒。

喬達拉想的也是孩子。如果真是男人用他的陽具造出生命，他們無疑有過很多機會造出寶寶，為什麼她沒有懷孕？

賽倫妮歐在我離開時懷孕了嗎？他心想。我很高興她找到相處愉快的人，可是真希望她有告訴羅夏麗歐什麼。世界上有任何孩子某方面來自部分的我嗎？喬達拉試著去想他認識的女人，記起了若莉雅，那個與他共享初夜交歡禮的哈杜瑪氏年輕女人。若莉雅和老哈杜瑪本人似乎都確信，他的靈進入若莉雅體內，造出了新生命，認為她會生出像他一樣有藍眼睛的兒子，甚至要將他命名為喬達。是真的嗎？他很好奇，他和若莉雅的靈混合在一起造出新生命了嗎？

哈杜瑪氏住的地方不會很遠，而且方位恰當，在西北方，也許他們可以停留拜訪。然而他突然想到，他並不是真的知道要如何找到他們。當時他們前往他和索諾倫紮營的地方，他知道他們家鄉的洞穴不只是在大姊河西邊，而且也位於大媽河西邊，但他不知道在哪裡。他確實想起他們偶爾會在兩條河之間的區域打獵，但沒什麼幫助，他可能永遠都不知道若莉雅是否懷了那個寶寶。

愛拉的思緒已經從他們要等到抵達喬達拉的家鄉才會有孩子，轉移到他的族人及他們會是怎麼樣，懷疑他們是否會接受自己。認識夏拉木多伊人之後，她覺得比較有信心自己是有歸屬地的，但她不確定會不會是齊蘭朵妮氏。她記得喬達拉第一次發現她是被穴熊族撫養長大時的強烈厭惡反應，然後想起前一年冬天，與馬木特伊氏一起生活時他的奇怪舉止。

其中有部分原因是雷奈克，她剛開始不明白，直到他們離開前才知道。成長中沒有人教過她嫉妒，就算有這種情緒，穴熊族男人也不會對女人表現嫉妒。但喬達拉的奇怪舉止也有部分源自他擔心族人是否接納她。如今她明白了，雖然他愛她，過去卻一直以她與部落一起生活爲恥，尤其以她的兒子爲恥。的確，他似乎已經不再憂慮；當她的穴熊族背景在夏拉木多伊人面前揭露時，他保護著她，絲毫沒有不自在，但他剛開始會有那樣的感覺必然有原因。

沒錯，她愛喬達拉，想和他一起生活，何況現在改變主意也太晚了，可是她希望決定和他一起回去是對的。她再度期待穴獅圖騰能給她信號，讓她知道自己做對了決定，卻似乎遲遲沒有信號。

當旅行者接近大姊河與大媽河交匯處洶湧寬闊的河水時，低地的礫石與黃土取代了高層階地疏鬆易碎的泥灰土——富含鈣質的泥沙。

在那個寒冷世界，覆冰山頂的融水於溫暖季節注滿小溪與河流；接近季末時，又有劇烈溫度變化可能突然引發的累積大雨及高地降雪，使急流變成猛烈洪水。由於山的西面缺乏湖泊抑制聚積在天然貯水池的大水氾濫或適度分散溢出，增漲的潮水滾滾瀉落陡坡，淘挖出山裡砂岩、石灰石、頁岩中的沙子和礫石，往下灌入巨大河流，沉積於河床與氾濫平原。

原本是內陸海底部的中部平原，盤踞東西兩座龐大山脈之間的窪地，南北方則是高地。涵納了部分平原及往西北方以大弧線曲折的山脈鏈整個西面的排水，漲水的大姊河水量幾乎等同急速擴展的大媽河，沿著窪地最低處奔流，將接收到的洪水送進大媽河，洶湧水流卻被水位較高、已達負荷的大媽河排拒，被迫迴流的大姊河於是把匯入的水流消耗在逆流漩渦及破壞性的擴張氾濫。

接近中午時，這對男女走近一片沼地荒野，灌木叢幾乎浸在水裡，偶然聚生的樹木樹幹低處也位於水面下。隨著他們愈漸趨近，愛拉愈發認爲這裡近似東部三角洲的浸水沼地，不同點在於兩條交會河流的水流與洄流旋起巨大漩渦。由於氣候涼爽許多，昆蟲比較不擾人，但被洪水奪去生命而浮腫、殘敗、腐爛的動物取代了牠們。南方斷層塊的斜坡森林茂密，聳立於洶湧漩渦造成的紫色水氣之上。

「那些一定是卡洛麗歐告訴我們的樹丘。」愛拉說。

「對，但那些不只是山丘，」喬達拉說：「比妳想像得還高，而且綿延很遠。大媽河原本朝南流，直到遇上那些山丘屏障後才轉向東流。」

他們繞行與水流分開的逆流水形成的平靜大水潭，在匯流處稍上游的漲水河流東緣停下來。愛拉望向對岸的巨大氾濫，開始明白喬達拉為何警告大姊河難以渡過。

泥濘河水旋繞柳樹與樺樹的細長樹幹，淘鬆沒那麼穩固扎根於乾季為河道所環繞的低地土壤的樹木。許多樹木傾斜著，上游樹林折斷的光禿樹枝、樹幹陷進沿岸污泥裡或在河中混亂打轉。

愛拉暗自納悶他們如何渡過這條河，她問：「你覺得我們應該從哪裡渡河？」

喬達拉盼望幾年前營救索諾倫和他的拉木多伊氏大船會出現，帶他們前往對岸。想起他弟弟再度帶來椎心傷痛，但也突然使他擔憂起愛拉。

「我想我們顯然無法從這裡渡河，」他說：「我不知道情況這麼快就變得這麼糟，我們必須往上游尋找更容易嘗試渡河的地點，只希望找到之前不會再下雨了。如果再發生像上回一樣的暴風雨，這整片氾濫平原都會淹沒；難怪那個夏季營地會被捨棄。」

「這條河不會漲到那麼高吧？」愛拉張大眼睛問。

「我認為不會，但也不是沒可能。那些山上的所有降雨最後都會流到這裡，暴洪也很容易從十分靠近營地的小溪流下，而且可能經常發生。我想我們必須快一點，愛拉；如果又下起雨來，這裡並不安全。」喬達拉說，抬頭望向天空。他催促種馬急奔，使沃夫苦苦追趕他們飛快的步伐。一段時間之後，他又放慢速度，但還是不同於以往一貫的悠閒步伐。

持續朝北前進的過程中，喬達拉偶爾會停下來觀察河流及對岸，焦慮地掃視天空。雖然河寬時有變化，河水卻如此飽滿寬闊，很難做出肯定的判斷。到了天快黑時，他們仍未找到合適的渡河地點，但喬達拉堅持要到高處紮營過夜，直到天色暗到無法安全行進，他們才停下來。

「愛拉！愛拉！醒一醒！」喬達拉輕輕搖著她說：「我們必須離開。」

「什麼？喬達拉！怎麼了？」愛拉問。

她通常比他早醒來，這麼早被叫醒令她慌了手腳。掀開獸皮被後，一陣冷風襲來，她注意到帳篷皮蓋是敞開的，開口外頭翻騰雲朵漫射的亮光，成了他們的睡眠空間裡唯一的光源。在灰暗的光線中，她幾乎看不清喬達拉的面容，卻足以看出他的擔憂，她有預感地顫抖起來。

「我們得走了。」喬達拉說，他幾乎整晚沒睡，卻無法清楚說明為何他們必須儘快渡河，但強烈的感覺令他恐懼地胃部糾結，不是為他自己，而是為愛拉。

她沒有詢問原因便起床，知道若不是情況危急便不會叫醒她。她迅速著裝，然後拿出生火工具。

「今天早上別花時間生火了吧！」喬達拉說。

她皺起眉頭，接著點點頭，倒出要喝的冷水。他們邊打包邊吃著塊狀旅行食物，當他們準備離開時，愛拉尋找沃夫，但牠不在帳篷內。

「沃夫在哪裡！」愛拉語氣絕望地說。

「可能去狩獵了，牠會追上我們的，愛拉，向來都是這樣。」

「我要吹口哨叫牠。」她說，接著吹出用來召喚牠的獨特聲響，畫破清晨的空氣。

「走吧，愛拉，我們必須走了。」喬達拉說，對那隻狼感到熟悉的煩躁。

「沒有牠我不會走。」她說，再次大聲吹出音調更為急迫的口哨。

「我們必須在下雨前找到地方渡河，否則可能就過不了。」喬達拉說。

「不能一直往上游走嗎？這條河一定會愈來愈小，不是嗎？」她爭論。

「一旦開始下雨，就只會變大，連上游都會比現在這裡更大，而且我們不知道什麼樣的河從那些山流下來，很容易碰上暴洪。多蘭多說那種情況在下雨之後很普遍。或許我們會遇到大支流阻擋，到時候怎麼辦？往回爬上山繞過去嗎？我們必須趁可以的時候渡過大姊河。」喬達拉說，他騎上種馬俯視站在綁著拖橇的母馬旁的女人。

愛拉背過身再次吹起口哨。

「我們得走了，愛拉。」

「爲什麼不能再等一會兒？牠會來的。」

「牠只是隻動物，對我來說，妳的生命比牠的更重要。」

她轉過身抬頭望向他，然後眉頭深鎖地低下頭。等待眞的像喬達拉所想的那麼危險嗎？或者他只是不耐煩？假如眞有那麼危險，對她來說，他的生命難道不應該也比沃夫更重要嗎？就在這時候，沃夫大步跑著出現，愛拉寬慰地嘆了一口氣，迎接牠撲上來問候她，把腳掌放到她的肩膀，舔她的下顎。她借助一根拖桿爬上斷斷的背，示意沃夫跟緊一點，然後尾隨著喬達拉與快快。

沒有日出的白晝持續緩緩變亮，卻不會大放光明，雲層低垂，天空一片灰，空氣中帶有涼涼的溼氣。早晨稍晚，他們停下來休息，愛拉泡了熱茶溫暖彼此，用一塊旅行食物煮濃湯，加入酸模葉、移除裡面的種子與尖銳剛毛後的野生薔薇果、附近野薔薇叢頂端的幾片葉子。茶和熱湯似乎暫時紓解了喬達拉的憂慮，直到他發現烏雲聚集。

他催促她迅速打包，兩人再度上路。喬達拉焦急地望著天空，留意即將到來的暴風雨發展的狀況，望向河流尋找渡河地點，期盼寬淺處或兩岸間的島嶼甚或沙洲使快速翻攪的水流稍微減緩。因爲害怕暴風雨就要爆發，他終於決定他們必須冒險渡河，雖然大姊河仍如一路所見的狂暴。由於知道一旦開始下雨，情況只會變得更糟，他朝一段相當容易到達的河岸前進，然後兩人停步下馬。

「妳覺得我們應該試著騎馬渡河嗎？」喬達拉問，緊張地掃視迫人的天空。

愛拉觀察湍急河流和河水運載的漂流物，經常有從山區高處沖刷下來的整棵樹木及斷裂木材漂過。她發現漂浮的大鹿屍體，鹿角卡住河岸附近的倒木枝椏；這隻死去的動物令她憂心馬兒。

「如果我們不在背上，牠們會比較容易渡河。」她說：「我想我們應該游在牠們旁邊。」

「我也這麼想。」喬達拉說。

「但我們需要繩子抓牢。」她說。

他們拿出短繩，然後檢視馬具、籮筐，確保帳篷、食物、少數珍貴的私人物品安置妥當。愛拉解下嘶嘶身上的拖橇，認定要牠馱滿東西設法游過狂暴的河流太危險，然而假如有辦法的話，他們不想失去木竿和碗形船。

因此，他們把長竿用繩索綁在一起，然後喬達拉將一端繫牢在碗形船側邊，而愛拉將另一端固定於用來穩定嘶嘶的行囊馬鞍籮筐的馬具，打上可以在需要時輕易解開的滑結。她在向下繞過母馬前腳後方並向上橫過胸部以固定馬墊的扁平細穗帶，綁上另一條更牢靠的繩子。

喬達拉也為快快綁上類似的繩子，然後脫下皮靴、裡面的腳套、厚重外衣和毛皮，因為這些東西浸濕後的重量，會使他下沉而幾乎不可能游泳。他將它們包在一起，堆到行囊馬鞍籮筐上頭。由於皮革就算濕了還是有些許保暖效果，他仍穿著內層束腰上衣和綁腿，而愛拉也採取相同作法。

這些動物感應到人類急切焦慮，翻騰河水也令牠們不安，馬兒膽怯地遠離死鹿，小步騰躍繞圈，揚起頭轉動眼珠，但耳朵豎起且機警地前傾。相反地，沃夫前往水邊探查死鹿，卻沒有進入水裡。

「你認為馬兒還好嗎，愛拉？」喬達拉問。此時豆大雨滴開始落下。

「牠們非常緊張，可是我認爲牠們會沒事的，尤其我們會和牠們在一起，但我不確定沃夫會怎麼樣。」愛拉說。

「我們不能帶牠過去，牠必須靠自己，妳知道的。」喬達拉說，但看出她的苦惱，他補充：「狼擅長游泳，不會有事的。」

「但願如此。」她說，跪下來抱了抱沃夫。

喬達拉注意到雨滴落得愈來愈密集快速。「我們最好出發了。」他說，由於引導繩繫在更後方，他直接抓著快快的籠頭，閉上雙眼片刻祈求好運。他想著大地母親朵妮，卻想不出能承諾什麼來回報她保佑他們安全；雖然他知道自己總有一天要去見大媽，卻不希望是現在，尤其不希望失去愛拉。

當喬達拉牽著種馬走向河流，牠揚起頭企圖以後腳站立。「放輕鬆，快快。」男人說。冰涼的河水旋繞他赤裸的雙腳，繼而淹沒褲子覆蓋的大小腿。一進入水中，喬達拉就放開快快的籠頭，頭靠著牠，將擺盪的繩子纏繞在手上，依靠健壯的年輕種馬找路渡河。

愛拉將繫住母馬鬐甲上端的繩子纏了好幾圈在手上，把繩端塞入緊握的拳頭抓牢，走在嘶嘶旁邊，開始尾隨高大的男人。她拉著另一條拴著木竿和船的繩子，以確保繩子在他們進入河中時不會纏結。

年輕女人立刻感受到冰涼河水及強大水流的拉力，她回頭望向陸地，沃夫仍在河岸上進進退退，焦急哀鳴，遲疑於進入湍急河流，她鼓勵地叫喚牠。看著河水，眼見和她的距離愈來愈遠，牠來回踱步。就在眞正下起雨來時，牠忽然坐下來嗥叫，愛拉對牠吹起口哨，牠又重新起步了幾次之後，終於跳進河中，開始向她划去，於是她將注意力轉回馬兒和前方的河流。

愈下愈大的雨彷彿弭平遠方起伏的浪潮，但近處的狂暴河水因爲漂流物而比她認爲得更加洶湧。斷裂的樹幹、樹枝在周圍打轉或撞向她，有些仍帶著樹葉，有些沒入水中幾乎看不見。更糟的是浮腫的動物，牠們通常是被洪水猛力撕開後沖下山，進入泥濘河流。

她看見幾隻蹶鼠和松田鼠；一隻幾乎難以辨識的大地松鼠，淡褐色的皮毛呈現黑色，濃密蓬鬆的尾巴平貼；一隻可能來自高山雪地附近的環頸旅鼠，灰黑色的夏季毛皮長出細長柔軟帶光澤的白色冬季毛髮，露出已經覆蓋了白色毛皮的腳底。大型動物顯現更多損傷，漂過的岩羚羊一支頭角折斷，半張臉的毛皮剝落，暴露出粉紅色的肌肉。當她看到一隻年輕雪豹的屍體時，她再度回頭搜尋沃夫，卻看不見牠。

然而她發現拖在母馬後面的繩子拉著一根殘椿及長竿和船，斷株展開的根部增加不必要的負荷並減緩嘶嘶的速度。愛拉使勁拖拉繩索，設法把斷株拉近，但斷株陡然自行鬆脫，剩下一小根分岔樹枝依然附著，不過已經不需要在意。儘管她在水中沉得很低，能看到的不多，沃夫不見蹤影卻使她憂慮煩亂，尤其是此刻無計可施。她再次吹起口哨，卻懷疑牠是否能從奔騰河水的嘈雜聲響中聽見。

她回過身審視嘶嘶，擔心沉重的殘椿可能令牠疲憊，但牠仍舊奮力游泳。愛拉往前看，寬慰地看見快快及牠旁邊載浮載沉的喬達拉。她打水並以空出的手臂划水，試圖減輕對母馬造成的負荷，但開始發抖的她漸漸只能緊抓繩子。她感覺已經花了過長的時間渡河，前方的對岸卻似乎依舊十分遙遠。顫抖的情況剛開始尚未太嚴重，但在冰涼水中的時間愈久，就變得愈發劇烈而停不下來，她的肌肉變得非常緊繃，牙齒打顫。

她再次回過頭搜尋沃夫，卻仍看不見牠。我應該回去找牠的，牠那麼冷，她劇烈顫抖地想著。也許嘶嘶可以轉身往回溯，但當她試圖開口，嚴重緊繃打顫的下顎使話語無法出口。不，不應該要嘶嘶回去，我回去吧。她企圖解開纏在手上的繩子，但它緊實糾結，而且她的手麻木到幾乎沒有知覺。或許喬達拉可以回去找牠，喬達拉呢？他在河裡嗎？他回去找沃夫了嗎？啊，又有木頭纏住繩子了。我得……某樣東西……拉某樣東西……移開繩子……嘶嘶會覺得很重。

她停止顫抖，但肌肉緊繃到無法動彈，她閉上眼睛休息。眞好，能閉上眼睛……休息。

第二十二章

當愛拉感覺到腳下河床的堅硬岩石時，幾乎已經失去意識，嘶嘶將她拖過遍布岩石的河底，她設法蹣跚移動雙腳，走了幾步上到一處河灣平滑圓石的河灘後跌跤，依舊緊緊纏在手上的繩子將她四處扯動，止住了馬兒。

喬達拉渡河時也在失溫的最初階段發起抖來，但他比她早抵達對岸，尚未變得過於無法協調肢體或失去意識。她原本可以更快渡河，但太多漂浮物纏住嘶嘶的繩子，大幅減緩牠的速度，甚至使牠也開始受苦於冰涼河水，直到雖浸水膨脹的滑結終於自行鬆脫，才卸下牠的重擔。

不幸的是，當喬達拉剛上岸時，已經冷得無法清楚思考。他在濕衣服外披上毛皮兜帽外套，赤腳牽著種馬開始尋找愛拉，卻沿著河邊往反方向走。活動使他暖和起來，澄清了混沌的思緒。兩人都被往下游帶了一段距離，但既然她花了更久的時間渡河，應該會在更下游，於是他轉身往回走。聽見快快嘶鳴後傳來嘶嘶的回應時，他開始奔跑。

喬達拉看見愛拉躺臥在岩岸上，手臂被纏在手上的繩子拉高，一旁是有耐心的母馬。他衝向她，害怕地心跳加速。確認她還在呼吸後，他抱住她，熱淚盈眶地緊緊摟著她。

「愛拉！愛拉！妳活著！」他喊道：「我眞害怕失去妳了，但妳好冷！」

他必須讓她溫暖起來，他鬆開她手上的繩子將她抱起。她稍微動了動並張開眼睛，她的肌肉緊繃僵硬，幾乎無法開口，卻勉力想說些什麼，他彎身靠近她。

「沃夫，找沃夫。」她粗啞地小聲說。

「愛拉，我得照料妳！」

「拜託，找沃夫，失去太多兒子，不要也失去沃夫。」她透過緊咬的下顎說。

她的眼神充滿他難以拒絕的哀傷與懇求。「好吧，我會去找牠，但必須先帶妳到庇護處。」

他冒著大雨把愛拉背上一處緩坡，來到平坦的小階地，那裡長有一片柳樹、少數灌木叢、莎草，河岸附近還有幾棵松樹。他尋找沒有水流過的平地，迅速搭起帳篷，將猛獁象皮放到鋪地布上，以額外的保護隔絕溼透的土壤，然後把愛拉帶進來，接著帶回籮筐，攤開獸皮被，剝下兩人的濕衣服，將她放進毛皮中，再鑽到她身邊。

她沒有完全失去知覺，卻陷入恍惚。她的肌膚冰涼溼黏，身體僵硬，他設法用身體包住她傳遞溫暖。當她又開始發起抖來，喬達拉稍微鬆了口氣，那代表她體內暖和起來，但隨著意識逐漸恢復，她也記起沃夫，近乎失去理智地堅持要出去找牠。

「是我的錯。」她顫抖著說：「我告訴牠跳進河裡，我吹口哨，牠相信我。我必須找到沃夫。」她掙扎要起身。

「愛拉，忘了沃夫吧，妳連從哪裡找起都不知道。」他說，試圖拉住她。

她渾身發抖歇斯底里地啜泣，企圖離開獸皮被。「我必須去找牠。」她大喊。

「愛拉，愛拉，我去。如果妳待在這裡，我會去找牠。」他說，試著說服她待在溫暖的毛皮中。「但要答應我妳會待在這裡，蓋好被子。」

「拜託你去找牠。」她說。

他迅速穿上乾衣服和毛皮兜帽外套，然後拿出兩塊富含充沛能量的油脂與蛋白質的旅行食物。「我現在就去，」他說：「吃下這個，待在被子裡。」

他轉身要走時，她抓住他的手。「答應我你會去找牠。」她說，望進他困擾的藍眼睛。她依舊在發抖，但說話似乎比較不費力了。

他回頭望進她充滿擔憂與懇求的灰藍色眼睛，用力抱緊她。「我好怕妳死去。」她抱住他，受到他的力量和愛安撫。「我愛你，喬達拉，我絕不想失去你，但拜託你去找沃夫，失去牠我會受不了，牠就像……孩子……兒子，我不能再放棄另一個兒子了。」她聲音嘶啞，熱淚盈眶。

他退後俯視她。「我會去找，但不能保證找得到牠，愛拉；就算找到了，我也無法擔保牠活著。」她的眼神滿布擔憂恐懼，接著她閉上雙眼點點頭。「就試著找找看吧。」她說，但當他準備離開，她仍緊抓著他不放。

剛動身時，他不確定自己是否眞的計畫要搜尋那隻狼，他想找些木材來生火，為她煮熱茶或湯，查看馬兒，但他已經做出承諾。快快和嘶嘶站在柳樹林裡，牠們的馬墊和快快的籠頭還在，但兩匹健壯的動物似乎暫時看來無恙，於是他走下斜坡。

他抵達河邊，卻不知道該往哪個方向走，最後決定往下游試試看。他把兜帽拉得更低遮擋雨水，開始沿著河岸跋涉，檢視成堆的浮木和集中的漂流物，發現許多死去的動物，也看到很多四足或會飛的食肉動物和食腐動物盡情享用河中的殘餘物，甚至還有一群南方狼，但沒有一隻長得像沃夫。

最後他轉過身往回走，打算往上游走一段距離，卻懷疑運氣不會更好。他並不眞的預期會找到沃夫，也發現自己為此難過。牠有時可能帶來麻煩，但他和這隻聰明的動物已經培養出眞正的感情，他會懷念牠，而且他知道愛拉會激動煩亂。

他來到發現愛拉的岩岸，繞過河灣，不確定應該往另一個方向走多遠，尤其當他注意到河水開始上漲。他決定一等愛拉適合行走，就把帳篷移到遠離河流的地方。也許我應該放棄往上游找，回去確定她無恙，他告訴自己。好吧，或許走一小段就好，因為她會問我是否兩個方向都搜尋過了。

他動身往上游走，努力繞過一堆原木、樹枝，但在看到一隻展翅翱翔的白肩鵰龐大的身形時，他停下腳步帶著敬畏觀看。那隻優雅大鳥陡然收起有力的翅膀，迅速朝河岸墜下，再度飛起時爪子上抓著一隻大地松鼠。

在那隻鳥發現食物的稍遠處，一條擴張到脆弱三角洲的可觀支流注入大姊河。他看見河流匯合處的寬闊沙岸上有個眼熟的東西，認出是碗形船時，他露出微笑，但當他定睛細看，卻皺起眉頭奔了過去。船旁邊的愛拉坐在水中，將沃夫抱在膝上，牠左眼上方的傷口還在滲血。

「愛拉！妳在這裡做什麼？妳怎麼到這裡的？」他斥責，恐懼擔憂更勝於憤怒。

「牠活著，喬達拉。」她冷得發抖，同時劇烈嗚咽地近乎語無倫次。「牠受傷了，但是活著。」跳進河裡後，沃夫游向愛拉，但游到浮在水面上輕而空的碗形船時，便用腳掌搭著繫到船身的長竿上，然後就待在熟悉的物體旁，讓浮船和長竿支撐牠，直到滑結鬆脫，船和長竿開始在洶湧潮水中劇烈搖晃，使牠猛力撞上沉入水中的粗樹幹。當時牠幾乎已經抵達對岸，滑上沙岸的船將長竿及趴在上面的狼部分拖出水面，撞擊嚇到牠，但半身浸在冷水中讓狀況更惡化，即使是狼也會因為暴露在外而失溫致死。

「走吧，愛拉，妳又開始發抖了，妳得回去，妳為什麼跑出來？我說過我會找牠的。」喬達拉說：「來，我來抱牠。」他抬起她膝上的狼，然後設法協助她起身。

走了幾步之後，他知道他們要回到帳篷會很困難；愛拉幾乎無法行走，這隻狼又大又重，他身上溼透的毛皮甚至增加了更多的重量，而他知道愛拉絕不會讓他先留下沃夫，之後再回來帶牠。要是他也能像愛拉一樣吹口哨召喚馬兒就好了……但為何他不能？喬達拉為快快研發出一種哨音，但沒有很認真訓練牠回應，他從來都不需要那樣做，愛拉召喚嘶嘶時，年輕種馬總是跟著母親而來。

假如他吹口哨的話，或許嘶嘶會過來，至少他可以試試看。他模仿愛拉的信號，希望已經儘量來到足夠近的地方，但他決定繼續走，以防馬兒沒有回應。他抱著沃夫走，試著將一隻手臂環繞愛拉，提供更多支撐。

還沒抵達那堆漂流木時，他已經耗盡力氣，全憑意志力抵擋自己的筋疲力盡。他也游過大河，把愛拉背上斜坡，架設帳篷，然後沿著河岸上下跋涉搜尋那隻狼。聽到嘶鳴聲時，他抬起頭來看到兩匹馬，頓時湧現寬慰與喜悅。

他將狼放到嘶嘶背上，因爲牠從前曾經馱過沃夫。他協助愛拉騎到快快背上，牽著牠走向岩灘，嘶嘶跟隨在後。當雨開始傾盆而下，穿著濕衣服發抖的愛拉很難在上到斜坡時穩坐馬背，但他們還是慢慢設法回到樹叢附近的帳篷。

喬達拉協助愛拉下馬，帶她進入帳篷，但失溫再度使她喪失理智，爲了沃夫而歇斯底里，他只得立刻把牠帶進來，允諾會擦乾牠。他翻找籮筐中可以用來擦拭的東西，然而當她希望將牠放進他們的鋪蓋捲時，他斷然拒絕了，不過確實找出東西覆蓋牠。他協助不由自主啜泣的愛拉脫下衣服，用毛皮裹住她。

他又走出去取下快快的籠頭及兩匹馬的馬墊，感激地輕拍牠們，說了些感謝的話語。馬兒通常習慣生活在戶外的各種天候，適應寒冷，他知道牠們不太在意下雨，希望牠們沒有因雨受苦。然後，喬達拉終於進入帳篷，脫下衣服，鑽到劇烈發抖的女人身旁。喬達拉從背後摟著蜷縮在沃夫旁邊的愛拉，用自己的身體包住她。過了一段時間，一側的狼與另一側的男人的體溫使女人停止顫抖，兩人都筋疲力竭地沉沉睡去。

溼潤的舌頭舔著愛拉的臉，將她喚醒，她推開沃夫，開心地微笑，然後抱住牠。她用雙手捧著牠的頭，仔細檢視傷口。雨水洗去傷口上的髒污，而且牠已不再流血；儘管之後她還會想用藥物治療，但牠暫時似乎看起來沒事了。頭部的撞擊沒有那麼嚴重，但冷水使牠虛弱，睡眠和溫暖就是最好的藥。她意識到喬達拉的雙臂環繞著自己，即便他已經睡著。她定定躺在他的懷中，抱著沃夫聆聽雨咚咚落在帳篷上。

她記得前一天的零碎片段：跌跌撞撞穿過灌木叢和漂流木、沿著河岸搜尋沃夫、她的手因爲纏繞的繩子變得太緊而受傷、喬達拉背著她。想到如此貼近自己的他而微笑，然後她記起看著他搭設帳篷，有點慚愧沒能幫更多忙，儘管她是因爲冷得過於僵硬而無法動彈。

沃夫掙脫她的緊抱走出去，嗅聞帳篷皮蓋周圍。她聽見嘶嘶在鳴叫，高興得差點要回應，但隨即記起喬達拉還在睡。她開始擔憂待在戶外雨中的馬兒，他們習慣乾燥氣候，而不是這麼潮濕的雨天。假如天候乾燥，就算天寒地凍也無妨，不過她想起自己曾看見馬，所以一定有馬在這一帶生活。馬兒的確有濃密的底層絨毛，就算濕了也會保暖。只要雨沒有一直下，她料想牠們就能應付得來。

她領悟自己不喜歡這片南部地區的秋季豪雨，不過她喜歡北方有溫暖霧氣和細雨的漫長潮濕春天。布倫的部落洞穴在南方，秋天經常下雨，但她不記得有這種傾盆大雨；南部各區不是全都一樣。愛拉想要起身，但還沒開始動作就又睡著了。

第二次醒來時，身旁的男人稍微挪動了身子，她躺在毛皮裡，感覺有種不太辨識得出的差異，接著察覺是雨聲停了。她起身走出去，傍晚時分的氣候比先前涼了許多，她但願穿了保暖的衣物。在灌木叢附近小便之後，她走向馬兒，牠們在有小溪流過的柳樹旁吃苔草，沃夫也和牠們在一起。當她走近時，牠們全都靠過來，她花了些時間撫摸搔抓牠們，對牠們說話，然後回到帳篷，進入獸皮被裡溫暖的男人身旁。

「妳好冷，女人！」他說。

「而你又好又暖。」她依偎著他說。

他環抱她，用鼻子磨蹭她的脖子，寬慰她這麼快恢復溫暖。因爲河水受凍後，她過了很長的時間才暖和起來。「不知道我之前在想什麼，讓妳那樣又濕又冷。」喬達拉說：「我們不應該嘗試渡過那條河的。」

「可是喬達拉，不然我們還能怎麼辦？你是對的，雨下得那麼大，我們非得渡過某條河才行；如果嘗試渡過從山裡流下的河，情況會更糟糕。」

「假如我們早點離開夏拉木多伊，就不會遇到下雨，大姊河也不會這麼難渡過了。」喬達拉說，繼續責怪自己。

「但我們沒有更早離開是我的錯，連卡羅諾都認為我們應該在下雨前來到這裡。」

「不，是我的錯，我知道這條河的狀況。假如我努力的話，我們就會提早離開；而且如果我們扔下船，就不會花那麼多時間翻山越嶺，或者減慢妳在河裡的速度。我真笨！」

「喬達拉，為什麼要責怪你自己？」愛拉問：「你不笨，你無法預知未來，就連大媽侍者也不一定能準確預測，凡事沒有絕對。而且我們成功了，現在我們已經到了這裡，一切無恙，包括沃夫，都是因為你的緣故。我們甚至保有那艘船，說不定它以後還會大大派上用場。」

「但我差點失去妳。」他說，把頭埋進她的脖子，猛力抓著她，用力得使她發疼，她卻沒有阻止他。「我說不清我有多愛妳，言語根本不足以表達我在乎妳的程度、對妳的感覺。」他緊緊抱住她，彷彿認為抱得夠緊，就能讓她成為他的一部分，也就永遠不會失去她。

她也懷著愛意地抱緊他，希望能做些什麼緩解他的痛苦和突如其來的強大需索，然後領悟到自己知道該怎麼做。她對著他的耳朵吹氣，親吻他的脖子，他立刻做出回應，激情親吻她，愛撫她的手臂，在掌中揉捏她的雙峰，飢渴地吸吮她的乳尖。她用一條腿勾住他，使他翻身壓在她上面，接著張開大腿。他退開用脹滿的陰莖戳刺探尋她的開口，她把手往下伸，協助引導他進入，發現自己也渴求著他，如同他渴求她一般。

插入並感覺到她的深穴溫暖包圍時，難以形容的驟發亢奮使他呻吟著，所有夢魘般的念頭與憂懼瞬間消失，渾身充滿大媽美妙的交歡恩典帶來的快感，再沒有空間容納其他想法，只知道他愛她。他抽出來，當兩人再度融爲一體時，感覺到她應和著他的動作，激起他更強烈的情欲。

兩人彼此抽離後再度結合，兩副軀體愈來愈快的分合律動使她渾然忘我，完全陷入那一刻的狂喜中；隨著他們來回移動，獨特的激情流竄全身，直達她體內深處。

他感覺自己累積出強烈能量，被湧現的亢奮淹沒，然後在幾乎還沒察覺之前就痛快洩出。最後幾次抽動使他感受到些許猛烈爆發的餘波，接著是徹底放鬆的熾熱感覺。

迅速猛力的衝刺過後，他癱在她身上喘氣，她心滿意足地閉上雙眼。過了一段時間，他翻身下來，緊貼著往後靠向自己的她，如兩支杓子般交疊的兩人靜靜躺著，開心地糾纏在一起。

很長一段時間之後，愛拉柔聲說：「喬達拉？」

「嗯？」他咕噥著，處在愉悅懶倦的狀態中，沒有入睡，但也不想動。

「我們還需要渡過多少條那樣的河？」她問。

他探身親吻她的耳朵。「沒有了。」

「沒有了？」

「沒有了，因爲沒有其他的河類似大姊河。」喬達拉解釋。

「就連大媽河也不算？」

「連大媽河都沒有那麼湍急狂暴，或像大姊河那麼危險。」他說：「但我們不會渡過大媽河，前往高原冰川的途中我們大部分都待在這一岸。等我們接近冰層時，我想去拜訪住在大媽河另一岸的人，但那裡距離這裡還很遠，屆時大媽河不過是條山溪。」他翻身躺下。「我們還會渡過一些規模可觀的河，但在橫越這些平原的過程中，大媽河分支成眾多開散又匯聚的河道，等我們看見河道再度完全匯合，河已經小到讓妳幾乎認不出是大媽河了。」

「少了來自大姊河的水，我就不確定是否認得出來了。」愛拉說。

「我想妳可以的。雖然大姊河在匯流處的規模那麼大，但大媽河還是比較大。就在樹丘使它轉往東流前，另一岸有條主要河流匯入，索倫諾和我在那裡遇到的人用木筏載我們過河；還有幾條支流從西方的大山流下來，但我們會往北走到中部平原，甚至看不見那些支流。」

喬達拉坐起身來，這段對話使他想要啓程，儘管他們要到第二天早上才會離開。他放鬆休息，但不想再待在床上。

「抵達北方高地之前，我們不用經常渡河。」他繼續說：「至少哈杜瑪氏是這樣告訴我的。根據他們的描述，這一帶有幾座山丘，但地形非常平坦。我們會看見的河大多是大媽河的水道，大媽河流經這裡時四處蜿蜒，卻是好獵場，哈杜瑪人每次都會渡河來這裡打獵。」

「哈杜瑪氏？我想你跟我提過他們，但你一直說得不多。」愛拉說，也起身去拿她的行囊馬鞍籮筐。

「我們沒有拜訪他們很久，時間只夠完成一個……」想到和漂亮的年輕女人若莉雅共享的初夜交歡禮，喬達拉遲疑著。愛拉留意到他表情古怪，彷彿有點害羞卻又自滿。「……儀式、一種慶典。」他結束說明。

「是榮耀大地母親的慶典嗎？」愛拉問。

「呃……對，事實上是他們邀請我……呃，他們邀請索諾倫和我與他們共享。」

「我們會去拜訪哈杜瑪氏嗎？」愛拉在帳篷開口說，拿著夏拉木多伊的岩羚羊皮，準備用來在柳樹林旁的小溪洗完澡後擦乾身子。

「我想去，可是不知道他們住哪裡。」喬達拉說，看到她面露困惑，他很快接著補充：「他們的幾個獵人發現我們的營地，然後派人找來哈杜瑪，是她決定要辦這場慶典，然後她又找來其他人。」他頓了一下回溯記憶。「哈杜瑪十足是個女人，她是我見過最老的人，甚至比馬木特還老，是六代的母親。」

至少我希望是如此，他心想。「我眞的想再見到她，但我們不能花時間去找他們。反正我猜現在她也已經死了，不過她的兒子塔敏應該還活著；他是唯一會講齊蘭朵妮氏語的人。」

愛拉走了出去，喬達拉覺得尿急，飛快套上束腰上衣，也跟著出去。他握住陰莖，觀看冒著蒸氣、氣味濃郁的黃色水柱瀉落地面，納悶若莉雅是否眞如哈杜瑪所說懷了寶寶，而他握著的陽具是否造就出那個孩子。

他發現愛拉只在肩上披著岩羚羊皮就前往柳樹林，他想自己也應該去洗澡，儘管今天已經沖夠了的冷水。他不是不會在必要時進入冷水中，例如渡河，但和弟弟一起旅行時，似乎不必那麼常用冷水洗澡。

愛拉不曾對他說過什麼，但既然她從沒因爲水冷而不洗澡，他覺得自己也很難把水冷當成不洗澡的藉口；而且他得承認自己喜歡她聞起來經常都那麼清新。但有時她竟還破冰取水，使他納悶她如何那麼耐冷。

至少她已經起身走動，他原本認爲以她受凍的程度，他們得停留好幾天，甚至她還可能生病。可能那些冷水澡使她習慣了冷水，他告訴自己，或許稍微洗一下也傷不了我。他意識到自己盯著獸皮下緣她隱約可見的赤裸臀部，在她行走時誘人地前後擺動。

他們的激情交歡比他想像的更令人滿足，他不禁想起他們有多迅速達到高潮。但當他看見愛拉把軟皮革掛到樹枝上，涉入溪水中，他又有股衝動想要再來一遍，唯獨這回他要充滿愛意地慢慢取悅她，享受她的每個部分。

當兩人開始橫越位於大媽河及其規模近乎相等的支流大姊河之間的低地平原，雨持續間間斷斷地下。他們往西北方前進，路徑卻完全彎彎曲曲。中部平原類似東方的大草原，實際上也是從那裡延伸而來，但河流由北往南穿過古老盆地，成爲陸地最主要的特徵，尤其是經常改變、開散、劇烈曲折的大媽河，創造出龐大溼地及廣袤的乾燥草地。

蔓延過土地的較大河道在劇烈曲折的河灣處形成牛軛湖，和沼澤、溼草原、茂盛草地共同造就出壯麗大草原的多樣性，讓這裡成爲鳥類天堂，鳥的數量與種類都多到不可思議，卻也導致陸地上的旅行者迂迴繞行。彰顯出多變天候的豐富植物生態和多樣化的動物族群，和東部草原比起來一點也不遜色，但更爲集中，彷彿土地面積縮小了，而其生物群落的規模仍維持不變。

四周圍繞的山脈與高地使陸地匯集更多水氣，中部平原的樹木往往更茂盛，尤其是在南邊。緊貼水道密集生長的灌木叢與樹木，多半高大結實。鄰近寬闊洶湧匯流處的東南區，沼澤、溼地分布於山谷和窪地，並且在氾濫季節更爲擴大。赤楊、梣木、樺樹等小型溼地樹木陷在柳樹叢覆蓋的土丘間，偶爾點綴著橡樹、山毛櫸，松樹則生根於沙子較多的土壤中。

大部分的土壤不是混雜著肥沃黃土和黑壤土，就是沙子和沖積礫石，偶有古老岩石露頭打斷了平坦地形。通常長在那些孤立高地的針葉林，有時會向下延伸到平原，爲無法生長在開闊平地的幾種動物提供了專屬棲身地。儘管植被複雜多樣，禾本科植物仍爲最大宗：高草、矮草原禾草、香草、虎尾草、牛毛草，中部平原是一片異常茂盛、豐富多產的受風草地。

當愛拉與喬達拉離開南部平原，趨近寒冷北方，季節推移似乎也比平常更快速。迎面的風帶有一絲來自凍土的寒冷，難以想像的冰川冰大量積聚，蔓延廣大的北方陸地，完全展現在他們面前，與他們的距離已經遠比走過的路程更短。

隨著季節轉變，增強的冰冷空氣隱含無窮的潛在威力。持續的強風撕碎雲層，不規則條紋的白雲取代了雷雨雲頭，於是降雨逐漸減少，終至完全消失。陣陣刺骨寒風扯開落葉木的乾枯樹葉，疏鬆地鋪灑樹下，接著陡然改變心情，突發的上升氣流揚起夏季長出的脆弱枝椏，猛力吹向四方，然後在厭倦遊戲後安置他處。

然而乾冷是兩名旅行者較喜愛且熟悉的氣候，有了毛皮兜帽外套又更舒適。喬達拉得到的訊息正確，在中部平原打獵輕而易舉，經過整個夏季進食之後的動物很肥美，而且這個時節也有許多穀類、水果、堅果、植物根成熟適合採收。他們不需要使用應急的旅行食物，甚至殺死一隻巨鹿重新補足了補給品，趁晾肉時停下來休息幾天，因為精力旺盛及相愛的幸福感而面色紅潤。

馬兒也恢復了活力，在牠們適應的氣候與環境中，長出鬆軟濃密的冬季毛皮，每天早上都活潑熱情。沃夫用鼻子在風中嗅聞腦海深處本能熟悉的氣味，滿意地跳躍而行，偶爾獨自突襲，又忽然出現，愛拉覺得牠看起來很自得其樂。

渡河不成問題，大部分的水道都與南北向的大媽河平行，雖然他們涉水渡過某些穿越平原的河流，卻難以預測它們的型態。河道大幅蜿蜒，使他們總無法確定橫在路徑上的水流是河灣，或是少數來自高地的溪流。某些平行河道突然終結在向西流的小溪，而小溪又注入大媽河的另一條河道。

儘管偶爾因為河流驟然轉向而必須迂迴往北，這片開闊草原凸顯出騎馬勝於徒步旅行的優勢；他們省下出奇大量的時間，每天行進很遠的距離，追回先前延宕的行程。喬達拉滿意地認為，他們甚至有點彌補了他決定去探訪夏拉木多伊人所走的遠路。

清新冷冽的晴朗白晝賦予他們寬闊的全景視野，只有在太陽將夜裡凝結的水氣加溫達冰點以上時會產生朦朧晨霧。他們沿著大河橫越炎熱南部平原時，曾行經如今位於東方的山地邊緣，也攀爬過山地的西南角。隨著山脈以大弧線往西北方曲折，閃閃發光的冰峰緩緩靠近。

在他們左方，大陸上最大的山脈鏈靠接東西向的山脊，山頂的厚冰層幾乎向下延伸到半山腰。呈紫色的遠方朦朧可見高聳閃亮的頂峰，是隱約不祥的存在，成爲旅行者及其最終目的地之間顯然難以跨越的障礙。大媽河會帶領他們繞過山脈的寬闊北面，來到一條相對較小的冰川，其冰層覆蓋高地前沿西北端的古老圓形斷層塊。

被松樹林中斷的草原另一邊，另有一較低且較近的斷層塊隆起，花崗岩高地聳立於大草原及大媽河之上，但朝北邊逐漸下降，摻雜起伏的山丘，一路延伸到西部山地的山麓平原。出現在開闊草地的樹木愈來愈少，就算有也因爲受風侵蝕而開始呈現熟悉的矮小扭曲。

在第一場雪落下前，愛拉與喬達拉已經走過廣大中部草原由南到北四分之三的路程。

「喬達拉，你看！下雪了！」愛拉說，露出燦爛的笑容。「是冬天的第一場雪。」她已經在空氣中聞到雪，冬季的第一場雪似乎總是對她意義非凡。

「我眞不懂妳爲何看來這麼高興，」他說，然而她具有感染力的笑容，使他也忍不住回以微笑。「恐怕妳到最後會非常厭煩雪和冰。」

「我知道你說得對，但我還是愛第一場雪。」走了幾步之後，她問：「我們可以很快紮營嗎？」

「現在才剛過正午，」喬達拉神情困惑地說：「妳怎麼就在提紮營了？」

「我剛剛看到一些雷鳥，牠們才開始轉白，但現在地上沒有雪，比較容易看得見。下雪之後就不一樣了，而且這個時節牠們嘗起來總是美味無比，尤其是用克雷伯喜歡的方式烹煮，但那種方式要花費很多時間。」她將視線轉向遠方回憶，「你得在地面挖個洞，鋪上石頭，在裡面生火，用乾草把鳥全都包起來，放進洞中掩蓋之後等待。」她一古腦兒說完，快得差點舌頭打結。「但等待是值得的。」

「放慢點，愛拉，妳太興奮了。」他愉悅地微笑說道。他喜歡看見雀躍無比的她。「如果妳確定牠們那麼美味，那我想我們應該早點紮營去獵雷鳥。」

「啊，牠們是呀！」她說，神情認眞地看向喬達拉。「但你吃過用那種方式烹煮的雷鳥，你知道牠們的味道。」然後她注意到他的笑容，領悟他在逗弄她。她拉出腰帶上的拋石索。「你紮營，我獵雷鳥，假如你幫我挖個洞，我甚至會讓你吃一隻。」她咧嘴說，一邊驅策嘶嘶前進。

「愛拉！」喬達拉在她尙未遠離時叫喊：「如果妳把拖桿留給我，我會爲妳把帳篷搭好，『狩獵女人』。」

她面露吃驚。「我不知道你記得布倫准許我打獵時怎麼稱呼我的。」她邊說邊折回到他面前。

「我也許沒有妳在部落的記憶，但我確實記得某些事情，尤其是有關我愛的女人。」他說，看見她燦爛可愛的笑容使她更形美麗。「此外，如果妳協助我決定在哪裡紮營，就會知道要把那些鳥帶回哪裡。」

「如果沒看到你，我會追蹤你，可是我要留下拖桿，嘶嘶帶著拖桿無法很快轉身。」

兩人一直騎到看見適合紮營的地點，溪旁的平坦區域可以搭帳篷，那裡長了幾棵樹，對愛拉來說，最重要的是還有岩灘可以撿拾土窯所需的石頭。

「既然來了，我也幫忙搭帳篷好了。」愛拉說著下馬。

「去獵妳的雷鳥吧！只要告訴我，妳想要我在哪裡挖洞就好。」喬達拉說。

愛拉頓了一下，然後點點頭。她愈快獵到鳥，就能愈快開始烹煮；烹煮需要花點時間，或許打獵也需要。她走過整片區域，選出看起來適合挖土窯的地點。「這裡，」她說：「別離這些石頭太遠。」她掃視岩灘，覺得也應該趁機爲拋石索揀選幾顆好圓石。

她示意沃夫跟隨，沿著走過的路徑往回溯，搜尋她看到的肥鳥，然後發現了幾種類似的鳥。起先一群在啄食黑麥草、單粒小麥成熟種子的灰雷鳥吸引了她，藉由稍微較不清楚的斑紋，而非體型，她認出數量驚人的幼鳥。雖然這種中型矮胖鳥類下的蛋一窩多達二十顆，但受制於大量的掠食者，存活到成熟期的數量並沒有那麼多。

灰雷鳥也很好吃，但愛拉決定繼續尋找；她記下牠們所在的位置，以防找不到自己偏好的雷鳥。幾個家族組成的群居性小鵪鶉起飛時嚇了她一跳，這種圓胖的小鳥也很美味。如果知道如何使用拋擲桿一次射下好幾隻，她就會嘗試獵捕牠們。

由於決定捨棄其他鳥類，愛拉很高興發現在先前看到牠們的地方附近，找到這種通常偽裝得很好的雷鳥。儘管背部、翅膀還有些許斑紋，醒目的白色羽毛卻使牠們在灰色土地和暗黃色乾燥禾草中顯得突出。這些矮胖鳥類腿上已經長出冬季羽毛，甚至延伸到腳部，發揮保暖及充作雪鞋的功效。鵪鶉通常會飛得比較遠，而在雪中會轉白的松雞——鷓鴣和雷鳥，一般都待在出生地的鄰近區域，唯有冬天到夏天之間會遷移一小段距離。

其他時節棲息地相隔遙遠的生物群落，在那樣的寒冷世界裡彼此緊鄰，於中部草原中各據一地過冬。鷓鴣徘徊在受風吹拂的開闊草地以種子爲食，夜裡棲息在河流、高地附近的樹林；雷鳥待在飄雪的地方，在雪裡挖洞保持溫暖，以灌木叢的細枝嫩芽維生，那些樹種往往含有其他動物討厭甚至會造成毒害的高油脂。

愛拉示意沃夫待著，等她從囊袋取出兩顆石子，備好拋石索。騎在馬背上的她瞄準一隻近乎白色的鳥，射出第一顆石子。看懂她手勢信號的沃夫，在同一時間撲向另一隻鳥，同群的其餘胖鳥陡然振翅、大聲發出防衛的嘎嘎叫聲飛上空中，猛力拍打大片飛行肌肉。在地面上正常用於偽裝的斑紋，到了空中出現驚人轉變，筆直鳥羽呈現出清楚紋路，使其他同類容易追隨、聚集成群。

第一波快速振翅前進後，雷鳥的飛行放慢成遠距滑翔。愛拉一邊以出於下意識的肢體動作和施壓，示意嘶嘶追隨鳥兒，一邊準備射出第二顆石子。年輕女人抓住向下落的拋石索，一隻手往下滑到鬆垮的一端，在行進間動作熟練流暢地重新將拋石索帶回用以投擲的手，將第二顆石投放入凹處。雖然她偶爾會連射兩顆石子，但鮮少需要在投擲第二顆石子時增強動力。

能夠如此迅速投擲石子的技巧極爲困難，如果她問過別人，就會被告知那不可能；但因爲沒有人可以問，也就沒有人告訴她不可行，於是愛拉自行學會連射兩顆石子的技巧，多年來已十分純熟，而且兩顆石頭都射得非常精準。她瞄準的那隻在地上的鳥沒再飛起，當第二隻鳥從空中落下時，她又迅速抓了兩顆石頭，但此時鳥群已經遠離射程。

沃夫嘴裡叼著第三隻鳥小跑步過來，愛拉滑下馬背，狼在她的指示下把雷鳥放到她腳邊，然後坐下來抬起頭，志得意滿地看著她，嘴邊還殘存一根柔軟的白色羽毛。

「很好，沃夫。」她說，抓了抓牠濃密的冬季頸毛，用額頭碰碰牠的額頭，然後轉向馬兒。「這女人感激妳的協助，嘶嘶。」她使用部分穴熊族手勢及輕柔馬嘶構成的特殊語言說。馬兒揚頭噴著鼻息走近女人，愛拉捧起母馬的頭，吹氣到牠的鼻翼，交流認同和友好的氣息。

她將還沒死去的鳥脖子扭斷，然後用一些堅韌的草，把長有羽毛的鳥腳綁在一起，攀上馬背，把鳥兒攤放在身後的行囊馬鞍籮筐。回程的路上，她再度遇到鷓鴣，忍不住也想嘗試獵捕兩隻。她又用兩顆石頭射下兩隻鳥，卻沒有射到第三隻。沃夫抓到一隻，這回她讓牠保有自己的獵物。

她認爲應該將所有鳥一併烹煮，這樣可以比較兩種鳥類的滋味，剩餘的留到接下來一兩天吃。接著她開始思索要用什麼塡塞內腔，如果牠們已經築巢，她會用牠們自己的蛋。和馬木特伊氏一起生活時，她使用過穀類，不過採集足夠的穀類需要很長的時間——收成野生穀類耗時，最好多人一同進行。大型地下根可能適合，也許就用野生的胡蘿蔔和洋蔥。

年輕女人構思要準備的餐點，沒有仔細留意周圍環境，卻免不了發現嘶嘶完全停下腳步。母馬抬頭嘶鳴，站得直挺，但愛拉可以感覺到牠的緊張。這匹馬事實上發著抖，而這個女人知道原因。